MW01254180

Une passion retrouvée

_____

Une maman à courtiser

_____

Son plus tendre secret

CATHERINE MANN

Une passion retrouvée

HARLEQUIN

Collection : PASSIONS

Titre original : ONE GOOD COWBOY

Traduction française de MARIEKE MERAND-SURTEL

HARLEQUIN®
est une marque déposée par le Groupe Harlequin

PASSIONS®
est une marque déposée par Harlequin

HARLEQUIN

83-85, boulevard Vincent-Auriol, 75646 PARIS CEDEX 13.
Service Lectrices — Tél. : 01 45 82 47 47

www.harlequin.fr

ISBN 978-2-2803-4816-4 — ISSN 1950-2761

- 1 -

— Messieurs, n'oubliez jamais combien il est important de protéger vos bijoux de famille.

Stone McNair baissa la tête alors que son cheval passait sous une branche. A vrai dire, la remarque grivoise de sa grand-mère ne l'avait pas choqué. Gran pouvait se vanter d'être la personne la moins conformiste de la planète. Quoi de plus normal quand on gère une entreprise qui crée et vend des bijoux dans le monde entier ? Il laissa donc les mots de sa grand-mère s'envoler dans le vent et se concentra sur course.

Soudain, il sentit son cousin Alex le rattraper : leurs montures étaient désormais à la même hauteur. Les chevaux martelaient le sol de leurs sabots, projetant des brins d'herbe dans le ruisseau.

Même en plein galop, Stone se laissa envahir par les senteurs et les sons de sa terre natale — le grincement de la selle en cuir, le sifflement du vent à travers les pins. L'humus remué et les lupins bleus qui dansaient sous la brise libéraient une odeur grisante. Le paradis en plein cœur du Texas !

Il eut un sourire. Ce coin de terre à l'extérieur de Fort Worth appartenait à sa famille depuis des générations, c'était sur ce domaine qu'ils avaient bâti leur empire commercial. Son sang courait dans ses veines quand il parcourait le Hidden Gem Ranch. *Le joyau caché* : pouvait-on rêver plus beau nom pour une propriété ?

Les balades sur le ranch avec sa grand-mère et ses cousins jumeaux étaient rares ces temps-ci. Rien d'étonnant, d'ailleurs, avec tout le travail qu'ils avaient sur les bras. Seulement, pourquoi Gran les avait-elle réunis pour cette petite course impromptue ? Impossible à dire, mais ce devait être suffisamment important pour qu'elle tienne à les éloigner de leur quartier général.

Au même moment, Stone entendit un grand éclat de rire résonner dans l'air. C'était sa cousine Amy, qui galopait à sa hauteur.

— Les bijoux de famille tiennent le coup ?

Sans attendre de réponse, la jeune femme poussa son pur-sang arabe en avant, ses cheveux noirs flottant au vent comme quand elle avait dix ans. Stone sentit son cœur se serrer. Ces sorties à cheval avec leur grand-mère étaient courantes lorsqu'ils étaient enfants. Elles étaient ensuite devenues de plus en plus rares à mesure qu'ils grandissaient et que leurs chemins se séparaient. Pourtant, personne n'avait hésité lorsque la matriarche les avait convoqués à la dernière minute. Ah, Gran… Il lui devait tellement ! Elle qui l'avait toujours soutenu chaque fois que sa mère succombait à ses démons, que ce soit la drogue ou l'alcool.

Oh oui ! il avait envers sa grand-mère une dette immense ! Pourrait-il un jour la rembourser ? Sans doute pas. Elle avait été là dès le premier jour, se battant bec et ongles pour qu'il soit préservé. C'était elle qui avait payé encore et encore les cures de désintoxication de sa mère, sans grand succès, hélas ! Oui, année après année, Gran avait été aussi solide que cette terre qu'ils considéraient comme leur foyer, leur bercail.

Elle avait donné à chacun un rôle à jouer. Tandis que son cousin Alex gérait la propriété qui servait de résidence de luxe pour les riches célébrités, Stone dirigeait quant à lui la maison de création de bijoux et ses boutiques. Diamonds in the Rough — *Diamants bruts* — proposait des créations artisanales haut de gamme : boucles de ceinture western, lavallières stylisées, bijoux aztèques, tous très recherchés. Si tout se déroulait comme prévu, il allait pouvoir implanter l'entreprise familiale à Londres et Milan. C'était d'ailleurs à l'automne, lors d'une levée de fonds au profit de la protection des mustangs sauvages, qu'il comptait l'annoncer. Quant à Amy, sa cousine spécialisée dans l'étude des pierres précieuses, elle travaillait déjà sur de nouveaux modèles destinés à satisfaire la demande à venir.

Bref, les choses recommençaient à aller dans le bon sens pour lui. La rupture de ses fiançailles qui l'avait laissé KO sept mois plus tôt n'était plus qu'un mauvais souvenir...

Stone secoua la tête. Pas question de penser à Johanna. Ni maintenant ni plus tard. Hélas ! tout cela était plus facile à dire qu'à faire puisqu'elle travaillait aux écuries du ranch en tant que vétérinaire. Il ne l'avait pas croisée au petit matin quand ils avaient sellé les chevaux. Allait-il tomber sur elle au retour de leur balade ?

Le simple fait d'envisager cette possibilité le remplit de frustration — et il sentit tous ses sens s'éveiller. Non, penser à elle était une très mauvaise idée.

En levant les yeux, Stone vit alors Gran faire ralentir son palomino préféré, Goldie. Le cheval gagna en trottinant l'étang où ils jouaient enfants. Manifestement, l'heure n'était plus à faire la course. Peut-être allait-elle enfin donner le motif de cette réunion surprise !

Tout en caressant l'encolure de sa monture, Copper, qui baissait la tête pour boire, Stone lança à sa grand-mère :

— Alors, Gran, tu nous éclaires sur la raison de ce rassemblement familial ?

A ces mots, ses cousins se rassemblèrent autour d'elle sans descendre de leurs montures.

Mariah McNair se redressa sur sa selle, majestueuse, sa longue tresse grise descendant le long de son dos si droit.

— L'heure est venue pour moi de décider qui reprendra les rênes du patrimoine McNair, déclara-t-elle.

Stone serra le poing sur le pommeau de sa selle. Oh non ! elle ne comptait pas…

— Tu n'envisages pas de prendre ta retraite, quand même.

— Non, mon chéri…

Gran s'interrompit et prit une grande inspiration. On la sentait hésitante, ce qui ne lui ressemblait pas du tout.

— Le médecin me conseille de mettre mes affaires en ordre. Au plus vite.

Stone sentit sa gorge se nouer. Les mots de sa grand-mère lui avaient coupé le souffle. Aussi violemment que la première fois qu'un cheval l'avait flanqué par terre. Non ! Impossible d'imaginer le monde sans l'indomptable Mariah McNair…

Amy tendit la main pour toucher le bras de sa grand-mère. Gran ne montrait aucun signe de vouloir descendre de cheval. C'était probablement pour ça qu'elle avait organisé cette réunion de famille en plein air : elle ne tenait pas à ce que tout le monde veuille l'étouffer de baisers et de câlins.

— Gran, qu'a dit le médecin précisément ? demanda doucement Amy.

Stone vit Alex effleurer lui aussi l'épaule de leur grand-mère et il sentit son cœur se serrer.

L'enfance d'Alex et Amy avait été plus stable que la sienne. Ils avaient eu des parents et un foyer à eux. A l'époque, quand il était tout jeune, Stone avait rêvé d'intégrer leur maison et d'être leur frère plutôt que leur cousin. Un jour, il avait même entendu sa grand-mère suggérer cet arrangement. Mais la mère d'Alex et d'Amy avait objecté sans la moindre ambiguïté qu'elle ne pouvait s'occuper que de ses jumeaux. Un enfant supplémentaire aurait été de trop, entre les concours de beauté de l'une et les rodéos de l'autre.

D'un coup, il avait compris une chose : même si sa famille l'aimait, personne ne voulait de lui — ni sa mère, ni sa tante. Ils cherchaient tous une façon de se débarrasser de lui. Sauf que Gran ne s'était pas défilée, elle. Elle l'avait pris en charge malgré tout. Il la respectait et l'aimait d'autant plus pour ça.

Mariah tapota alors la joue des jumeaux et lui adressa un triste sourire puisqu'il restait à l'écart.

— J'ai une tumeur au cerveau inopérable.

Stone sentit un nœud se former dans sa gorge. Non, non, impossible…

Amy poussa un cri de surprise et se mordit la lèvre, mais leur grand-mère secoua la tête.

— Pas de sensiblerie, les enfants. Je n'ai jamais eu beaucoup de patience devant les pleurs. Je veux de l'optimisme. Les médecins ont bon espoir qu'un traitement réduira la taille de la tumeur. Ça me laisserait des années devant moi au lieu de quelques mois.

Stone écarquilla les yeux. *Quelques mois ?*

Bon sang…

Il sentit un immense désarroi l'envahir de nouveau. Bien souvent, on l'avait été traité de charmeur au cœur de pierre. Mais en cet instant, son cœur saignait à l'idée qu'il arrive quoi que ce soit à sa grand-mère chérie.

Au même moment, Mariah haussa les épaules et se cala sur sa selle.

— Néanmoins, même si ces traitements marchent, je ne veux pas que la tumeur altère mon jugement. Je ne vais pas mettre en péril tout ce que j'ai entrepris en attendant trop longtemps pour prendre d'importantes décisions concernant Diamonds in the Rough et le Hidden Gem Ranch.

Stone hocha la tête. Le patrimoine familial était tout

pour elle. Pour eux tous. Jusqu'à présent, lui n'avait jamais songé que sa grand-mère — l'actionnaire majoritaire de la société — puisse un jour vouloir changer leurs rôles au sein de l'empire familial. Bref, il avait hâte d'entendre ce qu'elle avait à dire. Inutile de faire des suppositions en l'air.

— Qu'est-ce que tu as décidé, alors ? demanda-t-il.

— Rien encore, répondit Mariah. Mais j'ai un plan. C'est pour ça que je vous ai demandé à tous les trois de venir monter à cheval avec moi aujourd'hui.

Aussi calme qu'à son habitude, Alex fronça les sourcils :

— Je ne suis pas sûr de comprendre.

— Vous devrez faire quelque chose pour moi, chacun de vous. Quelque chose qui m'aide à être sûre de faire le bon choix.

— Tu veux nous tester, l'accusa doucement Amy.

— Appelle ça comme tu voudras, répliqua Gran d'un ton ferme. Mais en l'état actuel des choses, aucun de vous ne me semble digne de reprendre le flambeau.

A ces mots, Stone sentit ses nerfs se tendre encore davantage. Ce n'était plus le moment de se retenir. Il était un homme d'action : il avait besoin de contrôler les situations.

— Qu'est-ce que tu veux que je fasse pour toi ?

Gran prit alors une grande inspiration avant d'annoncer :

— Stone, tu dois trouver des foyers pour mes quatre chiens.

Stone resta bouche bée. Au même moment, le cri d'un oiseau déchira le silence.

Au bout de quelques secondes, il finit par articuler :

— Tu plaisantes, pas vrai ? C'est pour détendre l'atmosphère que tu as dit ça ?

— Je suis sérieuse, répondit aussitôt sa grand-mère. Mes animaux de compagnie comptent beaucoup pour moi. Tu le sais. Ils font partie de la famille.

— C'est juste que… C'est un drôle de test.

De fait, c'était une demande pour le moins surprenante. C'est alors qu'il vit sa grand-mère secouer lentement la tête. Elle avait l'air navrée.

— Le fait que tu prennes ça à la légère confirme mes inquiétudes. Tu dois me prouver que tu as assez de cœur pour diriger cette entreprise.

Stone sentit le regard bleu et clair de sa grand-mère se poser sur lui. Pas de doute : Gran était en pleine possession de ses moyens. Au même moment, celle-ci détourna les yeux, éperonna sa jument et repartit en direction de la maison, dépassant au galop les maisons que louaient les vacanciers.

Le temps de se remettre de sa surprise, Stone la suivit le long de la clôture en bois, entouré par ses cousins.

La maison. A vrai dire, c'était une vaste bâtisse rustique en rondins et composée de deux ailes. Leur espace réservé occupait un côté, l'autre abritait le lodge géré par Alex. Son cousin avait développé le lieu, transformant ce qui était de simples chambres d'hôtes en un vrai ranch de loisirs qui proposait toutes sortes d'activités — promenades à cheval, randonnées pédestres, parties de pêche, spa, et même des tournois de poker façon saloon. Que ce soit pour y passer des vacances ou organiser des soirées, des réceptions, des mariages, leur clientèle se bousculait pour réserver.

La boutique de cadeaux mettait, elle, en valeur certains des bijoux proposés dans leur grand magasin de Fort Worth. Pas de doute, Alex était un formidable homme d'affaires. Gran pouvait sérieusement envisager de lui confier la responsabilité de l'empire familial.

A moins qu'elle ait quelqu'un d'autre en tête. Et si elle choisissait un parfait étranger ? Stone chassa cette idée de son esprit. Non, c'était impensable.

Autant le dire tout net : il se sentait choqué et malheureux. Tant pis si on lui retirait sa place dans l'entreprise.

Le pire, dans cette histoire, c'était qu'il allait perdre Gran. Dans un mois, dans un an… Impossible d'imaginer le monde sans elle !

Il hocha la tête. Sa décision était prise : il allait tout faire pour rendre ses derniers jours plus doux. C'était le mieux qu'il puisse faire.

Ni une ni deux, Stone éperonna son cheval. Il fallait qu'il la rattrape avant qu'elle n'atteigne les écuries.

— D'accord, Gran, lança-t-il en arrivant à sa hauteur. Je ferai ça pour toi. Je trouverai des gens pour prendre, euh… tes chiens.

Il se mordit la lèvre. Comment s'appelaient-ils, déjà ?

— Ils sont quatre, lança-t-elle alors. Je préfère te le rappeler puisque tu ne te souviens plus de leurs noms.

— Celle qui a les poils en bataille s'appelle Dorothy, hein ? hasarda-t-il.

Gran poussa un grognement dédaigneux.

— Presque. Elle ressemble à Toto dans le *Magicien d'Oz*, mais son nom, c'est Pearl. Le labrador sable, c'est Gem, qui nous a été offert par un ami. Mon adorable rottweiler adopté dans un refuge s'appelle Ruby. Et mon petit chi-weenie, Sterling.

Stone écarquilla les yeux. Un chi-quoi ? Ah oui, c'était un chihuahua croisé teckel. Une petite chose ridicule.

— Et tes deux chats ? ajouta-t-il.

S'être souvenu qu'il y en avait deux allait lui faire marquer des points, non ?

— Amy les prend avec elle, répliqua Gran.

Stone secoua la tête. Toujours à faire sa fayotte, celle-là !

— Alors je garderai les chiens, répondit-il. Ils peuvent vivre avec moi.

Où était le problème ? Il ne manquait pas de personnel pour l'aider. Il dégoterait bien quelqu'un pour garder les quatre cabots pendant la journée.

14

— Stone, je veux qu'ils aillent chez de *bons* maîtres, tu ne l'as pas oublié ?

— Bien sûr que non, répliqua-t-il en grimaçant.

— Des maîtres approuvés par un avis d'expert, poursuivit-elle en arrêtant sa monture devant les écuries.

Quoi ?

— Un avis d'expert ? parvint-il à bredouiller.

— Oui, nous avons avec nous quelqu'un de très qualifié en matière d'animaux. Je vais lui demander de nous aider à y voir plus clair. Ah ! justement, la voilà…

Stone sentit soudain un frisson remonter le long de sa colonne vertébrale. Attention, danger en vue…

Il n'avait pas besoin de regarder la longue allée entre les boxes pour savoir que Johanna Fletcher se rapprochait d'eux de sa démarche envoûtante de mannequin. Il jeta tout de même un œil dans sa direction. Elle avait attaché ses cheveux blonds, comme toujours lorsqu'elle travaillait. Il se sentit frémir. Dire que ses doigts avaient si souvent détaché ses tresses pour laisser tomber en cascade toutes ces mèches dorées sur ses magnifiques épaules nues…

A quoi bon le nier ? Il donnerait tout pour se perdre à nouveau en elle. Mais c'était une très mauvaise idée.

Pour l'heure, tout ce qui comptait, c'était l'état de santé de Gran… Il avait décidé de tout faire pour la rendre heureuse, non ? Alors il était grand temps de le prouver.

— Ton expert ? demanda-t-il.

— Toutes les adoptions doivent être approuvées par notre vétérinaire, Johanna Fletcher.

Evidemment.

Stone tourna à nouveau les yeux vers la jeune femme qui s'avançait vers eux, passant de box en box, de cheval en cheval. Il vit soudain son beau visage se fermer. Alors qu'autrefois, elle l'aurait accueilli avec ce grand sourire qui découvrait ses dents légèrement écartées. Cette petite imperfection lui donnait encore plus de charme. Elle était nature et sexy. C'était d'ailleurs pour ça qu'il était tombé amoureux d'elle.

Elle qui l'avait brutalement plaqué devant tous leurs amis lors d'un important gala de bienfaisance. Elle qui désormais ne pouvait plus le supporter et adorerait voir ses rêves partir en fumée.

Johanna Fletcher secoua la tête en apercevant l'homme qui se tenait devant elle. Tiens, tiens… Stone McNair, le directeur général en costume cravate. Celui qui régnait sur la salle du conseil d'administration, celui qui inspirait respect et admiration. Le Casanova en jeans et bottes de cow-boy, le cavalier hors pair. Ce séducteur charismatique auquel elle avait toujours eu du mal à résister.

Elle sentit soudain son corps s'embraser. Oh non ! ce n'était pas le moment… Le temps de s'installer devant un box, elle observa son ancien amant du coin de l'œil. Seigneur, il avait toujours le don de la rendre folle…

Allez, autant se concentrer sur autre chose ! Elle secoua la tête et écouta le rythme cardiaque d'un cheval — enfin, fit mine de l'écouter. De fait, ce palomino allait très bien. Seulement, pas question de laisser les gens croire qu'elle était encore attachée à Stone. Tout le monde dans la région connaissait leur histoire. Inutile d'alimenter les ragots en lui jetant un regard énamouré chaque fois qu'il se pavanait dans l'écurie.

Et Dieu sait s'il était doué pour ça.

Elle jeta un regard furtif dans sa direction. Son jean moula ses cuisses musclées tandis qu'il descendait de cheval. Ses bottes frappèrent le sol avec un bruit sourd qui la fit tressaillir, malgré la distance. Le soleil fit soudain étinceler sa boucle de ceinture en mettant en relief les détails du motif. Magnifique. Comme lui. Tous les McNair avaient du charisme, mais Stone avait la beauté du diable, une chevelure de jais et des yeux d'un bleu étonnant. Un vrai personnage de cinéma. Sous son Stetson, elle pouvait voir dépasser quelques boucles de cheveux. Dire qu'elle l'avait idolâtré pendant son enfance. Et fantasmé sur lui à l'adolescence.

Et une fois qu'elle était devenue une femme ? Elle avait succombé à son charme fou, tout simplement.

Mais c'était terminé.

Johanna fronça les sourcils. Allez, il était temps de passer au box suivant et à Topaze, un *quarter horse* parmi les plus populaires auprès des vacanciers. Pour être honnête, elle avait de la chance de travailler encore ici après sa rupture spectaculaire avec Stone. Comme Mrs McNair l'aimait bien, elle avait pu rester. C'était tellement stimulant de travailler ici !

Désormais, sa carrière comptait plus que tout. Pas question de la mettre en péril. Ses parents avaient sacrifié les économies de toute une vie pour l'envoyer dans les meilleures écoles et lui offrir la formation nécessaire à la poursuite de ses rêves. Ses parents avaient disparu dans l'incendie de leur mobile-home, mais Johanna pensait tout le temps à eux. Elle leur devait tellement ! Les sacrifices de son père l'avaient menée à l'univers McNair — et à Stone, même si, en fin de compte, leur idylle n'avait pas résisté au gouffre social qui les séparait.

Rompre ses fiançailles avec lui avait brisé son rêve d'avoir une famille à nouveau. Désormais, elle n'avait que son travail et ses chevaux. Voilà à quoi se résumaient sa vie et son avenir.

En entendant soudain un grand bruit de sabots, Johanna tourna la tête. Mariah et Stone avaient laissé leurs montures aux mains de deux palefreniers. Elle se rembrunit. Malgré leur fortune, les McNair dessellaient et bouchonnaient eux-mêmes leurs chevaux, d'habitude. Au lieu de cela, la grand-mère et le petit-fils semblaient se diriger droit vers elle. Oh non ! pas ça ! Elle se sentit frémir. Comment allait-elle faire semblant d'ignorer Stone ?

Ni une ni deux, Johanna accrocha son stéthoscope autour de son cou. Enivrée par l'odeur de foin et de cuir, elle pouvait à présent entendre son propre cœur battre dans ses oreilles, de plus en plus vite à chaque respiration.

Le temps de caresser la robe soyeuse du cheval, elle quitta le box et lança :

— Bonjour, madame McNair. Bonjour, Stone.

Mariah McNair sourit. Pas Stone. En fait, il fronçait les sourcils. Pas de doute, quelque chose se cachait au fond de ses yeux. De la tristesse ? Aussitôt, elle sentit son cœur se serrer, bien malgré elle. Oh non… Pourquoi réagissait-elle comme ça ? Et pourquoi savait-elle toujours si bien lire en lui ?

— Ma chère, je vous propose que nous allions dans mon bureau pour bavarder au calme.

Johanna écarquilla les yeux. Avec Stone, aussi ? Peu importe, on ne discutait pas les ordres de Mariah.

— Bien sûr, répondit-elle d'une voix mal assurée.

Mille questions l'assaillirent tandis qu'ils passaient devant le personnel du Hidden Gem. Johanna jeta un œil autour d'elle. Chacun semblait dissimuler sa curiosité tout en vaquant à ses occupations. Alex et Amy les observaient également, mais restaient à distance. Les jumeaux affichaient la même expression sombre et abasourdie que leur cousin.

Johanna pressa le pas et sentit l'inquiétude la gagner. A quoi rimait toute cette histoire ? Elle avait grandi ici en suivant partout son papa, employé aux écuries. Sa famille n'était pas riche comme les McNair, certes, mais elle avait toujours été aimée et protégée — jusqu'à ce jour tragique où ses parents avaient perdu la vie…

En un clin d'œil, elle avait tout perdu. Sauf qu'au lieu de lui passer l'envie de s'attacher aux gens, de peur d'avoir le cœur brisé à nouveau, cet épisode horrible l'avait convaincue d'une chose : rien n'est plus beau que d'avoir une famille autour de soi.

Une fois à l'intérieur, Johanna observa les rangées de selles alignées le long des couloirs. Certaines comportaient des motifs tels que des roses, des vignes ou mêmes de véritables scènes pastorales ; d'autres avaient des pommeaux en corne ornés de clous d'argent ou de cuivre, dignes des ouvrages réalisés par les meilleurs *vaqueros* d'autrefois. Brefs, c'étaient de purs chefs-d'œuvre, comme tout ce que faisaient les McNair.

Autant l'avouer : elle était tellement heureuse de travailler ici qu'elle n'imaginait pas vivre ailleurs. Ce ranch était autant son foyer que son lieu de travail.

Comme Stone lui tenait la porte du bureau, Johanna fut obligée de passer tout près lui. La chaleur qui émanait de son corps viril lui rappela sa peau nue contre la sienne lorsqu'ils avaient fait l'amour dans les bois, un jour d'été brûlant.

Durant un instant électrique, leurs regards se croisèrent. Elle se força à faire un pas en avant et à regarder ailleurs. Mais le mal était fait : l'attirance qu'ils éprouvaient l'un pour l'autre était bel et bien là.

Des fauteuils de cuir rouge, un canapé et un lourd bureau en chêne meublaient la pièce lambrissée. Les murs étaient recouverts de photos de la propriété des McNair à différents moments de son histoire. Un portrait de Mariah et Jasper, son mari, le jour de leurs vingt-cinq ans de mariage, trônait au-dessus de la cheminée en pierre. Si les souvenirs de Johanna ne lui faisaient pas défaut, ce tableau avait été réalisé peu de temps avant que Jasper succombe à une crise cardiaque.

Du bout des doigts, Mariah suivit les contours du cadre sculpté puis s'installa avec un soupir épuisé dans une bergère.

— Johanna, prends un siège, veux-tu ? Stone, sers-nous quelque chose à boire, mon chéri.

Johanna se percha au bord d'un fauteuil à bascule.

— Madame McNair, il y a un problème ?

— Je crains que oui, et j'ai besoin de ton aide.

— Dites-moi ce que je peux faire pour vous.

Mariah prit le verre d'eau gazeuse que lui tendait son petit-fils, but une longue gorgée, puis le mit de côté. Le temps de prendre une grande inspiration, elle annonça :

— J'ai des problèmes de santé et j'ai besoin d'être sûre que tout fonctionnera pendant mon traitement.

— Des problèmes de santé ?

Johanna sentit son cœur se glacer d'inquiétude. Dans quelle mesure pouvait-elle questionner sa patronne sans se montrer trop insistante ? Allons, puisqu'elle avait failli faire partie de la famille de Mariah, elle pouvait demander ce qui n'allait pas.

— C'est grave ?

— Très, admit simplement la vieille femme tout en tripotant son pendentif en forme de fer à cheval serti de diamants. J'ai bon espoir que les médecins feront de leur mieux pour m'aider, mais les traitements seront intenses et je veux que rien ne soit négligé. Ni les affaires du ranch, ni mes animaux de compagnie.

Johanna sentit son cœur se serrer. L'amour de Mariah pour ses animaux était un des liens qui les unissait, toutes les deux. Malgré ses responsabilités, la grand-mère de Stone avait toujours pris du temps pour se consacrer à la fille d'un employé d'écurie qui voulait en apprendre davantage sur les bêtes du ranch.

Johanna saisit à son tour le verre que lui tendait Stone, d'une main si tremblante que les glaçons tintèrent.

— Je suis vraiment désolée, madame McNair. Qu'est-ce que je peux faire pour vous aider ?

Penchée en avant, Mariah posa sur elle ses yeux bleu clair. Aussi beaux que ceux de son petit-fils.

— Tu peux m'aider à trouver de nouveaux maîtres pour mes chiens.

— Je peux m'occuper d'eux pendant que vous subirez vos traitements, répliqua Johanna sans hésiter.

— Ma chérie, objecta gentiment mais fermement Mariah, j'ai une tumeur au cerveau. Je pense que mes chiens seront mieux chez des gens qui prendront soin d'eux.

Johanna resta pétrifiée par cet aveu. Elle se mordit la lèvre pour retenir un sanglot et refouler ses larmes. Surtout, ne pas craquer.

Elle sentit soudain une main ferme se poser sur son épaule. Stone.

Le pauvre, il devait être détruit. Elle se tourna pour la serrer mais son regard glacé l'arrêta. Apparemment, offrir sa compassion ne lui posait pas de problème, mais il ne pouvait pas accepter qu'on veuille le consoler. Question de fierté, sans doute.

Du coup, Johanna s'empara des mains de Mariah.

— Je ferai tout ce que vous voudrez.

La vieille dame sourit et lui serra les mains.

— Merci. Stone trouvera des maîtres pour mes chiens, mais je veux que tu l'accompagnes et que tu t'assures qu'ils seront bien traités. Ça devrait vous prendre environ une semaine.

Johanna sursauta. Non, elle avait dû mal comprendre…

— Une semaine ?

Une semaine seule avec Stone ? Non, non, mille fois non. Le croiser par hasard était déjà une torture, mais au moins le travail les empêchait de se retrouver seuls. Cet homme avait ravi son cœur puis détruit tous ses rêves d'avoir une famille à elle. Il avait refusé d'avoir des enfants. Très vite, ils s'étaient disputés à maintes reprises jusqu'à ce qu'elle finisse par rompre. Il avait cru que c'était du bluff.

Il s'était trompé.

Est-ce que Mariah pensait elle aussi que c'était du bluff ?

Allons, du calme, ce n'était pas le moment de s'énerver.

— Loin de moi l'idée de vous manquer de respect, madame. Je comprends votre besoin de sérénité, surtout en ce moment…

Johanna s'interrompit, sentant monter en elle une vague d'émotion. Du nerf, ce n'était pas le moment de craquer. Elle devait être forte et dire les choses franchement.

— Mais vous devez comprendre que cette tentative de rapprochement ne fonctionnera pas. Entre Stone et moi, c'est fini depuis longtemps.

Sur ces mots, elle adressa un regard sans équivoque à celui qui lui avait brisé le cœur. Qui sait ? Il s'imaginait peut-être qu'il pourrait profiter de la situation pour la ramener dans son lit. Ce serait bien son genre. Même quand elle avait rompu, il s'était obstiné durant un bon mois avant de se résigner.

Pourtant, il se contenta pour toute réponse de hausser un sourcil arrogant avant de se tourner vers sa grand-mère. Là seulement, une lueur de tendresse sembla éclairer ses yeux.

Mariah secoua la tête.

— Ce n'est pas mon intention, loin de là. Voilà des années que je te confie mes animaux. Et tu connais Stone. Si tu es là pour le surveiller, il se tiendra à carreau.

— Sans doute, concéda Johanna.

Stone fronça les sourcils et prit la parole pour la première fois depuis le début de cette conversation :

— Eh bien, la confiance règne…

Sa grand-mère lui tapota la joue.

— Comme tu dis, mon grand. J'espère vraiment que tu réussiras à faire tes preuves, mais j'ai de sérieuses réserves.

Il gratta sa joue râpeuse, toujours couverte d'une ombre

de barbe, ce qui avait le don de le rendre particulièrement sexy…

— Tu as plus confiance en Johanna qu'en la chair de ta chair ? répliqua-t-il d'un air amusé.

— Oui, répondit sa grand-mère sans la moindre hésitation. A titre d'exemple, tu voulais garder secret le développement à l'international de Diamonds in the Rough.

— Le temps de négocier tous les détails, histoire de te faire la surprise. Je voulais juste t'impressionner, c'est tout.

— Stone, tu dois montrer qu'on peut te faire confiance. Que ce soit moi ou tous ceux qui comptent sur toi. C'est pour ça que j'ai décidé ce test. Johanna, tu l'accompagneras à tous les entretiens avec les familles que j'ai sélectionnées.

Johanna hocha la tête. Le ton calme mais ferme de Mariah ne laissait aucun doute : elle n'avait pas l'intention de changer d'avis.

— Vous avez déjà choisi les familles ? fit-elle remarquer. Vous lui facilitez la tâche.

— Ne crois pas ça, ma petite, répondit Mariah avec un petit rire. Tout dépendra de vous deux. Si vous êtes capables de vous comporter en adultes l'un envers l'autre, le test sera concluant. Peut-être.

Johanna eut un sourire. Bon, elle allait sûrement s'en sortir. Passer quelques heures avec Stone n'allait pas la tuer.

— Bref, nous devrons nous supporter le temps de quelques entretiens, conclut-elle. Ça me va, on devrait y arriver.

— N'oublie pas qu'il y aura aussi le temps du voyage.

— Du voyage ?

Johanna sentit la panique la gagner. Oh non… Mariah ne comptait tout de même pas lui faire ça ! Elle lança un œil à Stone, appuyé au manteau de la cheminée. Ce qu'il pouvait avoir l'air arrogant ! Et sexy… Il se contenta de hausser les épaules sans rien dire, l'air sombre.

— Les familles que j'ai retenues n'habitent pas à côté,

mais vous aurez le jet de la société à votre disposition. Vous devriez être en mesure d'effectuer ces rencontres en une semaine, déclara Mariah en tripotant son pendentif.

— Gran, je peux me charger de l'organisation du voyage, intervint alors Stone.

— Tu peux. Mais c'est moi qui mène la danse. C'est mon plan. Mon test.

Johanna vit soudain la mâchoire de Stone se crisper. Pas de doute : le chef du conseil d'administration était en train de bouillir. Mais il ne pouvait rien faire d'autre.

— Une semaine…, répéta-t-elle. Pour parcourir tout le pays seuls tous les deux ?

Elle écarta nerveusement une mèche de cheveux. Une semaine loin du travail, une semaine à être obligés de se croiser… Seigneur !

— Ma chérie, lança Mariah, je ne cherche pas à ce que vous reformiez votre couple. Stone doit me prouver qu'il est capable de gérer une entreprise humainement, c'est tout. Mais j'espère que vous trouverez aussi le moyen de vous réconcilier et redevenir amis.

Johanna hocha la tête. Ça y était, elle avait compris ce que la vieille dame avait en tête.

— Vous voulez être en paix. Savoir que vos chiens seront en de bonnes mains *et* que nous aurons fait la paix, Stone et moi.

A ces mots, Mariah dégrafa la chaîne de son bijou.

— Le bien-être de mon petit-fils est plus important à mes yeux que n'importe quelle entreprise, murmura-t-elle.

Johanna se mordit la lèvre. La vieille dame avait trouvé son talon d'Achille. Pas de doute, elle était rusée. Autant que son petit-fils ! Seulement, compte tenu de sa maladie, elle avait le droit d'être rassurée sur l'avenir de tout ce qui lui tenait à cœur. Alors à quoi bon discuter ?

— C'est d'accord, madame McNair.

Là-dessus, Johanna vit Mariah s'approcher et déposer le collier dans le creux de sa main.

— Bonne chance, ma chérie.

Johanna voulut protester. Elle ne méritait pas un cadeau pareil ! Mais le regard de Mariah la poussa à accepter… La valeur de ce bijou dépassait de loin celle des diamants qui l'ornaient. C'était un cadeau du cœur, un cadeau de famille, le symbole de tout ce qu'elle aurait voulu avoir.

Tout ce que Stone avait rejeté sans états d'âme.

A vrai dire, Johanna le plaignait autant qu'elle lui en voulait de les avoir privés de ce bonheur.

Le temps de refermer le poing sur le pendentif, elle se leva et fit face à Stone, armée de toute sa détermination.

— Fais tes valises, Casanova. On a un avion à prendre.

- 2 -

Le regard perdu dans le vague, Stone écouta la porte se refermer sur sa grand-mère et Johanna puis s'effondra dans un fauteuil, les épaules basses. Il n'arrivait pas à croire que Johanna ait accepté de partir une semaine seule avec lui.

Etait-ce le paradis ou l'enfer ?

Oh ! il avait bien commencé à tenir tête à Mariah ! Hélas ! elle avait coupé court à la discussion pour pouvoir se reposer. Comment pouvait-il insister ? Lui qui voulait la dorloter, la protéger !

La lueur de fierté qui avait brillé dans les yeux de Mariah l'avait empêché de la suivre. Sans doute avait-elle besoin d'être seule. Ce qu'il comprenait fort bien : lui-même ressentait la même chose. Sa grand-mère et lui se ressemblaient sur ce point, ils avaient besoin d'intimité et d'espace pour panser leurs blessures. Soudain, un immense désarroi l'envahit et il lutta contre l'envie de flanquer par terre tout ce qui se trouvait dans la pièce — livres, ordinateurs, selles, trophées — afin d'évacuer sa colère.

Quitter Forth Worth était la dernière chose dont il avait envie. Pourquoi devait-il partir à l'autre bout du pays, même si c'était en compagnie de Johanna ?

Quelle était l'intention de sa grand-mère ? Voulait-elle l'obliger à se plier en quatre pour voir à quel point il voulait diriger l'entreprise, pour prouver qu'il avait du cœur ? Ou bien souhaitait-elle jouer les marieuses comme le pensait

Johanna ? Si c'était le cas, cela n'avait rien à voir avec la société. En un sens, c'était rassurant.

Plus vraisemblablement, sa grand-mère cherchait à faire d'une pierre deux coups — les réunir à nouveau et le mettre à l'épreuve afin qu'il apprécie à sa juste valeur son héritage au moment de reprendre les rênes de l'entreprise.

Bref, Stone avait juste à passer les sept prochains jours en compagnie de son ex-fiancée sans ressasser les souvenirs de leur rupture houleuse. A quoi bon nier la vérité ? Il n'aurait pas pu donner à Johanna ce qu'elle lui demandait — une jolie vie de famille comme dans les contes de fées. Il n'était pas programmé pour ça. Si seulement son enfance s'était passée différemment ! Certes, il avait surmonté ses débuts difficiles dans la vie. Hélas ! certaines trahisons laissaient des cicatrices bien trop profondes.

Oh ! il comprenait très bien les inquiétudes de sa grand-mère ! Le fait est qu'elles étaient fondées, même si, d'après lui, l'entreprise n'avait pas besoin d'un Bisounours à sa tête. Néanmoins, il comptait bien faire n'importe quoi pour la rassurer, même si cette mission à l'autre bout du pays ne l'enchantait guère. Tout ça pour trouver des maîtres à ses toutous ! Quoi qu'il en soit, l'entreprise familiale serait son seul souvenir de sa grand-mère. Alors pas question de tout gâcher. Même si la présence de Johanna risquait fort de le troubler… Stone crispa la main sur l'accoudoir de son siège tout en observant les prairies où on distinguait les vacanciers chevauchant vers les bois.

Non, espérer recoller miraculeusement les morceaux avec la seule femme qu'il ait jamais voulu épouser n'était qu'un doux rêve. Seulement, il devait tourner la page. Car il ne cessait de penser à elle. Et la voir tout faire pour l'éviter le lassait chaque jour davantage.

Pour être honnête, il aurait donné son bras droit pour avoir la possibilité de coucher à nouveau avec Johanna.

Juste une seule fois. A vrai dire, elle hantait ses pensées à un point tel qu'il n'avait touché aucune autre femme depuis leur rupture, sept mois plus tôt. Autant dire une éternité.

Pour parler sans détours, cette vie de moine ne lui convenait pas. La frustration qui le tenaillait menaçait de le rendre fou. Du coup, il inspira profondément et s'obligea à se caler au fond de son fauteuil. Allons, du calme. Tout allait bien se passer.

Soudain, Stone sentit une main légère se poser sur son épaule. Il fit volte-face et écarquilla les yeux.

— Johanna ? Tu étais là depuis tout à l'heure ?

Lui qui l'imaginait partie en même temps que sa grand-mère. Pour une surprise, c'était une surprise !

— J'ai voulu te prévenir, mais tu semblais… perdu dans tes pensées. J'attendais le bon moment pour me manifester, mais…

Stone secoua la tête. Bon sang… Elle avait été là depuis le début, elle l'avait vu dévasté par le chagrin causé par l'annonce de sa grand-mère ! Le bureau parut rétrécir maintenant qu'il se trouvait seul avec Johanna. L'avion allait le rendre fou quand ils sillonneraient le pays en compagnie de la meute de chiens…

— Qu'est-ce que tu veux ? demanda-t-il.

Il sentit lui-même que son ton était glacial. Et pour cause, il essayait tellement de contenir ses émotions !

Visiblement embarrassée, Johanna retira sa main.

— Tu vas bien ? hasarda-t-elle d'une toute petite voix.

Naguère, ils n'hésitaient pas à se toucher. Hélas ! ce temps était révolu. Désormais, un mur se dressait entre eux, et il était le seul responsable.

— Pourquoi cette question ?

Le beau visage hâlé de Johanna exprima aussitôt une immense compassion.

— Ta grand-mère vient de t'apprendre qu'elle a une tumeur. Tu dois être bouleversé.

— Bien sûr. Toi aussi, j'imagine.

Stone se mordit la lèvre. Ce mur entre elle et lui l'empêchait de la prendre dans ses bras pour la réconforter. Bon sang, c'était tellement dur !

— Je suis tellement désolée…, bredouilla-t-elle. Malgré ce qui s'est passé entre nous, sache que je tiens toujours à ta famille… et à toi.

Il écarquilla les yeux. Elle *tenait* à lui ?

Ce n'était pas son cas. Car ce qu'il ressentait pour elle était mille fois plus intense. Il y avait même dans ce sentiment une part de colère et de frustration parce qu'ils ne pouvaient pas être ensemble. Sans compter qu'il n'arrivait pas à l'oublier quand ils étaient séparés.

— Tu *tiens* à ma famille, c'est pour ça que tu as accepté le plan débile de ma grand-mère, lâcha-t-il froidement.

Et pas parce qu'elle voulait être seule avec lui.

— Cela a influencé ma décision, oui, finit-elle par avouer. Je me soucie aussi de ses chiens, et je respecte sa volonté de rechercher leur bien-être. C'est une femme extraordinaire.

— En effet, admit-il.

A ces mots, un mélange d'angoisse, de chagrin et de colère s'empara soudain de lui. A quoi bon se voiler la face ? Il ne pouvait rien pour les problèmes de santé de sa grand-mère. Ce sentiment d'impuissance lui était pour ainsi dire étranger et ne faisait qu'exacerber sa frustration d'avoir été rejeté pendant des mois par Johanna.

Et Dieu sait si elle lui avait manqué durant tout ce temps ! Pourtant, il se sentait d'une humeur si sombre qu'une idée absurde traversa son esprit. Et s'il poussait Johanna à prendre ses distances ? A vrai dire, il préférait encore se disputer avec elle que prolonger plus longtemps cette situation intenable.

Ni une ni deux, il s'approcha d'elle et referma les

mains sur ses doigts délicats qui serraient le pendentif de sa grand-mère. Elle sembla surprise mais ne recula pas.

La tête penchée, Stone murmura au creux de son cou :

— Est-ce que tu es assez désolée pour vouloir y remédier, peu importe comment ?

Au même moment, elle l'arrêta en posant une main sur son torse viril. Mais on la sentait troublée. D'ailleurs, elle ne l'avait toujours pas repoussé.

— « Peu importe comment » ? Désolée, mais non.

Stone fronça les sourcils. Pas de doute : il avait dépassé les bornes. Avec un soupir, il s'écarta et s'assit sur le lourd bureau en chêne qu'il avait tant escaladé dans son enfance. D'ailleurs, ses initiales étaient toujours gravées sous le plateau.

— Tu es revenue m'offrir ton réconfort. Mission accomplie. Merci.

Durant une seconde, les beaux yeux vert émeraude de Johanna passèrent de la colère à la tristesse.

— Si tu crois que je vais tomber dans le panneau, tu te trompes. Je te connais mieux que personne.

A ces mots, il attrapa sa main fine qui tenait toujours le fer à cheval et l'attira vers lui jusqu'à ce qu'elle se retrouve tout contre son cœur.

— Alors dis-moi ce que je ressens, là, maintenant.

— Tu essayes de me faire fuir en me draguant parce que je touche un nerf sensible en te posant des questions sur ta grand-mère, répliqua-t-elle sans sourciller. Tu souffres, et tu ne veux pas que je le voie.

Stone baissa la tête. Elle avait vu juste, comme d'habitude.

— Je souffre, c'est vrai, et je serais plus que ravi de tout te laisser voir, riposta-t-il en parcourant des yeux son corps aux courbes sensuelles.

Johanna secoua la tête puis se dégagea vivement.

— Pour un séducteur de première classe, tu en fais un peu trop.

— Mais ça ne te laisse pas indifférente.

D'un geste expert, Stone lui prit le pendentif des doigts. Puis il se redressa pour le glisser autour de son cou comme si c'était pour ça qu'il s'était rapproché. Il écarta sa natte blonde. La poitrine voluptueuse de Johanna se souleva. Tout en ajustant le fermoir, il savoura le contact de la peau satinée de sa nuque, puis suivit des doigts les maillons d'argent avant de placer le fer à cheval entre ses seins. C'était comme s'il pouvait sentir son cœur battre la chamade.

— Stone, notre attirance mutuelle n'a jamais cessé d'exister, lâcha-t-elle sans détour, les poings crispés et le menton relevé. Il faut qu'on établisse des règles pour ce voyage.

— Des règles ?

Elle le regarda droit dans les yeux. Non, elle ne plaisantait pas.

— Les jeux de séduction, ça suffit. Si tu veux que je sois gentille, sois gentil toi aussi.

Il eut un sourire. Comment résister à la tentation de la taquiner ?

— Qu'est-ce que tu appelles « gentil » ?

— Honnête, courtois. Et surtout, n'essaie pas de me séduire, ajouta-t-elle avec un regard électrique.

— Pourquoi dis-tu ça ? Je croyais que tu ne t'intéressais qu'aux chiens !

Sans la quitter des yeux, Stone continua de jouer avec le fer à cheval en diamants en effleurant à peine sa peau. Frôler Johanna, c'était toujours mieux que rien, non ?

— Je peux placer ces chiens sans toi, déclara-t-elle. J'accepte d'aider ta grand-mère à avoir l'esprit tranquille. Elle veut qu'on fasse cette mission ensemble. Seulement, je n'y arriverai que si tu arrêtes tes numéros de charme. Sois honnête. Sois sincère.

Tout en faisant glisser le fer à cheval le long de la chaîne, juste au-dessus de sa peau, il ajouta :

— Très bien. En toute honnêteté, je te jure que je meurs d'envie de t'arracher tes vêtements avec les dents. Je brûle d'embrasser chaque centimètre de ta peau nue. Et mon corps brûle de te refaire l'amour encore et encore, parce que oui, je veux oublier ce que ma grand-mère vient de m'apprendre.

Il lâcha le pendentif et attendit. C'était le moment de vérité.

Les yeux écarquillés, Johanna poussa un profond soupir.

— D'accord. Compris. Et je te crois.

Là-dessus, Stone s'écarta du bureau, contourna Johanna, gagna la porte à grandes enjambées, et s'arrêta juste devant. Il se retourna et plongea les yeux au fond des siens qui étaient aussi attirants que ses formes sensuelles.

— Oh ! Johanna, une dernière chose. Je te désirais tout autant avant l'annonce de ma grand-mère. Ça n'a rien à voir avec mon besoin d'être consolé. A demain, ma puce.

Johanna avait jusqu'au lendemain matin pour faire ses bagages et reprendre le contrôle de ses émotions.

Le clair de lune projetait à travers les pins des taches de lumière sur le chemin gravillonné qui menait de l'écurie à son chalet. Son cœur lui faisait aussi mal que ses muscles après cette longue, trop longue journée.

Elle ouvrit sa boîte aux lettres et en sortit une poignée de prospectus. Le vent emportait les rires des vacanciers faisant la fête sur la terrasse à l'arrière du lodge ; les éclaboussures du jacuzzi se mêlaient à l'écho de la rivière qui coulait derrière son petit havre de paix.

Depuis l'obtention de son diplôme de vétérinaire, quatre ans auparavant, elle vivait dans une maisonnette de trois pièces, sur le même modèle que celles où logeaient les vacanciers. Johanna se sentait bien ici mais, à vrai dire, elle n'avait pas eu de maison à elle depuis que le mobile-home de ses parents avait brûlé quand elle avait dix-huit ans. Elle avait vécu en appartement durant ses deux années de formation, grâce à une bourse fournie par Mariah McNair. Son diplôme obtenu, elle avait ensuite accepté un poste au Hidden Gem et son béguin de jeunesse pour Stone était devenu un amour véritable.

Au fil du temps, Johanna avait gagné sa vie en faisant un travail qu'elle adorait mais sans jamais trop s'attacher. Car elle n'attendait qu'une chose : que le prince charmant demande sa main. Quand il l'avait enfin fait, elle avait découvert que son prince était un crapaud. Un crapaud hyper sexy, mais un crapaud quand même. Oh ! elle ne pouvait pas en vouloir à Stone de la tournure qu'avaient prise les choses entre eux. C'était elle qui avait porté des œillères en refusant d'admettre la vérité avant qu'il ne soit trop tard.

Soudain, sentir la chaîne d'argent de Mariah autour de son cou lui rappela que ce chapitre de sa vie allait bientôt se refermer. Mrs McNair morte, plus rien ne la retiendrait ici. Rien hormis son attirance pour Stone qui l'empêchait de se laisser séduire par un autre homme, de se trouver un avenir à elle, avec la famille dont elle rêvait.

Johanna poussa le portillon de son petit jardin. L'air nocturne lui apportait la musique provenant de la sono installée autour de la piscine. Peut-être que ce voyage loin du ranch lui était vraiment nécessaire, au fond. Peut-être qu'il ne s'agissait pas juste d'aider Mariah à se rassurer, mais de couper les derniers liens qui la retenaient à Stone. A partir de là, elle pourrait tourner la page sans regrets.

Tandis que les grillons exécutaient une symphonie toute texane, elle monta les trois marches en bois de sa maison. Un craquement l'arrêta net. Quelqu'un était là. Elle scruta le porche. Mince, ce qu'elle était bête d'avoir oublié de laisser une lumière extérieure allumée ! Seulement, elle n'avait pas prévu de rentrer si tard. Une fois habituée à la pénombre, elle découvrit qu'une surprise l'attendait dans l'un des fauteuils à bascule.

Amy McNair était assise, un chat tigré sur les genoux, un siamois à ses pieds. Deux adorables minous que les amis félins de Mariah allaient certainement bientôt rejoindre !

— Eh bien, lança la jeune femme avec soulagement. J'ai bien cru que tu n'arriverais jamais.

Johanna fronça les sourcils. Pourquoi Amy faisait-elle le pied de grue ici ? Pour parler de la maladie de sa grand-mère ? La terrible annonce devait peser sur toute la famille. Pour être honnête, Amy et elle n'étaient pas ennemies, mais elles n'étaient pas non plus les meilleures amies du monde, loin de là. Plutôt des connaissances d'enfance qui avaient failli faire partie de la même famille. Voilà pourquoi Johanna éprouva le besoin de la serrer dans ses bras. Cette journée avait certainement dû être l'une des plus difficiles de sa vie.

Le temps de déverrouiller la porte d'entrée, elle glissa à l'aveuglette une main à l'intérieur et alluma la lumière du porche.

— J'ai travaillé tard pour préparer mon départ demain, mais me voilà. Qu'est-ce que je peux faire pour toi ?

— Ah, donc tu vas mettre le plan de ma grand-mère à exécution, en fait.

Amy caressa la fourrure du chat tigré tandis que ses bracelets cliquetaient à son poignet. Même couverte de poils de chat, la cousine de Stone était toujours sublime quelle que soit sa tenue. Rien d'étonnant, d'ailleurs. Depuis ses quatre ans, sa mère l'avait envoyée faire des claquettes dans tous les concours de beauté de la région. Elle avait passé sa puberté sur les podiums, en Bikini et tartinée d'autobronzant.

Ces souvenirs à l'esprit, Johanna s'installa dans l'autre

fauteuil. A vrai dire, elle n'avait aucune envie d'entrer : elle risquait de tourner en rond, incapable de dormir. Cette journée avait été beaucoup trop éprouvante !

— Je n'ai pas d'autre choix que de partir avec Stone et les chiens, soupira-t-elle.

Amy se débarrassa de ses sandales et frotta ses orteils sur le siamois à ses pieds.

— Bien sûr que si. Dis non à ma grand-mère, dis-lui que ce n'est pas honnête de jouer avec ta vie comme ça. Tu sais aussi bien que moi que tu peux trouver toute seule des maîtres pour ces chiens.

— C'est vrai, et j'y ai pensé. Sauf que le… malaise que je ressens ne compte pas aux yeux de Mariah. Elle est en train de mourir, Amy. C'est normal de faire passer ses préoccupations avant tout.

Johanna s'arrêta un instant. Seigneur, entendre cet aveu avait été si dur…

— Comment puis-je lui refuser quoi que ce soit, même si sa requête est bizarre ? finit-elle par ajouter d'une voix mal assurée.

Amy détourna les yeux et sa longue queue-de-cheval noire glissa sur son épaule. Sans doute avait-elle du mal à ravaler ses larmes, elle aussi. La lampe fit étinceler les pierres de sa barrette au design aztèque.

— Je refuse d'admettre qu'elle va mourir, répliqua la jeune femme. Les médecins vont lui donner suffisamment de répit pour qu'elle s'en aille à un âge vénérable.

Johanna la vit déglutir avec peine puis regarda de nouveau dans sa direction. Son visage semblait moins empreint de chagrin.

— On peut raisonner Mariah… à moins que tu n'aies pas vraiment envie de lui dire non.

Un vilain soupçon jaillit soudain dans l'esprit de Johanna.

— Une minute… Tu souhaites peut-être que je rejette sa demande pour que ton cousin perde ?

Amy haussa ses sourcils parfaitement épilés avant de répliquer :

— Ce ne serait pas très loyal de ma part.

— Mais tu ne démens pas. Alors de quoi s'agit-il, en réalité ?

Johanna se sentit frissonner. L'idée qu'Amy puisse être aussi froidement calculatrice lui faisait horreur. Toutefois, elle avait toujours eu l'impression que la jeune femme voulait davantage de pouvoir au sein de l'entreprise familiale, non ?

L'ancienne reine de beauté écarta les mains.

— Je n'ai jamais caché le fait que je veux être prise au sérieux par ma famille. Je donne juste mon point de vue sur cette histoire de test. Ce n'est pas le bon moyen de décider l'avenir de notre héritage.

— Et toi, en quoi consiste *ton* test ? demanda Johanna.

— Gran ne me l'a pas encore dit. Ni à Alex, d'ailleurs. Mais vu ce qu'elle a inventé pour Stone, je doute que le mien soit plus intéressant. Ce que j'essaie de faire en ce moment, c'est de nous protéger tous.

Johanna haussa les sourcils. Vraiment ? Alors pourquoi cette visite nocturne ?

— Et en quoi me parler va-t-il faire avancer les choses ?

— Tu es la seule personne qui a failli franchir les murs que Stone a dressés autour de lui. J'espère juste que tu t'assureras qu'il va bien.

Johanna se redressa sur son siège.

— Pardon ?

— Prends garde à ce qu'il ne craque pas, avec tout ça.

— Craquer ? Stone ? Il est solide comme un roc, sans vouloir faire de jeux de mots.

Soudain, Amy agrippa le poignet de Johanna. Eh bien, quelle poigne chez ce petit bout de femme !

— Je m'inquiète pour lui, d'accord ? Il est seul. Mon frère et moi, nous pouvons tout nous dire. Stone fait partie de notre famille, mais il s'est toujours interdit d'être proche de nous. Et là, je me fais du souci pour lui.

Johanna baissa la tête. Amy était sincère. Ce qu'elle était bête d'avoir imaginé le contraire !

— C'est adorable de ta part, finit-elle par murmurer. Je reste attachée à Stone, même si on n'est plus ensemble. C'est un homme solide. Il pleurera Mariah — on la pleurera tous — mais il surmontera cette épreuve. Comme toujours.

A ces mots, Johanna entendit une petite voix au fond de sa tête lui rappeler que l'enfance de Stone avait été très différente de la sienne ou de celle de ses cousins. Seule sa grand-mère était là pour le soutenir.

Au même moment, Amy lâcha son poignet. Elle prit son chat dans ses bras et se leva.

— Garde ce que je t'ai dit à l'esprit, c'est tout ce que je te demande. Et bonne chance pour ton voyage.

— Merci…

Johanna retint un soupir. Elle aurait besoin d'autre chose que de chance pour tenir le coup durant la semaine à venir. Il lui fallait un plan et des barrières en béton de manière à protéger son cœur.

— Je t'en prie, cria Amy par-dessus son épaule.

Là-dessus, elle dévala les marches comme si elle fuyait, son autre chat sur ses talons.

Le temps de ramasser son tas de pubs, Johanna se mit debout. Elle devait commencer ses bagages dès à présent si elle voulait pouvoir se coucher à une heure raisonnable. Même si, à vrai dire, elle ne s'attendait pas à dormir beaucoup avec son cerveau en pleine ébullition.

Elle avait tenté de faire de cette maison un endroit à elle, avec des touches personnelles comme des tourne-sols dans le petit jardin ou une couronne en tissu sur la porte. Gnangnan ? Peut-être. Mais elle avait tellement rêvé d'avoir une vie normale quand, enfant, elle écoutait la pluie crépiter sur le mince toit métallique du mobile-home de ses parents.

Johanna entra. Une odeur de plancher fraîchement ciré et de fleurs l'accueillit, mais aucun chat, aucun chien ne vint à sa rencontre. Pourquoi n'avait-elle pas un animal à elle au lieu de s'occuper de ceux des autres uniquement ?

Une minute…

D'où sortait cette odeur de fleurs ?

A tâtons, elle trouva l'interrupteur et alluma. Le lustre éclaboussa de lumière la pièce meublée de fauteuils recouverts de patchwork — l'un de ses rares hobbies. Elle balaya les lieux des yeux puis les arrêta sur son canapé rétro.

Un homme dormait dessus, vautré de tout son long. Eh bien, pour une surprise, c'était une surprise !

Le regard de Johanna glissa sur les bottes posées sur l'accoudoir et le jean qui moulait deux jambes musclées, passa sur une boucle de ceinture Diamonds in the Rough, remonta vers de larges épaules recouvertes d'une chemise de flanelle bleue. Seigneur, Stone l'avait suivie ici ? Un chapeau de cow-boy recouvrait le visage de l'homme qui ronflait doucement.

Mais en regardant de plus près, Johanna resta bouche bée. Ce n'était pas Stone mais son cousin Alex qui dormait sur le canapé, une poignée de marguerites sur la poitrine.

En le voyant endormi dans cette position, Johanna ne put s'empêcher de songer qu'Amy et Alex ne se disaient pas tout.

3

Ni une ni deux, Johanna retira le chapeau du visage d'Alex.

— Qu'est-ce que tu fais chez moi ?

Celui-ci ouvrit un œil ensommeillé, se frotta la joue et bâilla. Puis il s'étira et se redressa, sans lâcher les marguerites, visiblement guère pressé de répondre à la question.

A vrai dire, Alex se dépêchait rarement. Il semblait pourtant toujours faire un nombre incroyable de choses. C'était une personne fascinante, comme tous les McNair. Et s'il était souvent venu chez elle, Johanna ne s'attendait pas à le voir ici ce soir, c'était le moins qu'on puisse dire. Elle mit les poings sur ses hanches et gronda :

— Alors ? Tu as une explication ? J'avais fermé la porte à clé, donc tu es entré par effraction.

— Etant ton *propriétaire*, je me suis servi de mon passe-partout. Cette maison m'appartient.

Il parlait avec son accent traînant du Sud, d'une voix à la fois chaude et incisive. Celle de Stone était plus basse, plus hachée — pareille à l'eau d'un torrent tombant sur des rochers.

Johanna connaissait Alex depuis aussi longtemps que Stone. Elle avait rencontré tous les McNair lorsque son père avait été embauché au ranch durant sa troisième année de primaire. Si Stone était le séducteur extraverti, un peu mauvais garçon, Alex était, lui, du genre réservé et sombre. Il avait été champion de rodéo dès l'enfance.

A dix-huit ans, il s'était cassé plus d'os qu'une star de football professionnelle.

Après avoir rompu ses fiançailles avec Stone, elle s'était rendu compte qu'Alex cachait derrière sa réserve une attirance pour elle. Six mois plus tard, il lui avait fait des avances en l'invitant à dîner. Elle avait été stupéfaite — et terrifiée à l'idée de sortir avec qui que ce soit. Il avait bien pris la chose — enfin, c'était ce qu'elle avait cru. Elle commençait à comprendre à quel point ce géant tranquille pouvait être patient, persévérant… et franchement entêté !

Elle aurait dû se rendre compte que le plan de sa grand-mère passerait mal auprès d'Alex.

— Même si cet endroit t'appartient, j'ignorais que les propriétaires dormaient sur le canapé, ironisa-t-elle. Qu'est-ce que tu veux ?

Johanna se sentit frémir. Non, il fallait qu'elle économise le peu d'énergie qui lui restait. Sans quoi, elle allait s'effondrer.

— Je m'assure que tu ne retombes pas sous le charme de mon diabolique cousin, répondit Alex en s'asseyant.

Il lui tendit la poignée de marguerites. Des racines pendouillaient au bout de quelques tiges. Johanna l'observa attentivement. Lui-même était assez exceptionnel dans son genre, avec un charme bien à lui. A une autre époque de sa vie, elle aurait pu être tentée, difficile de le nier.

Elle s'empara du bouquet improvisé.

— Tu essayes de me convaincre avec des fleurs ?

— Considère ça comme une tentative de corruption élaborée, répliqua-t-il avec un sourire moqueur.

— Tu les as volées dans le jardin sous la terrasse arrière, lui lança-t-elle en allant chercher un vase dans le coin cuisine.

— Le jardin m'appartient aussi.

— Il appartient à ta famille, le corrigea-t-elle.

— C'est pareil. Ce voyage ne t'embête pas trop ?

— C'est adorable de t'en soucier, et je suis sincère, dit-elle en plongeant les pauvres marguerites dans l'eau.

— Mes motivations sont plus pures que celles d'Amy tout à l'heure.

Johanna se retourna brusquement.

— Tu l'as entendue ?

Il allongea ses jambes devant lui et posa les bras sur le dossier du canapé.

— Oui, vu que tu laisses toujours ta fenêtre ouverte plutôt que d'utiliser la clim. Tu ferais bien de te souvenir qu'elle est la plus impitoyable de nous tous.

Elle déposa le bouquet sur la table basse. Voilà qui égayait le charme rustique de la pièce, parfait.

— Ce n'est pas très gentil de dire ça.

— Je veux juste dire que tu es mon amie. Amy et toi, vous n'avez pas ce type de relation. Elle pense à la famille. Moi, je m'inquiète pour toi. Allez, viens t'asseoir à côté de moi.

Johanna le regarda dans les yeux, du même bleu clair exceptionnel que ceux de Stone. Même s'ils étaient nés à deux ans d'écart, les deux hommes auraient pu être jumeaux. En réalité, Alex était plus fait pour elle. Ils avaient davantage en commun. Il dirigeait un ranch familial tandis que Stone régnait sur la salle du conseil d'administration. Elle retint un soupir. Stone était un tel bourreau de travail qu'il pouvait difficilement rêver d'un petit nid douillet plein d'enfants et de bonheur. Il le lui avait fait comprendre sans ambiguïté, d'ailleurs.

Pourtant, maintenant qu'elle était assise près de ce cow-boy incroyablement sexy qui venait de lui offrir ces quelques fleurs, elle ne pouvait s'empêcher de penser qu'elle aurait voulu se laisser embrasser par Stone, plus tôt dans la journée. Alex la laissait indifférente : à quoi bon le bercer de fausses espérances ? Ce n'était pas honnête.

Johanna effleura son poignet.

— Alex, il faut qu'on parle de…

Elle allait poursuivre, mais quelqu'un frappa à la porte d'entrée avant d'ouvrir sans crier gare.

Sous le coup de la surprise, Johanna faillit tomber du canapé et se retourna brusquement.

Stone se tenait sur le seuil, la mine renfrognée, des tulipes violettes à la main.

Qu'est-ce que c'est que cette histoire ?

Planté dans l'encadrement de la porte, Stone pencha la tête pour mieux voir. Il n'en croyait pas ses yeux. Son cousin Alex était assis sur le canapé avec Johanna ! Près de Johanna. Si près que leurs cuisses se touchaient. Avant de s'écarter subitement, elle était penchée vers lui, une main sur son bras.

Et il y avait des fleurs fraîches sur la table basse.

Ni une ni deux, Stone entra à grandes enjambées et jeta les tulipes — qu'il avait retirées d'un vase de l'entrée, chez lui — à côté des marguerites.

— Désolé d'avoir interrompu…

Oh ! peu importe ce qui se tramait ici ! Il sentait le sang battre à ses tempes. Sa tête était sur le point d'éclater après cette journée cauchemardesque. Mais ce n'était manifestement pas terminé.

Tout en se mordant la lèvre, Johanna frotta nerveusement ses paumes contre son jean et déclara :

— Ne va pas croire que je me moque de toi, mais ce n'est pas du tout ce que tu pourrais croire.

— Qu'est-ce que je pourrais croire ?

Stone sourit. Au prix d'un effort surhumain, il parvint à garder un ton neutre malgré la jalousie qui le tenaillait.

— Qu'Alex et moi on est en couple. Ce n'est pas le cas.

A ces mots, elle adressa à Alex un regard d'excuse. Un regard qui en disait long. Stone secoua la tête. Pas de doute : son cousin la draguait. Son cousin — aussi proche qu'un frère — était tombé amoureux de Johanna. Eh bien… Voilà une chose à laquelle il ne s'attendait pas.

Au bout de quelques secondes, Alex finit par se lever, avec dans les yeux cette lueur qu'il avait dans son enfance, quand il atteignait le point de non-retour — juste avant de flanquer par terre celui qui l'avait fichu en rogne. L'air hargneux, il mit son bras autour des épaules de Johanna.

— Qui dit qu'on n'est pas en couple ?

Elle se dégagea d'un mouvement d'épaule.

— Arrête de l'énerver exprès. Vous n'avez plus dix ans, tous les deux, ajouta-t-elle en lançant un regard à Stone. Pas de bagarre ici.

— Je cherche juste à obtenir la bonne réponse, expliqua celui-ci.

— De toute façon, ça ne te regarde pas, rétorqua-t-elle avec irritation.

— Bien sûr que si, objecta-t-il. Si vous sortez ensemble sans avoir pris la peine de m'en avertir, c'est un sacré manque de considération envers mes sentiments.

Soudain, Alex éclata de rire.

— Tes *sentiments* ? Tu rigoles, j'espère ?

Stone se sentit bouillir. Allons, du calme, inutile de s'énerver. Même s'il mourait d'envie de lui casser la figure.

— Tu me provoques. Pourquoi ?

— Juste pour mettre les points sur les *i*. Johanna compte dans cette famille, et pas uniquement parce qu'elle a été ta fiancée. Si tu la fais souffrir, je te casse la gueule.

La voix d'Alex était douce mais glaciale.

Très bien. Ils avaient le même objectif : la protéger. Stone hocha sèchement la tête. Il n'avait aucun problème avec ça.

— Message reçu cinq sur cinq.

Au même moment, Johanna siffla entre ses dents, comme si elle appelait un cheval.

— Hé ! les gars ! Et moi, j'ai rien à dire là-dedans ?

Stone se tourna vers elle.

— Evidemment que si. Qu'est-ce que tu voudrais ajouter ?

— Rien, répondit-elle en levant les yeux au ciel. Strictement rien. Je suis parfaitement capable de prendre soin de moi. Merci à vous deux de vous en soucier, mais je dois faire mes bagages pour ce voyage demain matin.

— On sait bien que tu peux prendre soin de toi, dit Stone d'un ton qui se voulait apaisant.

D'un geste, il indiqua à Alex de sortir le premier puis profita de cet instant d'intimité pour se pencher vers Johanna. C'était le moment ou jamais.

— Je voulais juste t'apporter ces tulipes et te remercier de te préoccuper du bonheur de ma grand-mère.

Johanna garda le silence, manifestement surprise, en effleurant du bout des doigts les tulipes violettes. Vite, il fallait qu'il passe à l'action, maintenant. Avant qu'elle puisse réagir, il se dépêcha de l'embrasser, rien qu'une fois. Bon sang… C'était plus fort que… tout. Après sept mois sans la sentir contre lui, il n'avait qu'une envie : retrouver son corps.

Il était assoiffé d'elle, d'eux.

Il sentait le désir faire vibrer tous ses sens. Puis il recula, avant de perdre le contrôle et d'aller trop loin.

— A demain sur le tarmac, lança-t-il.

Stone referma la porte derrière lui et se laissa envelopper par les bruits des insectes nocturnes, le cri des hiboux, le vent dans les arbres. Il prit deux longues inspirations afin de se ressaisir avant d'affronter de nouveau son cousin.

Adossé au pilier du porche, Alex remettait son chapeau.

— J'étais sérieux quand je parlais de te casser la gueule.

— Et entre vous, c'est sérieux à quel point ? grogna Stone du tac au tac.

Que ferait-il si son cousin avait des sentiments ? Ou, pire, si Johanna en avait aussi ?

— Si le fait de savoir qui elle fréquente te tient autant à cœur, répliqua Alex avec un drôle de sourire, alors fais quelque chose.

Sans un mot de plus, il dévala les marches et disparut dans la nuit.

Stone resta sous le porche, encore troublé par la douce sensation d'avoir embrassé Johanna. Mais pour être honnête, elle n'avait pas quitté ses pensées une seule seconde depuis leur rupture.

Pas de doute, son cousin avait raison. Il était toujours amoureux de Johanna. Et il était temps d'y faire quelque chose.

Johanna frémit. Le baiser de Stone continuait de la hanter.

Elle tira sa valise de sous le lit et la balança sur le couvre-lit. Quelle mouche l'avait piqué pour qu'il l'embrasse de cette façon ? Après tout ce qu'ils avaient vécu ensemble…

Tout son cœur vibrait de désir, brûlant comme une lave en fusion et doux comme les tulipes qu'elle avait apportées dans sa chambre. Les fleurs égayaient de leurs reflets pourpres la table de chevet blanche.

A quoi bon se mentir ? Elle avait fait de son mieux pour étouffer son attirance pour Stone au cours des mois qui s'étaient écoulés, ce qui avait été assez facile puisque leurs chemins se croisaient rarement. Seulement, comment survivrait-elle toute une semaine seule avec lui ?

Elle se laissa tomber au bord du lit, s'empara d'une des tulipes et la passa tout près de ses lèvres. Il les avait sûrement volées dans un vase au lodge.

Elle ne put s'empêcher de sourire. Les deux cousins avaient attrapé les premières fleurs qui leur étaient tombées sous la main. Ils avaient beau avoir les moyens de couvrir les femmes de bijoux, ils connaissaient néanmoins la valeur d'un bouquet offert au moment opportun.

Pour être honnête, Johanna ne savait plus quoi penser. Les tulipes de Stone, ainsi que son baiser, l'avaient troublée. Seigneur, ce voyage promettait d'être mouvementé !

Là-dessus, elle laissa échapper un rire quasi hystérique et elle s'allongea sur le couvre-lit moelleux. Serrant la tulipe contre son cœur, elle regarda le ventilateur tourner paresseusement au plafond. Stone et elle avaient passé des week-ends entiers à faire l'amour dans ce lit. Elle n'avait pas voulu s'installer avec lui dans la grande maison, même après leurs fiançailles. Alors que Mariah logeait dans une suite voisine ? Impossible ! Du coup, il avait organisé toutes sortes d'escapades, en jurant que cela lui donnait l'impression qu'elle vivait avec lui.

A présent, Johanna se posait mille questions. S'était-elle doutée dès le départ que leur histoire était vouée à l'échec ? Quelque part, c'était un fantasme qui ne pouvait pas résister à la cruelle réalité.

Avant Stone, elle n'avait pas beaucoup voyagé. Durant leur année ensemble, il l'avait emmenée dans des endroits exotiques et à des galas de bienfaisance huppés, à mille lieues de son existence et de son quotidien campagnards.

Mais que devait-elle attendre de ce voyage ?

En roulant sur le côté, elle observa la valise vide. Qu'emportait une fille pour une semaine de rendez-vous canins chez des inconnus et en compagnie de son ex-fiancé ? Et, surtout, comment réagirait-elle s'il lui donnait un autre de ces baisers dévastateurs ?

Soudain, un bruit l'arracha à ses pensées. On venait de taper au carreau de la fenêtre.

Elle se redressa en sursaut, le cœur battant à tout rompre. Mon Dieu, c'était peut-être un cambrioleur !

Quand elle se fut tournée vers le visage derrière la vitre, elle resta bouche bée.

Stone se tenait là, tel un Roméo texan.

Elle sentit son pouls s'accélérer. Ah non, pas maintenant !

Elle se leva et ouvrit la fenêtre. La lourde brise nocturne s'engouffra à l'intérieur en faisant voler les rideaux de dentelle.

— Qu'est-ce que tu fais là ? demanda-t-elle.

— J'ai oublié mes fleurs. Tu ne semblais pas en vouloir, alors j'ai pensé les offrir à quelqu'un qui les apprécie.

En un clin d'œil, Stone escalada la fenêtre. Johanna recula, le regarda examiner la pièce, s'avancer vers les fleurs puis jeter un coup d'œil par la porte de la chambre.

Tout à coup, elle sentit la colère l'envahir. Elle avait compris la raison de ce petit manège.

— Tu vérifies si ton cousin est revenu !

— Peut-être.

Il pivota sur ses talons et son regard tomba sur le lit où gisait la tulipe solitaire.

Elle se précipita pour la ramasser. Pas question d'apparaître vulnérable aux yeux de Stone !

— J'essaye de décider quoi emporter en voyage, expliqua-t-elle. Puisque je ne sais pas où on va, je n'avance pas.

Johanna leva les yeux vers lui. La lueur dans ses beaux yeux indiquait clairement qu'il n'était pas dupe. Mince…

— Prends des vêtements confortables. Si on a besoin de quelque chose d'autre, je te l'achèterai.

— On n'est plus fiancés. Tu ne m'achèteras ni vêtements ni cadeaux, répliqua-t-elle vivement.

Elle lui avait rendu tous ses bijoux après avoir rompu — y compris la bague de fiançailles ornée d'un diamant jaune serti d'une double rangée de brillants. Le soir où il la lui avait offerte, elle avait pensé que tous ses rêves de famille et de vrai foyer étaient devenus réalité. Funeste erreur.

Néanmoins, au cours des sept mois qui s'étaient écoulés, elle avait beaucoup mûri, seule avec ses désillusions.

— Johanna, on n'est peut-être pas fiancés, mais tu es une employée du ranch. Si tu as besoin de vêtements pour des raisons professionnelles, la société prend la facture en charge.

— Des vêtements pour quoi, précisément ?

— Il y a un salon du Bijou où je voudrais passer pendant qu'on sera en déplacement.

Johanna secoua la tête. Elle savait combien ces événements pouvaient être snobs et prétentieux. Pas question de l'accompagner, elle aurait l'impression de se retrouver dans un bal masqué.

— Je resterai à l'hôtel avec les chiens, se contenta-t-elle de répondre.

— On verra, rétorqua-t-il d'un ton évasif avant d'enjamber de nouveau la fenêtre. Bonne nuit.

— Stone ?

Il s'arrêta juste avant de ressortir.

— Oui ?

Johanna s'approcha — uniquement pour être prête à refermer la fenêtre après son départ. Pas pour être plus près de lui, attention…

— Merci pour les fleurs. C'est vraiment gentil de te préoccuper autant du bonheur de ta grand-mère. J'ai toujours admiré ta loyauté envers ta famille.

— Ravi que tu aies aussi de bons souvenirs.

Elle fit une grimace. Un pincement au cœur lui rappela à quel point leur rupture l'avait blessé, lui aussi. Elle effleura son épaule.

— Il n'y a rien entre Alex et moi.

— Content de te l'entendre dire.

Johanna battit des paupières. Etait-ce le fruit de son imagination ou est-ce qu'il s'était avancé vers elle ?

Elle posa une main sur son torse.

— Ça ne veut pas dire qu'il n'y aura jamais personne. Je n'ai pas le droit d'avoir une autre relation ?

Un sourire se dessina sur la bouche de Stone.

— Je ne répondrai pas à cette question.

Là-dessus, il jeta un regard dans le jardin.

— Quelque chose ne va pas ? demanda-t-elle.

— Euh, en fait, répondit-il d'un air gêné, j'ai pris les chiens avec moi. Et ils sont en train de creuser dans ton jardin. Ça ne te dérange pas, j'espère ?

Elle éclata de rire. Enfin, elle retrouvait un peu du Stone dont elle était tombée amoureuse, ouvert et espiègle.

— Heureusement qu'ils n'ont pas sauté par-dessus ma petite barrière en bois.

— Etant donné qu'ils vont passer la semaine prochaine dans un avion avec moi, autant qu'ils se rappellent qui je suis.

Johanna se mordit la lèvre. Elle pouvait se permettre de succomber un peu à son charme, juste pour une minute, non ?

— C'est une adorable attention de ta part, Stone.

— Adorable ? D'abord tu embrasses à pleine bouche mon cousin, et ensuite tu me dis que je suis adorable. Deux fois. Ce n'est pas mon jour, décidément.

— Je n'étais pas en train d'embrasser ton cousin, protesta-t-elle sans pouvoir se retenir.

— Tant mieux.

Avant même de comprendre ce qui lui arrivait, elle sentit Stone mettre une main derrière sa nuque et l'attirer vers lui pour lui donner un baiser. Un vrai. Profond et passionné.

Elle sentit son corps vigoureux, fort comme un roc, se presser contre le sien. Elle ouvrit les lèvres et ne le regretta pas. Elle savoura la sensation de ses mains viriles à nouveau sur elle, de sa langue chaude cherchant la sienne. Mais attention… Des baisers comme celui-ci risquaient de l'inciter à oublier beaucoup. Depuis leur séparation, elle avait perdu de vue avec quelle intensité leur attirance physique pouvait leur faire tout oublier.

Alors que tous ses sens s'éveillaient brusquement, elle agrippa ses bras. Un gémissement rauque de plaisir et de désir monta dans sa gorge. Elle allait craquer, ça ne faisait aucun doute. Son lit était à deux pas. Ce lit où ils avaient partagé tant de merveilleux moments.

Comment s'éloigner de lui après un baiser pareil ?

Soudain, Johanna sentit le sol se dérober sous ses pieds — plus exactement, c'était Stone qui trébuchait contre elle. Le temps de s'agripper à la commode, elle chercha son équilibre et se rendit compte que Ruby, le rottweiler, avait les deux pattes avant sur le rebord de la fenêtre ouverte et poussait de la truffe Stone dans le dos. Aussitôt, Gem le labrador sauta pour le rejoindre, encouragé par un concert d'aboiements. En jetant un rapide coup d'œil au dehors, elle s'aperçut que Pearl le terrier et Sterling le croisé chihuahua-teckel dansaient dans les buissons au pied du mur.

Le souffle court, elle chuchota :

— Tu devrais peut-être partir.

— Dors bien, ma beauté.

Sur ces mots, Stone lui adressa un clin d'œil ravageur et enjamba la fenêtre.

Au lieu de la refermer aussitôt, Johanna resta plantée devant le carreau et le regarda rassembler aisément la meute. Là-dessus, il intima aux grands chiens l'ordre de sauter par-dessus sa barrière tout en prenant les deux petits dans ses bras.

Pas de doute, elle n'avait qu'une seule manière de survivre à cette semaine : il fallait à tout prix que Stone et elle évitent de se toucher, même par accident. Et elle comptait lui exposer clairement la situation. Pourtant, elle ne put s'empêcher de laisser ses yeux s'attarder sur les larges épaules de Stone et sur cette chute de reins digne des plus belles pubs pour jeans.

La mâchoire serrée, elle claqua la fenêtre et recula vite.

La nuit allait être longue et douloureuse.

Le soleil matinal se levait au-dessus de la piste d'aviation privée des McNair, au cœur de la propriété. Johanna avait cessé d'attendre Stone dans la limousine une heure plus tôt et s'était installée dans le petit aérodrome. Il comprenait une salle d'attente, un bureau de commande et une salle avec un lit de camp à disposition du pilote pour une sieste, au besoin. Il n'y avait pas grand-chose à faire hormis s'asseoir. Stone était en retard mais sa grand-mère se trouvait là avec ses chiens. Seigneur… Les adieux promettaient d'être horriblement difficiles.

Mariah se tenait très droite, maîtresse de ses émotions, Ruby et Gem allongés à ses pieds, Pearl et Sterling blottis l'une contre l'autre sur un siège à ses côtés.

Johanna retint un soupir. Comment la meute supporterait-elle d'être séparée ?

Elle vérifia l'heure à la grosse pendule au-dessus de la porte. Bientôt 10 heures. Le pilote s'occupait avec de la paperasse dehors, sous le drapeau du Texas qui flottait paresseusement dans la douce brise. Johanna ravala sa colère. Elle se sentait épuisée par le manque de sommeil et contrariée de devoir jouer les indifférentes devant Stone.

Tout ça pour qu'il lui pose un lapin.

Bref, elle était folle de rage. Et terriblement embarrassée. Qu'il joue au malin avec elle, c'était une chose. Mais impliquer sa grand-mère ? C'était nul, et cela ne lui ressemblait pas.

Déplaçant sa chaise pour se rapprocher de Mariah, elle posa une main rassurante sur le bras de la vieille dame.

— Vous n'avez pas besoin de faire ça, madame McNair.

Les chiens peuvent rester avec vous. Maintenant, et même quand — elle déglutit avec peine, c'était trop d'émotion — quand vous ne serez plus là. C'est ici qu'ils se sentent bien.

Mariah lui tapota la main.

— Tout va bien, sincèrement, répondit-elle. Je les aime assez pour faire ce qui est le mieux pour eux. Je vais être soumise à de fréquents séjours à l'hôpital et ils méritent qu'on s'occupe pleinement d'eux.

— Tout le monde prendra soin de vos bêtes ici. Vous devez en être consciente.

Johanna sentit l'émotion la gagner. Elle se raccrochait à cette femme forte et brillante. Hélas ! celle-ci montrait déjà des signes de faiblesse. Son visage se décharnait et une ombre cernait ses yeux, trahissant son épuisement malgré les apparences. Elle était pimpante avec sa robe rouge et ses bottines assorties. Mais le mal était déjà là.

— J'en suis consciente, répondit Mariah, mais j'ai besoin de savoir qu'ils sont en de bonnes mains pour pouvoir être tranquille. Ils ne méritent pas d'être confiés à un membre du personnel ou à un adulte qui n'en veut pas vraiment, ajouta Mariah en caressant le petit terrier ébouriffé.

— Ils pourraient aussi être un réconfort pour vous, fit remarquer Johanna. Même si vous n'en gardez qu'un, Pearl ou Sterling, peut-être…

Mariah caressa d'une main câline chacune des quatre têtes.

— Je ne pourrais pas choisir lequel. Ce serait comme avoir un chouchou parmi mes enfants ou petits-enfants.

Johanna hocha la tête. Ces mots contenaient une indéniable vérité. On sentait tant de générosité chez cette femme merveilleuse. Quelle douleur de devoir la perdre !

— J'aimerais qu'il y ait plus de gens comme vous dans le monde, déclara-t-elle doucement.

D'un geste empreint de tendresse, Mrs McNair prit le visage de Johanna entre ses mains.

— Tu es un ange de dire ça. Et moi, j'aimerais que tu puisses être ma petite-fille.

Johanna se mordit la lèvre.

Nous y voilà.

Le sujet brûlant qu'elles avaient feint d'ignorer lors de toutes leurs discussions durant les sept mois passés. Pas une seule fois Mariah n'avait interféré ou remis en cause sa décision de quitter Stone.

Si seulement il y avait eu une autre solution…

Johanna serra la vieille dame dans ses bras en murmurant :

— Je suis désolée de ne pouvoir faire de ce souhait une réalité. J'aurais adoré que vous fassiez partie de ma famille.

Mariah lui rendit son accolade puis s'écarta en effaçant du pouce une larme au coin de ses yeux.

— Je veux juste que tu sois heureuse, répliqua-t-elle.

— Mon travail me rend heureuse, lui assura Johanna.

Ce qui était vrai, mais elle avait rêvé de bien davantage.

— Sans votre bourse d'études, je n'aurais jamais pu l'exercer, poursuivit-elle. Je vous ai déjà remerciée, mais jamais je ne pourrai vous dire combien je vous suis reconnaissante.

La vieille dame remit en place une mèche qui s'était échappée de la tresse de Johanna.

— Allons, ma chérie, on n'en est pas encore à se dire adieu. Même dans le pire des scénarios, il me reste plusieurs mois à vivre, et tu ne pars qu'une semaine. Je compte bien me battre pour durer aussi longtemps que possible.

Johanna tripota le fer à cheval serti de diamants.

— Je sais, admit-elle. Mais je veux m'assurer que toutes les choses importantes soient dites.

— Bien entendu. Néanmoins, ne gâchons pas notre temps avec des pensées morbides ou du vague à l'âme.

Regarde Stone : il a été suffisamment déçu par les gens qu'il aime.

Johanna étudia les yeux bleus de Mariah. Il lui semblait deviner ce qu'elle avait en tête.

— Vous l'expédiez ailleurs cette semaine pour qu'il ne vous voie pas commencer les traitements.

— Le temps de prendre mes marques, c'est tout.

Se sentant enhardie par la confiance que lui témoignait Mariah et l'importance de ce moment, Johanna osa demander :

— Et s'il veut être présent pour vous soutenir ?

— Dans l'immédiat, mes choix priment sur ceux des autres, rétorqua Mariah de ce ton inflexible qui avait fait d'elle une femme d'affaires d'envergure nationale. Occupe Stone et trouve de bons maîtres à mes chiens. Profite de ce temps loin du ranch. Tu travailles trop, et s'il y a quelque chose que j'ai appris dernièrement, c'est qu'on ne doit gaspiller aucun jour de notre vie.

— Oui, madame.

— A la bonne heure ! Et, par pitié, cesse de m'appeler « Mrs McNair » ou « Madame ». Si tu ne peux pas dire Gran, alors appelle-moi Mariah.

A ces mots, la vieille dame soupira puis se mit lentement debout.

— Bon, et si on tentait de localiser mon petit-fils ? Comme ça, vous pourriez partir sans attendre…

— Je suis sûre qu'il est en route… Mariah.

Johanna consulta de nouveau l'horloge. Ce retard ne ressemblait pas à Stone. Lui était-il arrivé quelque chose ?

Soudain, elle entendit son portable sonner au fond de son sac, une vieille chanson d'amour de Willie Nelson. Elle regarda Mariah à la dérobée. Zut, pourquoi n'avait-elle pas changé la sonnerie personnalisée de Stone ? Elle aurait pu la remplacer par un air country.

— Où es-tu ? demanda-t-elle en décrochant.

— Au bureau en ville, répondit-il de cette voix de basse qui la faisait frissonner. Une urgence. Je t'appelle dès que je suis prêt à partir.

Johanna se sentit bouillir. S'il croyait pouvoir s'en sortir aussi facilement… Oh ! elle n'allait pas lui faire une scène devant sa grand-mère ! Non, elle irait le chercher en personne au siège de Diamonds in the Rough. Et sans le prévenir.

— Très bien. Merci de ton appel.

A ces mots, elle coupa la communication et se tourna vers Mariah.

— Tout va bien, il a juste été retardé au bureau. Il veut que je passe le prendre avec les chiens, on partira de là-bas. Vous m'aidez à les installer dans la voiture ?

— Bien sûr. Prends la limousine. Le gardien de l'aérodrome me raccompagnera au ranch.

Johanna faillit protester, mais l'idée de traverser la ville et de débarquer sans crier gare chez Diamonds in the Rough avec les chiens dans les bras l'amusait follement.

Son sang de Texane était en train de bouillir. Plus question de laisser Stone McNair piétiner ses émotions !

4

S'il y avait bien une chose que Stone détestait plus que tout, c'était d'être en retard. Hélas ! les problèmes s'étaient enchaînés au bureau même s'il était venu à cinq heures du matin afin de préparer sa semaine d'absence.

Planté devant son ordinateur, il régla les derniers détails en libérant son agenda et en prévoyant des téléconférences en cours de route. Il adorait sa grand-mère, mais elle devait savoir que le DG de Diamonds in the Rough ne pouvait pas quitter le navire toute une semaine sans une organisation préalable en béton. Ce qui était la principale raison de son test, pas vrai ? A lui de prouver qu'il était le plus à même de diriger l'entreprise.

Sauf qu'elle n'aurait pas pu choisir pire moment.

De crainte d'un accouchement prématuré, leur directrice financière avait été mise au repos complet. Son assistante personnelle était, elle, coincée dans un aéroport du Dakota. Leur showroom, ravagé par une tornade, était toujours en travaux et le chef d'équipe censé les mener, en grève.

Et voilà que sa grand-mère lui avait annoncé qu'elle était en train de mourir d'un cancer.

Il serra les poings. C'était pour elle qu'il avait échafaudé des plans minutieux afin de hisser Diamonds in the Rough à un niveau international et développer l'entreprise en hommage à ses grands-parents qui avaient été si présents pour lui au fil des années. Hélas ! Gran risquait à présent de ne pas vivre assez longtemps pour voir ce rêve devenir réalité. Penser qu'il l'avait déçue, d'une manière ou d'une autre, le tourmentait. Sinon pourquoi aurait-elle éprouvé le besoin de concocter des tests pour qu'il fasse ses preuves…

Il laissa tomber le regard sur la table à dessin jonchée de croquis de nouveaux modèles, la plupart réalisés par Amy, mais certains par lui-même. Il dessinait tard le soir, après sa journée de bureau, afin d'apaiser le stress au quotidien. C'était plus nécessaire encore depuis sa rupture avec Johanna. Ses modèles mettaient davantage l'accent sur le travail du métal que ceux d'Amy. Chaque pièce était évidemment dans ce style western qui était leur marque de fabrique.

Si Amy était la véritable artiste de la famille, ses créations à lui obtenaient aussi de bonnes critiques, en général. Johanna l'avait toujours encouragé à dessiner plus, d'ailleurs…

Il se cala au fond de son siège. Pourquoi diable avait-il escaladé sa fenêtre comme un ado excité, la veille au soir ? A vrai dire, il était hors de lui, jaloux de l'avoir vue avec son cousin. Il avait agi sans réfléchir. Ce baiser l'avait laissé rempli d'un désir pour elle qui le déchirait horriblement. Entendre sa voix au téléphone trois quarts d'heure plus tôt lui avait donné envie de vivre de fiévreux moments de passion avec elle !

Soudain, avant même qu'il ait pu comprendre ce qui se passait, la porte s'ouvrit à la volée et Johanna fit son entrée dans la pièce. Ses yeux lançaient des flammes.

— Tu as raté ton avion, dit-elle.

Stone écarquilla les yeux. Seigneur, qu'elle était sexy quand elle était en colère, surtout avec ce jean blanc et ce débardeur jaune ! Il recula son siège et savoura ce merveilleux spectacle.

— Je t'ai appelée pour te prévenir, fit-il remarquer. Et c'est un avion privé. *Mon* avion privé, d'ailleurs. Je ne peux pas rater un vol qui m'attend pour décoller.

Il lui jeta un regard appuyé. Bon sang, il donnerait tout pour lui arracher son débardeur. La veille, il était parti de chez elle dans l'espoir de se ressaisir. Hélas ! s'éloigner n'avait fait qu'accroître son désir. Il avait envie d'elle, terriblement.

— J'aurais aimé savoir que tu avais d'autres projets pour ta journée, protesta Johanna. Ça m'aurait permis de travailler, de dormir plus longtemps. Ou…

Elle leva la main, quatre laisses dans son poing.

— De laisser les chiens jouer et courir plus longtemps dans le jardin.

A ces mots, elle laissa tomber les laisses et la meute se rua dans le bureau. Stone eut à peine le temps de crier que Gem était déjà sur ses genoux. Le siège vacilla dangereusement sous le poids du labrador. Ruby, Sterling et Pearl léchèrent son visage avec des langues baveuses. Stone retint un soupir. Il aimait les animaux — rien que de très normal, vu qu'il avait grandi sur un ranch — mais voir ces cabots débouler sans crier gare, ça faisait un peu beaucoup, même pour lui.

Les aboiements et les jappements continuèrent jusqu'à ce que Johanna reprenne le contrôle des chiens et les fasse asseoir l'un à côté de l'autre. Ce qui prouvait qu'elle aurait pu les maîtriser dès le départ : elle avait fait exprès de les laisser se jeter sur lui !

Grimaçant, il se leva, s'essuya le visage avec sa manche et ôta sa veste pleine de poils. Dieu merci, il avait fait l'impasse sur la cravate aujourd'hui.

Le temps de déposer sa veste sur le dossier du fauteuil, il lança :

— Toutes mes excuses pour le désagrément. Même si ma grand-mère remet ma capacité à diriger l'entreprise en question, j'avais des choses à régler avant de pouvoir partir.

A ces mots, Johanna croisa les bras sur sa poitrine. Stone ne put s'empêcher de jeter un œil à ses seins magnifiques. Ah non, ce n'était pas le moment : il avait besoin de conserver l'esprit clair !

— C'est l'idée ? répondit-elle. Montrer à ta grand-mère que tu es indispensable ?

— Voilà une vilaine accusation.

— Mais c'est la vérité ?

Il secoua la tête. Mince, elle voyait toujours clair en lui. Cela dit, ce n'était qu'un aspect de la vérité.

— Mon objectif premier est de tranquilliser Gran. Une urgence au bureau ne ferait qu'ajouter à son stress alors qu'elle doit s'économiser.

Sans mot dire, Johanna le dévisagea, les yeux plissés, tandis que les chiens haletaient, la langue pendante.

— Quoi ? demanda-t-il. Tu ne me crois pas ?

— Je suis sceptique. Tu fais toujours la tête parce qu'Alex m'a apporté des fleurs ?

Stone retint un soupir. Bon sang, elle devait vraiment lire la moindre de ses pensées !

— Je ne fais pas la tête. Je te fais perdre la tienne.

— C'est ça. Telle que tu me vois, je suis complètement tourneboulée, là, railla-t-elle.

Vraiment ? Elle n'aurait pas dû dire ça. Il reconnaissait un défi quand on lui en lançait un. Il passa une main sur le lourd bureau en chêne avant de dire :

— Si ma mémoire est bonne, je t'ai largement fait tourner la tête et même plus, sur ce bureau, il y a environ dix mois.

Elle ouvrit la bouche, la referma, puis répliqua :

— Peu importe. Si tu as fini, partons afin qu'on en termine avec ce voyage au plus vite.

Raison de plus pour prolonger cette petite discussion…

Comme elle se penchait pour rassembler les laisses, Stone lui saisit le poignet.

— Attends. C'est toi qui as commencé. Parlons.

— Non, répondit-elle en libérant son bras.

— Très bien. Ne pas parler, ça me va aussi.

Il se mit à débarrasser son bureau.

En tournant la tête, il vit les yeux de Johanna s'agrandir.

— Qu'est-ce que tu fais ?

— Tu dis ne pas vouloir parler.

Ni une ni deux, il déboutonna sa chemise. Ils n'allaient évidemment pas faire l'amour sur son bureau, mais la voir troublée malgré sa mine renfrognée le ravit. Parfait.

Johanna secoua alors la tête et ses longs cheveux blonds soyeux caressèrent ses épaules.

— Tu dépasses les bornes, Stone. Arrête ça tout de suite !

D'accord, il l'avait assez agacée. Seulement, il voyait bien que la passion brûlait toujours entre eux, intense, indomptable. Même si l'amour était mort.

Du coup, il reboutonna sa chemise et rajusta sa ceinture.

— Rabat-joie, va.

— Rangeons d'abord avant de partir, dit-elle en ramassant des dossiers qui étaient tombés par terre. Le pilote attend.

— Quel gâchis, ce bureau vide inutilisé !

Elle le scruta à travers ses longs cils.

— Tu me pousses à bout pour essayer de me chasser ? Parce que si tu continues ces combines à la noix, je pars sur-le-champ. Je placerai les chiens parce qu'il faut le faire, mais toi, tu te débrouilles seul.

Appuyé sur le bureau, Stone poussa un soupir las.

— Je te le jure, Johanna. Je ne sais pas ce qui me prend. Depuis que ma grand-mère nous a fait cette révélation, je réagis n'importe comment.

Plantée devant lui, Johanna plaqua un tas de dossiers contre sa poitrine, les laisses des chiens toujours à la main.

— C'est tout à fait compréhensible.

— Alors tu ne vas plus menacer de t'en aller ? ne put-il s'empêcher de demander.

Elle se mordilla la lèvre un instant avant de répondre.

— Si tu continues à être honnête avec moi, je resterai.

— Banco, répliqua-t-il en tendant la main.

Elle la prit dans la sienne.

— Banco.

Ils restèrent les mains jointes quelques secondes. Plus longtemps que ce qui était nécessaire pour sceller un accord. Cet instant était chargé d'électricité. Le calme avant la tempête.

Johanna se passa la langue sur les lèvres. Tout son corps semblait frémir. Elle retira sa main d'un air gêné et la frotta contre son jean.

— Quelle est notre première étape ?

— Tu ne le sais pas ? s'exclama-t-il.

Il aurait cru que sa grand-mère lui aurait communiqué leur itinéraire. Mais en fait, Johanna avait accepté la mission sans en connaître les détails. Cet esprit généreux, tourné vers les autres, était une des choses qui l'avaient toujours attiré chez Johanna. Même si, en même temps, cela le terrorisait. Car il avait toujours su qu'elle était trop bien pour lui. Et trop maligne. Elle aurait fini par voir en lui et le quitter.

Et il avait eu raison, hélas !

Il écarta les bras d'un air défaitiste.

— Ma grand-mère me laisse totalement à ta merci.

Elle lui tendit alors les laisses.

— C'est plutôt moi qui suis à ta merci, Stone, mais bon. Tu peux commencer par m'aider à tenir les chiens.

Le temps de tourner les talons, elle quitta le bureau d'une démarche féline. Bon sang, ce que ses formes pouvaient être affolantes ! Stone serra le poing autour des laisses de cuir.

Inutile de se voiler la face, un brasier couvait toujours entre eux.

Johanna agrippa les accoudoirs de son siège durant le décollage. Le jet privé s'élevait dans le ciel. Où se rendaient-ils ? Mystère. Pourtant, elle était montée dans la limousine et dans l'avion avec Stone et les chiens sans réclamer plus d'informations. Heureusement qu'elle avait pu utiliser les animaux comme une excuse pour mettre fin à leur échange lourd de sous-entendus dans le bureau de Stone.

Cela dit, l'espace confiné de la cabine n'aidait guère à la libérer du désir qui la tenaillait, c'était le moins que l'on puisse dire ! Avec un soupir, elle s'enfonça dans le siège en cuir rembourré.

Chaque chien était enfermé à l'arrière dans une cage fixée au sol, garnie d'un matelas confortable et d'une gamelle en étain avec une plaque gravée à son nom. Mariah ne comptait pas venir les attendre sur la piste à leur retour. Manifestement, une seule série d'adieux était le maximum qu'elle pouvait endurer…

Johanna secoua la tête. Mon Dieu… Ces deux derniers jours avaient été parmi les plus durs de sa vie. En dehors de la mort de ses parents et de la rupture de ses fiançailles.

Et Stone ? Elle lui jeta un coup d'œil, avec au fond du cœur un mélange de compassion et de désir frustré. Pour être franche, ce désir frustré l'envahissait chaque fois qu'elle le voyait, même s'il avait le don de l'agacer.

Même à bord, il continuait de travailler, installé sur le canapé de l'avion, sa tablette sur les genoux. Autrefois, elle se serait pelotonnée tout près de lui. Désormais, ils étaient assis de part et d'autre du jet.

Comme s'il sentait son regard, il lança sans lever les yeux de sa tâche :

— On vole vers le Vermont, pour rencontrer une famille pour Gem.

— Contente d'avoir enfin des infos sur ce voyage. Continue, je t'en prie.

— Les gens en question viennent d'avoir un bébé, ils préfèrent un chien adulte déjà dressé.

— Ils ont raison. Prendre un chiot, c'est comme un bébé de plus. De qui s'agit-il ?

— De Troy Donavan et sa femme Hillary.

— Donavan ? répéta-t-elle d'un ton incrédule. Le hacker ? Ta grand-mère a choisi un ancien délinquant pour son chien ?

Si c'était le cas, c'était une sacrée surprise. Néanmoins, venant de Mariah, ce n'était qu'à moitié étonnant.

— Où est ton sens du pardon ? ironisa-t-il. Son passé criminel est derrière lui. Il était ado quand il est entré en maison de correction.

Johanna lâcha un petit rire sceptique.

— Pour avoir craqué le système informatique du Département de la Défense. On est loin de la blague de potache.

— C'est vrai, admit Stone en posant sa tablette sur le côté. Mais depuis, il a eu une vie fructueuse et brillante. Enfin, après sa période *bad boy*.

— Justement, tu sais ce que c'est, lança-t-elle.

— Ton humour m'a manqué, tu sais.

— Merci.

Elle sentit son cœur se serrer. Beaucoup de choses chez Stone lui avaient manqué, à elle aussi, voilà pourquoi elle avait tant remis sa décision en question. Sauf qu'il n'était pas réputé pour son indulgence. Et même s'il avait bien fait comprendre qu'il la désirait toujours, elle ne s'attendait pas à ce qu'il lui pardonne de l'avoir larguée ou qu'il change de position sur le fait d'avoir des enfants. Du coup, tout ce flirt était contre-productif.

— On s'écarte du sujet. Revenons aux Donavan, s'il te plaît.

— Indépendamment du passé de Troy, tout indique qu'ils sont un couple heureux. Mais le but de cette visite est de s'assurer que Gem aille chez de braves gens. Rien ne leur garantit encore que le chien sera à eux, et ils le savent.

— Parfait. Ça ne me pose aucun problème de repartir avec Gem si on n'a pas entière confiance en eux.

Le grand sourire de Stone creusa deux fossettes dans ses joues tannées par le soleil. Ce qu'il pouvait être craquant…

— Ton côté trompe-la-mort quand il est question d'animaux m'a manqué aussi. Tu n'as peur de rien dans ces cas-là. Et tu n'as jamais été impressionnée par mon argent. C'est assez rare, tu sais.

Johanna eut un sourire. La sincérité de son compliment lui était allée droit au cœur. Ce qui risquait peut-être de la mettre en danger. Du coup, elle sortit un dossier de son sac à dos.

— Revenons aux chiens. J'ai préparé un questionnaire à donner aux familles pour être certains qu'elles seront à la hauteur de ce qu'on attend d'elles.

Stone haussa un sourcil et allongea un bras sur canapé.

— Un dossier de candidature, en somme ?

— Je préfère le terme de *questionnaire*. Mais oui, c'est quelque chose de cet ordre-là.

— Tu es consciente qu'ils pourraient juste acheter un chien ?

— En effet. Ça ne veut pas dire qu'on doit leur donner Gem simplement parce qu'ils ont de l'argent. Au contraire, adopter Gem montrera à leur enfant que l'amour ne s'achète pas. Il est clair maintenant que ta grand-mère a eu raison de m'envoyer avec toi, ajouta-t-elle en tapotant le dossier avec un petit soupir triste.

— Et s'ils sont super mais que Gem ne leur convient pas ? Ou s'il ne les aime pas ? Comment tu leur expliqueras ça ? Qu'est-ce que tu diras à ma grand-mère ?

— Ta grand-mère comprendra. C'est pour ça qu'elle

nous a missionnés plutôt que d'expédier les chiens directement aux familles.

— Et les Donavan ? insista-t-il.

Johanna fit la moue. La discussion serait gênante, mais tant pis. Pas question d'agir contre ses principes !

— Je leur suggérerai de se rendre au refuge le plus proche de chez eux pour trouver le compagnon de leurs rêves. Avec un peu de chance, ils feront même une grosse donation.

— Tu as réfléchi à beaucoup de choses depuis hier, constata Stone.

Elle haussa les épaules.

— Je compte aussi sur toi pour déployer tout ton charisme afin d'arrondir les angles si nécessaire.

— D'une manière ou d'une autre, je n'ai pas l'impression que tu me fasses un compliment.

Elle écarquilla les yeux. Il était vraiment vexé, on dirait. Etonnant. Il paraissait tellement sûr de lui, la plupart du temps… Elle déboucla sa ceinture et traversa l'allée pour s'asseoir à côté de lui. Seulement, comme elle n'avait pas prêté attention au fait qu'il avait les bras étendus sur le canapé, elle se retrouva presque enlacée par lui. Ah non, ça n'allait pas recommencer…

Du coup, elle se redressa au maximum afin de le dissuader de tenter quoi que ce soit et lui demanda :

— Pourquoi tu ne gardes pas Gem, tout simplement ? Ce n'est pas un client qui te l'a donné ?

— Il n'est pas vraiment à moi. On me l'a donné, mais il a toujours préféré ma grand-mère. En réalité, Gem était le cadeau d'un type qui avait le béguin pour Gran.

— Raconte-moi ça, j'ignorais cette histoire ! s'exclamat-elle.

Stone se pencha légèrement vers elle et attrapa une mèche de ses cheveux pour jouer avec :

— Quand mon grand-père est mort d'une crise cardiaque, un tas d'hommes ont dragué Gran, expliqua-t-il d'un air sombre. C'était une veuve riche. Jolie. Les gars faisaient la queue devant sa porte. Certains étaient sincères. D'autres en avaient après sa fortune.

— Mais elle ne s'est jamais remariée.

— Elle disait qu'aucun n'arrivait à la cheville de mon grand-père.

Johanna hocha la tête. C'était compréhensible. De leur vivant, ses parents ressentaient la même chose l'un pour l'autre. Et, pour être honnête, elle-même voulait éprouver la même chose pour quelqu'un...

— C'est à la fois beau et triste, un tel amour. Hélas ! quand la vie oblige à le perdre...

A ces mots, Stone s'agita un peu nerveusement.

— Bon, revenons à la manière dont on a eu Gem tout bébé, si tu veux bien...

— Pas très à l'aise avec les histoires de sentiments, hein ? fit-elle remarquer.

Combien d'autres fois avait-il esquivé les discussions sur les sentiments profonds ? Elle qui le croyait blasé ou insensible...

Néanmoins, la voix ferme et déterminée de Stone prouvait une chose : il ne se laisserait pas entraîner sur un terrain où il ne voulait pas aller.

— Le type pensait être original en me donnant un chien pour toucher ma grand-mère. Il ne se doutait pas qu'il n'était pas le premier à tenter le coup. Le premier gars qui a amené un chiot quand j'avais neuf ans, dans le but de séduire Gran en a été pour ses frais ! Ce cabot détestait les enfants, manifestait zéro intérêt pour jouer à la balle ou dormir au pied de mon lit. Il voulait juste faire de longues balades, ce qui m'ennuyait profondément à cet âge-là.

Johanna s'imagina soudain Stone enfant. Quel petit garçon n'aurait pas été aux anges d'avoir un chien ?

Comme il avait dû être malheureux que son compagnon à quatre pattes l'ignore, le rejette ! Il n'avait sans doute pas compris. Le pauvre…

Elle se pencha très légèrement vers sa main qui jouait toujours avec ses cheveux.

— C'est pour ça que tous les membres d'une famille devraient rencontrer un animal de compagnie avant de décider s'il leur convient. Sinon, ce n'est honnête ni pour le chien ni pour les personnes.

Stone continua d'enrouler sa mèche de cheveux autour d'un doigt avant d'ajouter :

— C'est ce que le type a compris quand ma grand-mère lui a montré la porte. Il a proposé de confier le chiot au refuge local, ce qui était la pire chose à dire à Gran. Elle a jeté le gars dehors et gardé le chien. C'était Gem I.

Il sourit un instant à ce souvenir, puis tourna la tête pour regarder le labrador sable endormi dans sa cage et reprit :

— Alors la seconde fois qu'un type a amené un chiot pour essayer de gagner le cœur de Gran, on l'a appelé Gem II. Les deux Gem étaient ses compagnons de balade préférés.

Johanna sentit son cœur se serrer. On sentait dans les mots de Stone tout l'amour qu'il éprouvait pour sa grand-mère. Dire adieu à Gem serait comme commencer à faire son deuil. Le pauvre, elle aimerait tellement l'aider à surmonter ces moments difficiles ! Penser au chagrin qu'il allait affronter en regardant sa grand-mère décliner était déchirant.

Soudain, elle prit Stone dans ses bras. Pourquoi ? Parce que c'était plus fort qu'elle, tout simplement.

5

Stone faillit sursauter. Embrasser Johanna l'avait chamboulé, comme toujours. Mais depuis le début de cette mission, c'est lui qui avait fait le premier pas, à chaque fois. Voir Johanna venir vers lui était plus qu'une surprise : c'était un bonheur indescriptible.

Pas besoin d'encouragements supplémentaires…

Ni une ni deux, il l'enlaça, s'enivra de son parfum fleuri et caressa sa tresse soyeuse. Tandis que les moteurs de l'avion ronronnaient, son désir ne faisait que grandir.

Et dire qu'il avait failli gâcher ça.

Sa première réaction quand elle avait offert son réconfort avait été de la rembarrer. Et puis le bon sens l'avait rattrapé. Désormais, il avait Johanna entre ses bras. Qui le touchait. Qui soupirait.

Il sentait son corps mince épouser le sien. La douceur de ses seins voluptueux contre son torse était une sensation si familière. Si parfaite. Si belle. Elle resserra les bras autour de lui, la main derrière sa nuque. Le simple fait de se sentir peau contre peau le fit frémir de la tête aux pieds.

Quand Johanna lui caressa les cheveux, il ne se retint plus. Il l'embrassa fougueusement, passionnément, avec sa bouche, ses mains, son corps. Depuis la première fois qu'il l'avait touchée et goûtée, il avait été envahi par un désir de plus en plus fort. Jamais il n'avait ressenti quelque chose d'aussi puissant pour quelqu'un. Alors il avait su. Johanna était unique.

Durant des années, il l'avait seulement vue comme cette gamine qui traînait autour des écuries. Tout avait changé le jour où elle était arrivée à cheval après avoir été surprise par une pluie torrentielle, les vêtements collés au corps. Il avait rassemblé quelques serviettes et l'avait aidée à se sécher. Là, il avait compris qu'il la désirait.

Et il la désirait encore.

C'était deux ans auparavant, peu après qu'elle avait terminé ses études de vétérinaire et pris un poste au Hidden Gem Ranch. Un an plus tard, ils s'étaient fiancés. Cinq mois plus tard, elle lui rendait sa bague.

Stone secoua la tête. A quoi bon ressasser ces souvenirs désagréables ? L'important, c'était cette osmose entre eux, cette passion, cette ardeur. Il caressa lentement Johanna jusqu'à atteindre la ceinture de son jean. Son débardeur était remonté, dévoilant un peu de sa peau soyeuse. Il l'attira plus près. Elle se laissa faire, les doigts dans ses cheveux, sa bouche sur la sienne, et vint à la rencontre de ses baisers, de ses mains.

Il sentit son cœur s'emballer. Peut-être avait-elle eu seulement l'intention de le consoler, mais à l'évidence, ce moment la bouleversait autant que lui. Elle avait autant envie de lui qu'il avait envie d'elle. Il n'en doutait pas une seule seconde.

Il allongea doucement Johanna sur le canapé et s'étendit au-dessus d'elle. Il l'entendit pousser un gémissement étouffé puis elle bascula la tête en arrière tandis qu'il dévorait son cou de baisers.

Glissant une main entre eux, il défit le bouton de son jean, puis joua avec son anneau de nombril. Il reconnaissait le bijou au toucher, c'était une minuscule botte avec des éperons en argent, surmontée d'un clou en diamant. Mille souvenirs envahirent son esprit. Ce bijou, Stone le lui avait offert au début de leur relation, quand elle voulait encore la garder secrète, angoissée à l'idée que les gens la traitent d'opportuniste.

Le fait que Johanna porte toujours ce cadeau ne fit que décupler son désir pour elle. Il baissa sa fermeture Eclair, cran après cran, puis glissa sa main à l'intérieur du jean. Il avait mémorisé chaque centimètre de son corps parfait, mais après des mois sans la toucher, c'était comme s'il la découvrait pour la première fois. Il glissa les doigts plus bas, encore plus bas…

Jusqu'à trouver, oui…

Sentir à quel point elle était excitée l'enflamma. Voir qu'elle s'abandonnait à sa caresse, l'entendre pousser de petits gémissements était absolument indescriptible.

Tout en continuant de caresser son dos, Johanna arracha les pans de sa chemise de son pantalon. D'un geste fébrile, elle tira sur les boutons tandis qu'il remontait encore plus son débardeur. Leurs peaux nues se rencontrèrent. Bon sang, il allait devenir fou…

Sans compter que la situation commençait à devenir incontrôlable. Une simple porte les séparait du pilote. A vrai dire, Stone avait espéré voler un baiser, mais il n'avait pas osé espérer que les choses iraient si loin. Ils avaient besoin d'intimité. Le coin repos à l'arrière de l'avion était assez exigu mais bien suffisant pour faire l'amour à Johanna. Ils l'avaient testé à maintes reprises à l'époque où il l'emmenait autour du monde pour la séduire.

Ni une ni deux, il retira sa main de son jean, non sans une pointe de regret à l'idée de ne plus pouvoir la toucher, même un court instant, puis, sans désunir leurs bouches, se redressa et la souleva dans ses bras. Ce n'était pas la première fois qu'il la portait vers un lit, son bureau ou un champ de lupins bleus. Sur ce plan-là, au moins, leur osmose était parfaite.

— Stone, souffla soudain Johanna, tu dois savoir que

ce n'est pas raisonnable du tout, mais va savoir pourquoi, je suis incapable de dire non.

Stone ne put s'empêcher de sourire et ouvrit la porte de la cabine d'un coup d'épaule. C'était exactement ce qu'il rêvait d'entendre.

— Je n'ai jamais prétendu que notre relation était raisonnable.

Elle prit son visage entre ses mains.

— Comment ça ?

Il s'approcha du lit recouvert d'un épais édredon et éclairé par la lumière tamisée de spots.

— J'ai toujours su que tu étais trop bien pour moi. C'était juste une question de temps avant que tu le comprennes.

Johanna fronça les sourcils.

— C'est réellement ce que tu ressentais ou tu es en train de me manipuler parce que j'ai un moment de faiblesse ?

Stone fronça les sourcils. La *manipuler* ? Comment pouvait-elle penser ça de lui ?

Ces paroles lui firent l'effet d'une douche froide. Autant se rendre à l'évidence : il était trop tôt pour qu'ils se donnent de nouveau l'un à l'autre. Il venait en quelques minutes de faire un progrès considérable dans sa reconquête : pas question de perdre du terrain en devenant trop vite trop entreprenant. S'il couchait avec elle, là, maintenant, elle risquait de ne jamais lui faire assez confiance pour une seconde fois… Ce serait vraiment trop bête.

Stone posa doucement Johanna sur le sol. Sentir son corps sensuel glisser contre le sien augmenta encore son excitation. L'espace d'un instant, il faillit changer d'avis. Au diable la raison. Il avait tellement envie d'elle que c'en était douloureux.

— C'est à toi de le décider, dit-il en reculant.

Il s'efforça de garder les yeux sur son visage et non sur sa chevelure sublimement ébouriffée et son jean ouvert qui révélait un petit bout de ventre affolant.

— Et quand tu l'auras fait, poursuivit-il, si tu veux qu'on recouche ensemble, dis-le, et on sera nus avant même que tu finisses ta phrase. Mais j'ai besoin de savoir que tu es d'accord à cent pour cent, et sans aucun regret.

Là-dessus, Stone tourna les talons et quitta la cabine la mine sombre. Dire qu'ils auraient pu vivre le plus beau moment de passion de leur vie !

Cinq heures plus tard, l'avion atterrit dans le Vermont. Le vol avait beau avoir été calme, Johanna se sentait encore toute tourneboulée par le fait d'avoir été à deux doigts de coucher à nouveau avec Stone.

Coucher ? Plutôt sombrer entre ses bras en le sentant la toucher…

Allez, autant chasser ce souvenir au goût d'inachevé. Au moins, la perspective distrayante d'un pique-nique avec la famille Donavan lui permettait-elle de rassembler ses esprits. Stone et elle avaient emmené Gem, laissant les trois autres chiens dans le jardin clôturé de la maison où ils logeraient pour la nuit.

Au bout du compte, ce moment avec les Donavan s'avéra une excellente surprise. Johanna, assise à une table rustique sous un immense érable rouge, observait Hillary Donavan pousser son nouveau-né endormi dans une balancelle pour bébé. Avec ses cheveux roux et ses taches de rousseur, la jeune femme était si naturelle qu'elle aurait pu être sa cousine. Contrairement à ce qu'elle craignait en apprenant qui ils allaient rencontrer, Johanna se sentait parfaitement à l'aise.

Le mari de Hillary était, quant à lui, tout aussi abordable malgré son passé sulfureux de hacker. Coiffé d'un bob, vêtu d'un short kaki et d'un T-shirt assorti, Troy courait aux côtés de Stone en jouant à la balle avec Gem dans un champ de trèfle.

La maison des Donavan était aussi simple que le couple. C'était une ferme des années 1920 perchée au sommet d'une colline ondoyante, avec un rez-de-chaussée entouré d'une véranda et des fenêtres encadrées de volets noirs.

Petit à petit, Johanna prit conscience des aménagements si harmonieusement intégrés au paysage qu'elle ne les avait pas remarqués au préalable. Une piscine en matériaux naturels nichée près d'un coin boisé avec une chute d'eau entre des rochers donnait l'impression qu'un torrent alimentait un étang. Une cabane en bois pour enfants avait été bâtie sous un gros arbre. Une clôture de sécurité entourait la propriété d'un hectare — ce qui lui permit de cocher une case sur le questionnaire de candidature : un labrador comme Gem avait besoin d'un espace sécurisé pour qu'il dépense son énergie au sein de cette adorable famille.

Johanna sirota son thé glacé. Elle pouvait enfin commencer à se détendre, maintenant que la première partie de leur mission semblait être un succès. Ce déjeuner tombait à pic pour elle. Après la tension des dernières vingt-quatre heures, elle avait besoin de se relaxer, c'était le moins qu'on puisse dire. Le repas avait été délicieux sans être trop sophistiqué : de belles tranches de pain complet, diverses charcuteries et un large éventail de fromages. Le tout arrosé de limonade maison. Sans compter la salade de fruits et la crème glacée. Ah, cette glace noix-sirop d'érable... Une pure merveille ! A l'évidence, ces parents tentaient de donner à leur fils une vie aussi normale que possible, compte tenu du fait que T.J. — Troy Junior — était le rejeton d'un des hommes les plus riches du monde.

Johanna vit alors Hillary entourer ses genoux de ses bras, et confier :

— Nous vous sommes très reconnaissants d'avoir pris la peine de nous amener Gem. C'est un chien formidable, joueur mais bien très dressé.

— Merci à vous de nous laisser vous envahir. On aurait pu se rencontrer dans un parc ou un autre endroit neutre pour vous présenter Gem.

— J'adorais aller au parc quand j'étais enfant, mais emmener T.J. dans un lieu public m'angoisse encore un peu, répliqua Hillary en posant une main protectrice sur la tête du bébé.

Johanna hocha la tête. Entre les digicodes informatisés et les membres du personnel à la carrure de videurs, la propriété des Donavan était manifestement équipée d'un dispositif de sécurité haut de gamme pouvant rivaliser avec celui de Fort Knox. Néanmoins, cette question de la protection avait dû avoir son importance dans l'éducation de Stone. Cela avait dû être difficile pour sa famille de trouver le juste équilibre. Comment inculquer des valeurs à un enfant alors qu'il pourrait tout avoir d'un simple claquement de doigts ? Pourtant, même s'il était né au sein d'une grande dynastie, Stone connaissait l'importance du travail. C'était d'ailleurs une chose qu'elle avait toujours admirée chez lui.

Et, apparemment, les Donavan avaient le même esprit.

— Ma foi, Hillary, j'admets qu'ici, c'est bien plus confortable qu'un parc. Et c'est très généreux de votre part de nous héberger cette nuit.

En disant cela, elle ne put malheureusement pas s'empêcher de frémir. Elle commençait à assimiler l'idée de se retrouver seule avec Stone. Ce qui ne lui disait rien de bon.

Hillary parcourut des yeux le paysage vallonné qui entourait sa maison.

— Nous avons acheté cet endroit pour offrir à T.J. le genre d'éducation qu'aucun de nous deux n'a eu.

— Vous avez grandi où ? demanda Johanna.

La jeune femme posa son regard doux sur elle.

— Ici, dans le Vermont, mais dans un environnement nettement moins aisé et euh… moins sécurisant. J'adorais ma mère, ajouta-t-elle d'une voix subitement un peu plus tendue. Mais elle était perturbée. Alcoolique, en fait. Il nous a fallu du temps pour nous réconcilier, mais je suis heureuse qu'on ait trouvé le moyen de faire la paix avant sa mort.

— Oh ! je suis désolée !

Johanna se sentit soudain très bête. *Désolée* était un terme si creux, si éculé. D'une voix mal assurée, elle ajouta :

— Le reste de votre famille habite toujours la région ?

— Ma sœur, oui. Troy et moi avons également une famille élargie, des amis aussi proches que des parents. On se rend visite le plus souvent possible, et on a tous acheté des maisons de vacances à Monaco pour que les enfants aient l'impression de grandir ensemble comme des cousins.

Hillary sembla soudain se détendre en évoquant les amis proches de son mari, une chance. Là-dessus, elle enchaîna avec le récit de leur récent voyage dans la principauté à l'occasion de la course de Formule 1.

Soudain, le nouveau-né se réveilla dans sa balancelle et ses vagissements interrompirent sa mère. D'un geste déjà expert, la jeune femme souleva son petit garçon et déclara :

— Ah, le devoir m'appelle. Excusez-moi, je reviens tout de suite.

— Bien sûr ! répondit Johanna. Prenez votre temps, je profite du soleil.

En essayant de ne pas être jalouse du bonheur éclatant qu'affichait Hillary. Ce qui promettait de ne pas être évident…

Au même instant, Troy remarqua le départ de sa femme avec leur enfant et la suivit à petites foulées. Gem trottinait à ses côtés. Pas de doute : il avait déjà offert sa loyauté canine à sa nouvelle famille.

Stone s'écarta alors des Donavan et la rejoignit en

quelques grandes enjambées. Seigneur, il était si beau qu'elle en eut le souffle coupé. Même s'il devenait grisonnant et bedonnant, cet homme resterait toujours le même.

Puissant. Déterminé. Talentueux. Charismatique.

Et toujours résolu à se priver — à les priver tous deux — du bonheur familial dont elle rêvait.

Johanna poussa un soupir. Hélas ! même si elle avait terriblement envie de lui, elle ne pouvait pas se résoudre à faire une croix là-dessus.

En prenant place près de Johanna à la table de pique-nique, Stone crut discerner de la nostalgie dans ses beaux yeux tandis qu'elle observait cette belle petite famille. Il sentit soudain son cœur se serrer. C'était lui qui avait provoqué chez elle tant de douleur. Il pouvait sérieusement s'en vouloir.

Néanmoins, cet après-midi avait été difficile pour lui aussi. Cela lui avait rappelé toutes les fois où il avait vu ses cousins en compagnie de leurs parents alors qu'il restait à l'écart. Depuis, il avait dépassé son regret de ne pas connaître ce bonheur et réalisé qu'il ferait mieux de ne pas infliger la même déception à son enfant. Il connaissait ses limites. A quoi bon se mentir ? Il n'avait pas les capacités nécessaires pour être parent. Or, il refusait de laisser tomber un gosse. Un parent devait l'être à cent pour cent. Sinon, c'était injuste pour l'enfant. Johanna méritait mieux qu'un type au cœur de pierre et au passé tourmenté.

Stone secoua la tête. Inutile de penser trop longtemps à l'homme qui offrirait à Johanna cet avenir de conte de fées.

Ce qu'elle pouvait être belle… Le soleil caressait ses épaules nues dans sa robe d'été. Il effleura des doigts sa peau dorée, écartant au passage la lourde tresse blonde. Pourquoi se priver d'un petit plaisir ?

Puis il lui massa doucement la nuque.

— Tu es d'accord pour que les Donavan adoptent Gem ?

— A ton avis ? répondit-elle en posant la tête sur sa main. Je suis emballée. Gem entre dans une famille formidable. Tout est parfait dans cette rencontre.

— J'avoue que ça se passe même mieux que je ne l'espérais, confessa-t-il.

Du pouce, il insista sur un muscle noué à la base de son crâne. Sentir sa peau satinée et entendre le léger soupir qui s'échappa de ses lèvres pulpeuses le fit frémir d'excitation.

Johanna ferma les paupières. Son beau visage était la béatitude incarnée.

— Ta grand-mère va être soulagée d'apprendre la nouvelle.

— Je lui ai déjà envoyé un texto.

Stone vit soudain les yeux émeraude de Johanna s'ouvrir d'un coup. On y sentait de la surprise et l'ombre d'autre chose.

— Quoi ? Et si je n'étais pas d'accord ? J'ai mon mot à dire, tu sais !

— Je savais que tu serais d'accord au bout d'une demi-heure. Je ne suis peut-être pas l'homme qu'il te faut, mais je te connais très bien, Johanna.

A ces mots, il frôla sa joue avant de reposer la main sur sa nuque.

— Alors pourquoi me poser la question ? riposta-t-elle en lui donnant une petite claque sur le torse.

— C'était une excuse pour te parler, et puis je n'allais pas rater une opportunité de te toucher.

Il sentit voix devenir rauque. Il fallait dire qu'il se maîtrisait plutôt mal en présence de Johanna, ces derniers temps.

— Pourquoi tu nous tortures comme ça tous les deux ? demanda-t-elle alors d'une voix tout aussi troublée.

Si seulement il connaissait lui-même la réponse…

— Pourquoi on ne profiterait pas tout simplement du paysage et du soleil ? On a du trèfle violet à la place des lupins bleus, mais l'amour de la terre est toujours là. Rien ne se passera entre nous ici, surtout avec les Donavan à proximité. Il n'y a pas de mal à se faire du bien. Accepte mon massage et détends-toi.

Presque instantanément, Stone s'aperçut qu'elle cessait de se crisper et qu'elle s'abandonnait de nouveau à ses gestes experts.

— Tu as toujours été le meilleur masseur du monde.

— Ces derniers jours ont été stressants, admit-il.

N'avait-il pas rechigné à quitter le Texas ? De fait, il n'imaginait pas à quoi ressemblerait la vie après leur retour.

— J'ai envoyé à ma grand-mère des photos de Gem avec les Donavan, reprit-il.

— Délicate attention de ta part.

— Elle m'a répondu qu'elle était heureuse et soulagée. Tu vois, on a réussi un quart de notre tâche.

Il ne put s'empêcher de sourire. Savoir qu'il avait dissipé une partie l'inquiétude de Gran le rendait aussi heureux que s'il avait signé un gros contrat.

Se tournant vers lui, Johanna prit son visage entre ses mains. C'était bon de sentir ces mains de guérisseuse posées sur lui.

— Ces photos ont sûrement procuré une grande joie à Mariah, dit-elle. On n'est peut-être pas faits pour être mariés, mais tu es une personne tellement exceptionnelle à bien des égards. Sinon je ne serais jamais tombée amoureuse de toi.

— Pourtant, regarde le résultat, lâcha Stone d'un ton sombre.

Un silence s'installa entre eux, accentuant les sons de la nature — les branches bruissant dans le vent et le pépiement des oiseaux.

Soudain, les yeux de Johanna s'emplirent de tristesse et de larmes. Il sentit son cœur se serrer. Ce spectacle était déchirant.

— J'aurais tant aimé que les choses se passent autrement entre nous. Réellement.

Il en convenait à cent pour cent. Mais qu'est-ce que ça changeait ?

— On n'a pas parlé ce qui s'est passé entre nous dans l'avion.

— De ce qui a *failli* se passer, corrigea-t-elle.

— Exact.

Voilà qui avait le mérite de le remettre à sa place. Pourtant, il ne pouvait refréner son envie de profiter de cette semaine. C'était peut-être sa dernière chance d'être avec Johanna.

— Tu crois toujours que je tentais de te manipuler ? demanda-t-il.

Elle recula, laissa retomber sa main et s'écarta.

— Rien n'a changé, Stone. On sait tous les deux qu'une liaison ne nous mènera nulle part.

— Même pas une brève passade ? railla-t-il sans conviction.

Elle ne rit pas. Mais ne confirma pas non plus. Elle resta assise sans bouger, en silence, pendant que le vent envoyait voltiger des feuilles d'érable sur la table en bois.

Tout à coup, Stone sentit l'espoir renaître en lui tandis que tous ses sens s'éveillaient. Autant être lucide : ils ne pourraient pas avoir de relation à long terme, mais il la sentait prête à céder. Il devait juste comprendre ce qui la retenait…

— Il y a quelqu'un d'autre ? osa-t-il demander.

Johanna poussa un rire amer.

— Tu es sérieux ? Je vis sur tes terres et je travaille au ranch de ta famille. Il n'y a aucun secret.

Aucun secret ? Il n'était pas de cet avis. Les sentiments d'Alex pour elle lui avaient bien échappé, non ?

— Mon cousin en pince pour toi et je l'ignorais.

Elle croisa les bras sur sa poitrine, faisant ressortir les douces rondeurs de ses seins dans le décolleté de sa robe.

— Je t'ai déjà dit qu'il n'y a rien entre Alex et moi.

— Mais lui voudrait qu'il y ait quelque chose. Même si j'ignore pourquoi je ne m'en suis pas rendu compte avant.

Stone se crispa à l'idée de savoir Johanna avec un autre homme. La possibilité que cet homme soit son cousin et qu'il doive les voir ensemble tous les jours le rendait fou…

— Je ne peux pas contrôler les sentiments de ton cousin, mais je peux t'assurer que je ne lui retourne pas ces sentiments. Ce n'est pas la faute d'Alex, ajouta-t-elle en effleurant son poignet d'une main hésitante. On ne fait pas toujours le bon choix à propos de la personne qui… nous attire.

— Tu parles de nous, là ?

Avec un ricanement ironique, Johanna serra son poignet.

— Le fait que tu poses la question prouve que tu ne sais rien de rien. Pas étonnant que tu n'aies pas remarqué ce que ressent Alex.

Stone était à deux doigts d'exploser. Elle avait beau affirmer qu'Alex ne l'attirait pas, il avait besoin d'en savoir davantage.

— Jusqu'où es-tu allée avec lui avant de te rendre compte qu'il ne t'intéressait pas de cette manière ?

Durant un instant, il crut que Johanna refuserait de répondre, mais il la vit baisser les épaules. Sans doute était-elle moins sur la défensive. Il n'empêche : sa réponse était importante, capitale, pour lui. Sinon pourquoi son cœur battait-il à tout rompre ?

— Alex m'a invitée une fois à dîner. J'ai refusé parce que je n'aime pas sortir avec une personne pour en oublier une autre. Et je ne voulais pas non plus semer la discorde entre vous deux.

— Tu tiens à nous deux, alors, conclut-il.

Voilà qui ne l'avançait pas beaucoup. A quel point tenait-elle à Alex ? Est-ce qu'elle refrénait ses sentiments ?

Stone baissa la tête. Elle avait laissé sa main sur la sienne. Est-ce qu'elle se rendait compte qu'elle le caressait ? Pas sûr…

— Evidemment que je tiens à vous deux ! J'ai pratiquement grandi au ranch avec vous. En réalité, je jouais plus avec Amy et Alex parce qu'ils étaient plus jeunes que toi. Bien entendu, je passais beaucoup plus de temps à t'observer à cause de mon monstrueux béguin pour toi. Parfois, je suis étonnée de constater comme je te connais bien sur certains plans et si mal sur d'autres.

— On voyait ce qu'on voulait voir.

— Je sais qu'Alex et toi, vous êtes aussi proches que des frères. Il n'est pas question de causer un conflit entre vous.

— On ne partage pas toujours le même point de vue sur tout, mais on est proches, oui. On a grandi comme des frères.

Sauf qu'ils ne l'étaient pas, même s'il en avait souvent rêvé.

— Vous avez fait les quatre cents coups ensemble, répliqua Johanna en souriant. Tu te souviens quand vous avez mis cette poudre colorée dans la pomme de douche d'Amy juste avant le concours de Miss Rodéo ? Elle s'est retrouvée avec des cheveux roses. Je pense qu'elle ne vous le pardonnera jamais !

Stone sourit à son tour. Evoquer ce souvenir avait le mérite de détendre l'atmosphère, tant mieux.

— C'était une idée d'Alex.

— Hum, je ne crois pas. Ou alors, c'est parce que tu la lui as soufflée dans l'oreille pendant son sommeil.

Ou parce qu'il avait laissé un livre de farces ouvert à une certaine page sur le bureau de son cousin…

— Je suis peut-être l'instigateur de certains — bon, d'accord, de la plupart — de nos mauvais tours.

— Vous étiez le fantasme de toutes mes copines de classe : des cow-boys riches et sexy. De quoi faire baver n'importe quelle ado, non ? dit-elle avec une lueur espiègle dans les yeux. Mais comme tu le sais, je n'avais le béguin que pour toi.

— Et maintenant ?

Elle baissa la tête. Pour ne pas répondre, bien sûr, mais il n'avait pas l'intention de renoncer. Il devait à tout prix savoir.

Au même moment, des membres du personnel vinrent débarrasser discrètement la table. Quand ils furent partis, Johanna se pencha vers Stone.

— Nous ne sommes plus fiancés, et la raison essentielle de notre rupture n'a pas changé. Tu le sais, asséna-t-elle gentiment mais fermement.

— Oui, mais on s'embrassait il y a quelques heures. Ils s'apprêtaient à faire bien plus, même…

— Ce genre de conversation est exactement ce que je veux éviter, répliqua-t-elle en retirant vivement sa main de la sienne.

— Si je n'étais pas dans les parages, est-ce que vous seriez ensemble, Alex et toi ? insista-t-il.

Il détestait la jalousie, les doutes que lui inspirait cet échange, mais il ne pouvait pas lâcher l'affaire. Pas question.

Johanna serra la mâchoire, manifestement agacée.

— Je t'ai déjà dit que je ne sortais pas avec Alex.

— J'ai entendu. Mais je te demande si tu as des sentiments pour lui. C'est différent.

Elle bondit subitement du banc puis marcha d'un air absent jusqu'à l'érable avant de se retourner vers lui. Allait-elle enfin lui répondre ?

— Tu refuses de laisser tomber, pas vrai ?

— C'est toi qui m'as quitté, pas le contraire, je te rappelle.

Et les jours qui avaient suivi cette rupture avaient été parmi les pires de sa vie.

— Ton cousin et moi, nous nous ressemblons beaucoup. Trop pour être en couple.

A ces mots, Stone se sentit intensément soulagé. Ouf ! Il se leva, s'approcha de l'érable et posa la main sur une branche.

— Heureux de l'entendre, avoua-t-il. Même si je n'en ai pas le droit, l'idée que tu sois avec lui me rend dingue.

— C'est pour ça que tu m'as fait des avances chez moi, dans ton bureau, dans l'avion ?

— Je t'ai embrassée parce que j'en avais envie.

Tout comme en ce moment même, d'ailleurs.

— Pour la première fois en sept mois ?

— Bien sûr que non !

A vrai dire, il ne pensait qu'à ça nuit et jour depuis sept mois.

— Alors qu'est-ce qui t'a incité à passer à l'acte sur un coup de tête ? lança-t-elle. La jalousie ? Si tu ne peux pas m'avoir, personne d'autre ne le peut non plus ?

Stone secoua la tête. Dit de cette manière, il passait pour un abruti fini.

— Je ne sais pas comment l'expliquer, soupira-t-il. Depuis que Gran nous a annoncé la nouvelle de sa maladie, j'ai l'impression que le monde va de travers.

— Donc si ta grand-mère était en bonne santé, tu continuerais à garder tes distances, comme avant ? répliqua Johanna.

Il fronça les sourcils. Qu'est-ce qu'elle insinuait ? Qu'elle aurait voulu le voir se battre davantage pour la récupérer ? Il devait faire attention à sa réponse. Un mot malheureux, et il fichait tout en l'air. La seule chose dont il était sûr, c'était qu'il devait se montrer honnête.

— Je ne sais même pas vraiment ce que je veux dire, sauf qu'on est ici, ensemble. Et penser que je ne serai plus jamais avec toi me dévaste, Johanna.

Elle sembla avoir du mal à déglutir, sans cesser de le fixer.

— Je sais aussi que je suis incapable de rester près de toi et de faire semblant de m'en moquer, poursuivit Stone. Alors de deux choses l'une : soit tu t'éloignes tout de suite, soit tu te prépares à être fougueusement embrassée.

— Je… je ne peux pas, balbutia-t-elle en secouant la tête.

Là-dessus, elle s'écarta d'un pas avant de s'enfuir.

Elle ne pouvait pas être plus claire que ça.

Stone se sentit submergé par la déception. Même s'il s'attendait un peu à cette réaction, pour être honnête.

Il lui laissa le temps de regagner la maison avant de lâcher la branche qu'il tenait. Bon. Il ne lui restait qu'un après-midi et le dîner pour rassembler ses esprits avant qu'ils passent la nuit ensemble.

Sauf que cela ne semblait pas assez long. Et pour cause, même sept mois n'avaient pas suffi à lui faire oublier Johanna.

Johanna soupira. Elle avait beau s'être occupée des trois autres chiens pendant plusieurs heures, elle débordait encore d'une énergie fébrile au moment du dîner.

La soirée se termina avec une tasse de café dans la véranda des Donavan où un ventilateur de plafond brassait paresseusement l'air. Bientôt, elle ne pourrait plus se protéger derrière cette charmante famille. Elle passerait la nuit seule avec Stone.

Bien sûr, elle pouvait aller à l'hôtel. Rien n'exigeait

qu'elle dorme sous le même toit que Stone. Elle devait juste l'aider à placer les chiens. Sauf qu'elle ne voulait pas provoquer une scène gênante pour lui devant les Donavan...

Seigneur... A quoi bon se mentir ? Elle souhaitait aller jusqu'au bout de leur conversation de l'après-midi et comprendre pourquoi il faisait tout pour la séduire. La maladie mortelle de sa grand-mère l'avait profondément troublé, c'était un fait. Mais s'il se remettait en question, allait-il changer d'avis sur les points qui les avaient divisés ?

Si oui, pouvait-elle lui donner son cœur une seconde fois ?

Johanna eut un pincement au cœur. Le quitter la première fois avait failli la faire mourir de chagrin. Or, cela faisait à peine une journée qu'ils avaient entamé ce voyage et elle avait déjà l'impression de flancher.

Au même moment, un bruit la tira de ses pensées. Stone avait posé sa tasse vide et se penchait à présent vers elle.

— On devrait souhaiter une bonne nuit à nos hôtes. Tu as le cadeau de ma grand-mère ?

— Ah oui, c'est vrai.

D'un geste maladroit, elle fouilla dans sa sacoche.

— Nous avons un cadeau pour votre fils. Comme vous nous avez reçus si gentiment et que Gem sera bien chez vous...

A ces mots, Johanna tendit à Hillary un paquet aux couleurs de Diamonds in the Rough.

— Comme c'est gentil ! s'exclama Troy. Vous n'étiez pas obligés, mais merci. Hillary, à toi l'honneur.

— Bien volontiers, j'adore les surprises.

Sans crier gare, la jeune femme passa le nourrisson endormi à Stone. Une lueur de panique sembla traverser les yeux de ce dernier. Mais elle disparut vite avant qu'il n'installe prudemment le bébé dans ses bras, ses grandes mains en coupe sous le minuscule postérieur et la tête du petit. Sa belle peau bronzée contrastait avec le teint d'albâtre du nouveau-né.

Johanna sentit son cœur fondre. Evidemment… Son rêve le plus cher prenait corps devant ses yeux. Stone berçait le bébé d'instinct. Elle sentit une boule d'émotion se former dans sa gorge et fit tout son possible pour refouler ses larmes.

Elle entendit vaguement le froissement du papier pendant que Hillary déballait le cadeau. Le regard de Stone croisa le sien. L'amertume qu'on lisait dans ses yeux la bouleversa. Elle y vit… de la douleur. Une blessure si profonde qu'elle eut envie de le prendre dans ses bras.

Mais soudain, Stone se détourna et remit le bébé à Troy. Encore hébétée, Johanna reporta son attention sur Hillary.

La jeune mère défit le ruban orange de la boîte et sortit…

— Une ceinture de rodéo miniature ! C'est adorable !

Hillary brandit le petit ceinturon dont le cuir était travaillé et rehaussé de clous minuscules. La boucle, un modèle unique réalisé par Amy, représentait un cheval de dessins animés monté par un bébé cow-boy.

— Il va devoir grandir un peu avant qu'elle lui aille, fit remarquer Stone.

— Merci, murmura Hillary en suivant la gravure du doigt. C'est magnifique. On vous enverra une photo de lui avec la ceinture et en train de jouer avec Gem.

Troy, qui tenait son fils d'un seul bras comme un papa chevronné, tapa sur l'épaule de Stone.

— Merci encore d'avoir pensé à nous pour Gem. C'est un chien formidable. Venez le voir quand vous voudrez.

Stone acquiesça gravement.

— Merci à vous de vous occuper de lui et d'apaiser l'esprit de ma grand-mère.

Johanna sentit de nouveau son cœur se serrer. Pauvre Stone ! Pas étonnant qu'il traverse une période difficile en cachant ses sentiments. S'ils avaient encore formé un couple, elle aurait pu le réconforter quand bien même, en présence des Donavan, il aurait juste permis qu'elle lui tienne la main.

Elle se souvint soudain du jour où son cheval préféré s'était blessé gravement. Il devait avoir vingt et un ou vingt-deux ans. Hélas ! même en faisant appel aux meilleurs vétérinaires, personne n'avait pu sauver Jet. Elle avait trouvé Stone pleurant auprès de son cheval dans l'écurie. Elle n'était à l'époque qu'une adolescente dégingandée. Le serrer dans ses bras ? Impossible. Du coup, elle était simplement restée à côté de lui, en silence. Il ne lui avait pas demandé de partir, et elle aimait penser que sa présence l'avait un peu aidé.

A présent, Stone risquait fort d'avoir besoin de quelqu'un pour l'aider à affronter la maladie de sa grand-mère ! Il avait toujours mis un point d'honneur à se montrer stoïque, comme si les problèmes ne le touchaient pas. Mariah avait été la personne la plus importante de sa vie, la seule figure parentale qu'il ait eue après la mort de son grand-père. Stone était encore très jeune, à l'époque.

Hillary sourit gentiment en remettant la ceinture dans la boîte puis ajouta :

— Accueillir Gem dans notre famille nous remplit de joie. Il sera le meilleur compagnon de T.J. et un ami précieux.

A ces mots, elle tapota le bras de Stone. Sans doute avait-elle compris que c'était le maximum de tendresse qu'il accepterait.

— La maison réservée aux invités est largement approvisionnée en nourriture et boissons, mais si vous avez besoin de quoi que ce soit, réclamez-le. Sinon, on se verra demain après le petit déjeuner pour vous dire au revoir avant votre départ.

Demain matin ?

Johanna eut soudain la gorge nouée. Bien entendu, la

soirée était terminée et il était temps de regagner leur chambre. Résister à Stone était déjà difficile en le croisant au ranch. Mais maintenant qu'elle avait cette image de lui en train de bercer ce nourrisson dans ses bras vigoureux ?

Comment tiendrait-elle le coup une fois que la porte serait refermée derrière eux ? Hélas ! elle l'ignorait.

6

Johanna frémit. Elle se crispait davantage à chaque pas qui les rapprochait de la maison d'invités. Une ancienne grange derrière le bâtiment principal avait été aménagée avec goût. Un des murs avait même été remplacé par une grande baie vitrée.

Ce soir, Stone et elle dormiraient sous le même toit pour la première fois depuis sept mois. Pour l'heure, ils marchaient côte à côte et en silence, sans se toucher. Mais le vent les enveloppait comme pour les lier l'un à l'autre, irrésistiblement.

Le désir qui couvait toujours entre eux n'était plus un secret. Il avait respecté son refus. Mais, pour être honnête, elle n'était pas si certaine de pouvoir résister toute la nuit, et encore moins toute la semaine, sans succomber à la tentation. La tentation d'avoir à nouveau la possibilité de se perdre dans ses bras. De plonger dans un état de béatitude absolue. Si seulement ils n'avaient pas à affronter cette épreuve…

La porte une fois refermée sur eux, elle serait piégée. Or, elle se sentait complètement vulnérable après l'avoir vu tenir le bébé Donavan. A croire que la soirée avait eu pour but de jouer avec ses émotions…

Stone ouvrit la barrière de bois. Le tendre Sterling, l'espiègle Pearl et le loyal Ruby se précipitèrent pour les accueillir, aboyant et reniflant leurs mains. Pearl inclina sa petite tête sur le côté d'un air narquois.

Johanna s'agenouilla pour gratter le crâne du terrier.

— On dirait qu'elle se demande où est Gem. J'aurais tant voulu qu'il existe un moyen de les garder tous ensemble. J'avoue que cette andouille de chien va me manquer.

— La vie ne fonctionne pas toujours comme on l'espère et on n'a pas d'autre choix que de faire de notre mieux, énonça Stone en caressant les oreilles du rottweiler puis du teckel croisé. Dieu merci, Mariah s'est assuré que tous ses animaux soient placés dans de bonnes familles.

Johanna l'observa en douce. Sa silhouette virile aux larges épaules se découpait sur ce clair de lune si romantique. Seigneur, ce qu'il pouvait être beau...

— Tu as raison. Je suis juste un peu... sentimentale. Ça doit être bien pire pour toi.

— Tenons le coup, alors.

— Bien sûr, faire quelque chose de concret pour Mariah est rassurant, en un sens.

A ces mots, elle souleva le teckel qui se blottit contre son cœur, comme s'il percevait son chagrin.

— On devrait, euh... aller se coucher. On a beaucoup de chemin à parcourir cette semaine pour les autres chiens.

Elle traversa le jardin vers la maison d'un pas mécanique. A vrai dire, elle avait les nerfs à vif.

Stone la devança pour taper le code d'entrée et ouvrir la porte qui donnait sur le vaste salon.

Pearl et Ruby trottinèrent dans la pièce, reniflant et explorant les lieux. Johanna déposa Sterling à côté d'eux. Trois matelas pour chiens bien rembourrés les attendaient derrière le canapé. Décidément, les Donavan étaient des hôtes attentionnés.

Alors qu'elle se tournait vers la large baie vitrée, Johanna songea qu'en hiver, le paysage enneigé devait être sublime. Cela dit, le panorama était déjà magnifique avec toute cette verdure et ces vaches qui paissaient. En tant que vétérinaire spécialiste des gros animaux, elle avait vu des fermes dans tout le Texas, mais la beauté de cet endroit lui coupait le souffle. Qu'aurait donné cette rencontre avec ces gens si Stone et elle étaient venus ici quand ils étaient en couple ? La plupart de leurs balades se résumaient à des soirées plus prétentieuses, en collectes de fonds huppées ou en réceptions professionnelles.

Rien de comparable à cette journée.

Soudain, un bruit la tira de ses rêveries. C'était Stone. Il avait l'air d'avoir trouvé le chemin de la cuisine.

— Quand ils disaient qu'ils avaient fait des provisions pour nous, ce n'était pas une plaisanterie. Tu veux boire quelque chose ? Choisis, il y a de tout. En-cas, viennoiseries, fruits et crèmes glacées. Mazette !

Johanna fonça les sourcils. Pourquoi tenait-il tant à s'extasier de la sorte devant le contenu du garde-manger ? Sans doute pour alléger la tension entre eux ! Pour être honnête, c'était une idée fort judicieuse si elle voulait garder sa santé mentale durant toute cette semaine.

— Je prendrai une boule de noix au sirop d'érable, dit-elle.

— Tout de suite, madame.

Elle gagna la cuisine, se percha sur un tabouret devant l'îlot central et regarda Stone s'affairer.

— C'est une famille étonnamment normale, compte tenu de leur richesse, fit-elle remarquer.

Il lui tendit un bol et une cuiller.

— Es-tu en train de sous-entendre que la mienne se vante d'avoir de l'argent ?

— Pas du tout. Mais certains de tes amis… regardaient mon père comme s'il était transparent.

Sourcils froncés, il s'installa en face d'elle avec son bol.

— Je suis désolé d'entendre ça, Johanna.

Tout en plongeant sa cuiller dans l'alléchante crème glacée, Johanna marqua un temps avant de dire :

— Tu étais plus que désolé. À l'époque, tu avais même

réagi. Je me souviens d'une fois, j'avais environ onze ans, un de tes copains de fac donnait des ordres à papa. Tu as fait en sorte que le gars reçoive le cheval le plus lent et le moins coopératif de l'écurie. L'animal s'est même affalé au beau milieu d'un ruisseau et le gars a été trempé. Je savais que ce n'était pas un hasard. Je me trompe ?

Il lui adressa un clin d'œil.

— On dirait que tu m'as démasqué.

Johanna sentit son cœur fondre. Se remémorer ces souvenirs lui rappelait les raisons pour lesquelles elle était tombée amoureuse de cet homme.

— Tu as toujours traité tout le monde avec respect. Tu t'occupais toi-même de ton cheval. Mais ce jour-là, mon béguin pour toi est officiellement devenu concret.

— Tu ne m'avais jamais raconté ça avant.

Stone prit une bouchée de glace en la regardant avec une intensité qui la fit frémir.

— A l'époque, je manquais de confiance en moi, avoua-t-elle. J'étais un garçon manqué, maigre et pleine de taches de rousseur, je vivais dans un mobile-home.

Elle s'interrompit un instant. Ce n'était pas facile d'exposer ses doutes à une personne aussi sûre d'elle que Stone. Mais puisqu'elle avait trouvé la force de le faire, ce n'était pas le moment de s'arrêter.

— Mais j'ai été élevée avec des valeurs solides, reprit-elle, et j'adorais mes parents.

— Ils t'aimaient beaucoup. La fierté de ton papa se lisait sur son visage quand il parlait de toi, ajouta Stone.

— Merci… Ils me manquent tellement, surtout ces derniers temps.

Johanna sentit ses yeux s'embuer. Elle ne comprenait que trop bien le chagrin de Stone. Ces moments-là étaient tellement durs…

Stone mangea en silence, la laissant seule avec ses pensées. Elle ignorait où celles-ci la menaient, mais qu'importe :

elle éprouvait le besoin de lui faire comprendre quelque chose qu'elle-même ne parvenait pas à définir précisément.

— Je sais que ta famille est pleine de gens généreux et ouverts d'esprit. Une partie de moi ne voulait pas montrer à quel point je me sentais vulnérable. Même en ayant grandi sur le ranch, je restais à l'écart, en tant que fille d'employé.

Elle secoua la tête, s'interrompit et prit une bouchée de glace afin de combler son silence. Soudain, elle vit Stone attraper doucement son poignet.

— Johanna... Continue. Je t'écoute.

Elle lécha sa cuiller, consciente que son beau regard était fixé sur sa bouche. Allez, ce n'était pas le moment de flancher :

— Pourquoi as-tu dit que tu n'étais assez bien pour moi ? C'était plutôt moi qui posais problème. Pendant nos fiançailles, ça m'épuisait de sauver les apparences et de m'inquiéter en permanence : j'avais toujours peur de faire quelque chose qui puisse t'embarrasser.

A ces mots, Stone se rembrunit.

— Tu ne l'as jamais montré. Pourquoi ? Tu ne crois pas que j'aurais aimé savoir ça ? On était censés se marier. Si on ne pouvait pas se dire des choses aussi élémentaires que celle-ci, qu'est-ce qu'on partageait, alors ?

Johanna se mordit la lèvre. Mince, il prenait mal cet aveu...

— Tu es fâché ? demanda-t-elle d'une petite voix.

— Frustré, oui. Durant tout ce temps, j'ai pensé que je t'avais déçue. Mais là, je me rends compte qu'on s'est déçus mutuellement. Sauf qu'endosser ta part de responsabilité ne t'intéressait pas.

— Je me confie à toi, et tu t'énerves ? s'exclama-t-elle du tac au tac. C'est injuste, tu ne crois pas ?

Aussitôt, Stone quitta son tabouret et vint de placer juste devant elle.

— Rien de ce qui s'est passé entre nous n'a été juste. Sinon, on ne souffrirait pas autant.

Elle déglutit difficilement. Et maintenant, qu'allait-il se passer ? S'il décidait de l'embrasser, elle serait incapable de résister. Oh ! cela ne résoudrait rien, mais au moins, ce serait un exutoire idéal.

Seulement, il tourna sur-le-champ les talons et partit.

Johanna en resta bouche bée.

Quoi ? Stone préférait fuir en laissant les choses en suspens ?

Elle faillit sauter de son siège et le poursuivre afin qu'ils terminent cette discussion. Comment osait-il ?

Néanmoins, ne lui avait-elle pas fait la même chose ? D'abord, elle s'était enfuie après le pique-nique, paniquée à l'idée de ne pas pouvoir résister à la tentation de recoucher avec lui. Mais, surtout, elle avait mis un terme à leur relation, et en public qui plus est. Johanna sentit soudain la culpabilité l'envahir. Il avait raison. Elle l'avait laissé endosser toute la responsabilité de leur rupture alors qu'elle ne s'était pas entièrement livrée à lui.

Cette prise de conscience lui serra le cœur. La nuit promettait d'être longue. Elle allait avoir du mal à chasser ses angoisses. Après avoir observé toute une journée le bonheur des Donavan, comment pourrait-elle avoir la force de se retrouver seule dans sa chambre ?

Le temps de s'emparer d'une couverture dans le salon, elle se roula en boule sur le canapé afin de compter les étoiles.

Le lendemain matin, Stone se réveilla avec une migraine lancinante et le cœur gros.

S'éloigner de Johanna la veille au soir était l'une des choses les plus difficiles qu'il ait jamais faites. Mais il était trop furieux, trop à cran. Il n'était pas question de la mettre en danger.

Alors il l'avait laissée seule. Puis il avait travaillé des heures avant de tomber dans un sommeil agité aux premières lueurs de l'aube.

Tout en rangeant son rasoir dans sa trousse de toilette, il repensa encore à leur conversation. Il avait passé une bonne partie de la nuit à analyser leur histoire. La manière dont elle avait rompu lors d'un important gala de bienfaisance de sa grand-mère lui était revenue mille fois en mémoire. Cela ne pouvait pas être une coïncidence. S'il avait su à l'époque ce qu'elle ressentait, il aurait pu faire autrement. Il aurait pu...

Quoi ? Abandonner son travail et toutes les responsabilités qui l'accompagnaient ? Rejeter les siens, renier son milieu pour lui offrir la famille dont elle rêvait ? La veille, il avait appris que ces différences entre eux les avaient empêchés d'être ensemble.

Qui serait-il, s'il ne dirigeait pas Diamonds on the Rough ?

D'un geste rageur, Stone jeta la trousse sur l'immense lit à baldaquin, près d'un tas de croquis d'une nouvelle ligne pour enfants. Les images qu'il avait en tête n'arrivaient pas à prendre corps sur le papier. Les yeux humides de Johanna, les larmes qu'elle avait refoulées quand il tenait le bébé des Donavan le hantaient sans cesse.

Il ouvrit alors sa valise, en sortit un jean et l'enfila. Un jour seulement s'était écoulé depuis le début de cette mission, et il devenait déjà fou. Tout en agitant ses cheveux mouillés, il tenta de rassembler ses esprits. Mais cela n'avait rien d'évident.

En attendant, il pouvait au moins mettre les chiens dehors.

Il quitta sa chambre. Johanna était-elle levée ? Comme il ne l'entendait pas, il en déduisit que non. La preuve, la vaste salle de séjour ouverte sur la nature était vide. Les chiens s'assirent l'un après l'autre en remuant la queue, puis s'approchèrent de lui — sans aboyer, Dieu merci. Il s'agenouilla pour les caresser avant de les guider vers la porte d'un claquement de doigts. C'est en passant devant le canapé qu'il s'arrêta net. Johanna dormait, enroulée dans un plaid, toujours vêtue de la robe qu'elle portait la veille.

Sans la quitter des yeux, Stone fit sortir les chiens puis se tourna tout à fait pour la contempler. Souvent, il l'avait observée la nuit, endormie, le visage détendu. Ses longs cils frôlaient ses joues bronzées. Stone sentit instantanément son désir grandir. Allons, du calme. Il fallait qu'il se reprenne avant qu'elle ne se réveille.

Sur la pointe de ses pieds nus, il gagna la cuisine et mit la cafetière en route. Un plat à gâteaux recouvert d'une cloche en cristal abritait un choix de viennoiseries assez large pour nourrir une armée. Il prit un pain aux raisins. Même si son désir restait inassouvi, il aurait le ventre plein, au moins.

Tandis que l'arôme du café envahissait la pièce, Stone sentit soudain le poids d'un regard sur lui. Johanna.

Sans se retourner, il décrocha deux mugs suspendus sous les placards et lança :

— Pardon de t'avoir réveillée.

Il perçut alors un froissement de tissu puis vit apparaître le reflet de la jeune femme dans la vitre au-dessus de l'évier.

— Pas grave. Je somnolais juste, de toute façon, répondit Johanna en s'étirant. Difficile de dormir après notre dispute.

— Ce n'était pas une dispute. Je trouve que c'était une discussion très intéressante qu'on aurait dû avoir il y a bien longtemps.

Stone remplit les mugs de café. Noir. Tous deux le buvaient fort, sans sucre ni lait. La seule chose qu'ils semblaient avoir en commun. Il s'approcha d'elle.

Johanna avait posé ses pieds nus sur le tapis rustique. Ce qu'elle pouvait être mignonne ! Si simple, si naturelle.

— En quoi le fait de parler de mon manque d'assurance aurait pu changer quelque chose ? Tu crois que notre rupture nous aurait fait moins de mal ? Je ne vois pas comment.

— C'est juste, répliqua-t-il en lui tendant un mug. On fait la paix ?

Il lui jeta un regard suppliant. Comme il aurait aimé trouver le moyen qu'ils soient ensemble sans se déchirer…

Elle prit son café des deux mains en effleurant ses doigts au passage. L'attirance qui les poussait l'un vers l'autre sembla à nouveau se réveiller. Sinon, pourquoi tant de méfiance dans les yeux de Johanna ?

— On fait la paix, répondit-elle en sirotant son café. Et maintenant, on fait quoi ? ajouta-t-elle en retournant dans le salon.

— J'ai du travail à rattraper ce matin. Et cet après-midi, on s'envolera pour emmener Sterling dans sa nouvelle famille en Caroline du Sud.

— Je crains presque de demander qui ta grand-mère a sélectionné, cette fois. Le président ?

— Juste une ancienne secrétaire d'Etat.

Elle ne put s'empêcher d'éclater de rire.

— Je plaisantais.

— Pas moi, précisa Stone sans broncher.

A vrai dire, il n'avait pas prêté attention aux familles qu'elle avait choisies, mais ce choix ne le surprenait pas. Sa grand-mère fréquentait des gens influents. Tous étaient des amis de longue date. Seulement, il n'avait pas songé à la façon dont Johanna vivrait la chose. Combien de fois l'avait-il traînée chez des personnes intimidantes sans la prévenir ? Dire qu'il ne lui avait même pas donné d'indications sur les vêtements à emporter. Mais après tout, il lui avait proposé d'acheter ce dont elle aurait besoin…

A vrai dire, il avait espéré profiter de ces quelques jours ensemble afin de tranquilliser sa grand-mère, mais aussi pour tourner la page avec Johanna. Bon, d'accord, il comptait aussi coucher avec elle jusqu'à ce qu'ils soient trop épuisés pour se disputer à propos du passé. Ensuite, ils pourraient enfin aller de l'avant, chacun de son côté.

Manifestement, son plan ne fonctionnait pas car elle ne lui faisait pas confiance. Et si elle ne lui faisait pas confiance, il n'y avait aucune chance pour qu'ils se retrouvent à nouveau dans le même lit.

A quoi bon se mentir ? Il ne pouvait rien changer au passé. D'ailleurs, il avait accepté l'idée qu'un avenir avec elle serait impossible.

Cependant, il pouvait réellement faire quelque chose pour le présent. A commencer par partager avec elle les détails de leur voyage. Mais pour regagner pleinement sa confiance, il devrait faire bien davantage.

Du coup, Stone alla s'asseoir à côté d'elle sur le vaste canapé. Autant essayer de commencer tout de suite en l'associant au programme de la semaine.

— Nous allons voir les Landis-Renshaw à Hilton Head. Ils ont séjourné au ranch une fois. En réalité, ils ont loué tout le lodge pour une grande réunion familiale.

— Ça devrait être plutôt mondain, comme retrouvailles.

Et encore, il ne lui avait même pas dit que leur troisième visite les amènerait à rencontrer un roi déchu d'Europe…

Johanna ne put s'empêcher de sourire. Elle se réjouissait de l'agitation de leur journée de voyage vers Hilton Head, en Caroline du Sud. Stone avait réservé un cottage en bord de mer avec plein d'espace pour que les chiens puissent courir. Ils rencontreraient les Landis-Renshaw le lendemain matin.

D'autres cottages bordaient la plage, mais à distance

suffisante pour respecter l'intimité de chacun. Ils étaient donc seuls, hormis un autre couple et une petite famille qui jouaient dans les vagues. Elle avait perçu un changement chez Stone lorsqu'il lui avait exposé cette partie de leur mission. De toute évidence, il tentait sincèrement de l'associer au lieu de juste rester aux commandes.

Si, jusque-là, leur trêve tenait, c'était notamment parce qu'il l'incluait désormais dans ses projets. Et, à vrai dire, cela l'aidait à se détendre, la soulageait d'une tension dont elle avait tout récemment pris conscience. En fait, l'inconnu l'avait inquiétée.

Johanna était désormais assise en tailleur sur la terrasse en bois, à une dizaine de mètres de lui. Les chiens vinrent s'allonger autour d'elle et elle les examina un par un. Autant s'assurer qu'ils n'avaient pas attrapé de tiques dans le Vermont ou de puces durant leur balade dans les dunes. Elle termina par Pearl, dont la fourrure plus longue demandait plus d'attention.

Stone sortit alors des vagues. Quel spectacle ! On aurait dit Poséidon émergeant de l'océan. Grand. Vigoureux. La clarté brumeuse de la fin de journée faisait apparaître sa silhouette en ombre chinoise, cheveux bruns assombris et lissés par l'eau. Elle se sentit frémir. Pour être honnête, Stone le cow-boy l'avait toujours plus fascinée que Stone le directeur général.

Mais Stone presque nu la faisait carrément craquer.

Au prix d'un effort douloureux, elle s'obligea à ramener son attention sur Pearl. Elle sentit ses bras se couvrir de chair de poule quand il ouvrit le portillon et passa devant elle. Elle l'entendit se servir un thé glacé avant de revenir s'installer dans un fauteuil de teck.

— L'eau était bonne ? demanda-t-elle en libérant Pearl.

— Délicieuse. Pas de problème avec les chiens ?

Johanna se mordit la lèvre. On aurait dit un couple

normal qui se retrouvait en fin de journée. A la différence près qu'il existait cette lourde tension entre eux.

— Ils vont tous bien. Juste quelques tiques sur Pearl. J'ai limé leurs ongles, et je les baignerai après leur prochaine promenade sur la plage. Sinon, ils sont prêts à rencontrer leurs nouvelles familles.

Il se pencha en avant, coudes posés sur les genoux.

— Tu es une vraie mère poule. Tu as ça dans le sang.

— Pourquoi est-ce que tu te moques de moi comme ça ?

— J'énonce simplement un fait. Tu feras une maman formidable, un jour.

L'air sembla s'alourdir encore et elle eut l'impression que sa poitrine allait exploser.

— Toi, tu t'y prends bien avec les enfants, parvint-elle à dire. La manière naturelle dont tu tenais le petit T.J… Je ne te comprends pas.

— Je m'y prends bien avec les chevaux aussi. Ça ne veut pas dire que je dois être jockey, ironisa-t-il.

— Je n'insinue pas que tu devrais être père. Tu as été franc à ce sujet. Il m'a juste fallu un peu de temps pour cesser de croire que je pourrais te faire changer d'avis.

Entourant ses genoux de ses bras, Johanna étudia Stone sous la lumière déclinante.

— J'ai toujours pris garde à ce que les femmes ne se fassent pas de fausses idées sur moi et le mariage… jusqu'à toi, confessa-t-il.

Johanna ôta nerveusement une mèche de cheveux de son visage. Voilà qui aurait dû la consoler un peu, mais en réalité, cela ne fit qu'augmenter ses regrets. Elle soupira.

— Tu es un play-boy marié à ton travail. Je l'ai compris.

Stone resta si longtemps silencieux qu'elle crut que la trêve était terminée. C'était une impression pénible et douloureuse.

Soudain, il se leva, alla jusqu'à la rambarde, et plongea son regard vers l'océan.

— Mon père, lâcha-t-il tout d'un coup.

Se levant à son tour, elle vint se mettre à côté de lui. Le vent soulevait la tunique qui couvrait son Bikini.

— Qu'est-ce que tu veux dire ?

D'aussi loin qu'elle le connaissait, ce sujet avait toujours été tabou. Même Mariah n'en parlait jamais. Stone avait toujours prétendu que son identité était un mystère. Johanna trembla. Comptait-il profiter de cet instant pour se confier à elle ?

— J'ai découvert qui c'était, répondit-il d'une voix rauque sans quitter les vagues des yeux.

Elle posa une main hésitante sur son bras. Difficile de savoir comment il allait réagir, mais elle ne pouvait pas lui refuser un peu de réconfort au moment d'une révélation sûrement difficile.

— J'aurais aimé que tu m'en parles, murmura-t-elle.

— Je n'en ai jamais parlé à personne.

— Je n'étais pas censée être « personne » pour toi, lui rappela-t-elle doucement.

— Touché, admit-il en lui jetant un regard en coin.

— Tu as engagé un détective privé ?

— Tu ne crois pas que ma grand-mère avait déjà essayé, dans l'espoir que quelqu'un veuille de moi ?

Elle sursauta. Comment pouvait-il dire ça ? C'était très injuste de sa part !

— Ta grand-mère t'aime.

— Je sais. Mais elle avait déjà élevé ses propres enfants. Elle était supposée être ma grand-mère, pas remplacer mes parents.

— Elle t'a dit ça ?

A vrai dire, Johanna en doutait sérieusement. Jamais Mariah n'aurait dit une chose pareille à Stone. Elle l'aimait trop pour ça.

— Elle n'avait pas besoin de me le dire.

Il garda le silence, le temps que deux vagues viennent mourir sur le rivage. Puis il reprit :

— Quand j'avais onze ans, j'ai trouvé le rapport du détective qu'elle avait chargé de rechercher mon père biologique.

— Evidemment, elle voulait tout savoir à ton propos. Elle craignait peut-être qu'il tente de te prendre avec lui. Tu as envisagé cette hypothèse ? Tu insinuais qu'elle ne l'avait pas trouvé, poursuivit-elle comme il ne répondait pas. Alors, comment tu as découvert qui il était ?

— Le rapport révélait une foule de données sur les activités de ma mère à l'époque. Autant dire qu'elle menait une vie de fêtarde trépidante, précisa-t-il avec une mine sombre.

— Ce qui donne une mauvaise image d'elle. Pas de toi, asséna-t-elle en lui serrant le bras.

Johanna le sentit se raidir, le regard empli d'une colère noire. Mais qui n'était pas dirigée vers elle.

— Je ne suis pas un drogué comme ma mère. Et si je ne suis pas un moine, je reste fidèle durant une relation amoureuse. Je suis indépendant et je contrôle mon destin.

Elle caressa le bras de Stone. Même si cette discussion ne changeait rien entre eux, il avait besoin que ces mots sortent. Et elle était la personne à qui il se fiait le plus pour les dire, peu importe pourquoi.

Le temps d'inspirer une grande goulée d'air iodé, elle reprit :

— Comment tu as appris, pour ton père ?

— Par ma mère. Elle était défoncée et ne se souvient sûrement pas de me l'avoir dit. J'avais vingt-cinq ans quand elle a lâché le morceau sur mon géniteur. Dale Banks.

Johanna retint un hoquet de stupéfaction.

— Dale Banks ? La star de musique country ?

— Ma mère était une groupie, à l'époque. Elle a couché avec lui et me voilà.

Elle étudia ses traits sous un autre angle. Comme le vent plaquait ses cheveux sur son beau visage, elle les écarta.

— Tu lui ressembles un peu, en effet. Je ne l'avais jamais remarqué jusqu'à maintenant.

— Il me fallait une preuve plus sérieuse qu'une vague ressemblance. Alors je me suis confronté à lui.

— Comment as-tu fait avec ses gardes du corps ?

— Moi aussi, je suis influent, répondit-il avec un sourire sombre. Tu te souviens du concert caritatif qu'on a sponsorisé il y a quelques années ?

Johanna fit un rapide calcul. Voyons… Stone devait avoir dans les vingt-cinq ans. C'était plausible. Enfin, cette rencontre avait dû être difficile !

— Tu l'as organisé pour parler avec lui ?

— Charité bien ordonnée commence par soi-même, non ?

— Inutile d'être sarcastique pour masquer tes émotions, tu sais, Stone.

A ces mots, elle l'enlaça et se glissa tout contre lui, comme si le fait de partager son fardeau était la chose la plus naturelle au monde. Et ça l'était. Elle perçut la chaleur de son corps et sentit ses sens s'éveiller. Pas étonnant, après tous ces mois sans lui…

— Ça n'a pas dû être facile de l'aborder.

— Je ne l'ai pas fait. J'ai récupéré un échantillon d'ADN durant le dîner.

— Quoi ? s'exclama-t-elle d'un air incrédule. Tu l'as piégé ?

— C'était plus facile que de lui forcer la main avec une discussion où il aurait nié et où j'aurais dû prouver qu'il mentait.

Johanna fronça les sourcils. L'attitude blasée de Stone ne la trompait pas une seconde.

— Qu'est-ce qu'il dit quand tu l'as mis au courant ?

— Il n'est pas au courant. A quoi bon ? Il a couché avec une femme qu'il ne connaissait pas et dont il se fichait.

Entendant cela, elle prit son visage entre ses mains, l'obligeant à la regarder.

— Stone ! Il a peut-être changé. Il a peut-être des regrets et aimerait te connaître aujourd'hui.

— Je n'ai pas besoin de lui dans ma vie, riposta-t-il d'un ton froid et sans réplique.

— Peut-être que *lui* a besoin de *toi*. Les gens sont beaucoup importants que l'argent ou la célébrité.

— Exact. Tu as grandi pauvre mais aimée, railla-t-il. Elle secoua la tête. Là encore, elle n'était pas dupe.

— Ne sois pas crétin, tu veux ? dit-elle en lui tapotant affectueusement la joue.

— Peut-être que je montre mon vrai visage.

A ces mots, Stone tourna la tête pour embrasser la paume de sa main. Seulement, elle ne comptait pas se laisser distraire ainsi, et elle remit la main sur son épaule.

— Comment est-ce qu'on a pu passer autant de temps ensemble sans jamais parler de ça ?

— Tu avais raison en disant que je gardais tout pour moi.

Johanna eut du mal à en croire ses oreilles. Elle n'arrivait pas à croire que Stone l'admettait enfin ! Et pourtant, c'était bien le cas.

— Et pourquoi tu me le dis maintenant ? S'il te plaît, sois sincère.

— Je ne sais pas vraiment, répondit-il en jouant avec une mèche de ses cheveux. Peut-être parce qu'il n'y a plus rien à perdre entre nous. Tu m'as déjà quitté. Pourquoi m'efforcer de t'impressionner ?

Elle ne put retenir un sourire.

— Tu t'efforçais de m'impressionner ?

— A l'évidence, j'ai échoué.

Il enroula sa mèche de cheveux autour de son doigt

jusqu'à ce que sa main puissante se retrouve posée sur sa nuque.

Instantanément, Johanna se rapprocha encore, incapable de résister à la douceur de cet instant unique. Après tout, Stone avait enfin fendu l'armure en lui confessant l'identité de son père !

— Pas complètement, fit-elle remarquer. J'ai accepté de t'épouser, non ?

Là-dessus, elle se hissa sur la pointe des pieds et l'embrassa. Comment ne pas succomber à l'envie ? Son corps aspirait tellement à se joindre au sien ! Ils étaient deux adultes consentants, seuls et ensemble, sans attaches, et tous les deux très conscients du prix de leurs retrouvailles.

Stone referma les bras autour d'elle. Des bras musclés qui la tenaient avec une force si tranquille qu'elle se plaqua contre lui, la poitrine collée contre son torse nu et vigoureux. Sa bouche sensuelle avait le goût iodé de la mer et du thé glacé. Que c'était bon…

Johanna glissa alors les mains le long de son dos musclé où perlaient encore quelques gouttes d'eau. Elle avait passé tant de nuits sans sommeil à se languir de lui, et voilà que ses fantasmes tourmentés devenaient réalité. Etre loin de chez elle lui donnait la liberté d'agir, de suivre ses désirs.

Stone caressa ses hanches et l'attira tout près de lui. Il semblait terriblement excité.

— Johanna, tu me tues, là, grogna-t-il. Si tu veux arrêter, c'est tout de suite. La décision t'appartient. Comment va-t-on gérer cette attirance démente qui nous déchire tous les deux ?

Elle glissa les mains dans la ceinture de son maillot de bain.

— On va recoucher ensemble. Ce soir.

- 7 -

Stone ferma les yeux. Enfin ! Il avait de nouveau Johanna dans ses bras, même si c'était juste pour une nuit. Seul un imbécile laisserait passer cette chance. Or, il n'était pas un imbécile.

Prenant son beau visage entre ses mains, il l'embrassa avec fougue, sans retenue. C'était l'accord parfait, comme naguère. Familier et en même temps nouveau — c'était comme si le temps de leur éloignement avait ajouté une tension à leur désir.

Il la poussa vers l'entrée du cottage. Il sentait son excitation grandir chaque fois que leurs peaux se frôlaient. Elle noua les mains derrière sa nuque et se tortilla contre lui. Comment ne pas deviner derrière cette danse sensuelle un désir trop longtemps refoulé ?

D'un geste impatient, Stone ouvrit la porte si vite qu'elle claqua contre le mur. Puis il souleva Johanna en prenant ses fesses voluptueuses à pleines paumes. Une fois à l'intérieur, il la reposa sur le sol en bambou dont la fraîcheur tempérait à peine l'incendie qui brûlait en lui.

Leurs tenues de bain, si minces fussent-elles, étaient encore comme une barrière entre eux. Du coup, il fit passer la tunique légère de Johanna par-dessus sa tête. Bon sang... Il l'avait déjà vue en Bikini — et même nue, bien entendu — mais la vision qui s'offrit à lui le laissa bouche bée. Les triangles de son petit deux-pièces noir semblaient l'attirer irrésistiblement.

106

Johanna sourit, avec un regard envoûtant de sirène.

— D'habitude, c'est le moment où tu me colles ton Stetson sur la tête.

— Je l'ai laissé sur ma valise. Les chapeaux de cow-boy ne sont pas pratiques dans les vagues.

— Quel dommage ! dit-elle en suivant du doigt le lasso tatoué autour de son biceps.

Stone et ses cousins s'étaient fait tatouer ensemble quand les jumeaux avaient dix-huit ans, et lui vingt et un. Johanna avait demandé à venir avec eux. Il l'avait oublié jusqu'à cet instant. Elle voulait des empreintes de patte sur la cheville, mais il savait que ses parents n'auraient pas apprécié.

Il souleva délicatement le fer à cheval serti de diamants qu'elle portait désormais en permanence.

— Je te couvrirais de joyaux, je dessinerais des lignes entières de bijoux dédicacées à ta beauté.

— Qui aurait cru que tu étais poète ?

— Tu m'inspires.

— Les lupins bleus et les fleurs des champs me conviennent tout autant. Le jour où on a fait l'amour en plein air et où tu m'as recouverte de pétales reste un de mes plus beaux souvenirs.

— Voilà encore une chose qui te rend unique. Je n'ai jamais à m'interroger, avec toi. Je sais que si tu es là — ou pas — c'est à cause de moi. Rien à voir avec ma famille ou notre argent.

A ces mots, Stone tira sur les liens du maillot de Johanna. Le haut du Bikini tomba, dévoilant ses seins ronds, fermes, qui épousaient parfaitement la forme de ses mains.

— Tu es un homme avisé, souffla-t-elle tandis qu'il sentait ses tétons se raidir. Je suppose que tu démasques immédiatement les flatteurs.

— J'ai l'habitude, oui.

Du bout des pouces, Stone caressa la pointe de ses seins tendus jusqu'à ce que Johanna commence à vaciller. Là, elle posa ses mains délicates sur les siennes.

— Tu ne devrais pas avoir à t'interroger comme ça sur les gens. Ça m'attriste que tu aies appris à le faire par habitude.

— Je refuse que tu sois triste à cet instant, ni jamais.

Sur ces mots, Stone dénoua les liens sur ses hanches. Le bas du maillot tomba à son tour. Johanna l'écarta d'un coup de pied.

— Si j'étais le genre de femme à aimer être couverte de bijoux, tu dessinerais quoi pour moi ?

Il eut un sourire. Voilà une belle occasion de laisser son imagination s'envoler.

— J'ai toujours aimé les diamants jaunes pour toi. Je vois bien de longues boucles d'oreilles qui tomberaient en cascades sur tes épaules.

Joignant le geste à la parole, il déposa un baiser sur chaque endroit cité.

— Chaque pièce évoquerait les lignes de ton corps magnifique. Et une longue chaîne en or avec un pendentif qui descendrait juste… là… entre…

Stone posa les lèvres sur un sein, puis sur l'autre. Johanna lâcha alors un petit gémissement puis plongea les doigts sous l'élastique de son caleçon de bain, qu'elle baissa jusqu'à ses pieds. C'est là qu'il en profita pour la coller de nouveau contre son torse, les jambes enroulées autour de ses hanches.

— Et puisque ces bijoux ne seraient que pour nos yeux, poursuivit-il, je rêve de toi dans des modèles plus érotiques, aussi.

— Ah oui ? Je ne sais pas si ça m'inquiète ou si ça m'intrigue, dit-elle en refermant les bras derrière sa nuque.

Doucement, il la porta vers le grand lit avec vue sur la mer.

— Une chaîne plus épaisse, assez basse autour de ta taille.

— Ah, façon lasso, répliqua-t-elle en tapotant son tatouage. Ça marche des deux côtés, tu sais. Je pourrais t'attirer vers moi, surtout si tu portes des jambières de cow-boy et rien d'autre.

A ces mots, Stone éclata de rire et jeta Johanna sur le lit. Elle s'allongea sur l'épais dessus-de-lit, ses épaules soyeuses calées sur un tas d'oreillers au motif de coquillages.

Stone se mordit la lèvre. Il était tiraillé entre deux envies : celle de la contempler durant des heures et celle, plus urgente, de la goûter enfin. S'agenouillant au bord du lit, il parcourut de la bouche sa chair nue, mordillant au passage son bijou de nombril. Plus haut, il s'empara d'un sein et en roula la pointe sous sa langue, jusqu'à ce que les soupirs de Johanna réclament davantage.

Il releva les yeux. Elle avait la tête rejetée en arrière, enfoncée dans les oreillers. A en juger par sa peau rosie, il comprit qu'elle ne tiendrait pas longtemps. Une sensation qu'il ne partageait que trop. Il remonta pour dévorer ses lèvres pulpeuses tandis que son sexe tendu à l'extrême se rapprochait de son intimité à elle. Prête. Pour lui. Tout comme il était prêt pour elle, seulement elle, toujours elle.

Avec un grognement rauque, il la pénétra.

Le souffle court, Johanna agrippa ses épaules.

— Stone, attends ! Et le préservatif ?

— Tu ne prends plus la pilule ?

— Mais non, répondit-elle. Quand on a rompu et qu'il était clair qu'on ne se réconcilierait pas, j'ai arrêté.

Stone écarquilla les yeux. Elle avait envisagé une réconciliation ? Pendant combien de temps ? Combien de chances de la récupérer avait-il ratées à cause de sa fierté mal placée ?

La récupérer ? Mais alors…

Il ne s'agissait pas uniquement de sexe, là ?

Stone sentit mille questions assaillir soudainement son esprit.

Il n'avait pas emporté de préservatifs… Si la discussion se prolongeait, l'ambiance allait sérieusement changer ! Il roula sur le côté en poussant un soupir de frustration. Que faire ?

Au même moment, Johanna se redressa, haletante, et s'écria en claquant des doigts :

— Attends. J'en ai vu dans le petit panier de bienvenue à l'intention des jeunes mariés en voyage de noces.

Stone leva les yeux au ciel. Ouf ! crise évitée ! Béni soit le personnel qui avait pensé qu'ils auraient besoin du panier spécial amoureux ! Il resta sur le côté pendant que Johanna se précipitait dans le séjour et savoura la vision de son splendide corps nu. Oui, il avait rêvé d'elle, mais ses fantasmes étaient bien moins forts que ce qu'il vivait, là, maintenant, avec elle.

Au bout de quelques secondes, Johanna revint dans la chambre, un sourire jusqu'aux oreilles, brandissant un préservatif d'une main et une poire de l'autre. Elle planta les dents dans le fruit et lui lança l'emballage carré qu'il attrapa au vol.

Riant aux éclats, elle s'agenouilla sur lui et pressa la poire contre sa bouche. Stone mordit dedans puis posa le fruit de côté. Le moment était venu de goûter Johanna. Johanna de nouveau toute à lui.

Il la rallongea sur le matelas et plongea aussitôt en elle. Les yeux clos, elle l'accueillit en ondulant le bassin. Ses jambes fines se refermèrent autour de lui. Pas de doute, elle le sommait d'aller plus loin, plus vite. Elle le voulait, le désirait, avec la même soif, la même urgence que lui. Il l'embrassa avidement.

Stone connaissait le corps de Johanna aussi bien qu'il connaissait le sien. Il avait mis un point d'honneur à apprendre chacune de ses zones sensibles et la façon de lui donner un maximum de plaisir. Et elle avait fait de même pour lui.

Caresse après caresse, baiser après baiser, leurs ébats atteignirent une véritable osmose. Ils bougeaient ensemble, se touchaient sans cesse, se couvrant peu à peu d'un voile de sueur malgré la brise océane qui soufflait par la fenêtre.

Le chant du vent s'amplifia, pareil à une tempête de printemps. Stone murmura à l'oreille de Johanna ses fantasmes érotiques nés lors de ses nuits solitaires, les liens d'argent qui les attachaient ensemble, les joyaux cachés puis découverts. Les réponses haletantes de Johanna — ses *oui, oui, oui*, de plus en plus forts — attisaient le feu en lui au point que son corps semblait être de la lave en fusion.

Et juste au moment où il pensait ne plus pouvoir se contenir plus longtemps avant que cet incendie ne les consume tous les deux, Johanna explosa entre ses bras. Ses cris de jouissance s'élevèrent, aussi libres, désinhibés et naturels que celle qui les poussait. La sensation exquise de sa chair humide autour de son sexe le fit basculer à son tour dans l'ivresse du plaisir.

Vague après vague, l'orgasme déferla sur Stone tandis qu'il la serrait contre lui. Puis il redescendit lentement sur terre, ses bras se relâchèrent, et il roula sur le côté, emmenant Johanna avec lui.

Le vent chargé de pluie soufflait une brise humide. Stone attendit que son cœur s'apaise. Mais en le sentant cogner de plus belle contre ses côtes, il sut.

A quoi bon le nier ? Il ne pourrait pas renoncer à Johanna une nouvelle fois. Hélas ! il n'avait aucune chance qu'elle reste avec lui si elle apprenait la chose horrible qu'il lui avait cachée, la raison pour laquelle il n'était absolument pas en mesure de réaliser ses rêves et devenir le père de ses enfants.

Johanna se réveilla dans un lit vide.

Elle s'étira sous les draps, humant cette odeur d'amour mêlée à l'air de l'océan qui s'engouffrait par la fenêtre. Dehors résonnaient aussi des aboiements, accompagnés de la voix de basse de Stone, criant des : « Rapporte ! » et des : « Bon chien ! ».

Le soleil haut dans le ciel lui indiqua qu'elle avait fait la grasse matinée, ce qui n'avait rien d'étonnant car ils avaient rattrapé le temps perdu tout au long de la nuit. Dans le lit, sous la douche, puis dans la cuisine avant de faire l'amour contre le plan de travail.

Elle sentait encore son corps vibrer de l'exquise langueur du plaisir assouvi. Autant l'avouer, dès qu'elle verrait Stone, elle allait avoir encore envie de lui.

Un rapide coup d'œil au réveil la fit bondir sur ses pieds et se ruer vers la salle de bains. Mince, elle avait vraiment fait la grasse matinée ! Après une toilette expéditive, Johanna enveloppa ses cheveux et son corps dans des serviettes moelleuses et ouvrit l'armoire.

Pleine à craquer. Mais comment…

Elle regarda tous ces vêtements qui n'y étaient pas la veille. Les étiquettes prouvaient qu'ils étaient neufs — et à sa taille ! Eh bien, Stone n'avait pas chômé. Il lui avait commandé une garde-robe complète pour le restant de leur voyage. Il avait entendu ce qu'elle avait dit sur son sentiment de malaise. Avec sa manière bien à lui, il essayait d'apaiser cette inquiétude. C'était vraiment adorable de sa part.

Soudain, Johanna entendit les chiens japper. Au même instant, Stone fit son entrée dans la chambre. Tant pis, la séance d'habillage attendrait. Ni une ni deux, elle ajusta la serviette autour de son corps et libéra ses cheveux.

— Tu n'avais pas besoin de faire ça, mais merci, dit-elle en faisant courir ses doigts sur la rangée de tenues neuves.

— Content que ça te plaise, répondit Stone en l'attirant vers lui. Et pour qu'on soit bien clairs, je me fiche de ce que tu portes. Tu es magnifique à mes yeux.

Johanna tendit la bouche pour un baiser. Quel amour, décidément…

— Merci. Tu es un bon cow-boy, Stone.

— J'essaye, madame, j'essaye.

Il l'embrassa avec passion, puis s'écarta.

— J'ai entendu ce que tu disais à propos des réceptions officielles où je t'emmenais avant. Ça me rend dingue de penser que tu étais mal à l'aise.

— La richesse d'une personne n'a rien à voir avec son compte bancaire, fit-elle remarquer.

Il s'assit au pied du lit, l'attira sur ses genoux.

— Très juste. J'imagine que ça fait partie du plan de ma grand-mère pour me ramener à la réalité des valeurs familiales.

Le cœur de Johanna se gonfla d'espoir. Est-ce qu'il serait en train de changer de point de vue sur l'idée de fonder famille, par le plus grand des hasards ?

Cela dit, il aurait été bête de gâcher ce moment en insistant. Du coup, elle passa à un autre sujet et désigna les cintres où pendaient jeans, pantalons, robes bain de soleil et robes longues.

— Tu m'as acheté toute une panoplie de vêtements. Quelle est notre prochaine destination ?

— Gran a sélectionné tout un tas de candidats, y compris deux ou trois solutions de rechange en cas de besoin.

Elle désigna une robe en dentelle bleu vif.

— Ça, par exemple, c'est une tenue pour rendre visite à des têtes couronnées.

— Tu es perspicace, constata-t-il avec une grimace.

Johanna écarquilla les yeux. Non, elle avait sûrement mal compris…

— Vraiment ? s'écria-t-elle. Nous allons voir un roi, en plus d'un ancien secrétaire d'Etat ?

— Eh oui.

Elle ne put s'empêcher de frissonner. Mince, il était sérieux, alors…

— Bon, très bien. Si on donne Sterling à ce fameux homme politique, il restera Pearl et Ruby. Lequel gagnera la couronne ?

— Ruby. Enrique Medina a perdu cette année ses deux chiens de Rhodésie. Ma grand-mère et lui sont très amis. C'est même lui qui a recommandé le général Renshaw pour Sterling.

Elle leva les yeux au ciel. Seigneur, un authentique monarque ! Plus rien ne risquait de la surprendre, venant de cette famille.

— Et Pearl ? Elle va chez le pape ?

Stone éclata de rire.

— Je suis sûr qu'il est une des solutions de rechange de Gran. Mais, en réalité, je ne sais pas grand-chose de la dernière famille, hormis qu'elle vit dans le Montana.

— Et les robes de soirée, c'est pour aller à une soirée chic ? demanda-t-elle.

Johanna sentit son ventre se nouer à cette idée. Même en tenue sophistiquée, elle restait une fille de ferme qui se sentait plus à l'aise en jean et à cheval.

— Non, pour dîner dans un bel endroit. Juste toi et moi, pour te remercier de m'accompagner toute cette semaine. Quoi qu'il arrive entre nous, je te serai toujours reconnaissant de tout ce que tu as fait pour ma grand-mère.

Décidément, c'était très étonnant de voir Stone profiter de ce voyage pour lui révéler tous ces aspects de sa personnalité. Avait-il souffert tant que ça de leur séparation ? Ou est-ce que se confronter à la maladie de Mariah faisait tomber les barrières qu'il avait construites autour de lui ? En tout cas, ce nouvel homme l'attirait, impossible de le nier.

Il lui souleva le menton pour l'embrasser. Difficile d'aller plus loin vu l'heure qui filait, mais pour être honnête, elle était tentée. Parce que tous ces brusques changements étaient trop beaux pour être vrais. Hélas

Une heure plus tard, Stone ouvrait le hayon de leur 4x4 de location pour emmener les chiens chez les Landis-Renshaw. Ruby et Pearl s'installèrent derrière le filet de protection les séparant de la banquette. Les bagages étaient, eux, stockés dans un coffre de toit. Avec tout ce chargement, ils ressemblaient à une famille en vacances !

Le manque de sommeil le tenaillait, mais pour rien au monde il n'aurait renoncé à leur nuit d'amour.

L'océan étincelait sous le soleil de midi. Quel dommage qu'ils ne puissent pas laisser tomber le plan de sa grand-mère et rester au cottage ensemble jusqu'à la fin de la semaine ! Johanna et lui s'étaient retrouvés, comme autrefois. Désormais, il devait tout faire pour la rassurer. Mais peut-être se berçait-il d'illusions en espérant qu'elle fermerait les yeux sur certains points cruciaux s'il corrigeait certains autres problèmes de leur relation…

Dans quel but ?

Espérait-il réellement qu'ils allaient reformer un couple ? Certes, pour être honnête avec lui-même, il voulait qu'elle revienne dans sa vie de manière définitive. Mais tout aussi honnêtement, il doutait que ce soit possible, quel que soit le nombre d'armoires qu'il emplirait de vêtements ou de sorties décontractées qu'il organiserait.

Tout à coup, la porte du cottage s'ouvrit et Johanna sortit avec Sterling dans les bras. Elle portait une robe à fleurs, classique et légère. Mais elle était belle dans n'importe quelle tenue. Son assistante s'était chargée de tout commander, lui assurant que la tâche serait facile : elle avait vu juste. De fait, tout allait à Johanna. Ses beaux cheveux étaient retenus par une barrette ornée de pierres, — une création Diamonds in the Rough. Et, bien entendu, le porte-bonheur de sa grand-mère pendait à son cou.

Au prix d'un effort surhumain, Stone combattit l'envie de la prendre dans ses bras, de la ramener à l'intérieur et de la déshabiller. Au lieu de quoi, il proposa de la débarrasser de Sterling.

— Donne-le-moi, je vais le mettre avec les autres.

Elle secoua la tête et sa queue-de-cheval dansa sur son dos. Ce qu'elle pouvait être sublime...

— Je vais le garder. Lui dire au revoir me rend sentimentale. Je ne cesse de repenser au jour où ta grand-mère l'a eu, tout petit chiot.

Il ferma le hayon et contourna la voiture pour lui ouvrir la portière.

— Dans mon esprit, tu es au ranch pour soigner les chevaux, dit-il. J'oublie souvent que tu t'occupes aussi des chiens. Ce sera aussi dur pour toi de leur dire adieu, j'imagine.

— Comme je n'ai pas d'animaux à moi, en effet, oui, répliqua-t-elle, caressant le croisé teckel-chihuahua. Je m'y suis attachée. Mais Mariah a raison de vouloir les placer. Trop d'animaux finissent dans des refuges quand leurs propriétaires décèdent ou partent en maison de retraite.

— Pour elle, on les aurait tous pris avec nous.

A ces mots, Stone claqua la portière, sans doute un peu trop fort. Jamais il n'aurait abandonné les chiens de Gran dans un refuge. Et dire que, bientôt, il vivrait sans Mariah près de lui.

La mine sombre, il prit place derrière le volant et ôta son Stetson qu'il posa entre lui et Johanna. Il démarra. Autant se concentrer sur la route, où la circulation s'annonçait dense le long de la côte.

116

Tandis qu'il doublait un camping-car qui roulait à petite vitesse, il sentit la main de Johanna effleurer son bras.

— Il est évident que si Mariah a un plan en tête pour eux, elle en a un pour ton avenir aussi. Ne doute pas une seule seconde qu'elle t'aime.

— Elle t'aime aussi, tu sais, répondit-il.

Elle sourit.

— Merci. Mais ce n'est pas pareil. Je ne fais pas partie de la famille.

— Je n'en suis pas si sûr. Elle était folle de rage contre moi quand on s'est séparés.

— En colère contre toi ? s'exclama Johanna. C'est moi qui ai rompu nos fiançailles. J'ai fait en sorte que ce soit évident pour tout le monde.

Stone baissa la tête. Est-ce qu'elle l'avait quitté en public pour lui épargner un retour de bâton de sa famille ? A l'époque, il n'avait pas pensé que cette rupture publique lui vaudrait la compassion des autres. En réalité, la colère — et le chagrin — l'aveuglaient trop pour qu'il s'en rende compte. Quel imbécile il était !

— D'après Gran, j'avais fait quelque chose de mal pour que tu me rendes ta bague. Et elle avait raison.

A quoi bon se mentir ? C'était lui qui était responsable de leur rupture, et rien de significatif n'avait changé depuis. Il ne voulait toujours pas d'enfants. Et à la regarder bercer le chien, il voyait bien son désir intense d'être mère.

On pouvait dire qu'il était le dernier des salauds.

Johanna rajusta le collier d'argent autour du cou de Sterling.

— Je suis désolée d'avoir provoqué une discorde entre vous, déclara-t-elle.

— Tu n'as pas à t'excuser. Je suis adulte. Mes relations me regardent et sont mon problème.

Au même moment, Stone s'engagea sur le pont qui les mènerait à leur destination.

— Elle tente de jouer les entremetteuses en nous envoyant ensemble sur cette mission, fit-elle remarquer en tripotant son chapeau posé entre eux.

Sans blague…

— Je suis certain qu'en effet, ça fait partie de son plan, même si elle a affirmé le contraire.

Des kilomètres de marécages défilaient le long de la route à mesure qu'ils s'enfonçaient vers Hilton Head.

— Il n'empêche, elle ne me fait pas confiance pour veiller sur les chiens, et elle a raison. Je gâcherais tout.

— J'en doute fort, objecta Johanna avec une assurance étonnante.

Car lui avait des doutes, et non des moindres.

— Je n'aurais pas été aussi rigoureux que toi, lâcha Stone. Je n'aurais pas pensé à la moitié de ce que tu as vérifié pour être sûre que Gem intégrait la bonne famille.

A vrai dire, il avait même été impressionné et surpris durant la rencontre avec les Donavan.

— Ta grand-mère va manquer à Gem, dit alors Johanna d'une voix tremblante. Lui aussi aura du chagrin.

Stone eut un petit sourire. Qu'avait-elle en tête, exactement ?

— Tu cherches à me faire zapper le reste du voyage et ramener les chiens avec nous ? lança-t-il le plus sérieusement du monde. En réalité, je suis à deux doigts de le faire, et je passerais même reprendre Gem au passage.

Encore un peu émue, Johanna rit puis fouilla dans son sac pour en sortir des friandises qu'elle distribua aux trois chiens.

— N'essaie même pas. Les Donavan sont formidables. Gem sera très bien chez eux. Ce ne sont plus des mignons petits chiots. Placer un animal adulte peut poser des difficultés. En outre, aucun de nous ne souhaite que quelqu'un les adopte afin de s'attirer les faveurs de Mariah.

— Jamais je ne le permettrais ! ne put-il s'empêcher de dire.

Et c'était la stricte vérité.

— Bien sûr que non. Tu es un homme bon.

— Tellement bon que ma grand-mère doit me tester et que tu m'as largué comme un malpropre, railla-t-il.

A ces mots, Johanna se glissa plus près de lui, passa une main derrière sa nuque.

— Nos temps heureux me manquent. La nuit dernière a été… magique.

Stone s'agita sur son siège. Une seconde… Elle était en train de le « câliner » de la même manière qu'elle câlinait Sterling, avec la même voix douce et apaisante.

— Alors tu reconnais que tout n'était pas mauvais entre nous.

Elle lui jeta un regard incrédule.

— Evidemment que tout n'était pas mauvais.

— Donne-moi des détails, insista alors Stone.

Autant profiter de cette discussion pour en tirer un avantage quelconque, si possible.

— Pourquoi ? protesta-t-elle. Ça servirait à quoi ?

— Ce serait une sorte d'exercice de guérison, disons.

Et une tentative trouver le moyen de partager plus avec elle, à l'avenir…

— D'accord, euh… J'apprécie la façon dont tu soutiens mon travail. Comme la fois où il y avait eu cet appel d'un refuge au sud du Texas qui avait besoin d'un vétérinaire en renfort pour soigner des chevaux maltraités. Seulement, j'avais déjà fait un tas d'heures supplémentaires. Du coup, tu as pris le volant et roulé toute la nuit pour que je puisse dormir avant de travailler. Ensuite, poursuivit-elle en souriant, tu as retroussé tes manches et tu m'as aidée.

Au prix d'un effort surhumain, Stone détourna son regard de ce sourire merveilleux. Un peu plus et il tamponnait la voiture devant lui.

— On a été très efficaces ensemble ce jour-là.

— Oui. Et je sais que c'est toi qui as encouragé ta grand-mère à sponsoriser le grand gala de bienfaisance pour sauver les mustangs sauvages.

Il haussa les épaules. A vrai dire, tous ces éloges le gênaient.

— On avait besoin d'une déduction fiscale.

— Hé ! fit-elle en lui tapant le bras, ne me prends pas pour une idiote.

Le temps de chercher les mots exacts, il finit par dire :

— Ma famille a travaillé dur et eu beaucoup de chance. On est en position de faire le bien, voilà tout.

— Tout le monde ne fait pas les mêmes choix que vous, fit-elle remarquer. Je ne suis pas sûre d'y avoir autant réfléchi jusqu'à maintenant. Mariah vous a inculqué à tous des valeurs solides.

— C'est très diplomate de ta part de ne pas mentionner les failles de ma mère ou celles des parents d'Amy et Alex, lança Stone. Diplomate et astucieux.

— Je suis navrée que ta maman n'ait pas pu être vraiment là pour toi.

— Ne le sois pas, répliqua-t-il en frissonnant malgré la chaleur. Elle a brisé le cœur de Gran. Oncle Garnet ne valait pas mieux, mais il a au moins essayé de bâtir une vie de famille normale. Il s'est rendu au bureau chaque jour, même s'il n'était pas particulièrement ambitieux.

Ou disposé à tenir tête à sa femme qui, elle, l'était trop.

— Gran disait qu'elle l'avait toujours traité comme un bébé et qu'elle ne voulait pas commettre la même erreur avec nous.

— Ta tante Bayleigh était ambitieuse pour deux, constata Johanna avec un haussement d'épaules.

— Ce n'est rien de le dire. Aussi loin que je me souvienne, elle a poussé les jumeaux à faire tout et n'importe quoi.

Cela dit, je l'avoue, leur famille imparfaite me paraissait terriblement attirante quand j'étais gosse.

— Tu voulais vivre avec eux.

Stone jeta un œil à Johanna. Elle semblait étonnée. C'est vrai qu'il avait raconté peu de chose sur lui-même à la femme censée être la personne la plus importante à ses yeux. Bref, s'il souhaitait la moindre chance d'être à nouveau avec elle, il devait lui ouvrir son cœur.

— Je voulais être leur fils, en effet, admit-il. Gran leur a même demandé un jour si ça les intéressait de devenir mes tuteurs, mais ils ont décliné. Les jumeaux leur suffisaient.

— Seigneur, voilà qui a dû être difficile à entendre.

Il hocha la tête. A vrai dire, il se réjouissait encore que personne ne l'ait vu pleurer. Il n'aurait pas supporté cette humiliation. Il n'était qu'en primaire à l'époque, mais ses larmes lui avaient paru peu dignes d'un homme. Alors qu'il se sentait déjà comme un enfant dont personne ne voulait.

— Finalement, ça s'est terminé pour le mieux, dit-il en essayant de maîtriser sa voix. Gran a été formidable. Quant à maman, ma foi, elle était super amusante pendant ses périodes d'abstinence.

Hélas ! Stone sentit qu'il prononçait ces paroles avec un fond d'amertume. Dieu merci, ils arrivaient à la barrière du complexe sécurisé des Landis-Renshaw. Allez, il avait fait assez de confidences pour la journée. Un peu plus et il aurait raconté ses séances chez tous ces pédopsychiatres qu'il avait vus avant même d'entrer au CP.

Mais à quoi bon ressasser ces vieilles histoires ? Il s'en était bien sorti, bon sang !

Les hautes grilles d'acier se dressaient devant eux, menaçantes, surmontées de caméras. Stone tendit ses papiers à un garde dans une petite guérite vitrée, dotée d'écrans de surveillance.

Le garde hocha la tête en silence, lui rendit ses documents, et les grilles s'ouvrirent. Stone fronça les sourcils. Bon. Il ne lui restait plus qu'à trouver comment dire adieu à un autre animal de compagnie. Il allait aussi devoir faire semblant d'avoir les moyens de surmonter la mort de sa grand-mère. Elle qui avait été sa force et la garante de son équilibre mental. Elle qui lui avait littéralement sauvé la vie quand il était bébé. C'était une femme solide, comme Johanna.

En regardant celle-ci cajoler Sterling, Stone comprit soudain une chose. Il n'avait pas pris cette expédition au sérieux, ce qui était une erreur de sa part. Il s'était contenté de suivre Johanna à la tête de ce périple destiné à placer les chiens dans de nouvelles familles, sans réfléchir trop longtemps au deuil à venir. En un sens, il avait agi mécaniquement. Or, sa grand-mère, Johanna et même les chiens méritaient tous mieux que ça de sa part.

Pour la première fois, il se rendit compte d'une chose. En fin de compte, Gran n'avait peut-être pas cherché à le réconcilier avec Johanna. Au contraire, elle essayait sans doute de l'aider à comprendre pourquoi son ancienne fiancée était mieux sans lui.

Enfoncée dans le siège avant de la voiture, Johanna entoura Sterling de ses bras. Comment avait-elle fait pour finir à nouveau embarquée dans ce tourbillon de sentiments pour Stone ?

Au moins, une fois arrivés à destination, elle aurait quelques heures et des gens autour d'elle pour se calmer avant de se retrouver avec lui dans un hôtel ou Dieu sait quel autre endroit romantique. Décidément, ce voyage allait la rendre folle ! Néanmoins, elle avait encore le temps de construire des barrières afin de protéger son cœur jusqu'à ce qu'elle arrive à déterminer où cela les menait. S'agissait-il juste de sexe ou tenteraient-ils de reformer un couple ? Si c'était le cas, les mêmes désaccords les menaçaient, comme auparavant.

Elle serra le chien contre sa poitrine tout en regardant par la vitre et tenta d'assimiler ce qui l'attendait. Quelle journée ! Elle s'apprêtait à rencontrer un couple puissant du monde politique. Le général, à ce qu'on disait, figurait en bonne place sur la liste pour être le futur ministre de la Défense. Quant à Ginger, ancienne secrétaire d'Etat, elle était à présent ambassadrice, et son fils, sénateur. Qui ne serait pas nerveux à l'idée de cette visite ?

Stone conduisait avec souplesse mais, visiblement, il avait l'esprit ailleurs.

— Je n'ai jamais su comment Sterling a échoué dans la meute de ma grand-mère, lança-t-il tout d'un coup.

Johanna se tourna vers lui. Quelle drôle de question !

— Une de ses employées âgée a développé un Alzheimer. La résidence médicalisée choisie par sa famille n'acceptait pas les animaux, encore moins les chiots.

— Zut. Pourquoi est-ce que je n'étais pas au courant de cette histoire ? grommela-t-il en longeant l'allée verdoyante menant à la maison principale. J'aurais aimé que Gran me fasse plus confiance pour m'occuper de ses animaux. Ça lui aurait permis de profiter de leur réconfort dans les moments difficiles.

Johanna garda le silence. Elle était entièrement d'accord, mais le dire n'y changerait rien. La situation était compliquée, en effet.

— C'est triste que Sterling perde deux fois sa maîtresse.

— La vie est rarement juste, commenta-t-il sombrement avant de se garer le long de la bâtisse.

Là-dessus, Stone prit son chapeau et quitta la voiture sans laisser à Johanna le temps de répondre. Elle resta bouche bée. Qu'est-ce qui se passait dans sa tête ? Cet homme ne cessait jamais de la déboussoler.

Tout en ajustant la laisse de Sterling, elle observa les lieux afin de prendre ses repères puis descendit à son tour. Le domaine au bord de la plage était plus imposant que le ranch de Mariah et plus vaste que la ferme réaménagée des Donavan. Elle avait vu des photos sur Internet en cherchant des renseignements sur leurs hôtes de la journée. Mais aucun article n'aurait pu la préparer à la vue époustouflante qui s'offrit alors à elle. Les habitations étaient situées sur un sublime terrain en bordure de l'océan. La maison principale était une immense bâtisse blanche à deux étages donnant directement sur l'Atlantique, le long duquel un couple marchait au ras des vagues mourantes. Une volée de marches s'élançait jusqu'à la véranda du premier étage où se trouvait la porte d'entrée à deux battants.

Devant eux, on pouvait voir le rivage. Et deux cottages nichés à l'écart dans la verdure autour d'une grande piscine en revêtements naturels. L'eau bouillonnante d'un jacuzzi dessinait un tourbillon étincelant sous le soleil parmi les éclaboussements d'adultes et d'enfants.

Autant le dire tout net, cet endroit était un petit paradis conçu pour réunir une grande famille dans le confort et l'intimité. La matriarche et le patriarche — Ginger et le général — apparurent soudain sous la véranda, semblables à n'importe quels grands-parents en vacances avec leur famille, venue en nombre. Trois chiens s'avancèrent en courant. Ce n'était pas vraiment le plus policé des accueils mais, à l'évidence, une pagaille organisée régnait dans cette maison.

Johanna posa Sterling sur le sol sableux. Il y avait autour d'elle une effervescence indescriptible. Elle entendit une petite fille rire aux éclats pendant que son papa lui apprenait à nager dans la piscine. Une maman berçait un nourrisson endormi sur ses genoux en agitant les pieds dans l'eau. Une autre chantait une berceuse qui se mêlait aux voix d'un couple programmant une soirée en amoureux puisque les grands-parents pouvaient garder les enfants.

Subitement, Johanna se sentit assaillie par mille souvenirs. Elle revit son propre passé, quand ses parents l'emmenaient nager dans un étang, et vit surtout le futur qu'elle souhaitait pour elle. Seulement, comment y intégrer Stone ? Voir toutes ces familles radieuses en étant coincée dans une relation sans issue avec un homme qui ne baisserait jamais la garde était un déchirement terrible.

Luxe et opulence mis à part, ce genre d'intimité conviviale était ce qu'elle espérait construire un jour. Ses rêves n'avaient pas changé. Ce qui signifiait qu'elle était de nouveau en plein chagrin d'amour.

* *
*

Stone était assis à une table au bord de la piscine avec Ginger et Hank, remplissant leur dossier d'adoption. Si quelqu'un lui avait dit une semaine plus tôt qu'il leur ferait subir un interrogatoire en bonne et due forme pour s'assurer que Sterling serait heureux chez eux, il n'y aurait pas cru.

Et pourtant, il se trouvait là, à observer la manière dont ils prenaient en charge le chien de sa grand-mère — pardon, *leur* chien à présent. Sterling était pelotonné sur les genoux de Ginger comme un pacha, pas le moins du monde perturbé par les enfants qui faisaient la bombe dans la piscine pendant qu'un match de volley se déroulait sur la plage.

Stone enleva son chapeau.

— Il est important que Sterling s'entende bien avec les enfants, dit-il d'un ton grave.

— Amen, fit le général.

Celui-ci était un papi décontracté, en short kaki et polo, qui était resté silencieux durant la plus grande partie de la discussion.

— Le nombre de nos petits-enfants est à deux chiffres. Les Noëls sont particulièrement chaotiques.

Ah, parce que là, ce n'était pas la pagaille ? Stone sentit sur lui les yeux de Johanna, la confusion dans son regard. Il lui adressa un sourire rassurant, qu'elle lui rendit, même s'il était plus circonspect, ce qui le ramena aussitôt au souvenir de la nuit précédente, et au plaisir qu'il éprouvait à la faire sourire… et gémir.

Au prix d'un effort certain, il chassa ces idées de son esprit. Allons, il était temps de se concentrer sur ce couple plus âgé qui s'était manifestement donné une seconde chance de filer le parfait amour.

Ginger effleura le bras de son mari. L'ancienne secrétaire d'Etat était extrêmement digne malgré la brise qui froissait ses cheveux gris et son ample robe de plage.

— Hank, pendant qu'ils sont ici, on devrait leur

demander de voir comment Ruby le rottweiler réagit avec les enfants. Après tout, il fera en quelque sorte partie de la famille puisqu'il sera chez le beau-père de Jonah.

Il est vrai que le plus jeune fils de Ginger avait épousé une princesse, pas moins. Stone regarda vers la plage où Ruby jouait dans les vagues avec un autre chien et un trio de préadolescents.

— Pour l'instant, je dirais que tout va bien.

Ginger acquiesça en tapotant la tête du terrier lové sur les genoux de Johanna.

— Je regrette qu'on ne puisse pas prendre aussi cette précieuse Pearl. Elle ressemble à Toto dans le *Magicien d'Oz*. Les gosses l'adoreraient et ce serait merveilleux de les garder ensemble. Mais nous connaissons nos limites.

Johanna reposa alors son thé glacé sur la table.

— Nous nous assurerons que Pearl sera en de bonnes mains. Savoir que Sterling est heureux nous soulage tous déjà d'un gros poids, surtout Mrs McNair. Merci beaucoup.

Ginger tripota nerveusement une boucle d'oreille en diamants. Ses yeux semblaient remplis d'une inquiétude sincère.

— Je suis terriblement désolée pour Mariah…

— Merci, madame, répliqua Stone en tâchant de maîtriser son émotion. Ce que vous faites aujourd'hui est d'une aide précieuse pour ma grand-mère. N'est-ce pas, Johanna ?

En regardant Johanna, Stone s'aperçut qu'elle avait les yeux rivés sur une mère, un père et un bambin qui jouaient dans les vagues. La voir avec cette expression pleine d'envie lui fit l'effet d'un coup de poignard.

Au même instant, Johanna se leva précipitamment.

— On vous a apporté un petit cadeau de Diamonds in the Rough en guise de remerciement. Je vais aller le chercher dans la voiture.

En l'observant s'éloigner à toutes jambes, Stone prit

conscience d'une chose : leur nuit ensemble les avait perturbés tous les deux, impossible de dire le contraire. Cette nuit-là n'avait rien à voir avec ce qu'ils avaient pu vivre. S'il se sentait perdu depuis ces derniers jours, c'était en grande partie à cause de Johanna.

Elle aussi semblait déstabilisée. Voir cette famille heureuse n'avait fait qu'ajouter un peu plus à son trouble. En tout cas, elle avait raison d'aspirer à un tel bonheur. Elle ne devait pas faire de compromis à cause de lui.

Dans l'avion qui volait vers le Montana et la future famille de Pearl, Johanna tenta de comprendre le changement qu'elle avait décelé chez Stone durant l'après-midi. Dans son esprit, ils avaient bien passé un accord selon lequel ils s'accordaient une semaine de sexe sans engagement pour négocier les conséquences plus tard, non ? Pourtant, quelque chose avait déjà changé en lui.

Force était d'admettre qu'elle-même ne se sentait pas insouciante non plus. Observer la tribu Landis-Renshaw lui avait fait mal. Impossible de le nier.

L'avion traversait le ciel nocturne et mouvementé. Si elle savait où ils allaient au sens propre, elle ne pouvait pas en dire autant au sens figuré. Elle était perdue, à la dérive.

Johanna étudia Stone, assis sur le canapé avec un carnet de croquis, en train de dessiner. Pearl dormait sur un coussin près de lui, la tête posée sur sa cuisse. Seigneur, il était si séduisant…

— Qu'est-ce qui va se passer maintenant ? demanda-t-elle.

Stone releva la tête.

— Eh bien, dans deux heures, on devrait atterrir à…

— Ce n'est pas de ça que je voulais parler.

Elle posa la main sur la tête de Ruby, assoupi à ses pieds. Elle enfermerait les deux chiens dans leur cage pour l'atterrissage ou si les turbulences empiraient. Mais dans l'immédiat, elle voulait profiter un maximum de leur présence avant qu'ils rejoignent leurs nouveaux foyers.

— Pourquoi évites-tu de m'adresser la parole ? reprit Johanna. Maintenant que tu as obtenu ce que tu voulais, c'est fini entre nous, c'est ça ? Dis-moi que non, je t'en prie.

Il haussa un sourcil.

— Quelle vision désabusée de la gent masculine !

— Tu n'as rien dit qui m'incite à penser autrement.

Sourcils froncés, Stone mit son carnet de côté et étira les bras.

— Qui t'a donné une si piètre impression des hommes ? J'aimerais savoir pourquoi je n'ai pas remarqué ça quand on était ensemble !

— Peut-être parce que je t'ai toujours donné les réponses que tu voulais entendre.

Johanna réalisa soudain une chose. Elle devait endosser une certaine responsabilité dans leur rupture et cesser de rejeter toute la faute sur lui.

— Et je les acceptais au lieu d'insister, admit-il en calant ses pieds alors que l'avion traversait une nouvelle turbulence.

La lumière tamisée de la cabine, réduite à une lampe de lecture au-dessus de Stone, projetait des ombres fascinantes sur la beauté sauvage de son visage.

— En tout cas, il n'y a rien de bien mystérieux dans tout ça, poursuivit Johanna. Mes parents étaient formidables. Papa était un homme bon. Mais pour une raison que j'ignore, les hommes que j'ai choisis m'ont toujours laissé tomber. L'un d'eux voulait que j'abandonne l'école vétérinaire pour le suivre sur-le-champ, sans attendre la fin de mes études…

— Celui-là, c'était Dylan.

— Oui, répliqua-t-elle.

Tiens, c'était bizarre qu'il s'en souvienne si bien.

A l'époque, Stone se consacrait si intensément à imprimer

sa marque dans l'entreprise familiale qu'elle avait décidé de surmonter à tout prix son béguin pour lui. Elle habitait un petit studio et se formait au métier de vétérinaire. Le temps semblait venu d'aller de l'avant. C'était ce qu'elle pensait, en tout cas.

— Il ne pouvait même pas attendre six mois que je termine ma formation.

— Alors il ne te méritait pas.

— C'est bien vrai.

Johanna le savait désormais, et même à ce moment-là, elle avait éprouvé un certain soulagement. Pourquoi aurait-elle dû quitter Fort Worth ?

— Le type avec qui je suis sortie ensuite, quand je suis revenue au ranch après mes études...

— Langdon.

Encore un nom dont il se souvenait ! Décidément...

— Tu as une bonne mémoire.

— Quand il s'agit de toi ? Oui, une excellente mémoire.

— Langdon était jaloux. Inutile d'en dire plus.

De fait, il avait de bonnes raisons de l'être. Une partie d'elle voulait que Stone remarque qu'elle avait grandi, voulait qu'il la voie comme une femme et non plus comme la gamine à queue-de-cheval qui traînait autour des écuries. Avec le recul, ce n'était pas très honnête vis-à-vis de Langdon. Mais cela n'excusait pas qu'il la harcèle à ce point à ce sujet.

— Je ne suis pas d'accord, objecta Stone sombrement.

— N'en rajoute pas non plus. Il ne m'a pas fait de mal. Mais quelque chose dans ses yeux me mettait mal à l'aise.

Johanna fixa un instant à travers le hublot le ciel obscur avant de poursuivre.

— Je pourrais continuer d'énumérer les autres, mais en gros, je tombais toujours sur des tocards.

— Ouille ! fit-il en ricanant. Voilà qui est vexant, vu que je figure sur la liste de tes ex.

— L'un d'eux m'a accusée de me lancer dans des relations vouées à l'échec parce qu'en secret, je ne rêvais que de toi.

Johanna se mordit la lèvre. Mince, ces quelques mots lui avaient échappé. Mais après tout, qu'avait-elle à perdre, au point où elle en était ?

— C'était vrai ? demanda Stone.

— Tu sais que j'ai toujours eu un béguin pour toi.

Un béguin bien plus facile à vivre que ce qu'elle ressentait à présent…

— Avoir le béguin et aimer, c'est très différent, dit-il.

Elle sentit alors son estomac se serrer. Et cela n'avait rien à voir avec le nouveau trou d'air que franchissait l'avion.

— Je t'aimais quand on s'est fiancés.

— Et aujourd'hui ?

— Franchement, je n'en sais rien. Et te voir aussi détaché m'empêche encore plus de cerner mes sentiments.

A ces mots, Stone se leva et elle sentit sa bouche s'assécher comme chaque fois qu'il se dirigeait vers elle. Mais au lieu de la prendre dans ses bras, il s'installa dans un fauteuil plus confortable, en face.

— Au cottage sur la plage, rien de ce qu'on a fait ensemble n'était feint. Tu peux te fier à ces sensations-là.

— Oui, c'était sincère, mais on est en train de comprendre que les choses n'étaient pas aussi parfaites qu'on le pensait le jour où on s'est fiancés. Il nous faudra à tous les deux un peu de temps pour refaire confiance à quelqu'un.

Johanna vit la mâchoire de Stone se crisper.

— L'idée que tu guérisses assez de moi pour te mettre avec un autre n'est pas très réconfortante.

— Pourquoi penses-tu que la personne avec qui je devrais être est forcément quelqu'un d'autre que toi ? Même après ce qu'on a partagé la nuit dernière ?

Quelle tête de mule, celui-là ! Elle avait envie de le saisir par les épaules et de le secouer. Qu'est-ce qui se passait dans sa tête, enfin ? Il lui avait bien fait comprendre qu'il ne voulait pas rompre quand elle l'avait quitté et maintenant qu'elle lui tendait la main, il dressait un mur entre eux ?

— Doit-on vraiment avoir cette discussion ce soir ?

— Quand, alors, si ce n'est pas maintenant ?

Au même moment, une turbulence plus violente secoua l'avion et Ruby vacilla sur ses pattes. Stone se leva, sans doute heureux de l'opportunité d'échapper à cet échange difficile. Evidemment…

— On devrait mettre les chiens en sûreté.

Avec un soupir, Johanna se leva aussi puis s'approcha du canapé pour prendre Pearl. L'animal était assis sur le carnet de croquis, une oreille en l'air, l'autre baissée. Elle se pencha pour le soulever, découvrant le dessin de Stone.

Un hoquet resta bloqué dans sa gorge lorsqu'elle vit la feuille recouverte des bijoux érotiques qu'il voulait créer pour elle. Au milieu, il y avait un dessin d'elle dans un champ de lupins bleus, avec Pearl à ses côtés. Le soin apporté aux détails était époustouflant, jusqu'au tressage de sa natte. Cela ne voulait dire qu'une chose…

Tout le temps où elle croyait qu'il la rejetait, Stone avait été entièrement focalisé sur elle.

Stone vérifia le loquet de la cage de Ruby. Comme le rottweiler lui adressait un regard triste en se pelotonnant sur son matelas moelleux, il lui passa un biscuit à travers les barreaux. Autant l'avouer : cette semaine en compagnie de Johanna devenait de plus en plus compliquée. Comment retrouver leur belle entente du cottage ?

Au même moment, elle s'agenouilla près de lui en glissant Pearl dans une cage plus petite garnie d'un matelas rose et de jouets à mâchouiller. Alors qu'elle l'enfermait, l'avion plongea dans un nouveau trou d'air. Stone vit Johanna basculer vers lui et il dut pivoter pour la retenir.

Elle s'affala littéralement sur lui.

— Oh ! Seigneur ! s'exclama-t-elle.

Il tira gentiment sur sa queue-de-cheval.

— Je ne suis pas celui qu'il te faut et tu ne devrais pas rester comme ça sur moi, fit-il remarquer.

— Je sais, mais puisqu'on est là…

Hélas ! il avait beau savoir qu'il n'était pas assez bien pour elle, une petite voix à l'arrière de sa tête l'encourageait à essayer de réparer les dégâts du passé pour se donner une chance d'avoir un avenir.

Johanna se lova alors contre lui d'une façon incroyablement sensuelle.

— On a le temps d'aller dans la cabine du fond avant l'atterrissage ? susurra-t-elle.

Ni une ni deux, Stone passa une main sur ses fesses voluptueuses. Comment résister à cette femme ? Jamais il ne pourrait la maintenir à distance. Ce qui faisait de lui un sale égoïste.

— Continue à gigoter comme ça et on n'aura pas le temps de s'y rendre du tout.

Avec un grand éclat de rire, elle se pencha pour l'embrasser. Une nouvelle turbulence les fit rouler contre les cages.

La voix du pilote retentit alors dans les haut-parleurs, leur recommandant de regagner leurs sièges et de boucler leurs ceintures jusqu'à ce qu'ils quittent cette zone critique. Oh non, pas maintenant…

Stone jura entre ses dents puis aida Johanna à se relever. Doucement, il l'escorta jusqu'au canapé où ils mirent les ceintures de sécurité. Puis il referma son carnet de croquis et le posa à côté de lui.

— Je me sens moins inquiète pour Ruby après la réaction des Renshaw, dit Johanna. Du coup, j'ai bon espoir que ça ira aussi. Dommage qu'on n'en sache pas plus sur la famille de Pearl dans le Montana.

— A vrai dire, je m'étonne que Gran ne garde pas Ruby, vu que c'est le seul chien qu'elle a vraiment choisi. Je n'ai jamais pensé à lui demander de me raconter son histoire. Elle m'a juste dit qu'elle l'avait eu dans un refuge, rien d'autre.

— Ta grand-mère se sentait seule après s'être retirée du conseil d'administration de Diamonds in the Rough. Alors je l'ai emmenée dans un refuge d'animaux. Elle s'est choisi un nouvel ami. Ruby était un chien errant, on ne savait rien de lui, mais ça a tout de suite collé entre eux.

— Tu es une femme bien, Johanna. Mais je l'ai toujours su, ajouta-t-il en posant une main sur son genou.

Elle se pencha pour lui tapoter le menton.

— N'essaye pas ton grand numéro de charme sur moi.

— Ce n'est pas un numéro, objecta Stone tout en glissant sa main sous sa robe.

Avoir sa ceinture attachée ne l'empêchait pas d'avoir l'esprit envahi par mille idées coquines, loin de là.

— Si je voulais te charmer, je te complimenterais sur ton beau visage ou ton corps émoustillant…

Il remonta le long de sa cuisse soyeuse. Si seulement il pouvait se perdre infiniment en elle…

— Ce qui est la vérité, bien entendu, poursuivit-il. C'est ce qui m'a incité à sortir avec toi. Mais ton côté femme bien ? C'est ce qui m'a retenu et poussé à demander ta main. Et pour finir, c'est la raison pour laquelle tu m'as quitté.

— Où cherches-tu à en venir ?

Stone jeta un regard intense à Johanna. Il y avait de l'angoisse dans ses beaux yeux, mais aussi une lueur d'espoir qui le poussa à continuer.

— A une sorte d'avertissement, je suppose, répondit-il sombrement en ôtant la main de sous sa robe pour attraper ses doigts délicats. Tu es une femme bien et tu mérites mieux que ce que j'ai à t'offrir. Mais ça ne m'empêchera pas de te l'offrir quand même et de redemander ta main.

Il la vit déglutir.

— Stone…

— Chut, fit-il en pressant un doigt sur ses lèvres. Je ne veux pas ta réponse maintenant. Réfléchis-y. Et sache que je n'ai qu'une envie, enlever tes vêtements un par un et te faire l'amour dans un champ de lupins bleus.

— Tu veux vraiment qu'on couche ensemble et… qu'on se laisse porter ?

— Si ça me permet d'avoir plus de temps avec toi, alors oui, répondit-il sans hésiter. Je ne passerai ma vie avec personne d'autre que toi, Johanna.

A ces mots, Stone prit son beau visage entre ses mains et l'attira à lui. Elle se laissa faire sans résistance, effleurant sa joue, puis sa nuque. Une caresse légère qui l'envoûta autant que les plus téméraires. Oui, il n'y avait personne d'autre qu'elle pour lui. Il s'empara de sa bouche aux lèvres entrouvertes qui l'invitaient à les savourer, à prendre et donner. La chaleur de Johanna attisa chez lui un vrai brasier. Elle était dans son sang, maintenant et à jamais.

Otant l'élastique de ses cheveux, il passa les doigts à travers ses mèches blondes. C'était une sensation magique, pareille au vent qui le frôlait quand il chevauchait dans la campagne. Il les étala sur ses épaules.

Là-dessus, il glissa à nouveau la main sous sa robe en soie et remonta le long de sa cuisse encore plus douce. Ses doigts rencontrèrent alors sa culotte, déjà moite d'excitation…

Au même instant, le téléphone sonna sur la table à côté du canapé. Oh non… Encore un moment de bonheur gâché. Qui pouvait bien appeler en plein milieu de la nuit ? Uniquement la famille, et uniquement en cas d'urgence.

A contrecœur, Stone s'écarta de Johanna. Il attrapa le téléphone et lut ce qu'indiquait l'écran. Il sentit son ventre se serrer. Bon sang, il avait sûrement raison d'être inquiet.

— C'est Amy, dit-il avant de décrocher en mettant

le haut-parleur. Amy ? Qu'est-ce qui se passe ? Johanna t'entend aussi.

— Gran est à l'hôpital, répondit sa cousine d'une voix tremblante. Elle a fait une attaque. Stone, c'était horrible… on a dû appeler une ambulance.

Il échangea un regard avec Johanna et sentit l'effroi l'envahir.

— J'arrive au plus vite. Je vais dire au pilote de faire demi-tour. On sera là dans quelques heures. Tiens le coup, ma puce, d'accord ?

Stone s'aperçut vaguement que Johanna passait doucement une main le long de son dos.

Amy sanglotait à l'autre bout du fil.

— Désolée de t'embêter, Stone. Mais c'était terrifiant. Selon le médecin, elle n'est plus en danger immédiat, mais…

— J'arrive, répéta-t-il.

Le temps de raccrocher, il prit une grande inspiration. Ce n'était pas le moment de flancher. Il était le chef de famille. Il aurait dû être à la maison en train de gérer l'entreprise pour sa grand-mère, pas ici à jouer ou folâtrer.

Il devait mieux que ça à Gran et Johanna. A partir de cet instant, il prendrait à cent pour cent soin de sa famille, et Johanna allait en devenir un membre.

Quel que soit le prix à payer.

- 9 -

Le ventre serré, Johanna pénétra dans l'ascenseur qui les menait à la chambre de Mariah.

Sa peur pour Mariah et sa peine pour Stone se mélangeaient en elle depuis le coup de fil paniqué d'Amy. Mais elle avait beau se faire un sang d'encre, elle ne pouvait rien pour consoler Stone ou arranger cette situation. Hélas !

Ils auraient dû se serrer les coudes, se reposer l'un sur l'autre mais, à la place, elle le voyait se replier sur lui-même. Plutôt que de laisser quiconque s'approcher, Stone prenait les commandes avec cette mentalité de chef de bande qui l'avait retenu tard au bureau tant de soirs. Depuis qu'il avait raccroché le téléphone, il n'avait pas arrêté. Il avait demandé au pilote de dérouter l'avion. Une limousine les attendait à l'aéroport pour les conduire au ranch où ils déposèrent les chiens avant de prendre une douche rapide.

Au quatrième étage, le personnel médical en nombre surveillait les patients. Mariah recevait toutes les attentions, mais Stone avait déjà commencé à chercher d'autres hôpitaux et médecins sans même consulter le reste de la famille. Pourvu qu'il ne se dispute pas avec ses cousins à ce sujet !

Johanna laissa l'infirmière en chef lui indiquer la direction de la chambre. Stone l'avait appelée plus tôt pour confirmer l'heure exacte des visites du matin. Il était hors de question qu'ils puissent arriver trop tard.

Une fois dans la chambre, Johanna sentit son cœur se serrer. Quel spectacle…

Mariah paraissait toute menue et pâle sous l'austère drap blanc. Seuls le soulèvement régulier de sa poitrine et les sons produits par les moniteurs indiquaient qu'elle vivait encore.

Stone enleva son chapeau, le posa sur la table roulante et s'approcha de sa grand-mère. Ses bottes retentissaient sur le sol carrelé.

Mariah ouvrit les yeux, étonnamment clairs et vifs, Dieu merci. Elle lui tendit sa main à la peau presque transparente.

— Te voilà, mon grand. J'avais dit à tes cousins de ne pas t'inquiéter. Lequel des deux t'a appelé ?

— Je ne balance personne, ironisa-t-il avec tendresse.

Sa grand-mère rit doucement.

— Vous trois, vous vous êtes toujours serré les coudes.

Là-dessus, elle sourit à Johanna en levant son autre main, où était fixée l'intraveineuse.

— Viens plus près, ma chère petite. Et faites-moi disparaître cet air morose de vos visages.

Johanna eut un petit sourire. Toujours à dédramatiser…

Elle caressa le poignet de la vieille dame avant de dire :

— Evidemment qu'on se fait du souci. Vous ressentiriez la même chose si les rôles étaient inversés.

— Tu as raison, admit Mariah. Mais je vais bien. Simple problème de déshydratation. Rien à voir avec la tumeur. Je me suis laissé gagner par la fatigue et j'avais juste besoin d'un petit coup de pouce. C'est ma faute et je suis navrée qu'ils vous aient effrayés au point de vous faire rentrer inutilement.

Stone se renfrogna. Le pauvre… Ses yeux bleu saphir étaient marqués par le stress des dernières heures, on le voyait bien.

— Gran, inutile de mentir. Je sais que tu as fait une attaque.

— Nom d'une pipe, ce que tu peux être têtu ! gronda-t-elle avec une énergie pour le moins rassurante. Bon, en tout cas, je ne vais pas mourir cette semaine, alors vous n'avez pas besoin de rester à me veiller au pied de mon lit. Vous avez du pain sur la planche.

Stone s'assit sur une chaise.

— Les jumeaux savaient à quel point j'aurais été en colère en découvrant que personne n'avait pris la peine de me prévenir. Et crois-moi, je l'aurais découvert.

— Tu me ressembles, dit-elle avec un grand sourire. Opiniâtre.

— Mais je suis soulagé que tu ailles bien, Gran. On l'est tous les deux, ajouta-t-il en jetant un regard à Johanna de l'autre côté du lit.

A ces mots, Mariah pressa la main de Johanna.

— Raconte-moi ce que donne votre voyage jusqu'ici. Les photos sont merveilleuses, mais je veux ton avis, Johanna.

Johanna retint une grimace. La vieille dame changeait habilement de sujet afin d'apaiser le trop-plein d'émotions de Stone. Ou bien était-ce elle qui n'était pas prête à affronter ces sentiments aujourd'hui ? Pas de doute, ces deux-là se ressemblaient vraiment. Mais dans l'immédiat, c'était une chance de pouvoir les distraire en parlant d'un sujet sans risque.

— Ma foi, Gem adore l'immense espace de la propriété des Donavan et leur maison de Monaco comprend un jardin clôturé aussi. Sterling aime sa vie de petit chien de compagnie dorloté. Vous avez bien choisi pour eux deux.

Les paupières de Mariah se fermèrent un instant puis elle les rouvrit et les fixa tous les deux, les yeux embués de larmes. Johanna se mordit la lèvre. Difficile de ne pas se sentir affecté par ce spectacle…

— Merci. Merci de tout mon cœur.

— Gran, intervint Stone. Tu es certaine de vouloir qu'on continue ? Tu pourrais garder Pearl et Ruby. Fais-nous confiance pour leur trouver de bonnes familles si un jour… — il déglutit avec peine — si un jour tu ne peux plus t'en occuper.

Johanna dut refouler ses larmes. Seigneur, c'était peut-être elle qui n'était pas prête aux émotions fortes dans cette pièce. Mariah lui était devenue si chère. C'était un modèle. Une amie.

— Je suis absolument certaine de vouloir que vous poursuiviez le programme, répliqua Mariah avant de sourire tristement. Je ne peux déjà plus leur donner l'attention qu'ils méritent. Vous trouvez ça peut-être exagéré, mais j'ai besoin de savoir où ils sont et avec qui.

— Gran…

Stone allait poursuivre, mais son téléphone l'interrompit et il lâcha un juron. Il vérifia d'où provenait l'appel puis coupa la sonnerie et remit son portable dans sa poche.

— C'est qui ? interrogea sa grand-mère. Tes cousins ?

— Non, ça vient du Montana. Sans doute à propos de Pearl. Je répondrai plus tard.

— Non, objecta Mariah avec une vigueur surprenante. C'est très important pour moi.

Stone poussa alors un soupir où on sentait poindre son agacement.

— D'accord, Gran. Si c'est ce que tu veux, mais je reviens tout de suite après.

Téléphone à l'oreille, il quitta la chambre.

Mariah tapota alors la main de Johanna.

— Prends un siège et parle-moi, ma chérie. Comment ça se passe, en réalité ?

— Que voulez-vous dire ? demanda-t-elle d'un ton évasif en détournant les yeux pour faire mine d'approcher une chaise.

— Inutile de jouer les fausses timides, Johanna. Est-ce que Stone et toi, vous êtes de nouveau en couple ?

Johanna eut du mal à en croire ses oreilles. Eh bien, en voilà une qui n'y allait pas par quatre chemins !

— Ouah ! Vous allez droit au but.

— Je n'ai pas le temps de tourner autour du pot.

Tandis que Johanna s'asseyait, Mariah actionna la télécommande du lit pour redresser le dossier.

— Même au ralenti dans ce lit d'hôpital, je constate que l'osmose entre vous est encore là. Je vois vos échanges de regards. Sache-le, j'espérais que ce voyage ensemble arrangerait les choses entre vous. Est-ce que ça a fonctionné ?

Que faire ? Le visage de la vieille dame semblait rempli d'espoir. Pourquoi lui donner de faux espoirs ? A vrai dire, elle ne savait pas très bien où elle en était avec Stone pour le moment.

— J'aurais aimé vous dire ce que vous avez envie d'entendre, mais sincèrement, je n'en ai aucune idée.

— Le fait que tu ne démentes pas totalement me laisse l'espérer.

Johanna s'affaissa sur sa chaise, les yeux au ciel.

— Mais pas de pression, d'accord ?

— Tu es plus sûre de toi aujourd'hui qu'il y a un an, fit remarquer Mariah avec un hochement de tête approbateur. C'est une bonne chose. Tes parents seraient très fiers de toi.

Johanna sentit son cœur se gonfler d'émotion. Comment nier que les paroles d'encouragement de Mariah signifiaient beaucoup pour elle ?

— Merci. J'apprécie de vous entendre dire ça, mais s'il vous plaît, concentrez votre énergie à prendre soin de vous. Vous comptez pour beaucoup de personnes.

— Tu as toujours été précieuse, Johanna. Il y a une douceur en toi dont mon petit-fils a besoin dans sa vie. Lui qui peut être si rude…

Aussitôt, Johanna se surprit à vouloir le défendre. Pas question de laisser passer ça.

— Pourquoi est-ce que tout le monde part du principe qu'il a un cœur de pierre ? Parce que sa mère l'a appelé Stone ?

Mariah sourit.

— Voilà pourquoi tu es parfaite pour lui.

Stone terminait sa conversation téléphonique au moment où Amy et Alex entraient dans la salle d'attente. Le son assourdi d'une télévision accrochée au mur se mêlait aux discussions de quelques autres visiteurs. Fausses plantes et vieux magazines s'entassaient dans un coin. Une cafetière glougloutait dans un autre.

Ses cousins et lui avaient passé peu de temps ensemble depuis l'annonce de la maladie de leur grand-mère. Il sentit son ventre se serrer en prenant conscience qu'ils se rencontreraient souvent dans des salles d'attente d'hôpital au cours des prochains mois. Quelle horreur...

Compte tenu de cela, toute chamaillerie entre eux serait une perte de temps précieux. D'ailleurs, Johanna lui avait assuré à nouveau qu'il n'y avait rien entre son cousin et elle. Tant mieux. Cela dit, difficile de faire le moindre reproche à Alex. Johanna était une femme fascinante.

Les mains enfouies au fond de ses poches, Alex se balança d'avant en arrière sur les talons de ses bottes.

— Tu as déjà vu Gran ? demanda-t-il.

Stone acquiesça en enroulant un bras autour des épaules d'Amy, trop minces sous sa blouse en soie.

— Elle semble alerte, juste fatiguée. Merci de m'avoir appelé, en tout cas.

Amy lui rendit rapidement son accolade puis s'écarta.

— Alex ne voulait pas t'embêter.

Ce dernier haussa les épaules.

— Je contrôle la situation, alors tu peux terminer ta mission avec les chiens.

Stone lutta contre l'envie de le réprimander. Pourquoi réagissait-il comme un abruti ? A sa place, lui-même aurait pété un câble en apprenant qu'il avait été tenu à l'écart des soucis de santé de Mariah.

— Attends que ce soit ton tour de bouleverser ta vie pour la rendre heureuse, Alex. Ton tour viendra. Non, *votre* tour viendra, à tous les deux.

Là-dessus, Stone foudroya son cousin du regard le temps de lui faire comprendre qu'il n'aurait pas apprécié de rester sans savoir pour l'attaque de Gran. Ensuite, il demanda :

— Vous avez une idée du test que Gran envisage pour vous ?

Amy bascula d'un talon aiguille à l'autre tout en mordillant l'ongle de son pouce.

— Elle n'en a pas parlé, mais tu sais qu'il ne sert à rien de la forcer. Elle a toujours un plan en tête.

Elle examina sa main comme si elle se rendait compte à cet instant seulement qu'elle rongeait ses ongles jusqu'au sang et la cacha derrière son dos.

— Tu l'as dit à ta mère ? reprit-elle.

— Pourquoi ? rétorqua vivement Stone. Si Gran veut la voir, elle le lui dira elle-même.

Alex haussa un sourcil blasé.

— Tu ne t'es jamais dit qu'on devrait passer outre Gran ? Pas seulement sur ce point, mais sur d'autres aussi. Avoue que cette histoire de test pour décider de l'avenir d'une énorme fortune est plutôt tordue.

Stone le fixa d'un air abasourdi. Alex était un homme peu bavard. L'entendre faire un discours aussi long voulait forcément dire quelque chose. En tout cas, c'était assez déstabilisant…

Amy croisa les bras sur sa poitrine, faisant tinter ses nombreux bracelets d'argent.

— Je n'arrive pas à croire que tu dises une chose pareille ! Tu n'essayes tout de même pas d'insinuer que Gran est incapable de gérer ses affaires ?

— Je pense qu'on devrait l'envisager, répliqua sombrement Alex. Elle a même dit qu'elle organisait ce test par crainte que la tumeur affecte son jugement. Et s'il était trop tard ?

Stone secoua la tête. Il détestait cette hypothèse. Mais n'avait-il pas ignoré des signes avant-coureurs chez sa grand-mère par envie égoïste de ramener Johanna dans sa vie ?

— On ne peut pas répondre nous-mêmes à cette question. Il faut en parler avec ses médecins. D'accord ? Alex ?

— Très bien, répondit son cousin. Et concernant ta mère ?

Stone se frotta la mâchoire. Encore un sujet déplaisant.

— Si vous voulez l'appeler, faites-le, mais moi, je n'ai rien à lui dire. Et si elle fait quelque chose qui contrarie Gran — et croyez-moi, ma mère le fera — vous l'aurez sur la conscience.

Sur ces mots, il tourna les talons. Allez, autant mettre un terme à cette discussion. Au même instant, il découvrit Johanna, debout derrière lui, avec des yeux qui semblaient pleins d'inquiétude. A l'évidence, elle avait entendu la dernière partie de l'échange. Il glissa un bras autour de ses épaules.

— Johanna, allons-y. On doit s'occuper de Pearl et Ruby.

Il partit d'un pas décidé, mais c'était comme s'il sentait le regard jaloux d'Alex peser dans son dos.

Il frémit. Durant toute sa vie, sa grand-mère, le ranch et son enfance avec ses cousins avaient constitué son socle, sa stabilité, sa force. Et, en l'espace d'une semaine, tout cet univers se trouvait menacé. Sans sa grand-mère, est-ce que leur famille tiendrait le coup ?

Johanna l'avait accusé de ne pas comprendre ce qu'elle avait ressenti en perdant sa famille entière. Pour la première fois, il saisissait ce qu'elle voulait dire. Le sentiment imminent de la perte le dévastait, inutile de le nier. Et la perspective de voir débouler sa mère pour causer des ravages ne le rassurait guère.

Il serra Johanna de plus près. Pourrait-il puiser assez au fond de lui pour la garder, cette fois ?

Johanna se blottit contre Stone, la tête nichée dans le creux de son cou et s'enivra de la caresse de ses doigts le long de son bras. Au plafond, le ventilateur soufflait de l'air frais sur sa peau nue. Ils avaient retrouvé avec une facilité déconcertante leurs anciennes habitudes. La preuve, ils s'étaient débarrassés de leurs vêtements aussitôt le seuil de sa maison franchi. A vrai dire, elle-même n'en revenait pas.

Ils ne s'étaient même pas concertés. Ils avaient cherché l'évasion euphorique en se perdant l'un dans l'autre. Mais l'aisance avec laquelle cela s'était produit la perturbait. A quoi bon se mentir ? Ils seraient bien obligés de finir par résoudre les différends qui l'avaient poussée à le quitter sept mois plus tôt. Sept mois d'enfer, certes, mais ils ne pouvaient pas simplement prétendre que le futur n'avait pas d'importance, même si se prélasser avec lui entre ses draps parfumés à la lavande semblait absolument délicieux.

Stone l'embrassa sur le sommet du crâne, son menton râpeux s'accrochant à ses cheveux.

— A l'hôpital, mes cousins ont soulevé un point que je ne peux pas ignorer, alors que je préférerais le contraire.

— Quoi donc ? demanda-t-elle.

— Je vais devoir informer ma mère du cancer de Gran.

— Ah ! mince ! Je n'y ai même pas pensé. Elle vit toujours en France ?

Aux dernières nouvelles, Jade habitait Paris avec un homme. Si ses souvenirs étaient bons, elle s'était installée avec un riche négociant en vins quatre ans plus tôt et n'était pas rentrée aux Etats-Unis depuis. Pour tout dire, on avait le sentiment que Jade se cachait aussi loin que possible de sa famille.

Stone secoua la tête.

— Elle est à Atlanta, maintenant. Elle a fait une nouvelle cure de désintoxication il y a deux mois et a décidé de rester près de son psy au lieu de retourner à la vie trépidante avec son vieux marchand de pinard plein aux as. Pour quelqu'un comme elle, recevoir une pension aussi importante peut être une bénédiction comme une calamité. Trop d'argent à portée de main pour financer l'addiction, mais assez pour bénéficier des meilleurs soins lors de la cure suivante.

Johanna hocha la tête. Elle avait quelques souvenirs de Jade, la plupart conflictuels, selon que celle-ci était en pleine période de défonce frénétique ou épuisée après un nouveau séjour en cure.

— Et tu vis ça comment ? osa-t-elle demander.

— A ton avis ?

— Pas très heureux ?

— Mariah n'a pas besoin que des drames lui pompent l'énergie qui lui reste.

Johanna l'enlaça tendrement. Le pauvre, il avait tellement besoin de soutien…

— Je suis d'accord, mais il faudra bien qu'elle soit mise au courant, un jour ou l'autre.

Il acquiesça et elle sentit son menton griffer de nouveau le sommet de son crâne. Il poussa un long soupir.

— Je suis né accro à la drogue.

Elle leva les yeux vers lui. Non, pas possible, elle avait

mal compris… Que dire ? Ne sachant pas quoi répondre, elle se contenta de le serrer plus fort pour qu'il sache qu'elle l'écoutait. En réalité, elle aurait aimé qu'il lui fasse assez confiance pour lui confier cela plus tôt.

— Stone, je ne sais pas quoi dire.

— Il n'y a rien à dire. Les gens s'imaginent que c'est un problème qui frappe les pauvres gens, mais ce n'est pas toujours le cas. A ma naissance, ma mère était cocaïnomane. Je ne l'ai appris qu'adulte, en voyant mon dossier médical. Je pensais que j'avais eu besoin de tous ces thérapeutes et formateurs en développement infantile parce que je n'étais pas aussi intelligent que mes cousins. J'ai vécu mes premiers jours sur cette terre en service de désintoxication.

Il continuait de lui passer la main dans le dos, comme si sentir sa peau le réconfortait. Le pauvre, tout ce qu'il avait vécu… Johanna embrassa le creux de son cou, encore trop choquée pour parler. Les larmes lui brûlaient les yeux et il n'était pas question qu'il les voie. Dieu merci, Mariah avait été là pour lui, elle l'avait pris en charge.

— Je n'aime pas prendre de médicaments, poursuivit-il. Je m'imagine qu'avec une mère toxico, l'hérédité n'est pas de mon côté pour être père. Et si l'addiction d'autrefois était toujours là, tapie en moi, attendant d'être déclenchée ?

Voilà qui expliquait enfin pourquoi il semblait si mystérieusement résolu à ne pas avoir de famille à lui…

Au prix d'un effort surhumain, elle refoula ses larmes et releva la tête vers lui.

— Qu'en dit ton médecin ?

Son beau visage était tendu, sa mâchoire, crispée.

— De ne pas sniffer de coke.

— Comment tu peux plaisanter avec ça ? s'écria-t-elle en secouant la tête.

— C'est mieux que de dramatiser, répondit-il en prenant sa main pour l'embrasser. Je veux que tu comprennes pourquoi l'idée d'être père ou de transmettre mes gènes à des générations futures me met mal à l'aise.

— Pourquoi est-ce que tu n'as pas essayé de me le faire comprendre avant ? Je t'aurais écouté sans te juger, sache-le.

Encore qu'elle se posait la question. Aurait-elle été capable d'accepter qu'il ne veuille pas d'enfants ? Ou bien l'aurait-elle poussé à tirer ses sentiments au clair afin d'obtenir ce qu'elle voulait ?

— Je croyais que tu prendrais la fuite si tu le savais. Ensuite, tu t'es enfuie quand même, ce qui a confirmé mes soupçons. A présent, je n'ai plus rien à perdre, conclut-il en passant les doigts à travers ses mèches éparses.

Johanna sentit son cœur se serrer. L'amour de ses parents avait été pendant toute sa vie une base si solide pour elle, ils lui avaient donné une confiance qu'elle portait en elle-même maintenant qu'ils n'étaient plus là. Elle avait toujours estimé Stone chanceux d'avoir Mariah — sans prendre en considération les cicatrices qu'il devait avoir en raison de la toxicomanie de sa mère. Mais à l'époque, elle n'avait pas deviné tout ça, c'était le moins qu'on puisse dire...

— Je suis navrée de ce que tu as traversé bébé et tout ce que tu as vécu plus tard avec ta maman.

Stone chercha son regard.

— Mais pas contrariée que je ne t'en aie pas parlé avant ?

Johanna baissa la tête. Bonne question. Non, *contrariée* n'était pas le bon terme. *Déçue* collait mieux. Qu'il ait gardé ça pour lui renforçait son sentiment qu'ils n'avaient pas été prêts à s'engager l'un envers l'autre à l'époque. Pour une raison qui lui échappait, il avait été incapable de se fier à elle, et elle-même n'avait pas cherché à savoir ce qui se cachait derrière ces silences.

Néanmoins, Johanna comprenait pourquoi il n'avait jamais été en mesure de lui donner la famille dont elle rêvait. La réticence de Stone s'ancrait dans quelque chose de très profond. Hélas ! elle aurait du mal à lui donner la force de surmonter ses doutes. Du coup, pourquoi aurait-elle dû se priver de profiter de cette parenthèse avec lui ? Qu'il lui fasse assez confiance pour lui raconter tout ça la touchait beaucoup. Si seulement il l'aimait suffisamment pour résoudre le problème ! Mais dans l'immédiat, avec ses émotions à vif, elle prendrait toute la tendresse qu'elle pourrait trouver entre ses bras. Avec un peu de chance, cela lui donnerait la force de tourner la page et d'avancer dans sa vie.

— Non, je ne suis pas en colère, répondit-elle en déposant un léger baiser sur sa bouche. Juste contente que tu me l'aies dit maintenant.

— Tu es trop gentille sur ce coup-là.

Stone continuait de jouer avec ses cheveux, c'était à la fois apaisant et excitant.

— Non, je vois les choses sous un nouvel angle, et je me demande si je t'ai réellement donné l'opportunité de me confier les points les plus sombres de ta vie. J'ai créé une image fantasmée de toi, et je m'attendais à ce que tu sois à la hauteur. Ce n'était pas très honnête de ma part.

— Je te trouve vraiment trop indulgente.

— Hé ! j'ai mes limites, hein ! Je suis humaine, aussi.

Soudain, la voix de Stone devint plus rauque et il la fit basculer sous lui pour s'allonger sur elle.

— Je devrais te laisser faire ta vie, mais je ne peux pas m'empêcher de penser que quelqu'un d'autre en profitera. Or, te protéger est ce que je désire le plus au monde.

— Tu sais ce que je moi je désire le plus au monde ? demanda alors Johanna. Te faire l'amour jusqu'à ce que tu oublies cette discussion. Je veux qu'on essaye d'être un peu normaux quelque temps.

Sur ce, elle l'embrassa. Un moment de bonheur à deux

lui ferait peut-être oublier toutes ces choses. Pendant un moment…

— Sens-toi totalement libre de me consoler de cette façon. Le plaisir, c'est bon pour le corps et bon pour l'esprit.

Il avait beau tenter de plaisanter, Johanna percevait une immense émotion dans ses yeux. Pas de doute : il était tellement sorti de sa zone de confort qu'il aurait besoin de temps avant de pouvoir aller plus loin. Alors elle allait lui offrir le seul réconfort qu'il accepterait pour le moment — une évasion, un sursis à trouver dans les bras l'un de l'autre.

Elle s'empara de sa bouche sensuelle. Il l'enlaça, la plaqua contre lui, refermant ses mains sur ses fesses. Elle le chevaucha. La pression de son sexe tendu contre son intimité la grisait déjà. Que c'était bon ! Une douce euphorie courait dans ses veines, chassant ses inquiétudes — au moins le temps de ce moment volé.

10

Johanna se réveilla entendant une voix. Ou plutôt une voix et deux aboiements différents.

Elle écarta ses cheveux de son visage et s'assit dans le lit vide, le drap enroulé autour de sa taille. En clignant des yeux, elle aperçut les bottes de Stone par terre, sa chemise jetée sur une chaise. Où se trouvait-il ? Dans la cuisine ?

Non… Sous le porche.

— Assise… Voilà, bien sage, disait sa voix grave à laquelle répondit un jappement.

Pearl.

— Ma fille, c'est le dernier biscuit. Tu en as déjà eu quatre. Ça va te rendre malade. Oui, Ruby, j'en ai un pour toi aussi. Justice pour tous.

Johanna ne put s'empêcher de sourire. Décidément, Stone était plus tendre qu'il ne le croyait lui-même. Encore que… Avec ses révélations de ces derniers jours, elle pouvait comprendre qu'il hésite autant à baisser sa garde. Après avoir été trahi dès sa naissance…

Le récit qu'il lui avait fait de ses premières années la bouleversait encore. Cela confirmait également qu'ils n'avaient pas été prêts à se marier auparavant à cause de ces secrets entre eux. Néanmoins, les voir faire des progrès l'encourageait. Stone s'ouvrait à elle. Seulement, où tout cela allait-il les mener ? Johanna se passa une main dans les cheveux. A vrai dire, se projeter au-delà des prochains jours l'effrayait. Pourtant, ils avaient dépassé le stade d'une aventure d'un soir en souvenir du bon vieux temps…

Elle sortit du lit et enfila un peignoir en soie. Le soleil se levait tout juste, mais en temps normal, elle aurait déjà dû être en chemin pour les écuries, une Thermos de café à la main. Cela faisait bizarre d'être inoccupée…

Pieds nus, elle traversa le séjour et gagna le porche. Stone était assis dans un fauteuil à bascule, vêtu d'un jean et rien d'autre. Ses cheveux en bataille lui faisaient une tête adorable. Johanna sentit son cœur fondre. Après toutes ces émotions, un peu de calme n'était pas de trop. Elle n'en avait pas vécu depuis longtemps, des matins comme ça avec lui. Ruby était allongé aux pieds de Stone et Pearl dormait, enroulée sur la balancelle.

Stone leva la tête et lui adressa un immense sourire.

— Bonjour, beauté.

— Coucou. Des nouvelles de ta grand-mère ?

Il n'y en avait sans doute pas. Vu la bonne humeur de Stone, aucune mauvaise annonce ne devait être tombée.

— Amy m'a envoyé un texto il y a une demi-heure. Gran se repose et pourra sortir ce matin. Alex et sa sœur se disputent pour savoir qui des deux la ramènera à la maison. Comme prévu.

Johanna poussa un soupir. Ouf ! tout allait bien !

— Je suis soulagée d'apprendre que Mariah se porte assez bien pour rentrer chez elle. Avec un peu de chance, tes cousins mettront leur rivalité de côté aujourd'hui.

Appuyée à l'encadrement de la porte, elle observa au loin l'activité du lodge, dont sa maison était protégée par un petit bois de chênes et de pins. Sous les arbres, à une centaine de mètres, elle entendait un couple bavarder tout en prenant le petit déjeuner. Des voix et un véritable tohu-bohu provenaient des écuries de l'autre côté du ranch, mais on n'apercevait personne.

En gros, elle avait Stone pour elle seule.

— Qu'est-ce que tu dessines ?

Il lui indiqua d'un signe de tête de le rejoindre.

— Viens voir.

Johanna s'approcha derrière lui, noua les bras autour de son cou et regarda par-dessus son épaule. Tiens, il ne croquait pas le paysage. Il avait presque terminé un portrait de Pearl affalée sur la balancelle. Même à ce stade, la ressemblance était impressionnante et touchante. Il avait parfaitement rendu la tristesse dans les yeux du chien. Celle qu'elle voyait dans ceux de Stone depuis l'annonce de sa grand-mère. Sans lâcher son crayon, il tapota gentiment sa main.

Elle alla s'asseoir à côté du terrier, actionna la balancelle du bout du pied, gardant le silence pendant que Stone continuait de dessiner. Elle voulait se pénétrer de ce moment suspendu, hors du temps. C'était peut-être le calme avant la tempête, mais qu'importe.

Enfin, Stone soupira, referma le carnet et la regarda.

— Désolé de t'avoir réveillée.

— Je me réveille plus tôt que ça pour travailler, répliqua-t-elle en effleurant du doigt le carnet posé entre eux. Parfois, j'oublie quel formidable artiste tu es.

— Le gène créatif prend diverses formes dans la famille, dit-il avec désinvolture.

Johanna caressa le pelage de Pearl.

— Tu n'as jamais envisagé de contribuer davantage au design des bijoux ?

— C'est le domaine d'Amy. On essaye de ne pas marcher sur les plates-bandes les uns des autres. La dernière chose dont la famille ait besoin, c'est d'encore plus de compétition. De toute façon, le dessin est mon hobby, ma manière de me détendre.

En voyant Stone se gratter la clavicule, Johanna se sentit attirée par son torse nu. Voir son fabuleux tatouage le long de son bras et des muscles de son thorax était terriblement excitant.

— Tu as détruit les dessins de moi comme promis lors de notre rupture ? demanda-t-elle.

— Les nus, tu veux dire ? A ton avis ?

Oh non, il n'avait quand même pas osé… Elle aurait voulu savoir, mais le sourire diabolique de Stone ne lui était d'aucune aide. Au cours des derniers jours, elle avait compris qu'il était champion pour garder des secrets, et elle, championne pour éluder les sujets épineux afin d'entretenir ses fantasmes.

— Je dois te faire confiance ?

— Absolument, répondit-il sans hésiter. J'essaye d'arranger les choses entre nous. Quant aux dessins, je n'ai pas besoin d'eux pour me souvenir du moindre centimètre carré de ton corps sublime.

Sur ce, Stone se pencha pour l'embrasser avec une assurance résolue, déterminée, qui la fit frémir. D'un geste vif, il la souleva et l'installa sur ses genoux.

— Il nous reste une heure avant de nous rendre à la grande maison. Tu as une idée de la façon dont on pourrait utiliser ce temps raisonnablement ?

Johanna passa la main dans ses cheveux ébouriffés.

— Je pense que tu pourrais prendre une douche. Tu es certain de ne pas vouloir te dépêcher et aider Alex à ramener ta grand-mère chez elle ?

— Je laisse Alex et Amy se chamailler entre eux sur ce point.

Elle s'appuya contre lui. Des moments comme celui-ci lui avaient terriblement manqué. Que c'était bon de sentir le battement régulier de son cœur, sa peau chaude…

— Ils ont tous les deux un tel esprit de compétition, dit-elle. Ce sera intéressant de les observer quand leur tour viendra pour le test. Gamine, j'avais de la peine pour eux.

— Pourquoi donc ? Ils avaient tout — de l'argent, des parents, une famille.

Elle secoua la tête. Décidément, Stone n'avait pas les yeux en face des trous !

— Leur mère les entraînait comme des chevaux de course, et leur père était tellement occupé à se cacher de sa femme qu'ils ne le voyaient presque jamais.

— Cette histoire de concours de beauté était un peu exagérée, finit-il par admettre.

— Ah, tu trouves ? rétorqua-t-elle en riant.

— Cela dit, Amy ne s'en est jamais plainte. Attends, faux. Elle a protesté une fois. Elle voulait aller à un bal de lycée et ça tombait sur un week-end de concours.

— Elle est allée au bal ?

— Non. Elle a gagné sa couronne de reine. Le lendemain, au petit déjeuner, on a retrouvé la tiare plantée dans une soupière de porridge, ajouta-t-il avec un demi-sourire qui creusa une fossette dans sa joue.

Johanna secoua la tête. Dire qu'elle avait passé une bonne partie de sa vie à idéaliser les McNair, à minimiser leurs difficultés, à les plaindre sur certains aspects, mais dans l'ensemble, elle les enviait.

Soudain, le bruit d'un moteur l'arracha à leur bulle d'intimité. En levant les yeux, elle aperçut un taxi. Ni une ni deux, elle embrassa rapidement Stone, quitta ses genoux et lui tendit la main.

— On devrait rentrer avant que tous les touristes débarquent. Beaucoup de femme risquent de baver en voyant un cow-boy à moitié nu sous leur nez.

Son cow-boy à moitié nu, d'ailleurs.

Bizarrement, le taxi passa devant le Hidden Gem Lodge et poursuivit en direction de sa maison. Il venait chez elle ! Johanna hésita, plantée sur le seuil de la porte. En effet, le véhicule s'arrêta devant la barrière de son jardin. Aussitôt, Ruby et Pearl bondirent sur leurs pattes en aboyant.

Quelques secondes plus tard, la portière arrière s'ouvrit et une femme descendit. Voir Stone frissonner donna à Johanna la réponse à la question qu'elle se posait.

Après quatre ans d'absence, Jade McNair, la maman de Stone, rentrait à la maison.

Stone porta les bagages griffés de sa mère dans une suite des quartiers privés du Hidden Gem. Depuis qu'il l'avait vue sortir du taxi, il était en pilotage automatique. Il se rappelait vaguement Johanna causant de tout et de rien pour combler le silence embarrassé qui avait plané pendant qu'il enfilait sa chemise et ses bottes. Sa mère avait dit l'avoir aperçu sur le porche de Johanna. Du coup, elle avait demandé au chauffeur de la conduire au chalet plutôt que directement au lodge. Formidable !

Pourvu qu'ils arrivent à éviter de déclencher une crise ! Pas question de bouleverser Mariah.

Stone suspendit la housse à vêtements dans le placard et déposa les deux valises sur l'épais tapis aztèque près du canapé en cuir. Sa mère avait apporté largement assez de bagages pour rester plus d'un week-end.

En se retournant, il trouva sa mère au milieu de la pièce, sous le lustre en bois d'élan, basculant d'un pied sur l'autre. Les nerfs ? Ou le manque de drogue ? Elle était aussi menue qu'un oiseau, le teint cireux, le regard hagard mais clair — bref, son expression classique après une cure de désintox. Il l'avait vue assez souvent pour reconnaître cette mine-là au premier coup d'œil. Bref, inutile d'espérer que ce nouveau départ soit le bon. La rechute n'allait pas tarder à arriver.

Alors autant aller droit au but.

— Mariah a besoin de tranquillité, pas de drame,

grogna Stone. Cause-lui du chagrin et je te flanque dehors moi-même.

Jade hocha nerveusement la tête, repoussant d'une main tremblante une mèche brune où scintillaient des fils d'argent.

— Je ne suis pas ici pour créer des problèmes. C'est une amie qui m'a appris le cancer de ma mère.

— Tu es venue t'assurer que tu figures sur le testament ?

Elle se laissa tomber sur le banc tapissé au pied du lit.

— Je comprends que tu n'aies aucune raison de te fier à moi, mais j'ai envie de voir ma mère. Je voudrais aussi aider si je le peux — et si elle me laisse faire.

Stone baissa la tête. Elle semblait sincère. Mais c'était toujours le cas à ce stade du cycle infernal qu'était son existence.

— Jade, écoute-moi bien. Le confort et la santé de Mariah priment sur tout le reste.

Sur ce, il se dirigea vers la porte. Il avait envie de s'en aller au plus vite et de retrouver Johanna chez elle.

— Stone, attends !

Il s'arrêta, la main sur la poignée. Avec un soupir las, il baissa les épaules.

— Souviens-toi, pas de drame. Ça vaut aussi pour toute discussion avec moi.

Sa mère garda le silence jusqu'à ce qu'il se retourne enfin pour lui faire face. Jade était toujours assise sur le banc, serrant contre elle un coussin.

— Je regrette de ne pas avoir été une vraie mère pour toi.

— Tout le monde a des regrets.

Stone savait que faire amende honorable lui était nécessaire dans le cadre de son rétablissement. Elle avait franchi ces étapes un nombre incalculable de fois, au point qu'il connaissait le rituel par cœur. Hélas ! il avait trop souvent cru qu'elle avait suffisamment touché le fond pour entamer enfin une véritable guérison.

Il ne retomberait pas à nouveau dans le piège. Ça non.

Elle lui jeta un regard incertain.

— Eh bien ? Pas de réprimandes ? Ni de brochures sur le dernier centre de désintox miracle ? Je sors tout juste d'un des meilleurs, tu sais.

— Il paraît. Félicitations.

Le temps dirait ce qu'il en était, mais à vrai dire, il ne se faisait guère d'illusions.

— Tu as changé, dit-elle tristement. Tu es plus froid que jamais. Encore une chose que je dois me faire pardonner de ta part.

— Je suis adulte. J'assume qui je suis, d'où je viens. Maintenant, si on en a terminé…

Soudain, Stone vit les yeux de Jade s'emplir de larmes.

— Ma mère est en train de mourir. Tu ne peux pas être un peu indulgent envers moi ?

— Oui, elle est en train de mourir, riposta-t-il d'une voix tremblante. Et elle n'a pas besoin que tu lui pompes le peu d'énergie qui lui reste.

— Je peux peut-être lui apporter un peu de réconfort. J'ai une petite chance de réparer mes erreurs, et je ne vais pas la laisser passer.

— Tu peux rester près d'elle tant que c'est pour lui remonter le moral. Sinon, tu pars, répéta-t-il d'un ton nerveux. Maintenant, qu'est-ce que tu attends de moi ?

— Continue d'être l'homme bon que tu es.

Elle lui fit ses yeux de biche. Et voilà, elle se lançait dans son numéro de « bonne maman ». Mais elle se berçait d'illusions si elle croyait avoir quelque chose à offrir. Quand il était enfant, cette phase-là était terrible car elle donnait l'impression qu'il comptait pour elle, qu'elle tenait à lui, qu'elle l'aimait. Seulement, tout était faux.

— Bien, grogna-t-il entre ses dents serrées.

Au prix d'un effort surhumain, Stone s'efforça de rester calme. C'était ce que Johanna lui aurait recommandé. Il fallait apaiser la situation. De fait, jamais il n'avait accordé à sa mère autant de temps de parole.

— Stone ? reprit cette dernière. Essaie d'être le mari que Johanna mérite. Même moi, je vois que vous êtes faits l'un pour l'autre. Je vais tenter d'aider durant mon séjour ici, mais il n'y a sans doute rien que je puisse accomplir mieux que toi ou tes cousins.

Stone secoua la tête. Ça y était, on entrait dans le drame…

— Maman, on peut arrêter ? Il faut que j'y aille.

Au même moment, elle se leva et lui agrippa le bras.

— Tu es le seul espoir qu'il me reste pour rendre ma mère heureuse. Même si je ne suis pour rien dans l'homme que tu es devenu, puisque c'est Mariah qui t'a élevé, je suis fière d'être ta mère. J'ai forcément fait quelque chose de bien en tant que ta maman, à un moment ou à un autre.

Irrésistiblement, Stone sentit le regard suppliant de sa mère entamer sa carapace, déjà fortement ébranlée par toutes les barrières qu'il avait démolies durant ces derniers jours. Que faire ? Johanna, avec son esprit apaisant et son amour de la famille, voulait qu'il essaye. Elle qui avait aidé tant d'êtres — humains et animaux — sans rien attendre en retour.

Du coup, il fouilla sa mémoire en quête d'un souvenir positif avec sa mère. Au bout d'un moment, il finit par dire :

— Tu m'as aidé pour un projet artistique à la maternelle. Celui avec des nouilles.

En battant des paupières, Jade refoula une larme.

— Qu'est-ce que tu dis ?

Stone s'appuya contre le battant de la porte fermée.

— La maîtresse voulait qu'on crée avec des pâtes des scènes autour des quatre saisons. J'étais furieux, parce que je voulais dessiner des chevaux, pas coller des nouilles, alors j'ai zappé le devoir. La maîtresse a envoyé un mot à la maison.

— Tu as toujours été très artiste, et intelligent, aussi, déclara Jade avec fierté.

Stone résista à l'envie de souligner que le retard dans son développement était dû au passé de droguée de sa mère. Un an auparavant, il aurait opté pour cette mauvaise blague. A la place, il choisit une autre réponse. Comme celle qu'aurait donnée Johanna.

— C'est normal, tu me lisais des histoires. Plein. Ça, je m'en souviens aussi.

A ces mots, Jade s'assit sur sa valise.

— Qu'est-ce que tu te rappelles d'autre au sujet de cette histoire à la maternelle ?

Au même instant, Stone sentit un sourire naître sur ses lèvres. La suite de l'histoire était plutôt belle…

— Quand on a terminé — du moins, je le pensais —, tu as déclaré qu'il fallait que mon travail scintille. On est allés dans le bureau de Grandpa et on a raflé les sachets de pierres précieuses. Tu t'es servie d'une grosse citrine pour le soleil de l'été. De copeaux d'argent pour la neige de l'hiver. De minuscules améthystes et rubis pour les fleurs du printemps. Et pour l'automne, on avait…

— Un tas de feuilles faites en topazes, acheva Jade tout sourire. Quand j'ai appris que Johanna et toi étiez fiancés, j'ai appelé ma mère pour lui demander de ressortir ces œuvres que j'avais rangées au grenier.

— Tu as gardé ce truc ?

L'espace d'un instant, Stone crut qu'il allait vaciller. Heureusement qu'il avait la porte dans son dos !

— Les quatre saisons, oui. Je les ai fait encadrer comme cadeau de mariage pour Johanna et toi. Après votre rupture, je les ai gardées pour moi. Elles sont accrochées dans mon salon. Tu peux venir voir toi-même, si tu ne me crois pas.

La lueur désespérée qu'il vit soudain dans les yeux de sa mère acheva de le troubler.

— Je te crois. C'est une très chouette idée.

Et c'était vrai. Conserver ces souvenirs-là ne changerait rien au passé, mais savoir qu'elle y tenait prenait du sens pour lui. Pourrait-il un jour considérer Jade comme une figure maternelle ? Sans doute pas. Ce serait déloyal envers Mariah qui avait tout fait pour lui. Sans compter que son grand-père avait tenté de combler l'absence de père.

A cette idée, Stone se rembrunit. Encore un autre compte à régler avec sa mère. Comme il avait récemment appris que le temps était toujours compté, autant crever l'abcès tout de suite.

— Je sais qui est mon père.

A ces mots, il vit les yeux de sa mère s'agrandir. Les grands yeux bleus des McNair.

— C'est un piège pour me faire avouer quelque chose ?

— Non. J'ai enquêté et trouvé. Un test ADN a confirmé que Dale Banks est mon père biologique.

Stone ne savait toujours pas très bien quel effet cela lui faisait. Peut-être aurait-il mieux valu tout ignorer plutôt que de continuer à se demander ce qui arriverait si d'aventure il confrontait l'intéressé.

— Dale a accepté un test ADN ? s'étonna Jade.

— Il n'est pas au courant. Je l'ai réalisé dans son dos. Mais si je ne me trompe pas, il savait mais ne voulait pas être père, ou alors il a refusé le test par le passé.

Elle acquiesça en silence. Il poursuivit donc son raisonnement jusqu'à sa conclusion logique.

— Et être parent ne l'intéressait pas.

— Je le crains en effet, mon fils. Je le regrette.

Là-dessus, sa mère se leva, tendit la main vers lui, mais s'arrêta à mi-chemin, n'osant le toucher.

Il avait frémi au mot *fils*. Mais pourquoi relever ?

— Excuses acceptées.

Stone baissa la tête. Certes, la colère et un sentiment

de trahison bouillonnaient en lui mais il était inutile de provoquer un drame juste avant le retour de Mariah.

— Ça signifie que je suis pardonnée ? demanda Jade d'un ton plein d'espoir. Je sais que je ne peux pas compenser tout ce que je t'ai fait endurer, mais je voudrais savoir que tu as trouvé une forme de sérénité. Tu mérites mieux que ça.

— J'ai Mariah, riposta-t-il du tac au tac. J'ai le meilleur.

Fini de rejeter la faute des problèmes actuels sur le passé. A partir de maintenant, il devait assumer ses propres erreurs. Cela voulait dire qu'il devait faire à Johanna une dernière confession. Sans doute allait-elle refuser de lui pardonner. Mais il n'était plus question de lui mentir par omission.

Le soleil disparaissait à l'horizon, tel une immense boule de feu.

Johanna huma la douce senteur du champ de lupins bleus. Après une journée entière à marcher sur des œufs autour de la famille McNair au complet, elle avait accueilli avec soulagement la proposition d'une balade à cheval avec Stone avant le dîner. Elle aurait dû deviner qu'il choisirait d'aller dans son coin préféré de la terre familiale.

— Quelle bonne idée de venir ici regarder le coucher du soleil ! lança-t-elle en descendant de monture.

Stone ouvrit la sacoche de sa selle et en sortit une couverture jaune qu'il lui passa. Puis, après une tape sur le flanc de Copper, il le laissa brouter.

Johanna étala la couverture sur le sol et s'assit avec un soupir d'épuisement. Eh bien… Des siècles semblaient s'être écoulés depuis qu'elle s'était réveillée pour trouver Stone sur son porche en train de dessiner les chiens.

— Qu'est-ce que ta grand-mère compte faire avec Pearl, maintenant que le couple du Montana s'est désisté ?

Ce changement d'avis l'avait étonnée, mais de toute façon, elle avait toujours pensé que ce chien devait rester auprès de Mariah. C'était donc le mieux, en un sens.

Stone la rejoignit avec deux bouteilles d'eau. Il étendit ses jambes devant lui, chevilles croisées, tout contre elle.

— Gran veut qu'on procède comme prévu avec les familles de secours dès qu'on aura emmené Ruby chez sa princesse.

— Mariah n'en fait vraiment qu'à sa tête, répondit Johanna. J'avoue que ça me surprend. J'ai toujours cru que Pearl était sa préférée.

Elle but une gorgée d'eau. Pas question de se laisser griser par l'exquise sensation de la cuisse musclée de Stone contre la sienne.

— En réalité, Pearl était le chien de ma mère, lâcha-t-il.

— Ah oui ? Je me souviens juste de son arrivée, il y a environ quatre ans. Mariah avait expliqué qu'elle avait été abandonnée par son propriétaire.

— Ce qui est la stricte vérité, répliqua-t-il sèchement. Ma mère l'avait payée une fortune dans l'idée d'avoir son propre Toto du *Magicien d'Oz*. Mais quand Pearl n'a plus été un chiot, elle n'en a plus voulu. Trop d'attention, de complications pour l'emmener en France.

— Comme c'est triste ! Les refuges sont remplis d'anciens chiots comme ça. Heureusement que ta grand-mère l'a prise.

— Comme elle m'a pris, moi.

Johanna secoua la tête et entoura Stone de son bras. Que sa mère surgisse après si longtemps avait dû terriblement le bouleverser.

— Ta grand-mère a fait un boulot formidable avec toi. Tu es un homme étonnant.

Hélas ! Stone ne sourit pas. Pire, il ne la regarda même pas. Il cueillit quelques lupins et les froissa entre ses doigts.

— C'est fou, mais Gran se reproche les décisions

égoïstes prises par ses enfants adultes. Je pense qu'elle m'a considéré comme une seconde chance de se racheter à cause de sa fille toxicomane et de son fils rentier qui n'a jamais travaillé un seul jour de sa vie.

— Toi, tu travailles très dur, constata-t-elle.

Trop dur, même.

— Ce n'est pas pour autant qu'elle me fait confiance pour prendre les rênes de l'entreprise, répondit-il en éparpillant les pétales de lupins sur ses genoux.

— Elle ne peut douter de tes compétences en tant que DG de Diamonds in the Rough. Tu as développé la société dans un contexte économique délicat.

A vrai dire, elle n'y connaissait pas grand-chose, mais elle avait lu des articles très élogieux sur lui.

— Mariah doute de mes qualités humaines et de ma générosité. Quelque chose que tu as remarqué toi-même. Et c'est d'autant plus ennuyeux que je ne suis pas sûr de pouvoir y remédier.

A ces mots, Johanna se mit à califourchon sur les genoux de Stone et prit son visage entre ses mains. Comment avaient-ils pu se faire tant de mal ?

— Oh ! Stone ! Je n'aurais jamais dû dire une chose pareille. Quelles que soient nos différences, je sais que tu te préoccupes des gens. C'est peut-être ça qui me frustre le plus. Ton refus de voir à quel point tu es bon.

Supporter la douleur dans ses yeux d'azur était quasiment impossible. Du coup, Johanna l'embrassa en espérant qu'il perçoive toute son émotion. Peu importe si elle avait tenté de le nier, Stone était le seul homme qu'elle ait jamais aimé. Le seul homme qu'elle aimerait jamais.

Elle se laissa alors envelopper par les bras de Stone. Ses mains viriles glissèrent le long de son dos. De ses doigts habiles, il dénoua ses cheveux et les libéra, ce qui la fit frémir de désir. D'un geste expert, il la bascula sur le dos, ses jambes à elle autour de sa taille à lui. Une bouffée de parfum de lupins bleus s'éleva d'entre leurs corps pressés l'un contre l'autre. Déjà, elle sentait son sexe tendu contre son ventre. Ce qu'elle aimerait lui faire l'amour, là, à l'air libre.

— Stone, chuchota-t-elle entre deux baisers fougueux. On devrait rentrer.

— Ceci est ma terre, grogna-t-il en lui mordillant le lobe de l'oreille. Personne ne nous trouvera.

— *Ta* terre ? Je croyais qu'elle vous appartenait à tous.

— Chacun de nous possède sa parcelle. Celle-ci est devenue la mienne le jour de mes vingt-cinq ans.

— Pourquoi est-ce que tu ne me l'as jamais dit quand on venait pique-niquer ici ? protesta-t-elle en tapant sur ses fesses moulées à la perfection par son jean élimé. Ça aurait été sympa de ne pas m'inquiéter des gens qui risquaient de tomber sur nous.

Stone s'appuya sur un coude afin de la regarder droit dans les yeux.

— J'avais prévu de te faire la surprise des plans d'une maison à notre mariage.

Johanna sentit son cœur bondir dans sa poitrine. Elle avait du mal à en croire ses oreilles. Il avait voulu lui faire un cadeau digne d'un conte de fées ! Dommage que tout ait fini par se briser entre eux. Elle avait beau savoir qu'elle avait pris la bonne décision à l'époque, bien des moments heureux avaient été gâchés, hélas !

— J'aurais adoré ça ! avoua-t-elle, la gorge serrée.

— Sauf que sur les plans, la maison ne comptait pas de nursery.

Johanna sentit la boule dans sa gorge grossir puis descendre dans son ventre.

— Tu connais mon sentiment à ce sujet, et je commence à comprendre pourquoi tu ressens les choses autrement, parvint-elle à dire. Pourtant, je t'ai observé des années durant aider le personnel dans l'organisation des jeux pour les petits vacanciers. J'ai sans doute toujours pensé que tu changerais d'avis.

— Aimer les enfants et être père, ce sont deux choses différentes.

Quel était le sens caché de ses paroles ? Manifestement, il avait quelque chose en tête en l'emmenant ici.

— Mais tu veux un endroit à l'écart, une maison sur ton champ de lupins bleus.

Stone sema des pétales de fleurs dans ses cheveux avant de dire :

— Je n'ai jamais eu de foyer à moi, comme les autres enfants. Moi, j'avais une mère qui entrait et sortait de ma vie régulièrement. Une fois ou deux, elle m'a même pris avec elle quand elle est partie.

— Jade t'a « pris » avec elle ? Ça devait être déroutant.

— Comme tu dis ! Surtout la fois où la police nous a arrêtés à la frontière mexicaine et a inculpé Jade de kidnapping. Gran avait la garde légale, à ce moment-là.

Johanna étudia son visage, que le soleil couchant baignait d'ombres.

— Pourquoi le Mexique ?

— Plus facile pour se procurer de la drogue, je suppose, répondit-il avec tant de nonchalance qu'elle sentit son cœur se briser. Elle a échappé aux poursuites judiciaires en acceptant d'aller en cure de désintox. Une de plus. Mais si on a tous appris quelque chose au fil des ans, c'est que, sauf si le junkie veut réellement devenir clean, la cure n'est qu'un emplâtre sur une jambe de bois.

Elle embrassa de nouveau Stone. Le pauvre, il n'y avait pas de mots pour décrire ce qu'il avait traversé avec sa mère. Voir Jade refaire surface alors qu'il n'était pas encore remis du choc provoqué par le cancer de sa grand-mère devait être totalement déstabilisant. Raison de plus pour lui montrer tout l'amour qu'elle éprouvait pour lui — car oui, elle l'aimait de tout son cœur, depuis toujours, depuis son béguin d'ado qui s'était développé en un sentiment bien plus puissant !

Avec un gémissement sourd, Stone déposa des baisers sur sa joue, son front, puis enfouit le visage dans ses cheveux.

— Johanna, plus que tout au monde, j'ai envie d'être ici, avec toi, rien que nous deux sur une couverture dans mon champ de lupins bleus. A faire l'amour.

— Moi aussi, c'est ce que je veux, évidemment.

Elle glissa une main entre eux, palpa son sexe dur comme l'acier. Cette sensation délicieuse la fit frémir.

— Avant qu'on soit de nouveau ensemble, on doit être certains que c'est pour la vie, dit alors Stone. On arrête de prétendre qu'on peut se contenter d'une histoire sans lendemain.

Johanna sentit alors son cœur battre la chamade. Il avait mille fois raison.

— Je suis d'accord.

— Il nous reste une dernière mise au point.

Effectivement. La seule question en suspens était celle des enfants. Quels compromis était-elle disposée à faire ?

— Si on fait l'amour maintenant, on n'aura pas de préservatif, poursuivit-il.

Johanna le fixa d'un air abasourdi. Une seconde... Elle avait sûrement mal compris. Etait-il en train de dire que...

— Tu as changé d'avis au sujet des enfants ?

— Ce n'est pas ce que je voulais dire, Johanna.

Stone ferma très fort les yeux durant un instant, puis les rouvrit. Ses yeux bleu saphir étaient remplis de tristesse. Seulement, elle ne pouvait pas imaginer ce qu'il comptait avouer.

— Ce n'est pas facile à dire... J'ai subi une vasectomie.

11

Stone se mordit la lèvre. Pas de doute : il venait de perdre Johanna. Il le voyait dans son regard. Comme il l'avait craint, maintenant qu'il lui avait tout révélé, c'était terminé.

Cela ne l'empêchait pas d'essayer de la retenir. Cette fois, il ne renoncerait pas aussi facilement. Alors il resta auprès d'elle sur la couverture dans l'attente d'un indice pour savoir comment réagir. Sauf qu'elle était raide comme la justice. Elle tremblait juste un peu. Forcément, avec le choc encaissé par son tendre cœur.

Un cœur qu'il ne méritait pas, quand bien même il aurait voulu y prétendre.

Johanna battit des cils, très vite, ses yeux d'un vert vif écarquillés.

— Tu… tu as fait quoi ?

Il prit sa main délicate. Ses doigts étaient glacés. Bon sang, ce qu'il pouvait être bête d'avoir provoqué une souffrance pareille chez elle !

— Exactement ce que je viens de dire. Johanna, je suis navré d'avoir à te l'annoncer. J'ai subi une vasectomie juste après avoir rencontré mon père biologique, ce qui correspondait aussi à une sortie de cure précoce de ma mère. Je savais qu'elle finirait par faire une rechute. Et j'avais raison.

Il avait été si convaincu de ses choix et de lui-même…

— Tu étais si jeune. Tu l'es encore…, finit par dire Johanna d'une voix tremblante.

A ces mots, Stone songea à la séance avec un psy qu'il avait été obligé de subir avant l'opération. Mais cela faisait une énorme différence de les entendre de la bouche de la femme qu'il aimait au lieu du professionnel de santé bien intentionné qui avait tenu ce discours des centaines de fois. Jamais il n'avait prévu d'aimer quelqu'un au point de lui faire remettre en question tout ce qu'il avait toujours cru.

— C'était bien longtemps avant qu'on sorte ensemble tous les deux. Je te jure que si j'avais eu la moindre idée de ce qu'impliquerait ta présence dans ma vie de cette manière, je ne l'aurais pas fait.

Et il le pensait de tout son cœur.

— Tu as déjà envisagé d'inverser la procédure ?

Johanna avait énoncé chaque mot avec prudence, le souffle court. On sentait que son courage ne tenait qu'à un fil.

— Pas avant qu'on se mette en couple.

— Et maintenant ?

Stone baissa la tête. Répondre à cette question le terrorisait, mais l'idée de perdre Johanna le terrorisait davantage encore. Pour elle, pour leur enfant, il trouverait une solution. Pas question d'échouer dans son rôle de parent.

— Si tu veux un enfant, je le ferai pour toi. Mais tu dois comprendre qu'avec le temps, les chances que ça fonctionne diminuent. Tu es contre l'adoption ?

Elle secoua la tête, mais quelque chose dans son expression stupéfaite le mit mal à l'aise. C'était trop d'un coup. Elle avait à peine eu le temps d'assimiler la première révélation qu'il avait lâchée.

Il attendit qu'elle parle, mais elle continuait de regarder le champ de lupins bleus, les chevaux qui broutaient, le groupe d'arbres. Partout, sauf dans sa direction à lui.

Ce silence ne pouvait plus durer ! Du coup, il poursuivit :

— J'ai deux parents toxicomanes. Je suis né dépendant à la drogue. Considère-moi comme un moule cassé. Personnellement, je préférerais ouvrir des orphelinats et des centres d'adoption pour aider les bébés comme moi qui n'ont pas de riche grand-mère pour les prendre en charge. Mais si tu crois que je suis capable d'être un parent décent, alors je te ferai confiance.

— Merci, murmura-t-elle d'une voix tendue. Je comprends combien ça t'a coûté de me le dire.

— Alors pourquoi je vois ces éclairs dans tes yeux ?

Johanna serra les poings, referma les bras sur sa poitrine, comme pour s'éloigner de lui, hocha lentement la tête. Et finit par dire :

— C'est de la douleur, Stone. Une douleur profonde, réelle. Mais oui, il y a de la colère aussi. Durant tous ces mois où on était ensemble, à pratiquer la contraception, tu m'as menti, en me laissant croire que tu pourrais finir un jour par accepter de fonder une famille. Seulement, tu savais que ce ne serait jamais possible.

Elle se leva et balaya rageusement les pétales de son jean.

— Ce n'était pas juste un mensonge qui me cachait quelque chose de ton passé. C'était un mensonge *chaque fois qu'on faisait l'amour.* J'ai un peu de mal à digérer ça.

Les mains pressées contre ses tempes, elle fit les cent pas.

Stone quitta à son tour la couverture et s'approcha d'elle avec prudence. C'était le mieux à faire…

— Oui, je me suis dégonflé, c'est nul de ma part. Je suis encore plus imbécile que tu ne l'imaginais.

Johanna passa les doigts dans la crinière de son cheval, un geste qu'il reconnaissait bien. C'était un signe de nervosité.

— Stone, je ne sais pas quoi dire d'autre que… je me sens trahie. Comment as-tu osé dire que tu m'aimais ? Tu as pu me demander en mariage et me dissimuler un point aussi important que ça ?

Stone sentait peser sur lui ses yeux verts embués de larmes. On y lisait une telle souffrance… C'en était presque insoutenable.

— J'avais l'intention de te le dire, même si je savais que ça te pousserait à me quitter. C'est peut-être pour ça que j'ai sans cesse reporté le moment de te parler. Ensuite, il a été trop tard. Apparemment, c'est toujours le cas.

Car elle le quitterait de nouveau. Le gouffre qu'il sentait se creuser dans sa poitrine lui donnait envie de hurler à la mort.

— Mais tu ne comprends pas ? s'écria-t-elle en lui jetant un regard noir. Ce n'est pas la vasectomie que je te reproche. Tu l'as faite avant qu'on soit ensemble. C'est ton mensonge, renouvelé chaque jour. Chaque nuit. Alors me le dire maintenant… je ne sais pas si ça suffit. Si ça compense. Je ne sais pas, vraiment.

— Bon Dieu, Johanna…

Sa voix se brisa alors qu'il tendait la main vers elle.

En s'écartant d'un bond, Johanna faillit effrayer sa jument.

— Je ne peux pas…

— Pas quoi ?

— Digérer ça. J'ai besoin d'air, d'espace. Loin de toi.

Sur ce, elle se hissa sur la selle du palomino.

Stone ne chercha pas à l'arrêter. Cela ne servirait à rien. Sa pire crainte était devenue réalité, mais pas pour la raison qu'il pensait. Johanna ne l'avait pas quitté parce qu'il ne pouvait lui faire d'enfants. Elle l'avait quitté parce qu'il n'avait pas eu suffisamment confiance en leur amour pour lui parler.

Johanna agrippait les rênes de Goldie, même si la jument trouvait son chemin dans le noir. Quel cauchemar… La soirée avait débuté sur une note pleine d'optimisme et se terminait de façon catastrophique. Dire qu'elle avait même choisi de monter le cheval de Mariah, en hommage à la femme qui comptait tant pour eux tous. A présent, elle ne pouvait que penser à tout ce qu'ils avaient perdu…

Goldie ralentit en approchant des écuries et Johanna leva les yeux. Oh non… Dans la véranda du lodge, on célébrait un mariage. Les arbres étaient illuminés de guirlandes. Des bouquets de tournesols et de fleurs des champs remplissaient l'espace, un orchestre jouait tandis que l'heureux couple redescendait l'allée. L'ensemble du ranch résonnerait de musique toute la nuit.

Elle qui avait rêvé d'un mariage exactement comme celui-ci…

En fermant les yeux, Johanna huma les odeurs familières de foin et de cuir, celles des écuries, son jardin secret. Hélas ! elles n'arrivaient pas à l'apaiser. Il faut dire que le niveau sonore de la fête qui battait son plein n'aidait guère au calme.

Pourtant, elle aurait juré qu'on l'appelait…

Johanna regarda par-dessus son épaule. Amy marchait à grands pas, vêtue d'une aérienne robe d'été à sequins et de bottes de cow-boy. Seule une personne comme elle pouvait oser pareille tenue ! Son frère la suivait plus lentement, les mains au fond des poches de son jean.

— Attends ! la héla Amy avec un geste qui fit rouler ses bracelets d'argent le long de son bras. Il faut que je te parle.

Johanna se sentit frissonner. La panique qu'on sentait dans la voix d'Amy ne disait rien de bon.

— Un souci avec Mariah ? demanda-t-elle en sautant à bas de sa monture.

Amy secoua la tête, faisant danser ses longues tresses lâches.

— Non, elle va bien. Mais on a une visite surprise. Le roi Enrique Medina est au lodge. Il veut nous épargner la peine de lui amener Ruby, alors il est venu lui-même. Dieu merci, la suite présidentielle était libre, parce que toutes les autres chambres sont prises. Bref, il est ici, il veut rencontrer Ruby mais Gran n'arrivait pas à vous joindre, Stone et toi. Vous n'aviez pas vos téléphones portables.

Alex posa alors une main sur la tête de sa sœur.

— Amy, détends-toi. Johanna a compris. Pas vrai, Jo ?

Johanna regarda les jumeaux tour à tour. Manifestement, ils ne plaisantaient pas.

— Le roi qui veut Ruby est ici ?

— Oui, oui, répondit Amy. Et on ne peut pas le faire attendre plus longtemps.

Johanna baissa les yeux sur son jean taché et son débardeur poisseux de sueur. Ce n'était pas une tenue très convenable pour aller voir une altesse royale. Seulement, Son Altesse voulait son chien tout de suite.

— Donnez-moi cinq minutes pour enfiler une robe et me coiffer. J'arrive tout de suite.

Elle pouvait faire ça. Pour Mariah, pour Ruby, et même pour elle-même. Elle s'en tirerait très bien. Enfin, quel drôle de moment pour se rendre compte que Stone l'avait aidée à découvrir une confiance en elle dont elle ne se sentait même pas capable !

Stone avait eu beau chevaucher seul pendant une heure, brosser Copper et le rentrer dans son box, il n'avait toujours pas la moindre idée de ce qu'il pourrait dire à Johanna. Comment apaiser la souffrance qu'il avait vue dans ses yeux ? Cette souffrance dont il était le seul responsable ? Il l'aimait, et pourtant il ne répondait toujours pas à ses attentes…

De la musique s'échappait de la grange de l'autre côté des écuries. Manifestement, un mariage battait son plein. Comme s'il avait besoin de ça ! A croire que le destin avait programmé un mariage ce soir dans l'unique but de le torturer, alors qu'il se sentait déjà si minable… Voir les jeunes mariés radieux lui rappelait douloureusement tout ce qu'il aurait dû donner à Johanna. Elle méritait d'avoir la famille dont elle rêvait. Elle possédait un cœur si tendre, si aimant, si maternel. Est-ce qu'elle partirait d'ici ?

Elle aimait le ranch autant que lui.

A vrai dire, il n'y avait jamais pensé auparavant. Elle était liée à cette terre depuis presque toute sa vie. Le fait qu'il détienne l'acte de propriété d'une parcelle ne remettait pas en cause toute l'affection qu'elle avait pour cet endroit.

Stone secoua la tête. A quoi bon se mentir ? Il était effondré. Seul son besoin de savoir si sa grand-mère allait bien lui permettait de marcher.

Il s'avança d'un pas pesant vers la maison principale puis s'arrêta net. Zut, il avait laissé sa valise chez Johanna. Mais pas question d'aller la récupérer maintenant. Et pour cause : il devait d'abord rassembler ses esprits et trouver le moyen d'alléger le chagrin de Johanna, même si cela signifiait renoncer à elle définitivement. Il voulait son bonheur plus que tout.

Sauf qu'aucune idée ne lui venait alors qu'il grimpait les marches menant à la vaste bâtisse en rondins qui avait été sa maison toute sa vie. Il aurait dû prendre la porte de derrière, mais ses pieds fonctionnaient en pilotage automatique. Dans la grande véranda, le personnel du lodge débarrassait les décorations du mariage.

En franchissant la porte à double battant, Stone salua d'un signe de tête d'autres employés mais ne s'arrêta pas pour leur parler. Il enregistra vaguement une agitation dans l'immense vestibule qui semblait sans rapport avec le mariage car celui-ci se déroulait à l'extérieur. Cependant, rien ne paraissait anormal. De riches invités sirotaient des cocktails sur les canapés de cuir. Des couples plus âgés jouaient au poker dans un coin éloigné, près de la cheminée. Il entendait des rires provenant du jacuzzi, dehors. Bref, l'entreprise d'Alex tournait comme sur des roulettes.

Encore quelques pas et il serait loin des gens, dans l'aile privée. Il s'enfermerait dans sa suite avec… rien du tout. Il ne lui restait plus rien, et c'était entièrement sa faute.

Une porte s'ouvrit devant lui et il sentit son ventre se nouer. Une nouvelle confrontation avec sa mère l'attendait, hélas… A la place, il écarquilla les yeux en voyant sa grand-mère entrer dans la pièce. Avec une canne, certes, mais elle marchait sur ses deux pieds. Elle portait même une robe au lieu d'un peignoir, une robe très simple mais agrémentée d'un collier Diamonds in the Rough. Amy l'escortait, comme si son corps menu au poids plume pouvait retenir leur grand-mère en cas de chute.

Enfin, pour une surprise, c'était une surprise !

Ni une ni deux, Stone fonça vers elles.

— Gran, qu'est-ce que tu fais debout ? Tu devrais te reposer dans ton lit.

Elle le calma d'un geste.

— Je vais très bien. Le médecin me laisse sortir tant que je me sers de la canne.

— D'un déambulateur, rectifia Amy. Mais si elle accepte cette canne, c'est parce que c'est une de nos créations.

Stone se passa une main dans les cheveux. Il avait l'impression que sa tête allait exploser.

— Laisse-moi te ramener à ta chambre. On bavardera autour d'une tasse de thé ou autre pendant que tu te *reposes*.

A ces mots, Mariah lui tapota la main.

— Stone, le roi est ici. Dans la suite présidentielle.

— Répète-moi ça, s'il te plaît ?

— Stone, il faut qu'on se bouge, intervint Amy. Enrique Medina a décidé de venir chercher son chien pour vous éviter le déplacement. Johanna est actuellement en train de le recevoir parce que tu ne répondais pas à ton fichu téléphone. Alors allons lui donner un coup de main. Viens.

Stone regarda Alex, planté derrière les deux femmes.

— Tu t'occupes de Gran ?

Son cousin acquiesça.

— Merci.

Stone traversa le vestibule au pas de course. Johanna avait paniqué à l'idée de rencontrer les Landis-Renshaw, alors un roi… Il avait beau savoir qu'elle était étonnante et capable de s'en sortir à merveille, pas question qu'elle se sente nerveuse ou mal à l'aise, surtout après l'enfer émotionnel qu'ils avaient tous les deux vécu pendant la journée.

Il passa devant la galerie ornée de tableaux de paysages familiers, mêlés aux photos de famille et de célébrités qui avaient séjourné au lodge ou porté des bijoux signés McNair. Finalement, il parvint à la suite présidentielle. Il était temps ! La porte entrouverte lui permit de voir Johanna assise près d'un homme âgé, très élégant, vêtu d'un costume avec une lavallière. Pearl se trouvait sur les genoux de Johanna et Ruby dormait aux pieds du roi sans trône.

Johanna avait troqué son jean pour une simple robe blanche assortie de bottines en cuir blanc également. Ses cheveux ramenés en queue-de-cheval sur le côté formaient une cascade blonde sur son épaule. Une vraie Texane, mais avec un chic et une élégance indescriptibles, qui souriait gracieusement aux propos du roi.

Stone eut un sourire. Bon, on n'avait manifestement pas besoin de lui ici. Johanna maîtrisait parfaitement la situation. Aucune nervosité apparente. Elle ne tripotait même pas le fer à cheval serti de diamants qui dansait au bout de la chaîne d'argent autour de son cou. Pas de doute, quelque chose était survenu en elle cette semaine.

Elle pouvait désormais se passer de son aide pour être en confiance, et bon sang, elle était tellement magnifique !

Johanna jeta alors un coup d'œil vers la porte, comme si elle sentait sa présence. Son regard émeraude se troubla un peu mais elle garda son sang-froid.

— Entre donc, Stone, et viens entendre la bonne nouvelle que nous annonce notre honorable hôte.

Stone fit un sourire forcé et pénétra dans la suite. Allons, du nerf.

— Sire, nous sommes honorés de votre visite au Hidden Gem.

En soi, c'était une petite sensation. Enrique Medina avait la réputation de vivre en ermite sur une île-forteresse au large de la Floride !

— Je suis tellement navré que Mariah ait des soucis de santé, dit-il d'un ton raffiné. C'est une joie d'avoir un de ses chiens et un honneur pour moi de lui faciliter les choses en venant directement chez elle.

— Merci, répliqua Stone. Il semblerait que Ruby ait trouvé un nouveau compagnon, formidable.

Stone eut à nouveau l'impression que sa tête allait éclater. Bon sang, quand allait se terminer cette journée infernale ?

Johanna caressa Pearl, toujours perchée sur ses genoux.

— Sa Majesté nous apporte d'autres bonnes nouvelles. Le général et Mrs Renshaw ont décidé de prendre également Pearl, en fin de compte. Les trois chiens se verront souvent lors de réunions de famille. C'est merveilleux, non ?

Au même instant, Stone sentit un grondement enfler dans sa tête, de plus en plus assourdissant. Sa dispute avec Johanna, la maladie de sa grand-mère, l'arrivée de sa mère — son univers tout entier volait en éclats, et il ne pouvait rien y faire. Son regard tomba sur Pearl, et il sut. Gran avait besoin de ce chien auprès d'elle. Mariah, qui avait tant donné d'elle-même aux autres, avait besoin de son compagnon préféré. Elle avait besoin que quelqu'un décide de donner la priorité à ce qui lui était nécessaire.

Stone prit une grande inspiration. Sa décision était prise : il adopterait Pearl afin que sa grand-mère puisse la garder avec elle. Même si cela lui coûtait son poste de DG de Diamonds in the Rough. Il aimait ce petit cabot, pas question de l'abandonner.

Il traversa la pièce, le bruit de ses bottes étouffé par l'épais tapis texan. Puis il prit Pearl des genoux de Johanna sans que cette dernière ait le temps de l'arrêter, et tint tendrement le petit animal sur un bras.

— Je regrette, Votre Altesse. Pearl reste avec moi, finalement.

Le temps de bondir de son fauteuil, Johanna émit un hoquet de surprise.

— Mais ta grand-mère…

— Je lui parlerai. Elle a besoin de Pearl en ce moment. Je prendrai soin du chien durant les traitements, et après…

La dernière partie de la phrase resta bloquée dans sa gorge. Pourtant Stone ne doutait pas de sa décision. En voyant Johanna différemment cette semaine, il avait appris le sens du véritable amour. Il serra le chien contre son cœur et fit un signe de tête à leur hôte.

— Merci encore de nous aider à donner un nouveau foyer à Ruby. Faites-nous savoir s'il vous faut quoi que ce soit pour rendre votre séjour ici plus confortable.

Et au diable les manières, au diable tout le monde !

Tout en écoutant Mariah bavarder avec le roi, Johanna avait l'impression de ne plus pouvoir respirer.

Au moins, Mariah et les jumeaux les avaient rejoints : elle n'avait plus à entretenir la conversation toute seule. Néanmoins, elle vivait l'heure la plus atroce de son existence. Non parce que le monarque l'intimidait —

l'homme était extrêmement accessible et, à dire vrai, elle se sentait maintenant bien plus assurée. Mais penser à Stone la déchirait.

Elle n'arrivait pas à croire qu'il était parti avec Pearl, qu'il avait fait un si beau et généreux sacrifice pour sa grand-mère. Il avait dédaigné le test de Mariah parce qu'il savait qu'elle avait besoin du réconfort de son chien. Quiconque connaissait Mariah comprendrait qu'elle ne proférait pas de menaces gratuites ou frivoles. Son test pouvait paraître bizarre, mais elle savait ce qu'elle faisait.

Johanna joua avec le pendentif fer à cheval. Mariah ne faisait jamais *rien* par hasard, aucun doute là-dessus. Cela voulait dire que la grand-mère de Stone avait *aussi* conçu ce test pour elle. La matriarche des McNair la traitait autant comme sa fille qu'elle traitait Stone comme un fils. Ce voyage lui avait apporté la confiance en soi nécessaire pour pousser Stone à lui donner les réponses dont elle avait besoin. Ces quelques jours leur avaient par ailleurs fait développer une franchise entre eux qu'ils auraient dû avoir depuis bien longtemps.

Impossible d'oublier l'expression sur le visage de Stone quand il avait quitté la suite avec Pearl. Elle le revoyait en train de raconter comment Mariah avait eu Pearl. En tant que vétérinaire, Johanna avait observé un tas de gens avec leurs animaux. Elle savait reconnaître l'affection réelle et un bon rapport entre l'homme et l'animal. Stone ne montrait pas souvent ses émotions, mais elle avait vu ses dessins. Il était la bonne personne pour s'occuper de Pearl afin que Mariah puisse la garder durant son traitement. Et la personne idéale pour s'en charger après. Pas de doute, il adorait ce petit cabot ébouriffé.

Pour tout dire, Johanna était désormais consciente que Stone n'était pas seulement ce Casanova en bottes de cow-boy qu'il aimait faire semblant d'être. Et pourtant, elle l'avait laissé tomber. Il lui avait avoué ses secrets, proposé de se racheter du mieux qu'il pouvait, et elle avait paniqué. Elle avait lâché un homme qui avait lui-même été abandonné par sa mère et par son père. Un homme qui était prêt à renoncer au travail de toute une vie et à des milliards de dollars pour que le bonheur de sa grand-mère passe en premier. Il aimait assez Mariah, et aussi sa petite chienne, pour tout risquer.

A quoi bon le nier plus longtemps ? C'était l'homme qu'elle voulait, et elle refusait d'attendre une minute de plus pour le ramener à elle. Non. Il fallait qu'elle agisse. Maintenant.

Une fois debout, Johanna posa une main sur l'épaule de Mariah.

— Voulez-vous que je fasse servir des rafraîchissements ou avez-vous besoin de vous reposer ?

Mariah sourit au roi, le regard pétillant.

— Cette visite est très agréable. Des rafraîchissements seraient les bienvenus, dit la vieille dame.

— Parfait. Je vais prévenir les cuisines.

Impeccable. C'était l'excuse idéale pour quitter la pièce.

— Et, Johanna ? la rappela Mariah au moment où elle franchissait la porte. Apporte quelque chose à mon rebelle de petit-fils, d'accord ?

Johanna sourit à cette femme qui n'était pas seulement *comme* un membre de sa famille. Elle *était* un membre de sa famille.

— Oui, madame, répondit-elle.

Johanna traversa le lodge à toute allure en direction de la cuisine. Inutile de se demander où était Stone : elle avait déjà la réponse. Après avoir transmis la demande de Mariah, elle bifurqua vers la véranda bondée où la fête battait son plein.

Elle la dépassa et s'enfonça dans la nuit étoilée que l'orchestre du mariage remplissait de musique. Stone adorait cette terre, et elle comprenait pourquoi. La terre semblait chanter sous ses bottines tandis qu'elle sellait le premier cheval venu, un *quarter horse* gris à la robe soyeuse nommé Opale. D'un claquement de langue, elle lança le superbe animal au galop sur le sentier que seules la lune et les étoiles éclairaient.

Le vent s'engouffrait dans les cheveux de Johanna, courait le long de sa peau. Jamais elle ne s'était sentie plus vivante et plus effrayée. Elle jouait son va-tout. Pourvu qu'elle trouve la bonne manière de faire comprendre à Stone à quel point elle l'aimait...

En approchant du coin de terre préféré de Stone, celui qui lui appartenait, elle freina sa monture. Sous le clair de lune, il était allongé sur la couverture jaune, le regard levé vers le ciel, Pearl endormie près de lui.

Johanna sentit son cœur se gonfler de tendres sentiments pour cet homme qui avait été si souvent abandonné et qui avait pourtant un cœur immense à lui offrir.

— Stone ? demanda-t-elle en descendant de cheval.

— Tu sais pourquoi cet endroit en particulier est mon préféré ? demanda-t-il sans bouger.

Johanna guida Opale près de Copper puis s'avança vers la couverture.

— Non, dis-moi.

— A cause de lupins bleus. Ils me font penser à toi. La quiétude et l'exquis parfum qui portent le souffle de ma terre, de mon foyer. Ça, c'est toi, ajouta-t-il en tournant les yeux vers elle.

Elle s'assit en tailleur à côté de lui.

— Oh ! Stone ! Tu me fais chavirer le cœur quand tu dis des choses pareilles.

Combien de fois avait-elle imaginé un futur avec lui quand elle n'était qu'ado ? Il représentait tout ce qu'elle avait rêvé, espéré, et bien davantage encore. Il était même plus complexe et plus irrésistible.

— Tant mieux. Tu mérites ces mots et tout le reste.

Tout ce que tu voudras. Des enfants. Un foyer. Une terre. Une famille. Ne te contente pas d'un pis-aller.

Même là, il tentait de la protéger. Mais il ne comprenait pas qu'elle savait désormais ce qui était le mieux pour elle.

— Je ne me contente pas d'un pis-aller, Stone.

Johanna ne voulait qu'une chose : lui prendre la main. Mais ils devaient d'abord discuter. Leurs retrouvailles ne s'étaient pas déroulées dans la joie et la bonne humeur. Ils s'étaient rapprochés l'un de l'autre parce qu'ils ne pouvaient pas faire autrement, en empruntant un chemin difficile, semé de crispations, de frustrations. Mais c'était leur chemin, et elle continuerait de le suivre. Car il menait vers son avenir avec lui.

— J'étais blessée par ce que tu m'as révélé aujourd'hui, mais je n'aurais pas dû fuir. Tu t'es ouvert à moi et je t'ai laissé tomber.

— Pourtant, tu disais la vérité, répondit-il. Je te dois mille excuses. Et encore : mille, c'est trop peu.

Elle croisa les bras sur sa poitrine, méditant ces mots quelques instants. A son tour de trouver les mots justes.

— Je suppose qu'aucun de nous deux n'est parfait. J'essayais de te faire entrer dans un fantasme d'adolescente, et j'ai failli passer à côté d'infiniment mieux — l'homme que tu es devenu.

D'une main un peu tremblante, Stone prit une mèche de ses cheveux et l'enroula autour de ses doigts.

— Ça signifie que tu me pardonnes ?

Johanna acquiesça, s'abandonna à sa caresse. Bien sûr qu'elle lui pardonnait !

— Tu m'as dit que tu étais prêt à faire des compromis et à avoir un enfant — biologique ou adopté, advienne que pourra. J'accepte ton offre merveilleuse.

Sans attendre, il l'attira pour l'embrasser, un baiser intense, empli de soulagement et de passion. Que c'était bon !

— Johanna, je t'aime tellement ! Je ferai mon possible pour être l'homme que tu mérites, parce que je ne peux pas vivre sans toi.

— Mais je ne veux pas vivre sans toi non plus, Stone. J'ai essayé. Ça ne marche pas.

— Je ne veux pas que tu fasses de sacrifices pour moi.

— Vivre sans toi est un sacrifice bien plus gros, répondit-elle aussitôt.

Et ça, Johanna le savait avec certitude. Quoi que leur réserve l'avenir, elle voulait Stone dans sa vie, son cœur, et sa maison, pour toujours. Il était sa famille.

Il plongea le regard dans le sien, tout en suivant des doigts sa joue, puis ses lèvres. Il prit une profonde inspiration.

— Tu ne sais pas à quel point… Je ferai tout ce que je pourrai pour arranger ça. Pour te donner ce que tu mérites.

— Je sais. On remplira notre maison de chiens, on sera gagas de nos neveux et nièces. Et oui, peut-être d'un bébé à nous. Mais on va faire tout ça ensemble.

Il la serra contre lui, réveillant au passage Pearl qui protesta avant de se rendormir.

— Je veux être sûr que tu sais dans quoi tu t'engages.

— C'est-à-dire ?

— Ce soir, en emmenant Pearl ici, j'ai réalisé qu'à un moment donné, en étant le DG de Diamonds in the Rough, j'ai perdu de vue qui je suis réellement, où se trouve ma place.

— Et où est-elle ?

— Ici, sur cette terre, la terre des McNair. Je ne suis pas un DG qui se trouve être un cow-boy. Je suis un cow-boy qui se trouve être DG.

— D'accord. Et donc ?

Johanna sentit son cœur s'emballer. Le fait qu'ils parlent si ouvertement lui donnait un nouvel espoir pour leur avenir.

Stone caressa la tête de Pearl.

— Ça me semble maintenant clair comme de l'eau de roche. Ma grand-mère a eu raison de m'imposer ce test. Ça m'a aidé à comprendre. Je ne suis pas fait pour être le DG de Diamonds in the Rough.

Quoi ? Il n'était pas sérieux, quand même ?

— Une minute, je suis complètement paumée, là.

— Il est temps que je prenne mon indépendance. Ce morceau de terre m'appartient et l'heure est venue de suivre mon destin. Laisse-moi t'expliquer avant que tu paniques. Je possède un gros portefeuille d'actions, et je n'ai pas l'intention de quitter complètement l'entreprise. Certaines de mes contributions aux modèles des bijoux ont remporté un grand succès.

— Mais ton projet de développer à l'international ? parvint-elle à balbutier.

Stone secoua la tête.

— C'est mon ego qui parlait. Le besoin de prouver que je suis meilleur que mes cousins même si je n'ai pas de parents pour qui je compte.

Elle lui saisit le bras.

— Stone…

— Ne t'inquiète pas, Johanna. Il ne s'agit pas d'une compétition. Plus maintenant. Il s'agit de trouver la bonne voie. La mienne est ici. Je veux nous construire une maison. A nous. Un lieu pour démarrer notre avenir. Un endroit bien à nous pour bâtir notre famille.

Johanna secoua la tête. Eh bien… Stone avait l'air d'avoir eu le temps de réfléchir à la chose !

— Tu as tout mûrement réfléchi, on dirait.

Et c'était un projet magnifique.

— Même si on a une dizaine d'enfants, je voudrais cependant qu'on envisage…

— Quoi donc ?

— Il y a plein de petits qui ont besoin d'un foyer, des bébés comme celui que j'étais, sauf qu'ils n'ont pas une riche grand-mère comme Gran. C'est une lourde charge. Qu'est-ce que tu en penses ?

Johanna sentit son cœur chavirer. Ce qu'elle en pensait ? Que la réponse s'imposait d'elle-même.

— Je suis entièrement partante, où que nous emmène ce chemin, cow-boy.

Tant qu'ils seraient ensemble, tout irait bien.

CATHERINE MANN

Une maman à courtiser

HARLEQUIN

Titre original : PURSUED BY THE RICH RANCHER

Traduction française de FRANÇOISE HENRY

Une chose était sûre, Nina Lowery ne partageait pas l'engouement général pour l'univers des cows-boys.

En un sens, c'était tant mieux. Elle vivait au Texas, or le Texas regorgeait de cow-boys. Du coup, elle ne risquait pas de tomber amoureuse d'un homme après l'échec de son mariage. D'un autre côté, elle n'avait jamais été aussi impliquée dans toutes ces histoires de cow-boys. Et pour cause, elle accompagnait son fils au HorsePower Cowkid Camp qui devait durer une semaine.

Elle ôta la pellicule du badge portant son nom et le colla sur sa chemise à carreaux flambant neuve, tout comme ses boots. Puis elle s'agenouilla devant son petit garçon de quatre ans et lui tendit une minuscule veste portant son nom.

— Cody, tu dois porter ça pour que tout le monde sache à quel groupe tu appartiens. Pas question de te perdre, d'accord ?

Les yeux rivés au sol, Cody demeura silencieux mais comme il levait légèrement les mains, c'était sûrement le signe qu'il acceptait de glisser ses bras minces dans les manches de la veste en daim dont les franges ondulaient au vent. L'été sentait le foin fraîchement coupé mêlé au sirop d'érable des crêpes du petit déjeuner que Cody mangeait tous les matins, sans exception.

Nina secoua la tête. Etant donné qu'ils étaient en retard, il avait pris son petit déjeuner dans la voiture. Bien évidemment, du sirop avait coulé sur le siège. Cependant, après un réveil à 4 heures du matin puis le voyage de San Antonio à Fort Worth, elle était trop fatiguée pour nettoyer les dégâts. Il serait toujours temps plus tard de s'en occuper.

D'autant qu'elle avait d'autres problèmes plus importants à affronter pour élever Cody. Et elle ferait n'importe quoi pour contenter son petit garçon. N'importe quoi. Y compris rester une semaine dans un ranch au milieu de nulle part.

Formidable !

Un mois auparavant, en voyant le regard de Cody s'illuminer lors de la visite d'une ferme, Nina avait été sidérée. Les chevaux, tout particulièrement, avaient fasciné le petit. Alors elle s'était intéressée à tout ce qui avait trait au monde équestre. C'était peut-être un moyen de pénétrer les murs qui entouraient son fils autiste !

Jamais elle n'aurait imaginé que cet univers éveillerait l'intérêt de Cody. Habituellement, les rencontres sortant de l'ordinaire le bouleversaient et le laissaient troublé et agité. Parfois même, il se mettait à hurler, à se balancer d'un pied sur l'autre pour évacuer la tension que cela causait chez lui.

Pourtant, il avait l'air d'apprécier l'endroit où ils venaient d'arriver. Nina s'en rendait compte à l'attention qu'il portait à ce qui les entourait. Sans compter qu'il semblait assez décontracté. Il n'était aussi détendu que lorsqu'il dessinait. Il maniait crayons et pinceaux comme un véritable artiste en herbe. Son imagination, Cody l'exprimait sur du papier, bien sûr, mais aussi sur des pierres, des boîtes et, parfois, sur les murs. Elle avait ainsi hérité d'une vaste décoration florale à la Monet sur un mur du couloir.

A présent, elle découvrait qu'il était également fan de chevaux. Quelle surprise !

Elle lui tendit son chapeau de paille, le laissant décider s'il voulait ou non le porter. Les textures représentaient pour lui un épineux problème. Le contact d'un matériau rugueux pouvait provoquer chez lui une surcharge sensorielle, surtout un jour comme celui-ci. Après tout, il se trouvait déjà confronté à un nouvel environnement, avec des bruits inconnus et des gens partout. Pauvre chéri, il devait être tellement troublé…

Nina s'écarta pour laisser le passage à un père poussant sur une chaise roulante une fillette qui, les bras en l'air, criait :

— Hue, papa ! Hue !

Cody tenait son Stetson entre ses doigts crispés. Puis un employé du ranch passa près de lui et il suivit du regard l'homme qui s'éloignait d'un pas assuré. Alors, il mit son chapeau en place et l'inclina sur le côté à la manière de l'homme qu'il venait d'observer. Nina poussa un soupir de soulagement. Venir ici était une bonne décision.

Le HorsePower Cowkid Camp pour enfants handicapés était visiblement fait pour son fils. Bien qu'il n'ait ouvert ses portes que récemment, il connaissait déjà un grand succès. La riche famille McNair avait usé de son influence et de son argent pour l'organiser sur la propriété familiale, un ranch de loisirs nommé le Hidden Gem. L'essentiel de sa fortune provenait de Diamonds in the Rough, une entreprise de création de bijoux spécialisée dans le style western.

Cody joua avec les franges de sa veste et suivit du doigt les dessins rehaussés de pierreries imprimés sur le daim. Nina fit une petite moue. Attention à ne pas céder trop vite à l'enthousiasme. Ils venaient juste d'arriver.

Elle avait appris depuis longtemps à ne pas entretenir d'attentes irréalistes. La vie était plus supportable si elle se contentait de petites victoires de temps en temps. Comme lorsque Cody s'était intéressé au cow-boy qui passait près de lui. Mais soudain, en entendant un cheval hennir, son fils sourit. Nina sentit alors son cœur se gonfler d'émotion.

Cela voulait dire tellement ! Sur le moment, elle se sentit moins triste de ne jamais voir son fils l'embrasser.

— Allons visiter les lieux, Cody, proposa-t-elle. Nous avons deux heures pour nous installer avant la première activité.

Nina avait pris l'habitude de bavarder à tort et à travers pour combler les silences. Son fils savait parler mais il ouvrait rarement la bouche. Par conséquent, plutôt que d'attendre une réponse, l'orthophoniste lui avait conseillé d'encourager chacun de ses progrès.

Cody leva alors la main vers elle. Elle la prit, la serra légèrement et sourit. Ce genre de geste était si rare de la part du petit, il fallait à tout prix qu'elle en profite ! Une chose était sûre : si Cody s'ouvrait grâce à cette expérience au ranch, elle changerait à tout jamais de point de vue sur les cow-boys, promis !

En se faufilant au milieu des groupes, elle s'efforça de ne pas prêter attention au fait que beaucoup d'enfants étaient accompagnés par leurs deux parents. Autant savourer la sensation de la main de son fils dans la sienne. Ils se dirigèrent vers un corral situé à une dizaine de mètres de là, un peu à l'écart de l'animation du camp.

De multiples granges, bungalows, enclos, s'élevaient à distance du bâtiment principal, une vaste construction en rondins comprenant deux ailes, l'une pour l'usage des vacanciers, l'autre réservée aux membres de la famille McNair, d'après le prospectus. Toujours d'après celui-ci, cet ancien Bed and Breakfast était devenu un ranch de loisirs qui proposait désormais à ses clients des promenades à cheval, un centre de remise en forme, un circuit d'aventures… et même un saloon dédié au jeu de poker.

Et cette semaine, un stage était réservé aux enfants handicapés.

Nina écarta une mèche de cheveux de son visage. Pas question de se laisser impressionner par la fortune de la famille McNair. Après tout, elle-même avait déjà suivi cette pente. La perspective d'une vie dépourvue de tout souci financier, avec un homme séduisant, l'héritier d'une puissante famille, l'avait éblouie. Du coup, elle n'avait vu que ce qu'elle voulait bien voir. Malheureusement, son prince charmant s'était finalement métamorphosé en crapaud. Et le conte de fées qu'elle s'était imaginé avait brutalement pris fin.

Cody et elle dépassèrent un groupe d'une demi-douzaine d'enfants entourant un clown de rodéo qui leur attribuait des poneys. Leurs cris résonnaient dans l'air.

— Je veux le poney tacheté !

— S'il vous plaît, s'il vous plaît, le marron !

— Felui avec des étoiles fur la felle !

Cependant, Cody ne quittait pas « son » cow-boy des yeux. Celui-ci portait des jambières de cuir poussiéreuses, usagées. On sentait qu'elles étaient faites pour travailler. Ce n'était pas un accessoire de mode pour bellâtres imbus d'eux-mêmes. Dans le genre de son ex-mari, par exemple.

Finalement, le charme viril du cow-boy n'était peut-être pas si surfait.

Celui qui fascinait Cody franchit alors la barrière de l'enclos avec une souplesse féline. Etrangement, son Stetson resta en place. D'une démarche assurée, il se dirigea vers un cheval qui grattait furieusement le sol. Visiblement, l'animal n'appréciait guère la selle qu'on avait posée sur son dos, et il regardait approcher l'homme d'un air méfiant. On devinait la force contenue dans les muscles de la bête, c'était assez impressionnant. Au même moment, Nina sentit le pouls de son fils s'accélérer. L'excitation, certainement. Elle se força à s'approcher de la barrière. Ce n'était peut-être pas une bonne idée, mais tant pis.

Ayant fait une chute de cheval dans son enfance, elle n'éprouvait pas une folle attirance pour ces animaux, c'était le moins qu'on puisse dire.

« Chat échaudé craint l'eau froide », disait le proverbe.

Cependant, l'homme ne manifestait aucune crainte tandis qu'il parlait doucement à la bête inquiète qu'il caressait en lui parlant d'une voix hypnotique. Mais quand elle le vit se hisser sur le dos du cheval, Nina sentit son ventre se crisper.

Rabattant les oreilles en arrière, l'animal essaya d'arracher les rênes. A présent, il était furieux pour de bon.

Au même moment, Cody libéra sa main.

— Lâche-moi, dit-il.

Nina baissa aussitôt les yeux vers lui. Mince, elle le serrait beaucoup trop fort. Quelle idiote !

— Désolée, chéri.

Quand le petit se rapprocha de la barrière, elle sentit à nouveau l'inquiétude la gagner. Cody avait un sens du danger très limité. Autant être prudent.

— Tu sais, Cody, il faut rester de ce côté de la barrière. Sinon, nous allons gêner le travail du monsieur.

Cody hocha la tête, en extase.

— D'ac…, murmura-t-il.

Justement, le cow-boy poussait doucement son cheval en avant. L'animal rua brutalement, sans espoir toutefois d'éjecter son habile cavalier. Le Stetson du cow-boy finit tout de même par s'envoler, révélant une épaisse chevelure brune brillant dans le soleil.

Le genre de chevelure qui donnait envie d'y emmêler ses doigts.

Nina fit une petite moue.

Eh bien, voilà qui était curieux.

A vrai dire, elle ne s'était jamais vraiment intéressée aux chevaux, surtout depuis que ce poney prétendument doux comme un agneau l'avait jetée à terre. Pourtant, elle n'arrivait pas à détacher son regard de l'employé du ranch qui ne faisait plus qu'un avec son cheval. Il chevauchait la bête furieuse sans la laisser prendre le contrôle et suivait sans effort apparent ses imprévisibles mouvements. Eh bien, il fallait une bonne dose de maîtrise pour conserver son calme face à cette terreur !

Ah ! si seulement elle pouvait se montrer aussi calme face à ses propres angoisses ! Comme le fait de se sentir incapable de s'occuper de son fils toute seule. D'accorder de nouveau sa confiance à un homme après la trahison de son mari. Pourtant, ces craintes étaient insignifiantes face aux peurs qu'affrontait jour après jour Cody, aux obstacles semés sur sa route.

Cet homme, lui, savait certainement ce qu'était la peur. Et il savait comment traverser les moments difficiles en attendant des moments plus propices. Sans compter qu'il semblait avoir le souci du cheval sous sa responsabilité.

Nina baissa les yeux vers Cody. Le petit était fasciné, tout comme elle.

Combien de temps dura la lutte ? Difficile à dire. Toujours est-il que le cheval finit par faire des cercles au trot tout en s'ébrouant.

Elle laissa échapper un soupir. Bizarre... Elle voulait tellement soutenir le cavalier qu'elle n'avait même pas pris conscience qu'elle avait bloqué sa respiration !

Soudain, Cody s'agenouilla pour ramasser le Stetson de l'homme et l'épousseta avant de le lui tendre.

— Votre chapeau, monsieur, dit-il d'une voix légèrement enrouée à cause du peu d'usage qu'il en faisait.

Le cow-boy tourna la tête vers eux. Le soleil soulignait les traits de son visage.

Bon sang ! Il sortait tout droit d'une affiche de western. Imposant, les pommettes saillantes, la mâchoire carrée... Il dégageait une puissance très séduisante. Un homme, un vrai.

Comme il guidait son cheval vers eux, Nina se sentit brusquement agitée de frissons nerveux. La proximité de l'animal, sans doute.

Vraiment ? Rien n'était moins sûr…

Le cow-boy se pencha et tendit un bras vers Cody.

— Merci, bonhomme.

Nina se retint de frémir. Sa voix était à la voix douce et profonde. Bref, terriblement sexy.

— A voir ta veste, poursuivit l'homme, j'ai l'impression que tu participes au camp. Est-ce que tu t'amuses ?

Cody hocha la tête sans toutefois regarder son interlocuteur.

— Beaucoup.

L'homme allait-il comprendre que Cody était autiste ? Sans doute que oui. Cette semaine était consacrée aux enfants handicapés, après tout.

Il caressa l'encolure de son cheval.

— Je vois que tu aimes Diamond Gem. C'est un bon cheval, mais il est trop grand pour toi. Tu vas commencer par des promenades à poney, mais très vite, tu seras un grand cavalier, j'en suis certain.

Du bout des pieds, Cody agita la poussière tout en tirant sur les franges de sa veste.

— Merci, intervint alors Nina. Cody n'est pas très bavard, mais il comprend tout ce qu'on lui dit.

Au même instant, le beau cow-boy lui jeta un regard magnétique et elle sentit un frisson la parcourir. Oh non… Pourquoi fallait-il qu'il ait autant de charisme ?

— D'habitude, je ne suis pas non plus bavard, avoua-t-il.

Nina baissa la tête. Et pourtant… En quelques minutes, il avait apporté davantage de choses à Cody que son père depuis la naissance du petit. Warren était un charmeur extraverti qui l'avait séduite et lui avait fait croire aux contes de fées. La redescente avait été dure. C'était aussi un être superficiel, l'enfant gâté de sa maman, avec trop d'argent et sans autre ambition que la recherche du plaisir. Hélas ! quand il s'était retrouvé confronté aux réalités de la vie et que la nécessité de s'occuper d'un enfant autiste s'y était ajoutée, il n'avait pas supporté. Il les avait quittés, elle et Cody, puis avait perdu la vie dans un accident de moto. Encore une conséquence de son envie de vouloir avoir tout, tout de suite…

Au même moment, Nina entendit la voix de son fils et dut revenir à l'instant présent. Le petit traînait ses bottes dans la poussière tout en répétant :

— Monsieur Rodéo, Monsieur Rodéo…

— Autrefois, oui, dit l'homme. J'ai été Monsieur Rodéo. Mais c'est fini.

Cody se tut et elle chercha quelque chose à dire. Dans l'intérêt de son fils, bien sûr. Pas pour savourer encore un peu cet accent si sensuel.

— Alors à quoi sert cet exercice ?

— Juste à faire mon travail, madame. C'est une séance tranquille.

Ni une ni deux, le beau cow-boy passa une jambe par-dessus l'encolure du cheval. Maintenant qu'il était assis de côté sur la selle, Nina pouvait profiter de la vue de ses jambes musclées… Un véritable Apollon. Au même moment, Diamond Gem secoua la tête et tira sur les rênes. Attention… L'animal avait beau être calme, il n'était pas totalement soumis pour autant.

— Diamond Gem et moi, nous allons travailler ensemble pendant une quinzaine de jours, expliqua l'homme tout en tâchant d'apaiser la bête.

Nina écarquilla les yeux. C'était comme ça que cet homme s'imaginait une séance tranquille ?

— L'époque du rodéo ne vous manque pas ? ne put-elle se retenir de demander.

Elle sentit son cœur se serrer. Warren s'était tellement lamenté sur son sort quand il avait dû composer avec les exigences du quotidien.

Le cow-boy se gratta la tête sous son chapeau.

— Disons qu'aujourd'hui, je préfère passer mon temps

à communier avec les animaux plutôt qu'à me donner en spectacle avec eux pour distraire les gens.

— Vous communiez avec ce cheval ? répéta-t-elle d'un air ébahi.

— Cette bête a été retirée à son propriétaire par la société protectrice des animaux pour manque de soins et… d'autres raisons, termina-t-il après avoir jeté un coup d'œil à Cody. Le relâcher dans la nature où il serait incapable de se débrouiller seul n'étant pas envisageable, nous nous sommes chargés de lui redonner confiance en l'homme. Il est immature et craintif, mais nous accomplissons des progrès.

Nina hocha la tête. Il utilisait donc ses talents pour aider ce cheval. Et, à en croire ses yeux bleus limpides, son engagement était tout à fait sincère.

— C'est admirable de risquer de vous rompre les os, ou pire, pour protéger ce cheval, finit-elle par dire.

Au même instant, elle vit le regard du beau cow-boy se poser sur le badge collé à sa poitrine.

— Nina, murmura-t-il.

En entendant prononcer son prénom par cette voix aux intonations enchanteresses, elle sentit tout son corps frissonner. Au fond, quel mal y aurait-il à flirter — oh ! juste un peu ! — avec cet homme si sympathique ? Aucun, n'est-ce pas ? Elle n'était ici que pour une semaine. Et, de toute façon, elle se faisait peut-être à des illusions sur l'intérêt qu'il lui portait.

En tant qu'employé du ranch, il était sans doute tenu de se montrer aimable avec les clients.

— En tout cas, mon fils a apprécié la démonstration. Merci.

Nina recula d'un pas avant d'ajouter :

— Il faut que nous allions défaire nos bagages, si nous ne voulons pas manquer le déjeuner inaugural.

— Ce serait dommage, répondit-il en effleurant le bord de son chapeau. Je vous souhaite un excellent séjour.

Nina frissonna au son de cette voix dont les sourdes inflexions apaisaient ses nerfs tendus. C'était une sensation étrange d'être ainsi troublée au premier contact. Mais elle désirait tellement retrouver sa sérénité ! C'était son vœu le plus cher, après toutes ces épreuves.

Quoi qu'il en soit, en regardant le séduisant cow-boy s'éloigner, elle eut une certitude : douceur et séduction pouvaient très bien cohabiter chez la même personne.

Pour la première fois depuis des mois, Alex McNair laissa l'idée d'inviter une femme à sortir avec lui effleurer son esprit. Depuis des mois, depuis que la seule femme qu'il aurait voulu épouser s'était mariée avec son cousin, il se répétait qu'il devait réagir. Hélas ! les quelques aventures d'un soir qu'il avait eues n'avaient pas apaisé sa frustration.

La mine sombre, il ôta la selle de Diamond Gem et la passa à un garçon d'écurie avant de quitter le box. Le cheval le regarda à travers les barreaux et poussa un long hennissement. D'habitude, il s'occupait de son matériel et pansait lui-même ses chevaux. Mais en ce moment, ses responsabilités à la tête du ranch l'en empêchaient souvent.

A quoi bon le nier ? Le contact avec les chevaux lui manquait. Seulement, le ranch avait davantage besoin de ses qualités d'administrateur que de ses compétences équestres.

Pour l'heure, Alex devait déjeuner avec sa grand-mère, et c'était tout ce qui comptait. Combien de repas pourrait-il encore partager avec elle ?

La maladie de Gran — elle était atteinte d'une tumeur au cerveau en phase terminale — le forçait à mettre les bouchées doubles. Autrement dit, le moment était mal choisi pour songer à se lancer dans une relation, même une relation à court terme. Cependant, cette Nina l'intriguait. Ses cheveux roux et bouclés, sa silhouette voluptueuse avaient capté son attention, c'était le moins qu'on puisse dire. Et il avait encore le souvenir de son parfum fruité.

De plus, l'attention protectrice dont elle entourait son petit garçon le touchait. Lui qui avait tellement les nerfs à fleur de peau, ces temps-ci ! Mais au fond, il n'avait pas envie de creuser les raisons de cette attirance. Il était juste heureux de la ressentir.

A vrai dire, il lui avait fallu un certain temps pour accepter le fait que son cousin épouse Johanna. Heureusement, il avait dépassé ce stade. Il le fallait bien. Bientôt, elle ferait partie de la famille.

Or, la famille devait se montrer d'autant plus soudée qu'elle affrontait le cancer de sa matriarche. Il fallait soutenir Gran et s'assurer que l'empire McNair continue de tourner correctement en cette période de transition. Procurer la sérénité à leur aïeule durant ses derniers jours devait être leur seule préoccupation.

Malgré tout, Alex n'arrivait pas à chasser cette jolie femme de son esprit. Nina. Bon sang ! Il ne connaissait même pas son nom de famille. Mais il comptait bien le découvrir. Il se voyait déjà lui demander de l'accompagner au mariage de son cousin. Habitait-elle loin d'ici ? Avec un peu de chance, non. Le camp accueillait des gens des quatre coins du pays, mais pour l'essentiel, ils venaient des environs.

De toute façon, la distance importait peu puisqu'il disposait de l'avion privé des McNair. Sa famille était fortunée, certes, malheureusement tout l'or du monde ne lui donnerait pas ce qu'il désirait par-dessus tout : la santé de sa grand-mère.

Alex se dirigea vers la maison principale où il devait retrouver sa grand-mère. Les aiguilles de pin crissaient sous ses bottes. Les cris joyeux des enfants et des accords de banjo résonnaient dans le lointain. Des branches bruissèrent au-dessus de sa tête. Il leva la tête avec un sourire. Dire que certains de ces chênes étaient plus âgés que lui ! Les voir lui rappela l'époque où il escaladait leurs branches quand il était gosse.

Il atteignit bientôt les marches de la terrasse où l'attendait Mariah McNair, sa grand-mère, assise dans un fauteuil, près d'une table sur laquelle étaient disposés un plateau de sandwichs et une cruche de thé glacé. Il sentit son cœur se serrer en songeant qu'un jour, ce fauteuil serait vide.

Ces derniers temps, elle flottait dans sa robe en jean préférée. Ses cheveux étaient plus courts. D'aussi loin qu'il se souvienne, elle les portait longs, soit tressés, soit relevés en chignon. Hélas ! elle avait subi une opération qui l'avait forcée à se couper les cheveux.

Avec cet épisode, Alex avait dû faire face à la réalité. Gran allait bientôt mourir. Et de maladie, pas par l'effet du grand âge. Cette maudite tumeur allait leur voler leur grand-mère chérie.

Au prix d'un effort douloureux, il chassa cette idée de son esprit et salua Gran d'un petit geste.

— Viens t'asseoir près de moi ! dit-elle en tapant dans ses mains. Sers-toi et causons.

— Je vais d'abord me laver. J'en ai pour deux minutes.

Pas le moment de lui passer des microbes en plus du reste.

— Reste là ! Si tu crois qu'un peu de poussière et de crottin me font peur !

Sans discuter, Alex ôta son chapeau, s'installa dans un fauteuil près de sa grand-mère et posa son Stetson sur un genou. Tiens, cela lui rappelait combien le petit Cody était mignon quand il le lui avait tendu.

— Comment te sens-tu, Gran ? Je te verse encore un peu de thé ?

Il tendit la main vers la cruche, remarquant au passage qu'elle s'était contentée de grignoter le coin d'un sandwich. Dans son état, c'était bien trop peu !

— Je vais bien, Alex. Merci. J'ai le soleil, un verre de thé glacé, et un de mes petits-enfants près de moi. C'est parfait.

Pourtant, ce n'était pas tout à fait vrai. Elle n'avait plus longtemps à vivre. Quelques mois, peut-être quelques semaines. Poussée par l'urgence, elle mettait ses affaires en ordre, décidant qui hériterait de quoi. Seulement, lui se moquait bien de la fortune des McNair. Tout ce qu'il voulait, c'était juste sa grand-mère.

Alex prit une assiette et y empila des sandwichs pour lui faire plaisir. De fait, son estomac était si noué qu'il avait l'impression de ne rien pouvoir avaler.

— Merci pour ce déjeuner, dit-il. Avec l'arrivée des participants au stage, la journée est chargée.

— Stone nous a fait une belle surprise en organisant ce camp au lieu de prendre la direction de la joaillerie, n'est-ce pas ? Mais c'est une bonne surprise.

— Certainement, se contenta-t-il de répondre.

— Sa nouvelle vie lui convient fort bien. En l'aidant à passer son épreuve, Johanna lui a permis de trouver sa voie.

A ces mots, Mariah repoussa son assiette presque intacte et ajouta :

— A ce propos, je t'ai fait venir pour te parler de la tienne, Alex.

— De mon épreuve ?

Alex tressaillit. Cette fois, c'était un bloc de glace qui venait d'écraser son estomac. Tout ça ne promettait rien de bon…

— Je croyais que c'était juste une ruse pour rapprocher Stone et Johanna.

En tout cas, il l'avait espéré. Depuis quelque temps, sa grand-mère n'avait pas abordé le sujet. Seulement, elle avait bel et bien préparé des tests réservés à ses deux autres petits-enfants, c'est-à-dire sa sœur et lui. C'était la seule façon de gagner leur part d'héritage.

Pour lui, le problème ne concernait pas l'argent, mais leur terre. Pas question qu'un promoteur immobilier mégalomane mette la main sur la propriété. Cela lui importait beaucoup.

— Eh bien, tu t'es trompé. Je dois m'assurer que ce que nous avons construit, ton grand-père et moi, est en de bonnes mains. Mes trois petits-enfants sont parfois si obstinés…

— Un trait de caractère que nous tenons de toi, Gran.

— C'est exact, admit-elle en riant.

Mais, très vite, Alex vit ses yeux bleus se remplir de tristesse.

— Et qui a sauté une génération.

Il baissa la tête. Sa tante, toxicomane, avait laissé son enfant — son cousin Stone — à la charge de Gran. Mais lui aussi avait eu son lot de soucis familiaux. Après tout, son propre père n'avait eu pour toute ambition dans la vie que de dilapider son héritage et éviter sa femme.

Bref, Gran avait tenu lieu de parents à ses trois petits-enfants.

Ayant été élevés ensemble au ranch, Amy, Stone et lui se considéraient comme frères et sœur. Après leurs études, ils s'étaient tournés vers l'entreprise familiale qu'ils avaient fait prospérer même après la mort de leur grand-père. Chacun avait son rôle à jouer. Alex s'occupait des terres du ranch aménagé en centre de loisirs de luxe. Jusqu'à récemment, Stone dirigeait Diamonds in the Rough, l'entreprise de création et de vente de bijoux dans le style western. Leur gamme allait des boucles de ceinturon aux bijoux d'inspiration aztèque très prisés dans tout le pays. Quant à Amy, spécialiste des pierres précieuses, elle créait la plupart de leurs modèles, toujours aussi réputés même si la personne engagée par sa grand-mère pour diriger l'entreprise n'était pas un McNair.

Alex regarda sa grand-mère. Gran se balançait doucement tout en buvant son thé glacé, sa main fine et pâle sillonnée d'un réseau de veines saillantes.

— Revenons à ton épreuve, dit-elle.

Il secoua la tête. Cette satanée épreuve, encore ! Stone avait passé la sienne, destinée à lui permettre de garder la direction de la joaillerie. Gran lui avait confié la tâche de trouver, avec l'aide de Johanna, de bonnes familles d'accueil pour ses chiens. Cependant, alors qu'il sortait vainqueur de l'épreuve, il avait surpris tout le monde en demandant Johanna en mariage. En fin de compte, prendre la direction de Diamonds in the Rough ne l'intéressait plus. Il préférait s'occuper de la fondation caritative McNair. Pas question de devenir l'esclave d'une ambition dévorante, disait-il. Et, à vrai dire, c'était un choix assez osé.

— Sérieusement, Gran ? Tu tiens toujours à ton test ? demanda alors Alex. Je pensais que tu confierais l'entreprise à Amy.

— Et je te laisserais la direction du ranch ?

Il demeura silencieux. Gérer le Hidden Gem ? Pourquoi pas ? Il était prêt à se dévouer corps et âme à ce ranch, non ? Seulement, la décision revenait à sa grand-mère. Néanmoins, l'argent n'était pas un problème. Il en avait suffisamment pour repartir de zéro si c'était nécessaire.

Sauf qu'il n'en avait pas envie. Cette terre où il avait grandi ne devait pas tomber entre les griffes d'un promoteur qui la transformerait en gigantesque parc d'attractions.

— C'est un test tout simple, Alex, insista sa grand-mère. Lowery Resorts, un de nos concurrents, a tranquillement racheté des parts de l'entreprise grâce à des sociétés écrans.

Alex écarquilla les yeux. Attention, danger. Ce serait le pire moment pour subir une OPA hostile. Les actionnaires étaient déjà rendus nerveux par la maladie de sa grand-mère qui faisait peser une incertitude sur l'avenir de l'empire McNair.

— Ils sont majoritaires ? lança-t-il.

— Pas encore. Mais entre ma maladie, la démission de Stone et son remplaçant qui cherche encore ses marques, certains actionnaires ressentent un malaise. Si les fidèles quittent le navire, notre havre de paix sera peut-être métamorphosé en parc d'attractions.

Alex secoua la tête. Comment en était-on arrivé là ? Il crispa ses doigts sur les bras de son fauteuil pour ne pas laisser éclater sa colère.

— Comment y sont-ils parvenus ? demanda-t-il d'une voix tremblante.

— Quand la nouvelle de ma maladie a fuité, ils ont agi vite pour tirer parti des craintes des actionnaires. J'aurais dû le voir venir, mais j'avais confiance en nos vieilles amitiés. Funeste erreur. Et maintenant, c'est à nous de réagir rapidement.

A ces mots, Alex se sentit frémir. Il aurait dû envisager cette éventualité. Pourquoi n'avait-il pensé qu'à lui et à sa part de l'empire familial ?

— Nous pourrions demander à Stone de reprendre les commandes jusqu'à ce que cette crise avec Lowery Resorts soit réglée, suggéra-t-il.

— Non. Il n'en a pas envie, et moi non plus. Je veux voir la compagnie tourner avec Preston Armstrong aux commandes. Le conseil d'administration et moi, nous l'avons choisi parce que nous croyons en lui. Mais il aura besoin de temps pour gagner la confiance des actionnaires. Alors, en attendant, j'ai besoin de ton aide.

— Tu n'avais pas besoin d'organiser une épreuve pour ça, dit Alex en prenant la main de sa grand-mère pour la serrer tendrement. Dis-moi juste ce que tu attends de moi et je m'efforcerai de te satisfaire.

Avec un sourire, elle lui serra la main en retour. Puis

il sentit peser sur lui ce regard perçant comme un laser qui avait désarçonné plus d'un adversaire en affaires.

— Il existe un point faible dans le portefeuille des Lowery.

— Et tu veux que je l'exploite ?

— Persuade les Lowery de nous revendre un certain nombre des actions achetées par leurs sociétés écrans et je transfère immédiatement mes parts du ranch entre tes mains.

Alex balaya d'un geste la fin de la phrase.

— Je n'ai aucune envie de devenir actionnaire principal de la propriété familiale ! Tout ce qui m'importe, c'est que notre terre ne passe pas en de mauvaises mains.

Gran hocha la tête.

— Je te reconnais bien là. Je me demandais si tu avais enfoui ta combativité sous ces airs nonchalants que tu arbores depuis quelque temps.

Alex fit la moue. Il n'aimait pas beaucoup qu'on lui rappelle cette facette de sa personnalité. Il prit son verre et but une grande rasade de thé glacé. Même si cela n'allait pas lui faire oublier certaines choses qu'il avait laissé ses parents lui faire faire. Des choses qu'il regrettait.

— Tu dois rester conscient que les Lowery ne sont pas des enfants de chœur, reprit Gran. Tu devras te montrer prudent et malin pour emporter le morceau. Mais tu peux me remercier, car je t'ai donné un coup d'avance.

— Que veux-tu dire ? demanda-t-il en posant son verre.

— Les parts vulnérables appartiennent au petit-fils Lowery. C'est sa mère qui gère ses biens. Comme elle est veuve, elle doit investir intelligemment pour l'avenir de son fils.

Alex écarquilla les yeux. Un enfant ? Une veuve ?

Soudain, il sentit l'inquiétude le gagner. Comme si une horde de chevaux sauvages fonçait sur lui.

— Qu'est-ce que tu as fait, Gran ? parvint-il à articuler.

— J'ai enquêté sur les Lowery, bien sûr. Et quand j'ai découvert que le petit-fils adorait tout ce qui se rapporte aux cow-boys, je me suis assurée qu'une brochure vantant les mérites de notre camp atterrirait dans les mains de sa mère. Nous aurons donc l'occasion de les rencontrer, loin de l'influence des grands-parents.

Alex prit une grande inspiration. Bon sang ! Ce n'était tout de même pas…

— En réalité, je crois que tu as déjà fait leur connaissance.

D'un index frêle, elle désigna le corral. La horde de chevaux prenait de la vitesse. Elle était sur lui.

— Tu n'as pas oublié la ravissante jeune femme rousse qui te regardait travailler avec Diamond Gem, j'imagine ?

- 2 -

Un soleil bas et chaud pénétrait dans la grange, où, installée à une longue table, Nina dînait en compagnie des autres parents. Un groupe de musique country jouait devant les enfants assis en demi-cercle au pied de l'estrade. Ayant terminé ses macaronis au gruyère, Cody se balançait et frappait en rythme dans ses mains. Une fillette avec une écharpe rose enroulée sur sa tête rasée tournait en rond avec un serpentin et un petit garçon atteint de paralysie cérébrale tenait la main de son petit voisin tout en dansant. Trois enfants coururent vers la scène en applaudissant.

Dans la matinée, Nina avait commencé à défaire leurs bagages, puis déjeuné et assisté aux activités avec son fils. Des promenades à poney avaient été organisées ainsi que des ateliers de travaux manuels. Les petits avaient fabriqué des ceintures et des bijoux. Et les adultes avaient été conviés à participer. Elle effleura à son poignet le bracelet orné de breloques évoquant le Far West.

Entre les chevaux et les travaux manuels, son fils était aux anges. Les petits autocollants qu'il avait disposés sur une ceinture formaient un motif qui avait même surpris l'animateur par sa complexité.

Bref, Cody était heureux, et tant mieux. Seulement, cette journée bien remplie l'avait fatigué. Nina sourit. Cela faisait bien longtemps qu'ils n'avaient pas vécu un aussi bon moment, tous les deux. Sans le vouloir, elle repensait également à sa rencontre matinale avec ce cow-boy très

208

séduisant qui l'avait probablement déjà oubliée. Mais qu'elle se surprenait à chercher au milieu de la foule.

Dire qu'elle ne connaissait même pas son nom !

Elle piqua sa fourchette dans sa salade agrémentée de lamelles de viande. Un régal. Sur le grand barbecue installé dehors, toutes sortes de viandes, des pommes de terre et des épis de maïs grillaient pour les adultes. Un vrai festin ! Comment les propriétaires du ranch pouvaient-ils couvrir de telles dépenses ? La famille McNair ou des sponsors devaient certainement apporter leur aide. Dans son souvenir, ses beaux-parents étaient sans cesse en quête de niches fiscales. Ce souvenir lui arracha une grimace. A vrai dire, elle détestait le cynisme, mais il était difficile de ressentir de la sympathie pour des gens qui préféraient rédiger un chèque plutôt que de nouer des liens avec leur unique petit-fils.

Nina sentit une amertume et une colère familières l'envahir. Une fois de plus. Mais c'était une mauvaise idée. Autant profiter de ce bon moment. Depuis combien de temps n'avait-elle pas pu confier Cody un instant à quelqu'un ?

Soudain, une ombre s'étira au-dessus d'elle et elle entendit une voix lui demander :

— Désirez-vous un dessert ?

Ce timbre grave et enjôleur… Elle ne put réprimer un frisson. Pas de doute, c'était lui.

Elle posa doucement sa fourchette et se retourna. Elle avait vu juste. Le beau cow-boy de la matinée se tenait derrière elle et lui tendait une assiette de crumble aux myrtilles. Mais ce n'était plus tout à fait le même.

Il avait troqué ses jambières en cuir et sa veste contre un jean tout propre et une chemise à carreaux aux manches retroussées. Elle laissa son regard courir sur le duvet brun de ses bras. Des bras virils, musclés, bronzés. Tiens, elle avait presque oublié que ce genre de détail pouvait être attirant.

— Oh ! bonsoir…, parvint-elle à articuler.

Comment avait-elle pu croire que les cow-boys ne l'attiraient pas ?

— Alors ? Dessert ? demanda-t-il.

Au prix d'un effort douloureux, elle se força à émerger du brouillard sensuel qui l'enveloppait.

— Pas pour le moment, merci. J'ai bien mangé, un peu trop, même, pour un dîner. A vrai dire, je ne m'attendais pas à un repas aussi bon et copieux.

Il s'assit près d'elle, à califourchon sur le banc.

— Vous vous attendiez à quoi ? A du poulet mal cuit ?

Nina se laissa enivrer par le parfum frais et épicé de son après-rasage et trembla. Cela faisait bien longtemps qu'elle n'avait pas eu d'homme dans son lit.

Elle haussa les épaules.

— Comme il s'agit d'un camp pour enfants, je pensais que la cuisine s'adapterait à leurs goûts. Mon fils s'est régalé, d'ailleurs, mais je n'imaginais pas qu'il y aurait également un menu somptueux pour les adultes.

— Si nous voulons fidéliser notre clientèle, il faut que les parents y trouvent leur compte.

Joignant le geste à la parole, il plongea sa cuillère dans le crumble et la porta à sa bouche sans la quitter des yeux.

Nina frissonna. Pas de doute, il s'intéressait à elle. En regardant alentour, elle put même constater que plus d'une mère lui jetait des regards envieux.

— C'est vrai, convint-elle. Eh bien, merci d'avoir pris de nos nouvelles.

Faisait-il ça avec tous les clients ? Quelque chose dans le regard du beau cow-boy lui disait que non. Au fait, comment s'appelait-il ?

— Je ne connais toujours pas votre nom, dit-elle.

— Oh ! veuillez excuser mon impolitesse ! dit-il en lui tendant la main. Je m'appelle Alex.

Nina glissa alors sa main dans la sienne et frissonna de plaisir au contact de sa peau cuivrée par le soleil.

— Ravie de faire votre connaissance, Alex. Je ne sais pas si vous vous souvenez, mais je m'appelle Nina, et mon fils, c'est Cody.

— Je me souviens, dit-il simplement, mais j'apprécie de faire officiellement votre connaissance à tous deux.

Vivement, elle retira sa main. Autant éviter de faire une bêtise. Comme, par exemple, se jeter à son cou.

— Vous devez être fatigué après une journée de travail intensif.

— A vrai dire, je préfère travailler en extérieur que de passer la journée derrière un bureau.

Derrière un bureau ? Elle qui croyait que… Après tout, il devait exister différents emplois sur un ranch. Et elle était bien placée pour savoir qu'il valait mieux ne pas juger les gens sur les apparences.

Et justement, le moment était peut-être venu d'aller droit au but.

— Mon fils est autiste, si vous ne l'avez pas remarqué.

C'était, en général, le moment où les gens déclaraient qu'ils étaient désolés et qu'ils connaissaient un ami qui avait un ami dont l'enfant était autiste, et puis, ils la plantaient là. Voilà pourquoi elle préférait expliquer tout de suite de quoi il retournait, pour faire le tri entre les gens. Bien peu se montraient compréhensifs, hélas !

Alex plongea à nouveau sa cuillère dans le crumble.

— Vous n'avez pas d'explications à me donner.

— La plupart des gens sont curieux, et j'éprouve le besoin de vous le dire avant que Cody pique une de ses crises. C'est plus facile quand les gens comprennent pourquoi.

— Ce camp est là pour lui faciliter les choses. C'est lui qui compte, pas nous, les organisateurs.

Nina écarquilla les yeux en entendant ces paroles. C'était à la fois surprenant et réconfortant.

— Merci. Cette façon d'appréhender les choses est plus rare que vous le pensez.

— Depuis que mon cousin a organisé ce camp, nous avons dû nous informer et nous ouvrir l'esprit.

— Je trouve cet endroit incroyable, et ce n'est que le premier jour !

Alex lui jeta un regard étonné.

— Vous semblez surprise.

— J'espère que vous ne le prendrez pas en mauvaise part, mais je n'ai pas l'âme d'une cow-girl.

— Vraiment ? Je ne l'aurais jamais deviné, dit-il d'un ton pince-sans-rire.

— Ça se voit donc autant ?

Il désigna ses pieds.

— Bottes flambant neuves…

— Nouvelle chemise aussi, répondit-elle en jouant avec son col. J'essaie de m'intégrer pour faire plaisir à Cody, mais apparemment, ça ne marche pas aussi bien que je croyais.

— Vous êtes ici pour aider votre fils à cultiver ses propres intérêts. C'est très bien, quoi que vous portiez.

Nina sentit à nouveau ses beaux yeux plonger au fond des siens. Ce qu'il pouvait être craquant…

Quand Alex finit par se lever, elle ne put s'empêcher d'éprouver une pointe de regret. Ce qui était stupide, puisqu'elle n'était là que pour une semaine. Néanmoins, inutile de se bercer d'illusions. S'imaginer avoir une relation avec lui tenait du pur fantasme, alors autant qu'elle se concentre sur Cody. Voir que ce cow-boy avait manifestement les pieds sur terre ne changeait rien à l'affaire.

Il lui jeta alors un coup d'œil par-dessus son épaule et Nina se sentit subitement comme pétrifiée.

— Ce serait vraiment dommage que vous ne goûtiez pas le crumble aux myrtilles du Hidden Gem, Nina. Que diriez-vous si je vous en apportais une part ce soir ?

Il leva une main.

— Et avant que vous m'accusiez d'être un don Juan avec des idées derrière la tête, nous resterons dans la véranda. Vous pourrez entendre votre fils, s'il se réveille. De plus, c'est un lieu public, vous n'aurez pas à craindre de geste déplacé de ma part.

— Ce genre de service est-il compris dans le forfait ? demanda-t-elle avec un sourire.

— Non, madame. Il vous est réservé.

Il toucha le bord de son chapeau.

— A ce soir, 9 heures.

Etant donné qu'il n'avait aucune idée de la méthode à employer pour persuader Nina Lowery de lui vendre ses parts, Alex avait pris une décision : il allait s'en remettre à son instinct. Hélas ! à cet instant précis, son instinct lui commandait d'entraîner cette superbe femme dans son lit.

Seigneur... Pourquoi sa grand-mère avait-elle attiré au ranch une femme et son enfant handicapé sous une fausse raison ? Il existait des dizaines d'autres façons de procéder. Cependant, maintenant qu'elle était là, l'honnêteté n'était plus de mise.

En la rejoignant à la table du dîner, Alex avait eu envie de tout avouer à Nina. Mais en voyant son regard s'illuminer quand il était venu s'asseoir près d'elle, il n'avait plus eu le cœur de la mettre devant la triste réalité. Du coup, il avait commencé à bavarder avec elle. Impossible de faire marche arrière. S'il lui parlait maintenant, elle l'enverrait promener, ce qui serait une mauvaise nouvelle pour sa grand-mère, et, franchement, pour lui aussi. A quoi bon le nier ? Alex avait envie de mieux connaître Nina. Peut-être que s'il la comprenait, il trouverait le meilleur moyen de l'approcher.

Elle était nerveuse, il le sentait, tout comme il sentait quand un cheval méditait un mauvais coup.

Certes, cette comparaison n'était pas très heureuse. Il avait pourtant remarqué depuis longtemps que sa proximité avec les animaux lui servait dans ses rapports avec les gens. Bref, s'il voulait approcher Nina, il fallait qu'il procède doucement, prenne son temps, en apprenne plus sur elle.

Alors il saurait comment procéder.

Ce qui n'empêchait pas son cœur de battre la chamade à l'idée de la voir.

Alex examina l'allée de bungalows abritant les participants au stage. Si ses informations étaient justes, elle logeait au numéro 8.

Les grillons faisaient tellement de raffut dans la nuit paisible qu'il entendait seulement des sons étouffés en provenance des vérandas. Les invités commençaient déjà à arriver pour le mariage de Stone. Entre eux et les campeurs, d'ici à vendredi, l'endroit serait bondé. Et il n'aurait plus guère de temps libre.

Parvenu au bas des marches du bungalow numéro 8, il examina les deux fauteuils de la véranda, semblables à ceux de la véranda familiale, qui abritait aussi une demi-douzaine de rocking-chairs et quatre balancelles.

Il eut un pincement au cœur. Le remords.

C'était à n'y rien comprendre. Sa grand-mère était une femme droite, qui avait le sens de l'honneur. Comment en était-elle arrivée à avoir une idée aussi machiavélique ? C'était d'autant plus surprenant que Gran était également pleine de bon sens. Malgré les propos rassurants des médecins, sa tumeur troublait-elle son jugement ?

Impossible à dire. Néanmoins, Alex se refusait à la déclarer inapte à prendre des décisions. C'était impensable, tout simplement. Il ne lui restait donc plus qu'à jouer le jeu en espérant que cette histoire serait vite réglée. Ce serait le mieux pour tout le monde.

Le temps de grimper les marches de bois, il gratta à la porte. Tout doucement, pour ne pas réveiller le fils de Nina.

Il entendit alors un bruit de pas qui approchaient, s'immobilisaient, puis reprenaient pour s'arrêter derrière la porte. Mais celle-ci ne s'ouvrit pas.

Nina n'était pas très à l'aise, apparemment.

Elle finit néanmoins par ouvrir et sortit du bungalow. De toute évidence, elle ne l'inviterait pas à entrer. Alex la regarda plus en détail. Elle portait le même jean et les mêmes bottes que tout à l'heure, mais avait échangé sa chemise contre un T-shirt portant l'inscription « Bonjour ! » traduite dans différentes langues.

Il contempla avec envie ses cheveux qui tombaient librement sur ses épaules. Ce qu'elle était belle ! Il aurait pu passer des heures à plonger ses doigts dedans, à les sentir frôler sa peau.

— Le crumble est encore chaud, dit-il, et la glace froide. Nous nous asseyons ?

Nina désigna les fauteuils tout en l'observant d'un air méfiant.

— Oui, mais il ne fallait pas vous donner cette peine.

Il s'immobilisa.

— Vous préférez que je parte ?

— Vous êtes là, et je ne voudrais pas vous priver de votre dessert. Asseyez-vous.

Elle désigna la table.

— Il y a du thé.

— Du thé glacé ?

— Qui m'attendait dans le réfrigérateur grâce à la gentillesse du personnel du ranch.

— Le thé glacé, c'est la boisson emblématique du Sud, dit-il en déposant ses assiettes sur la table.

— J'adore cette coutume !

Comme Nina serrait son verre dans ses mains, Alex se sentit comme aimanté par la grâce de ses doigts longs et fins. Bon sang, s'il commençait à la regarder de cette façon, comment allait-il pouvoir s'en sortir ?

— Qu'est-ce qui vous a amenée au Texas ? parvint-il à demander.

— Comment savez-vous que je ne viens pas d'ici ? répliqua-t-elle en prenant son dessert.

— J'ai vu votre fiche d'inscription, avoua-t-il.

Elle haussa ses délicats sourcils.

— Ce n'est pas très éthique, il me semble.

— Ce n'est pas illégal, et j'avoue que j'avais envie d'en savoir plus sur vous. D'ailleurs, c'est toujours le cas.

— Pour cette fois, je vous pardonne.

Nina prit une bouchée de crumble garni d'une boule de glace et ferma les yeux en poussant un soupir de béatitude. La voir prendre autant de plaisir le fit frissonner de la tête aux pieds.

— Vous savez, je n'ai pas appris grand-chose…

Mais c'était uniquement parce qu'il avait été interrompu dans ses recherches…

— Je me suis juste assuré que je me rendais à la bonne adresse. Vos chambres sont-elles confortables ?

— Très ! On est loin du camping à la dure.

Tout sourire, Nina prit une nouvelle bouchée de crumble.

— Le Hidden Gem s'efforce de conserver une part d'authenticité tout en procurant un certain confort. C'est un ranch de loisirs, pas un hôtel.

A son tour, Alex attaqua son dessert. C'était bon de partager ce moment simple et intime avec Nina, à la nuit tombée.

216

— Je suis sensible au charme du ranch. Je l'entends, même.

Alex la regarda d'un air surpris.

— Que voulez-vous dire ?

— C'est un lieu paisible, expliqua-t-elle. Il est important pour mon fils de ne pas être agressé par trop d'éléments extérieurs.

— A cause de son autisme ?

— Oui. Il est modérément atteint, mais vous avez dû remarquer qu'il parle peu. Malgré ça, il progresse sur le plan scolaire, surtout en art et en lecture. Il n'a que quatre ans, mais il peut se laisser absorber par un livre. En réalité, lire l'apaise… Mais je ne voudrais pas vous ennuyer avec mes problèmes.

— Pas du tout ! s'exclama-t-il. J'avais envie d'en savoir plus. Pardonnez ma curiosité.

— Je vous en prie. Je préfère que les gens posent des questions plutôt qu'ils se fassent des idées fausses. Ou pire, qu'ils jugent sans savoir.

Nina se laissa aller contre le dossier du fauteuil, son assiette sur les genoux. Peut-être allait-elle oser se confier à lui…

— J'ai vite compris que quelque chose clochait chez lui, mais mon ex-mari et ses parents prétendaient qu'il souffrait juste de coliques. Et puis il a rencontré de gros problèmes avec l'acquisition du langage. Il n'arrivait pas à établir de relations avec les autres enfants. Alors il a fallu regarder la vérité en face. Malgré l'avis de mon mari, j'ai consulté. Je ne pouvais pas laisser mon enfant s'enfermer dans sa maladie.

Alex sentit son cœur se serrer. Cette combativité de mère louve, prête à tout pour défendre son petit, était admirable. Mais il se rendait aussi compte d'une chose. Gran avait manifestement sous-estimé la force de caractère de Nina.

— C'est navrant que vous n'ayez pas eu le soutien du père de Cody.

Subitement, les yeux verts de Nina exprimèrent un mélange de détermination et de tristesse qui le troubla.

— Une intervention précoce est tellement cruciale ! J'ai dû me faire l'avocate de Cody contre une famille qui préférait se boucher les yeux.

— Comment a réagi ensuite son père ? ne put-il s'empêcher de demander.

— Il envoyait une pension alimentaire, mais refusait tout contact avec Cody.

Alex sursauta. Pourquoi parlait-elle au passé ?

— *Envoyait ?*

— Il est mort dans un accident de moto, peu après notre séparation.

Un profond silence tomba sur la nuit d'été.

— Je suis désolé, finit-il par dire.

Quel idiot ! Pourquoi employer une expression aussi banale pour exprimer sa sympathie à Nina ? Elle qui avait perdu un mari et s'était retrouvée seule avec la charge d'un enfant handicapé. Décidément, cette femme n'avait pas été épargnée par la vie…

— J'aime à penser qu'avec le temps, il aurait fini par accepter son fils et faire partie de sa vie.

Nina renversa la tête contre le dossier du fauteuil ; ses cheveux roux brillaient sous la lumière du porche.

— A présent, nous ne connaîtrons jamais cette chance.

Alex baissa la tête. Le temps… Voilà un ennemi qu'il avait appris à connaître avec la maladie de sa grand-mère.

— C'est dur de vivre avec des regrets, dit-il.

A vrai dire, il parlait en connaissance de cause. S'il échouait à son épreuve, il s'en voudrait toute sa vie d'avoir laissé Gran partir malheureuse.

Au même moment, Nina secoua la tête comme pour chasser ces idées pénibles et se remit à manger son dessert.

— Assez avec mes histoires ! Il n'y a pas de quoi se lamenter. J'ai un bel enfant que j'aime, un métier agréable, et je n'ai pas de problèmes d'argent. Parlons plutôt de vous. Comment vous êtes-vous retrouvé au Hidden Gem ?

— Ma famille a toujours vécu ici, répondit Alex.

Pour tout dire, il n'imaginait pas vivre ailleurs, surtout après avoir été traîné par ses parents de ville en ville pour participer à des rodéos pendant une partie de son enfance et de son adolescence.

— Et puis, j'apprécie la tranquillité.

— Vous êtes cow-boy professionnel ? Rodéos et tout ?

Oui, il l'avait été. A cause de sa mère qui les avait poussés, sa sœur jumelle et lui, à participer à d'innombrables compétitions, rodéo pour lui, concours de beauté pour Amy. A dix-huit ans, il avait déjà une carrière derrière lui.

— J'en ai fini depuis longtemps avec le rodéo, finit-il par avouer.

— Pourquoi ?

— Trop d'os brisés, répondit-il en haussant les épaules.

Il vit soudain Nina tressaillir.

— C'est affreux ! Comment vous portez-vous aujourd'hui ?

— Bien ! Tout ça, c'est du passé, des trucs de gosse.

Enfant, il ne s'était pas opposé à ses parents qui souhaitaient le renvoyer sur les terrains de rodéos dès qu'on lui ôtait son dernier plâtre. En toute honnêteté, il avait même apprécié la compétition parce qu'il mourait d'envie d'avoir l'attention de ses parents. Et c'était le seul moyen de l'obtenir.

Cependant, lorsque son cheval préféré s'était brisé un membre durant une exhibition et qu'il avait fallu l'abattre, il avait perdu le feu sacré. A cet instant, il s'était rendu compte qu'il participait uniquement pour faire plaisir à ses parents. Alors qu'au fond de son cœur, il rêvait de rentrer au ranch pour communier avec la nature et les animaux.

Mais pas question de s'appesantir sur les mauvais souvenirs. Il les repoussa et lança à Nina :

— Que faites-vous à San Antonio ?

Le brusque changement de sujet parut la surprendre.

— Je suis traductrice, répondit-elle néanmoins. Avant mon mariage, je travaillais à New York, pour les Nations Unies.

Elle joua quelques instants avec une tour Eiffel miniature suspendue à une chaîne en argent autour de son cou.

— Mon mari travaillait à la Bourse, poursuivit-elle. Nous sommes sortis ensemble pendant un an, nous nous sommes mariés et sommes venus nous installer au Texas, son Etat natal.

Nina haussa les épaules.

— A présent, je traduis des romans pour des maisons d'édition étrangères.

— Quelle langue ?

— Espagnol, français, allemand.

Alex ne put s'empêcher d'écarquiller les yeux. Ce n'était pas tous les jours qu'il rencontrait des gens aussi talentueux !

— Très impressionnant !

Nina caressa de nouveau le bijou en forme de tour Eiffel.

— Les mots sont mon univers comme les chevaux sont le vôtre.

Il eut un pâle sourire. Les mots étaient son univers, et pourtant elle avait un fils qui ne communiquait pratiquement pas par la parole.

— En effet, vous êtes une vraie citadine, finit-il par dire. Votre emploi aux Nations Unies ne vous manque pas ?

— Je ne regrette rien, affirma Nina. J'ai la chance d'avoir un travail qui me permet de rester à la maison avec mon fils. Du coup, je n'ai pas à me soucier de caser dans mon emploi du temps les rendez-vous médicaux qui lui sont nécessaires.

— Ses grands-parents vous soutiennent-ils ?

— Mes parents m'aident quand ils le peuvent, mais ils sont âgés et vivent avec peu de moyens dans une communauté de retraités d'Arizona. Quant à ceux de mon ex-mari, ils oscillent de l'idée du traitement miracle à celle de placer Cody dans une institution spécialisée.

— Leur devoir est de vous aider.

Depuis l'inauguration des stages pour enfants handicapés, au printemps, Alex s'était rendu compte du stress éprouvé par les parents, parfois proches du point de rupture. Nina avait vraiment beaucoup de courage.

— J'ai d'excellents amis et voisins. Je vous l'ai dit, il n'y a pas de quoi s'apitoyer sur mon sort.

— Je comprends.

Nina fixa son crumble, et le silence s'éternisa. Enfin, elle leva les yeux.

— C'est courant, chez vous, d'apporter le dessert à vos clients ?

La question demeura suspendue entre eux. Difficile de répondre. Bien sûr, il était là pour accéder au vœu de sa grand-mère, mais il serait venu de toute façon.

Il choisit la franchise.

— Vous êtes la première.

Elle parut surprise.

Il tendit alors la main vers une mèche égarée sur sa joue et la retint un instant avant de la repousser derrière son oreille. Elle recula légèrement, l'air étonné et méfiant, mais sans réussir à dissimuler une petite étincelle dans son regard. Durant un long moment, le silence s'étira à nouveau. Il y avait de la tension dans l'air. Une tension chargée de sensualité. Et s'il l'embrassait pour voir si l'alchimie entre eux était aussi explosive qu'il le pressentait ?

Cependant, la défiance qu'il lisait dans le regard Nina le retint. Pas question de perdre les pédales. Le temps qu'il pouvait passer avec elle était limité. Un geste maladroit, et il perdrait toute possibilité de réussir sa mission.

Par conséquent, il préféra se lever. C'était mieux ainsi.

— Je vais vous laisser vous reposer. On se lève tôt, ici !

Nina se leva à son tour.

— Merci pour le dessert, dit-elle d'une voix tendue. Je suppose que je vous verrai demain.

— Vous pouvez y compter.

Ce n'était qu'un dessert, et un geste amical.

Et elle, comme une idiote, elle s'était liquéfiée devant cet homme qu'elle connaissait depuis quelques heures à peine. Un cow-boy !

Une vraie caricature de la fille au cœur d'artichaut.

Devant l'évier, Nina mangea les dernières miettes du crumble avant de jeter l'assiette en plastique à la poubelle. Surtout, ne pas se retourner. Sans quoi, elle allait regarder Alex s'éloigner. Elle aurait aimé prétendre qu'il s'agissait juste d'attirance physique, mais elle aimait vraiment parler avec lui. Elle aimait même les moments où ils se taisaient.

Du calme ! Peut-être était-elle simplement en manque de relations adultes. Sa vie était centrée sur les rendez-vous de Cody avec les médecins ou les séances de thérapie. Elle voulait lui donner toutes les chances de progresser, mais elle ne pouvait nier que sa vie était bien solitaire, quoi qu'elle ait prétendu devant Alex.

Elle se laissa tomber sur le canapé. Quel bonheur ! Ce bungalow était douillet et confortable sans être kitsch avec son tapis tressé aux vives couleurs et ses lampes qui procuraient une douce lueur. Dans les chambres, sobrement aménagées, des couettes moelleuses invitaient au sommeil.

A ce propos, elle ferait bien de finir de défaire ses bagages avant de dormir.

Elle gagna sa chambre. Sa valise était posée sur un

banc de bois, mais au lieu de s'activer, elle laissa son esprit divaguer vers les rêves qu'elle y avait un jour rangés. Dire que cette valise l'avait accompagnée à l'université, puis à New York ! Elle y avait même collé des étiquettes aux couleurs des pays qu'elle rêvait de visiter.

Quand elle s'était mariée, Warren lui avait offert de nouveaux bagages sans qu'elle réussisse à se séparer des anciens. Après son divorce, elle les avait donnés à une association caritative et repris son ancienne valise. En opérant ce changement, elle avait d'ailleurs eu l'impression de renouer avec ses valeurs.

Soudain, Nina entendit son téléphone sonner, ce qui la tira aussitôt de ses pensées. Elle se rendit dans le salon et se pencha, toute tremblante, pour attraper son sac posé sur la table basse. C'était peut-être un appel d'Alex ! Il n'aurait eu qu'à consulter sa fiche d'inscription pour obtenir son numéro.

Mais en regardant l'écran, elle éprouva tout d'abord une pointe de déception. Ce n'était pas Alex, malheu-reusement, mais son ami Reed. Aussitôt, elle se trouva bête de réagir de cette manière, car c'était adorable à lui de l'appeler. Ils s'étaient rencontrés à un groupe de jeux auquel participaient leurs enfants. Un homme charmant, père célibataire d'une petite fille atteinte de trisomie 21. Son compagnon l'avait quitté parce qu'il ne supportait pas le stress d'avoir un enfant handicapé. Elle-même comprenait parfaitement les séquelles que laisse ce genre de trahison. Depuis, ils se soutenaient mutuellement du mieux possible, mais avaient tous les deux des emplois du temps très chargés. Elle s'assit sur le canapé.

— Salut, Reed, dit-elle en posant ses pieds sur la table basse. Il est bien tard ! Tu vas avoir du mal demain matin à te lever et préparer Wendy.

Propriétaire d'un café-restaurant, Reed emmenait sa fille au travail avec lui quand elle n'allait pas à l'école.

La petite Wendy adorait l'endroit et déployait son charme auprès des clients.

— Je ne suis pas le seul à être debout, lui rappela son ami en riant. Tu avais égaré ton portable ? J'essaie de te joindre depuis deux heures. Je voulais m'assurer que ton voyage s'était déroulé sans encombre.

— Je discutais dans la véranda avec…

Nina se ravisa. Elle n'était pas prête à parler d'Alex à Reed, même s'il n'y avait pas grand-chose à dire.

— Je discutais avec un couple de parents pendant que Cody dort, mentit-elle. Ici, les nuits sont idylliques.

— Comment Cody a-t-il vécu sa journée ?

Ah, voilà l'occasion idéale pour changer de sujet !

— Tout l'enchante. Nous ne sommes ici que depuis vingt-quatre heures, mais j'ai l'impression que Cody va tirer de ce stage des bénéfices très positifs.

— C'est vrai ? Dis-moi tout, j'ai hâte de savoir.

Nina retint un soupir. Que pouvait-elle partager avec lui ? Elle n'allait tout de même pas lui avouer qu'elle comprenait soudain la fascination que les cow-boys exerçaient sur les gens. Enfin, plus précisément, l'attirance qu'elle éprouvait pour un cow-boy en particulier.

Reed était certes un ami, mais pas le genre d'ami à qui confier ces choses.

— Je craignais en venant ici que ce soit un alibi coûteux pour permettre aux parents de se débarrasser avec bonne conscience de leur progéniture. Mais tout est réellement fait pour les enfants.

— Par exemple ?

— Ils organisent des promenades à poney, mais encouragent les parents à suivre leurs enfants afin de les mettre à l'aise. Le menu respecte les goûts des enfants avec une grande variété de choix. Du coup, même ceux qui ont des problèmes avec la texture de certains aliments peuvent en trouver qui leur conviennent.

Quant aux menus adultes, ils étaient tout simplement délicieux, surtout quand ils étaient servis à domicile par un homme séduisant qui vous dévorait des yeux… Nina ne put s'empêcher de sourire. Elle ne s'était pas sentie aussi désirable depuis une éternité.

— C'est fantastique ! s'exclama Reed. Je suis vraiment heureux que tu profites de cette semaine de détente avec des adultes. Tu passes trop de temps seule, cloîtrée chez toi.

C'était vrai, mais elle n'avait pas envie de s'appesantir sur des pensées négatives.

Nina ôta ses pieds de la table avant de demander :

— Je suppose tu m'appelles pour une raison précise…

— A tes yeux, prendre de tes nouvelles n'est pas une raison suffisante ?

— Si, bien sûr ! Mais je sens dans ta voix que quelque chose te tracasse, répondit-elle en suivant du doigt le dessin rose et vert d'un coussin.

— Ta belle-mère a téléphoné. Elle est passée chez toi et s'est rendu compte que tu n'étais pas là. Elle a de nouveau essayé dans la soirée.

— Que lui as-tu dit ?

Nina fronça les sourcils. A vrai dire, tout cela ne la surprenait pas. Ses beaux-parents n'approuvaient pas son choix de garder Cody à la maison, ce qui lui valait toujours des critiques. Ils n'étaient jamais à court d'arguments pour prouver qu'elle avait tort.

— Que tu étais partie pour un long week-end avec Cody. Elle voulait savoir où. Je lui ai conseillé de t'appeler pour en savoir plus long.

— Merci.

Avec un soupir, elle s'allongea sur le canapé, la tête sur les coussins.

— Cesse de t'inquiéter, dit Reed. Ils n'obtiendront pas la garde de Cody. La justice ne trouvera pas de raison valable pour le leur confier.

— Merci encore. J'ai l'impression de me répéter, mais mes remerciements sont sincères.

Nina fixa le ventilateur du plafond qui projetait des ombres indécises dans la pièce tandis que l'écho lointain d'un groupe de musique lui parvenait telle une berceuse.

— Ils ne l'aiment pas vraiment, ajouta-t-elle. Ils sont juste poussés par l'intérêt. Tout ce qu'ils voudraient, c'est l'enfermer dans une institution et contrôler son héritage.

— Je sais, et n'importe quel juge traitant l'affaire le comprendrait. Quand mon compagnon a menacé de cesser de payer la pension alimentaire, mon avocat m'a harcelé pour que je tienne un journal, expliqua Reed. Il faut rendre compte par le menu de ton emploi du temps et de tes sorties. Ainsi, tu as la réalité avec toi et tu mets les chances de ton côté.

— Bien, monsieur, lança-t-elle sur le ton de la plaisanterie. Et maintenant, cesse de t'inquiéter pour moi et va dormir !

— Toi aussi. Et n'oublie pas de prendre des tas de photos de Cody.

— Certainement. Embrasse la petite Wendy pour moi, et dis-lui que je lui rapporterai un cadeau.

— Je n'y manquerai pas, dit-il d'une voix pleine de tendresse.

Nina sentit son cœur fondre. Reed aimait sa fille, c'était indéniable.

— Tu es un super ami, dit-elle.

Et un type formidable. Quel dommage que leurs orientations sexuelles soient si différentes !

— Bonne nuit et merci.

Sur ces mots, elle raccrocha.

La vie était drôlement faite ! D'un côté, elle avait un excellent ami avec qui elle n'aurait jamais de relations sexuelles. De l'autre, elle était face à l'homme le plus sexy de la terre, mais pour une semaine seulement. Dommage que les passades amoureuses ne soient pas sa tasse de thé.

Pourtant, le souvenir brûlant de la brève caresse d'Alex la poussait à se poser une question. Et si elle se laissait tenter, juste une fois ?

- 3 -

Alex posa ses bottes sur le bureau de l'écurie. Autour de lui, c'était la routine matinale habituelle. Hélas ! tourmenté comme il l'était par la pensée de Nina Lowery, il n'arrivait pas à s'y intéresser.

Il avait passé une bonne partie de la nuit dans un hamac à regarder les étoiles tout en essayant de se calmer. Au lever du soleil, il était parvenu à une conclusion : de toute façon, il ne pourrait pas dissimuler éternellement son identité à Nina. Il allait même la lui révéler dans les heures à venir. A partir de là, il aviserait. Même s'il comptait bien régler cette question d'actions, elle n'avait aucune raison d'avoir peur de lui.

Car elle lui plaisait vraiment.

Mais que faire de cette attirance ? Ah ! s'ils s'étaient rencontrés ailleurs qu'au ranch, tout aurait été plus simple ! Seulement, cela ne serait sans doute pas arrivé. Il quittait si rarement ce coin de terre !

De là où il se trouvait, il avait une vue imprenable sur l'espace ouvert de la grange. Fatigués par une promenade et un pique-nique, les enfants sommeillaient sur des matelas. Et pour ceux qui ne dormaient pas, un grand écran télé diffusait des dessins animés.

Alex examina ces murs qu'il connaissait si bien. Comme dans toutes les écuries, des selles étaient alignées sur des supports tout le long du couloir. Chacune présentait toute une variété de motifs allant des roses à la vigne, en passant par des scènes entières. Certaines selles arboraient même des pommeaux en corne quand d'autres étaient incrustées de clous d'argent et de cuivre. De vrais petits chefs-d'œuvre d'artisanat, dignes des anciens *vaqueros*. Il eut un sourire. Ce lieu, il le connaissait par cœur. Il en avait exploré les moindres recoins alors qu'il n'était pas plus vieux que les gosses qui dormaient là.

A ce propos…

C'était le moment idéal pour dévoiler son identité à Nina. Il devait le faire avant de prendre toute autre décision la concernant. Allez, en avant.

Une fois debout, Alex longea le couloir et passa devant une table où séchaient des objets en papier mâché. Assise en tailleur près de son fils, Nina lisait sur une tablette.

Saisissant au passage une bouteille d'eau sur la table du goûter, il se dirigea vers elle en slalomant au milieu des enfants endormis. Et tout en progressant vers elle, il savoura le spectacle qui s'offrait à lui.

Elle avait relevé ses cheveux en chignon. Des mèches rousses et bouclées retombaient sur son front et sa nuque. Ah ! si seulement il pouvait explorer cette somptueuse chevelure ! Mais au fait, que pouvait-elle bien lire ?

A vrai dire, il avait envie de le savoir autant que de glisser ses doigts dans ses cheveux.

— Il faut vous hydrater, dit-il en lui tendant la bouteille.

Elle leva les yeux de sa tablette, et son regard exprima d'abord de la surprise, puis du plaisir. Elle était heureuse de le voir, manifestement. Rien ne pouvait le rendre plus content !

— Merci, mais regardez…

Elle posa sa tablette et ouvrit son sac. A l'intérieur, trois bouteilles d'eau de source.

— Pour l'eau, je suis parée, comme vous pouvez le constater !

— Je vois. Sinon, que lisez-vous, si ce n'est pas indiscret ?

— *Madame Bovary*.

— En français ?

Elle se tapota la tempe.

— Je dois m'entretenir.

Au même moment, Cody remua sur son matelas.

Alex s'immobilisa et attendit que l'enfant replonge dans le sommeil avec un soupir. Après quelques instants d'hésitation, Nina se leva. Il indiqua la porte de la tête d'un air interrogateur. Comme elle rangeait sa tablette dans son sac et en sortait une bouteille d'eau, il eut l'impression d'avoir gagné une bataille. Elle le suivit jusqu'aux portes grandes ouvertes qui laissaient un souffle de vent pénétrer dans la grange.

Dehors, elle leva sa bouteille et tapa légèrement la sienne comme pour trinquer.

— J'apprécie votre attention, même si j'avais tout prévu !

— Vous êtes organisée, admit-il.

Tout comme lui. Il fallait de la rigueur pour diriger cet endroit.

— Je ne l'ai pas toujours été, mais il le faut à présent…

Elle jeta à son fils un regard rempli d'amour et d'attention.

— Cody dépend entièrement de moi.

Alex sentit son cœur se serrer. Nina semblait si fatiguée, la pauvre… Il eut envie de lui caresser la joue pour la réconforter.

— Je suis navré que vous ne receviez pas davantage de soutien des familles. La famille, c'est… tout.

Comme s'il avait besoin qu'on lui rappelle ce qui se jouait en ce moment même. Un silence gêné tomba entre eux.

Il baissa la tête. Ce n'était vraiment pas de chance. Il avait rencontré une femme qui lui plaisait mais sa famille lui mettait des bâtons dans les roues. Oh ! à vrai dire, il n'était pas certain qu'elle veuille de lui, loin de là. Elle semblait attirée, mais en même temps méfiante. A juste titre.

Soudain, Alex reçut une grande tape sur l'épaule. Il se retourna. C'était Billy, un employé du ranch.

— Est-ce que je peux prendre mon après-midi pour assister au concours d'orthographe de ma fille ?

— Allez-y, Billy, je me débrouillerai sans vous.

— Merci. Ma femme m'aurait arraché les yeux, si je n'étais pas venu !

Le sourire de l'employé s'élargit.

— Je mettrai les bouchées doubles demain.

— Ce ne sera pas utile. Souhaitez juste bonne chance de la part d'oncle Alex à votre petit génie.

— Je n'y manquerai pas, patron !

Alex grimaça. *Patron*. Oh non… Tant pis pour sa décision de mettre Nina au courant. Il baissa la tête. Comment allait-elle réagir ? Bon sang ! Pourquoi ne lui avait-il pas parlé plus tôt ? Quel crétin !

Autant se préparer au pire. Pour être honnête, il ne pouvait rien reprocher à sa grand-mère : c'était entièrement sa faute s'il se retrouvait dans cette situation… Sauf qu'en levant les yeux, il ne lut aucune colère dans le regard de Nina.

Juste de la curiosité. Comment était-ce possible ?

— Vous vouliez me parler ? demanda-t-elle.

Il faillit sursauter. Apparemment, elle n'avait pas pris au sérieux l'expression de Billy. Il devait néanmoins clarifier la situation avant qu'elle ne lui explose à la figure. Allez.

— Allons dans un endroit plus tranquille.

— Bien sûr, dit-elle en regardant autour d'elle avec nervosité. Mais je dois surveiller Cody.

— Naturellement.

Ni une ni deux, Alex la prit par la main et l'entraîna vers un enclos situé quelques mètres plus loin. De là, Nina pourrait garder un œil sur Cody.

— Pourquoi ce soudain déploiement d'activité sur le ranch ? demanda-t-elle en s'appuyant contre la barrière.

— C'est que nous accueillons des événements importants. Des réceptions, des dîners, des mariages.

Sur le dernier mot, Alex ne put réprimer une grimace.
Ils allaient accueillir prochainement un mariage très
particulier. Celui de Stone et Johanna.

— Même pendant le stage ?

— Eh oui. Nous disposons de beaucoup de place et
avons l'intention de continuer à nous en servir.

Ce qui lui rappela la mission que lui avait confiée Gran.
Ainsi que l'horrible projet des Lowery de transformer le
ranch en parc d'attractions.

— Quel événement allez-vous accueillir ?

— Un mariage.

A vrai dire, il n'éprouvait plus de sentiments pour
Johanna. Ce qui le gênait, dans cette histoire, c'était le
malaise qui subsistait entre eux.

— Je parie que votre imagination de citadine s'emballe
à l'idée d'une noce à la campagne ! ajouta-t-il.

Au même instant, il vit frémir les lèvres de Nina.

— M'accuseriez-vous de donner dans le cliché ?

— Si vous aimez le quadrille, répliqua-t-il avec un
clin d'œil.

A ces mots, Nina éclata de rire et Alex se sentit frissonner. Bon sang ! A quoi bon se mentir ? Il avait envie
de passer du temps avec elle. Il fallait qu'il arrive à faire
coïncider l'exigence de sa grand-mère avec son désir d'avoir
une aventure avec cette femme. Mais comment faire ?

— Vous savez, Nina, dit-il en posant un pied sur la
poutre inférieure de la barrière à laquelle il s'appuyait, nous
offrons beaucoup d'activités, y compris pour les parents.

Elle le regarda à travers ses longs cils.

— Je sais. J'ai lu soigneusement la brochure ainsi que
le petit topo accompagnant la fiche d'inscription.

— Un petit séjour au centre de remise en forme pendant
que votre fils fait la sieste, ça ne vous tente pas ? lança

Alex. Vous pouvez aussi faire appel à une baby-sitter expérimentée pour sortir le soir.

Nina demeura quelques instants silencieuse.

— Je suis ici pour Cody, finit-elle par dire, pas pour moi. Je suis incapable d'abandonner, même pour peu de temps, mon rôle de mère.

Alex hocha la tête. C'était compréhensible. Bien sûr, il n'était pas question qu'elle néglige son fils. Il savait trop bien ce que ressent un enfant laissé de côté.

— Et les leçons d'équitation ?

— Pardon ?

— Si vous voulez faire partie de l'univers de votre fils, il faut vous familiariser avec les chevaux. Cody dort, et l'écurie est juste à côté.

Sans attendre, il appela une jument parmi les plus douces du ranch. Un peu enrobée, la robe chocolat, elle vint vers eux d'un pas nonchalant. Naturellement, il était conscient que ce n'était qu'une diversion pour repousser le moment de parler à Nina. Seulement, il ne pouvait pas résister au plaisir de profiter de ce qui serait peut-être ses derniers moments avec elle. Alors à quoi bon lutter ?

— Acceptez-vous de faire connaissance avec un de nos chevaux ?

Nina regarda l'animal et, mettant ses mains dans son dos, secoua la tête.

— Non merci.

Alex haussa les sourcils. En voilà une surprise ! Il n'avait pas envisagé un seul instant qu'elle puisse refuser. Sauf si…

— Auriez-vous peur des chevaux ?

— Plus hésitante qu'effrayée. Je ne peux pas dire que je partage la fascination de mon fils pour eux.

Effectivement, il ne sentait pas chez elle une aversion pour ses animaux préférés. Plutôt de la nervosité due au manque d'expérience. L'idée de l'initier lui plaisait beaucoup.

— Même si vous n'êtes pas fan d'équitation, je sens que vous avez envie d'en savoir plus sur l'univers de votre enfant.

A ces mots, Alex prit les mains de Nina et les serra. Mais pourquoi diable ne lui disait-il pas qui il était ? Au lieu de ça, il regardait le reflet du soleil jouer dans ses yeux verts et s'obstinait à se taire.

— Inutile de précipiter les choses, dit-il.

— Que voulez-vous dire ? répondit-elle en déglutissant difficilement.

— Qu'il suffira pour le moment que vous fassiez la connaissance d'Amber.

Doucement, il guida sa main sur l'encolure de la jument. La peau de Nina était si douce qu'il rêvait d'explorer le reste.

— La sentez-vous sous vos doigts ? C'est un amour.

Nina caressa la jument prudemment, presque avec respect. Mais on la sentait peu rassurée.

— A vrai dire, je suis un peu montée à cheval quand j'étais enfant, mais je me souviens surtout de ma frayeur et de la douleur quand je suis tombée. C'est drôle, je pensais que son poil serait rugueux, mais sa robe est douce comme du satin.

Alex ne put s'empêcher de sourire. Nina ne fréquentait pas les chevaux, et pourtant, elle était venue passer une semaine dans un ranch, pour l'amour de son fils. C'était très beau.

— Je sens battre son cœur ! s'exclama-t-elle.

Il laissa sa main sur la sienne, observant son ravissement.

— Elle entend le vôtre, dit-il.

Soudain, il lut le désir qui perçait dans son regard. Comme s'il y avait de l'électricité dans ses beaux yeux.

Impossible de résister plus longtemps. Sans attendre, Alex se pencha vers elle et l'embrassa. Un simple baiser, car quelqu'un pouvait entrer à tout moment dans l'écurie. Seulement, c'était sa dernière chance avant de devoir lui révéler le projet de sa grand-mère. Et l'idée de ne jamais pouvoir goûter ses lèvres lui était insupportable.

Nina était comme une source vive au printemps. Il la prit par les épaules et reçut un choc, comme s'il avait été éjecté par un cheval et avait atterri sur la tête. Il mourait d'envie de la serrer plus fort contre lui, mais l'endroit était mal choisi. Heureusement, en réalité, parce qu'il devait toujours lui parler. Il ne pouvait pas continuer dans cette voie. Mais ce qu'elle était belle ! Hélas ! une question demeurait. Si elle refusait de le revoir en apprenant son identité, que ferait-il ?

Au même instant, les cris d'un enfant déchirèrent l'air paisible, et Alex sentit Nina se crisper dans ses bras.

— Cody, dit-elle contre ses lèvres. C'est mon fils !

Les cris montaient en intensité. S'arrachant de ses bras, elle courut vers la grange.

Nina tenta de se maîtriser malgré la panique. Hélas ! c'était plus facile à dire qu'à faire. L'odeur de foin et de poussière menaçait de la suffoquer à chaque inspiration. Au lieu de se laisser embrasser par un quasi-inconnu, elle aurait mieux fait de veiller sur son fils.

Dans la grange, elle chercha Cody des yeux. Une chance, elle finit par le découvrir au fond de la bâtisse, avec des enfants qui faisaient la queue pour aller aux toilettes.

Son soulagement fut tel qu'elle crut s'évanouir. Il était sain et sauf, mais en pleine crise d'angoisse. Il avait eu besoin d'elle, et elle n'était pas là. C'était irresponsable de sa part. Voilà le genre d'incident que ses beaux-parents pourraient mettre en avant pour obtenir la garde du petit.

Nina se sentit frémir de la tête aux pieds. Et si un détective à leur solde était en train de l'épier à l'instant même ? Elle s'était efforcée de tenir son voyage secret, mais ses beaux-parents avaient de la ressource.

Alex arriva alors à sa hauteur. Une fois près de Cody, il s'agenouilla devant lui, sans le toucher.

— Que se passe-t-il, bonhomme ? demanda-t-il.

Cody tapait du pied de plus en plus fort en criant. Les deux animateurs s'écartèrent pour lui donner de l'espace et se tournèrent vers elle avec un haussement d'épaules.

Nina résista à l'envie de courir vers Cody. Les mouvements brusques pouvaient le déstabiliser davantage. Mais l'intervention d'Alex semblait le calmer, ouf !

— Pas… son tour ! hoqueta Cody.

— Tu peux m'expliquer ?

Sans lever les yeux, son fils désigna un garçon qui portait un appareil orthopédique aux jambes.

— Passé… devant, continua Cody, le visage inondé de larmes.

— Les règles et l'ordre le rassurent, murmura-t-elle.

Nina regarda autour d'elle. La psychothérapeute du camp, une jeune femme blonde et mince, intervenait déjà avec douceur pour ramener le calme. Voyant qu'Alex s'occupait de Cody, elle réconforta le jeune garçon qui était passé devant tout le monde sans le faire exprès. Ou peut-être pas. Au-delà de leurs handicaps, les enfants restaient des enfants. Néanmoins, animateurs et thérapeutes semblaient tout à fait à même de gérer leurs problèmes particuliers. C'était rassurant.

Nina vit alors la thérapeute se tourner vers son fils.

— Cody, dit-elle doucement mais fermement, respire avec moi. Profondément, comme moi.

En une vingtaine de lentes inspirations et expirations, Cody avait repris le contrôle de lui-même. Pour tout dire, cette crise n'était pas la pire qu'il ait connue. Mais la jeune femme avait su agir au moment adéquat.

— Merci beaucoup, dit Nina en s'agenouillant près d'elle.

Là-dessus, elle regarda Alex.

— Et merci pour être arrivé si vite près de lui.

Elle se força à croiser son regard. C'était plus difficile qu'elle n'aurait cru après ce qui avait été un innocent baiser. Mais elle avait ressenti davantage… pour la première fois de sa vie. Même si elle n'avait pas connu beaucoup de premiers baisers, celui-là était, de très loin, le meilleur.

Et le plus inattendu.

Bref, c'était une expérience qu'elle désirait vivement renouveler. Mais si cela devait avoir des conséquences graves pour Cody, elle y réfléchirait à deux fois avant de se comporter comme une idiote.

— Je vais emmener Cody se reposer dans notre bungalow, ajouta-t-elle en se relevant.

Mais, au moment de partir, se retourna vers Alex.

— Au fait, merci de m'avoir présenté Amber. Et merci d'avoir aidé mon petit bonhomme.

— Je vous en prie.

Alex posa alors une main sur son épaule, ce qui eut pour effet de la troubler encore plus. Oh non, pas encore…

— Quand votre fils dormira, me permettez-vous de passer chez vous ?

Nina fronça les sourcils. Qu'est-ce qu'il s'imaginait ? Qu'ils allaient coucher ensemble à cause d'un simple baiser ? D'accord, ce n'était pas un simple baiser. Mais ce n'était pas une raison !

Considérait-il ce camp comme un réservoir de mères célibataires en mal de tendresse ?

— Je ne crois pas que ce soit une bonne idée, répondit-elle simplement.

— Je viendrai seulement vous apporter un dessert, promis, précisa-t-il. D'ailleurs, j'ai à vous parler.

— Dites-moi tout de suite, insista-t-elle.

L'espace d'un instant, Alex sembla hésiter. Une lueur indéfinissable passa dans ses yeux bleus.

— Il y a trop de bruit ici. Et puis Cody est encore un peu nerveux. Le moment est mal choisi.

— D'accord. Mais si vous venez, c'est juste pour le dessert. Rien de plus, insista Nina.

En réalité, elle brûlait d'envie de voir Alex à un moment où son fils dormirait, en sécurité sous son toit. Les moments où elle pouvait être femme étaient si rares…

Il effleura le bord de son chapeau.

— Rien de plus, à moins que vous ne changiez d'avis.

Alex quitta la maison par la porte de derrière avec un récipient contenant deux parts de gâteau à la framboise et au chocolat. Il devait mettre fin à ce petit jeu s'il voulait qu'elle lui pardonne. Avec un peu de chance, il pourrait lui voler d'autres voluptueux baisers. Mais lui en laisserait-elle la possibilité après ce soir ?

Il s'apprêtait à traverser la terrasse où des torches tenaient à distance les moustiques et s'arrêta net. Non loin de là, Amy, Johanna et Stone étaient installés à une table. A tout autre moment, il se serait assis avec eux, trop content de l'occasion de prouver une fois de plus qu'il était sincèrement heureux pour Johanna et Stone, qu'il était passé à autre chose. Ces deux-là étaient faits l'un pour l'autre, ça crevait les yeux.

Soudain, il vit sa sœur Amy lui faire signe.

— Viens ! Nous t'attendions.

Alex fit une grimace. Une embuscade familiale ? Super !

— Pas le temps. Ce sera pour une autre fois.

Sa jumelle, obstinée comme à son habitude, secoua la tête faisant voler sa queue-de-cheval brune d'une épaule à l'autre.

Un chat tigré sauta de ses genoux.

— Tes occupations peuvent attendre, dit-elle en tirant une chaise. Il faut qu'on discute.

Alex fit la moue. Et s'il disait non ? Trop peu de gens tenaient tête à Amy, après tout. Mais ce qu'elle avait à lui dire était peut-être en rapport avec leur grand-mère.

Ou bien avec le mariage imminent.

Alex posa son récipient sur la table.

— D'accord, mais fais vite.

Stone avait passé un bras sur le dossier de la chaise de Johanna.

— J'ai entendu Gran te convoquer chez elle, dit Amy.

Eh bien… Les nouvelles allaient vite dans cette maison. Que savaient-ils au juste ? Pas grand-chose, s'ils en étaient réduits à le faire tomber dans un piège pour le faire parler.

— Nous avons juste déjeuné ensemble, lâcha-t-il.

Pas question de révéler la teneur de sa mission. Ce ne serait pas juste vis-à-vis de Nina.

— Comment était Gran ? s'enquit Amy en jouant avec un pendentif orné de diamants suspendu à son cou. Elle est allée chez le médecin aujourd'hui, et ça l'a tellement fatiguée qu'elle ne veut voir personne.

Alex se crispa. Cela n'annonçait rien de bon…

— Elle paraissait lasse, mais pleine de détermination.

Voyant le chat tigré se diriger subitement vers le jardin, Johanna partit à sa recherche. Ils étaient désormais tous les trois. Les petits-enfants McNair au grand complet.

— Alors ? insista Amy. De quoi avez-vous parlé ?

Bras croisés sur la poitrine, Alex se renversa contre le dossier de son fauteuil.

— Pourquoi fais-tu une montagne de ce déjeuner avec Gran ?

— Nous sommes jumeaux, et nous nous sommes toujours tout dit.

Il sentit alors que Stone le dévisageait, les paupières à demi fermées.

— Tu nous évites à cause du mariage ?

Alex se tourna vers son cousin. Pourquoi Stone tenait-il à remettre le sujet sur le tapis ? Heureusement que Johanna était toujours à la poursuite du chat.

— Ecoute, j'ai été clair. Je suis heureux pour vous, et je suis sincère, se contenta-t-il de dire.

Mais puisqu'on en était là, autant se lancer.

— De plus, j'ai demandé à une amie d'assister avec moi à votre mariage.

— Qui ?

— Tu ne la connais pas.

Stone sembla alors se détendre.

— C'est une bonne nouvelle. Tu es tellement impassible qu'on ne sait jamais à quoi tu penses. Et puis, nous sommes tous nerveux avec l'installation du nouveau P-DG et la maladie de Gran…

Au même moment, Amy se redressa brusquement.

— Gran t'a parlé de ton épreuve, c'est ça ?

Alex secoua la tête. Sa sœur était capable de lire dans son esprit. Et, la plupart du temps, la réciproque était vraie. Mais cette fois, il s'était laissé surprendre.

— Amy…

— Je le savais ! s'exclama-t-elle en battant des mains. Ma vie est mortellement ennuyeuse, en ce moment. Alors, raconte ! Qu'est-ce que Gran exige de toi ?

— Si tu tiens à le savoir, demande-le-lui, répondit-il en se levant d'un bond. Mais, à mon avis, si elle voulait que tu sois au courant, elle t'aurait conviée à ce déjeuner. Maintenant, si vous voulez bien m'excuser, j'ai un rendez-vous et je suis en retard.

Il avait dix minutes de retard.

Installée dans un rocking-chair de la véranda, Nina essayait de se persuader que ça n'avait pas d'importance.

En vain. Après avoir mis Cody au lit, elle avait consacré la dernière heure à se doucher, à troquer sa tenue contre un short blanc et un chemisier de soie qui découvraient ses bras et ses jambes. Elle s'était maquillée et avait même lissé ses cheveux. Tout ça à cause du baiser d'un homme qu'elle ne côtoierait que quelques jours.

Et ensuite ?

Que serait sa vie quand elle regagnerait San Antonio sans autre bagage que des souvenirs ? Cette perspective la glaçait.

Elle décida de rentrer. Pas question de paraître trop empressée de le voir, ou pire, aux abois.

Malgré tout, quand elle entendit un bruit de pas dans l'escalier de bois, son cœur fit un bond. Une main sur la poitrine, elle s'efforça de se dominer. Allons, du calme. Mais tout d'abord, elle devait se montrer honnête avec elle-même.

Oui, Alex lui plaisait. Beaucoup même. Et, visiblement, l'attirance était réciproque. Sur ce point, elle ne se trompait pas. Et puis, il était très différent de son ex-mari né avec une cuillère d'argent dans la bouche. Alex, lui, avait les pieds sur terre.

Et il frappait à sa porte.

Il fallait absolument qu'elle se reprenne.

Avant d'aller ouvrir, Nina s'empara d'un magazine qu'elle ouvrit sur la table pour faire croire qu'elle lisait tranquillement. Puis elle sortit. La véranda était un endroit sûr pour rencontrer un homme qui lui plaisait beaucoup trop. Enfin, en principe.

Le temps de saluer Alex, Nina prit le récipient qu'il lui tendait, lui indiqua un fauteuil et s'assit à son tour. A ce moment, elle aperçut la carafe de limonade qu'elle avait posée sur la table avec deux verres un peu plus tôt. Mince, il allait comprendre qu'elle était impatiente le recevoir.

Décidément, elle révélait trop de ses sentiments, et trop vite. Il était temps de rectifier le tir.

— Que vouliez-vous me dire, Alex ?

— Vous alors, s'exclama-t-il, on peut dire que vous n'y allez pas par quatre chemins !

— Plus tôt vous me direz, plus vite j'aurai mon dessert !

Malgré sa nervosité, elle préférait alléger l'atmosphère. Mais était-ce bien honnête de la part d'Alex d'être si séduisant en jean et T-shirt, son Stetson posé sur un genou ?

— Il y a des malentendus entre nous, dit-il, et je ne voudrais surtout pas que vous vous imaginiez que je vous ai sciemment trompée.

Soudain, une éventualité qui ne l'avait pas effleurée s'empara de son esprit. Elle se sentit aussitôt remplie de honte, de colère, et de déception. Oh non ! Quelle idiote elle était…

— Vous êtes marié ! s'exclama-t-elle en plongeant son visage dans ses mains. J'aurais dû me renseigner. Mais comme vous ne portiez pas d'alliance…

Tout à coup, elle sentit qu'Alex attrapait son poignet.

— Non, je ne suis pas marié.

Doucement, il lui fit baisser les mains et les garda entre les siennes.

— Et je ne l'ai jamais été.

— Oh ! fit-elle avec un rire nerveux. Vous essayez de me dire que vous avez une liaison…

— Je n'ai pas de liaison.

Le soulagement qui l'envahit était tel qu'elle faillit se jeter à son cou et l'embrasser, se serrer contre lui, sentir son corps se lover contre le sien…

Nina tâcha immédiatement de chasser cette idée de son esprit. Ce n'était pas le moment de perdre les pédales. Elle devait écouter ce qu'il avait à lui dire.

— Ce n'est pas très important, dit-elle. Nous venons juste de nous rencontrer, et ce n'est pas comme si… enfin…

— Et avant que vous posiez la question, dit-il en écartant la table pour se rapprocher d'elle, je suis hétéro.

Sentir le genou d'Alex frôler le sien la fit délicieusement frémir. Il était si proche qu'elle devinait l'ombre de sa barbe naissante. Ah ! si seulement elle pouvait passer sa main sur son beau visage, juste une fois !

— Ecoutez, vous pouvez tout me dire. Ça ne me gênerait pas que…

Alex se pencha alors vers elle et plongea ses yeux bleus dans les siens.

— Je suis cent pour cent hétérosexuel, et cent pour cent attiré par vous.

L'air chaud et humide de la nuit se chargea de sous-entendus très excitants. Nina frémit. Autant l'avouer : elle désirait Alex, sans équivoque. Elle désirait avoir une aventure passionnée et sans complications avec un simple cow-boy qu'elle ne reverrait jamais. Un homme à l'opposé de l'enfant gâté qu'avait été son ex-mari. Un homme à qui elle dirait adieu dans quelques jours et qui lui laisserait de merveilleux souvenirs.

— J'en suis heureuse, dit-elle en serrant ses mains.

— Je tenais à ce que vous le sachiez avant que je vous apprenne une autre nouvelle. Je ne suis pas un employé du ranch, mais un membre de la famille McNair, propriétaire du lieu.

4

Nina resta un instant bouche bée.

Le chant grave et profond des grenouilles remplit le silence tandis qu'elle s'agrippait aux accoudoirs du rocking-chair. C'était bien la dernière chose qu'elle s'attendait à entendre. Si elle s'en tenait à son expérience avec ses ex-beaux-parents, les milliardaires ne travaillaient pas en jean poussiéreux et T-shirt usé.

Hélas ! elle avait beau se persuader que ce n'était pas si grave, elle se sentait profondément trahie. En y réfléchissant, pourtant, elle aurait pu s'en douter. Après tout, l'un des employés avait bien appelé Alex « patron », non ?

Il était donc l'héritier de la famille McNair, propriétaire du Hidden Gem Ranch, et non un sympathique cow-boy qui travaillait tout simplement pour vivre. Et, de ce fait, c'était le dernier genre d'homme avec qui elle pouvait envisager d'avoir une aventure.

— Vous êtes sérieux ? Votre famille possède le Hidden Gem Ranch ?

— Ainsi que Diamonds in the Rough. Oui, mes cousins et moi, nous gérons ensemble un empire. Et mon domaine, c'est le ranch.

— Et le reste ?

— Mon cousin Stone était P-DG de Diamonds in the Rough avant qu'il ne crée le camp. Amy, ma sœur jumelle, travaille comme créatrice pour la compagnie.

Nous possédons tous des parts, mais notre grand-mère est majoritaire.

Elle ferma les yeux pour mieux assimiler les paroles d'Alex. Avait-elle refusé d'entendre le mot « patron » parce qu'elle ne voulait pas affronter la réalité. Ou était-elle si subjuguée qu'elle avait perdu tout bon sens ?

Autant voir les choses en face : obsédée par son rêve de cow-boy simple et bon, elle avait tout avalé. Et maintenant, ce rêve volait en éclats. Alex était un riche homme d'affaires, exactement comme son ex-mari. Pas question de lui parler une seconde de plus !

— Pourquoi m'avez-vous induite en erreur ? demanda-t-elle néanmoins.

Elle crut voir passer dans ses yeux l'ombre d'un remords. Mais en réalité, elle n'était plus sûre de rien, pas même de ce qu'elle pensait.

Alex posa alors une main sur son bras et, voyant qu'elle ne se dérobait pas, le serra légèrement.

— Vous ne m'avez pas reconnu. Comme j'ai rarement l'occasion de passer pour un homme ordinaire, j'ai voulu en profiter. Beaucoup de gens autour de moi ne voient que mon argent.

Nina baissa la tête. Cette explication se tenait. Elle avait très envie de l'accepter et de se bercer de l'illusion qu'une aventure d'une semaine, ou peut-être plus, était encore possible. Malgré tout, le mensonge par omission d'Alex l'irritait.

— Je comprends, mais ce n'est tout de même pas très correct.

— Autrement dit, vous refusez mon dessert ? demanda-t-il avec un petit sourire.

Elle sentit des frissons de plaisir parcourir tout son corps. Décidément, cette voix aux accents caressants la rendait folle ! Mais avait-elle le droit de se laisser entraîner par cette attirance ? Peut-être que oui, après tout…

— Pas du tout, dit-elle. Faute avouée est à moitié pardonnée !

— J'en suis heureux, Nina, s'exclama Alex. Et je vais m'efforcer de me faire pardonner entièrement.

— Pour être franche, si vous m'aviez révélé d'emblée que vous étiez un McNair, je vous aurais probablement pris pour un affabulateur.

Il fit semblant de frissonner d'horreur.

— Ça aurait été dommage !

A ces mots, Nina le dévisagea attentivement en essayant de faire coïncider ces nouvelles informations avec ce qu'elle savait de lui.

— Alors comme ça, vous n'êtes pas un employé du ranch. Vous paraissez tellement simple.

— Je suis un patron qui met la main à la pâte. Et j'ai la nette impression que ça vous dérange.

— Je suis juste… déconcertée.

Là-dessus, Alex se pencha, les coudes sur les genoux, et finit par soupirer :

— C'est agréable de pouvoir parler avec quelqu'un qui se moque des affaires des McNair.

— Sans doute…

— Mais vous êtes tout de même mal à l'aise.

— J'essaie de m'adapter. Vous vivez dans cette belle demeure…

D'un geste de la main, elle désigna la maison.

— Personnellement, je préfère les cottages.

Même si son fils était à la tête d'un héritage qui lui permettrait d'avoir un logement beaucoup plus luxueux. Cependant, jusqu'à ce qu'elle sache ce que l'avenir réservait à Cody, elle devait gérer ses biens prudemment pour le cas où il serait incapable de s'assumer seul.

— Oui, je vis dans la partie de la maison réservée à ma famille.

246

Alex posa son chapeau sur la table et reprit la main de Nina qu'il garda serrée, cette fois.

— Mais ce n'est qu'un assemblage de briques, de mortier et de rondins. Elle ne résume pas ce que nous sommes.

— Et qui êtes-vous, Alex McNair ?

Au fond d'elle-même, Nina éprouvait le besoin de savoir. Parce que l'image d'enfant de riches ne coïncidait pas avec ce qu'elle avait vu d'Alex. Elle savait malheureusement que certaines personnes savent dissimuler leur véritable nature derrière une façade trompeuse.

— Pourquoi avez-vous ressenti le besoin de me cacher pendant deux jours votre véritable rôle ?

Aussitôt, il mêla ses doigts aux siens avant de répondre :

— Dînons ensemble demain soir. Nous parlerons plus longuement.

— Mon fils est ici pour participer au camp. Et je suis ici pour lui. Pas pour… pour ce que, d'après vous, nous pourrions faire cette semaine.

Pourtant, n'avait-elle pas elle-même envisagé la possibilité d'une aventure ? Certes, mais il fallait que la décision vienne d'elle. Elle n'avait pas pour habitude de faire des choix impulsifs.

— Vous êtes également intéressée, fit remarquer Alex. Nous sommes adultes. Quel mal y aurait-il à ce que nous profitions de votre séjour ?

Nina haussa un sourcil. A l'entendre, il était simplement question de rencontres amicales.

— Dites-moi la vérité. Ce camp est-il un moyen commode de pêcher des femmes vulnérables pour des aventures sans lendemain ?

— Eh bien…, répondit-il en haussant les épaules. Pour dire les choses simplement : non.

— Non quoi ?

— Non, je ne me sers pas du camp pour consoler des femmes esseulées. Ce qui se passe avec vous est tout à fait exceptionnel. Et le qualificatif de vulnérable vous convient mal. Vous êtes une femme forte, qui dirige sa vie.

— Vous me flattez, dit Nina en se sentant légèrement rougir. Mais merci quand même.

— Je vous en prie. Alors acceptez-vous de dîner avec moi demain, oui ou non ? Quand Cody sera endormi, bien sûr, et confié à l'une de nos baby-sitters expérimentées. Je connais un bateau qui propose des soupers croisières très agréables. Dans un lieu public, vous ne risquez rien.

Nina se mordit la lèvre. A vrai dire, c'était très tentant.

— Je vais y réfléchir.

— Je comprends.

Alex lui caressa la main avant d'ajouter :

— Je passerai prendre votre réponse demain, à l'heure du déjeuner.

— A l'heure du déjeuner…, répéta-t-elle.

Autant se rendre à l'évidence : elle était trop troublée par les caresses d'Alex pour réfléchir correctement. Quel drôle de moment pour se rendre compte du peu de contacts humains qu'elle avait désormais dans sa vie !

— Oui. Je sais de source sûre que les enfants feront griller des saucisses demain à 11 heures. Et à midi, ils participeront au cours de graissage de selle. Retrouvez-moi pendant que votre fils sera sous l'œil attentif du moniteur, et nous pourrons parler.

— Je ne peux pas vous promettre qu'il me laissera partir, dit-elle pour ne pas se montrer trop pressée d'accepter. Je ne voudrais pas risquer une autre crise.

— Bien sûr. Je peux m'adapter.

A ces mots, elle le considéra d'un œil soupçonneux.

— Qu'y a-t-il ? demanda Alex.

— Il y a que vous êtes trop parfait pour être honnête. Vous jouez un rôle, c'est sûr.

— Nina, dit-il en prenant son visage dans ses mains. La sincérité, ça existe.

A quoi bon se voiler la face ? Nina avait bien du mal à résister à la promesse qu'elle lisait dans ses yeux. Pourtant, le souvenir du chagrin causé par son mari et ses beaux-parents qui les avaient abandonnés à leur sort, son petit garçon et elle, restait vivace.

— Certainement, admit-elle. Mais pas chez tout le monde.

— Dans ce cas, pourquoi envisagez-vous de dîner avec moi ? demanda Alex en lui caressant les cheveux.

— A vrai dire, je n'en sais rien.

En réalité, elle avait la sensation que son corps s'embrasait sous ses caresses. Se tenir tout près de lui faisait voler en éclats les barrières qu'elle croyait solidement en place.

Leurs regards se croisèrent, longuement. Elle respirait plus vite : à cet instant, elle se rappelait la sensation de ses lèvres charnues sur les siennes.

Tenterait-il de l'embrasser ? S'il le faisait, elle ne serait certainement pas en mesure de lui refuser quoi que ce soit.

En voyant soudain Alex se pencher, Nina frémit de tout son corps. Il fit glisser vers elle le Tupperware qu'il avait apporté avant de dire :

— Gâteau framboise-chocolat. Goûtez-le. Il est délicieux.

Sur ces mots, il effleura son front d'un bref baiser dont la douceur la laissa bouche bée. Mais déjà, il s'éloignait le long de l'allée bordée de bungalows et disparaissait derrière les arbres.

Elle reprit sa respiration et poussa un profond soupir.

Pas de doute. Elle avait un sérieux problème de volonté dès que cet homme entrait en jeu.

Le lendemain, à l'heure du déjeuner, Alex circula entre les groupes d'enfants qui se livraient à des activités allant du graissage des selles au tamisage de sable à la recherche de pépites d'or, en passant par l'usage du lasso pour capturer des chevaux de bois. Stone lui avait expliqué que ces activités développaient les capacités motrices des enfants et leur donnaient de l'assurance.

Très sérieusement occupé à nettoyer une petite selle posée sur une botte de foin, Cody semblait plus détendu que la veille. Nina était assise près de lui, et le soleil jetait des reflets cuivrés dans ses cheveux roux. Quel beau spectacle !

Il était encore surpris de la facilité avec laquelle leur conversation s'était déroulée la veille. Il avait beaucoup appris sur elle, sans doute plus que ce qu'elle comptait dévoiler. De toute évidence, elle était sur ses gardes parce que quelqu'un l'avait été blessée, probablement son ex-mari. C'était important à savoir. S'il voulait avoir sa chance avec elle, il fallait marcher sur la pointe des pieds.

Quoi qu'il en soit, Nina Lowery était une femme passionnée. Il avait vu ses pupilles se dilater pendant qu'il lui caressait la main. Ce qui ouvrait de nombreuses perspectives, toutes plus séduisantes les unes que les autres…

Etrangement, elle ne l'avait pas violemment repoussé, contrairement à ce qu'il aurait pu croire. Elle lui avait même donné une seconde chance. Seulement, avec cette histoire d'actions à récupérer, il s'aventurait en terrain glissant. Tout aurait été différent s'ils avaient envisagé une relation à long terme. Mais elle avait été très claire. Il n'y aurait jamais que son fils dans sa vie.

Par conséquent, autant l'entourer d'un maximum d'attentions le temps qu'elle passerait au ranch.

Une fois derrière Nina, Alex posa une main sur son épaule avant de lancer :

— Salut, beauté !

La sentant frémir sous sa main, il prolongea quelques instants ce contact avant de se pencher vers Cody.

— Beau travail, cow-boy !

— Ça brille, dit l'enfant frottant de plus belle sa selle.

Au même instant, le moniteur approcha et lança :

— Cody fait du beau travail. Et je crois qu'il s'amuse.

Le petit garçon hocha la tête tout en continuant d'astiquer la selle, son chapeau de cow-boy posé sur sa tête blonde.

— Je m'amuse, acquiesça-t-il.

Nina porta alors une main sur sa poitrine d'un air ému.

— Je savais que c'était une bonne idée, mais je ne me doutais pas à quel point ces activités seraient bénéfiques pour Cody et les autres enfants.

Alex ne put s'empêcher de sourire. C'était une grande joie de voir Nina aussi heureuse.

— Ravi de l'entendre, dit-il. Mon cousin sélectionne soigneusement le personnel encadrant. Nous n'avons pas droit à l'erreur.

— Eh bien, c'est un succès.

Nina lui sourit par-dessus son épaule.

— Je suis impressionnée par leurs méthodes. Ils mêlent l'acquisition de l'équilibre, du maintien, de la coordination des mains et le regard à des activités ludiques.

Alex hocha la tête. Il n'y avait pas réfléchi en ces termes, mais elle avait raison.

Le regard de Nina se reposa alors sur son fils.

— Par-dessus tout, j'apprécie que Cody prenne confiance en lui en suivant cet enseignement. Et puis il y a toujours une activité répondant aux besoins spécifiques de chaque enfant. C'est fantastique. Cody s'est livré à des jeux sensoriels sans stresser.

A ces mots, Nina se tourna vers lui.

— Mais vous n'êtes pas venu pour ça, j'imagine.

— Comment ?

Alex faillit sursauter. Prisonnier du son de sa voix et de l'odeur enivrante de ses cheveux, il avait perdu le fil de la conversation.

— Oui, je dînerai avec vous sur ce bateau.

— J'en suis ravi.

Voyant qu'il s'adossait au mur, Nina lui jeta un bref coup d'œil.

— Vous restez ?

— Ce camp est peut-être l'œuvre de mon cousin, mais il se trouve sur le ranch dont j'ai la responsabilité. C'est normal que je m'y intéresse.

Il haussa les épaules.

— De plus, c'est ma pause déjeuner. Si vous n'y voyez pas d'inconvénient, je la passerai avec vous.

— Bien sûr, répondit-elle d'un air surpris. Nous pourrions faire une promenade. Les thérapeutes encouragent les parents à prendre un peu de distance aujourd'hui. Mais vous le savez déjà puisque vous avez consulté le programme.

— Je plaide coupable !

Elle éclata de rire puis s'agenouilla pour parler à son fils, lui expliquant en détail où elle allait, combien de temps elle serait absente et ce qu'il devait faire s'il avait besoin d'elle. Cody hocha la tête sans quitter sa tâche des yeux.

— Cody, insista-t-elle, je dois être sûre que tu as bien compris.

Le petit se tourna vers elle et lui tapota maladroitement l'épaule.

— R'voir, m'man.

Alex eut un sourire attendri. C'était si touchant de voir Nina émue par ce simple contact avec son enfant.

— Je vous suis, déclara-t-elle alors en se levant.

Ni une ni deux, Alex l'attrapa par le coude et la guida à travers les aires de jeux au milieu du brouhaha des cris et des rires d'enfants. C'était comme s'il était sur un petit nuage.

— Après l'incident d'hier, je craignais que vous ne vouliez plus me voir, dit-il quand ils furent seuls.

— Disons que j'ai digéré. Alors, vous me faites visiter l'endroit ?

— Oui. Je veux vous montrer quelque chose qui vous plaira, je crois. C'est du côté de la piscine.

Ils prirent alors une allée ombragée par les branches de grands arbres qui se croisaient au-dessus de leurs têtes.

— Vous serez à portée de vue de votre fils tout en vous faisant plaisir.

— Je n'ai pas mon maillot de bain.

— Il ne s'agit pas de baignade...

Alex désigna une tente proche de la piscine.

— Mais de massages.

— Quoi ? lança Nina d'une voix étranglée. Vous plaisantez, j'espère ?

— Pas du tout, dit-il avec un sourire taquin. J'avais d'abord pensé vous emmener déjeuner, mais je me doutais que ce serait pousser le bouchon un peu loin. J'ai donc opté pour une activité qui vous détendra.

— Désolée, j'ai cru..., commença-t-elle avant de se taire subitement.

Alex eut un petit sourire. Nina semblait horrifiée d'avoir mal interprété ses propos.

— Voyons, je ne suis pas dépourvu de tact à ce point, lança-t-il en l'attrapant par le poignet. Je voulais juste vous taquiner. Si vous tirez le rideau, vous verrez qu'il s'agit juste d'un massage des épaules et d'un déjeuner léger. Pas besoin de vous déshabiller. Sauf si vous y tenez...

— En fin de compte, vous êtes un vilain garnement !

— Juste un tout petit peu !

Nina et Alex longèrent la piscine qui, même si elle était luxueuse, s'intégrait parfaitement à l'environnement. Alex s'arrêta devant la tente au moment où le rideau s'ouvrait.

Une femme âgée en sortit, toute frêle, les cheveux gris coupés court. Nina s'écartait pour la laisser passer quand Alex la poussa doucement en avant.

— Bonjour, Gran ! dit-il en embrassant la vieille femme.

Nina sursauta. En voilà, une surprise ! Elle se trouvait devant l'indomptable Mariah McNair. Dans la brochure du camp, elle avait lu comment son mari et elle avaient fondé leur dynastie, Mariah dirigeant leurs affaires tandis que Jasper travaillait de ses mains. Bien sûr, la photographie insérée dans le prospectus n'offrait qu'une faible ressemblance avec la femme à la santé déclinante qui se tenait en face d'elle. Encore que ses yeux bleus aient conservé l'éclat et la vivacité de ceux de son petit-fils.

— Alex, dit en souriant Mme McNair. Si tu me présentais cette charmante personne ?

Nina jeta un œil vers lui. Une étrange et indéfinissable expression passa fugitivement sur le visage d'Alex.

— Gran, voici Nina Lowery. Son fils Cody participe au camp. Nina, je vous présente ma grand-mère, Mariah McNair.

La matriarche lui tendit une main frêle, aux veines saillantes, meurtries par des traces de piqûres.

— Ravie de faire votre connaissance, ma chère. Votre petit garçon apprécie-t-il HorsePower ?

Nina tendit la main à son tour et fut surprise de constater que la grand-mère d'Alex avait une sacrée poigne !

— C'est un plaisir de vous rencontrer, madame McNair. Mon fils passe des moments merveilleux, merci. J'ai été heureusement surprise de constater avec quelle rapidité thérapeutes et animateurs l'ont mis à l'aise.

— Tant mieux. Laisser un héritage positif, c'est important.

À ces mots, Mariah enfouit les mains dans les poches de sa veste de denim.

— Maintenant, vous voudrez bien me pardonner, ma chère, je vais aller me reposer.

Le temps de faire signe à une jeune femme qui se

tenait derrière elle (sans doute son infirmière), la vieille dame s'éloigna lentement. Nina se tourna alors vers Alex.

Le chagrin qu'elle lisait dans ses yeux lui serra le cœur. Le pauvre…

Pour sa part, elle n'avait gardé que de vagues souvenirs de ses grands-parents. Elle se rappelait néanmoins sa peine quand elle les avait perdus.

— C'est dur de regarder vieillir quelqu'un qu'on aime, dit-elle en posant une main sur son bras.

Il se frotta la nuque.

— Gran a un cancer en phase terminale.

— Oh ! Alex ! Quelle tristesse…

Nina se mordit la lèvre. Que dire ? Il avait l'air dévasté.

— C'est déjà affreux de perdre quelqu'un qu'on aime, mais quand on se trouve privé des dernières années qu'on aurait pu passer avec lui, c'est…

Alex allait dire quelque chose mais il se ravisa. Le temps de prendre une grande inspiration, il s'efforça de lancer d'un ton détaché :

— Bon, je crois qu'un petit massage d'épaules me fera le plus grand bien.

Nina sentit son cœur se serrer. Soudain, tenir sa main était devenu la chose la plus naturelle du monde.

— Excellente idée, dit-elle. Il ne faudra pas m'en vouloir si je suis nerveuse. Je ne me suis jamais fait masser.

Alex souleva alors le rideau, révélant une table et deux chaises de massage. Deux jeunes femmes les attendaient, revêtues de simples blouses portant le logo du Hidden Gem.

Des ventilateurs bruissaient au-dessus de leurs têtes, des tentures aztèques ornaient les murs de toile, et des haut-parleurs diffusaient des airs de flûte amérindienne. Un plateau de bouchées apéritives ainsi que des verres de thé glacé et de limonade munis de pailles attendaient sur la table devant eux.

Nina examina avec méfiance la chaise de massage

sur laquelle elle était censée s'asseoir à califourchon, le visage posé sur un support en forme de beignet troué. Elle adressa un sourire contraint aux masseuses avant de s'installer. Voyons ça… Le siège de cuir était frais, mais le support pour le visage avait la douceur du coton et il s'en dégageait une légère odeur d'huile essentielle assez agréable.

Alex prit place sur la chaise voisine, posa son visage sur le support et ses bras musclés sur les accoudoirs prévus à cet effet. Elle n'avait de lui qu'une vue limitée, mais elle n'arrivait pas à détacher les yeux de lui. Il y avait si longtemps qu'elle n'avait pas eu d'homme dans sa vie que les détails de son corps viril la fascinaient. Comme le duvet brun de ses bras. On avait envie de le toucher.

En toussotant, Nina détourna les yeux de la tentation. Pas question de laisser son esprit divaguer.

Un frôlement de pas se fit soudain entendre tandis que les masseuses venaient prendre leur poste.

— Je vais commencer par vos épaules, chuchota celle allait s'occuper d'elle. Vous me direz si vous souhaitez plus ou moins de pression.

Au premier contact, Nina se sentit fondre sur sa chaise.

— C'est… fantastique. Et inattendu, murmura-t-elle à l'adresse d'Alex.

— Pourquoi inattendu ?

— Parce que je suis étonnée que vous m'ayez fait cette surprise et que vous m'ayez accompagnée, je suppose.

Nina ne put retenir un gémissement de plaisir en prononçant ces derniers mots. Difficile de ne pas se laisser aller. Le parfum de l'huile de massage emplissait ses narines. De la sauge, peut-être ?

— Si je voulais pouvoir marcher après un rodéo, un bon massage s'imposait, expliqua Alex. Et même lorsque j'en ai fini avec le rodéo, je suis resté accro.

Nina tourna légèrement la tête, juste assez pour apercevoir et dévorer des yeux son corps viril. Aussitôt, elle imagina ses cuisses musclées enserrant des taureaux déchaînés. Elle pensa aussi aux chutes spectaculaires qu'il avait dû faire. Il avait mentionné des fractures et elle ne put réprimer une grimace à l'idée des souffrances qu'il avait certainement endurées. C'est là qu'elle remarqua une petite cicatrice sur sa tempe, juste à la naissance des cheveux. L'avait-il récoltée en ces occasions ?

Pendant ce temps, la masseuse lui remit doucement la tête d'aplomb et commença à manipuler les tendons de son cou. Peu à peu, Nina sentit qu'elle était en train de se relaxer. Le stress qui la bloquait depuis plusieurs semaines sembla s'évanouir comme par magie. Extra.

— C'est divin, dit-elle. Exactement ce qu'il me fallait.

Elle se sentait même tellement bien qu'une certaine confusion régnait dans son esprit. Doucement, ses yeux se fermèrent et sa voix devint comme un murmure.

— C'est drôle, je ne me rendais pas compte du peu de contacts physiques que j'ai dans ma vie de tous les jours. D'autant que Cody supporte mal la moindre caresse…

A chaque respiration, elle s'enivrait de l'odeur de menthe, de sauge et de l'après-rasage d'Alex. Le massage relaxant, les parfums enivrants et les images de l'homme séduisant installé à côté d'elle la faisaient frémir de plaisir.

Il y avait quelque chose d'intime dans ce moment de bien-être partagé et, en même temps, il n'y avait strictement aucun danger. Mais ce soir, durant le souper croisière ? Et après ?

Nina avait déjà enfreint pas mal de règles avec cet homme. Jusqu'où l'inciterait-il à aller ?

5

Alex frappa à la porte du bungalow, un bouquet de fleurs des champs noué avec un morceau de raphia à la main. Pour donner une touche plus personnelle, il y avait joint un poème français qui parlait de la beauté d'une femme.

Si une femme méritait qu'on l'entoure d'attentions, c'était bien Nina.

Sa remarque, durant la séance de massage, quand elle avait évoqué le manque de contacts physiques dans sa vie, l'avait profondément ému. Il avait constaté de ses propres yeux le mal qu'elle se donnait pour son fils, comment elle avait réorganisé sa vie entière pour être sa première et plus fervente avocate. Désormais, il n'avait plus qu'une envie : lui faciliter la vie.

En même temps, il manquait d'assurance depuis cette histoire avec Johanna. Et il était d'autant plus nerveux que tout *devait* bien se passer avec Nina.

Soudain, la porte s'ouvrit et Alex sentit l'air lui manquer, comme s'il avait été jeté à terre par un taureau furieux.

— Vous êtes… magnifique.

Il détailla du regard les boucles rousses de Nina à peine relevées en chignon, sa robe toute simple qui effleurait ses genoux, la chaîne d'or provenant de la boutique de bijoux du ranch. Pour lui plaire, elle avait apporté un soin particulier à sa toilette. Ce qui le rendit encore plus heureux.

— Ce n'est rien d'extraordinaire, dit-elle en jouant avec son collier.

— Je ne crois malheureusement pas que mon cœur puisse en supporter davantage.

— Gardez vos compliments, flatteur, dit-elle en riant.

Nina prit les fleurs qu'il lui tendait et y enfouit son visage.

— Merci. Elles sont très jolies. Je vais les mettre dans un vase et je passe mes chaussures. Désolée, je ne suis pas tout à fait prête, mais vous êtes en avance !

Alex la regarda se diriger vers la cuisine en balançant gracieusement les hanches. A quoi bon se mentir ? Il avait très envie de la suivre et de poser un baiser sur la courbe adorable de sa nuque.

— Je suis venu plus tôt pour vous présenter à la baby-sitter, elle devrait arriver d'une minute à l'autre. J'ai pensé que ce serait mieux si elle passait un peu de temps avec Cody avant qu'il s'endorme pour qu'il la connaisse au cas où il s'éveillerait en votre absence.

Là-dessus, il s'assit près de Cody à la table de la cuisine où l'enfant dessinait sur son iPad.

Qu'il était mignon ! Ses petits doigts couraient sur l'écran, traçaient des traits, choisissaient les couleurs. Il avait l'air tellement concentré. Il portait un pyjama avec des cow-boys imprimés dessus et ses cheveux blonds, humides du bain, étaient tout hérissés.

Nina remplit un vase d'eau et y plongea les fleurs.

— C'est gentil à vous d'y avoir pensé, dit-elle. Fait-elle partie du personnel du camp ?

En jetant un nouveau regard vers la fenêtre, Alex eut un sourire. Ah ! celle qu'on attendait était enfin arrivée ! Parfait.

— C'est la meilleure de toutes, et je lui accorde toute ma confiance, répondit-il.

Comme la porte d'entrée venait de s'ouvrir, il ajouta :

— Je vous présente ma sœur, Amy.

Au même instant, sa jumelle entra dans le bungalow dans un tourbillon de parfum, enveloppée par les plis de sa longue robe. A vrai dire, il avait été surpris lui-même de demander à Amy de venir garder Cody. De son côté, celle-ci avait accepté d'un air entendu, mais sans demander de précisions.

Enfin, c'était drôle de constater qu'en toute occasion, elle soignait son apparence comme à l'époque où elle était la reine des concours de beauté.

Amy posa un baiser sur sa joue avant de se diriger vers Nina qui restait près de l'évier, l'air ébahi.

— Je suis Amy. Ravie de faire votre connaissance, Nina.

Là-dessus, elle s'approcha tout doucement de Cody.

— Et voici Cody, je suppose.

Le temps de se remettre de sa surprise, Nina posa le vase de fleurs sur la table. Du coin de l'œil, Alex la vit glisser le poème dans son sac.

— Merci de venir garder Cody, Amy. J'espère que votre frère n'a pas fait pression sur vous.

— Pas du tout ! J'adore les enfants. Je regrette juste de ne pas passer plus de temps avec Cody puisqu'il va bientôt aller au lit.

Nina prit un morceau de papier sur le bar.

— Comme je pensais le coucher avant votre arrivée, j'ai préparé une liste de ses habitudes. C'est très important pour lui. Pour dormir, il s'enveloppe dans une couverture spéciale, bleue, très douce et moelleuse.

Amy prit la liste que Nina lui tendait et la posa bien en vue sur la table.

— Une couverture bleue, d'accord, dit-elle avant de se glisser lentement sur le banc près de Cody.

Pas de doute : Amy faisait tout son possible pour canaliser son énergie coutumière.

— Aimes-tu les chats, Cody ? Je suis la dame aux chats, tu sais.

— Les chats ? dit-il sans lever les yeux de son dessin. Combien ?

— J'en ai quatre à la maison.

Tout en parlant, Amy leva quatre doigts puis en replia deux. Mais le petit ne la regardait pas pour autant.

— Mais j'ai apporté deux tout petits chatons avec moi.

Subitement, Cody tourna la tête du côté d'Amy. Voyant Nina sourire, Alex glissa un bras autour de sa taille et lui chuchota à l'oreille :

— Je vous avais dit qu'elle était formidable avec les enfants.

Au même moment, Amy sortit délicatement du panier qu'elle avait apporté une boîte tapissée d'un morceau de tissu dans laquelle étaient blottis deux petits chats roux tigrés.

— Je les garde au chaud avec moi, expliqua-t-elle. Nous les avons trouvés dans la grange. Il y en avait quatre. Johanna en nourrit deux au biberon, et moi les deux autres.

De son panier, Amy sortit cette fois deux petits biberons et attendit la réaction de Cody.

— Oh ! murmura-t-il en se penchant en avant sur le banc pour mieux les observer. C'est des chatons ? J'aime les chatons. La dame aux chats a des chatons et j'aime les chatons.

Alex éclata de rire.

— Stone sait-il qu'il emmène deux chats en lune de miel ce week-end ?

Amy leva la tête, faisant danser sa longue natte brune.

— D'ici là, ils seront sevrés, idiot ! Et je garderai les quatre jusqu'à leur retour.

Nina passa un doigt sur les petits dos roux.

— Allez-vous les garder ?

— Je ne suis pas folle des chats à ce point ! Nous allons les stériliser et leur trouver de bonnes familles.

Amy prit un chaton dans le creux de sa main et glissa la tétine d'un biberon dans sa gueule.

Imitant sa mère, Cody glissa un doigt sur le dos du

chaton resté dans la boîte. Alex ne put s'empêcher de sourire devant un spectacle aussi attendrissant.

— C'est doux...

— Fais bien attention, Cody, dit Nina. Tout doucement.

— Est-ce que tu aimerais lui donner à manger ? demanda Amy. Je tiens le chat, et toi, tu tiens le biberon.

— Oui, oui, oui !

Il tendit la main en agitant les doigts.

— Cody, dit Nina, j'attends que tu te couches pour te border.

— Nourrir les chats. Je veux nourrir les chats. Pas aller au lit maintenant !

Il prit le biberon, le regard fixé sur celui-ci et sur l'animal afin d'accomplir correctement sa tâche.

— Après, je dessinerai les chats.

Nina effleura très légèrement la tête de son fils en souriant à Amy. Elle avait l'air enfin rassurée.

— C'est un super programme. Tu vas bien t'amuser avec la sœur d'Alex.

Celui-ci soupira. Quel soulagement ! Convier sa sœur à venir garder Cody avait été une excellente idée. Autant profiter de cette soirée. Comme tout allait bien, il avait désormais envie de se laisser porter. Il se préoccuperait plus tard de l'épreuve réclamée par sa grand-mère.

Ce soir, il aurait Nina pour lui.

Nina se crispa légèrement tandis qu'elle buvait un verre de merlot. Le bateau à aubes où ils dînaient avait appareillé depuis quelques minutes. Pendant un instant, elle avait regretté d'être partie pour cette semaine au ranch sans ses jolies robes, souvenirs de sa splendeur passée. Et pourtant, les regards brûlants d'Alex lui disaient qu'elle était désirable dans sa petite robe toute simple.

Autant le dire tout net : elle se sentait vivante d'être

assise en silence près de lui, juste occupée à savourer son repas sous les étoiles. Elle fit tourner son vin dans son verre puis le reposa sur la table tandis que le bateau à aubes poursuivait tranquillement sa route sur la Trinity River. Le restaurant proposait des tables à l'intérieur et à l'extérieur. Elle avait choisi le clair de lune. Cette soirée était à marquer d'une pierre blanche. Elle avait beau aimer son fils de tout son cœur, cette escapade lui faisait un bien fou après tant de dîners à base de sandwichs au beurre de cacahuète.

Tout semblait si simple avec Alex. Surexcitant et reposant à la fois. Il prenait la vie simplement là où bien des gens préféraient mener une existence survoltée sans être jamais satisfaits.

Sa jumelle Amy avait reçu le même don mais avec un côté bohème qui tranchait avec le caractère de son frère. Voir Amy arriver dans une longue robe scintillante, agrémentée de bracelets et de colliers, avait été assez surprenant. Elle n'avait vraiment pas l'allure d'une baby-sitter, et pourtant, grâce à ses chatons, elle avait appris à Cody à se lier aux autres êtres vivants.

Nina eut un sourire. Cette famille McNair avait quelque chose d'unique. A vrai dire, elle se sentait attirée par ces gens, malgré leur fortune et leur existence privilégiée, malgré ce mode de vie auquel elle s'était juré de ne plus jamais se frotter.

Le moteur du bateau se mit à ronronner à l'abord d'une courbe de la rivière : on changeait de vitesse. Nina regarda autour d'elle. Des bougeoirs électriques posés au centre des tables offraient une lumière tremblotante qui imitait celle de bougies. Un groupe installé dans un coin jouait du ragtime. Combien de demandes en mariage avaient eu pour lieu ce cadre si romantique ?

Nina secoua la tête. Mais enfin, pourquoi se posait-elle cette question ? Vite, il fallait qu'elle relance la conversation. Faute de quoi, son imagination allait continuer de divaguer.

— Votre sœur est charmante. Vous semblez proches.

— Très proches. Nous sommes jumeaux.

Alex lança un regard dans sa direction. Le clapotis de l'eau contre la coque se mêla aux accords de musique.

— Bien sûr, il y a un lien spécial entre vous. Où sont vos parents ? Je ne les ai pas vus au Hidden Gem.

— Ils voyagent beaucoup, répondit-il d'un air impénétrable. Mon père est en quelque sorte rentier à vie. Il a un bureau, mais peu de responsabilités. Quant à ma mère, elle aime les raffinements de la vie.

— Je pensais que votre père avait peut-être pris sa retraite puisque vous dirigez les entreprises avec votre cousin.

A ces mots, Alex faillit s'étrangler avec sa gorgée d'eau.

— Mon père n'a jamais mis le nez dans les affaires familiales ! La seule idée de lui confier un stand de vente de limonade ne viendrait à l'idée de personne !

Le temps de reposer son verre, il ajouta :

— Vous les rencontrerez bientôt puisqu'ils viennent assister au mariage.

— Quel mariage ?

— Celui de Stone et Johanna. Il a lieu ce week-end. Ils sont très forts pour assister aux fêtes et repartir en vacances dès que les choses se compliquent.

Nina lui serra la main mais il se redressa. Manifestement, il ne voulait pas qu'elle s'apitoie sur son sort. C'était très touchant.

— Avez-vous des frères et sœurs ? demanda-t-il brusquement.

De toute évidence, Alex voulait changer de sujet. Elle voulut insister mais finit par se raviser.

— Je suis enfant unique. Et je n'ai ni cousins ni cousines.

Oh ! elle avait espéré avoir une grande famille, donner

des tas de frères et sœurs à Cody. Hélas ! la vie en avait décidé autrement…

— Mes parents n'étaient plus très jeunes à ma naissance. Ils avaient renoncé à avoir un enfant quand je suis arrivée, un peu par surprise. Ils m'aiment, c'est certain, mais ils avaient déjà pris leurs habitudes et j'ai bouleversé leur existence…

Nina s'interrompit le temps qu'un serveur vienne remplir leurs verres avant de s'éclipser discrètement.

— Ils sont dans l'Arizona, si je me souviens bien, répondit Alex. C'est triste qu'ils ne soient pas près de vous. Le soutien de votre famille vous faciliterait la vie.

— Nous nous débrouillons très bien tout seuls, Cody et moi.

C'était étrange de découvrir qu'Alex et elle avaient autant de points communs. Ils avaient tous les deux été élevés par des parents distants qui ne savaient que faire de leurs enfants. Hélas ! elle avait encore beaucoup à découvrir de lui et peu de temps pour vivre cette brève aventure.

— Qu'y a-t-il ? demanda soudain Alex. J'ai un morceau de nourriture coincé entre les dents ?

— Désolée si je vous fixe comme ça.

Nina rit légèrement. Eh bien, le vin et l'air nocturne avaient dissipé sa timidité en un rien de temps !

— Je suis juste songeuse. Et curieuse. Par exemple, pourquoi vous donnez-vous tant de mal pour me séduire alors que je pars bientôt ? Je vous crois quand vous me dites que vous ne vous servez pas du camp comme appât. Alors qu'est-ce que ça signifie ?

— Vous êtes choquée que je souhaite votre compagnie ?

Nina frémit. Le cow-boy séducteur était de retour, les nuages qui assombrissaient son beau regard à l'évocation de ses parents, envolés.

— J'aime parler avec vous, dit-il, et pour vous parler

sincèrement, il y a bien longtemps que je n'ai pas rencontré une femme qui pique autant ma curiosité.

— Et c'est tout ?

Elle se pencha vers lui, les coudes sur la table, le menton sur les mains, tandis qu'elle cherchait dans ses yeux bleus la réponse à sa question.

Et en elle-même aussi.

Alex soutint son regard.

— Vous me plaisez, dit-il, et je ne crois pas me tromper en affirmant que la réciproque est vraie. Donc, nous sortons ensemble. Et comme notre temps est limité, je dois accumuler beaucoup de rendez-vous en une semaine.

— Exact.

Un souffle de vent leur apporta soudain des accords de musique ainsi que le brouhaha des conversations des tables voisines. Alex commença alors à caresser la paume de sa main d'une façon troublante.

— Et deux de ces soirées sont prises, reprit-il. Je dois assister au dîner de répétition et au mariage de mon cousin, et j'espère que vous accepterez d'être ma cavalière pour ces deux occasions.

En dépit de la douceur de l'air du soir, Nina sentit son sang se glacer.

— C'est donc là que vous vouliez en venir ? Vous vouliez me séduire pour avoir une femme à votre bras au mariage de votre cousin ?

— Bien sûr que non ! s'exclama-t-il aussitôt. J'aurais agi exactement de la même façon sans cet événement !

Nina baissa la tête. Alex avait l'air tout à fait sincère, seulement… Oh ! elle voulait le croire, ça oui, mais est-ce qu'elle n'avait pas cru son mari jusqu'au jour où il avait rejeté leur fils et pris la fuite ?

— Vous pouvez être honnête avec moi, vous savez. Je préfère connaître la vérité.

— Je suis honnête en recherchant votre compagnie.

Il sembla hésiter quelques instants avant de reprendre :

— Mais je reconnais que votre présence aidera à surmonter le malaise qui règne dans la famille. Je suis sorti quelque temps avec la future mariée.

— Aïe ! dit-elle en grimaçant. Ce doit être gênant, c'est le moins qu'on puisse dire.

Il balaya la remarque d'un geste.

— Stone, Johanna et moi, nous avons déjà fait la paix. Seulement, je ne voudrais pas que les autres se fassent des idées fausses. Je n'ai plus de sentiments pour elle.

Encore une fois, Nina ne lisait que de la sincérité dans son regard, dans le ton de sa voix. D'ailleurs, s'il gardait de la tendresse pour Johanna au fond de son cœur, ne devrait-elle pas s'en réjouir ? Cela simplifierait tout. Comme ça, elle pourrait vivre son aventure sans se soucier d'éventuelles complications.

Alors pourquoi cette pointe de jalousie ? Voilà qui méritait d'être tiré au clair.

— Si vous avez besoin de moi comme alibi, inutile de vous donner tout ce mal. Vous n'avez qu'à le dire et je serai votre petite amie. Je choisirai une robe très sexy et je vous contemplerai avec des yeux amoureux.

— Arrêtez, Nina ! Je veux être ici avec vous. Et je veux que vous soyez ma cavalière au dîner de répétition et au mariage parce que j'aime votre compagnie.

— Oubliez ce que j'ai dit, dit-elle brusquement, et parlons d'autre chose.

— Non. Je suis honnête et je veux que vous me croyiez.

— Parfait. Parce que, pour moi, l'honnêteté compte plus que tout.

Alex baissa les yeux un instant.

— S'il n'y avait pas de mariage, dit-il en relevant la tête, je vous aurais quand même invitée à sortir avec moi parce que vous êtes une femme fascinante. Et s'il vous plaît, s'il vous plaît, trouvez cette robe sexy ! Sauf que ce sera moi et tous les hommes présents qui vous contempleront avec admiration.

Joignant le geste à la parole, il porta la main de Nina à ses lèvres et l'embrassa.

— Et maintenant, voulez-vous danser en attendant le dessert ?

— J'en serais ravie.

Sa main dans celle d'Alex, Nina se leva et se laissa bercer par la musique. Parce qu'à cet instant, sa jalousie et ses interrogations sur les intentions d'Alex importaient peu. Tout ce qui comptait, c'était cette merveilleuse soirée et le regard brûlant d'un homme à qui elle plaisait.

Comme s'il avait lu dans ses pensées, le groupe attaqua un slow. Quatre couples évoluaient déjà sur la piste de danse, chacun perdu dans son monde. Elle avait cru vivre ce bonheur avec Warren, mais elle se trompait.

Chassant le souvenir de son ex-mari, elle se glissa dans les bras d'Alex. Allez, autant profiter de l'instant présent. Elle sentit se poser dans le creux de ses reins cette main chaude qui l'attirait à lui. Quand il posa son menton contre sa tempe, le contact délicieux de sa barbe naissante contre sa peau la fit frissonner.

Toute parole étant inutile, Nina savoura ces sensations qui lui manquaient depuis si longtemps. Elle respira avec volupté le parfum d'Alex auquel se mêlait une pointe de musc, caressa légèrement ses muscles pendant qu'ils dansaient, sentit son corps s'éveiller. Les braises si longtemps enfouies sous la cendre, ces braises qu'elle croyait éteintes, étaient en train de se ranimer, rallumant sa passion. Et pas pour n'importe quel homme. Nina le désirait, lui. Cette semaine était tout ce qu'elle pouvait vivre avec Alex McNair, et elle comptait en profiter au maximum.

*
* *

Alex fronça les sourcils. Nina avait changé entre le plat principal et le dessert. Elle était devenue… plus intense, et plus sensuelle. Que s'était-il passé ? Il l'avait juste invitée au mariage de son cousin. Et elle n'avait pas encore lu le poème joint au bouquet. Elle l'avait mis dans son sac, et, à sa connaissance, elle ne l'en avait pas ressorti.

Le dîner terminé, il la raccompagna à son bungalow. Elle chantonnait un air entendu sur le bateau. Pourquoi une telle bonne humeur ? Signifiait-elle que les problèmes étaient aplanis ?

Alex avait beaucoup aimé sa réaction quand il lui avait demandé de l'accompagner au mariage de Stone. Nina était incroyable. Sexy, drôle et loyale. En deux jours seulement, elle avait mis son univers sens dessus dessous et il ne cessait de penser à elle.

Evidemment, il restait le problème des actions appartenant à son fils et dont elle semblait ignorer l'existence. Si c'était le cas, ce serait encore plus difficile de les racheter.

En temps normal, il était bon en affaires. Il avait toujours un plan, que ce soit pour les années à venir ou pour la journée. Mais avec Nina, il était si troublé qu'il ne savait plus où il en était. Alors qu'il n'était pas d'un tempérament impulsif, elle lui donnait envie de foncer sans réfléchir. C'était à n'y rien comprendre.

Bon, il trouverait plus tard comment remplir la mission imposée par sa grand-mère. Tout s'arrangerait. Ce n'était pas possible autrement.

Comme ils arrivaient au bungalow, Nina et lui trouvèrent Amy en train de se balancer dans un rocking-chair de la véranda. L'ex-reine de beauté écarta les bras.

— Bienvenue à la maison ! Vous auriez pu prendre votre temps, vous savez.

Là-dessus, elle se leva et plaça délicatement la boîte contenant les chatons dans son panier.

— Cody a été un ange, déclara-t-elle. Nous avons nourri

les petits chats puis il les a dessinés. Il y a un croquis pour vous sur le bar. J'en ai gardé un, j'espère que ça ne vous ennuie pas. C'est un vrai petit Picasso !

— Ça n'a pas dû être si facile, dit Nina.

— Il s'est réveillé une fois, a demandé un verre d'eau. Il voulait donner à nouveau le biberon aux chats. Ensuite, il s'est tranquillement rendormi. Nous nous sommes bien amusés. Vraiment.

Nina prit les mains d'Amy dans les siennes.

— Je ne vous remercierai jamais assez d'avoir fait de cette soirée un moment magique pour lui aussi. Il supporte mal la nouveauté, mais vous avez fait des miracles avec vos petits chats. J'aurais aimé prendre une photo.

— Ne vous inquiétez pas pour ça. Nous avons pris des tonnes de selfies ! Je vous les ferai parvenir. Je ne plaisante pas en disant que je me suis bien amusée. Je reviendrai. J'aimerais le dessiner, si ça ne vous ennuie pas.

— Bien sûr que non !

— Avec le mariage, je ne travaille pas cette semaine. Nous nous reverrons, donc. Mais pour l'heure, je vous laisse !

Amy tourna sur elle-même dans un concert de tinte-ments de bracelets, puis lança :

— Bonne soirée à tous les deux ! Je dois rentrer avant d'être transformée en citrouille !

Alex regarda sa sœur descendre les marches puis disparaître dans l'allée.

Il se tourna vers Nina. Il comptait lui proposer une promenade avec Cody le lendemain, mais avant qu'il puisse dire un mot, elle l'embrassa. Et il ne s'agissait pas d'un simple baiser en passant. Elle noua ses bras autour de son cou, se serra contre lui, et posa les lèvres sur les siennes. Quant à lui, il n'avait aucune envie de lui refuser quoi que ce soit.

Tout en la serrant fiévreusement contre lui, il lui rendit

son baiser. L'alchimie entre eux avait été explosive dès l'instant où il avait posé les yeux sur elle. Avec Nina, il était vivant. Le futur pouvait bien aller au diable.

Alex entendit Nina pousser un gémissement de plaisir. C'était le genre de baiser passionné qu'échangent des gens qui comptent aller plus loin. Cependant, tout en constatant que les choses évoluaient vite entre eux, il ne s'attendait pas à ce qu'elles passent à cette vitesse, c'était le moins qu'on puisse dire. Au même moment, il sentit les mains de Nina glisser sur ses épaules, agripper sa chemise, descendre plus bas.

Prenant son beau visage dans ses mains, il la regarda.

— Je ne m'attendais pas à cette réaction.

— Tant mieux…

Nina renversa la tête pour lui offrir sa gorge et son collier scintilla à la lumière du porche.

— J'aurais horreur d'être prévisible.

Alex suivit du doigt la courbe de son cou délicat, descendit vers sa gorge et se dirigea vers la naissance de sa poitrine.

— Tu es incroyable, murmura-t-il. Tu me mets à genoux.

Même s'il ne la comprenait pas encore tout à fait, il avait terriblement envie d'elle. C'était tout ce qu'il savait.

Nina joua avec un bouton de sa chemise.

— Que se passe-t-il si je te dis que je me moque pas mal de ton argent ? Que je n'ai pas de place dans ma vie pour quelqu'un, mais que je suis d'accord pour une aventure sans lendemain ?

Alex avait envie de lui crier qu'il était d'accord pour tout, mais sa raison lui disait que c'était trop beau pour être vrai. Et s'il voulait davantage ? Par quel miracle avait-elle aussi rapidement inversé les rôles ?

— Tu me proposes vraiment une aventure sans lendemain ? parvint-il à articuler.

— Tu ne me croiras peut-être pas, mais ce n'est pas

dans mes habitudes, dit Nina en se mordillant la lèvre. Ecoute, nous sommes très attirés l'un par l'autre. Et puisque la vie nous offre cette parenthèse, il me semble que nous devons en profiter.

Il chercha un doute ou une hésitation dans ses yeux verts. Mais on n'y lisait que de la passion à l'état pur.

— Et quand veux-tu que nous passions à l'acte ?

Tout en se serrant contre lui, elle le fit reculer jusqu'à la porte du bungalow.

— Pourquoi pas maintenant ?

6

C'était donc officiel. Nina vivait sa première aventure. Bien sûr, elle avait été mariée, mais elle était sortie un an avec Warren avant de coucher avec lui. Il avait été le premier, et le seul. Cependant, comme le simple fait de penser à son ex-mari la rendait malade, elle s'efforça de chasser ce souvenir pénible. Rien ne ternirait ces instants. Ce serait des moments de rêve arrachés au quotidien avec un homme qui en valait la peine. Elle le méritait. Mieux, elle en avait physiquement besoin. Grâce à Alex, elle était désormais consciente des privations qu'elle infligeait à son corps.

Sans interrompre leur baiser, Nina tâtonna derrière elle à la recherche de la poignée de la porte. Il lui restait sans doute peu d'occasions de se sentir à nouveau femme. Et pour tout dire, elle n'était pas sûre d'avoir déjà connu de telles sensations. Alors autant d'en profiter.

Alex lui mordilla la lèvre.

— Je m'en occupe, dit-il en poussant la porte.

Il la souleva alors dans ses bras pour lui faire passer le seuil. Puis il la déposa sur le canapé et s'allongea sur elle avec une telle délicatesse que leurs lèvres ne se séparèrent à aucun moment.

Sentir Alex sur elle rendait Nina folle de bonheur. Elle sentait tout son corps vibrer de désir. Et encore davantage quand il l'embrassa avec passion.

Autant le dire tout net : son corps exigeait qu'on lui

fasse l'amour. Non, pas seulement. Il voulait avoir le bonheur de ne faire qu'un avec le corps d'un homme, avec les mains d'un homme sur lui, avec les mains de *cet* homme sur elle.

Au même moment, Alex se souleva sur les coudes.

— J'ai peur de t'écraser, murmura-t-il.

Nina promena les mains dans son dos, tira sur sa chemise pour la sortir du pantalon.

— J'aime sentir ton poids sur moi.

Et surtout la chaude pression de sa cuisse entre ses jambes. Elle se cambra légèrement et sentit des ondes de plaisir parcourir tout son corps.

— Et moi, j'aime être sur toi, dit Alex en accentuant sa pression.

Nina s'approcha alors de ses lèvres. Il fallait qu'elle lui dise combien elle se sentait bien.

— Merci pour le bouquet de fleurs.

Leur parfum se mêlait à l'odeur boisée du bungalow. Et il y avait ce mot qu'elle n'avait pas encore eu l'occasion de lire. Qu'avait-il bien pu lui écrire ?

Doucement, Alex lui caressa les cheveux.

— Tu mérites d'être entourée d'attentions.

— Tu n'as pas arrêté de la journée !

— J'ai des projets pour demain. Si tu veux bien.

— Concentrons-nous plutôt sur l'instant présent.

— Que veux-tu, Nina ?

— Que tu m'embrasses…

Nina posa alors ses lèvres sur les siennes.

— Et puis…

Elle glissa une main entre les jambes d'Alex.

— Ça…

Elle se frotta contre sa cuisse, ce qui éveilla chez elle mille sensations voluptueuses. Entendre Alex grogner de plaisir la fit quasiment défaillir. Elle rendait baiser pour baiser, caresse pour caresse, explorant son corps musclé.

Elle s'attendait à ce qu'il l'emmène dans la chambre mais, bizarrement, il semblait se contenter de ce petit jeu très excitant.

Tout en glissant une main sous sa robe, Alex passa ses doigts dans son soutien-gorge. Leur contact râpeux fit courir des étincelles sur la peau de Nina qui sentit durcir la pointe de ses seins.

Soumise à la délicieuse torture de l'attente, elle s'agitait sous lui.

— Alex, chuchota-t-elle, allons dans la chambre.

Ou dans la baignoire. A vrai dire, son imagination prenait le pouvoir et des visions de corps enlacés stimulaient son excitation. Cependant, Alex ne manifestait aucune intention de quitter le canapé. Il écarta les pans de sa robe, défit son soutien-gorge et captura la pointe d'un de ses seins, la faisant rouler sous sa langue. Nina se cambra tant cette sensation était intense et se pressa plus fort contre sa cuisse.

D'une main, Alex effleura sa culotte et elle pensa avec tristesse à ses sous-vêtements dépareillés. Si seulement elle s'était acheté de la lingerie fine à la boutique au lieu d'un collier...

Là, Nina sentit l'intensité du regard d'Alex sur elle tandis qu'il glissait les doigts sous l'élastique de sa culotte. Il semblait très désireux de lui faire plaisir, et cette idée l'excitait autant que les doigts habiles qui la caressaient.

Et soudain, la jouissance explosa en elle. Elle se mordit la lèvre pour contenir ses cris tandis qu'il l'emmenait sur les cimes de l'extase. Un dernier frisson, et elle se laissa aller sur le canapé, son corps s'enfonçant avec béatitude dans les coussins. Ah, c'était bon...

Tout en reprenant son souffle, Nina nota vaguement qu'il remettait ses vêtements. Un instant plus tard, il était debout. Pourquoi tant de précipitation ? C'était très étrange. Après un si beau moment...

Elle se souleva sur un coude.

— Chut… Détends-toi, dit Alex en l'embrassant sur le front.

La seconde d'après, il sortit son mot de son sac et le posa sur la table basse.

— Bonne nuit, Nina. Pense à fermer derrière moi.

Elle aurait voulu lui dire un dernier mot. Hélas ! avant qu'elle réussisse à rassembler ses idées, il était parti. La déception prit le pas sur son bonheur. Pourquoi Alex réagissait-il de cette façon ?

En soupirant, elle ramena sur elle les pans de sa robe et s'assit. Décidément, Alex était l'être le plus déroutant qu'elle connaisse. Mais, à vrai dire, elle ne se comprenait pas mieux en ce moment.

Nina repoussa ses cheveux en arrière et prit l'enveloppe sur la table basse. Elle en tira une feuille de papier et la déplia. Alex y avait retranscrit un poème français. Un joli poème, très romantique. Une ode à la beauté d'une femme.

Elle sentit aussitôt ses doigts se crisper. Oh non… Elle venait de se convaincre d'avoir sa première aventure sans conséquence. Sauf qu'elle avait jeté son dévolu sur un homme déterminé à lui faire la cour.

Alex poussa un soupir. Quitter Nina lui avait fait un mal de chien. Seulement, comme la soirée avait échappé à son contrôle, il avait besoin de temps pour réfléchir.

Oh ! inutile de nier l'évidence : il la désirait, passionnément, douloureusement ! Simplement, il ne s'attendait pas à ce qu'elle lui propose une simple aventure. Et il ne s'attendait pas non plus à s'attacher autant à elle et à son fils.

Cependant, autant être lucide. Poursuivre une relation avec Nina, c'était courir à la catastrophe. D'une manière ou d'une autre, elle finirait par découvrir qu'il convoitait les parts de Cody dont Gran lui avait envoyé les détails par mail dans l'après-midi. Du coup, il avait l'impression d'espionner Nina. Ce qui n'était pas faux, mais très désagréable. Et puis, il était dans une situation impossible. Sa grand-mère pouvait perdre sa société si sa conversation avec Nina tournait mal.

Si encore il ne s'agissait que de conserver égoïstement le ranch… Mais le bien-être de sa grand-mère était en jeu : il ferait n'importe quoi pour apaiser ses derniers moments ! Et voilà qu'il mettait son empire en péril en s'attachant à Nina. Seulement à quoi bon nier la vérité ? Il ne regrettait pas de tout faire pour séduire Nina. Pire, il n'avait pas l'intention de renoncer.

A mi-chemin de la grande maison, Alex s'arrêta, sourcils froncés. Puis il changea de direction pour gagner les écuries. Avec un peu de chance, une promenade nocturne apaiserait la tension qui bouillonnait en lui.

Car la prochaine fois qu'il verrait Nina, il devrait être parfaitement calme et maître de lui-même.

« Promenade à cheval, m'man. Promenade à cheval », n'avait cessé de chantonner Cody depuis le petit déjeuner. Il serrait si fort sa main que Nina avait senti ses doigts s'engourdir.

Le soleil chauffait le sol tandis qu'elle emmenait son fils aux écuries. A vrai dire, elle se sentait nerveuse. Elle n'avait guère dormi la nuit précédente à force de se demander pourquoi Alex l'avait quittée si précipitamment. Sans compter qu'elle ne l'avait pas vu de la matinée !

Elle se rongea distraitement les ongles. Depuis le réveil, Cody était surexcité. Au cours des derniers jours, il avait monté des poneys et appris à les contrôler. Sauf qu'il allait maintenant monter un cheval plus grand. Comment allait-il réagir ?

Nina sentit son estomac se contacter. Cody avait beau

être prêt, elle était inquiète mais s'efforçait de ne pas laisser déteindre sa peur des chevaux sur son enfant. Ce qui n'avait rien d'évident.

En approchant du corral, les enfants se rassemblèrent autour de leurs animateurs ; chacun portait une chemise de couleur différente selon le groupe auquel ils appartenaient. Cody lui lâcha la main pour s'approcher de son animateur. Il paraissait confiant et heureux. Elle sourit. Même un tout petit signe de joie venant de lui valait énormément.

Comme on avait demandé aux parents de rester en retrait pour la journée, elle s'arrêta à la barrière.

Soudain, elle entendit une voix familière lui crier :

— Bonjour, Nina !

Nina scruta les visages des gens massés le long de la barrière et repéra soudain la sœur d'Alex en compagnie d'une jeune femme. Mince, Amy allait peut-être lui demander comment s'était passée sa soirée… Non, ça ne valait pas le coup d'être aussi nerveuse. Parler avec Amy serait un bon moyen d'en apprendre davantage sur Alex.

— Bonjour ! dit Nina en s'approchant. Merci encore d'avoir gardé Cody hier soir.

— C'était un plaisir, vraiment.

Amy posa son carnet à dessins sur la barrière.

— Permettez que je vous présente Johanna Fletcher, bientôt Johanna McNair. On ne dirait pas, parce qu'au lieu de se laisser chouchouter, elle insiste pour travailler aux écuries jusqu'à la veille de son mariage. Johanna, voici Nina Lowery. Son fils est cet adorable blondinet, là-bas, celui que je t'ai dit vouloir croquer.

Nina se mordit la lèvre. C'était donc la jeune femme avec qui Alex avait eu une histoire. La curiosité et un sentiment moins avouable la poussèrent à détailler du regard cette jeune femme qui avait l'air très discrète. En somme, l'exact opposé d'Amy. Cependant, même avec un jean fatigué, des bottes éculées et un T-shirt trop grand, Johanna avait de la classe.

— Le vétérinaire qui doit me remplacer n'arrive qu'en fin de semaine, dit Johanna en riant. Je ne peux pas laisser tomber mes animaux, Stone le comprend.

Au prix d'un effort surhumain, Nina tenta de ravaler sa jalousie et chercha quelque chose à dire.

— Le camp que vous avez organisé, votre fiancé et vous, est une vraie réussite.

Johanna eut un sourire éclatant.

— Nous nous considérons chanceux d'avoir les moyens d'apporter un peu de bonheur et de réconfort à ces enfants.

— Eh bien, vous apportez certainement beaucoup des deux à mon fils. Et je suis très reconnaissante à votre équipe d'avoir accepté de nous inscrire au dernier moment.

L'espace d'un instant, Johanna parut interloquée mais elle se reprit et sourit.

— Eh bien, je retourne au travail. Amy, nous parlerons plus tard de ces invités supplémentaires. En tout cas, ravie de vous connaître, Nina.

Nina attendit que Johanna se soit éloignée pour se tourner vers Amy.

— J'ai dit une sottise ?

— Pas du tout. Elle a sans doute été surprise que vous ayez pu vous inscrire *in extremis*. D'ordinaire, la liste d'attente est longue.

— C'est donc ça. J'ai eu peur d'avoir commis une bourde étant donné qu'elle est sortie avec Alex.

Amy haussa un sourcil parfaitement dessiné.

— Vous êtes au courant ? Peu de gens le sont.

— Alex m'en a parlé.

— Comme c'est intéressant, dit Amy.

Elle s'adossa à la barrière, son collier en étain et en turquoise étincelant au soleil de l'après-midi.

— C'était purement platonique entre eux, reprit Amy.

Johanna était encore sous le choc de sa rupture avec Stone. Et puis elle ne voulait pas être cause d'une brouille entre les deux cousins. Et, pour tout dire, elle n'a jamais cessé d'aimer Stone.

Nina hocha la tête. En un sens, c'était rassurant.

— Ah bon ?

— Elle a pratiquement grandi ici. Son père était l'employé aux écuries, et elle l'accompagnait souvent. Aussi loin que mes souvenirs remontent, je l'ai toujours vue très attachée à Stone. Quelquefois, l'amour naît lentement, au fil des ans, ajouta-t-elle en jouant avec son collier d'un air songeur. Et d'autres fois, il suffit d'un instant.

— Mes parents appartenaient à la catégorie des amours d'enfance. Et les vôtres ?

Le sourire d'Amy se fit amer.

— Ils se sont connus à l'université. Ma mère aime raconter qu'au premier regard, elle a su qu'il serait à elle. Mon père était une bonne prise, et ma mère a toujours eu l'esprit de compétition.

— Au ton de votre voix, je devine qu'à vos yeux, ce n'est pas une bonne chose.

— Pas dans son cas. Elle a beau sincèrement aimer papa, elle aime aussi sincèrement son argent. Or, malgré son assurance, elle s'en veut de n'avoir jamais rien accompli par elle-même. Elle nous a donc poussés à tout réussir, Alex et moi. Pour faire quelque chose par procuration.

Nina sentit son cœur se serrer.

— C'est... triste, fit-elle remarquer.

— Si vous connaissiez ma mère, vous changeriez d'avis ! Vous avez déjà regardé des émissions de télé où on voit des enfants participer à des concours de beauté ? Eh bien, voilà ce qu'a été ma vie. Entre les robes à paillettes, les chorégraphies contestables et les poudres de perlimpinpin glissées dans mon Coca pour que je reste éveillée à l'heure de la sieste...

— Pas possible ? s'exclama Nina en écarquillant les yeux.

— J'ai des étagères remplies de coupes pour le prouver.

Amy se redressa et prit la pose d'une participante à un concours de beauté.

— J'ai même les fausses dents qu'on m'a posées quand j'ai perdu mes dents de lait. Néanmoins, la manie qu'avait ma mère de me mettre en scène ne m'a pas trop perturbée. Je suis allée à l'université et j'ai obtenu des diplômes en art et affaires. Sans être vraiment brillante, j'ai terminé mes études dans les temps, et j'ai un métier. Alex a davantage souffert que moi.

Nina sentit son cœur battre plus vite.

— Que voulez-vous dire ?

Amy jeta un coup d'œil au corral où on juchait les enfants sur des chevaux placides.

— Avez-vous déjà assisté à des compétitions de rodéo ? Avant l'âge de dix-huit ans, mon frère avait plus de fractures qu'un joueur de football professionnel. Et pour faire plaisir à nos parents, une fois consolidé, il se remettait en selle.

Nina porta une main à sa gorge. L'idée qu'un enfant puisse être ainsi traité par ses parents la révoltait. Pourquoi faire ça à un être innocent ?

— Je suis désolée, dit-elle d'un ton navré.

— Il ne faut pas, répliqua Amy avec un haussement d'épaules. Nous n'avons pas souffert de la faim, nous n'avons pas été battus, et nous avons mené une vie de gosses de riches. Je voulais juste que vous compreniez pourquoi nous sommes parfois maladroits pour exprimer nos sentiments.

Ne sachant que dire, Nina regarda nerveusement autour d'elle. Dans l'enclos, une fillette atteinte de dystrophie musculaire se laissait bercer par l'allure d'un gros poney brun-gris. Elle souriait et ses yeux brillaient tandis que ses nattes se soulevaient à chaque pas du paisible animal. Un garçon à qui il manquait un bras travaillait son équilibre sur une jument rouanne au pas sûr.

Pas de doute, les McNair étaient incontestablement des gens bien. Alors autant clarifier tout de suite la situation auprès d'Amy.

— Alex et moi, nous ne nous connaissons que depuis quelques jours, crut-elle bon d'expliquer.

Amy reprit son carnet de croquis.

— Comme je disais, quand il faut des années à certaines personnes pour tomber amoureuses, d'autres succombent en un clin d'œil.

Sur ces mots, elle prit congé d'un geste de la main.

Nina se sentit mal en entendant cette allusion à ce possible sentiment amoureux entre Alex et elle. Pourquoi disait-elle ça alors que cette histoire était censée être une simple passade ?

Et pourtant, elle ne pouvait s'empêcher de le chercher des yeux.

Soudain, un souffle d'air chaud sur sa nuque la fit frissonner. C'est là qu'elle entendit :

— Bon après-midi, beauté.

Alex prit Nina par la taille tandis qu'elle pivotait pour lui faire face. Depuis douze heures, il avait une envie folle de la tenir de nouveau dans ses bras. Il s'était toujours considéré comme un être rationnel mais, en quelques jours, elle lui avait fait perdre la tête. Il ne se reconnaissait plus !

Hélas ! sa sortie nocturne ne l'avait pas aidé à trouver de solution pour concilier les exigences de sa grand-mère avec son désir d'entamer une vraie relation avec Nina. En tout cas, jusqu'à ce qu'il trouve la bonne approche pour acquérir les actions, il ferait son possible pour gagner sa confiance, et pas seulement sur le plan physique.

— Salut, lança-t-elle. Je me demandais où tu étais passé.

— Je m'occupais des préparatifs du mariage.

Il lui caressa légèrement la taille.

— A présent, j'ai quelques heures de liberté à passer avec toi.

Nina leva le menton.

— Si tu t'imagines que nous allons reprendre là où nous en sommes restés au moment de ton départ…

Avant qu'elle puisse terminer sa phrase, Alex posa un doigt sur ses lèvres.

— J'ai d'autres projets et j'espère que tu seras d'accord.

— Que proposes-tu ? demanda-t-elle d'un ton méfiant.

— Une visite des lieux pendant que ton fils prend son cours.

Avec un peu de chance, elle comprendrait combien il tenait au ranch…

— Amy va rester dans les parages au cas où Cody aurait besoin de quelque chose. Elle dit que c'est l'occasion idéale pour le dessiner.

— Tu as pensé à tout, admit Nina avant de regarder autour d'elle. Nous prenons la voiture ?

Alex secoua la tête.

— Ton fils serait fier de te voir à cheval, non ?

— C'est odieux d'exercer un chantage à la culpabilité.

— Mais ça peut marcher. Ta monture t'attend, belle dame.

Alex lui fit alors signe de se retourner.

Nina découvrit alors un grand cheval marron tacheté de blanc. Attaché à la barrière, celui-ci agitait nonchalamment la queue. Elle l'observa d'un œil incrédule.

— Tu n'imagines tout de même pas me faire monter là-dessus ! s'exclama-t-elle d'une voix suraiguë.

— Si je monte avec toi, tu prendras confiance, non ?

Ce matin, l'idée lui paraissait bonne, mais à voir la tête de Nina, il commençait à avoir des doutes.

Elle regarda son fils, puis le cheval. Heureusement, celui-ci était suffisamment calme pour qu'elle ne s'enfuie pas en criant.

Même si c'était visiblement à contrecœur, elle finit par hocher la tête.

— Oui, bien sûr. Si Cody réussit à vaincre sa peur du public, je peux vaincre les miennes.

— Nina, tu es formidable, dit Alex en lui caressant la joue.

— Oui, oui. Si tu veux. Et maintenant, dépêche-toi avant que je change d'avis.

Avec un grand sourire, il l'entraîna vers le cheval.

— Nina, je te présente Zircon. C'est un Paint Horse, précisa-t-il en caressant l'encolure du pie marron tacheté de blanc.

Zircon secoua la tête. Puis il regarda tranquillement Alex.

— Il est solide et doux comme un agneau. Tu es prête ?

Alex toucha les naseaux de Zircon qui prit un air attentif.

Nina regarda encore une fois son fils. Alex le regarda lui aussi. Apparemment, Cody était dans son élément, tant mieux. Un peu plus loin, il aperçut également Amy, assise dos à un arbre, son carnet de croquis sur les genoux.

— Ne t'inquiète pas, il va bien, dit Alex en attrapant la main de Nina. Ils vont faire une promenade jusqu'à la rivière.

— Alors allons-y avant que je perde tout courage.

Joignant le geste à la parole, elle laissa Alex lui faire la courte échelle pour l'aider à s'installer sur le dos de Zircon. Nina une fois installée, il se hissa en souplesse derrière elle.

Zircon demeura parfaitement immobile.

— Bon garçon, dit-il avant de glisser ses bras de chaque côté de Nina, sa joue contre ses cheveux, pour prendre les rênes. Comment te sens-tu ?

— Je te fais confiance pour gérer la situation si ce cheval s'emballe.

— N'aie pas peur !

Le temps de s'enivrer de l'odeur fruitée de ses cheveux, il lança le cheval au pas d'un claquement de langue.

Nina saisit la corne du pommeau. Elle n'avait pas l'air rassurée, c'était le moins qu'on puisse dire.

— Tu te rends compte qu'une demi-douzaine de femmes vertes d'envie nous regardent ? demanda-t-elle.

— Où ça ? Je ne vois que toi.

Alex passa un bras autour de sa taille. Il fallait qu'elle commence à se détendre.

— Tu es toute crispée. Prends donc une touffe de poils de la crinière. Ça créera un lien avec Zircon et t'aidera à prendre ton équilibre.

— Vraiment ? dit-elle en serrant les dents. Je me demande bien pourquoi tu fais ça, puisque tu es parti hier soir. Alors que je t'invitais à rester.

A ces mots, elle glissa une main dans la crinière du cheval et saisit une poignée de poils. Ça y est, elle respirait un peu plus librement, il le sentait.

Le menton sur la tête de Nina, Alex contempla les pâturages verdoyants, la rivière et ces arbres qui vivaient là depuis si longtemps. Zircon marchait tranquillement. Il le dirigea vers un grand champ. Avec un peu de chance, ils allaient trouver un endroit pour parler. A vrai dire, être déchiré entre son désir pour Nina et son attachement à cette terre le mettait au supplice.

— Méfie-toi, je vais te prendre au mot.

— Tu n'en avais pas très envie, hier soir.

Alex sentit le dos de Nina se crisper contre son torse.

— Il y a une différence entre se croire prête à sauter le pas et l'être vraiment, dit-il en la serrant contre lui.

Avoir son corps magnifique entre ses bras était une douce torture. A chaque mouvement du cheval, Nina et lui se frôlaient, ce qui le mettait dans un état d'excitation indescriptible. Il étouffa un grognement entre ses mâchoires serrées.

— Tu n'as que ce que tu mérites ! dit-elle en riant.

— Décidément, tu m'en veux pour hier soir. Désolé. J'imagine qu'il faut que nous… parlions et que nous apprenions à nous connaître.

Nina tourna la tête pour le regarder.

— Bonne idée. Raconte-moi encore ton enfance ici.

— Eh bien, ma grand-mère pensait que nous devions acquérir par nous-mêmes la connaissance du ranch et de son fonctionnement.

Alex fit contourner à Zircon un arbre tombé par terre et le guida vers un champ de lupins.

— Nous suivions partout les employés. Quelquefois, c'était amusant, d'autres fois, moins. Gran ne voulait pas d'enfants gâtés par l'argent à la tête des affaires familiales.

— Très judicieux de sa part.

Quand ils passèrent près d'un gros chêne, une nuée d'oiseaux s'envola dans le ciel texan.

— Un été, elle nous a donné des poules et nous avons dû démarrer un poulailler.

— Vraiment ? s'exclama Nina.

Alex la sentit subitement se détendre. Tant mieux, c'était bon signe.

— Par la suite, nous avons appelé cette période « L'Eté des œufs ». Nous les ramassions et nous avons dû apprendre à les cuisiner, aussi bien brouillés qu'au plat, puis en omelettes et quiches.

— C'est bien que ta grand-mère vous ait fait participer à l'expérience, vous, les garçons.

Il sourit. Se rendait-elle compte qu'elle avait relâché le pommeau et que ses épaules et son bassin commençaient à suivre l'allure du cheval ?

— Mon grand-père et elle ont construit le ranch à partir de rien.

Tout en parlant, Alex prit conscience des véritables raisons pour lesquelles il avait organisé cette promenade. A quoi bon se mentir ? Il espérait faire comprendre ses motivations à Nina et l'engager à lui pardonner d'avoir caché la vérité.

— Le ranch appartient en réalité à ma grand-mère. Mon grand-père était joaillier. Ils ont conjugué leurs rêves pour bâtir un empire.

Soudain, Alex ne put s'empêcher de frissonner en songeant jusqu'où il devrait mener cette conversation.

— C'est très fort. De leurs différences, ils ont fait un atout, fit alors remarquer Nina.

— Tu disais que ton mari était un enfant gâté.

— J'ai dit ça ?

— Il me semblait. Tu as mentionné la fortune de ses parents et leur propension à tout régir.

Alex prit une grande inspiration. Allez, courage, il était temps de se lancer sur ce terrain terriblement glissant.

— S'agirait-il par hasard des Lowery de Lowery Resorts ?

Nina lui jeta un coup d'œil surpris.

— Ce sont eux. Et à la mort de son père, Cody a hérité de ses parts.

Alex hocha la tête. Surtout, ne pas manifester sa tension.

— C'est toi l'administratrice, ou ce sont ses grands-parents ?

— C'est moi, et franchement, la responsabilité de gérer ses biens m'écrase. Les médecins sont incapables de dire comment son autisme évoluera et quel sera son avenir. Comme il n'est pas certain qu'il puisse s'assumer, je dois gérer au mieux cet argent. Il ne pourra peut-être compter que sur ce revenu.

Alex se mordit la lèvre. Ces paroles lui firent l'effet

d'un coup de massue. Il était si occupé à réfléchir à ce qui serait le mieux pour sa grand-mère et pour le ranch qu'il n'avait pas pensé à ce petit de quatre ans, pris dans un conflit qui le dépassait. Ce n'était plus McNair contre Lowery. Mais une vieille femme malade contre un enfant handicapé. La vérité était cruelle.

Nina et lui avaient dépassé le champ de lupins et se dirigeaient désormais vers une zone de rochers. Il sentait le poids des remords sur ses épaules, un poids écrasant qui ternissait la beauté de cette journée. Si bien qu'il perdit, sans s'en rendre compte, la trace d'un sentier qu'il connaissait par cœur.

C'est là qu'il vit le serpent à sonnette qui avait surgi entre les antérieurs du cheval. Mais il était trop tard.

7

Nina sentit son cœur bondir. Le cheval se cabra soudain en battant furieusement l'air de ses sabots. Alex resserra son étreinte afin de la maintenir en place puis rassembla les rênes de l'autre main. Il lança quelques mots au cheval, sans doute pour le calmer, mais son cœur battait si vite qu'elle n'arrivait pas à comprendre.

Et voilà, elle allait tomber de cheval, se briser le cou. Son fils serait orphelin. Elle avait voulu tenter l'aventure et elle en payait le prix. Un cri de terreur monta dans sa gorge. Fermant les yeux pour lutter contre le vertige, les muscles tendus à se rompre, elle saisit la crinière de la bête, de toutes ses forces.

Quand les sabots de Zircon reprirent contact avec le sol, Nina se sentit perdre l'équilibre. Elle essaya de s'accrocher au cou de l'animal, mais elle avait à peine repris son souffle qu'il bondissait en avant. Un instant plus tard, elle se retrouva propulsée violemment contre le corps d'Alex.

— Alex ! cria-t-elle.

— Garde ton calme, lui recommanda-t-il. Accroche-toi à la crinière et n'oublie pas de respirer.

Le cheval se mit à galoper, de plus en plus vite, arrachant des mottes de terre et d'herbe sur son passage. Ils traversèrent un champ, se dirigèrent vers une petite rivière. Le vent sifflait à ses oreilles. Elle n'avait pas été jetée à bas du cheval. Elle n'était pas morte. Pas encore.

Alex la tenait fermement serrée contre lui.

— Tout va bien, Nina. Zircon va s'arrêter. Il faut juste rester en selle.

Elle eut très envie de le croire. Etrangement, l'envie de savourer cette course folle montait en elle. Elle vivait des émotions fortes, pour une fois.

Elle allait sans doute être servie, car Zircon piquait désormais vers la rivière. Parvenu à la berge, l'animal prit son élan. Instinctivement, elle saisit la crinière un peu plus haut et se pencha en avant durant le saut.

Zircon vola par-dessus la rivière et atterrit sur la berge opposée. Avait-elle hurlé ? Elle l'ignorait. Ce qui était sûr, c'était que le monde autour d'elle avait pris des couleurs éclatantes. Elle avait eu la sensation de voler.

Le tambourinement des sabots du cheval se répercutait dans son corps pendant qu'il galopait entre de grands chênes. Puis ils atteignirent une clairière. En tirant légèrement une des rênes, Alex attira la tête de Zircon vers la droite, si bien qu'il se mit à galoper en cercles. Alex réduisit peu à peu le diamètre et le cheval finit par ralentir et s'arrêter, tout en frappant le sol. Ça y était, c'était fini.

Alex sauta à bas du cheval et souleva Nina pour la déposer à terre. Elle se laissa faire sans discuter. Puis elle le vit s'accroupir devant Zircon et examiner ses membres. Elle se mordit la lèvre.

— A-t-il été mordu ?

Alex secoua la tête.

— Je ne crois pas. Le serpent l'a juste effrayé.

Il la regarda par-dessus son épaule.

— Ça va ?

— Ça va. Juste un peu secouée et contente que personne n'ait été blessé, surtout pas Zircon.

Nina tendit une main hésitante et tapota l'encolure du cheval. Tiens, sa robe était très douce… Le pauvre, il avait eu l'air d'avoir terriblement peur.

Alex se redressa et la rejoignit. Il lui caressa la joue.

— Je suis navré que la situation ait échappé si vite à mon contrôle.

— Grâce à ton sang-froid, nous nous en sommes sortis, et, pour tout dire, passé la première frayeur, j'ai apprécié la course. Je ne m'attendais pas à ressentir des sensations aussi excitantes.

— C'est-à-dire ?

— La peau qui picote, giflée par la vitesse. Le vent qui soulève les cheveux.

Alex sourit en l'attirant plus près de lui.

— On dirait que tu as l'âme d'une cavalière, finalement !

— Une cavalière ? s'exclama Nina en riant. Comme tu y vas !

— Crois-moi, j'ai un sixième sens pour ça.

— Alors, la prochaine fois, allons-y plus tranquillement, et on en reparlera !

— Tu as envie de refaire une balade ?

— Bien sûr. Si tu veux tout savoir, j'attends ce moment avec impatience.

— Tu vas avoir des tonnes de courbatures, après cette balade mouvementée.

A ces mots, Alex l'attira à lui. Nina eut un sourire. De toute évidence, il avait une petite idée derrière la tête…

— Probablement. Je pourrais aller voir tes masseuses.

— Je pensais à quelque chose de plus radical pour soulager tes tensions. Si tu veux bien.

Que faire ? Même si elle en mourait d'envie, Nina était encore perturbée par l'épisode de la veille. Bien sûr, elle voulait avoir une aventure avec Alex, mais elle avait besoin de mieux comprendre ses intentions, d'être sûre qu'ils étaient sur la même longueur d'onde.

— A propos d'hier soir…, hasarda-t-elle.

— J'ai été trop vite. Je comprends.

— Je dois t'avouer une chose, dit-elle dans un souffle.

Comme je n'ai pas l'habitude de ce genre de situation, j'ai pu envoyer des signaux confus. Depuis mon divorce, ma vie est uniquement centrée sur mon fils. Seulement, cette semaine, c'est… différent. Ce que j'essaie de dire, c'est que je ne voulais pas que tu partes.

— Je ne voulais pas non plus.

Nina prit une grande inspiration. C'était le moment ou jamais de poser la question qui l'avait harcelée toute la nuit. Allez.

— Alors, pourquoi m'as-tu laissée ?

Alex enleva son chapeau — par quel miracle l'avait-il conservé sur sa tête pendant cette course folle ? — et passa une main dans ses cheveux.

— C'est difficile à expliquer. Disons que cette semaine ne me paraît pas assez longue.

— C'est pourtant tout ce que nous aurons.

A ces mots, Nina s'écarta de lui. Elle n'envisageait pas plus. La seule idée de se retrouver en situation de vulnérabilité dans une relation lui donnait l'impression de basculer dans un gouffre béant.

— J'ai une vie à San Antonio, une maison, dit-elle doucement.

Encore que cette vie, cette maison, lui semblaient bien lointaines à cet instant.

Alex remit son chapeau en place.

— Tu as raison. Oublie ce que j'ai dit, et vivons l'instant présent.

Soudain, elle cessa de sentir ce poids l'oppresser et s'appuya contre lui.

— Au jour le jour. C'est parfait.

Là-dessus, Nina se souleva sur la pointe des pieds et embrassa Alex. Elle aimait ce sentiment de familiarité qu'elle éprouvait quand leurs bouches se retrouvaient. Comme si elles étaient faites l'une pour l'autre. Il la prit alors dans ses bras, tout contre son torse, et le souvenir de ses caresses embrasa ses sens éveillés par leur course échevelée. Pas de doute, il savait exactement quoi faire pour allumer un incendie dans son corps.

— Alex…, murmura-t-elle.

— Nina…

Elle sentit contre sa joue le contact râpeux de sa barbe de quelques heures. Que c'était bon…

— Je te veux, dit-il d'une voix rauque. Là, maintenant, mais nous sommes trop près du camp. Il peut passer des promeneurs.

D'un coup, Nina s'arracha à son étreinte. Mince, mince !

— Bon sang, les enfants sont de sortie ! s'exclama-t-elle en se frappant le front. Comment ai-je pu oublier ?

— Ecoute, voyons-nous plus tard. Je te l'ai dit, j'ai une idée pour apaiser ta tension.

Apaiser sa tension ? Elle en avait tellement envie…

— Ce soir, quand Cody dormira…

Huit heures plus tard, les mains sur les yeux de Nina, Alex la guidait le long des allées du ranch. Pourvu qu'elle apprécie son idée ! Il avait apporté le dîner, heureux de cette occasion de faire plus ample connaissance avec Cody. Ils avaient fait griller de la viande au barbecue et, jusqu'à l'arrivée d'Amy, joué avec les chevaux en plastique qu'il avait offerts à Cody.

Autant être lucide. Avec le mariage de Stone et Johanna qui se profilait à l'horizon, il n'aurait plus beaucoup d'occasions d'être seul avec Nina. Mais à ce moment précis, il n'avait pas envie de penser à sa famille.

Nina s'était montrée très claire, ils n'auraient que cette semaine ensemble. De toute façon, il était peu probable que leur histoire aille plus loin quand elle apprendrait que sa grand-mère convoitait les parts de son fils. Oh ! il avait bien envisagé de lui offrir une somme exorbitante, mais il n'avait pas de liquidités. En somme, il était pris entre le marteau et l'enclume.

Alors autant laisser Cody profiter au maximum du camp et choyer Nina pour le temps qui leur restait.

Nina attrapa alors Alex par les poignets.

— Où allons-nous ?

— Nous sommes arrivés, dit-il en s'arrêtant devant le sauna installé près de la piscine privée de la famille. Prête ?

— Je crois.

Alex poussa la porte d'une pièce tapissée de bois de cèdre. Un plateau avec des bouteilles d'eau était disposé près d'une pile de serviettes.

— C'est notre sauna privé. Personne ne viendra nous déranger. J'ai pensé que ça te ferait du bien après notre chevauchée. Mais tu n'y es pas obligée.

Nina se tourna vers lui, toute souriante. Elle était si facile à contenter. Et si à l'aise dans les endroits qu'il affectionnait le plus !

— C'est une merveilleuse idée !

Le vert émeraude de son chemisier diaphane faisait paraître ses yeux encore plus brillants.

— Tu as l'art de deviner ce qu'il me faut. Mais dis-moi, que te faut-il à toi ?

Comme il laissait son regard tomber sur l'échancrure de son chemisier, ce chemisier qui l'avait hypnotisé toute la soirée, la question resta momentanément en suspens. Une mèche de cheveux échappée de son chignon tombait sur sa poitrine. Difficile de résister à la tentation de l'écarter…

— J'ai besoin de toi, Nina. Juste de toi.

Alex eut un frisson. Pour l'heure, la température du sauna était encore modérée. Hélas ! plus il regardait Nina, plus son corps s'embrasait.

Quand elle lui caressa les épaules, le contact de ses mains fines électrisa sa peau.

— Je veux savoir, insista-t-elle. Tu vas encore partir ?

— Pas avant que tu me le demandes.

Ni une ni deux, il referma la porte. Ils étaient maintenant enfermés dans cet espace confiné et à peine éclairé. Il tourna la clé dans la serrure. Autant être prudent.

Quand Alex revint vers elle, Nina lui adressa un clin d'œil.

— Je crois que nous sommes trop habillés pour un sauna.

— Je vais me faire un plaisir de régler ton problème.

Elle écarta les bras pour qu'il lui enlève son chemisier. Ce qu'il fit sans se faire prier avant de le jeter sur un banc sans quitter des yeux le spectacle de son corps. La vue de ses seins recouverts de dentelle blanche était d'une beauté à couper le souffle.

— Tu es si belle.

Nina glissa une main sous sa chemise.

— Tu n'as pas besoin de me couvrir de compliments, tu sais.

— Tu les mérites… Si je parlais plusieurs langues, comme toi…

Tout en parlant, Alex baissa la fermeture du jean de Nina, révélant une culotte blanche.

— Je te redirais dans chacune d'elles combien tu es belle et à quel point je te désire.

— Pas la peine, tu te débrouilles très bien !

Sans perdre un instant, elle déboutonna sa chemise. Bon sang, le frôlement de ses doigts sur sa peau nue allait le rendre fou. Puis elle glissa la main dans son jean et la referma sur son sexe en érection. Quand elle se mit à le caresser, Alex l'immobilisa.

— Doucement…, murmura-t-il.

Lentement, il la poussa vers le banc et s'agenouilla devant elle pour lui ôter ses bottes. Aussitôt après, Nina lui retira sa chemise et parut se perdre dans la contemplation de son torse. Alex se débarrassa de ses propres bottes, et tira de son portefeuille deux préservatifs qu'il posa sur le banc.

Il vit les yeux de Nina s'assombrir de désir.

Il acheva de se déshabiller pour se retrouver nu devant elle. Avec un sourire plus brûlant que l'atmosphère du sauna, elle promena ses doigts délicats sur son torse, son ventre, effleura son sexe durci. La laisser le toucher était une douce torture. Seulement, il la désirait si fort qu'il avait l'impression d'être sur le point d'exploser.

Alex prit alors sa main, la porta à ses lèvres. Quand il embrassa son poignet, il s'aperçut que son pouls battait follement.

Il la lâcha un instant pour augmenter la température. Une fontaine d'eau ruisselant sur les pierres brûlantes propulsa des nuages de vapeur dans la cabine. Sur des étagères, des bouteilles d'huile d'eucalyptus, de citron, de bouleau et de menthe étaient alignées.

Alex choisit l'huile d'eucalyptus dont il projeta des gouttes sur les pierres avant de se retourner vers Nina. A vrai dire, il brûlait d'excitation. Enfin, il l'avait toute à lui, nue, somptueuse. Ils attendaient ce moment depuis l'instant où ils s'étaient rencontrés. Savoir qu'ils ne vivraient rien de plus lui donnait envie d'aimer Nina comme un fou.

Il disposa donc deux serviettes sur le banc et la fit s'allonger avant de s'étendre contre elle, peau contre peau, et de fermer les yeux.

Très vite, Alex laissa ses pensées divaguer. Tout ce qui comptait, désormais, c'était ce qu'il sentait. L'odeur fruitée des cheveux de Nina, la douceur de sa peau lorsqu'il posait ses lèvres sur la veine qui battait dans le creux de son cou. Elle glissa une jambe sur la sienne, son pied délicat allant et venant sur son mollet. Il baissa la tête vers ses seins, et quand il les embrassa, elle se cambra avec un cri guttural.

La peau de Nina ruisselait de sueur. Il lécha une goutte

sur la pointe d'un de ses seins et elle renversa la tête en arrière en gémissant. Que c'était bon…

— Je n'en peux plus d'attendre, dit-elle en lui mordillant l'oreille.

Elle lui passa un préservatif qu'il enfila. Alors, en soulevant une jambe, elle amena son sexe tout contre lui. Alex posa le front sur le sien et s'enfonça en elle. Nina respirait de plus en plus vite, ses hanches voluptueuses l'invitant à la posséder. Très vite, elle se mit à suivre si parfaitement son rythme qu'il serra les dents pour ne pas lâcher prise. Certes, elle était pressée, mais il ne s'abandonnerait pas au plaisir avant de la satisfaire.

La vapeur tournoyait au-dessus des pierres, emplissant la pièce d'un parfum d'eucalyptus. Leurs corps humides de sueur glissaient l'un contre l'autre, et Alex sentait son pouls résonner comme un tambour dans ses oreilles.

Il écarta alors des cheveux collés sur le beau visage de Nina et dévora sa bouche.

Nina. Rien que Nina.

En appui sur un coude, Alex glissa une main entre eux, caressa ses seins splendides puis, plus bas, son sexe humide. Entendre ses gémissements de volupté l'incitait à continuer. Au moment où il sentit qu'il lui était impossible de se retenir plus longtemps, les halètements de Nina s'accélérèrent. Il sentit ses ongles se planter dans son dos et elle cria tandis que des vagues de plaisir l'emportaient au paradis. Il s'effondra sur elle en poussant un dernier coup de reins. Dans un dernier tourbillon d'extase, il enfouit son visage dans le creux de son cou et roula sur le côté en la serrant contre lui. Déjà il se demandait combien de temps il pourrait la garder ici et laisser le monde au dehors.

Pour une raison simple. Plus que jamais, il était certain qu'une semaine avec Nina ne serait jamais assez.

***

Blottie contre Alex, Nina caressait son bras musclé et respirait l'odeur d'eucalyptus qui flottait dans le sauna. Seigneur... La semaine était déjà presque à moitié écoulée, elle allait bientôt quitter le Hidden Gem, et Alex.

Pour tout dire, cet endroit était digne d'un conte de fées, un coin de paradis qui allait certainement disparaître après son départ. Alex suscitait en elle des désirs impossibles à réaliser. Surtout (et c'était là le plus inquiétant), il lui donnait envie de mettre son cœur en danger alors qu'elle n'était pas sûre d'être capable de surmonter une nouvelle déception sentimentale.

Mais enfin, pourquoi pensait-elle à ça maintenant ? Dire qu'elle avait décidé de vivre l'instant présent...

Nina prit alors la main d'Alex et mêla ses doigts aux siens.

— Nous devrions nous rhabiller, dit-elle. Ta sœur doit attendre notre retour avec impatience.

— Rien ne presse. Amy adore Cody, et puis elle me doit bien ça.

— Pourquoi ?

A vrai dire, elle était curieuse d'en apprendre davantage. Il sourit.

— Nous avions dix-sept ans et elle n'avait aucune envie de participer au concours de Miss Honey Bee. Avec le nombre de prix qu'elle avait raflés, elle ne doutait pas un instant d'obtenir celui-là. Seulement, la gagnante devait assister à une foire locale, et elle n'avait aucune envie de s'exhiber devant des visages connus.

— Qu'as-tu fait ?

— Oh ! rien de bien terrible ! La veille du concours, nous sommes allés faire un tour en bateau et nous sommes restés si longtemps au soleil que nous étions rouges comme des écrevisses. Je m'en suis sorti en prétendant que le bateau était tombé en panne. Malheureusement, maman a quand même obligé Amy à concourir. Elle a juste forcé sur le maquillage. Amy a fini deuxième.

— C'est vrai ? s'exclama Nina.

Elle avait du mal à croire ce qu'elle venait d'entendre. Cette histoire était à la fois comique et très triste…

— Parole de scout ! J'avais proposé de lui couper les cheveux, mais comme elle avait refusé catégoriquement, il ne nous restait que cette solution. De toute façon, ça n'aurait pas marché non plus. Maman lui aurait acheté une perruque.

— Pour quelqu'un qui a la réputation d'être réservé, tu es drôle.

— J'ai mes moments.

A ces mots, Alex se pencha vers elle pour embrasser le bout de son nez.

— Dois-je conclure que tu approuves l'idée du sauna ?

— Beaucoup. Y a-t-il quelque chose que le Hidden Gem ne propose pas ? Sauna, massages, jet privé, dîners fins, et même boutique de cadeaux. Il n'y a pas besoin d'en sortir ! C'est le nirvana.

Au même moment, le sourire d'Alex s'évanouit.

— Certains prétendent que cet endroit devrait être mis au goût du jour.

— Comment ça ? On dispose ici de tout ce dont on peut rêver, fit-elle remarquer.

— Il n'y a ni attractions, ni casino. Avec ça, on pourrait attirer plus de monde et gagner beaucoup d'argent.

Nina baissa la tête. Profiter du tourisme de masse… Voilà une idée qu'auraient pu avoir ses ex-beaux-parents. Seulement, c'était les dernières personnes à qui elle souhaitait penser en cet instant.

— Tu ne peux pas être d'accord avec ça ! s'écria-t-elle. Ce serait retirer au ranch son authenticité et son charme !

— J'aime te l'entendre dire, dit Alex en baissant la tête.

Elle haussa les sourcils. Pourquoi ce changement

d'humeur chez Alex ? Il avait l'air si content un instant plus tôt !

Elle se suspendit à ses épaules, la tête pleine de questions. Mais avant qu'elle puisse en formuler une, une sonnerie de téléphone la fit tressaillir. Celle du portable d'Alex dans la poche de son jean.

— Ignorons-la, chuchota-t-il contre ses lèvres.

— Et si c'était ta sœur ? Cody a peut-être besoin de moi.

— Tu as raison.

Assis au bord du banc, Alex sortit son portable de son jean qu'il avait laissé tomber par terre.

Derrière lui, Nina suivait du doigt les marques de griffures qu'elle avait laissées dans son dos. Eh bien, elle n'y était pas allée de main morte !

— Amy ? Il y a un problème avec Cody ?

Il actionna le haut-parleur et elle s'assit près de lui. Pourvu qu'il ne se soit rien passé ! Elle ne se le pardonnerait pas.

— Non, pas du tout. Il dort.

Ouf ! quel soulagement ! Nina se détendit contre lui et il l'enlaça d'un bras.

— Tant mieux. Alors qu'y a-t-il ?

— Prépare-toi. Les parents reviennent un jour plus tôt que prévu. Ils ont atterri à Fort Worth, mais comme ils ne voulaient pas prendre la route de nuit, ils dorment à l'hôtel. Ils seront là demain, à la première heure.

Alex serra soudainement les dents.

— Il va falloir faire en sorte d'éviter tout débordement qui pourrait contrarier Gran.

Nina sentit aussitôt sa curiosité s'éveiller. Alex avait mentionné des problèmes avec ses parents, mais sa réaction semblait… un peu disproportionnée. Après tout, un jour d'avance, ce n'était pas grand-chose. Mais le fait de voir Alex se crisper semblait indiquer le contraire.

Nina prit une serviette et la déposa sur ses épaules musclées. Et voilà, la réalité avait repris ses droits.

8

Alex n'avait pas encore pris son petit déjeuner qu'il avait déjà une sensation de nausée.

Il arpenta nerveusement la terrasse familiale où la table du brunch avait été dressée. Sa sœur et lui attendaient avec Gran l'arrivée de leurs parents. Un grand soleil faisait chatoyer les gouttelettes d'eau de l'arrosage automatique qui humidifiait la pelouse.

Faire l'amour avec Nina avait été magnifique. Ce moment l'avait même comblé au-delà de toute espérance. Lui qui se targuait d'être un homme raisonnable, cette osmose instantanée entre eux l'avait complètement secoué. Et avant qu'il retrouve ses marques, ses parents décidaient d'avancer leur retour. Ce n'était vraiment pas de chance !

Sa mère avait la désagréable habitude de se montrer déplaisante avec ses petites amies, ce qui était d'ailleurs assez étrange puisque Bayleigh McNair n'avait pas la fibre maternelle, loin de là. Quoi qu'il en soit, pas question d'exposer Nina à son animosité, d'autant qu'ils ne savaient pas eux-mêmes sur quoi leur aventure allait déboucher.

Etendue sur une chaise longue, Gran buvait son thé. Elle n'avait pas touché à son déjeuner, posé sur une table près d'elle. Alex sentit son cœur se serrer. Son indomptable grand-mère était si frêle qu'un souffle de vent aurait pu l'emporter. Il fallait absolument que cette rencontre familiale se déroule sans heurts, mais n'avaient-ils pas tous à cœur le bien-être de leur mère et grand-mère ?

Possible, mais la mère de Stone serait, de toute façon, égale à elle-même : un véritable électron libre. On ne pouvait jamais prévoir ses réactions. Tout dépendait du fait qu'elle soit sous l'emprise de stupéfiants ou qu'elle sorte de désintoxication. Son dernier séjour remontant à six mois, si elle suivait le schéma habituel, la rechute était pour bientôt.

Alex secoua la tête. C'était peut-être injuste vis-à-vis de Nina que de la confronter à une famille aussi explosive, d'autant que des événements comme les mariages favorisaient les drames. Cependant, après la soirée de la veille, il ne pouvait se résoudre à perdre une seule minute avec elle. Il fallait la persuader qu'il y avait quelque chose de spécial entre eux avant d'être obligé de lui dévoiler son jeu.

Si seulement elle était venue à une autre session du camp ! Seulement, sans la machination de sa grand-mère, elle ne serait jamais venue. Et, pour tout dire, il n'arrivait pas à imaginer qu'il aurait pu ne jamais la rencontrer…

Néanmoins, il fallait prendre les problèmes à mesure qu'ils se présentaient. D'abord, il devait accueillir ses parents. Stone et Johanna — les chanceux ! — échappaient au brunch sous prétexte d'un rendez-vous avec le traiteur.

Soudain, un bruit attira l'attention d'Alex. Une limousine venait de franchir le portail d'entrée et était en train de se garer devant la véranda. A ce moment précis — comme par hasard —, quelques nuages ternirent la pureté du ciel. Le chauffeur ouvrit une portière et Alex vit sa mère descendre de voiture à grand renfort de gestes théâtraux.

Une chose était sûre : Bayleigh McNair aimait réussir ses entrées.

Une fois de plus, il déplora que le recours à la chirurgie esthétique, collagène pour les lèvres, implants sur les pommettes, lifting, l'ait tellement métamorphosée qu'il avait du mal à reconnaître.

Alex s'approcha de la chaise longue de Gran. Avec

un peu de chance, sa seule présence la protégerait et lui communiquerait un peu de son énergie. De sa main tremblante, elle reposa sa tasse de thé et posa sur lui un regard impérial. Il lui serra doucement l'épaule, le cœur serré.

Ironie du sort, son père portait un costume impeccable, comme s'il s'apprêtait à rejoindre son bureau. Pourtant, Garnet McNair n'avait qu'un titre honorifique au sein de la compagnie, « Directeur des relations étrangères », ou quelque chose du genre. Traduction : sous couvert d'obligations professionnelles, et même s'ils avaient gardé un appartement au ranch, ses parents passaient leur temps dans des hôtels luxueux aux quatre coins du monde. Et ils étaient passés maîtres dans l'art d'extorquer de l'argent à Gran.

Cependant, comme celle-ci était une femme d'affaires avisée, Alex ne doutait pas qu'elle voie clair dans le jeu de son père. Il se sentit frémir de colère. Avec tout le mal que son grand-père et elle s'étaient donné pour bâtir leur empire, le cynisme de ses parents le révoltait. Pas étonnant que Gran ait souhaité mettre des conditions avant de distribuer son héritage.

Alex regarda Bayleigh monter les marches de la véranda avec une parfaite élégance. Parfaite en tout : il n'y avait pas d'autres mots pour décrire sa mère. Pas un cheveu ne dépassait de sa coiffure, son maquillage, un peu plus épais chaque année, était impeccable. Quant à son éternelle minceur, quasi squelettique, elle était préservée grâce à des heures passées sur un tapis de course et à un régime à base de fromage blanc et de café. Et pour ce que le tapis de course ne pouvait pas arranger, elle s'en remettait à son chirurgien.

A vrai dire, il s'était toujours demandé comment sa mère faisait pour rester aussi parfaite en présence d'enfants. Autrefois, Gran portait souvent des vêtements tachés car elle se souciait peu sa tenue quand il lui prenait l'envie d'étreindre ses petits-enfants. Même s'ils avaient la bouche pleine de glace au chocolat.

Alex eut un sourire. Sur ce point, Gran et Nina avait beaucoup en commun.

Les talons de Bayleigh cliquetèrent sur les dalles tandis qu'elle venait leur donner un rapide baiser, à Amy et lui, laissant flotter un nuage de parfum dans son sillage. Puis elle se tapota les yeux avec un mouchoir en se penchant sur Gran.

— Comment vous sentez-vous, maman McNair ?

Elle embrassa Gran sur la joue et s'assit près d'elle.

— Je suis si heureuse que vous soyez encore parmi nous pour le mariage !

— Vous êtes bien pressée de m'enterrer, répliqua Gran avec un sourire moqueur. Il reste de la vie en moi, ne vous en déplaise !

Au même instant, Garnet s'approcha de sa mère.

— Je t'en prie, ne parlons pas de choses désagréables. Je me réjouis de te voir profiter du soleil.

Gran leva les yeux vers le ciel.

— Dommage que ça se couvre.

Puis son sourire se fit nostalgique.

— Tu ressembles tellement à ton père, Garnet. Il me manque toujours autant malgré les années.

Alex avait parfois entendu Gran se reprocher d'avoir trop gâté ses enfants. Il n'était pas d'accord. Enfin, pas entièrement. Même si elle s'était montrée autrefois trop indulgente, son père et la mère de Stone auraient tout de même dû prendre leurs responsabilités.

Il proposa une tasse de café noir à sa mère. Elle la prit et la serra dans ses mains, humant l'arôme comme s'il la nourrissait à lui seul.

— Etant donné que la mariée n'a pas de mère, que maman Mariah est très malade, et qu'on ne peut pas compter sur la mère de Stone, j'ai préféré arriver un jour plus tôt pour vérifier que tout était en ordre, expliqua Bayleigh.

Là-dessus, elle but une gorgée de café.

Garnet restait silencieux, ce qui n'avait rien de surprenant. Il se servait une part de quiche et des fruits quand un bruit de pas sur le gravier se fit entendre. Un instant plus tard, Stone grimpait les marches de la véranda.

— Désolé d'être en retard ! Johanna a encore des détails à régler avec le traiteur, mais elle nous rejoint dès que possible. Merci d'être venu, tante Bayleigh, oncle Garnet.

Il se débarrassa de son chapeau avant d'embrasser Gran, puis alla se servir une assiette.

— Je meurs de faim ! Heureusement que vous m'en avez laissé.

— Et que tu es arrivé avant que « tante Bayleigh » ait bu tout le café, lança sa sœur.

— Amy, dit Bayleigh d'un ton sévère, es-tu vraiment obligée d'être désagréable ?

— Absolument, répliqua sa sœur sans hésiter. Maman, Johanna et Stone sont assez grands, je pense, pour organiser tout seuls un mariage à taille humaine !

Bayleigh reposa sa tasse.

— Sans doute, s'ils n'ont personne à impressionner.

Alex vit alors Amy jeter un regard noir à leur mère entre ses paupières plissées.

— Ils pourraient t'étonner !

En toussotant, Garnet glissa une main dans le dos de sa femme.

— Pardonne-moi, Amy, dit Bayleigh en tapotant le genou d'Amy avant de reprendre sa tasse de café. C'est que je suis impatiente d'organiser le mariage d'au moins un de mes enfants. Mais ni l'un ni l'autre ne manifeste l'intention de se caser. J'espère que tu ne tarderas plus, ma chérie. Ton horloge biologique est en route.

— Tu me surprends, maman, riposta Amy. Je croyais que tu craignais que j'abîme ma silhouette.

Alex retint un soupir excédé. Une fois déclarées, les hostilités entre mère et fille n'en finissaient plus.

Bayleigh dévisagea sa fille par-dessus sa tasse.

— Voyons, ma chérie, l'époque des concours de beauté est révolue pour toi.

Au même moment, sa sœur fusilla leur mère du regard. Attention, la réponse allait être terrible…

— Selon toi, je suis si laide que je ferais mieux de chercher un donneur de sperme ?

Son père fronça de nouveau les sourcils mais continua de consulter les nouvelles sur sa tablette tout en mangeant.

— N'agace pas ta mère, Amy. Le week-end sera bien assez long comme ça.

Stone posa alors sa fourchette assez longtemps pour annoncer :

— Alex a rencontré une mère célibataire et son fils au ranch, cette semaine.

Alex se dit soudain qu'il devait saisir la perche que lui tendait Stone. Ce changement de sujet était le bienvenu. Même s'il n'était pas totalement inoffensif, pour le moment il ne menaçait pas la tranquillité d'esprit de Gran.

— Hé ! cousin, ce ne sont pas des façons de traiter celui qui doit s'occuper de ton enterrement de vie de garçon !

Amy eut un petit rire.

— De toute façon, maman aurait découvert le pot aux roses en te voyant arriver au dîner de répétition avec ta belle rousse.

Alex jeta alors à sa jumelle un regard glacial.

— Merci pour ton soutien, Amy.

— Une rousse, dit Bayleigh avec une moue. Enfin, si tu as des enfants rouquins, un petit tour chez le coiffeur et il n'y paraîtra plus. Dis-m'en davantage sur elle.

Alex regarda sa mère et se crispa. Il n'aimait pas du tout cette lueur dans ses yeux.

— Les nuages s'amoncellent, dit-il. Nous ferions bien de rentrer prendre le brunch à l'intérieur.

Sa mère lui donna alors une petite tape sur le genou.

— Aucune menace ne me dissuadera d'en savoir plus sur cette femme. Tu n'as pas répondu à ma question, mon fils.

— Elle s'appelle Nina, maman. Et je te conseille de rentrer tes griffes et de la laisser tranquille. Ne fais pas semblant de ne pas comprendre. Je ne veux pas de ton ingérence dans ma vie privée. Compris ?

— Bien sûr, dit Bayleigh en portant une main sur son cœur. Je veux juste des petits-enfants. Je rêve de ce jour avec impatience.

— Ce sujet est également interdit. Comme ton intention de choisir leur mère, je veux dire.

Pour la première fois, Alex vit son père lever les yeux de son iPad.

— Cette semaine s'annonce passionnante.

Pendant ce temps, les yeux bleus, pleins de vivacité, de sa grand-mère prenaient note de tout. Alex secoua la tête. Il détestait qu'elle assiste à cette passe d'armes, même si c'était monnaie courante lors des réunions de famille. Pour la première fois, il se demanda si ses exigences ne dissimulaient pas quelque chose. Et si, en réalité, elle mettait à l'épreuve son sens de l'honneur pour s'assurer qu'il n'avait pas hérité des défauts de son père ?

A vrai dire, Alex s'était toujours senti un peu à part. La preuve : il ne s'impliquait pas dans Diamonds in the Rough. Mais il pensait que sa grand-mère respectait ses choix et appréciait qu'il transforme le Hidden Gem en atout pour l'empire McNair.

A présent, il ne savait plus quoi penser. Il avait juste envie d'expédier ce déjeuner et de retrouver au plus vite Nina.

La pluie crépitait sur le toit de la grange. Assise à un bout de la table de pique-nique, une tasse de café additionné de crème et de sucre à la main, Nina observait son fils. Les enfants étaient éparpillés d'un bout à l'autre de la grange aménagée en mini-ferme, avec de petits espaces abritant des animaux. Les enfants pouvaient brosser, cajoler, caresser des poneys, des ânes, des poules, ou même des lapins. Quatre enclos plus loin, sous l'œil attentif d'un animateur, Cody brossait un petit âne.

De toute évidence, on n'avait pas besoin d'elle ici. Son fils appréciait sa relative indépendance. Elle aurait pourtant dû s'en réjouir et retourner au bungalow lire ou somnoler, bercée par le bruit de la pluie. Elle avait peu dormi la nuit précédente, c'était le moins qu'on puisse dire.

Elle reposa sa tasse en soupirant.

A quoi bon se mentir ? Elle appréhendait l'arrivée des parents d'Alex et la façon dont ils interviendraient dans leur relation. Qu'ils fassent l'amour ou qu'ils discutent, elle aimait être avec Alex. Désormais, ces tête-à-tête seraient impossibles. C'était comme si on lui dérobait les derniers précieux instants de leur aventure.

Seulement, s'il s'agissait vraiment d'une aventure, elle ne serait pas aussi perturbée.

Un coup de tonnerre se fit soudain entendre. Nina regarda vite son fils pour s'assurer qu'il n'était pas effrayé. D'autres enfants portèrent leurs mains à leurs oreilles, l'un d'eux poussa un cri, mais Cody demeura imperturbable. Tant mieux.

Au même moment, la porte s'ouvrit et un souffle d'air humide s'engouffra dans la grange tandis qu'Alex faisait son apparition. Il referma rapidement la porte, secoua son chapeau et jeta un œil alentour. Très vite son regard trouva le sien et il sourit. A son expression, Nina devina qu'il pensait à la nuit précédente, lui aussi. Elle allait se lever, mais il lui fit signe de rester assise.

Il s'arrêta près de l'enclos où Cody officiait et échangea quelques mots avec son moniteur qui lui laissa la place.

Curieuse d'entendre ce que mijotait Alex, et aussi d'être près de lui, elle s'approcha discrètement.

Il prit une seconde brosse et entreprit de la passer sur l'animal.

— Tu sais, dit-il, à ton âge, je ne parlais pas beaucoup non plus. Bien sûr, ce qui te passe par la tête n'est pas tout à fait la même chose, mais je voulais te dire : je sais que même quand quelqu'un se tait, il entend ce qui se passe autour de lui. C'est ce que j'apprécie le plus avec les animaux. Comme ils sont silencieux, c'est plus facile d'entendre.

— Oui, dit Cody en continuant consciencieusement son brossage. Ma maman m'a amené ici.

— Tu as une supermaman, Cody. Moi, je ne te connais pas aussi bien qu'elle te connaît, et je peux seulement essayer de deviner ce qui t'intéresserait. Ce serait ennuyeux pour toi, par exemple, que je te parle de pêche alors que tu aimes le foot. Je suis d'accord pour que tu restes silencieux, mais est-ce que tu pourrais me dire, juste un tout petit peu, de quoi tu aimerais parler ?

Cody posa la brosse et caressa l'encolure de l'âne.

— L'âne est gentil.

— Tu aimes les chevaux, les poneys et les ânes ? Tu veux que je t'en parle ?

Sans tourner la tête, Cody émit un vague assentiment.

— Eh bien, mon cousin Stone a un cheval nommé Copper. Ma sœur Amy, un pur-sang qui s'appelle Crystal.

Nina les regarda attentivement. Alex énumérait les chevaux de façon à ce que Cody établisse un lien avec chaque membre de la famille McNair par l'intermédiaire d'animaux qu'il aimait.

— Mon préféré est un *paint horse* qui s'appelle Zircon. Ma grand-mère aime donner aux personnes et aux animaux des noms de pierres précieuses. Elle aime suivre un modèle.

— J'aime aussi, murmura Cody.

— D'accord. Parlons de cette histoire de noms de pierres. On m'appelle Alex, mais mon vrai nom est Alexandrite, et ma sœur Amy se prénomme en réalité Amethyst. Ma grand-mère donnait même des noms de pierres à ses chiens.

— Des chiens, fit Cody avec une étincelle dans le regard.

Il leva la tête vers Alex.

— Où sont les chiens ?

— Ma grand-mère est malade, alors trois de ses chiens ont trouvé une nouvelle famille. Mon cousin Stone a adopté le quatrième qui s'appelle Pearl, et ma sœur s'occupe des chats de Gran.

— Je peux caresser le toutou ?

Alex sourit.

— Que dirais-tu de caresser un tout petit chien ? Il y a quinze jours, quelqu'un a déposé chez nous un carton avec des chiots croisés border collie. Tu veux les voir ?

Cody hocha vigoureusement la tête.

Prenant garde à rester discrète, Nina les suivit jusqu'au bureau où on avait installé la portée. Deux petits chiens se disputaient un jouet, un troisième courait après une balle. En voyant Alex montrer à son fils comment jouer avec les petites boules de poils, elle sentit son cœur se serrer. Cody avait si peu de modèles masculins dans sa vie.

Hélas ! Alex éveillait en elle des désirs irréalisables ! Le ranch pouvait accueillir des animaux abandonnés, de jeunes mères écrasées sous le poids des responsabilités, et des enfants handicapés. Cependant, elle devait se rappeler que, pour elle comme pour ces chiots, le Hidden Gem n'était qu'un refuge temporaire. Bientôt, Cody et elle repartiraient à San Antonio, le cœur plein de nostalgie.

Une heure plus tard, Nina prenait des photos de son fils chevauchant un taureau mécanique. En voilà un qui ne risquait pas de faire du mal à qui que ce soit. La pluie ayant cessé depuis quelques minutes, l'animateur commençait à réunir son petit monde.

— Mettez-vous en rang, les enfants. Les poneys bleus ici, les poneys jaunes là, et puis, les verts et les rouges.

Les enfants coururent à lui, leurs petits corps débordant d'énergie. Une fillette en fauteuil roulant passa même devant elle à la vitesse de l'éclair, ses nattes volant au vent.

Nina sentit qu'on posait une main sur son épaule. Alex.

— A qui envoies-tu des photos ? demanda-t-il.

— A un ami de San Antonio. Reed et moi, nous nous sommes rencontrés à un groupe de soutien pour parents célibataires d'enfant handicapé.

— Reed, répéta-t-il la mâchoire serrée. Dois-je être jaloux de ce type ?

— Non ! Nous sommes juste amis. De bons amis qui essaient de s'entraider, mais juste des amis.

Nina rangea son téléphone et prit la main d'Alex. Quel dommage qu'ils ne puissent pas s'embrasser !

— Je n'aurais pas eu cette histoire avec toi s'il y avait eu quelqu'un dans ma vie, affirma-t-elle.

Et c'était la stricte vérité.

— Tant mieux.

Du pouce, Alex caressa l'intérieur de son poignet.

— Tu es montée sur le taureau mécanique ?

Nina ouvrit de grands yeux. Grimper sur ce truc ? Quelle idée, enfin !

— Voyons ! C'est une activité réservée aux enfants.

Ne compte pas sur moi pour jouer les cow-girls sexy histoire de te faire plaisir !

Il lui adressa un clin d'œil taquin.

— Je ne pensais pas à ça. Surtout avec les enfants dans les parages. Mais ta remarque ouvre des perspectives intéressantes… Bon, pour le moment, que dirais-tu d'une petite chevauchée tranquille ?

Nina ne put s'empêcher de frissonner. Alex réussissait à faire d'une anodine proposition quelque chose de sensuel, d'irrésistible. En hésitant, elle approcha du taureau mécanique et effleura la selle du bout des doigts.

— Il y a plusieurs vitesses, expliqua-t-il. Nous irons aussi doucement que tu voudras.

— Nous parlons bien du taureau ? dit-elle en lui jetant un regard appuyé.

— Tu veux qu'on parle d'autre chose ?

Gagnée par la panique, Nina détourna la tête.

— Je crois que je vais prendre l'option taureau.

— Très bien. Vas-y, grimpe !

— D'accord, mais pas de photos !

Elle mit le pied à l'étrier, se souleva et atterrit sur la selle en riant. Eh bien, elle devait avoir une sacrée allure !

— Tu sais, je n'ai jamais été fan des chevauchées de carnaval.

— Dis-moi quand tu veux que j'arrête.

Alex mit le mécanisme en marche, doucement. Le taureau oscilla puis entama un changement de direction. Bon, jusqu'ici, tout allait bien.

— Une fois, sur la grande roue, j'ai vomi mon goûter, avoua-t-elle.

— Je sais où se trouve la serpillière.

— Comment ? Un tout-puissant McNair se livrerait à une aussi basse besogne ? plaisanta-t-elle.

Sans sourciller, il augmenta légèrement la vitesse.

— Gran nous a inculqué le culte du travail, y compris

du travail domestique. Dès l'enfance, on nous a assigné des tâches à accomplir, comme tout le monde, et nous devions commencer au bas de l'échelle et nous familiariser avec les différentes étapes.

Nina agrippa un peu plus fort le pommeau avant de demander.

— Qu'en pensaient tes parents ?

— Ils s'en moquaient tant que l'argent rentrait dans leur poche.

— Ton père ne travaillait pas ?

La question méritait d'être posée. Ça semblait si étrange alors qu'Alex se donnait sans compter…

— Mon père a un bureau et il fait des voyages d'affaires. Mais travaille-t-il ? Pas vraiment. Je crois que Gran tenait à nous éduquer de manière à ce que nous ne suivions pas le même chemin. Et ça a marché. La seule entorse au programme, c'est que Stone, au lieu de prendre la direction de Diamonds in the Rough, a préféré organiser ce camp.

Nina hocha la tête. C'est vrai qu'elle avait entendu des rumeurs au sujet d'un nouveau P-DG engagé par l'entreprise Diamonds in the Rough, mais sans y prêter beaucoup d'intérêt.

— Ça a dû être une grosse déception pour ta grand-mère de ne pas pouvoir transmettre son héritage à ses enfants.

— Certainement, et c'en est toujours une. Mais l'existence du camp pour enfants handicapés lui fait très plaisir. Qui n'en serait fier ? C'est novateur et gratifiant. Je veux juste qu'elle vive en paix ses derniers moments.

Aussitôt, des ombres semblèrent passer dans les beaux yeux de Stone. Le pauvre, cette triste perspective le hantait…

— Tous les parents veulent que leurs enfants soient heureux, dit-elle d'un ton apaisant.

— Pas tous.

— Tu veux dire que ta grand-mère…

— Non, pas Gran. Je fais allusion à mes parents. Mais parlons d'autre chose. Comment te sens-tu sur ce taureau ? Prête à passer à la vitesse supérieure ? Si tu continues à parler, c'est qu'il ne va pas assez vite.

Nina secoua vivement la tête. Pas question de tenter le diable !

— Je crois qu'il est temps d'arrêter.

Sans broncher, Alex arrêta la machine. Le taureau ralentit et finit par s'immobiliser.

— Tu vas me manquer, ce soir, pendant que je participe à l'enterrement de vie de garçon de Stone, dit-il en l'aidant à descendre.

Nina glissa à terre, tout contre lui, et savoura le contact de leurs corps. C'était si bon…

— Je croyais que les hommes ne vivaient que pour ce genre d'événements.

— Je préférerais passer la soirée avec toi, dit Alex d'une voix chaude.

Elle appuya la joue contre son cœur, juste un instant, et écouta ses battements réguliers.

— C'est gentil, murmura-t-elle.

— Mes pensées sont tout sauf gentilles.

Il se pencha pour murmurer à son oreille :

— J'adorerais te voir après la fête, si ce n'est pas trop tard.

Nina eut un sourire. Trop tard ? Renoncer à la promesse qui se dessinait dans les paroles d'Alex aurait été de la folie.

9

Alex trépignait d'impatience. Il n'arrêtait pas de consulter sa montre. Mais enfin, quand allait se terminer cette soirée ? Il avait tellement envie d'être avec Nina et Cody ! Néanmoins, impossible de rater cette fête. Stone était un frère pour lui. Pour le moment, il devait donc chasser de son esprit l'idée de retrouver Nina.

La fête avait lieu dans un pavillon privé qui se dressait derrière la maison principale. Des nuages de fumée de cigare flottaient au-dessus des tables de poker. Un buffet avait été dressé dans un coin. Il y avait également un bar avec les meilleurs alcools en quantité suffisante pour soutenir un siège. Une chaîne diffusait de la musique country par-dessus les rires et les verres qui s'entrechoquaient.

Garnet, Stone et Preston Armstrong, le nouveau P-DG, étaient assis à une table avec lui. Quatre autres tables accueillaient des employés de longue date de Diamonds in the Rough et du Hidden Gem Ranch.

Preston abattit ses cartes.

— Je me couche. C'est le pire enterrement de vie de garçon que j'aie connu ! déclara-t-il.

Alex éclata de rire en jetant des jetons au milieu de la table.

— Tu dis ça parce que tu perds !

— Là, tu as peut-être raison, concéda Preston d'un air las.

— C'était mon souhait pour la soirée, dit Stone en

distribuant des cartes aux joueurs restants. Juste de l'alcool et des cartes.

— Pas même un DVD ?

Stone sourit d'un air diabolique.

— Tu n'as pas entendu ? Je me réserve pour mon mariage.

— Et nous alors ?

Stone haussa les épaules et termina son verre.

— Organise ton enterrement de vie de garçon, et tu établiras tes propres règles.

— Ça ne risque pas d'arriver, maugréa Preston en se levant. En attendant, je vais refaire connaissance avec le bar.

Garnet jeta ses cartes sur la table.

— Je suis également hors jeu. Un verre me fera le plus grand bien.

Alex regarda les deux paires dans sa main et poussa quelques jetons vers le milieu de la table. C'était le moment de passer à l'action.

— Je suis heureux pour Johanna et toi, dit-il à Stone. J'espère que tu le sais ?

— Je suis content de l'entendre, répliqua Stone d'une voix émue. Tu es un frère pour moi.

— Désolé d'avoir à le dire, poursuivit Alex, mais Johanna et moi, nous étions trop semblables pour former un couple. Notre attachement n'était qu'une forme d'affection amicale.

Autant être honnête avec Stone. Il savait maintenant que ce qu'il avait cru éprouver pour Johanna n'était rien en comparaison de ce qu'il ressentait pour Nina.

— Aimer une femme est rarement facile, dit Stone.

Alex fit alors claquer ses cartes dans sa main et le bruit sembla couvrir le brouhaha de la soirée.

— Je l'apprends, dit-il. En tout cas, pour l'amour du ciel, ne laisse personne parler à ma mère de mon histoire avec Nina !

Renversant la tête, Alex termina son verre. Il semblait avoir bu de la vodka toute la soirée mais, en réalité, il n'avait pris que de l'eau. Autant avoir les idées claires pour profiter de sa rencontre avec Nina. Il leur restait si peu de temps à passer ensemble...

— C'est ta fête, ce soir, cousin ! lança-t-il.

— Dans ce cas, allons faire une balade à cheval, toi et moi, comme dans le bon vieux temps ! lança Stone en jetant ses cartes.

Alex hocha la tête. L'idée paraissait beaucoup plus alléchante que de rester assis à jouer au poker. Il se leva mais s'arrêta, pris de scrupules.

— Ce n'est peut-être pas très sympa de laisser Preston avec mon père ?

— C'est Preston le patron maintenant, dit Stone en se levant avec un grand sourire. C'est l'avantage de ma situation, mon vieux. Johanna et moi, nous n'avons de comptes à rendre à personne.

— Très juste.

En sortant, Alex songea à quel point la famille était importante pour lui. Plus importante que le ranch ? Ou bien indissociablement liés.

Si seulement il connaissait la réponse...

Alex n'avait pas fait de balade nocturne avec Stone depuis des années. Adolescents, ils s'éclipsaient fréquemment pour échapper à leurs parents respectifs. Il y avait quelque chose d'apaisant à fuir ensemble par les chemins, même s'ils parlaient peu.

— Tu es prêt ? demanda-t-il à son cousin.

Stone se préparait à enfourcher Copper, son *quarter horse* alezan.

— Je parie que je te bats à plate couture d'ici à la rivière ! déclara Stone une fois en selle.

Le *quarter horse* semblait danser sur ses jambes marquées de balzanes blanches. Lui aussi avait envie de se défouler !

— J'en doute ! Tu es rouillé.

Alex caressait distraitement l'encolure de Zircon. Celui-ci tourna la tête pour pousser son genou avec ses naseaux.

— Je tiens le pari, insista Stone.

— Comme tu voudras, dit-il en venant placer Zircon près de Copper. A mon signal… Une, deux, trois, partez !

Comme s'il lisait dans ses pensées, Zircon fit un bond en avant. Alex sourit. Voilà pourquoi ses relations avec les chevaux avaient toujours été si faciles. Les mots étaient inutiles.

Stone avait pris une très légère avance. Rassemblant les rênes, Alex lâcha la bride à son cheval. Les oreilles de Zircon se rabattirent sur sa tête tandis qu'il galopait sans retenue. Finalement, ils dépassèrent Stone et Copper avant la rivière.

Aussitôt, le souvenir de son escapade avec Nina, du baiser échangé au milieu des prés, se raviva. Inutile de se voiler la face : il fallait qu'il la voie ce soir. Peu importait l'heure ; il se contenterait de se glisser dans le lit auprès d'elle et de la regarder dormir.

Pris par la griserie du galop, Alex ne se rendit pas tout de suite compte que son portable vibrait.

— Stone, arrête ! On m'appelle, lança-t-il.

Il sortit son téléphone de sa poche. C'était Amy.

Alex sentit son estomac se nouer. Amy n'avait aucune raison d'appeler à cette heure. Sauf s'il se passait quelque chose de grave.

— Allô ?

— C'est Gran ! fit la voix suraiguë de sa sœur. Elle a très mal à la tête et l'infirmière s'inquiète. On la conduit aux urgences, ce sera plus rapide que d'appeler une ambulance. S'il te plaît, viens tout de suite !

— Je suis avec Stone, on arrive.

Le temps de raccrocher, il regarda son cousin.

— Il faut emmener Gran à l'hôpital. Elle ne va pas bien.

Stone hocha la tête, les traits durcis.

Ils firent faire demi-tour à leurs chevaux et regagnèrent l'écurie à bride abattue.

Tout en attendant Alex, Nina lisait, allongée sur son lit. A vrai dire, comme elle s'était habituée à avoir des conversations adultes, le soir, Alex lui manquait beaucoup.

D'accord. Ses caresses aussi lui manquaient.

Elle regarda son portable posé sur la couette. Il avait promis d'envoyer un texto quand il quitterait la soirée. Il se montrait toujours si attentionné, et il comprenait si bien Cody. Ce serait d'autant plus dur de devoir bientôt le quitter, difficile de le nier.

Soudain, elle entendit son téléphone vibrer. Elle avait reçu un texto d'Alex.

Contretemps. Gran a très mal à la tête. Nous l'emmenons aux urgences.

Oh non, le pauvre... Le cœur serré de compassion, elle lui répondit rapidement.

Suis de tout cœur avec toi.

Elle aurait voulu faire plus, être près de lui en ces pénibles moments, le réconforter. Il était si proche de sa grand-mère. C'était une mère pour lui. Il l'admirait tellement.

C'était miraculeux qu'entre le mariage de son cousin, son travail et son inquiétude pour la santé déclinante de sa grand-mère, Alex trouve encore le temps de s'occuper de Cody et elle.

Le téléphone serré dans sa main, elle se renversa

contre l'oreiller et contempla le mouvement des pales du ventilateur. Avait-elle commis une erreur en se coupant aussi longtemps des hommes ? Difficile de répondre à cette question alors qu'elle n'imaginait pas être avec un autre qu'Alex.

De nouveau, son portable vibra. Elle s'assit et prit la communication. Pourvu que ce soit Alex avec de bonnes nouvelles à lui annoncer.

Sauf que c'était un appel de Reed. Mince…

— Bonsoir, Reed.

— J'espère ne pas appeler trop tard.

— Pas du tout. Je lisais. Tout va bien à la maison ?

— Je tenais à te dire que les photos de Cody m'ont ébahi. J'ai inscrit Wendy à ce camp. Mais, bien sûr, elle est sur liste d'attente. Tu as vraiment eu de la chance d'avoir une place si vite.

— Ils ont parlé d'une annulation de dernière minute, expliqua Nina.

— Sauf que la liste d'attente fait des kilomètres !

— Ecoute, je ne sais pas ce qui s'est passé pour Cody et moi, mais je peux glisser un mot en ta faveur aux McNair. Je… suis entrée en relation avec eux cette semaine.

— Ce serait adorable, mon chou. Merci. Je n'aurais rien demandé pour moi, mais là, il s'agit de Wendy.

Son ami marqua une pause avant d'ajouter :

— Tout se passe bien pour toi, on dirait ?

— Cody est en pleine forme. Le changement de décor nous réussit à tous les deux.

Elle voyageait beaucoup quand elle travaillait pour les Nations Unies. Cela lui manquait parfois, même si sa réaction la culpabilisait. Cody n'était responsable en rien. Heureusement, le groupe de soutien où elle avait rencontré Reed et appris à faire face avait changé sa vie.

— Tu verras, Wendy adorera cet endroit, et toi aussi.

— Tant mieux, tant mieux. Continue de m'envoyer des photos. Bonne nuit !

— Bonne nuit.

Nina se rallongea. Ses pensées virevoltaient dans sa tête. Il lui semblait qu'un détail lui échappait, mais quoi ?

Si elle ne pouvait pas expliquer par quel miracle elle avait été admise à participer à ce camp, en revanche, elle savait que le destin comptait depuis toujours lui faire rencontrer Alex McNair. Elle était lasse de se méfier de tout et de tout le monde. Ces moments passés avec Alex ressemblaient à un conte de fées, chaque jour plus merveilleux que le précédent. Contrairement à son ex-mari, c'était un vrai prince charmant, lui.

Très vite, Nina sentit le sommeil s'emparer d'elle. Et peut-être, aussi, un désir d'oubli. Sans doute voulait-elle juste savourer ses derniers jours au ranch sans penser à l'avenir.

Avec seulement le clair de lune pour le guider dans sa chambre, Alex ôta sa chemise imprégnée de l'odeur de fumée de cigare mêlée à celle d'antiseptique de l'hôpital. Le médecin des urgences avait diagnostiqué une déshydratation. Après traitement par intraveineuse, on avait autorisé Gran à rentrer chez elle sous la garde de son infirmière.

Plus exactement, elle avait déclaré que rien ne l'empêcherait d'assister au mariage de son petit-fils. Du coup, son médecin allait l'examiner régulièrement jusqu'au jour des festivités.

Mais elle allait mourir, et aucun médicament n'y changerait rien.

Alex serra les poings. La colère grondait en lui. Impossible de rester enfermé dans sa chambre, il n'avait pas sommeil. Il sortit un T-shirt de la commode et l'enfila vivement. Son horloge sonna 3 heures. Tant pis pour l'heure tardive. Il fallait qu'il voie Nina.

Il sortit sur sa terrasse, sauta par-dessus la balustrade et courut à travers la pelouse vers le bungalow de Nina. Il avait une clé. Elle lui en avait remis une la veille, quand il était parti. La pleine lune inondait les chênes de sa pâle lueur, mais la plupart des bungalows étaient plongés dans l'obscurité et les seuls bruits qu'on entendait étaient ceux des insectes et des grenouilles. Une fois sur place, il grimpa rapidement les marches du porche et tourna tout doucement la clé dans la serrure.

Alex alla d'abord voir Cody. L'enfant dormait paisiblement, ses cheveux blonds luisant à la lueur de la veilleuse. Il faisait frais dans la chambre, mais il était enroulé dans sa couverture douillette. Difficile de ne pas être ému par ce spectacle. Nina lui avait expliqué que le fait de se sentir enveloppé dans un cocon protecteur aidait Cody à produire la sérotonine nécessaire à ce qu'il s'endorme, ou quelque chose d'approchant.

Il referma discrètement la porte et entra dans la chambre de Nina. Il resta bouche bée devant la vision qui s'offrait à lui. Elle était belle, une vraie princesse avec ses indomptables boucles rousses auréolant son visage, si naturelle, si désirable. Elle s'était endormie sur la couette, son téléphone à la main. Elle portait un T-shirt rose pâle, orné d'une tour Eiffel qui couvrait à peine ses cuisses. Il aurait tant aimé voyager avec elle, l'emmener à Paris, à Rome, dans tous les pays du monde.

Encore faudrait-il qu'elle lui pardonne ses mensonges par omission. Ce qui était loin d'être assuré.

Alex s'assit au bord du lit.

— Nina, c'est moi.

— Alex…, dit-elle d'une voix endormie. Avant de rouler vers lui. Comment va ta grand-mère ?

Alex sentit son cœur se serrer d'émotion. Dans son

demi-sommeil, elle se préoccupait de la santé de son aïeule… Décidément, Nina était une femme formidable.

— Gran est rentrée. Elle souffrait juste de déshydratation.

Il ôta ses chaussures et s'allongea près d'elle sur le lit.

— J'espère que ma présence ne te dérange pas. Je sais qu'il est tard, mais tu me manquais trop.

Elle se blottit contre lui.

— Je suis heureuse que tu sois là. Tu me manquais aussi.

Alex ferma un instant les yeux. Le corps tiède de Nina semblait fait pour ses bras et son parfum délicat l'enivrait à chaque respiration. Il traça des cercles dans son dos. C'était si réconfortant de la savoir là. Juste être près d'elle, c'était déjà le paradis. Cependant, il sentit aussitôt s'éveiller en lui des instincts plus primitifs. Au prix d'un effort surhumain, il serra les dents en essayant de se maîtriser.

Plus facile à dire qu'à faire.

Avec un soupir, Nina se serra plus étroitement contre lui, et Alex ravala un grognement de désir. Finalement, venir la retrouver en espérant s'endormir près d'elle n'était peut-être pas une bonne idée.

Elle glissa une jambe entre les siennes. Le contact de sa peau si douce alimenta le feu qui brûlait déjà en lui. Il mourait d'envie de lui faire l'amour, d'entendre ses soupirs de plaisir et ses petits râles qui exigeaient toujours plus. C'était une amante passionnée, et généreuse. Comment les choses se seraient-elles passées si elle ne s'était pas appelée Lowery ? Si elle avait été une mère de famille comme les autres qui accompagnait son enfant au camp ?

Nina posa une main sur sa hanche, s'agita contre lui. Rêvait-elle ? L'idée qu'elle faisait peut-être un rêve érotique l'excita un peu plus. Mais profiter de la situation aurait été abject.

Soudain, à travers son pantalon, elle referma sa main sur son sexe.

La prenant par le poignet, Alex tenta de l'éloigner.

— Nina, chuchota-t-il. C'est un rêve.

— Un rêve ? dit-elle d'une voix bien éveillée. Je ne crois pas.

Avec un sourire, elle dégrafa son pantalon et le prit dans sa main. Il ferma les yeux, s'abandonnant à la divine sensation. Peu importe ce qui se passerait plus tard. C'était peut-être leurs derniers moments d'intimité avant qu'elle ne le repousse. Autant en profiter pleinement.

— Nina, dit-il en roulant de manière à se retrouver sur elle, je te veux.

— C'est parfait, répliqua-t-elle d'une voix légèrement enrouée. Parce que je rêvais de toi. Et je te veux moi aussi, tout de suite. J'ai pensé à toi toute la soirée.

Le temps de fouiller dans son portefeuille, Alex jeta un préservatif sur le lit avant de débarrasser Nina de sa culotte. Elle finit de l'enlever d'un coup de pied. Il entendait son instinct qui lui criait de la prendre. Pas avant de graver son souvenir dans la mémoire de Nina. Et celui de Nina dans la sienne. Parce qu'il n'y aurait peut-être pas d'autre fois.

Il se mordit la lèvre. Non ! Ça ne pouvait pas être leur dernière nuit ensemble. Il refusait d'y penser.

Alex embrassa son visage, son cou, puis descendit plus bas, glissant entre ses seins, avant de s'aventurer plus bas encore. Nina s'arrêta de respirer : elle avait compris son intention alors qu'il allait plonger sa bouche au creux de ses cuisses. Il souffla légèrement sur son sexe et elle frissonna en refermant ses doigts délicats sur ses cheveux. Quand il glissa sa langue dans les replis les plus intimes de son être, elle se cambra. Chaque ronronnement, chaque gémissement, chaque soupir, alimentait son désir de la posséder. Sa tête allait et venait follement sur l'oreiller. Elle était magnifique à voir.

Soudain, elle étreignit ses épaules, les griffa. Elle voulait qu'il l'amène à la jouissance.

— Je vais venir, dit-elle d'une voix haletante. Je voudrais… avec toi… mais je n'y tiens plus.

Alex ne se le fit pas dire deux fois. Sur une dernière caresse appuyée qui lui arracha un cri de plaisir, il s'écarta, enfila le préservatif et revint s'allonger sur elle. Impatiente, elle prit son sexe et se mit à le caresser. Ah ! c'était tellement bon !

Il se glissa entre ses cuisses et attendit. Enfin, Nina ouvrit les yeux et le regarda. Alors, sans lâcher son regard, il la pénétra d'un puissant coup de reins et sentit lui aussi qu'il ne tiendrait pas longtemps. Il allait et venait en elle, ses jambes fines nouées autour sa taille, toujours plus vite.

Le ventilateur bourdonnait au-dessus de sa tête mais l'air frais qu'il propulsait était bien impuissant à éteindre l'incendie qui faisait rage en lui. Sentant venir la jouissance de Nina, il dévora sa bouche et mêla ses cris de plaisir aux siens. Ça y était, il était au septième ciel…

Roulant sur le côté sans la lâcher, Alex savoura les dernières vagues de son plaisir. Le crissement des insectes et le coassement des grenouilles déchiraient le silence de la nuit en même temps que le doux crépitement de la pluie qui s'était remise à tomber.

Il caressa alors les cheveux de Nina qui avait blotti son visage contre son torse tandis que le sommeil reprenait possession d'elle.

Pourtant, il avait le cœur lourd. Il se débattait entre la maladie de sa grand-mère et l'impossible situation dans laquelle elle l'avait plongé. Comment allait-il s'en sortir ? Impossible à dire. En tout cas, il ne pouvait plus attendre pour se décharger de son fardeau, et tant pis si Nina dormait. Peut-être aussi ressentait-il le besoin de tester les mots qu'il prononcerait le moment venu.

— Nina, il faut que je t'avoue quelque chose.

— Mmm ? fit-elle sans ouvrir les yeux.

Même si Nina ne l'entendait pas, Alex lui confessa les exigences de sa grand-mère, son propre désarroi, l'attachement sans bornes qu'il lui portait… Hélas ! ces paroles qu'elle n'entendit pas ne lui firent aucun bien. Alors, il se contenta de la tenir dans ses bras jusqu'à ce que le soleil pointe à l'horizon. Allez, il devait partir avant le réveil de Cody. Et se préparer pour la répétition du dîner.

Et la tempête que sa mère ne manquerait pas de déchaîner, comme à chaque fête.

Nina ne cessait de trépigner. Son rendez-vous avec Alex la mettait dans un état de nerfs indescriptible. Sa main tremblait pendant qu'elle passait du mascara sur ses cils, penchée vers le miroir. Pourvu qu'elle ne finisse pas maquillée en clown !

Il n'y avait pourtant pas de quoi se mettre dans une telle agitation. Elle accompagnait simplement Alex à la répétition du dîner de mariage de son cousin. Sauf que ce n'était pas un simple dîner, mais un événement privé entre McNair.

Et elle couchait avec lui. Ils avaient même dépassé le stade de l'aventure d'un soir. En partant ce matin, Alex lui avait laissé un petit mot très gentil sur son oreiller où il la complimentait sur sa beauté quand elle dormait. Il y ajoutait même qu'il penserait à elle toute la journée. Nina avait glissé ce mot dans sa valise avec le poème qu'il avait joint à son bouquet de fleurs, celui qu'il avait apporté quelques jours plus tôt.

Pour toutes ces raisons, elle tenait à faire bonne impression. Et comme elle n'avait à sa disposition qu'un choix de tenues limité, elle avait consacré deux heures dans la matinée à courir les magasins.

Elle s'était finalement trouvé une robe pour le dîner, une

autre pour le mariage, et une tenue pour Cody. Parfait. A vrai dire, elle croyait avoir mal compris quand Alex avait demandé que son fils assiste à la cérémonie. D'ailleurs, elle craignait un peu ses réactions. Mais Alex lui avait assuré que ce serait une fête toute simple, dans une ambiance texane que Cody apprécierait sûrement. Espérons…

Pour un peu, Nina aurait pu se croire chez elle au Hidden Gem Ranch, avec Alex.

Néanmoins, c'était assez dangereux de penser une chose pareille alors qu'ils ne se connaissaient que depuis quelques jours. Il n'empêche : ce séjour lui laisserait un souvenir inoubliable, c'était une certitude.

Nina glissa à son poignet un bracelet de cuivre déniché à la boutique Diamonds in the Rough et lissa sa robe d'été. Elle admira ses ongles de pieds fraîchement vernis qui semblaient jouer à cache-cache entre les lanières de ses sandales et sortit de sa chambre. Sur le seuil de la salle de séjour, elle s'immobilisa la vue d'Alex et de son fils, tous les deux endormis.

Cody était sur le canapé, sa couverture serrée contre lui ; il portait le pyjama bleu imprimé de petits chiens qu'elle venait de lui acheter.

Quant à Alex, il ronflait doucement dans le gros fauteuil de cuir, les pieds sur la table basse. Nina en profita pour observer ses jambes musclées moulées par son pantalon en toile beige et ses larges épaules, mises en valeur par sa veste de sport. Il avait tiré son Stetson sur ses yeux.

Bref, il était craquant comme tout, son homme.

Son homme ?

Nina se mordit la lèvre. Depuis quand pensait-elle à lui en des termes aussi possessifs ? D'autant plus qu'ils n'avaient pas passé beaucoup de temps ensemble.

En réalité, ils avaient seulement volé quelques soirées, mais les journées d'Alex avaient été occupées par son travail tandis qu'elle avait suivi les activités de Cody…

toujours en ayant son portable à portée de main. Pour ne manquer aucun appel, aucun texto d'Alex.

Bref, tout cela ne laissait présager rien de bon.

Au même moment, Alex repoussa son Stetson en arrière et siffla discrètement.

— Joli !

— Merci, dit Nina en tournoyant sur elle-même pour se faire admirer. J'imagine qu'il est l'heure.

— La baby-sitter fait réchauffer la soupe de Cody.

Une fois debout, Alex avança vers elle, le regard caressant. Elle se sentait fondre quand il la fixait comme ça !

— Et j'ai préparé ses vidéos préférées. Je ne pense pas qu'il dormira tout de suite, puisqu'il a fait la sieste.

Elle se glissa dans ses bras.

— Tu as vraiment pensé à tout.

— Je l'espère. Devoir supporter ma mère sera assez pénible.

— Elle ne peut pas être si terrible !

En tout cas, sûrement pas autant que ses ex-beaux-parents. Du temps de son mariage, ils étaient distants, mais après son divorce, ils étaient devenus carrément hostiles.

— Tout va bien se passer, ajouta Nina d'un ton rassurant.

Alex lui pressa la main.

— D'accord. Mais si je dois voler à ton secours, fais-moi signe. Par exemple, tripote-toi le lobe de l'oreille.

En riant, Nina prit son bras et salua la baby-sitter d'un signe de tête. En avant !

La réception avait pour cadre la grange et le jardin environnant. Curieuse après tout ce qu'elle avait entendu, elle chercha des yeux les parents d'Alex. Un couple d'un certain âge se tenait sous un chêne illuminé de guirlandes électriques. Leur ressemblance avec Alex était frappante, elle était sûre que c'était eux. Encore que, dans ce cas, leur idée de la simplicité semblait rimer avec raideur amidonnée et bronzage artificiel.

De fait, Alex se dirigea directement vers eux, comme s'il était pressé de se débarrasser des présentations pour pouvoir passer à autre chose.

— Maman, papa, dit-il en posant une main sur sa taille. Je vous présente Nina Lowery.

Nina regarda la mère d'Alex. Bayleigh McNair était incontestablement une belle femme, mis à part ses yeux inquisiteurs qui la jaugeaient sans vergogne.

— Ravie de faire votre connaissance, ma chère. Depuis combien de temps êtes-vous ensemble, mon fils et vous ?

Nina sentit la crispation de la main d'Alex sur sa taille, mais quand il répondit, ce fut d'une voix aimable.

— Maman, je t'ai déjà expliqué que Nina participait avec son fils au camp organisé par Stone.

— Vous vous êtes donc rencontrés cette semaine ?

Aurait-elle été une croqueuse de diamants que Bayleigh ne l'aurait pas dévisagée avec plus de méfiance.

C'était particulièrement injuste d'être traitée comme ça ! Hélas ! elle n'avait d'autre choix que de se taire et rester polie. Alors autant faire bonne figure.

— Le premier jour. Vous ne le croirez jamais. Je l'ai d'abord pris pour un employé du ranch !

— C'est plaisant, dit Bayleigh avec un sourire supérieur.

Au même moment, Amy les rejoignit avec une jupe ornée de plumes.

— Tu es grossière, maman. Arrête ou je coupe ma salade avec un couteau !

Sa mère la toisa, l'air offensé.

— Inutile d'être aussi odieuse, Amethyst.

Le père d'Alex profita de ce moment de flottement pour serrer la main de Nina.

— Je suis heureux de faire votre connaissance, Nina. Auriez-vous des liens de parenté avec les Lowery de Lowery Resorts ?

— C'est exact, monsieur.

Elle baissa les yeux. Qu'on la croie appartenir à ce milieu la mettait mal à l'aise. L'argent appartenait à son ex-époux. Quant à elle, elle était issue d'une famille de la classe moyenne. Rien à voir avec la fortune des Lowery !

Garnet donna une tape sur l'épaule d'Alex.

— C'est très généreux de ta part, mon fils, de laisser la concurrence entrer chez nous.

Nina ne put s'empêcher de froncer les sourcils. De quoi parlait le père d'Alex ?

— Quelle concurrence ?

Bayleigh prit le bras de son mari.

— Laisse cette pauvre fille tranquille avant qu'Amy nous arrache les yeux. Tu as entendu Alex. Elle participe avec son fils à ce camp *spécial*, pour enfants *spéciaux*.

Nina vit rouge. Ce dernier commentaire, c'était trop. Lui lancer des piques était une chose, mais personne n'avait le droit de s'attaquer à son fils. De deux choses l'une. Ou cette femme était stupide, ou elle cherchait à la provoquer délibérément.

Heureusement, le père d'Alex chercha à l'entraîner.

— Viens, il est temps d'aller voir maman.

Bayleigh lui tapota la main.

— C'est dur pour toi de la voir dans cet état. Je sais.

Le menton de Garnet trembla et il s'appuya sur sa femme. Jurant entre ses dents, Amy entra dans la grange où des tables et une estrade avaient été installées.

En se tournant, Nina vit la mâchoire d'Alex se contracter. Il souleva son chapeau pour se gratter la tête.

— Le comportement de ma mère est inexcusable, dit-il. Je ne t'en voudrais pas si tu préférais partir maintenant.

— Je dois avouer qu'elle est difficile à supporter, mais ça ira. Il y a plein de gens à rencontrer ici. Que cela ne gâche pas ta soirée.

— C'est gentil de ta part, répondit-il doucement.

330

Il lui caressa les épaules. Un geste à la fois réconfortant et troublant.

— Que faire, à part bâillonner mes parents ?

Nina eut un pâle sourire. Certes, la mère d'Alex l'avait mise hors d'elle, mais cette femme était superficielle et malveillante, alors pourquoi se laisser affecter par ses insultes ? Non, ce qui la perturbait vraiment, c'était le terme de « concurrence » employé par le père d'Alex. Quelque chose semblait lui échapper. Elle se rappelait l'insistance de Reed expliquant que la liste d'attente était trop longue pour qu'on soit admis du jour au lendemain, même en cas de désistement. Au même instant, une question lui traversa l'esprit. Quelqu'un, dans l'entreprise McNair, aurait-il souhaité avoir un membre de la concurrence sous la main ?

Voyons, Alex ignorait sa parenté avec Lowery Resorts, n'est-ce pas ? Sans attendre, elle se hâta de chasser cette idée de son esprit.

— Je sais que tes parents souffrent de la maladie de ta grand-mère. Dans ces conditions, les gens se présentent rarement sous leur meilleur jour.

Alex prit le visage de Nina dans ses mains.

— Ma mère ne mérite pas tant de générosité. Et moi non plus. J'aurais dû te mettre plus sérieusement en garde.

— Tu n'es pas responsable de tes parents.

A présent que sa colère se dissipait, elle voyait le chagrin qu'ils avaient causé à leur fils. Le pauvre…

— Ça va ? demanda-t-elle.

Il prit sa main dans la sienne.

— Je suis un grand garçon et je connais mes parents. Je regrette juste que Gran ait si peu de satisfaction avec sa descendance, surtout maintenant.

— Elle en a, puisqu'elle t'a *toi*. Et puis Amy. J'aime beaucoup ta sœur.

— C'est un personnage ! admit Alex.

— Et puis, le mariage de Stone et Johanna doit la combler. Et je suppose que te voir avec une femme à ton bras va la rassurer.

Une fois encore, un soupçon l'effleura. Cela valait le coup de poser la question qui lui trottait dans la tête.

— Dis, ce n'est pas pour ça que tu m'as draguée ?

Nina nota qu'il hésita un instant avant de secouer la tête.

— Je n'ai pas couché avec toi pour faire plaisir à ma grand-mère...

Elle vit soudain sa pomme d'Adam s'agiter.

— Il y a néanmoins une chose que je dois te dire dès que nous serons seuls.

10

Nina se mordit la lèvre. Les trois heures écoulées depuis qu'Alex avait dit qu'il devait lui parler s'étaient étirées avec une torturante lenteur. Devait-elle s'attendre à de bonnes ou de mauvaises nouvelles ? Mais si elles avaient été bonnes, il lui en aurait fait part sans attendre, non ?

Elle passa en revue les scénarios les plus catastrophiques. Avait-elle eu tort de se laisser aller à un certain optimisme ? Avait-elle accordé trop d'importance aux attentions d'Alex ? S'était-elle trop avancée en si peu de jours ?

Nina s'essuya le front et chercha les toilettes. Il fallait qu'elle vérifie que son maquillage ne coulait pas. Après tout ce temps passé à danser ! L'orchestre country était excellent, et elle avait cherché à s'étourdir.

Elle se glissa entre les tables où les invités prenaient cafés et digestifs. Les mets servis étaient raffinés mais originaux. A vrai dire, cela lui rappelait tout ce dont elle avait autrefois rêvé en commençant sa vie avec Warren.

Durant tout le dîner, elle n'avait pas pu s'empêcher de gamberger. Que signifiait cette soudaine possibilité d'inscription au camp quand les demandes étaient si nombreuses ? L'allusion à la concurrence entre les Lowery et les McNair ? Cette grand-mère qui voulait voir ses petits-enfants installés avant de mourir ?

Pas de doute, quelque chose lui échappait mais elle ne comprenait toujours pas en quoi elle était impliquée dans cette histoire. En outre, ce n'était pas la première fois qu'Alex voulait lui parler, et l'angoisse lui serrait le cœur.

Nina ouvrit une porte, mais, au lieu des toilettes, elle découvrit un bureau et Amy, étendue sur un canapé en velours, les joues mouillées de larmes. Malgré ses yeux clos, la sœur d'Alex était éveillée. La pauvre, que lui arrivait-il ?

Nina referma la porte derrière elle.

— Amy, que se passe-t-il ? demanda-t-elle en approchant du canapé. Vous allez bien ?

— Oh non ! répondit Amy d'une voix haletante. Mais je vais me reprendre.

Nina s'agenouilla rapidement près de la jeune femme et posa une main sur son bras.

— Je peux faire quelque chose pour vous ? Vous apporter un mouchoir ? Une boisson ?

— Pourquoi pas une paire de chaussures à semelles de plomb ? répondit Amy d'un ton plein d'amertume. De préférence pour homme, pointure 46.

Amy s'assit, posa les pieds à terre et enfila ses chaussures à talons.

— Aïe, fit Nina. Ça ne va pas du tout.

— Oh ! rien que je ne puisse gérer ! D'habitude, je ne suis pas si émotive, mais il se passe tant de choses…

Amy examina subitement la cible d'un jeu de fléchettes, se leva avec détermination et prit une poignée de fléchettes dans un panier.

— A la réflexion, il y a mieux que les semelles de plomb. Une fléchette en pleine figure.

Nina grimaça.

— Hum. Pas sûr que ce soit légal.

— Je ne vais pas vraiment le transformer en porc-épic, juste imaginer son visage, là… Et bam, en plein dans le mille !

— Rappelez-moi de ne jamais vous irriter, dit Nina avec un sourire.

— Vous êtes adorable !

Amy se tourna alors vers elle pour se blottir dans ses bras.

— Est-ce indiscret de vous demander qui vous a mise dans cet état ? osa alors demander Nina. Un homme de la famille ?

Amy secoua la tête.

— Il faut chercher ailleurs, dit-elle en lançant vigoureusement une fléchette.

— Désolée. Je ne sais que trop le mal que ça fait d'être trahie par un homme.

Nina sentit alors le regard d'Amy se dérober.

— Vous êtes une femme forte et ravissante, dit celle-ci. Ne laissez aucun membre de ma famille vous marcher sur les pieds.

A ces mots, Nina frémit. Ses interrogations à propos du secret d'Alex se muèrent en angoisse. Mille possibilités se présentaient à elle, mais quelle que soit la bonne, elles aboutissaient à la même conclusion. Alex allait en terminer avec elle. C'était évident. Il avait juste besoin d'une cavalière pour le mariage. Pour prouver quelque chose à sa mère. A Johanna. A quoi bon se voiler la face ? Elle n'était un faire-valoir.

Elle avait voulu une aventure ? Eh bien, elle était servie. Une semaine. Et pas un jour de plus. Face au gouffre qui s'ouvrait devant elle, une peur bien pire que celle éprouvée quand Zircon s'était emballé s'empara d'elle.

Drôle de moment pour s'apercevoir qu'elle aurait volontiers fait sa vie ici, avec Alex.

Alex entraîna Nina hors de la piste de danse. Toute la soirée, il avait souffert de ne pouvoir la tenir dans ses bras. Inutile de nier la vérité : il éprouvait pour elle des sentiments qui allaient bien au-delà d'une simple attirance sexuelle. Non, il tenait à elle. Il l'admirait.

Il devait tout lui avouer, même si ça lui coûtait le ranch. C'était la seule solution. Certes, il voulait le bonheur de sa grand-mère, mais pas au détriment de son honneur. Devant l'énergie que Nina déployait pour élever son fils, sa lutte contre sa maladie et l'amour qu'elle lui portait, il comprenait qu'il devait agir en homme.

— Dansons dehors, il y a moins de monde, proposa-t-il en l'entraînant sous les chênes parés de guirlandes lumineuses.

La nuit était superbe, l'air idéalement frais et la musique, assourdie, leur parvenaient. Deux personnes bavardaient, assises sur un banc, un couple dansait.

Alex sentait Nina tendue dans ses bras, réservée, et elle évitait son regard. Il fit une grimace. Comme d'habitude, sa mère avait causé des dégâts.

Par où commencer ?

— Nina…

— Inutile de prendre des gants, tu sais, lâcha-t-elle soudain.

Il s'immobilisa brusquement. Pourquoi cette réaction ?

— Je ne comprends pas…

— Eh bien, explique-moi que tout est fini entre nous. C'est bien ce que tu voulais, non ? Pas la peine de rendre les choses encore plus gênantes. Nous avons eu une aventure, elle se termine et…

Alex posa un doigt sur ses lèvres.

— Ce n'est pas du tout ce que je voulais te dire.

Il vit passer une lueur d'incertitude dans ses beaux yeux verts. Comme un espoir qu'elle chercherait à réprimer.

— Que voulais-tu me dire alors ?

— Je te dois des excuses. Je n'ai pas été honnête dès le début.

— D'accord, tu t'es fait passer pour un employé du ranch, soupira-t-elle. Mais nous en avons déjà parlé, et je ne t'en veux pas. C'était juste un malentendu.

Alex se mordit la lèvre. Ce serait plus difficile que prévu, mais il n'avait que trop tardé. Tant pis pour lui.

— Ecoute-moi. Quand la nouvelle du cancer de ma grand-mère s'est répandue, le cours de nos actions a chuté. Mon cousin et ma grand-mère croyaient avoir identifié les acheteurs de ces actions afin qu'aucun groupe ne devienne majoritaire et ne prenne ainsi le contrôle de la compagnie.

Au même instant, le regard de Nina sembla s'adoucir.

— Mais ça ne s'est pas déroulé comme prévu.

— Lowery Resorts a racheté les actions McNair.

Il la sentit soudain se figer dans ses bras.

— Mes beaux-parents…

— En quelque sorte. Le fonds fiduciaire de ton fils est géré par le même courtier. Ils ont utilisé des sociétés écrans pour acheter les actions pour ton fils et pour eux. Celles qui vont à ton fils ont échappé à notre contrôle.

Nina se laissa choir sur un banc de bois. Elle avait l'air de tomber de haut, et c'était bien normal.

— Je ne suis pas ici par hasard, n'est-ce pas ?

Alex s'assit près d'elle. Voilà, le moment des aveux était arrivé.

— Non. Ma grand-mère s'est renseignée. Comme Cody s'intéressait aux chevaux, elle s'est arrangée pour que la brochure présentant le camp te parvienne.

Elle se tourna alors vers lui, le regarda bien en face, le menton ferme, mais les yeux brillant de larmes contenues.

— Et ton rôle dans tout ça ?

— Ma grand-mère veut que je te persuade de nous revendre les parts.

Le visage de Nina n'exprima aucune émotion. C'était comme si un mur infranchissable s'était élevé entre eux.

— Pourquoi ne m'en as-tu pas parlé tout de suite ? Nous aurions pu discuter.

— Nous doutions que tu sois d'accord, expliqua Alex dans un souffle. C'est un bon moment pour acheter, mais pas pour vendre. En toute honnêteté, ce ne serait pas dans l'intérêt de ton fils.

— Pourquoi est-ce un problème d'avoir de nouveaux actionnaires ? répliqua Nina.

— Regarde les hôtels que construisent tes beaux-parents et imagine ce que deviendrait le Hidden Gem entre leurs mains.

Il fallait qu'elle comprenne que le ranch ne pouvait pas devenir un piège à touristes.

— Nous avons un problème, dit-il.

— Plus d'un, apparemment.

En soupirant, Nina s'adossa au banc.

— Y avait-il seulement quelque chose de vrai dans ce que nous avons partagé ? demanda-t-elle d'un ton las.

— Comment peux-tu poser la question, Nina ! Non seulement ma grand-mère voulait que je te persuade de renoncer à ces parts, mais elle m'a fait croire que mon héritage en dépendait. C'était une épreuve destinée à lui prouver que je voulais vraiment ce ranch, que j'étais prêt. Mais je n'ai pas fait ce qu'elle me demandait. Je ne voulais pas que cette histoire nous sépare ! Et maintenant, je te dis tout.

Alex voulut lui prendre la main, mais Nina se déroba. Il secoua la tête. Son cauchemar devenait réalité. Il lui avait dit la vérité, et elle le haïssait. Bien sûr, il ne pouvait pas le lui reprocher. Cette machination paraissait odieuse. Si seulement il pouvait lui faire comprendre la réalité de son attachement pour elle et pour son enfant ! Il ne s'agissait plus des actions. D'ailleurs, elles n'étaient jamais entrées en ligne de compte. Il était tout simplement tombé amoureux d'elle et de son fils.

Un bruit de pas résonna soudain derrière lui. Il se retourna. Sa sœur accourait vers eux, un sac à la main.

— Nina, vous avez oublié votre sac sur le canapé du bureau. La baby-sitter essaie de vous joindre. Elle m'a aussi appelée.

Nina se leva brusquement, le regard inquiet.

— Cody s'est réveillé ? Il a besoin de moi !

Alex se raidit. Il connaissait suffisamment sa sœur pour sentir que sous son calme apparent, elle était affolée. Quelque chose de grave était survenu. Il vint se placer à côté de Nina.

Amy prit ses mains.

— Non, ce n'est pas ça. Désolée d'avoir à vous l'apprendre. Cody a disparu.

— Cody ! criait Nina dans la nuit, la voix rauque.

Sa torche à la main, elle fouillait les bois avec Alex. Le personnel avait déjà exploré les moindres recoins de la grande maison, des bungalows et des bâtiments. La sécurité du ranch avait été alertée. Famille et invités s'étaient joints aux recherches.

D'autres voix s'élevaient plus loin, criant le nom de son enfant. Mais cela ne servait à rien. Même s'il les entendait, Cody serait sans doute incapable de répondre, et elle le savait.

Quelle horreur… Elle était détruite. Son univers s'écroulait. Son petit garçon s'était enfui. La baby-sitter l'avait mis au lit et elle affirmait qu'il n'avait pas pu passer près d'elle sans qu'elle le remarque. Mais sa fenêtre était ouverte, et il était parti.

Sous le coup de l'inquiétude, Nina se serait lancée immédiatement à sa recherche, mais Alex avait gardé son sang-froid et lui avait expliqué qu'en quadrillant les lieux, on serait beaucoup plus efficace.

Savoir que le maximum était fait n'allégeait en rien l'horreur de la situation. Inutile de se voiler la face. Elle s'était laissé distraire de ses responsabilités par un homme qui se servait d'elle et, à présent, son fils était en danger. Elle ne se le pardonnerait jamais. Voilà ce qu'elle avait gagné à croire une fois encore aux contes de fées. Quelle idiote !

Alex explora du faisceau de sa lampe torche les côtés du chemin qui menait à la petite rivière. Nina sentit son sang se glacer dans ses veines. Si Cody s'était noyé…

— Nous le trouverons, affirma Alex qui semblait avoir deviné son angoisse. Nous avons mis des plans en place pour ce genre d'accident. Il y a du monde. Nous allons vite le retrouver.

— C'est ma faute ! s'écria-t-elle.

Et personne ne pourrait la convaincre du contraire.

Ils longeaient la rivière, peu profonde à cette époque de l'année, certes, mais tout était dangereux pour un enfant qui n'avait pas le sens du risque ni des limites.

— J'aurais dû rester avec lui cette nuit, gémit Nina.

— Tu ne peux pas rester près de lui vingt-quatre heures sur vingt-quatre, sept jours sur sept, fit remarquer Alex. Et la baby-sitter a d'excellentes références.

Bien sûr il avait raison, mais que pouvait la raison pour une mère qui évoluait au milieu d'un cauchemar atroce ?

— Je ne me sens pas mieux pour autant.

— Ce genre de chose peut arriver même dans une maison pleine d'adultes attentifs. Vous ne pouvez pas être collés l'un à l'autre.

— Je sais. Mais mon cœur dit le contraire. Je ne me le pardonnerai jamais.

Soudain, un bruissement dans les buissons attira l'attention de Nina et elle tendit l'oreille pour mieux entendre. Quand un lapin sauta hors des broussailles, elle faillit tomber à genoux sous le coup de la déception. Alex glissa alors un bras autour de sa taille pour la soutenir.

— Ne crains rien, dit-elle après avoir repris des forces un instant. Je n'attaquerai pas le camp en justice. Je veux juste retrouver mon enfant.

— Nina, le fait que tu portes plainte est le cadet de mes soucis ! Moi aussi, je m'inquiète pour Cody.

En entendant la voix d'Alex trembler, elle se sentit brusquement coupable. Elle lui avait parlé trop durement, c'était évident.

— Excuse-moi, je n'aurais pas dû dire ça, bredouilla-t-elle avant de se prendre la tête entre les mains. C'est juste que je n'en peux plus de m'inquiéter !

— Je comprends, dit-il doucement.

Ils avaient atteint la source du cours d'eau et fait demi-tour. Alex balayait du faisceau de sa lampe les arbres où un enfant aurait été susceptible de grimper. Des yeux de chouette brillèrent dans la nuit.

— J'apprécie que tu gardes la tête froide, tu sais, dit-elle.

— Une fois, Stone et moi, nous avons échappé à la surveillance des adultes.

Nina hocha la tête. Bon, Alex essayait de la distraire. Autant s'efforcer d'entrer dans son jeu.

— Où êtes-vous allés ?

— Dans ces bois. Nous voulions vivre à la dure, en vrais cow-boys, attraper des poissons, allumer un feu pour les faire cuire et dormir sous la tente.

— Apparemment, vous avez fini par regagner la maison.

— Un gros orage a éclaté et nous avons été trempés. Et nous avons été malades d'avoir mangé trop de bonbons parce que nous n'avons pas réussi à attraper de poisson.

La lumière d'autres lampes filtra à travers les arbres et on entendit d'autres voix appelant Cody résonner dans la nuit.

— Et nous avons été tellement piqués par les moustiques que Gran a dû nous mettre des gants pour nous empêcher de nous gratter.

— Pourquoi une idée pareille ? demanda Nina.

Peut-être que cela lui donnerait un indice sur ce qui était passé par la tête de Cody.

— Nous étions des garçons, répondit simplement Alex, et les garçons n'ont pas besoin de raisons pour agir stupidement.

— Certainement, répondit-elle avec un petit sourire vite effacé. Mais tu ne me retireras pas de l'idée qu'un événement vous a poussés à vous enfuir.

Alex soupira.

— La mère de Stone venait de sortir de cure de désintoxication et elle menaçait de le reprendre. Quand j'ai demandé à mes parents de réclamer la garde de mon cousin, ils ont refusé. Gran a insisté, mais en vain. C'est ce jour-là que Stone et moi, nous avons décidé que nous étions frères.

Nina se sentit profondément émue par cette histoire. Elle-même n'avait pas connu cette force des liens familiaux. Et même si cela n'excusait pas Alex de lui avoir caché des choses graves, elle comprenait qu'il avait dû être déchiré entre son amour pour sa grand-mère et son attachement pour elle.

Tout en parlant, ils étaient revenus aux écuries.

— Merci d'avoir cherché à me distraire, dit-elle.

Alex leva soudain une main.

— Chut ! Ecoute, Nina.

En tendant l'oreille, elle essaya de percevoir d'autres bruits que les cris des gens appelant son fils et les vrombissements des 4x4.

Et elle entendit des vagissements.

— Les petits chiens ! Cody…

— Il est avec eux, termina Alex.

Il courait déjà vers le bureau de l'écurie où il avait montré à Cody la portée de chiots.

L'endroit avait été précédemment visité sans qu'on ait rien trouvé. Avait-on pu le rater ? Ou alors, il n'était pas encore arrivé.

— Cody ! Cody ! appela Nina en le dépassant.

Alex lui fit signe.

— Là. Endormi derrière des bottes de foin.

Elle tomba à genoux près de son fils et se perdit dans la contemplation de son petit corps roulé autour d'une boule de poils noirs. Il n'était pas avec la portée. Il avait juste pris un chien et ils ne l'avaient pas vu.

Mais elle n'en voulait pas aux sauveteurs. L'essentiel, c'était qu'elle ait retrouvé son fils, sain et sauf. Le reste n'avait pas d'importance.

Des larmes d'un soulagement où se mêlaient toutes les émotions ressenties dernièrement inondèrent son visage.

Elle s'assit par terre. Impossible d'échapper à la réalité.

Elle avait retrouvé son fils, et elle allait devoir partir.

- 11 -

Assise au bord du lit de Cody, Nina le borda pour la nuit. Il la regarda tout en pétrissant sa couverture, manifestement inconscient de la frayeur qu'il venait de lui causer. Jamais elle n'aurait dû le laisser ce soir. Des frissons l'agitaient encore à l'idée que la soirée aurait pu se terminer tragiquement.

Bien sûr, Cody était là, sain et sauf, mais elle n'arrivait pas à s'abandonner au soulagement. A l'angoisse subie se mêlait le choc causé par la révélation d'Alex, tant et si bien qu'elle ne savait plus où elle en était.

Elle caressa les cheveux de Cody qui la laissa faire docilement.

— Je t'en prie, ne t'en va plus sans prévenir, d'accord ? Je sais que tu as du mal à parler, mais c'est important. Je dois savoir où tu es.

— Je voulais ce petit chien, murmura-t-il.

Aussitôt, il tira un morceau de papier de sous son oreiller. Avec une précision remarquable, il avait dessiné un jeune colley jouant dans la grange.

Nina secoua la tête. Si seulement ils avaient trouvé ce dessin plus tôt, ils auraient tout de suite compris.

— Nous prendrons un petit chien quand nous serons à la maison. D'accord, chéri ?

Cody s'assit en serrant contre lui sa couverture fétiche.

— J'en veux un ici.

Elle sentit son cœur se serrer en songeant à tout ce qu'elle ne pouvait lui offrir. Rester ici ? C'était impossible !

— Voyons, trésor, il faut bien que nous rentrions chez nous.

Le regard de Cody balaya la pièce et s'arrêta sur un tas de vêtements préparés sur la commode. Un jean et une chemise jaune tout neufs. Posé dessus, un Stetson orné d'une cordelière retenue aux deux extrémités par un petit cheval d'argent. Nina l'avait acheté à la boutique du ranch avec des bottes et une veste en daim à franges.

— Nous allons assister au mariage, dit-elle. Avec la gentille dame aux chats.

Nina vit la mâchoire de Cody se contracter. Mince, c'était sans doute le signe d'une crise. Vite, il fallait qu'elle trouve un moyen de le calmer.

— Tu mettras tes beaux vêtements neufs pour aller au mariage.

— D'accord, d'accord.

— Mais il faut me promettre de ne plus t'éloigner comme ça. J'ai eu très peur, tu sais. Il faut que tu me promettes, Cody.

Il hocha la tête tout en évitant son regard, puis se rallongea.

— Promis.

— Tu es un bon petit garçon, dit-elle en tapotant la couverture bleue. Maintenant, tu vas dormir. Bonne nuit, mon chéri. Je t'aime.

Nina retint un soupir. Elle qui parlait plusieurs langues, elle avait du mal à trouver les mots qui perceraient la carapace de son précieux petit garçon. Pendant cette soirée, que serait-elle devenue sans le soutien d'Alex ?

Alex… Le beau cow-boy briseur de cœur. Comment allait-elle s'en sortir ? Le simple fait de penser à lui suscitait chez elle des émotions contradictoires.

Nina quitta la chambre de Cody, referma doucement

la porte derrière elle, et s'adossa au mur avant de fondre en larmes.

Soudain, un mouvement dans la salle de séjour attira son attention. Alex. Il se levait du canapé. Dire que quelques heures plus tôt, à peine, il était venu la chercher pour l'emmener à la réception. Qu'elle s'était préparée avec tant de soin… C'était bête de sa part d'avoir mis tous ses espoirs dans un tube de mascara !

Il vint vers elle et la prit dans ses bras. A contrecœur, Nina chercha à le repousser. Rien d'étonnant : elle lui en voulait trop d'avoir l'air si parfait et de posséder des défauts, à commencer par le pire de tous, la malhonnêteté. Il était donc aussi décevant que son premier soi-disant prince charmant ?

Ses sanglots redoublant d'intensité, Nina enfouit son visage dans le creux de son épaule pour ne pas risquer d'être entendue par son fils. Alex resserra son étreinte, lui caressa les cheveux et, tout en murmurant des paroles apaisantes, l'entraîna vers la salle de séjour. Là, il s'assit sur le confortable fauteuil de cuir et l'installa sur ses genoux. Mais elle pleurait toujours. Un flot de larmes silencieuses glissait lentement le long de ses joues.

A un moment, son visage frôla celui d'Alex. A moins que ce ne soit le contraire. Et aussitôt, leurs bouches se trouvèrent. Nina sentit son cœur s'emballer. C'était une mauvaise idée, pour mille raisons, mais c'était aussi sa dernière chance de sentir les mains d'Alex sur elle, ses lèvres sur les siennes. Elle ne voulait plus de mensonges, d'excuses ou de demi-vérités. Elle n'avait même plus envie de parler. Ce qu'elle voulait, c'était juste sentir ses bras autour d'elle. Cet homme n'était peut-être pas celui qu'il lui fallait, mais au moins, elle s'accorderait ce moment de plaisir avant de le quitter. Depuis son malheureux mariage, la jeune et naïve épouse de Warren Lowery avait parcouru du chemin, c'était le moins qu'on puisse dire !

Nina noua ses bras au cou d'Alex tout en se serrant plus étroitement contre lui. Il la prit par les hanches, l'installa à califourchon sur lui. Puis il retroussa sa robe et il tira si fort sur sa culotte que les élastiques des côtés cédèrent.

Sans cesser de s'embrasser, elle fouilla la poche d'Alex à la recherche de son portefeuille et en sortit un préservatif. Après quoi, d'un geste assuré, elle détacha sa ceinture et dégrafa son pantalon. Il grogna contre sa bouche.

Et puis la frénésie s'empara d'eux. La protection enfilée, elle se laissa lentement glisser sur lui tandis qu'il la tenait par la taille. Elle renversa la tête en arrière tandis que leurs hanches se soulevaient et s'abaissaient en rythme, de plus en plus vite. C'était si bon…

Nina sentit son plaisir grandir. Avec les émotions refoulées de la soirée, ses rêves déçus, tout lui semblait plus fort.

Bientôt, trop tôt ou pas assez, elle sentit monter en elle un plaisir violent et elle planta ses dents dans l'épaule d'Alex pour se retenir de crier. Il prit ses cheveux à pleines poignées et elle sentit son corps viril trembler.

Ils restèrent l'un contre l'autre un long moment. Elle plongea son visage dans le creux du cou d'Alex tandis qu'il lui caressait tendrement le dos.

Même si elle devait assister au mariage de Stone et Johanna le lendemain, elle savait…

Ce moment de plaisir partagé était un adieu.

Alex poussa un soupir. Maintenant que les photos de mariage étaient prises, il était enfin libre de se mêler aux invités avant le dîner. Il en savait plus sur les mariages que la plupart des hommes. Après tout, le Hidden Gem en accueillait régulièrement. Ce soir, autant se focaliser sur le moindre détail pour oublier le vide laissé dans son cœur par la perte de Nina. La veille, il en avait vu de toutes les couleurs entre leur explication, la fugue de Cody, et leurs retrouvailles torrides qui avaient, hélas ! marqué leurs adieux.

Bref, il fallait qu'il se change les idées sous peine d'aller s'enfermer avec une bouteille d'alcool dans la solitude de sa chambre. Pour s'occuper l'esprit, il suivait donc avec attention le bon déroulement des opérations.

Ce qui ne l'empêchait pas d'être très conscient de la présence de Nina et Cody.

Certes, elle assistait à la fête uniquement pour faire plaisir à son fils. Il n'empêche : Alex était content de les avoir. Cet enfant était incroyable. Qui aurait cru qu'il se serait entêté à porter ses vêtements neufs pour assister à un mariage cow-boy ? On aurait dit que Cody avait toujours vécu ici, au ranch, dans sa belle tenue. Il sentit aussitôt le remords creuser un trou douloureux dans sa poitrine. Allez, il fallait qu'il se concentre, et vite.

Au cours d'une brève cérémonie à l'église, Johanna et Stone avaient prononcé des vœux venus du fond du cœur. Amy et lui avaient fait office de demoiselle et garçon d'honneur. La mariée portait une simple mais élégante robe de dentelle avec une courte traîne, et les vagues de ses cheveux accentuaient son aspect romantique. Quant à la demoiselle d'honneur, elle portait une robe couleur pêche de même facture.

Stone et Alex, eux, avaient endossé des costumes marron clair complétés par des Stetson.

A la fin de la messe, tandis qu'il escortait sa sœur hors de l'église, il avait senti le poids du regard de Nina sur lui. Et il avait éprouvé encore plus de remords et de honte. Comment rattraper la situation ? Vers qui se tourner pour demander conseil ? Hélas ! il n'en savait rien du tout.

Silencieusement, Amy et lui se rendirent à la grange où s'était tenu le dîner de répétition. Aux décorations de la veille, on avait ajouté des chandeliers dorés et de gros bouquets d'hortensias blancs suspendus aux poutres. Des guirlandes lumineuses s'entrecroisaient au plafond, créant une ambiance intime et magique. Sur les tables, des bouquets de roses et de gypsophile noués de rubans attendaient les convives.

Un orchestre country jouait des versions légères de vieux classiques. Toutefois, il n'était pas d'humeur à danser. Pas sans Nina, en tout cas. Elle avait été très claire, la veille, quand elle l'avait mis dehors. Elle n'était restée que pour faire plaisir à Cody. La réception terminée, elle ferait ses valises sans attendre.

Alex se versa un verre et s'installa à une table, le plus à l'écart possible. Il avait envie d'être seul. Le moment d'affronter la famille viendrait bien assez tôt.

— Je peux me joindre à toi ? lança soudain une voix qui le tira de ses pensées.

Il leva les yeux. Son père le regardait d'un air inter-rogateur.

— Heu… Bien sûr, assieds-toi. Mais Gran a insisté pour que nous allions vite nous installer à la table principale.

— Profitons donc de ce court répit ! J'ai l'impression que tu ne vas pas trop bien. Problème de femme ?

— Personne ne peut rien pour moi.

Alex but une gorgée de bourbon, sans quitter des yeux Nina qui s'entretenait avec la mariée. Il vit Cody tendre la main vers le bouquet de Johanna avec un respect admiratif.

Le souvenir des moments éprouvants passés la veille au soir lui tordit de nouveau le ventre. Il n'avait jamais éprouvé une telle angoisse. Ni un soulagement aussi intense quand ils l'avaient retrouvé.

En tournant la tête, Alex vit que son père avait suivi son regard.

— Les gens pensent que ta mère m'a épousé pour mon argent, et que je vis de mes rentes, dit celui-ci en agitant

349

les glaçons dans son verre. Ils n'ont pas complètement tort dans les deux cas. Mais tu sais quoi, fils ?

Alex croisa le regard bleu perçant de son père, le regard des McNair. Et pour la première fois, il y retrouva un peu de Gran.

— Dis-moi, papa.

— Ça ne les regarde pas ! Bayleigh et moi, nous ne menons peut-être pas la vie de tout le monde, mais elle nous convient.

Garnet fit tourner son alliance autour de son annulaire avant d'ajouter :

— Nous sommes heureux. Je l'ai appris de mon père. Choisis la personne qui te plaît et ne te préoccupe pas de l'opinion des autres. C'est ta vie.

Alex fit la moue. Il ne voyait pas très bien comment appliquer ces conseils à son cas. Enfin, c'était gentil à son père de se montrer aussi prévenant.

— Pourquoi est-ce que nous n'avons pas eu plus tôt ce genre de conversation père-fils ? demanda-t-il.

Garnet haussa les épaules.

— Tu n'en avais pas besoin. Mais, à présent, je crois que si.

— Ce n'est pas simple avec Nina.

Alex poussa un soupir. Voilà, c'était dit. Il avait reconnu que Nina et lui étaient, ou avaient été, en couple.

— Ne te complique donc pas la vie. Rachète-lui les actions en lui proposant plus que leur valeur actuelle. Ce sera une sécurité de plus pour son petit garçon.

Alex écarquilla les yeux. D'instant en instant, son père ressemblait davantage à un McNair. Peut-être l'avait-on sous-estimé, pendant tout ce temps.

— Et si pendant quelque temps le ranch doit lésiner sur les taureaux mécaniques, la belle affaire !

— A t'entendre, ce serait si simple, fit remarquer Alex. Faisable, même.

— Mais *c'est* simple ! Voyons, ta grand-mère a juste demandé que les actions reviennent à la famille. Elle n'a pas précisé qui devait les acheter. Si tu veux, je participe financièrement, tu n'as qu'un mot à dire.

Alex sentit son cœur se serrer. L'offre de son père était sincère, impossible d'en douter. Cela valait peut-être le coup d'écouter son conseil, après tout…

— Merci, papa, dit-il en lui donnant une tape sur l'épaule. Vraiment. Mais en me conseillant, tu as déjà beaucoup fait pour moi.

— Alors, qu'est-ce qui te retient ?

— Je dois être sûr que cette façon de procéder ne contrariera pas Gran.

Tout en hochant la tête, Garnet désigna l'endroit où sa mère tenait salon avec la mariée, Amy et Nina.

Le message était clair. La famille comptait plus que tout aux yeux de Gran.

Ce plan n'était peut-être pas celui qu'elle avait en tête, mais elle avait toujours respecté le sens de l'honneur.

Et l'amour. Car c'était le sujet. Inutile de se cacher la vérité. Ce qu'Alex avait vécu avec Nina avait été un vrai coup de foudre. Pas de doute, il aimait Nina. Il n'avait jamais été aussi sûr de lui. Il aimait aussi son fils et il avait l'intention de tout mettre en œuvre pour qu'ils deviennent une famille, tous les trois.

Nina croisa les mains. L'attention que lui portait la doyenne des McNair la rendait nerveuse. Mariah savait-elle que son plan était découvert ? Elle était si fragile. Le fait que sa famille cherche à apaiser ses derniers jours paraissait si compréhensible.

Mais pourquoi inventer ces épreuves pour que ses petits-enfants prouvent leur loyauté à la famille ? Cette façon de gérer son héritage ouvrait justement la voie aux problèmes.

Résultat : au fond de son cœur, Nina sentait que le ressentiment le disputait à la compassion. Elle n'était qu'un nœud d'émotions à vif.

Mariah prit alors sa main dans la sienne. Sa peau, si fine et froide, était marquée des bleus causés par les piqûres. Cependant, en dépit de sa fragilité, sa poigne était ferme.

— Je suis heureuse qu'on ait retrouvé votre enfant sain et sauf.

— J'ai apprécié l'efficacité des recherches, avoua Nina. Pour Cody, ce séjour est un rêve devenu réalité. A ce propos, j'ai cru comprendre que je vous devais des remerciements pour notre inscription éclair.

Cette approche directe parut prendre Mariah de court, mais elle sourit avec bienveillance.

— Je suis désolée que la vie soit si difficile pour vous.

— D'une manière ou d'une autre, elle l'est pour tout le monde, madame. J'aime Cody, j'ai un bon travail qui me permet de rester à la maison avec lui. Je n'ai pas à me plaindre.

C'était en tout cas ce qu'elle s'était répété en s'habillant pour la réception. A vrai dire, elle cherchait de toutes ses forces à se convaincre que Cody et son travail suffisaient à remplir sa vie.

— Alors, pourquoi votre regard est-il si triste ?

Nina se mordit la lèvre. Impossible d'évoquer avec Mariah McNair sa malheureuse histoire avec Alex.

— J'ai peur que mes ex-beaux-parents utilisent la fugue de Cody pour m'en faire ôter la garde. Ils pensent que sa place est en institution. Comme ça, ils contrôleraient l'héritage de son père.

Nina secoua la tête. Quel était donc le secret de cette vieille femme pour qu'elle lui confie ses peurs secrètes ?

— Ce doit être éprouvant pour vous, convint Mariah.

Si je comprends bien, ils utilisent la menace de vous le retirer comme moyen de pression.

— C'est ça.

Dans le regard de Mariah, Nina lut alors une totale lucidité. Le moment était peut-être venu de faire preuve de franchise avec elle. Pourquoi cacher l'évidence ?

— Madame, avec tout le respect que je vous dois, si vous vouliez les actions de Cody, pourquoi n'avoir pas pris contact avec moi ? Vous m'auriez laissé la chance de me conduire en femme d'affaires raisonnable.

Mariah agrippa sa canne. Elle semblait quelque peu déstabilisée, même si elle tentait de ne rien laisser paraître.

— A ce que je vois, Alex vous a tout raconté.

Puis, de façon inexplicable, elle sourit, ce qui amena un peu de couleur à ses joues.

— C'est bien, ajouta-t-elle.

— Je ne comprends plus. Vous vouliez pourtant garder ce marché secret ?

Nina fronça les sourcils. Elle n'aimait pas beaucoup se sentir manipulée, même par une vieille dame à l'article de la mort.

— Je tiens à vous présenter mes excuses pour vous avoir attirée ici sous de fausses raisons. Mon petit-fils est si introverti. Il préfère communiquer avec les animaux plutôt qu'avec les gens. Et c'est ce qui le rend si efficace à la tête du ranch. Mais il a aussi besoin d'être secoué. J'espérais qu'en forçant une rencontre entre vous, cela l'aiderait à envisager une existence qui ne soit pas uniquement centrée sur le travail. La vie est trop courte pour ça, et trop précieuse.

Mariah se pencha alors vers elle.

— Vous avez sans doute compris que son béguin pour Johanna n'avait rien d'une vraie passion. Mais quand je vous ai vus ensemble…

Soudain, le regard de la vieille dame sembla étinceler de vie.

— J'ai vu enfin le vrai amour !

Nina baissa la tête. Comment lui expliquer que son épreuve avait mal tourné et qu'ils avaient rompu ? Il lui avait menti, plusieurs jours durant, avant d'avouer la vérité. Pouvait-elle le lui pardonner ? Après ce qu'elle avait vécu avec Warren, cela paraissait impossible. Pourtant, Alex lui avait manifesté plus de compréhension et d'attention en une semaine que son ex-époux pendant tout leur mariage.

Mariah lui serra la main.

— J'ai profité de votre désir d'aider votre fils. Ce n'est pas bien.

— Vous teniez à faire quelque chose pour votre famille. Je peux comprendre.

Tout en prononçant ces paroles, Nina en sentit la vérité au plus profond de son être. Dans la vie, tout n'était pas que blanc et noir, bien ou mal. Il y avait de pauvres êtres humains avec leurs défauts qui s'efforçaient de faire de leur mieux.

Désormais, si elle pouvait juste faire comprendre à Alex que son amour pour lui était aussi fort que celui qu'elle portait à son fils, peut-être réussiraient-ils à sortir ensemble de cet imbroglio.

Les bras encombrés d'un carton, Alex frappa de la pointe du pied à la porte du bungalow de Nina. Une fois sa décision prise, il s'était démené comme un fou pour la mettre en œuvre en quelques heures, tout en assistant au départ de Stone et Johanna pour leur voyage de noces. Mais, par nature, un rancher savait faire plusieurs choses à la fois. Et il n'était plus question de perdre une seconde ! Il devait regagner Nina et la convaincre de partager sa vie.

Quelques secondes plus tard, celle-ci ouvrit la porte,

en short et chemisier, les cheveux humides. Bon sang, elle était plus belle que jamais.

— Je peux entrer ?

Nina recula pour le laisser passer. Des valises attendaient près de la porte.

— Justement, je voulais te parler, dit-elle.

Pourvu, pourvu que ce soit bon signe !

— Asseyons-nous, proposa-t-il. J'ai deux ou trois choses à te montrer.

L'air impénétrable, elle l'accompagna au canapé. De deux choses l'une. Ou bien elle allait le jeter dehors, ou bien, si leur relation avait encore un avenir, elle allait le pousser à plaider sa cause de toutes ses forces.

Très bien. Travailler dur ne faisait pas non plus peur aux ranchers. Maintenant qu'il savait exactement ce qu'il voulait, ce soir, il jouerait son va-tout.

Le temps de prendre une grande inspiration, il finit par lancer :

— J'ai conscience d'avoir tout gâché, Nina. Au lieu d'être honnête dès le début, j'ai laissé mon angoisse pour ma grand-mère prendre le dessus, alors que c'était le dernier de ses souhaits.

A ces mots, elle posa une main sur son bras.

— Je comprends.

Je comprends ? Ah non, ce n'était pas avec ce genre de remarque qu'elle allait l'empêcher de parler !

Alex posa entre eux le carton qu'il avait apporté.

— Tu es sûrement loin de te douter de ce que tu représentes pour moi et combien je t'apprécie, mais j'espère que ceci te le prouvera.

De la boîte, il sortit un livre relié de cuir qu'il posa sur la table basse.

— Il vient de la bibliothèque familiale. C'est dans ce recueil que j'ai trouvé le poème que je t'ai donné à notre premier rendez-vous.

Du bout des doigts, Nina suivit les lettres dorées de la couverture.

— J'aurais cru que tu trouvais tes poèmes sur Internet.

Il aurait ri s'il n'avait pas autant eu peur de l'avoir déjà à moitié perdue.

— Ça aurait sûrement été plus rapide, mais ça valait la peine de se plonger dedans.

Ensuite, Alex sortit du carton une boîte de chocolats suisses et une barre de chocolat australien Violet Crumble.

— J'ai acheté ces friandises à boutique du ranch. Ce sont juste des petites choses qui viennent des pays où je voudrais vous emmener, Cody et toi. Je sais que tu as renoncé à beaucoup de rêves pour ton fils et j'aimerais te les rendre. Je veux marcher avec toi dans les Alpes suisses et te faire l'amour sous les étoiles. Je veux emmener Cody en Australie et lui montrer des cow-boys très différents de ceux d'ici.

Et il le souhaitait vraiment. Certes, pour retrouver une paix intérieure depuis qu'il avait quitté le circuit de rodéo, il s'était enfermé au ranch. Il n'en désirait pas moins découvrir le monde à travers le regard de Nina.

Celle-ci porta les mains à son cœur, mais sans dire un mot. Allez, il fallait qu'il continue sur sa lancée.

— Je veux aussi que Cody apprenne à aimer le ranch.

— Il l'aime déjà.

— Mais je veux aussi qu'il fasse partie de l'histoire du lieu.

Alex sortit du carton une couverture tissée.

— C'est une couverture amérindienne, réalisée par un artisan local. Bien épaisse, j'ai pensé qu'elle pourrait être source de réconfort pour lui. Et si elle ne lui convient pas, ce sera le symbole de l'affection que je lui porte.

Les yeux pleins de larmes, Nina prit la couverture et la serra contre elle.

— Tu n'as pas besoin d'en dire plus, Alex. Tu as déjà…

Il posa un doigt sur les lèvres de Nina. Avec un peu de chance, il l'avait déjà touchée. Mais il avait beaucoup à se faire pardonner. Alors pas question de gâcher cette dernière chance de réparer ses erreurs.

— J'ai rassemblé tout ça pour toi, et j'ai l'intention d'aller jusqu'au bout parce que je tiens à ce que tu saches combien tu comptes pour moi, Nina.

Dans le carton, il y avait aussi une enveloppe en papier kraft qu'il lui tendit.

— Elle contient l'offre que mon courtier en placements vient d'envoyer au tien.

Nina prit l'enveloppe et, les mains tremblantes, en sortit le document. Elle le parcourut des yeux et, soudain, poussa un cri.

— Voyons, Alex ! Tu ne peux pas offrir un prix aussi élevé pour les actions de Cody !

— Ce n'est pourtant que justice, se contenta-t-il de répondre. Cody est un petit garçon formidable. J'espère de tout mon cœur qu'avec ton soutien sans faille, il obtiendra son indépendance. Mais je sais que ce n'est pas gagné. Alors je fais ce qui est en mon pouvoir pour faciliter sa vie future.

Nina le regarda avec stupéfaction.

— Tu as vraiment risqué ton héritage pour moi au lieu de remplir la mission de ta grand-mère ?

— Je ferai n'importe quoi pour toi, Nina, affirma-t-il. Mais ça, c'est pour Cody, parce que je me suis attaché à cet enfant. Et parce que moi aussi je veux un bel avenir pour lui.

Un avenir dont il espérait bien faire partie.

Nina remit les papiers dans l'enveloppe qu'elle posa sur la couverture.

— Tu n'as pas mis tes finances en péril, quand même ?

— Ne crains rien. Je m'en sortirai et le Hidden Gem aussi. L'affaire est conclue.

Et pour cause : il avait eu entre-temps la certitude que Gran était ravie de l'issue de la transaction. A présent, il ne lui restait plus qu'à espérer que son geste suffise à garder Nina et Cody dans sa vie. Avec un peu de chance...

— Je ne sais que te dire, à part merci...

Là-dessus, Alex posa une main sur celle de Nina.

— Tu peux dire que tu me pardonnes.

— Je regrette que tu n'aies pas été franc avec moi, dit-elle en soupirant, mais je peux comprendre que tu aies été déchiré entre tes principes et ton désir de tranquilliser à tout prix ta grand-mère.

Alex serra la main de Nina. Une réconciliation semblait possible. Mais pouvait-il oser y croire ?

— J'ai encore quelque chose pour toi, dit-il. Tu veux savoir quoi ?

Elle sourit.

— Bien sûr !

Il frémit. Bon sang ! Pourquoi être si nerveux quand il savait au plus profond de son être que c'était exactement ce qu'il désirait ?

Le cœur battant, il tira du carton une douzaine de roses jaunes.

— Je sais que ce sont les roses rouges qui sont censées exprimer l'amour, mais nous sommes au Texas, et la rose jaune est notre emblème. Je voudrais tant que tu sois ma rose texane, maintenant et pour toujours ! Parce que, malgré ma tendance à me replier sur moi-même, je suis tombé follement, irrémédiablement, amoureux de vous, Nina Lowery.

Les yeux brillants de larmes, Nina se jeta dans ses bras. Au même moment, les roses exhalèrent leur suave parfum.

Elle l'embrassa passionnément.

— Oh ! Alex, s'exclama-t-elle enfin, moi aussi je t'aime ! J'aime ta force, ta tendresse, ta générosité, et j'ai envie de te rendre tout ce que tu donnes aux autres !

Alex sentait son cœur battre de soulagement et de félicité. Il avait du mal à y croire. Qu'avait-il fait pour mériter une telle joie ?

— J'ai réfléchi, dit-il. Voilà comment nous allons procéder. Nous nous verrons chaque semaine le temps de mettre au point les détails de notre vie future. Et si tu ne veux pas déménager, je monterai un ranch à San Antonio.

Nina écarquilla les yeux avant de parvenir à demander :

— Tu ferais ça pour moi ?

— Bien sûr !

Alex prit son beau visage dans ses mains.

— Je veux le meilleur pour Cody et toi. Et nous le chercherons ensemble.

Elle posa les fleurs sur la table basse.

— En réalité, comme mon métier me permet de travailler n'importe où, dans un premier temps, je serais plutôt d'avis de m'installer ici, dans un bungalow. Toi et moi, nous... nous nous donnerions des rendez-vous.

A ces mots, Nina prit une rose en bouton dans le bouquet et respira son parfum avant de la glisser, d'un air tentateur, entre ses seins.

— Apprenons à nous connaître et transformons cette aventure en une véritable histoire d'amour, dit-elle.

Songer à cette perspective arracha à Alex un soupir de bonheur.

— Je te ferai la cour, tu verras. Je gagnerai ton cœur.

— C'est déjà le cas, cow-boy. Je suis toute à toi.

Joignant le geste à la parole, elle lui caressa le visage avec le bouton de rose.

— Et tu es tout à moi.

CATHERINE MANN

Son plus tendre secret

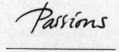

HARLEQUIN

Titre original : PREGNANT BY THE COWBOY CEO

Traduction française de FRANÇOISE HENRY

Prologue

Deux mois plus tôt

Amy McNair examina la grange du ranch familial où se déroulait la fête de fiançailles de son cousin. La soirée était réussie, certes, mais ressemblait à nombre d'autres événements auxquels elle assistait dans le cadre de son travail. Bon, il était temps de trouver une excuse pour se retirer, troquer sa robe de contre un pyjama de coton confortable et se débarrasser de son collier, magnifique il est vrai, mais qui lui donnait l'impression d'être étranglée. Elle préférait, et de loin, ses longs pendentifs bohèmes.

Elle en était là de ses réflexions quand il entra dans la salle.

La vue de cet homme aux larges épaules, qui franchissait la porte d'un pas conquérant, lui coupa littéralement le souffle. Soudain, elle en oublia toute envie de se mettre en pyjama ou d'ôter son collier. Etrange. Amy vivait pourtant dans un univers peuplé d'hommes virils et un brin machos, que ce soit les cow-boys du Hidden Gem, le ranch de loisirs où elle vivait, ou les cadres de Diamonds in the Rough, l'entreprise familiale de création de bijoux. Seulement, ce bel inconnu, mystérieux à souhait, pouvait sans problème rivaliser avec eux dans son smoking sur mesure qui dissimulait un torse qu'elle devinait musclé.

D'ailleurs, il portait un smoking *et* un Stetson noir qu'il avait ôté et confié au préposé de l'entrée.

Il possédait un beau visage volontaire, un visage qui avait vécu. Ses cheveux bruns étaient rehaussés de fils d'argent au niveau des tempes. Un signe discret de l'âge qui était synonyme de sagesse, de détermination.

D'expérience.

Amy se sentit frissonner.

C'était surtout ses yeux qui la rendaient folle. Malgré la distance, elle distinguait un subtil mélange de noisette et de vert qui se modifiait à la lumière des lustres. Elle travaillait parfois avec des ambres de cette couleur lorsqu'elle créait ses bijoux, et la nature changeante de la nuance la fascinait.

Pendant qu'elle l'observait, le regard de l'homme croisa le sien, s'évada, puis s'arrêta de nouveau sur elle, longuement.

D'une main tremblante, elle posa sa coupe de champagne. S'il continuait à la regarder comme ça, elle n'allait pas pouvoir tenir longtemps. C'était comme si un courant magnétique l'attirait inexorablement vers l'inconnu. Il fallait qu'elle en sache plus sur lui, impossible de faire autrement. Alors qu'elle allait traverser la salle, l'orchestre se lança dans une chanson d'amour de Patsy Cline, un classique. Sous les gigantesques lanternes en papier multicolores qui décoraient la salle, elle se dirigea vers le mystérieux inconnu qui, à son tour, slaloma entre les invités pour la rejoindre.

Amy jeta un œil autour d'elle. D'autres femmes avaient également remarqué son charmant inconnu ; certaines le dévoraient des yeux avec avidité. Mais le regard du beau ténébreux restait rivé à elle pendant qu'il comblait sans hésiter la distance qui les séparait.

Qui était-il ? Sans doute pas un parfait inconnu, car on le saluait.

En sentant son regard caressant glisser sur elle, Amy ne put s'empêcher de trembler : l'intérêt était réciproque. Quel plaisir d'être désirée par un homme qui lui plaisait ! Car, à vrai dire, l'année écoulée ne l'avait pas épargnée. Elle avait eu l'immense chagrin d'apprendre qu'une tumeur au cerveau condamnerait bientôt sa grand-mère, la personne qui comptait pour elle le plus au monde. C'était un poids trop lourd à porter. Elle souffrait terriblement à l'idée de perdre son aïeule et de savoir que sa société était sur le point de passer sous la direction d'un nouveau P-DG. Tant de bouleversements. Leur famille ne méritait pas ça.

Pourtant, à cet instant, pour la première fois depuis l'annonce de la maladie de sa grand-mère, Amy sentit son lourd chagrin s'estomper.

Elle s'arrêta devant ce séduisant et irrésistible inconnu. La foule était si dense, le brouhaha des conversations et des rires mêlé aux sons de l'orchestre si fort, qu'il se créa une sorte de bulle d'intimité autour d'eux. Sans un mot, il la regardait, sourcils froncés. Pas de doute, elle n'était pas la seule à être sous le charme…

Même si elle ne croyait pas au coup de foudre, loin de là, il était difficile de nier cette électricité qui passait entre eux, cette attirance qui semblait dépasser le stade du désir purement sexuel. Oh ! elle comprenait qu'on puisse éprouver un attrait physique pour quelqu'un ! Seulement, elle se croyait au-dessus de ce type de relation. C'était trop superficiel à son goût !

Amy baissa la tête un bref instant. Sa mère ne l'avait-elle pas traînée dans les concours de beauté depuis son plus jeune âge ? Cheveux crêpés, maquillage, robes à froufrous et chaussures de claquettes rehaussées de paillettes… Aussi loin que ses souvenirs remontent, elle avait été jugée sur son apparence, sa facilité à occuper une scène, son sourire. Et elle avait vu assez de beautés au sourire de Joconde cacher une âme noire pour savoir que la vraie valeur d'une personne est celle qu'on a au fond du cœur. Pourtant, même en sachant cela, elle ne pouvait pas nier que cet homme lui plaisait infiniment.

Alors qu'elle comptait le saluer, se présenter à lui ou s'enquérir de son identité, Amy se surprit à inspecter sa main gauche. Ni alliance ni marque blanche circulaire sur l'annulaire.

Et avant même qu'elle se rende compte de ce qu'elle faisait, elle s'empressa de demander :

— Etes-vous marié ?

Le beau visage de l'inconnu sembla exprimer la surprise. Vite dissimulée, d'ailleurs.

— Et vous ? répliqua-t-il d'une voix aux accents vibrants.

Une voix qui la fit frémir au plus profond d'elle.

Amy secoua la tête.

— Non.

— Moi non plus. Vous avez un petit ami ?

Elle sourit. C'était un homme d'honneur puisqu'il tenait à avoir cette information avant d'aller plus loin.

— Non. Et vous, vous avez une petite amie ?

— Je n'en connais qu'une et elle est en face de moi. D'ailleurs, vous n'êtes pas si petite que ça...

Petite amie, petite Amy... Très fort ! Un petit sourire joua au coin des lèvres de l'inconnu.

Sans savoir qui avait fait le premier geste, Amy s'aperçut soudain qu'elle marchait au bras de son bel inconnu en direction de la piste de danse. Là, ils s'enlacèrent et se mirent à danser en silence, leurs corps en parfaite osmose sous les lanternes de papier aux vives couleurs qui irisaient la salle des teintes de l'arc-en-ciel.

Amy respira son odeur, épicée, masculine, entêtante. Sentir cette main virile sur sa taille lui échauffait la peau.

Depuis combien de temps n'avait-elle pas senti la main d'un homme sur son corps ?

Il courait entre eux une énergie folle, comme dans

le ciel par un temps d'orage. Les rythmes endiablés de l'orchestre la mettaient dans un état d'excitation indescriptible. Elle laissait son corps réagir à la plus légère indication de l'homme, suivant ses pas comme une ombre pendant qu'elle s'abîmait dans le charme de son regard.

Amy poussa un soupir. Cette danse lui procurait un des rares moments de plaisir de cette sombre année. Pas étonnant qu'elle se sente attirée par l'inconnu. Elle avait besoin de cet intermède. Et lui aussi. Elle le voyait à l'éclat de son regard, à la façon dont son bras ferme enserrait sa taille.

Un pas et un tournoiement plus tard, ils se retrouvaient dans le hall, puis dans un vestiaire déserté.

Et dans les bras l'un de l'autre.

Son bel inconnu l'étreignit fiévreusement, en lui laissant toutefois la possibilité de s'échapper si elle le désirait. Cependant, s'écarter de lui était bien la dernière chose dont elle aurait eu envie. Quand il l'embrassa, le contact de ses lèvres charnues sur les siennes lui procura des frissons de volupté, des pieds à la tête. Ça y était, elle se sentait perdre le contrôle…

Malgré tout, quelqu'un pouvait les surprendre. Cela dit, même si elle n'avait pas l'âme d'une exhibitionniste, loin de là, la possibilité d'être surpris ajoutait une touche de piment à l'aventure. Les sons de la musique et du brouhaha de la réception leur parvenaient, étouffés. Elle se colla contre les formes si sexy de l'homme qui était en train de la faire chavirer.

Il prit son visage dans ses mains et la fixa de son intense regard noisette.

— Ce n'est pas mon habitude de m'enfermer dans les vestiaires avec une inconnue.

Amy posa une main sur ses lèvres.

— Inutile de chercher des excuses. Je ne comprends pas pourquoi, mais c'est comme ça, voilà tout.

Elle prit une inspiration pour se donner du courage et ajouta :

— Fermez la porte.

Sans un mot, il glissa une main derrière lui et tira le verrou. Alors, s'abandonnant à la passion, elle passa un bras à son cou et savoura le baiser qu'il lui donnait.

Amy s'aperçut que ses seins se tendaient de désir. C'était presque douloureux. Avait-elle déjà été aussi excitée ? Sans doute pas. Et pourtant, même si elle avait trente et un ans, même si elle n'était pas vierge, elle se sentait incapable de résister à l'attrait de cet étranger. Sentir son sexe dur collé contre son ventre la brûlait à travers la soie de sa robe.

Impossible de faire semblant d'ignorer ce qui se préparait. Elle le voulait, tout de suite.

La bouche de l'homme glissa le long de son cou, en embrassa le creux.

— Préservatif, dit-il. Dans mon portefeuille. Je vais le sortir.

Il fit mine de s'écarter, mais elle le retint par les revers de sa veste.

— Laisse-moi faire.

En glissant une main sous sa veste, Amy caressa ses pectoraux. Impressionnant. Pas de doute, cet homme était selon son cœur. C'était un type fort qui savait ce qu'il voulait. Elle sortit son portefeuille de sa poche et songea un instant à lui demander son nom, mais avec ses mains viriles qui palpaient ses seins, elle avait du mal à avoir les idées claires.

Elle sortit un préservatif et jeta le portefeuille dans un coin.

Pendant ce temps, le bel inconnu la caressait partout, allumant un incendie dans ses veines. Ni une ni deux, elle dégrafa son pantalon pendant qu'il retroussait sa robe. Alors, il la souleva, la déposa sur une table dont le bois froid contrastait avec la chaleur qui l'envahissait. Elle noua ses jambes à sa taille pendant qu'il se frottait contre elle puis la pénétrait d'un puissant coup de reins qui lui arracha un gémissement guttural.

Amy sentait son désir prendre possession d'elle. Cet instant était insensé, grisant et magnifique. Elle se perdait dans un plaisir grandissant. Le parfum épicé de l'after-shave de son Apollon l'enivrait à chaque inspiration. Des accords de musique étouffés semblaient leur jouer la sérénade alors que leurs corps s'unissaient dans la plus primitive des danses.

Soudain, elle laissa le plaisir l'emporter tandis qu'il accélérait l'allure. Elle dut se mordre la lèvre pour retenir des cris de jouissance qui risquaient de les trahir.

Il fit alors glisser la bretelle de sa robe et se pencha pour prendre la pointe d'un sein entre ses lèvres. Cette caresse chaude et humide la rendit littéralement folle. La tête penchée en arrière, elle s'abandonna à un orgasme dévastateur. Entendre son bel inconnu atteindre lui aussi le plaisir après un ultime coup de reins déclencha chez elle un nouveau spasme de volupté qui la laissa anéantie. Que c'était bon…

En attendant que son cœur reprenne un rythme normal, Amy posa la tête sur l'épaule de son compagnon. Il lui caressa le dos tout en la reposant à terre, mais sans la lâcher.

Après avoir remis sa robe en place, il posa un baiser sur sa tempe.

— Il faut que nous par…

Elle secoua la tête.

— S'il te plaît. Pas un mot.

Elle remonta sa bretelle sur son épaule et vérifia sa coiffure. Sa natte était miraculeusement intacte.

— Regagnons la salle par des chemins différents, dit-elle. Et quand, ou si, nous nous recroisons… ce sera pour la première fois. Inutile d'attacher trop d'importance à cette histoire.

Amy retint un soupir. Cet instant était un fantasme devenu réalité, une rencontre magique, mais qui devait rester exceptionnel. Pas question de l'entendre avouer que c'était une habitude pour lui, ni de réfléchir à ce qu'elle venait de faire. Pas alors que son corps tremblait encore du plaisir qu'il lui avait donné et que son cœur battait fébrilement.

Sans attendre sa réaction, elle poussa le verrou et glissa la tête par l'entrebâillement de la porte afin d'inspecter le couloir. La voie était libre, parfait. Les jambes encore mal assurées, elle reprit le chemin de la salle de bal. Le bruit des pas de l'inconnu derrière elle la troubla. La suivait-il ? Allait-il insister, lui faire une scène ?

Amy sentit un mélange d'attente et d'appréhension oppresser son cœur.

La fraîcheur de l'air conditionné sur sa peau brûlante lui donna la chair de poule. L'orchestre jouait toujours, des airs plus rapides, tirés du répertoire de Johnny Cash.

Soudain, avant qu'elle ait repris ses esprits, sa grand-mère se dressa en travers de son chemin. Majestueuse malgré sa fragilité.

Amy prit une grande inspiration et frémit. L'odeur de l'after-shave de l'inconnu la hantait encore. S'attardait-elle sur son corps pour lui rappeler ce qu'elle venait de faire ? Elle secoua la tête pour chasser cette idée et regarda sa grand-mère.

Celle-ci agrippait sa canne d'une main ornée de bagues étincelantes. Amy ne put s'empêcher de sourire. Parmi elles, il y avait comme toujours ce cœur en améthyste qu'elle lui avait offert, l'une de ses premières créations !

Mariah McNair prit la main de sa petite-fille dans la sienne. En dépit de sa fragilité, sa poigne était ferme, assurée.

— Amy chérie, je te cherchais pour te présenter quelqu'un. Mais j'ai la vague impression que Preston et toi, vous avez déjà fait connaissance.

Amy sursauta. Un sombre pressentiment lui fit brusquement oublier le moment de bonheur qu'elle venait de vivre.

— Preston ? parvint-elle à articuler.

Oh non ! Pas ça ! Pourvu que…

Alors qu'elle allait poser la question qui lui brûlait les lèvres, elle vit le bel inconnu à qui elle venait de s'offrir dans le vestiaire approcher d'elles.

— Amy ? murmura-t-il, les sourcils froncés.

Amy sentit son estomac se nouer comme si elle chutait dans une cage d'ascenseur. Impossible de dire un mot.

Elle sentit alors sa grand-mère serrer sa main tout en souriant à Preston.

— Je suis si heureuse que tu fasses enfin la connaissance de notre nouveau P-DG.

Joignant le geste à la parole, Mariah tendit la main à l'inconnu. Cet inconnu qui n'en était malheureusement plus un.

— Bienvenue au Hidden Gem Ranch !

1

Deux mois plus tard

Preston Armstrong n'avait jamais apprécié les mariages, pas même le sien. Et depuis son divorce, dix ans auparavant, ces cérémonies l'amusaient encore moins. Il se considérait comme un homme d'affaires doué d'un grand sens pratique, une qualité précieuse qui lui avait permis d'arriver au sommet du monde de l'entreprise. Belle revanche, après une enfance défavorisée !

Par conséquent, assister à un mariage et voir les projecteurs braqués sur Amy McNair l'agaçait encore plus. D'autant qu'elle l'avait ignoré au cours des deux mois précédents.

Et davantage encore parce qu'elle était superbe dans sa robe de demoiselle d'honneur couleur pêche. Ces toilettes n'étaient-elles pas censées être hideuses pour ne pas faire d'ombre à la mariée ? Hélas ! avec son corps aux formes sensuelles et son assurance, la belle Amy était probablement capable de métamorphoser un sac à pommes de terre en tenue la plus sexy du monde. On ne collectionne pas les premiers prix de concours de beauté sans raison.

Cela dit, il la trouvait plus séduisante dans son style bohème actuel qu'avec les tenues criardes dans lesquelles elle défilait autrefois. A quoi bon nier la vérité ? Les bijoux qu'elle avait créés mettaient encore davantage sa beauté en valeur. Tout particulièrement ce pendentif qui se nichait entre ses seins.

Preston but une gorgée de bourbon au milieu du brouhaha de la réception. Comme l'exigeaient les bonnes manières, il faisait acte de présence à ce mariage chez les McNair. Le temps de consulter sa montre, il estima qu'il devrait rester ici encore une demi-heure avant de pouvoir regagner son bureau sans passer pour un goujat. Dans la paix de la nuit, il travaillait mieux.

Si Amy voulait bien lui accorder cinq minutes en tête à tête, il la rassurerait en lui expliquant que l'épisode du vestiaire ne se serait jamais produit s'il avait eu connaissance de sa véritable identité. A en juger par son expression horrifiée quand sa grand-mère les avait présentés, Amy aurait également préféré éviter cet incident.

Pour tout dire, Preston n'avait ni le temps ni l'envie d'affronter une situation ambiguë. C'était curieux, d'ailleurs. Même s'il avait la tête sur les épaules, en temps normal, son univers avait basculé à l'instant où, de l'autre côté d'une salle de réception, il l'avait aperçue.

Hélas ! cette semaine durant laquelle avaient eu lieu toutes sortes d'événements liés au mariage avait rendu leur relation encore plus difficile. Même si leurs rapports étaient tendus, côtoyer Amy au siège de la société restait supportable parce qu'ils s'en tenaient à une attitude professionnelle. Malgré le souvenir de leur rencontre explosive qui le hantait, il arrivait à conserver son sang-froid. Cependant, les réceptions de cette semaine lui rappelaient trop la soirée où il l'avait rencontrée.

Preston fronça les sourcils. Il avait été sincère en affirmant qu'il n'avait pas l'habitude de ce genre de comportement. Sans être un moine, faire impulsivement l'amour avec des inconnues n'était pas son style. Il avait passé une bonne partie de sa vie d'adulte en étant marié et fidèle. Puis, après son divorce, il avait eu quelques aventures, agréables mais sans avenir.

Il s'agissait de brèves liaisons, pas de coucheries pures et simples. En tout cas, il n'avait certainement pas eu d'aventure avec une jeune femme d'au moins dix ans sa cadette.

Jusqu'à Amy. Avec elle, c'était la plongée dans l'inconnu.

Désormais, ne pas pouvoir la toucher le mettait à la torture. Surtout au travail. Le simple fait de la voir le mettait en transe. Respirer son parfum suave après une réunion dans son bureau le rendait fou de désir. Sans parler de sa chaleur quand elle se tenait près de lui dans un ascenseur bondé. Hélas ! la liste s'allongeait indéfiniment puisqu'elle travaillait dans le même immeuble que lui : ses connaissances en matière de pierres précieuses étaient cruciales pour la création de certaines lignes de bijoux les plus appréciées de Diamonds in the Rough.

Installés sur une estrade de l'immense grange du ranch, les musiciens de l'orchestre country revinrent prendre leur place après une pause. En réalité, parler de grange ne rendait pas justice à l'espace artistement décoré.

Des lustres dorés et des bouquets de fleurs blanches avaient été suspendus aux poutres tandis que des guirlandes électriques qui s'entrecroisaient au plafond créaient une ambiance de nuit étoilée. Des bouquets de roses et de gypsophile retenus par un ruban de toile décoraient les tables, et des chaises dorées et des drapés de tulle blanc achevaient de mêler avec goût rusticité et raffinement.

Preston se sentit trembler. Bon sang ! Il n'avait qu'une envie, fuir. Pour se donner du courage, il avala d'une gorgée le reste de son bourbon.

Le marié, Stone McNair, cousin d'Amy et ex-P-DG de Diamonds in the Rough, semblait vraiment croire à l'amour éternel et autres stupidités en faisant danser sa blonde épouse.

Heureusement, la cérémonie religieuse avait été brève. Une demoiselle, un garçon d'honneur : Amy et son jumeau Alex. Elle avait détaché ses cheveux bruns qui formaient de longues boucles qu'il avait eu envie de caresser.

Soudain, Preston se décida. Allez, du nerf. Plutôt que de rester à ruminer dans son coin, autant aborder le problème frontalement. Ici, elle ne pourrait pas le fuir.

Il reposa son verre et, fendant une foule composée de tout ce que le Texas comptait de gens riches et célèbres, comme ce fameux soir, se dirigea vers elle. Mais cette fois, c'était pour mettre fin à une situation intenable et non pour se lancer dans une aventure.

Ils n'auraient sans doute pas trop de mal à s'isoler. L'endroit permettait à ceux qui désiraient bavarder de le faire.

Preston s'arrêta derrière Amy et, par-dessus son épaule, sourit au maire.

— Je suis navré de vous interrompre, mais Mlle McNair m'a promis cette danse.

Amy tressaillit, ouvrit la bouche, mais Preston la prit par la main et l'entraîna sur la piste de danse sans lui laisser le temps de protester. Devant l'orchestre, il l'enlaça avant que sa stupéfaction se mue en un silence glacial. Il avait trop souvent observé cette transformation durant les deux derniers mois. Il était temps de mettre fin à ce petit jeu.

Il l'attira à lui et sentit le contact soyeux de ses cheveux sur sa joue. Bon sang, cela faisait si longtemps…

— Vous êtes ravissante, ce soir. Fait remarquable si l'on considère que vous portez une robe de demoiselle d'honneur.

— Vous êtes trop aimable de m'avoir demandé si je voulais danser, répliqua Amy. Qu'est-ce qui vous prend ?

— Danser avec la cousine du marié n'a rien d'un crime, il me semble. Alors à moins que vous ne causiez un scandale devant votre famille, vos relations d'affaires et d'importants politiciens, ça n'attirera pas l'attention sur nous.

— Très bien, concéda-t-elle d'un ton évidemment glacial. Dansons pour sauver les apparences. Gran dit toujours que c'est bon pour la compagnie d'afficher un front commun.

Preston serra les dents. A vrai dire, lui se moquait des apparences. Ce qu'il voulait, c'était trouver un moyen de contourner la froideur d'Amy. L'attirance était toujours là mais ses chances de passer à l'acte étaient minces, voire nulles. Néanmoins, il pouvait tout de même faire en sorte de dissiper la tension qui régnait entre eux. Ce serait déjà ça.

Le temps d'éviter un autre couple, il l'entraîna vers un coin moins en vue de la piste. Avec les gardes de la sécurité postés autour du lieu de l'événement, c'était le mieux à faire.

— C'est une belle réception, dit Preston. Mes félicitations à votre cousin et à son épouse.

Si Stone n'avait pas renoncé à son poste de P-DG de Diamonds in the Rough, il ne serait pas là. Et ce poste comptait beaucoup pour lui. Son métier était tout ce qui lui restait après l'échec de sa vie privée.

Amy eut un sourire crispé, à l'image de ce corps qu'il tenait dans ses bras.

— Nous avons à notre disposition tout ce qu'il faut pour un mariage réussi.

— Vous vous rendez compte que c'est la première fois que nous parlons d'autre chose que de travail ? demanda-t-il.

S'il respectait l'attachement d'Amy à son travail, Preston avait découvert que cette admirable qualité compliquait encore plus les choses. Contrairement à Garnet McNair, son père, Amy apportait une contribution inestimable et bien réelle à la compagnie. Il était donc amené à la croiser souvent.

Au même moment, elle se pencha vers lui. L'espace d'un instant, il s'imagina que, peut-être… Son pouls s'accéléra et son regard tomba sur ses lèvres sensuelles, légèrement écartées.

Et puis il l'entendit murmurer, hélas :

— Je tenais juste à ce que ce soit clair. Ce soir, nous ne passerons pas par le vestiaire.

Preston fit une grimace. Impossible de mettre en doute la détermination d'Amy. Néanmoins, la façon dont elle lui avait fait passer le message l'avait mis dans un état indescriptible. Résultat : il était prêt à la soulever dans ses bras pour l'emporter au bungalow qu'il avait réservé pour la nuit.

— C'était tout à fait clair pour moi après votre froideur des deux derniers mois.

Au souvenir de sa peau de satin, il sentit sa main se crisper fugitivement sur la taille fine d'Amy.

— Je suis juste heureux que vous finissiez par admettre que nous avons été intimes.

— Croyez-moi, j'en suis consciente, siffla-t-elle entre ses dents.

Il se mordit la lèvre. Le frôlement du corps divin d'Amy contre le sien était une délicieuse torture.

Soudain, il vit une ombre obscurcir son beau regard bleu.

— Saviez-vous qui j'étais, ce soir-là ? demanda-t-elle.

Il ralentit avant de reprendre le rythme de la danse. Quoi qu'il en soit, il avait du mal à croire ce qu'il venait d'entendre.

— C'est ce qui vous tracasse ? Que je vous aie menti ?

— Oubliez ce que j'ai dit. Ça n'a plus d'importance.

Comme elle s'écartait, Preston resserra son étreinte.

— Vous ne me croirez pas, quoi que je vous réponde. Mais il est évident que j'ignorais qui vous étiez. Si je l'avais su, rien ne se serait passé entre nous…

Il effleura sa joue d'un doigt.

— Et ça aurait été bien dommage.

Preston se sentit frémir. Amy et lui étaient si proches, quelques centimètres seulement séparaient leurs lèvres. Il se rappelait combien c'était bon de l'embrasser et combien ce constat avait compliqué leurs rapports depuis. Autant se rendre à l'évidence : avoir une liaison avec elle serait une très mauvaise idée étant donné qu'il était son patron et elle, la petite-fille de l'actionnaire majoritaire de la société.

Mais, bon sang ! Ce n'était pas l'envie qui lui manquait.

Même chose pour elle, d'ailleurs. Il le lisait dans ses beaux yeux bleus et à la façon dont elle s'était inclinée vers lui avant de vite se reprendre.

Soudain, Amy l'attrapa par les poignets, l'obligeant à la lâcher.

— Je ne sais pas ce qui vous pousse à évoquer ces souvenirs maintenant, parce que je doute fort que les mariages soient votre tasse de thé. De toute façon, ce n'est ni le lieu ni l'heure d'avoir cette discussion.

— Vous voulez en parler plus tard ? demanda Preston d'un air surpris.

Elle leva une main.

— Parler, c'est tout.

— Sortons, si vous voulez.

— Non. Pas ici, pas ce soir.

Il sentit qu'elle se refermait. Pas de doute : elle le repoussait de nouveau.

— Amy, si c'est une nouvelle tactique pour m'éviter…

— Nous n'avons qu'à demander à nos secrétaires d'examiner nos calendriers et prévoir rapidement un déjeuner, répliqua-t-elle. C'est assez précis pour vous ? Maintenant, je dois aller voir ma grand-mère.

Là-dessus, Amy fit demi-tour dans un froufrou soyeux.

Debout au milieu de la piste de danse, Preston la regarda s'éloigner. Elle balançait les hanches et découvrait à chaque pas ses jambes superbes par la fente de la jupe.

Il quitta la piste à son tour. Que pouvait-il bien attendre d'une conversation avec elle ? Etant donné leurs rapports professionnels, une liaison n'était pas souhaitable. D'autre part, il ne recherchait pas de relation à long terme. Pour ça, il avait déjà donné.

Preston retourna au bar chercher un bourbon. Tant pis pour le serveur qui lui proposait de déguster un verre de Mouton Rothschild choisi par les mariés. Ce soir, le bourbon ferait très bien l'affaire. A vrai dire, les mariages ne lui réussissaient guère. Il suffisait de poser la question à son ex-femme pour s'en convaincre. Il était trop absorbé par son travail, trop solitaire. Et comme il était mal venu qu'un patron fasse la fête avec ses subordonnés, ce constat réduisait singulièrement ses possibilités d'avoir une vie sociale.

Oh ! il aurait bien aimé croire que c'était l'austérité de son existence qui l'avait rendu si réceptif à Amy, le premier soir. Seulement, il savait qu'il y avait davantage. Il possédait une grande maîtrise de soi, d'habitude. Et pourtant, à l'instant où il avait aperçu Amy, il l'avait désirée comme il n'avait jamais désiré personne, pas même son ex-femme.

Pas étonnant que son mariage ait si vite tourné au désastre. Preston avait amassé une fortune mais, au bout du compte, cela n'avait fait que nuire à leur entente.

Résultat : plutôt que de faire subir un divorce à leur fille, sa femme et lui avaient tenté de continuer à vivre ensemble. Mais leur union n'était plus qu'une façade. Finalement, sa femme avait rencontré quelqu'un. Elle lui avait expliqué qu'au moins son nouvel amour serait présent, lui. Ce qui valait mieux pour Leslie qu'un père absent. Preston l'avait crue. Et il s'était senti terriblement coupable et incapable de donner à son enfant ce dont elle avait besoin.

Depuis, il avait très souvent repensé à cette décision.

S'était-il suffisamment battu pour sauver son mariage, élever son enfant ? Comme il était loin d'en être sûr, sa culpabilité ne faisait que croître.

A l'adolescence, sa petite fille était devenue incontrôlable. Drogues, alcool, sexe. Il avait essayé de la ramener à la raison, en la privant de sa voiture, de son argent de poche. Il avait même projeté de prendre une semaine de congé et de l'emmener où elle voudrait !

Hélas ! elle avait refusé de partir avec lui. Il aurait dû insister. Oh ! il y avait bien pensé, mais il avait trop tardé ! Son bac en poche, à dix-sept ans, Leslie avait fui avec son petit ami. Très vite tombée enceinte, elle avait ignoré le moindre conseil, le moindre coup de pouce, décidée à laisser ses parents et cette vie qu'elle détestait derrière elle. L'argent, les jets privés, les voitures avec chauffeur et les belles demeures ne l'intéressaient pas. Elle avait même refusé le suivi médical qu'il lui proposait.

C'est là que tout avait basculé. Elle et son bébé, un petit garçon, étaient morts au septième mois de grossesse, au cours d'un accouchement prématuré avec complications. Une hémorragie avait emporté Leslie ; l'enfant lui avait survécu deux jours.

Preston sentit l'émotion le gagner. Quelle importance si son portefeuille d'actions pesait des milliards ? Sa fille et son petit-fils étaient morts par sa faute. Parce qu'elle le détestait !

Certains jours, l'absurdité de ces morts le mettait dans un état de rage et de douleur insupportable.

Son ex-femme avait reporté la faute sur lui. Sauf qu'elle ne pourrait jamais lui en vouloir autant qu'il s'en voulait.

Tant bien que mal, Preston avait poursuivi sa vie. Jusqu'au moment où son regard s'était posé sur Amy McNair. Qu'y avait-il donc chez elle ? Ce n'était pas son genre de s'amouracher d'un joli visage. Mais elle était davantage que ça. Evidemment, il n'avait pas vraiment eu le temps de faire sa connaissance, ce soir-là. Il avait plongé son regard dans le sien. Et vu…

Quelque chose qui valait la peine de s'y attarder.

Mais c'était un risque qu'il ne reprendrait pas.

Tout en poussant le fauteuil roulant de sa grand-mère le long du couloir, Amy se sentit réconfortée par l'odeur omniprésente de chêne et de pin qui flottait dans la grande maison du ranch.

On pouvait accéder depuis l'extérieur à l'aile réservée à la famille, mais ce soir, elle avait pris le chemin le plus rapide à travers le hall d'entrée, adressant au passage un salut à l'employé de garde.

A vrai dire, elle n'en revenait pas. Dire qu'elle était passée si près d'embrasser Preston, sur la piste de danse, au vu et au su de tous ! Comme si c'était le moment de faire jaser. Pourquoi cet homme diaboliquement séduisant la perturbait-il alors qu'elle devait garder la tête froide pour le bien de sa grand-mère ?

Pour être honnête, Amy avait été très tentée de voler encore un moment passionné avec lui avant l'inévitable conversation, mais elle avait brusquement senti son estomac se retourner. Du coup, elle avait proposé de passer par leurs secrétaires pour prendre rendez-vous avant de s'enfuir.

De fait, avoir la nausée sous les yeux de Preston Armstrong aurait été le pire moyen de lui expliquer que leur moment à deux dans le vestiaire avait engendré un enfant.

Malgré l'utilisation du préservatif, elle était bel et bien enceinte. Et comme elle n'avait pas eu d'autre aventure au cours des six mois écoulés, la paternité de Preston ne faisait aucun doute. Bref, il fallait le mettre très vite au courant afin qu'ils se mettent d'accord sur la suite des événements. Ensuite, elle allait devoir informer Gran.

Amy jeta un coup d'œil à sa grand-mère et son cœur se serra à la vue de ce corps épuisé par la maladie. Ses cheveux gris, autrefois longs, recommençaient à pousser après les traitements et les opérations qui n'avaient fait que différer l'issue fatale.

— Tu t'es surmenée cette semaine, Gran.

Elles avaient atteint les doubles portes de la suite de son aïeule, décorées d'une paire de cornes de taureau, une plaisanterie datant de l'époque où, dans la salle de réunion de la société, un concurrent avait trouvé Gran « plus têtue qu'un taureau ». Après quoi, celle-ci avait fièrement disposé ces cornes au-dessus de sa porte, comme un rappel de sa puissance passée.

— Bien sûr, répliqua sa grand-mère. Je préfère avancer ma mort d'un jour ou deux plutôt que de rater les festivités du mariage de mon petit-fils.

— Eh bien, ça a le mérite d'être direct.

Amy manœuvra le fauteuil sur le tapis persan. Le feu crépitait dans la cheminée malgré la température estivale. Mais sa grand-mère appréciait l'ambiance et cette source de chaleur supplémentaire.

— Tu peux parler ! Toi aussi, tu es têtue comme un taureau !

— Merci. C'est un compliment.

Amy eut un sourire. Gran se réjouirait de la venue du bébé, c'était certain. Malheureusement, elle ne verrait pas son arrière-petit-enfant. Alors pas question d'ajouter de regrets à une situation déjà douloureuse. Sans compter que le stress représentait un danger pour l'organisme fragilisé de Gran. Par conséquent, Amy devait réorganiser sa vie et définir avec Preston le rôle qu'il jouerait dans l'existence de leur enfant. Sur ce point, au moins, elle pouvait égaler sa grand-mère. Etre forte. Déterminée.

Calculatrice.

Quand son fauteuil s'arrêta, Mariah croisa les mains sur

ses genoux. Amy regarda autour d'elle. La chambre avait un aspect à la fois familier et étrange. Certes, elle était toujours aussi agréable avec ses hauts plafonds supportés par des poutres apparentes, son lustre qui jetait une lumière chaude, ses deux fauteuils anciens disposés de chaque côté de la cheminée — ces fauteuils qui les avaient si souvent accueillies, sa grand-mère et elle, pour partager des secrets autour d'un chocolat chaud. Cependant, des modifications avaient été apportées au décor. A présent, un chariot d'hôpital recouvert du matériel médical trônait près du lit et on avait installé un fauteuil inclinable destiné à l'infirmière qui veillait de nuit la malade.

— Est-ce que je peux t'aider à t'installer ? demanda Amy. T'apporter quelque chose avant d'appeler l'infirmière ?

A contrecœur, elle sortit son portable. Ah, elle avait tant envie de rester pour bavarder avec sa grand-mère comme elles en avaient l'habitude, sans jamais se préoccuper de l'heure.

Elle sentit des larmes lui monter aux yeux.

Gran lui fit signe de s'asseoir.

— Amy, j'ai eu une existence bien remplie. Bien sûr, j'aurais aimé disposer de plus de temps ou, du moins, vivre mes derniers jours en bonne santé. Mais je veux mettre à profit le temps qui me reste. Un de mes petits-fils s'est marié et j'espère que l'autre prendra bientôt le même chemin.

Amy se mordit la lèvre. Aïe ! Si Gran ne mentionnait pas sa petite-fille, c'était qu'elle avait des projets pour elle.

Elle déglutit péniblement.

— Stone a trouvé la femme idéale. Quant à Alex, il est très heureux avec Nina et Cody, son fils. C'est un petit adorable.

Autant dire les choses comme elles étaient : elle était heureuse pour Alex. Le bonheur de son jumeau était le sien.

— C'est bon de voir de nouveau un enfant dans cette maison, poursuivit Gran. Leurs rires m'ont manqué.

Amy se sentit frémir. Gran avait-elle deviné ? Etait-elle en train de chercher une confirmation ?

Vite, il fallait qu'elle réagisse. Sans quoi, sa grand-mère allait tout découvrir. Le temps de s'emparer d'un pichet posé sur la table, elle remplit d'eau le verre de son aïeule, le regard fixé sur la photographie de mariage de ses grands-parents.

— Tu devrais te coucher pour être en forme demain, pour le petit déjeuner avec la famille, fit-elle remarquer.

— Je n'arrête pas de me reposer. Et pourtant, mes forces ne reviennent pas ! riposta Mariah avec un rire amer.

Celle-ci but son eau et, après s'être éclairci la voix, reprit :

— Je n'ai pas besoin de dormir pour me détendre. Et puis, j'ai à te parler.

— A quel sujet ?

Avec un frisson d'appréhension, Amy s'assit sur une chaise au pied du grand lit à colonnes, transformé en lit d'hôpital. Le cœur serré à l'idée que la vie était devenue si difficile pour sa grand-mère bien-aimée, elle respira le délicat parfum du bouquet de muguet posé sur la table de nuit.

Gran reposa son verre d'eau.

— Stone et Alex ont tous deux passé l'épreuve que je leur avais soumise pour juger de leur capacité à gérer leur part d'héritage dans l'esprit McNair.

Amy hocha la tête. Son cousin Stone les avait tous surpris en refusant finalement de conserver son poste de P-DG à la tête de Diamonds in the Rough pour organiser des séjours de thérapie équestre pour enfants handicapés. Quant à Alex, son frère jumeau, il avait gagné la confiance de leur aïeule pour continuer de diriger le ranch tout en ouvrant le lieu aux activités de Stone. Et maintenant, c'était son tour à elle.

— Voilà donc où tu voulais en venir, dit-elle en se laissant aller contre le dossier de la chaise, un coussin dans les bras. Que mijotes-tu pour moi ?

— Ne t'inquiète donc pas comme ça.

Un sourire éclaira le regard bleu saphir de Gran quand elle lissa sa robe de satin turquoise brodée de fils d'argent reproduisant le motif d'un superbe collier de Diamonds in the Rough.

Une tenue digne de la grand-mère du marié.

— Bien sûr que je m'inquiète. Et je suis intriguée. Si tu m'as gardée pour la fin, il y a sûrement une raison. Je parie que tu vas m'imposer l'épreuve la plus difficile. Ou alors, c'est moi qui suis la plus difficile.

Au même instant, Amy sentit d'amers souvenirs du passé lui revenir en mémoire.

— Maman s'efforçait toujours de me faire passer en dernier dans les concours de beauté pour que le souvenir de ma prestation soit tout frais dans l'esprit des juges. Et elle s'imaginait que je saurais toujours me débrouiller pour gagner.

Comme l'année où sa mère avait changé son numéro de *twirling baton* en démonstration de jonglage pyrotechnique, une demi-heure avant qu'Amy entre en scène, sous prétexte qu'une concurrente avait réussi une excellente prestation. Comment sa mère avait-elle réussi à mettre le feu aux deux extrémités de ses bâtons en une demi-heure ? Mystère. Mais avec la fortune des McNair et la complicité du gardien de l'hôtel, tout était possible pour une mère obsédée par la victoire de sa fille. Heureusement, Amy n'avait pas mis le feu à l'immeuble, ni à ses vêtements. Mais elle n'avait pas gagné et elle avait eu la peur de sa vie.

Chassant ce pénible souvenir, elle leva les yeux et vit

sourire de Gran se dissiper. Ses yeux semblaient déborder de compassion.

— L'épreuve que je te réserve n'a rien à voir avec ce que ta mère te faisait subir.

— Vraiment ? répliqua Amy d'un ton amer.

Mais tout de suite, le remords la saisit. Pourquoi s'en prendre à Gran ? Sa grand-mère n'était pas responsable de la folie de sa mère…

— Oublie ce que j'ai dit, Gran, s'empressa-t-elle de dire. Tu n'as rien de commun avec Bayleigh. Je sais que tu m'aimes. Du coup, tes décisions partent d'un bon sentiment.

— Ta mère t'aime, ma chérie. C'est juste qu'elle est…

— Complètement égocentrique, termina-t-elle. J'ai fini par l'accepter et suivre ma voie. Je suis grande, j'ai appris à gérer mes émotions.

Gran pencha la tête sur le côté.

— Je suis navrée que ces épreuves t'aient donné l'impression que mon amour était soumis à condition… Comme celui de ta mère.

— Dans ce cas, tu m'épargnes ton épreuve, tu vires Preston et tu me mets aux commandes ?

Elle avait dit ça sur le ton de la plaisanterie. Mais quelque part, elle était sérieuse.

— Oh ! Ma chérie, tu as toujours eu le sens de l'humour. Tout ce que je veux, c'est que, professionnellement parlant, tu trouves la voie qui te rendra la plus heureuse.

— Et si je fais comme Stone ? Si je laisse tomber l'entreprise familiale ? lança vivement Amy.

Si seulement elle en avait l'envie… Hélas ! elle ne vivait que pour travailler à Diamonds in the Rough.

— Ce sera ton choix, répondit calmement sa grand-mère. Mais souviens-toi que Stone a accepté cette épreuve en sachant que ça me libérerait l'esprit. Si je t'en impose une, c'est parce que je t'aime. Je ne veux que ton bien.

Amy soupira. Comment douter un instant des sentiments de sa grand-mère ?

— Je le sais, Gran.

A ces mots, celle-ci redressa les épaules.

— Cette semaine, Preston doit se rendre dans différentes villes afin de promouvoir notre nouvelle ligne. Je souhaite que tu l'accompagnes.

Amy attendit la suite… qui ne vint pas.

— C'est tout ? demanda-t-elle d'un ton incrédule. C'est ça mon épreuve ?

— Oui. Je veux que tu sois aimable, que tu ne fasses pas de scène. Bref, que tu montres au monde que nous sommes unis, même en dehors de nos bureaux. Ce constat rassurera nos actionnaires. C'est tout ce que je te demande.

Amy fit la moue. Bon, ce n'était pas si terrible. Elle gardait ses distances avec Preston depuis deux mois, elle réussirait sûrement à tenir plus longtemps.

— Tu ne te montres pas trop exigeante, admit-elle.

Enfin, pourvu qu'elle puisse terminer pendant le voyage ce travail qu'elle gardait secret et qui lui tenait à cœur. Une preuve d'amour qui, malheureusement, ne correspondrait pas à l'esprit de Diamonds in the Rough.

— Si on considère la froideur dont tu fais preuve à son égard, je n'en suis pas si certaine, dit sa grand-mère en secouant la tête.

Amy resta comme pétrifiée par cette remarque. Elle qui croyait avoir dissimulé ses sentiments à sa grand-mère…

Grossière erreur.

— Je te prie de m'excuser si je t'ai donné l'impression de mal accueillir ton P-DG. Je croyais être simplement professionnelle.

— Ne joue pas les innocentes avec moi ! riposta Gran. Tu ne supportes pas d'être dans la même pièce que lui sauf si tu y es obligée. J'ignore la cause de votre différend et je ne veux pas la connaître. Nous pouvons nous estimer heureux d'avoir arraché Preston à son précédent poste. Le convaincre de nous rejoindre n'a pas été facile. Et je tiens d'autant plus à lui que nos actions ont remonté depuis qu'il a pris la direction de Diamonds in the Rough.

— Avec pour conséquence l'éviction de certains de nos cadres les plus loyaux. Des gens qui travaillaient depuis longtemps dans la société, rappela Amy à sa grand-mère.

— Je vois que tu n'as toujours pas digéré ma décision.

Amy se mordit la langue pour ne pas polémiquer avec sa grand-mère. Inutile de la fatiguer alors que la cause était visiblement perdue…

Gran hocha la tête d'un air las.

— Réconcilie-toi avec lui. Que ça te plaise ou non, c'est le P-DG. Et je ne supporterai pas que tu contraries la bonne marche de nos affaires.

Amy releva brusquement la tête. Les paroles de sa grand-mère l'avaient atteinte en plein cœur.

— Tu menaces de me renvoyer ? parvint-elle à articuler.

Quel rôle jouait Preston dans cette histoire ? Encourageait-il Gran à l'évincer ou bien s'agissait-il d'une tactique d'approche avec des intentions moins avouables ?

Ce n'était peut-être pas par hasard qu'il s'était rapproché d'elle un peu plus tôt dans la journée. C'était peut-être lui qui tirait les ficelles en coulisses ! A cette idée, Amy sentit la colère l'envahir. C'était salutaire, après la frustration de la passion, la crainte pour l'avenir de son enfant, et le chagrin que lui avait causé l'annonce de la mort prochaine de Gran.

Soudain, la voix de sa grand-mère la tira de ses réflexions.

— Au lieu de chercher les ennuis, fais la paix avec Preston et lie-toi d'amitié avec lui.

Amy écarquilla les yeux. Se lier d'*amitié* avec le géniteur de son enfant ? Eh bien, ce n'était pas gagné ! Comment allait-il réagir en apprenant la nouvelle ? Elle aurait peut-être du mal à satisfaire sa grand-mère, après ça…

— Et si Preston n'est pas d'accord ? S'il se pose carrément en ennemi ? osa-t-elle demander.

Aussitôt, sa grand-mère sourit avec cet air de d'autorité qu'Amy connaissait si bien.

— A toi de vaincre ses résistances ! Parce que, ma chère enfant, désormais, il n'est plus question que tu l'évites.

2

Les mains dans les poches, Preston quitta la réception pour gagner le bungalow où il comptait passer la nuit. Les invités qui ne dormaient pas dans la grande maison étaient hébergés dans ces logements disséminés sur la propriété.

Bon, il avait rempli son devoir en faisant une apparition à la fête. Avec un peu de chance, il pourrait sortir son ordinateur portable et passer quelques heures à peaufiner l'organisation de son voyage d'affaires de la semaine à venir.

Néanmoins, il devait à tout prix s'immuniser contre l'attirance qu'il éprouvait pour Amy. Le seul fait de la côtoyer lors de ce mariage avait suffi à attiser son désir. Il fallait qu'il trouve un moyen de travailler avec elle sans qu'ils soient dévorés par leur passion tous les deux. Seulement, comment procéder ? Mystère.

Pour le moment, s'immerger dans des dossiers et des chiffres devrait suffire. La réception battait toujours son plein dans la grange. Des accords de musique, des rires et des bruits de conversation montaient dans la nuit claire. La maison principale comportait deux ailes, une pour les suites de la famille et une autre pour les invités. Quant aux bungalows, ils offraient des espaces privés plus vastes et plus intimes, loin du tapage de la réception.

Tout à coup, un mouvement du côté de l'aile familiale de la grande maison attira l'attention de Preston. En y regardant de plus près, il vit une ombre traverser la terrasse du rez-de-chaussée. Et soudain, le clair de lune illumina la silhouette inoubliable... d'Amy. Elle s'arrêta à la balustrade, examina les environs. Pas de doute, elle le cherchait. Il en eut la certitude à la seconde où son beau regard tomba sur lui.

Amy redressa les épaules, sa poitrine voluptueuse tendant sa robe sans bretelles. Les bijoux qui pendaient à ses oreilles effleurèrent ses épaules nues. Elle rejeta ses longs cheveux en arrière et, retroussant sa robe à deux mains, dévala les marches du porche.

Preston la laissa venir, tremblant d'excitation. Quel fascinant spectacle ! Même furieuse, elle était magnifique... De plus, il était troublé de découvrir qu'il avait le pouvoir d'allumer sa colère.

Amy s'arrêta devant lui, sous un chêne majestueux dans les branches duquel courait une guirlande. Elle avait le souffle court. Quelque chose n'allait pas, cela ne faisait aucun doute.

— C'est vous, n'est-ce pas ? lança-t-elle d'une voix mal assurée.

Preston écarquilla les yeux. De quoi pouvait-elle bien l'accuser ? Il arrivait à peine à réfléchir en la sachant si près de lui. Sa poitrine frémissante frôlait presque son torse. Un pas de plus, et ils se touchaient.

— Pourriez-vous être plus précise ?

— Sur la piste de danse, vous avez dit que nous avions à parler, dit-elle en plantant son index dans sa poitrine.

Ni une ni deux, il lui attrapa la main.

— Et vous avez dit que nos secrétaires nous arrangeraient un déjeuner dès lundi.

— Sauf que c'était impossible et vous le saviez, j'en suis sûre ! Vous avez fait pression sur ma grand-mère pour qu'elle m'oblige à voyager avec vous cette semaine ?

Preston laissa retomber sa main. De quoi parlait-elle ? Certes, il partait une semaine pour lancer la nouvelle ligne de Diamonds in the Rough, mais il n'avait pas prévu d'emmener Amy avec lui. Cependant, pour une raison qu'il ignorait, elle semblait penser le contraire.

Ce qui n'expliquait pas sa colère. Ils travaillaient ensemble depuis deux mois, pourquoi la perspective de ce voyage la mettait-elle dans un tel état ? Quelque chose lui échappait, mais il avait bien l'intention de découvrir quoi.

— Pour quelle raison me serais-je permis d'insister en ce sens ? demanda-t-il.

— Pour avoir toute latitude de me pousser à recommencer ce que nous avons fait il y a deux mois.

Preston eut du mal à en croire ses oreilles. Comment pouvait-elle lui dire une chose pareille ?

— Vous ai-je laissé penser que je ne respecterais pas votre souhait ? Figurez-vous que je prends très au sérieux l'accusation de harcèlement sur le lieu de travail !

A ces mots, Amy se mordit la lèvre. Il avait marqué un point.

— Vous vous êtes conduit très correctement, finit-elle par admettre. Mais vous sembliez si déterminé, ce soir. Je veux juste savoir si vous me manipulez en coulisses.

Sans perdre une seconde, Preston se rapprocha d'elle et laissa son regard errer sur ses lèvres tandis que leurs corps se frôlaient. Impossible de résister à l'envie de la provoquer...

— Je devrais vous manipuler, si je comprends bien...

Soudain, une lueur jaillit dans le ciel nocturne et des grands cris montèrent de la foule rassemblée sur la pelouse. Il leva la tête. Le feu d'artifice commençait.

— Cessez d'interpréter tout ce que je dis !

Sans reculer, Amy leva vers lui un visage illuminé par les reflets multicolores des formes lumineuses qui se déployaient au-dessus de leurs têtes. Aussitôt, Preston se pencha vers elle et repoussa une mèche de ses beaux cheveux derrière son épaule, effleurant au passage la douce peau de son cou. Divine. Cette fille était divine.

— Si je comprends bien, il est prévu que nous partions en voyage ensemble cette semaine.

Preston releva la tête. Les spectateurs du feu d'artifice acclamèrent toute une série de détonations qui se terminèrent par l'apparition d'un cœur géant flamboyant dans le ciel texan.

— Vous ignorez vraiment les plans de ma grand-mère à notre sujet ? gronda Amy.

Il la prit alors par les épaules et la fit doucement pivoter afin qu'elle admire le magnifique cœur rouge avant qu'il ne se dissipe. Et pendant qu'elle regardait, il se pencha pour lui parler à l'oreille.

— Quelle raison aurais-je de vous mentir ?

En réalité, il voulait juste ouvrir le dialogue pour qu'ils cherchent un terrain d'entente. Que ce soit pour travailler ensemble dans un climat plus détendu ou pour reprendre leur histoire. Après tout, si l'ambiance était si électrique entre eux, c'était à cause de leur passion contrariée.

— Je n'en sais rien et je ne tracasserais certainement pas une personne aussi gravement malade avec mes questions.

Amy se retourna vers lui et parut légèrement se détendre quand l'orchestre joua un morceau de Mozart pour accompagner le feu d'artifice.

Preston s'appuya au tronc du chêne et plongea les mains dans ses poches afin d'échapper à la tentation.

— Maintenant, expliquez-moi en deux mots cette histoire de voyage.

— Ma grand-mère insiste pour que je vous accompagne pour la présentation de la nouvelle ligne. Elle pense ainsi rassurer les actionnaires en prouvant que les McNair vous approuvent à la tête de la société.

En soupirant, elle posa une main sur sa hanche.

Le regard de Preston tomba sur sa taille fine, sur ses hanches, sur ces formes si séduisantes qu'il en eut des frissons.

— Sage décision de sa part. Où est le problème ?

A vrai dire, il ne comprenait pas pourquoi Amy s'énervait autant. Elle avait investi beaucoup de temps et d'énergie pour mettre au point la nouvelle ligne. C'était tout à fait normal qu'elle soit là pour la défendre, non ?

Mais elle secoua la tête, visiblement contrariée.

— Le problème, c'est que… Gran est une femme extraordinaire et je tiens à la satisfaire.

Soudain, dans la lumière étincelante du feu d'artifice, Preston vit des larmes briller dans ses yeux.

— Amy ?

Il résista au désir de l'étreindre. Elle le repousserait, c'était certain.

— Perdre quelqu'un qu'on aime n'est pas facile, dit-il. Je suis navré que votre grand-mère soit si malade.

— Pas tant que moi.

Amy s'essuya les yeux d'un revers de main. Une seconde plus tard, elle avait repris le dessus. En apparence, bien sûr.

— Du coup, nous voyageons ensemble cette semaine ? reprit-il. Juste vous et moi ?

— Apparemment.

Preston secoua la tête. Que cachait donc cette idée de la grand-mère d'Amy ? Cette décision sortait de nulle part. Pourquoi ne lui en avait-elle pas parlé ?

— Nous irons à Los Angeles, New York et Atlanta, expliqua-t-il. C'est sans doute une excellente idée. J'espère qu'elle nous permettra d'apprendre à travailler ensemble sans tension.

Peut-être parviendrait-il aussi à la pousser à communiquer un peu plus. Il avait deviné qu'Amy travaillait à un projet personnel ces dernières semaines. Seulement, pourquoi se montrait-elle si secrète à ce sujet ? Ce genre d'attitude n'avantageait pas la société dans sa globalité.

Et si Mariah McNair avait l'intention d'aplanir les difficultés entre eux avant de mourir ? Ce ne serait pas étonnant. Même dévorée par la maladie, cette femme ne vivait que pour son entreprise…

Amy croisa alors les bras sur sa poitrine, ce qui mit en valeur ses formes voluptueuses.

— Nous nous en sommes très bien sortis.

— Vous plaisantez ?

Preston n'en croyait pas ses oreilles. Ces semaines avaient été les plus éprouvantes de sa vie. Jusque-là, il n'avait pas eu de problèmes relationnels dans le cadre de son travail. Jusqu'à Amy.

— Vous critiquez mes aptitudes professionnelles ?

— Bien sûr que non ! s'écria-t-elle.

Il secoua la tête. A quoi bon lui rappeler la façon dont elle se retranchait dans son bureau durant de longues périodes, portes closes ?

— Seulement, il vaudrait mieux établir certaines règles. J'ai toujours l'impression que vos yeux sont deux pistolets.

Aussitôt, le regard d'Amy parut s'adoucir.

— Je ne veux pas votre mort.

— Que me voulez-vous, alors ?

Preston se rapprocha et son regard tomba sur ses lèvres pulpeuses. Amy McNair avait le don de le mettre dans tous ses états rien qu'en entrant dans une pièce, et il était las de tourner autour du pot. Il avait passé l'âge de ces petits jeux.

Le feu d'artifice continuait de projeter ses gerbes d'étincelles dans la nuit. Il en surprit des reflets dans les yeux d'Amy alors qu'elle reculait. Son expression était de nouveau glaciale.

— Si je dois partir avec vous, il faut que je fasse ma valise.

Le temps de tourner les talons, elle traversa la pelouse, illuminée par les projections lumineuses qui s'allumaient et s'éteignaient sans cesse.

Amy poussa un soupir. Elle était épuisée. Pas seulement à cause du mariage. La conversation avec sa grand-mère l'avait secouée ainsi que la confrontation avec Preston qui avait suivi.

Elle allait vraiment passer une semaine avec lui ? C'était impensable !

Après avoir refermé la porte de sa chambre, elle tâcha de se détendre. Allez, il était temps de se débarrasser de cette tension. Elle s'agenouilla et tendit les mains vers ses chats, un tigré gris, un siamois, et les deux chats persans de Mariah. D'accord, elle n'était pas loin de passer pour une excentrique « dame aux chats », mais ses animaux lui apportaient du réconfort.

Après avoir gratifié une de ses charmantes petites bêtes d'une dernière caresse, elle se releva. C'était si bon d'avoir grandi sur un ranch rempli d'animaux ! Cela dit, sa chambre était loin d'être rustique. En réalité, c'était une vraie boîte à bijoux, avec ses rangées de perles de verre multicolores qui ornaient son lit et ses vitraux enchâssés dans les hautes fenêtres situées au-dessus du coin lecture.

Amy quitta ses chaussures et attrapa dans son dos la fermeture Eclair de sa robe de demoiselle d'honneur. Elle la fit glisser tout du long et s'en débarrassa. Une bonne chose de faite ! Alors elle s'assit sur le bord de son lit et se renversa en arrière. La soie de sa camisole et de sa culotte la caressait d'une façon si érotique ! C'était un peu comme les mains de Preston... Elle secoua la tête pour chasser ces idées. Bon sang, elle détestait perdre son sang-froid. Et c'était la deuxième fois de la soirée !

Amy passa une main sur son ventre encore plat mais qui n'allait pas tarder à s'arrondir. Déjà, ses hormones la travaillaient, la laissant souvent au bord des larmes et nauséeuse le reste du temps. Son état serait bientôt visible de tous, et on ne la plaisanterait plus sur sa taille de reine de beauté.

Dire qu'elle avait été dauphine de Miss Texas dix ans plus tôt ! C'était le premier concours de beauté qu'elle avait perdu depuis que sa mère l'avait envoyée faire des numéros de claquettes sur scène à l'âge de quatre ans. Durant toute son enfance, elle avait joué à la poupée maquillée puis passé son adolescence en Bikini, tartinée d'autobronzant. Sa mère ne vivait que pour la voir gagner.

Seigneur… Elle ne voulait même pas songer à la réaction de ses parents en apprenant qu'elle était enceinte !

Amy soupira. De toute façon, elle ne pourrait rien y changer. Et, à vrai dire, elle était vraiment épuisée. Quelle que soit la longueur de ses nuits, son corps demandait toujours plus de sommeil.

Elle avait consulté un médecin qui lui avait confirmé sa grossesse et prescrit des vitamines prénatales. Le rendez-vous avait été éprouvant et excitant à la fois. Il était désormais temps d'annoncer la nouvelle à Preston. Au cours de la semaine à venir. Il aurait été injuste d'attendre plus longtemps. C'était son enfant à lui aussi ! Restait à trouver le bon moment. Sa réaction pèserait sur la façon dont elle annoncerait la nouvelle aux différents membres de sa famille.

Si seulement elle le connaissait mieux, si seulement elle savait comment il réagirait, de quelle manière il voudrait procéder ! Pour être honnête, elle se sentait prête à s'occuper seule du bébé, mais elle refusait qu'il vive en sachant qu'il avait été rejeté par son père.

Amy ferma les yeux très fort et enfouit son visage dans l'oreiller. Elle aurait tellement aimé pouvoir trouver le sommeil instantanément.

La sonnerie de son téléphone posé sur la table de nuit la fit sursauter. Elle sentit son cœur s'emballer. Gran. Lui était-il arrivé quelque chose ?

Ni une ni deux, elle rejeta les couvertures et saisit l'appareil.

— Oui ?

— Amy, ça va ?

Elle poussa un soupir de soulagement. C'était Alex.

— Bien sûr, dit-elle en se rallongeant. Pourquoi poses-tu la question ?

— Tu as quitté la réception avant la fin. Ça ne te ressemble pas.

Amy fit une grimace. Son frère n'était pas franchement bavard, d'habitude. Pour qu'il appelle, il avait certainement senti que quelque chose ne tournait pas rond. Ce qui n'avait rien d'étonnant : ils semblaient toujours connaître l'état d'esprit de l'autre. Sauf qu'elle n'était pas encore prête à lui dévoiler son secret. Cela n'aurait pas été correct vis-à-vis de Preston de mettre Alex au courant avant lui.

— Gran était fatiguée, alors je l'ai raccompagnée à sa chambre. Puis j'ai décidé de m'éclipser. J'ai tout de même assisté au feu d'artifice. C'était superbe.

Elle ne lui parlerait pas non plus de l'épreuve infligée par leur grand-mère. Sinon, Alex allait s'inquiéter, se poser des questions.

— J'espère que tu ne m'en veux pas de t'avoir laissé t'occuper seul de nos invités, ajouta-t-elle.

— Bien sûr que non ! s'exclama-t-il. Tu assumes déjà énormément de choses au quotidien. De toute façon, quand tu es partie, la réception commençait à s'essouffler. Papa et maman avaient pris la relève.

— Ils aiment jouer les chargés de famille.

Amy secoua la tête. Leurs parents vivaient d'un fonds administré par les avocats de Gran. La mère de leur cousin Stone, qui passait sa vie à essayer de ne pas retomber dans la drogue après de multiples cures de désintoxication, bénéficiait également d'un fonds. Laisser l'essentiel de ses biens à ses petits-enfants était, de la part de Gran, une preuve de confiance qu'Amy ne prenait pas à la légère.

Du coup, elle était déterminée à se montrer une meilleure mère pour son enfant que sa propre mère. De toute évidence, Mariah était le meilleur modèle qu'elle puisse trouver.

— Autre chose ? poursuivit-elle.

— Que s'est-il passé avec Armstrong sur la piste de danse ? demanda Alex. Ce n'est pas un mauvais gars, tu sais. Nous avons passé de bons moments à jouer aux cartes pour l'enterrement de vie de garçon de Stone.

Tiens… Pourquoi lui parlait-il de Preston ? Voilà qui était curieux.

— As-tu parlé avec Gran ? demanda Amy d'un ton soupçonneux.

— Non. Mais ce soir-là, j'ai bavardé avec Preston et appris à le connaître un peu mieux.

— De quoi avez-vous parlé ?

Il éclata de rire avant de répondre :

— Tu me parais bien nerveuse.

Elle retint un soupir. Le lien entre jumeaux était parfois plus pénible qu'autre chose.

— Je ne suis pas nerveuse. Juste épuisée.

Vraiment épuisée. Elle n'avait jamais été aussi fatiguée qu'au cours des dernières semaines.

— Bonne nuit, Alex. Je t'aime.

Là-dessus, Amy coupa la communication et résista à l'envie de tirer la couverture sur sa tête.

Bientôt son secret serait éventé. Elle allait devoir s'organiser.

Le dimanche matin, Preston attendait près de la limousine devant le Hidden Gem Ranch. Mais où était passée Amy ? Ça ne lui ressemblait pas d'être en retard.

Elle était toujours une des premières à arriver au bureau et une des dernières à en partir.

Pour sa part, il n'avait pas l'habitude qu'on le fasse attendre et détestait ça. Enfin, c'était peut-être une tactique destinée à le déstabiliser.

Finalement, la porte s'ouvrit sur Amy, de dos. Quand elle recula en tirant ce qui ressemblait à des sacs, il ne put détacher ses yeux de sa sublime chute de reins. Elle finit néanmoins par se retourner et s'avança vers lui en chaussures à talons bleu turquoise, jean cigarette et chemisier blanc. Au cou, elle portait des colliers signés McNair qui attirèrent son regard. Difficile de ne pas observer les formes soulignées par ses vêtements.

Le regard de Preston tomba alors sur le sac imprimé léopard rose qu'elle tenait à la main et dans lequel il crut deviner quelque chose de duveteux. Mais de quoi s'agissait-il exactement ? Mystère.

— Vous parliez de faire vos bagages, pas d'embarquer du bétail, fit-il remarquer en fronçant les sourcils.

Une fois devant lui, Amy souleva le sac.

— Je doute que ce soit assez grand pour un cheval ou une vache. J'ai expédié mes bagages par avance à l'aéroport. C'est un de mes bagages à main. Ça peut vous paraître surprenant, mais je ne voyage pas léger.

Preston lui ouvrit la portière de la voiture.

— Vous appartenez à cette catégorie de gens qui emmenèrent leur toutou partout ?

— Il vaudrait mieux que mon chat ne vous entende pas le traiter de chien. Il déteste ça.

Sur ces mots, Amy se glissa sur la banquette de cuir. Une minute, que venait-elle de dire ?

— Vous voyagez avec un *chat* ?

Il s'installa près d'elle et examina avec circonspection le sac. Cette femme avait le don de le surprendre.

— Eh bien, quoi ? Vous pensez que les chats sont moins tristes que les chiens quand leurs maîtres ne sont pas là ?

— Non…, répondit Preston du bout des lèvres.

Autant choisir ses mots prudemment.

— Disons que les chats sont plus indépendants. On peut plus facilement les laisser se débrouiller.

— Eh bien, je ne laisserai pas celui-ci, riposta Amy en levant le menton. Si ça vous pose problème, vous n'avez qu'à annuler votre voyage.

Là-dessus, elle lui adressa un petit sourire.

— Seriez-vous allergique ?

Il écarquilla les yeux. S'imaginait-elle que cet enfantillage allait le pousser à renoncer à ce voyage ? Il faudrait plus qu'une boule de poils pour y parvenir.

— Je ne suis pas allergique aux chats. Ni aux chiens, d'ailleurs. Mais est-ce que quelqu'un ici pourrait prendre soin de lui ? Vous avez d'autres animaux de compagnie, je crois.

— Celui-ci est spécial.

Joignant le geste à la parole, Amy ouvrit la fermeture à glissière, et la tête ébouriffée d'un siamois apparut. Le chat bâilla et posa sur lui un regard bleu aussi intense que celui d'Amy.

— Il est âgé et souffre de diabète, expliqua-t-elle. Il lui faut des injections.

Preston se mordit la lèvre. Pas de doute, il avait commis une gaffe.

— Désolé d'avoir parlé trop vite, bredouilla-t-il. Mais je dois avouer que je ne comprends toujours pas bien. Vous pouvez vous offrir des services vétérinaires. Donc, sa compagnie vous manquera. Vous n'avez pas d'autres chats ? Deux, trois ou une douzaine. Au bureau, chacun a son idée. Comment choisissez-vous celui que vous prenez avec vous ?

— Quatre. Je n'en ai que quatre, rectifia sèchement Amy.

Les trois autres sont chez Gran. Mais pour celui-ci, je ne fais confiance qu'à Johanna pour s'en occuper puisqu'elle est vétérinaire. Mais comme vous le savez, elle est en voyage de noces. A part elle, je ne vois pas à qui confier le soin de faire ses piqûres à Roscoe…

— Roscoe ? dit remarquer Preston Je croyais que vous donniez des noms de pierres aux gens et aux animaux.

Par exemple, son frère s'appelait Alexandrite et elle, Amethyst. Et le principe s'appliquait même à leurs chevaux.

— C'est une manie de ma grand-mère et de mes parents. Personnellement, apprendre à écrire Amethyst à l'école primaire m'en a guérie. C'est donc Roscoe, et ça lui va bien.

Elle caressa la tête du chat.

— Bien sûr, je pourrais engager quelqu'un pour s'occuper de lui, mais quand je ne suis pas là, il stresse et son diabète augmente.

— Ce serait dommage.

Preston gratta à son tour l'animal sous le cou. Celui-ci se mit aussitôt à ronronner de plaisir.

— Ce n'est pas une plaisanterie, répliqua sèchement Amy. Je ne supporterais pas qu'il meure en mon absence. Nous comptons beaucoup l'un pour l'autre.

Il posa une main sur le genou d'Amy.

— Je ne me moquais pas. Je me demande juste si le chat va devoir également porter des bijoux pour les galas.

— Très drôle. Je ne l'emmène pas pour travailler avec moi !

Il hocha la tête. Au même moment, le regard d'Amy tomba sur la main qu'il avait laissée sur son genou.

— Je le laisserai dans ma suite, ajouta-t-elle.

— Vous semblez vraiment tenir à lui.

Et cela la rendait encore plus attirante à ses yeux, curieusement.

— J'y tiens, confirma-t-elle.

Elle repoussa sa main, mais la légère rougeur qui enflamma ses joues lui prouva qu'elle n'était pas insensible à ce contact.

— Bon, on y va ? ajouta-t-elle brusquement. L'avion nous attend.

Preston laissa un ange passer entre eux avant de faire signe au chauffeur.

La semaine promettait d'être intéressante.

3

Amy attacha le sac du chat près d'elle, sur le siège du jet. Ce luxueux appareil était prévu pour les longs voyages avec ses sièges de cuir confortables, son canapé arrondi installé autour d'une table basse et son coin cuisine. Il y avait même une douche et un coin pour dormir séparé par un rideau.

A part le pilote derrière la cloison, elle serait seule avec Preston pour les vols, de jour comme de nuit. Elle inclina son dossier et tenta de se laisser aller. Mais elle entendait Preston remuer de l'autre côté de l'allée. A vrai dire, elle avait bien envie de regarder ce qu'il faisait. Le simple fait d'être assise près de lui dans la limousine l'avait troublée. C'était même pour cette raison qu'elle s'était montrée distante.

A quoi aurait ressemblé cette semaine, et même ces deux derniers mois, si elle n'avait pas été enceinte ? En dépit du fait qu'il dirigeait la société dont elle avait espéré prendre les rênes, serait-elle éventuellement tombée sous le charme du sexy et ténébreux P-DG ?

C'était peu probable, car le comportement de Preston lui déplaisait, et pas qu'un peu. Depuis son arrivée, les lettres de licenciement pleuvaient. Il obtiendrait certainement des résultats, mais cette attitude la révoltait. Peut-être pourrait-elle profiter de cette semaine pour découvrir ce qu'il préparait pour la compagnie. Et s'il poursuivait ses coupes sombres dans le personnel ? Sans doute faudrait-il le persuader de trouver un compromis qui ne ravage pas le cœur de l'entreprise familiale.

Amy mit alors ses écouteurs et ferma les yeux. C'était la meilleure façon d'éviter toute conversation. Sans compter qu'elle avait la nausée depuis des heures.

Malgré tout, elle sentait la présence de Preston sur le siège voisin. Elle monta le son et essaya de se perdre dans la musique. La moindre occasion de se détourner de cet homme était bonne à prendre. Elle essaya de se détendre. Il fallait à tout prix qu'elle semble naturelle, imperturbable, alors même qu'elle était à cran.

C'était donc vrai. Plus besoin de se demander quand apprendre l'existence du bébé à Preston : il paraissait évident que la conversation aurait lieu cette semaine. Plutôt vers la fin, d'ailleurs. De fait, si elle le lui disait plus tôt, elle n'était pas certaine de pouvoir le côtoyer quotidiennement le reste du temps. Tiens, et si elle utilisait ce délai pour chercher un terrain d'entente avant d'annoncer la nouvelle à sa famille ?

Plus facile à dire qu'à faire.

Amy retint un soupir. Preston était un homme hautain, un patron juste, certes, mais froid et distant. Elle attendait davantage de la vie. Elle n'avait pas eu de parents très affectueux, mais l'exemple du mariage de ses grands-parents et de l'amour inconditionnel qu'ils portaient aux membres de leur famille lui réchauffait le cœur. Elle voulait la même chose pour son enfant, au moins.

L'avion roula sur la piste et décolla doucement. Elle réussirait peut-être à s'isoler en écoutant sa musique folk préférée jusqu'au déjeuner ! Et si Preston restait absorbé dans le travail, elle sortirait quelques-uns des dessins sur lesquels elle travaillait en secret. Mille et une idées se bousculaient dans sa tête, surtout des projets de bijoux en métal précieux, plus sophistiqués que les produits qui faisaient la gloire de leur société. Ces nouvelles pièces seraient destinées à une clientèle plus jeune.

Si Amy ne les avait montrées à personnes, c'était parce qu'elle avait peur de déplaire à la clientèle ciblée. Et peut-être, aussi, de ne pas arriver à exprimer suffisamment son talent. Oh ! on ne la mettrait sans doute pas à la porte pour avoir pris des libertés avec les canons esthétiques de Diamonds in the Rough ! Encore qu'avec Preston aux commandes, on ne pouvait jurer de rien. Tout ce qu'elle espérait, c'était de ne pas avoir perdu du temps à dessiner des bijoux qui ne verraient jamais le jour. Cette triste perspective désolait l'artiste en elle.

Amy sentit tout à coup qu'on tirait doucement sur un écouteur. En jetant un regard de côté, elle sursauta en voyant Preston avec l'objet qui dansait au bout de ses doigts.

Son visage était ouvert et apaisé.

— Maintenant que nous sommes installés, voulez-vous me dire pourquoi vous m'ignorez depuis l'épisode du vestiaire ?

Elle battit des paupières. La question avait au moins le mérite d'être directe.

— Nous travaillons ensemble, ce ne serait pas très avisé d'avoir une relation plus intime.

Ce qui était vrai, mais il y avait autre chose. Malgré la distance qu'elle mettait entre eux depuis deux mois, Preston l'attirait toujours autant. Et le voir en costume noir et bottes de cuir la troublait infiniment. Là résidait le problème.

Son arrogance masculine et ses méthodes autoritaires n'avaient pas réussi à la dissuader de s'intéresser à lui, hélas !

— Amy, il faut que nous trouvions le moyen d'être dans la même pièce sans que ce soit la guerre entre nous, dit-il en posant l'écouteur sur son accoudoir. C'est sans doute pour ça que votre grand-mère tenait à ce que vous m'accompagniez. Pour que nous nous expliquions sans drame loin de notre lieu de travail.

— Sans drame ?

Amy ôta l'autre écouteur et résista à l'envie de lui jeter son appareil à la tête. Comment osait-il dire une chose pareille ?

— Vous me traitez d'hystérique, c'est ça ? Au bureau, j'agis en professionnelle. C'est vous qui vous imaginez que je veux votre mort.

— Nous sommes d'accord. Vous ne cherchez pas à m'attacher des blocs de ciment aux pieds pour me jeter dans la Trinity River. Mais vous êtes néanmoins une pro qui se transforme en iceberg quand j'entre dans la pièce où vous êtes.

A ces mots, Preston se pencha vers elle et lui lança un regard aussi perçant qu'un laser.

— Je ne supporterai pas une telle attitude d'un employé, homme ou femme, quels que soient ses liens de famille avec l'actionnaire principale. Pour tout dire, je trouve le népotisme détestable.

Amy écarquilla les yeux. Népotisme ? Cette accusation était odieuse. Elle qui travaillait deux fois plus que quiconque pour prouver que son appartenance à la famille McNair ne lui conférait aucun privilège ! Si elle n'aimait pas tant l'entreprise familiale, elle serait partie depuis longtemps.

— Je vous prie de m'excuser si je me suis montrée inamicale ou si je vous ai donné l'impression de profiter de la situation, dit-elle néanmoins.

— Cette réponse est d'une banalité affligeante. C'est ce qu'on vous a appris dans vos concours ?

Amy eut un sourire crispé. Elle était irritée, et un peu inquiète. Pourquoi l'amenait-il sur ce terrain-là ?

— Eh bien, pour quelqu'un qui réclame la cessation des hostilités…

— Juste une trêve, répliqua Preston.

— Je suis d'accord. Simplement, je ne sais pas comment m'y prendre. Ça peut paraître bizarre après ce qui s'est passé entre nous, mais enfin, je ne vous connais pas.

Le regard d'acier de Preston sembla soudain s'adoucir. Il se renversa dans son fauteuil, les mains croisées sur sa poitrine.

— Demandez-moi tout ce que vous voulez savoir.

— Tout ? répéta Amy d'une voix mal assurée.

Comment réagiriez-vous si on vous apprenait que vous allez être père dans sept mois ?

Sans doute valait-il mieux ne pas commencer par là.

— Bien sûr, répondit-il. A une condition.

Elle secoua la tête. Evidemment. Cette proposition de cessez-le-feu était trop belle pour être vraie.

— Je ne coucherai pas avec vous juste pour découvrir votre couleur préférée !

— Je ne vous l'ai pas demandé, souligna Preston. Ma condition est simple. Pour chacune de vos questions, je gagne le droit de vous en poser une. Vous pouvez même décider qui commence.

Amy hocha la tête. Le marché paraissait honnête. Et, comme il l'avait souligné, la pratique des concours lui avait certainement donné l'entraînement nécessaire pour esquiver les questions épineuses.

— Très bien, je commence, lança-t-elle. Pourquoi avez-vous accepté ce poste alors que vous gagniez davantage dans cette entreprise de vêtements de sport d'Oklahoma ?

— Votre grand-mère sait se montrer persuasive, expliqua Preston. Et puis je n'ai pas besoin d'argent. Je veux juste relever des défis.

— C'est ce que je suis pour vous ? s'exclama-t-elle. Un défi à relever ?

Un sourire éclaira les yeux noisette de Preston.

— Minute ! Je n'ai pas encore posé ma question !

— D'accord. A vous.

Amy ne put retenir un soupir. Preston commençait à l'énerver, et voilà qu'elle avait un début de nausée !

— Quelle est votre couleur favorite ?

Elle le regarda d'un air surpris et attendit la suite de la question. Qui ne vint pas.

— Sérieusement ? C'est votre question ?

— Vous voulez quelque chose de plus personnel ? Parce que j'en ai un certain nombre à votre disposition.

— Fuchsia, lâcha-t-elle. Ma couleur favorite, c'est le fuchsia. Et vous ?

— Ça m'est égal.

— Alors pourquoi m'avoir posé la question ?

— Le choix des couleurs peut révéler beaucoup de choses chez une personne. Je catalogue ces choix, comme des crayons dans une boîte, et étudie les tendances correspondantes. Ça revient à analyser des données.

Amy écarquilla les yeux. Mais qu'était-il en train de lui chanter ?

— Attendez. Vous êtes sérieux ? Vous travaillez pour un empire de la joaillerie et vous vous moquez des superbes nuances des pierres ? A vos yeux, ce sont juste des outils pour effectuer des tests de personnalité ?

— Je m'intéresse aux données de suivi des ventes. Je ne suis pas créateur. J'ai une équipe pour ça. Un bon patron sait qui promouvoir sur la base du rendement et non des liens familiaux.

Elle se sentit frémir. Encore cette allusion au népotisme.

— D'ailleurs, qu'est-ce qui vous a décidé à rester au sein de l'entreprise familiale plutôt que de voler de vos propres ailes ? demanda aussitôt Preston.

Amy chercha quelques instants ses mots. Pourquoi avoir à expliquer ce qui lui semblait aller de soi ?

— C'est en moi. C'est ce que j'ai toujours souhaité.

Mes premiers souvenirs remontent à l'époque où j'accompagnais mon grand-père au bureau.

— A quoi occupiez-vous votre temps ?

— Tricheur ! Ce n'est pas votre tour. Dites-moi plutôt quelle serait votre couleur préférée si vous décidiez d'en avoir une.

— Pardon ? répliqua Preston en prenant un air étonné.

— Quel type de personne êtes-vous ? Je suis fuchsia, qu'est-ce que vous êtes ?

— Euh… bleu marine. Ou peut-être gris foncé.

— Vous avez répondu au hasard, n'est-ce pas ?

— Prouvez-le, répliqua-t-il en croisant les bras.

Au prix d'un effort douloureux, Amy se força à ne pas le regarder avec trop d'insistance. A travers sa chemise, elle devinait le dessin de ses muscles virils.

Néanmoins, son sourire était sincère, quoique un peu taquin, et il fronçait les sourcils d'un air si craquant qu'elle n'arrivait plus à détourner les yeux.

Elle fit la moue.

— Vous êtes mauvais joueur !

Il se pencha vers elle. Il était dangereusement près d'elle, désormais.

— Je ne connais pas la réponse à cette question, mais je tiens à en obtenir une à la mienne, insista Preston. Que faisiez-vous quand votre grand-père vous emmenait au bureau ?

— Il voulait que je l'aide à créer un collier pour l'anniversaire de Gran. Je devais choisir les pierres, le dessin que je préférais. C'était… magique.

— Vos grands-parents comptent beaucoup pour vous.

Amy jeta un œil en direction de Preston. Il était perspicace : autant ne pas l'oublier.

— Ils ont été de vrais parents pour moi, soupira-t-elle d'une voix émue. Bien plus que les miens, ce qui n'est un secret pour personne ici. Gramps est mort et, maintenant,

Gran est gravement malade. Je suis triste de manquer un seul jour avec elle à cause de ce voyage, mais c'est sa volonté.

— Si rendre votre grand-mère heureuse est si important, je reviens à ma première question. Pourquoi m'évitez-vous ?

Elle se mordit la lèvre. L'heure de vérité venait manifestement de sonner. En partie du moins.

— Je ne peux pas être dans la même pièce que vous sans penser à notre première rencontre.

Même s'il y avait un long moment qu'ils venaient de prendre possession de leur suite dans un hôtel de Los Angeles, Preston entendait encore résonner à ses oreilles l'aveu d'Amy. Alors qu'il arpentait le salon séparant leurs chambres, il admira la vue sur l'océan par la vaste baie vitrée. L'endroit était somptueux. A vrai dire, la décoration d'intérieur ne l'intéressait que très modérément. Pourtant, même s'il n'avait pas grandi dedans, il savait reconnaître le luxe quand il y était confronté.

Soudain, on frappa à la porte.

— Service de chambre, annonça une voix.

Il alla ouvrir. Un membre du personnel déposa sur le bar un plateau de fruits, de fromages, de tout un choix de mini-sandwichs et de thé. Il avait demandé un déjeuner susceptible de convenir à une dame. Néanmoins, ce qui était proposé était fort alléchant, il fallait en convenir. Un repas serait servi au gala du soir, mais Amy souhaiterait peut-être prendre une collation dès à présent.

Après avoir gratifié le serveur d'un pourboire, Preston alla frapper à sa porte.

— Amy ?

Au même moment, la porte, sans doute mal fermée, s'entrouvrit légèrement et une boule de fourrure argentée se faufila entre ses jambes.

— Roscoe ! s'écria alors Amy.

Lancée à la poursuite du chat, celle-ci apparut devant lui en T-shirt et short… très court. Quel idiot ! Il aurait sans doute mieux fait de l'ignorer. Seulement, elle était ravissante avec ses cheveux lâchement attachés, sans le moindre bijou. D'un naturel à couper le souffle. Il lui fallut une minute pour se ressaisir. Finalement, elle rattrapa Roscoe avant qu'il n'entre dans sa chambre.

— J'admire vos réflexes, murmura Preston tout en s'efforçant de détourner le regard de ses cuisses nues.

Mais à quoi bon mentir ? C'était atrocement difficile…

— J'aurais peut-être déployé moins d'énergie si j'avais reçu un peu d'aide.

Amy le regarda en haussant un sourcil, ce qui lui permit de noter que son visage ne comportait aucune trace de maquillage. Ce dont, par ailleurs, elle n'avait nul besoin.

Preston répondit par un petit sourire à son regard noir.

— J'étais… distrait. Mais je vais vous aider maintenant. Désirez-vous son sac de transport ?

En jetant un coup d'œil discret dans la chambre d'Amy il remarqua un tas de papiers sur son lit. On aurait dit… Mais oui, des croquis de bijoux !

— Non.

Ni une ni deux, Amy le frôla en passant devant lui en toute hâte pour entrer dans sa chambre.

Malgré tout, il n'arrivait pas à détacher son regard des esquisses. Il fallait qu'il en sache plus !

— C'est vous qui avez fait tout ça ?

Manifestement, c'était beaucoup de travail. Plus que des esquisses, on aurait dit des dessins très précis avec des détails permettant de voir l'entrelacement des fils.

— Ce n'est rien, lança vivement Amy en rassemblant les papiers d'une main tout en maintenant le chat de l'autre.

— Rien ?

Preston n'en revenait pas. Comment pouvait-elle dire qu'un tel travail n'était « rien » ?

— J'espère que vous ne comptez pas les proposer à un concurrent, ricana-t-il.

Même s'il ne plaisantait qu'à moitié. Pourquoi sinon les cachait-elle ?

— J'ai vu que le déjeuner était servi, se contenta de répondre Amy.

Bon. De toute évidence, elle préférait ignorer sa question.

Après avoir refermé la porte, elle sortit de sa valise un peignoir de soie noire.

— J'espère que ça vous plaira, dit Preston en la regardant enfiler son peignoir.

Dommage, voilà qui lui dissimulait ses belles jambes. Mais quand elle se retourna et lui sourit, il dut admettre que c'était tout de même un spectacle splendide.

— Il se trouve que je meurs de faim, mon cher !

En fin d'après-midi, Preston ouvrit une bouteille d'eau en attendant qu'Amy achève de se préparer pour la soirée. A vrai dire, l'imaginer nue, en train de se doucher à quelques mètres de là, n'était pas très malin alors qu'ils allaient passer la soirée ensemble au gala du Natural History Museum. C'était curieux, il avait presque l'impression de sortir avec Amy en amoureux.

Une sortie en amoureux ?

Il s'agissait donc de ça ? Il comptait profiter de cette semaine pour entamer une relation avec Amy ? En dépit du fait qu'il était son aîné de quinze ans et son patron, de surcroît ? Bon sang ! Pas question de tomber dans ce cliché atroce ! Il n'empêche, il n'arrivait pas à se la chasser de l'esprit.

Tout à coup, la porte de la chambre s'ouvrit, et…

Preston reposa lentement sa bouteille d'eau. Il s'était

efforcé pendant si longtemps de rester professionnel avec elle que, parfois, le simple fait de la voir le prenait au dépourvu.

Amy se tenait dans l'encadrement de la porte, vêtue d'un haut couvert de strass surmontant une longue et vaporeuse jupe couleur pêche. Aux pieds, elle avait des bottes de cow-boy fauves ornées de pierreries. Ses cheveux qu'elle laissait habituellement tomber sur son dos étaient, eux, rassemblés en une tresse posée sur son épaule droite. Seule Amy pouvait se permettre un tel éclectisme avec un résultat aussi élégant.

Face à un tel spectacle, Preston sentit tous ses sens s'éveiller. A quoi bon se voiler la face ? Il ne pouvait pas s'empêcher de la regarder, chaque jour, qu'elle soit en T-shirt ou en robe de soirée !

Il prit alors une rose dans le bouquet posé sur le bar.

— Vous êtes drôlement sexy, et je parie que vous le savez.

— Votre flatterie me bouleverse.

Amy leva les yeux au plafond mais accepta néanmoins la rose qu'il lui tendait et en respira le parfum.

— Délicieux, dit-elle.

— Vous savez, je comprends que vous vouliez être appréciée pour d'autres raisons que votre apparence, ou le fait que vous soyez une McNair. Mais maintenant, allons révolutionner le monde des affaires !

Preston lui tendit son bras. Elle le considéra d'un air ébahi et hésita avant de glisser le sien dessous. Il la guida jusqu'à l'ascenseur. Sentir la main d'Amy à travers la manche de sa veste le brûlait.

— Je suis sincère, vous savez, quand je dis que votre travail parle pour vous. Vous n'avez pas besoin de votre patronyme pour être reconnue.

— Merci, Preston. J'apprécie vraiment…

A ce moment, les portes de l'ascenseur s'ouvrirent et ils entrèrent dans la cabine.

— Vous connaissez tout de ma famille grâce à notre tristement célèbre népotisme, ajouta-t-elle.

— Je n'ai pas dit que les membres de votre famille ne méritaient pas leur poste ! Enfin, mis à part votre père.

A ces mots, Preston haussa les épaules. Quel crétin ! Pourquoi éprouvait-il le besoin de se tirer une balle dans le pied ?

— Désolé si je vous ai blessée, bredouilla-t-il.

— Pourquoi vous en voudrais-je de constater l'évidence ? répliqua Amy en cassant la longue tige avant de la glisser la rose dans sa tresse. Je suis curieuse, cependant. Pour en revenir à notre petit jeu, qu'en est-il de votre famille ?

Preston demeura quelques instants silencieux. Comment présenter la chose ?

— Aucune chance de népotisme. Il n'y a pas d'affaire familiale chez nous. Mon père travaillait pour une entreprise de retraitement de déchets. Après une blessure au dos, il a été déclaré invalide. Ma mère faisait des ménages pour une agence immobilière.

— Je suppose qu'ils avaient des difficultés financières.

Amy s'adossa à la paroi. Les lumières de l'ascenseur faisaient chatoyer les strass de sa robe.

Certes, et il avait fait preuve d'une telle détermination pour ne pas suivre le même chemin que, parfois, il en oubliait les bons côtés de son enfance.

— Mon père a peut-être été mis sur la touche, mais il m'aidait tous les jours à faire mes devoirs, poursuivit Preston. Il voulait s'assurer que j'aurais une meilleure vie que la sienne.

— Où vivent-ils ? demanda Amy.

Les étages défilaient tandis que l'ascenseur poursuivait sa course vers le rez-de-chaussée où leur voiture les attendait.

— Je leur ai acheté un appartement en copropriété, avec aide à domicile, en Floride.

Il baissa la tête. S'il n'avait pas été à la hauteur avec sa femme et sa fille, il s'était gardé de recommencer la même erreur avec ses parents.

— Vous les aidez financièrement ? C'est vraiment gentil.

— Je n'ai pas grand mérite. J'ai bien assez d'argent pour moi seul.

Preston laissa son regard glisser sur la chute de reins d'Amy, qu'il pouvait voir dans le miroir derrière elle.

— Tout le monde n'agirait pas ainsi. Vous les voyez souvent ?

— Pas aussi souvent que je le voudrais, répondit-il en levant les yeux vers son beau visage.

Il s'attarda un instant sur la rose piquée dans ses cheveux. Cela lui donnait un charme fou.

— A mon avis, dit-il, vous me devez une bonne dizaine de questions.

— D'accord, allez-y, répondit Amy d'un ton enjoué.

Preston eut un sourire. C'était bien la preuve qu'il avait su dissiper un peu de cette tension entre eux. Tant mieux, cela faciliterait leurs relations de travail…

Bon sang ! Pourquoi se voilait-il la face ? Il mourait tout simplement d'envie de coucher avec elle. Dans un lit, de préférence. Son attirance était toujours aussi vive, plus vive, même. Et, en ce moment, il faisait l'amère expérience de sa difficulté à garder ses distances. Alors qu'il mourait d'envie de la déshabiller…

— Finalement, je vais garder mes questions pour plus tard. Après le travail.

L'ascenseur s'arrêta. Preston la guida dans le hall. A vrai dire, il était impatient de le retraverser tout à l'heure, dans l'autre sens, avec Amy toujours à son bras.

*
* *

Depuis sa sortie de l'université, diplômée en art et en affaires, Amy s'impliquait dans le fonctionnement de Diamonds in the Rough. Mais, jusqu'à récemment, elle ne s'était guère intéressée aux différentes phases de la mise sur le marché. Elle comptait se pencher sur la question au moment de succéder à son cousin qui abandonnait la direction de l'entreprise pour réaliser ses rêves.

Franchement, c'était courageux de la part de Stone. Comparée à lui, elle se sentait lâche d'avoir peur de parler à Preston du bébé. Elle était censée lâcher sa petite bombe cette semaine. Hélas ! plus le temps passait, plus elle se posait de questions.

Elle descendit de la limousine devant le Natural History Museum où était présentée la collection de bijoux de Diamonds in the Rough. L'élite de Los Angeles, où on reconnaissait de célèbres acteurs de Hollywood, se pressait devant le bâtiment.

Amy se sentit émue de voir ses bijoux et ceux des autres créateurs de Diamonds in the Rough présentés dans la salle de l'exposition consacrée à l'Ouest américain, difficile de prétendre le contraire.

En revendiquant l'héritage McNair, elle était fière de faire partie de cette histoire. Enfin, difficile de nier que Preston défendait leurs couleurs avec beaucoup de talent. La salle était à ses pieds. Il affichait une tranquille assurance pour discuter avec des hommes et des femmes parmi les plus célèbres du pays. Il accrochait si brillamment leur intérêt que les pièces de Diamonds in the Rough allaient être portées par les stars lors de grandes cérémonies. C'était certain.

A la fin de la soirée, Amy se sentait excitée comme une puce. Leurs affaires marchaient à merveille, c'était parfait ! Pour tout dire, elle n'avait plus été aussi enthousiaste depuis l'époque où elle confectionnait des colliers avec son grand-père. Elle aurait juste aimé savoir ce que

Preston pensait des dessins qu'il avait aperçus dans sa chambre. Pourquoi ne lui avait-il pas donné son avis ?

En réalité, il semblait songeur depuis le début du voyage. Heureusement, le jeu des questions l'avait aidée à en apprendre davantage sur lui. C'était très gentil à lui d'avoir commandé un déjeuner spécial à son intention.

La partie commerciale de la soirée ayant pris fin, les participants étaient désormais libres d'explorer le musée. Amy se retrouva de nouveau au bras de Preston. Peut-être allaient-ils finir par trouver un terrain d'entente !

Elle tomba en admiration devant la salle des papillons. Une vraie splendeur. Des monarques et un million d'autres créatures ailées dont elle n'avait jamais songé à retenir le nom planaient dans la salle, se posaient, reprenaient de l'altitude. Et son imagination s'envolait avec eux.

— L'idée d'exposer dans ce musée est géniale, fit-elle remarquer à Preston.

— C'est normal, répondit-il celui-ci. Vous êtes une artiste, Amy.

Elle s'immobilisa, se tourna vers lui. Eh bien, elle ne s'attendait pas à un tel compliment...

— C'est la chose la plus gentille que vous m'ayez dite.

Un petit sourire creusa une fossette dans la joue de Preston.

— Considérant le peu que nous avons parlé, ça ne vous engage pas beaucoup.

— Vous savez, vous n'êtes pas précisément accessible.

Et pourtant, Dieu sait si elle avait envie de le toucher, de caresser une mèche de ses cheveux grisonnants qui lui donnaient un air si craquant.

— C'est-à-dire ?

— Vous êtes un obsédé de travail, du genre taciturne.

— En tant que patron, je suis tenu à une distance professionnelle. Il n'est pas question que je montre le mauvais exemple en prenant des pauses déjeuner interminables et en quittant les locaux avant tout le monde pour entretenir une vie sociale.

Sa bouche avait pris un pli sévère. Elle aurait tant aimé l'adoucir. Preston était encore plus beau quand il souriait.

— Ce n'est pas seulement ça.

Amy pencha la tête. Etait-ce un effet de son imagination ou son regard s'attardait-il sur sa tenue ? Toute la soirée, elle avait eu cette impression. Ce n'étaient pourtant pas les femmes superbes qui manquaient ici.

Et, pour tout dire, cette idée était très agréable.

— Vous n'êtes pas chaleureux, ni d'un abord facile.

— Effectivement, admit Preston. J'ai bâti ma réputation sur le fait que je suis un chef, pas quelqu'un qui travaille en équipe. De plus, je suis de quinze ans votre aîné. Vous en avez conscience, j'espère ?

Amy haussa un sourcil. La différence d'âge comptait pour lui, vraiment ? Pour sa part, elle n'y attachait pas d'importance sauf pour remarquer comme il portait bien ces années. Les touches argentées à ses tempes, les angles nets de son visage, son regard vif, perspicace… Cet homme était sexy en diable et le serait quel que soit son âge. Difficile toutefois d'ignorer sa question.

— Les années qui nous séparent seraient un problème si j'étais adolescente. Mais j'ai largement dépassé cette époque. Je ne vois donc pas pourquoi vous marqueriez une distance…

Elle se lança. Pour le bien de son enfant. De *leur* enfant.

— En dehors du bureau.

Preston la regarda entre ses paupières plissées.

— Vous pensez donc qu'en dehors du bureau nous pourrions avoir des relations personnelles ?

Il se rapprocha, sans la toucher, mais assez pour qu'elle l'effleure au moindre geste.

— C'est curieux, reprit-il. J'avais le sentiment que vous ne vouliez pas poursuivre cette relation parce que je suis le patron. Et tout à fait franchement, c'est effectivement problématique, à bien des niveaux, si on n'est pas prudent.

— Bien sûr, murmura Amy.

De fait, elle y avait longuement réfléchi.

— Mais vous semblez ouverte à la discussion, insista-t-il. Comment imagineriez-vous nos rapports professionnels s'il existait une relation entre nous ?

Alors qu'un papillon atterrissait sur l'épaule de Preston, Amy prit une grande inspiration. Allez, il fallait qu'elle se jette à l'eau.

— Nous pourrions y réfléchir cette semaine.

Pourvu qu'il possède les réponses, parce qu'elle n'en avait aucune de valable.

Une seule lui venait à l'esprit quand elle était si proche de Preston. Si elle était honnête, c'était une relation personnelle qu'elle voulait. Un maelström d'émotions l'agitait, mêlées d'un désir brut et d'une pointe d'émerveillement. Comment expliquer son attirance pour un P-DG inaccessible, aux allures de cow-boy, qui se promenait avec un papillon sur l'épaule ?

Sans se laisser le temps de réfléchir, Amy se souleva sur la pointe des pieds pour ce qui serait peut-être le dernier baiser qu'elle échangerait avec Preston.

4

Preston frémit. Amy était de nouveau dans les bras. Cette sensation était encore meilleure que dans son souvenir. Ce qui n'était pas peu dire, car ses souvenirs d'elle vivaient encore dans sa mémoire comme au premier jour.

Les lèvres d'Amy s'écartèrent sous la pression des siennes. Tout doucement. Elle qui pouvait se montrer si cassante avec lui, d'habitude ! Mais avec sa bouche pulpeuse sous la sienne, il n'y avait plus de disputes, plus d'incertitudes. Il caressa ses bras nus puis remonta vers la tendre chaleur de son cou.

Il respirait en elle, en approfondissant leur baiser.

Sentir ses formes voluptueuses contre son corps faisait battre follement son cœur. Son odeur exotique de musc et de girofle enflammait ses sens, le poussait à la toucher partout. Il caressa sa tresse, savourant la douceur de ses cheveux, mais il lui fallait davantage. Il voulait sentir sa peau nue contre la sienne.

Preston sentit Amy frissonner et faire courir ses doigts le long de son dos. Pendant ce temps, il laissait ses mains fines caresser son cou, ses épaules. Et chaque contact provoquait des petites décharges électriques. Seigneur, c'était presque insoutenable. N'en pouvant plus, il la poussa contre un mur. Si quelqu'un venait à passer, ils passeraient inaperçus.

La première fois, il était resté sur sa faim. Bon sang !

Il pourrait l'embrasser pendant des jours et n'être pas rassasié d'elle.

Cette femme était si différente de celles qu'il fréquentait habituellement. Elle était plus séduite par un envol de papillons que par de somptueux bouquets ou d'extravagants cadeaux. Comment était-ce possible ? Parce qu'elle était unique, sans doute. Spéciale.

Preston frissonna à nouveau. Normalement, il aurait dû se montrer raisonnable. Et pourtant, elle l'attirait irrésistiblement. La différence d'âge, leurs rapports professionnels et ses propres défauts en matière sentimentale : rien n'y faisait. Il la désirait à en mourir.

Et vu la façon dont Amy ondulait contre lui, elle le désirait pareillement, c'était certain. Il l'embrassa dans le cou, lui mordilla l'épaule.

— Rentrons à l'hôtel, dit-il d'une voix sourde. Ce n'est pas notre lieu de travail. Et c'est infiniment plus confortable qu'un vestiaire.

Elle renversa la tête, battit des paupières.

— Pardon ?

— Je veux que nous prenions notre temps.

Il laissa ses mains glisser sur ses bras nus, lentement, puis se poser sur ses hanches. Il sourit.

— Je veux vivre à fond les fantasmes que j'entretiens depuis deux mois.

Soudain, Preston vit Amy prendre un air horrifié. Elle avait l'air de prendre conscience de ce qui venait de se passer !

— Qu'est-ce qui nous a pris d'agir ainsi ? parvint-elle à bredouiller.

— Ce n'est pas la fin du monde ! Nous nous embrassons comme deux adultes consentants, frustrés après deux mois passés à essayer de juguler leur attirance mutuelle.

Le visage d'Amy se figea.

— Tu couches avec tous les gens qui te plaisent ?

Voilà une question déconcertante. Il n'avait pas songé qu'elle pourrait s'interroger sur ses motivations. Comment une femme aussi sexy pouvait-elle manquer à ce point de confiance en elle ? Etrange. Néanmoins, il y avait ces projets qu'elle avait cherché à lui cacher. Par conséquent, elle-même avait sa part d'ombre…

— Ecoute, sincèrement, je ne suis du genre aventure d'un soir, si c'est ce que tu insinues.

— Que proposes-tu alors ?

Amy pencha la tête. Les papillons voletaient derrière elle, mais elle le fixait sans ciller.

— Que nous sortions ensemble ou que nous couchions ensemble ?

— Honnêtement ? Je pense que nous devrions faire les deux.

— Et tes objections de tout à l'heure ? dit-elle en reculant hors de sa portée. Tu es mon patron, tu es plus âgé que moi et tu n'as pas l'habitude de travailler en équipe.

Preston hocha la tête. Bonne question. Qui signifiait qu'elle envisageait la possibilité d'une histoire entre eux. La victoire se profilait à l'horizon !

— Il suffirait que nous gardions nos distances au bureau. Ça ne devrait pas être trop difficile. Nous sommes des professionnels.

Comme elle secouait la tête, la rose glissa de sa natte et tomba silencieusement à terre.

— Ce n'est pas si simple, murmura-t-elle.

Cela semblait très simple, au contraire, surtout en voyant les doigts d'Amy trembler alors qu'elle les passait sur ses lèvres qu'il venait d'embrasser. Preston suivit du regard ce geste sensuel. Bon sang, il mourait d'envie de lui prouver à quel point cela pouvait être simple. Elémentaire.

— Pourquoi pas ? insista-t-il. Quel mal y aurait-il à entamer une relation ? Voir comment elle évolue ? Ce ne pourrait pas être pire que ce que nous avons enduré ces deux derniers mois.

Une lueur d'indécision sembla passer dans le regard d'Amy, vite balayée cependant.

— N'essaie pas de m'avoir avec ton discours de dirigeant d'entreprise. Je désapprouve la façon dont tu as fait le ménage dans notre société. Tu as piétiné l'éthique professionnelle des McNair. Je sais comment tu fonctionnes. Qui sait ? Ma tête sera peut-être la prochaine à tomber.

— Ce n'est pas à l'ordre du jour, répliqua-t-il sans hésiter.

— En tout cas, je ne suis pas une cliente à gagner à ta cause, dit-elle d'une voix qui laissait percer son soulagement.

— Certainement pas.

Et c'était vrai. Amy était beaucoup, beaucoup, plus que ça. Tellement plus.

— Ne te fatigue pas.

Ses lèvres généreuses formaient maintenant un pli dur. Impossible de décrypter son expression. Eprouvait-elle du chagrin ? Hésitait-elle ? Difficile à dire. Néanmoins, même s'il valait mieux remettre ses projets à plus tard, ce n'était pas une raison pour renoncer.

Le temps de tourner les talons, Amy se dirigea vers la sortie, écrasant au passage la rose sous son pied. Preston regarda les pétales rouges éparpillés au sol et respira l'odeur suave qui s'en dégageait. Il était temps de réfléchir à la stratégie à adopter.

Le trajet de retour à l'hôtel se déroula dans un silence tendu. Amy n'arrêtait pas de penser au baiser échangé dans la galerie aux papillons, à son brûlant désir de répondre par un oui à la proposition de Preston. Elle aurait d'ailleurs sans doute accepté si elle n'avait pas été enceinte. Seulement, elle l'était, et elle ne devait pas perdre de vue le bien de son enfant.

Preston s'était installé sur la banquette, à une certaine distance. Pour le moment, il restait sur la réserve, il attendait son heure, c'était certain. Elle l'avait assez souvent observé au travail pour connaître ses méthodes. Il reviendrait à la charge et elle ne lui résisterait pas éternellement. Bref, il fallait trouver rapidement un plan.

Amy entendit alors son portable sonner dans son sac. Elle en sortit des bouts de papier, du rouge à lèvres, des bonbons à la menthe et un poudrier en améthyste avant de mettre la main sur l'appareil. Quand elle réussit à l'ouvrir, le nom de sa grand-mère apparut sur l'écran.

Le cœur serré par l'appréhension, elle décrocha.

— Gran, il est tard au Texas. Que se passe-t-il ?

Le front barré d'un pli, Preston la regarda d'un air interrogateur. Elle détourna les yeux. Ce n'était vraiment pas le moment de s'intéresser à lui.

— Tout va bien, ma chérie, dit Gran à l'autre bout du fil. J'appelais juste pour que tu me racontes comment s'est déroulée la soirée au musée.

— Tu veux vraiment le savoir maintenant ? demanda Amy d'une voix incrédule. Ici, il est minuit passé, Gran. Nous parlerons demain. Tu devrais dormir.

Amy entendit, à l'autre bout de la ligne, sa grand-mère émettre un reniflement de mépris.

— A force de passer l'essentiel de mon temps à me reposer, allongée dans mon lit, je confonds le jour et la nuit.

— Tu te sens bien ? demanda Amy en baissant la voix.

Elle supportait mal la maladie de sa grand-mère. Et l'idée qu'elle reste réveillée, souffrante, lui déchirait le cœur.

— Tu m'as vue ce week-end. Je suis la même.

C'est-à-dire mourante. Amy se mordit la lèvre. Un temps précieux s'écoulait et elle le gaspillait en assistant à de futiles réceptions. C'était injuste. Si seulement elle pouvait être à ses côtés, profiter des derniers moments qu'elle pouvait passer avec sa grand-mère !

— Et je me ferai du souci pour toi à chaque heure de chaque jour parce que je t'aime et que tu comptes beaucoup pour moi ! s'exclama-t-elle.

— Tu es une gentille fille. Mon unique petite-fille. J'ai été si heureuse quand tu es née.

— Gentille ? Moi ? répondit Amy en éclatant de rire. J'aime à penser que je tiens ma combativité de toi !

Elles rirent toutes les deux de bon cœur mais, soudain, Gran se mit à tousser. Le temps de s'éclaircir la voix, elle reprit :

— Je suis fière de toi, et j'ai confiance en ta réussite. Maintenant, dis-moi. Comment se passe ce voyage ?

— La réception de Los Angeles a été un succès. De même que la présentation au musée.

Quant au baiser de Preston... Il avait été tout simplement divin, mais cela ne regardait qu'eux deux.

— Le photographe a pris des tas de photos. Tu devrais les avoir sur ton ordinateur dans la matinée. Si tu as encore des insomnies, certaines sont peut-être déjà arrivées.

— Des photos de toi avec Preston ? Je veux voir comment vous travaillez ensemble.

Amy sentit aussitôt des sonnettes d'alarme résonner dans sa tête. Attention, danger. Sa grand-mère aurait-elle deviné leur attirance mutuelle ? Pouvait-elle être au courant pour le bébé ? Non, impossible...

— Nous faisons front commun, pour le bien de la société.

— Tu ne me feras pas croire que vous arrivez déjà à vous entendre malgré vos différends, ma chère enfant !

— Nous nous y efforçons...

En jetant un coup d'œil vers Preston, Amy croisa son regard. L'observait-il avec cette intensité depuis longtemps ? Franchement, ce serait facile de laisser tomber sa garde.

— Nous faisons ça pour toi, Gran. Maintenant, s'il te plaît, repose-toi. Nous sommes avec toi.

La communication coupée, Amy se rendit compte d'une chose importante. Ce voyage était crucial. Il en allait non seulement du bien de l'enfant, mais aussi de la tranquillité d'esprit de son aïeule. Il fallait absolument calmer le jeu. Et vite. Tant qu'elle affichait un sourire éclatant sur les photographies où elle figurait à côté de Preston, tout irait bien.

En tout cas, plus question de lui céder. Elle devait se montrer forte et s'assurer que tout se déroulait selon les règles qu'elle avait fixées. En résumé, il fallait qu'elle reprenne le contrôle de la situation.

— Tout va bien ? s'enquit Preston, un bras glissé sur le dossier de la banquette.

— Très bien, se contenta de répondre Amy. Elle voulait juste se renseigner.

Inutile de lui expliquer qu'elle soupçonnait sa grand-mère d'avoir des intentions cachées derrière sa volonté de consolider leurs relations de travail.

— C'est tout ?

Amy leva la tête vers lui. On lisait une certaine incrédulité dans le regard noisette de Preston. L'atmosphère tamisée qui régnait dans l'habitacle adoucissait ses traits, ce qui le rendait plus abordable.

— Je ne le crois pas, ajouta-t-il.

— Qu'est ce qui te permet de dire ça ? La voyance est une corde à ajouter à ton arc ?

A ce moment, le chauffeur prit un virage un peu serré, et elle bascula contre Preston.

— Je sais, c'est tout, dit-il en se frappant la tempe de l'index. C'est ce qui fait de moi un vrai patron.

— Ça...

Amy s'interrompit un instant et sourit avant d'ajouter :

— Et ton arrogance.

Preston éclata de rire. Il n'avait pas l'air froissé par cette remarque, loin de là.

— La confiance en soi est primordiale. D'ailleurs, tu es bien placée pour parler !

Amy choisit d'ignorer la pique et répliqua aussitôt :

— Tu ne me demandes pas pourquoi ma grand-mère appelle si tard ?

Instantanément, le beau visage de Preston perdit son sourire.

— Dis-moi.

— Elle n'arrive pas à dormir parce qu'elle passe trop de temps au lit.

A quoi bon essayer de le nier ? Amy aurait tant aimé lui tenir compagnie. Mais pour une raison inconnue, sa grand-mère souhaitait qu'elle soit à des kilomètres. Tout ça pour une épreuve inutile.

— La savoir confinée entre quatre murs me fend le cœur. C'était une femme si pleine de vie, si dynamique. C'est elle qui m'a appris à monter à cheval. Alex, Stone et moi, nous avons passé des heures à sillonner les environs du ranch avec elle et Gramps.

— Je suis navré, murmura Preston. C'est une fin si injuste pour une vie bien remplie.

— Encore heureux qu'elle puisse parler et qu'elle soit restée elle-même. L'idée que…

La limousine s'immobilisa brusquement. Amy bascula en avant et atterrit sur les genoux de Preston. Celui-ci tendit instinctivement la main pour la rattraper. Elle sentit le rouge lui monter aux joues tandis qu'elle laissait ses mains fermes et chaudes l'aider à se redresser. Oh non… C'était exactement le genre de situations contre lesquelles elle devait se blinder. Heureusement, ils étaient presque arrivés à l'hôtel. Entre son angoisse pour sa grand-mère, son inquiétude pour l'avenir de son enfant et les étranges sentiments qui l'agitaient, elle était épuisée. Et ce n'était pas une formule.

En regardant par la vitre, Amy s'aperçut que la limousine

s'était arrêtée à quelques pâtés de maisons de l'hôtel. Elle frappa sur la vitre qui les séparait du chauffeur. Celle-ci glissa doucement.

— Mademoiselle McNair ?

— Il y a un problème ?

Le chauffeur se gratta la tête sous sa casquette.

— Il y a eu un carambolage, la circulation est interrompue. Et comme il est impossible de faire demi-tour, nous sommes bloqués ici jusqu'à ce que le problème soit réglé. Vous trouverez des boissons dans le réfrigérateur.

Rester enfermée dans la voiture Dieu sait combien de temps avec Preston ? Pas question !

Ni une ni deux, elle referma son sac.

— Marchons, proposa-t-elle. L'hôtel n'est pas loin, et ces problèmes de circulation mettent du temps à se régler.

Le chauffeur regarda Preston qui haussa les épaules.

— Mademoiselle décide, répondit celui-ci.

Amy descendit de voiture dans la nuit tiède. « Mademoiselle décide » ? Si seulement la vie pouvait être aussi simple !

Preston se hâta de suivre Amy. La précipitation avec laquelle elle était sortie de la voiture était étonnante. En tout cas, pas question de la laisser déambuler seule dans les rues de Los Angeles, même si le quartier était réputé sûr. C'était une grande ville, bien différente des vastes espaces du Texas. En outre, on voyait à des kilomètres que c'était une jeune femme très belle et fortunée. Deux particularités susceptibles d'attirer des convoitises.

Cinq enjambées plus tard, il la rattrapait.

Preston ralentit et régla son pas sur le sien tout en examinant la situation. C'était un véritable concert de klaxons.

Bien que l'hôtel soit situé dans un quartier chic de Los Angeles, mieux valait rester sur ses gardes. Il y avait des tas d'endroits, même dans les beaux quartiers, qui pouvaient se révéler dangereux pour deux piétons.

Il posa une main possessive dans le creux des reins d'Amy et la regarda d'un air sévère. Gare à elle si elle s'avisait de polémiquer !

— Si tu refuses que je te tienne, nous retournons dans la voiture.

— Il va falloir établir certaines règles pour le reste de ce voyage, répliqua-t-elle dans un soupir.

Preston retint un soupir. Au moins, elle acceptait de lui parler, c'était déjà un progrès par rapport à ces deux mois de silence glacial.

— Peux-tu préciser ?

Il continua de scruter les alentours tandis qu'ils marchaient sur le trottoir noyé dans la brume. Pour un enfant de l'Oklahoma, des villes comme Los Angeles paraissaient sales, surpeuplées, même dans les quartiers les plus huppés. Plus tôt ils seraient de retour à l'hôtel, mieux ce serait. Et qui sait ? Peut-être réussirait-il à la convaincre de boire un verre ou deux au bar.

— Nous allons travailler des années ensemble, dit Amy avec un mouvement décidé du menton qui découvrit son cou élégant.

A quoi bon se mentir ? Preston mourait d'envie de la dévorer de baisers, en commençant par le cou. Ce qu'il avait goûté d'elle dans le vestiaire, et pendant la soirée, n'avait pas apaisé pas sa faim. Il laissa glisser son regard vers sa jupe qui mettait en valeur ses jambes fines.

Soudain, la voix d'Amy le tira de sa rêverie.

— Il faut trouver le moyen de rester professionnels en mettant notre attirance de côté, ajouta-t-elle.

— Je ne vois toujours pas de raison de nier notre attirance, fit-il remarquer.

— Tu penses toujours à une liaison ?

430

— Nous sommes adultes, et il arrive que des adultes aient des relations sexuelles.

Plus il y réfléchissait, et plus ça lui paraissait sensé. Même s'ils travaillaient ensemble, ils étaient tout de même sur un pied d'égalité puisque la famille d'Amy détenait la majorité des parts de la société. De plus, elle avait été claire : elle ne voulait pas de relations à long terme. C'était un soulagement, étant donné qu'il avait déjà tout gâché avec son ex-femme.

Le temps de prendre une grande inspiration, Preston ajouta :

— Sois honnête. Nous n'arrivons pas à combattre notre attirance. Dans ces conditions, une liaison me paraît la meilleure solution.

— Sauf que les liaisons se terminent rarement bien, dit-elle en serrant son sac contre sa poitrine. Et nous ne pouvons pas nous le permettre.

— Il suffit que nous nous mettions d'accord. Quand le moment de suivre des chemins différents sera venu, nous saurons nous tenir.

Amy et lui évitèrent un couple de piétons venant en sens inverse. Des lumières bleues et rouges clignotaient alors que des véhicules d'intervention se frayaient un passage dans la circulation pour atteindre le lieu de l'accident.

— J'entends ce que tu dis, Preston, mais ce n'est plus si simple maintenant.

Elle déglutit péniblement.

— Nous ne pouvons prendre ce risque, ajouta-t-elle. L'enjeu est trop élevé.

Preston jeta un œil vers elle. Son beau visage exprimait de la crainte. De l'angoisse, même.

Il lui serra le coude.

— Tu veux mon avis ? Tant que nous ne passerons pas à l'acte, la tension ne fera que grimper et interférera avec notre travail. C'est une certitude.

— Tu parles en homme qui ne supporte pas qu'on lui oppose une fin de non-recevoir.

— Je pense à quelque chose de différent de ce qui vient d'arriver, ou est arrivé il y a deux mois.

Amy leva sur lui des yeux pleins d'inquiétude. Une inquiétude qu'il ne comprenait pas. Mais, de toute évidence, elle le mettait en garde. Ce qu'il ne comprenait que trop bien.

— Est-ce que nous ne pourrions pas revenir à l'idée d'apprendre simplement à nous connaître ? finit-elle par soupirer.

— Tu me demandes de te conquérir ?

Preston ne put s'empêcher de sourire. Voilà une perspective qui le remplissait d'excitation et d'espoir.

— Non, non ! Pas vraiment. Je te demande juste... d'être honnête.

Il baissa un instant la tête. Voyons, quel était le meilleur moyen de la persuader ?

— D'accord, mais à une condition, finit-il par dire.

— Laquelle ?

— Pour apprendre à nous connaître, je veux que nous fassions des sorties ensemble, comme des gens normaux. Alors, tu constateras qu'on peut concilier travail et idylle romantique.

A ces mots, Amy s'arrêta net et ouvrit de grands yeux.

— Tu veux qu'on sorte ensemble ? Tu es sérieux ?

— Absolument, répliqua Preston. Prends le temps de réfléchir.

Elle joua avec son sac toujours serré sur sa poitrine et reprit sa marche au bout d'un instant.

— Combien de temps m'accordes-tu ?

— Le temps qu'il faudra. Crois-moi, je ne prends pas cette histoire à la légère. Je n'ai pas pour habitude de mélanger travail et plaisir, mais tu es si sexy que je suis incapable de te résister.

Elle lui donna une tape sur l'épaule.

— Voyons, je n'ai pas encore accepté ! Inutile de me flatter.

Preston eut un sourire. Pour la première fois depuis le baiser dans la salle du musée, Amy paraissait détendue. Et réceptive. Enfin !

— Je ne dis que la vérité, affirma-t-il.

Il lui jeta à nouveau un regard. Bon sang ! Elle était fascinante. A tel point qu'il ne voyait rien d'autre que les étoiles qui brillaient dans ses grands yeux bleus.

S'il avait été plus attentif, il aurait peut-être remarqué l'inquiétante silhouette qui venait d'émerger de derrière un panneau d'affichage. L'homme était grand et fort. Façonné et endurci par la rue, de toute évidence. Son regard fiévreux se posa sur Amy avec une concupiscence répugnante. Attention, danger...

Instinctivement, Preston se plaça devant elle. Les individus de cette espèce ne laissaient pas de témoins derrière eux au risque de se voir identifiés, d'autant moins quand ils étaient sous l'emprise de la drogue.

L'homme se dressa devant eux en agitant un couteau de façon menaçante.

— Donnez-moi votre fric et vos bijoux tout de suite, si vous ne voulez pas d'ennuis.

5

Les jambes tremblantes, Amy entendit Preston lancer :

— Recule, Amy !

La lumière du lampadaire projetait un halo sur l'homme dont le visage était dissimulé par la visière d'une casquette de base-ball.

— Nous ne voulons pas d'ennuis, dit encore Preston en regardant leur agresseur.

Au même instant, elle se sentit envahie par la peur. Une peur si violente qu'elle demeura paralysée, les yeux fixés sur la lame du couteau qui étincelait dans la nuit. Impossible de bouger.

— Dans ce cas, file ton argent, mon vieux, et ne t'avise plus de traîner dans le coin !

L'homme avança vers Preston tout en scrutant nerveusement les alentours. Amy fit de même. Cependant, le monde entier semblait indifférent au drame qui se jouait. Incroyable !

Et puis tout alla très vite. En un éclair, Preston se jeta sur l'homme et le plaqua au sol. Quelle rapidité, quelle force ! Il posa un pied sur le poignet de l'agresseur et appuya jusqu'à ce que celui-ci hurle. Son poing se desserra et le couteau tomba à terre.

Le bruit du métal heurtant le béton la tira de sa stupeur. Elle courut vers les lumières. Pourvu qu'elle trouve un policier susceptible de les secourir !

— S'il vous plaît ! cria-t-elle en agitant la main. L'homme a un couteau ! Mon… ami l'a immobilisé !

Des têtes se tournèrent vers elle. Deux secouristes retournèrent à leurs efforts pour extraire une femme d'un véhicule accidenté, mais un policier accourut.

— Oui, madame ? lança celui-ci.

Amy lui fit signe de la suivre.

— Là-bas, devant le magasin de jouets !

L'angoisse au cœur, elle courut vers Preston.

Finalement intéressés, des gens observaient la scène et désignaient aux nouveaux venus Preston qui maintenait désormais le voleur à terre, un genou coincé dans le creux de ses reins.

Le policier et Amy jouèrent des coudes pour le rejoindre. En le voyant indemne, elle se sentit immensément soulagée. Tout danger était écarté, heureusement ! Néanmoins, elle continuait de trembler à l'idée de ce qui aurait pu se passer. Désormais, elle devait penser à son bébé. Au bébé de Preston. Si un malheur arrivait à l'un ou à l'autre…

Elle s'approcha de Preston. Il fallait qu'elle le touche, qu'elle sente qu'il était bien vivant. Mais, d'un signe de la tête, il lui fit signe de rester à l'écart.

— Voici son couteau, dit-il au policier. Vous y trouverez ses empreintes, puisqu'il ne se soucie pas de porter des gants. Je ne l'ai pas touché.

Le policier s'agenouilla pour menotter le bandit.

— Je le conduis au fourgon, monsieur, et je reviens prendre votre déposition.

Preston se releva, rajusta sa veste et prit Amy par l'épaule.

— Tu n'as rien ?

— C'est plutôt à toi qu'il faut le demander.

Elle porta ses mains à sa poitrine, vaguement consciente des flashs qui se déclenchaient à l'arrière-plan. Des gens qui prenaient des photos de l'accident ? De nos jours, les portables étaient partout.

— C'est toi qui as pris tous les risques pour maîtriser cet homme, reprit-elle. Grâce à toi, je n'ai pas une égratignure. Tu as réagi si rapidement… Je croyais que nous n'aurions pas d'autre choix que de lui donner notre argent.

— Ce n'était pas vraiment le problème, dit Preston, la mâchoire serrée. Il était sous l'emprise de la drogue. Il ne nous aurait pas laissés partir.

Amy sentit son cœur s'emballer. Seigneur, dire que la situation aurait pu virer au drame…

— Je suis si heureuse que tu aies été là, parvint-elle à articuler. Et j'ai honte de t'avoir mis en danger à cause de mon obstination à rentrer à pied.

— Ça aurait pu arriver n'importe quand, n'importe où, dit-il d'un ton rassurant. L'important, c'est que tu ne sois pas blessée.

A ces mots, il la prit par le coude.

— Rentrons à l'hôtel attendre que la police vienne prendre nos dépositions. Je n'ai pas envie de subir une nouvelle agression.

Amy hocha la tête. Preston avait raison. Il n'empêche : elle était encore tourmentée par le remords.

— Bien sûr. Je sais que je me suis déjà excusée, mais je suis vraiment désolée d'avoir quitté la limousine.

Quelques instants plus tard, ils franchirent les portes de l'hôtel, dépassèrent un groupe de clients qui observaient le spectacle par la baie vitrée du hall. En se retrouvant dans ce décor luxueux, elle eut l'impression d'avoir rêvé les derniers événements.

— Où as-tu appris à te défendre ainsi ? demanda-t-elle.

— J'ai grandi dans un environnement où il valait mieux savoir assurer sa sécurité.

Preston désigna un canapé de velours vert d'où on voyait la rue.

— Quand même. C'était drôlement risqué, fit-elle

436

remarquer en s'y laissant tomber. Il aurait pu te blesser, ou pire…

— C'était toujours moins risqué que de croire qu'un désaxé dans son genre nous laisserait gentiment partir après nous avoir plumés. Ma seule préoccupation, c'était que tu t'en sortes indemne.

Amy le laissa glisser un doigt sur sa natte qui reposait sur son épaule.

— Quand j'ai vu la façon dont il te regardait, mon sang n'a fait qu'un tour. Je ne pouvais pas laisser une telle horreur se produire.

Instinctivement, elle inclina la tête et frotta sa joue sur la main de Preston.

— Merci de nous avoir protégés.

— Nous ?

Elle se mordit la lèvre. Mince, elle avait failli laisser échapper son secret !

— Nous, c'est-à-dire toi et moi.

Au même moment, la porte de l'hôtel s'ouvrit. Ouf, voilà qui allait faire diversion.

— Je crois que ce policier a des questions à nous poser.

Amy s'assit sur son lit, enveloppée dans son peignoir de soie noire préféré et caressa distraitement son chat. Celui-ci ronronnait mais refusait de s'installer sur ses genoux. Il semblait agité.

A vrai dire, elle se sentait dans le même état d'esprit que lui. Elle n'arrêtait pas de songer aux événements de la soirée. Le baiser avec Preston. Les intentions de sa grand-mère. L'agresseur au couteau. Tout tournait en boucle dans sa tête.

— Oh ! Roscoe ! soupira-t-elle. Que dois-je faire ?

Pour toute réponse, le chat frotta son museau contre sa main.

— Merci beaucoup. Tu es de bon conseil.

Avec un soupir, Amy poussa le chat et se leva pour aller chercher de l'eau dans le réfrigérateur.

La situation avec Preston était plus compliquée que jamais. Elle avait envie de l'avoir près d'elle, envie de s'abandonner à lui, mais ce n'était pas si simple. Elle n'était pas la seule dans l'affaire.

Elle ouvrit la bouteille et but une gorgée d'eau. Roscoe sauta du lit et se frotta contre sa jambe en poussant un petit cri, plus semblable à un miaulement de chaton que de chat âgé.

— D'accord, Roscoe. Installons-nous pour la nuit. Je vais chercher tes friandises préférées.

Lors de leurs déplacements, elle emportait dans ses bagages tout un assortiment de gâteries et de jouets pour chat. Roscoe méritait bien ça. C'était un compagnon si fidèle.

De son sac, elle sortit une boîte de thon, un bol et une souris bleue. Elle versa le jus de thon dans le bol et le posa par terre. Le chat se précipita pour laper le délicieux liquide. Roscoe n'aimait pas le poisson, juste le jus. Il raffolait de ce petit plaisir.

A bien y réfléchir, c'était exactement ce qu'elle voulait avec Preston. S'accorder un caprice.

C'était pourtant davantage. Pendant l'appel de sa grand-mère, elle avait vu l'inquiétude qui se lisait sur son beau visage. Dans ses yeux noisette qui pouvaient se faire si caressants. Et il l'avait sauvée, de quelque chose de certainement terrible. Il s'était dressé entre leur agresseur et elle sans la moindre hésitation. Il avait déjà le désir de la protéger.

Amy se mordit la lèvre. Une partie du problème était là. Si elle lui avouait sa grossesse, il veillerait sur elle, pour le bien de l'enfant. Elle ne connaîtrait jamais ses véritables sentiments. Or, aussi égoïste que cela paraisse, elle voulait savoir. Elle avait *besoin* de savoir.

En consultant l'horloge, elle s'aperçut qu'elle était en retard pour la piqûre d'insuline de Roscoe. Mince ! Elle prépara la seringue et prit l'animal sur ses genoux. Le chat demeura parfaitement tranquille.

— Tu es un bon chat, Roscoe. Un chat vraiment gentil. Je sais toujours à quoi m'attendre avec toi, dit-elle doucement.

D'un geste sûr, elle glissa l'aiguille sous la peau et appuya sur le piston.

— Brave petit chat ! Ce n'était pas si terrible, n'est-ce pas ?

Amy remit la protection de l'aiguille et gratta le chat sous le cou. Il tourna plusieurs fois sur lui-même, s'assit enfin et ronronna. Une bonne chose de faite.

Restait désormais à résoudre son problème avec Preston. Le lendemain, à New York, elle poursuivrait sa réflexion. L'annonce de sa grossesse pouvait attendre quelques jours. Elle avait envie de profiter encore un peu de Preston.

Preston retint un bâillement. Avec le choc de l'agression, il n'avait guère dormi. Il avait passé la nuit à arpenter la suite en se repassant en boucle le film des événements. Bon sang, la soirée aurait pu très, très, mal se terminer. Il ne supportait pas l'idée qu'Amy ait pu être blessée. Ou pire.

Elle comptait tellement pour lui, désormais. C'était à peine croyable, d'ailleurs.

Il avait continué à y songer après le vol du matin qui les avait conduits à travers le pays, de Los Angeles à New York. Leur présentation ne devant avoir lieu que le lendemain soir, il aurait dû normalement mettre à profit ce temps libre pour travailler. Mais en réalité, il avait envie de le passer avec Amy. A quoi bon nier la vérité ?

Pendant son insomnie de la veille, Preston avait entendu Amy s'agiter longuement dans sa chambre. Mais au moment où il avait voulu frapper à sa porte, il n'avait plus entendu un bruit. Elle s'était installée pour la nuit, l'abandonnant à ses pensées et à son douloureux désir d'être avec elle. Le traumatisme de l'agression avait dû l'épuiser car elle avait dormi également pendant le vol.

En tout cas, maintenant qu'ils se trouvaient à New York, il avait bien l'intention de profiter pleinement de ces moments de solitude à deux.

Trouver quoi faire avec une femme qui pouvait s'offrir tout ce dont elle rêvait n'avait pas été simple. Mais la difficulté ne l'avait jamais rebuté. Bien au contraire.

Il avait fini par se décider pour un festival de cinéma de plein air sur le thème du Far West qui devait avoir lieu à Central Park. Pour s'y rendre, il avait eu la bonne idée de commander un pousse-pousse tiré par un cycliste.

L'atmosphère oppressante de la journée s'allégea au coucher du soleil grâce à une légère brise qui s'était levée, et à laquelle s'ajoutait le vent de la course. Preston ferma les yeux un instant. Le bruit régulier du pédalier avait un effet apaisant. Assise à côté de lui, Amy était là, vêtue d'un short très court, de chaussures à talons et d'un chemisier vaporeux que le vent plaquait sur ses formes adorables.

Elle s'adossa plus confortablement contre son siège. Le spectacle qui s'offrait à elle semblait la fasciner.

— J'adore New York ! déclara-t-elle. Et depuis toujours.

— Toujours ?

Preston posa un pied sur la banquette en face d'eux. Quand s'était-il senti aussi détendu ? Impossible à dire. A franchement parler, la plupart de ses connaissances ne le reconnaîtraient pas en short kaki et chemise polo. Lui qui passait son temps dans les avions, entre deux salles de conférences et quelques événements mondains.

— Mes grands-parents nous y amenaient, Alex et

moi, quand nous étions enfants. Nous allions assister à des spectacles, faire du shopping.

Il y eut dans les yeux bleus d'Amy une expression attendrie alors qu'ils passaient devant Rockefeller Center. Elle lui adressa un petit sourire.

— Je comprends pourquoi cette ville te laisse de bons souvenirs, dit-il.

Elle regarda les rues bondées où des touristes se bousculaient pour prendre des photographies.

— Ma grand-mère me laissait choisir mes vêtements, reprit Amy. Elle se moquait bien d'impressionner des juges.

— Tu n'aimais pas participer aux concours de beauté ? demanda Preston.

— Pour être honnête, au début, si. J'étais heureuse d'être au centre de l'attention de ma mère et j'appréciais qu'elle me fasse boire des sodas énergisants quand je devais concourir très tard.

Elle haussa les épaules, l'air un peu honteuse, et ils se frôlèrent dans l'espace exigu du pousse-pousse. Preston se sentit frémir.

— Seulement, en grandissant, j'ai eu envie d'activités plus valorisantes, qui réclamaient un vrai talent. Mais d'après ma mère, ça aurait été peine perdue. J'avais plus de chances dans celles qui réclamaient juste une jolie apparence, prétendait-elle.

Amy s'interrompit et leva une main. Les bracelets en argent à son poignet se mirent à tinter.

— Oublie ce que j'ai dit. Je ne voulais pas paraître vaniteuse.

— J'ai très bien compris, déclara Preston.

Et c'était la vérité. Il ne s'imaginait pas un jour dire à un hypothétique enfant une telle horreur. Le comportement de la mère d'Amy était inexcusable.

— Elle se trompait. Tu es une artiste talentueuse et une femme intelligente.

— Tu dis ça parce que ma grand-mère possède la société, répliqua Amy.

— Absolument pas !

Quand ils entrèrent dans Central Park, des accords de musique parvinrent jusqu'à eux tandis que le ciel se teintait des nuances roses et dorées du coucher de soleil.

— Si je ne croyais pas à la valeur de ton travail, reprit-il, je t'aurais orientée vers un autre service.

— Au risque de mécontenter ma grand-mère ?

Preston haussa un sourcil. Amy s'imaginait-elle qu'il lui faisait la cour pour plaire à Mariah McNair ? Voilà qui méritait d'être éclairci.

— J'ai accepté le poste à condition d'avoir les mains libres en ce qui concerne le personnel.

— Pourtant, mon père continue de travailler pour la société alors que nous savons tous deux qu'il ne fait rien, souligna-t-elle en rougissant.

Preston fit la moue. Il comprenait sa gêne. Elle qui était si dévouée à son travail !

— Ton père n'étant pas payé par la société mais par ta grand-mère, ça ne me pose pas de problème.

— C'est tout de même gênant, dit Amy tout en jouant machinalement avec ses bracelets. Et je refuse de poser problème.

A ces mots, il passa un bras autour de ses épaules.

— Voyons, aucune chance que ton ardeur au travail et ton talent passent inaperçus ! s'exclama-t-il. D'ailleurs, les chiffres de vente de tes créations parlent d'eux-mêmes.

Elle le regarda. Ses lèvres pulpeuses et tremblantes étaient terriblement attirantes.

— Merci.

— Simple constat professionnel.

Autrement dit, le moment était mal choisi pour l'embrasser. Preston fit une grimace. Vite, il fallait qu'il trouve un sujet susceptible de le distraire de son envie de l'embrasser devant tout New York. Ce qui, à vrai dire, n'aurait pas gêné grand monde.

— Et les vacances avec tes parents ?

— On nous emmenait participer à des concours, moi, de beauté, Alex, de rodéo. Et si mes parents partaient, c'était seuls, pour profiter de leur couple, expliqua Amy.

Ainsi, M. et Mme McNair ne consacraient du temps à leurs rejetons que s'ils participaient à des compétitions. Il secoua la tête. Vraiment, ce qu'il apprenait lui déplaisait beaucoup. Pas étonnant qu'Amy se dévoue corps et âme à son métier. C'était le seul moyen pour elle d'obtenir un peu de reconnaissance.

Tout à coup, elle posa une main sur son genou.

— Et toi ? Quel genre de vacances passais-tu ?

Preston se sentit frémir à ce contact et il lui fallut quelques secondes pour se concentrer sur la question.

— Mes parents n'avaient pas beaucoup d'argent, mais nous partions tout de même camper et faire des randonnées à cheval. Tu te souviens, je t'ai dit que ma mère était femme de ménage. Eh bien, elle faisait des heures supplémentaires dans un centre équestre, ce qui lui permettait d'obtenir des tarifs préférentiels. Et les promenades faisaient également beaucoup de bien à mon père.

— Ta mère était quelqu'un de formidable, j'ai l'impression.

Amy lui adressa un sourire si lumineux que, pendant quelques instants, il eut du mal à respirer.

— Tu es donc un vrai cow-boy. C'est ce qui t'a attiré à Diamonds in the Rough ?

— Ça a fait partie de l'attrait du poste, affirma Preston.

Ce qui était on ne peut plus vrai. Il aimait monter à cheval pour décompresser après une longue journée de travail. Cela lui rendait un peu de sérénité.

— Maintenant, tu peux me dire où nous allons ? demanda-t-elle.

— Assister à un festival western. Tu te rends compte, c'est notre première sortie ensemble.

Elle lui jeta un coup d'œil étonné.

— Parce que nous sortons ensemble ?

— C'est ce que nous avons convenu hier, non ? Comment veux-tu que je le formule ?

Preston se gratta la tempe, puis suggéra :

— Tu préfères que je dise que je te fais la cour ?

Quelques instants plus tard, le cycliste s'arrêta à un stop près de Sheep Meadow, un vaste espace en herbe grouillant de monde. Après la frayeur de la veille, il avait eu la tentation de s'enfermer avec Amy dans leur suite. Mais il ne savait que trop qu'on ne peut pas tout contrôler. Il avait alors décidé qu'il la protégerait en la gardant près de lui. De toute façon, c'était ainsi qu'il la préférait.

Une couverture sous le bras, Preston sauta à terre et lui tendit la main. Elle descendit gracieusement, ses doigts fins agrippés à sa main. C'est là qu'il remarqua sa bague en argent et en turquoise, une vraie publicité pour ses talents en joaillerie. Ils marchèrent côte à côte le temps de trouver un emplacement. Certains s'étaient installés sur des chaises, mais la plupart des gens avaient préféré s'asseoir sur des couvertures. Voyant qu'Amy regardait avec envie un vendeur ambulant, Preston lui fit signe pour commander une pizza et des bouteilles d'eau avant qu'ils s'installent pour leur première nuit de cinéma sous les étoiles.

L'endroit était rempli de familles et de couples. Il y avait des poussettes et des enfants courant dans les derniers rayons du soleil. Des gens avaient apporté d'extravagants pique-niques avec nappes en lin, couverts en argent et bougeoirs. Mais la plupart des assistants se contentaient, comme eux, d'une couverture.

Amy semblait satisfaite de leur installation. Le temps d'étendre ses jambes, elle mordit dans une part de pizza aux poivrons en léchant sur ses lèvres le fromage qui coulait et poussant de petits cris de satisfaction. Eh bien, voilà qui faisait plaisir à voir !

— C'est la meilleure pizza que j'aie jamais mangée ! déclara-t-elle.

— Tu as donc un faible pour la pizza ? Je ne m'y attendais pas.

— Et moi, je ne m'attendais pas à ce que tu proposes une telle sortie. Mais c'est parfait. Exactement ce qu'il me fallait après les voyages et les galas.

— C'est ce que j'espérais, répondit Preston en souriant. Elle hocha la tête tout en s'essuyant les lèvres.

— L'inconvénient du travail dans les bureaux, c'est qu'on manque d'activités en extérieur. Mon frère arrive à concilier les deux en dirigeant le ranch.

— Je suis entièrement d'accord, lança-t-il. C'est ce qui m'attirait dans ce poste. Un jour, j'aimerais élargir mon horizon pour vivre le genre de vie dont je rêvais enfant. Mes parents viendraient me rendre visite, et je prendrais du temps pour eux. Quoi qu'il en soit, ce soir, je me suis dit qu'un trajet en pousse-pousse était l'idéal dans l'éventualité d'un nouvel embouteillage.

— C'est sûr qu'être enfermé dans une limousine présente peu d'intérêt, dit Amy en buvant une gorgée d'eau.

Preston ne put s'empêcher de hausser les sourcils.

— Tu te rends compte de ce que tu dis ? s'exclama-t-il. Beaucoup de gens aimeraient avoir l'occasion de monter une fois dans leur vie dans une limousine !

Bien sûr, il menait également une existence de privilégié, mais il n'avait pas oublié ses racines et avait conscience de sa chance actuelle.

Amy fit une petite moue avant de lâcher :

— Je suppose que ça paraît snob.

— Pas snob. C'est juste… la preuve que tu fais partie des nantis de ce monde.

À ces mots, elle se redressa vivement avant de demander :

— Ça te pose problème ?

— Tu sais quoi ? Te faire la cour devient un véritable défi puisque tu as tout ce que tu peux désirer ! dit-il en tirant légèrement sur sa queue-de-cheval.

— Mais tu aimes relever les défis, non ? répliqua-t-elle.

— Tu as raison. Profitons de l'instant.

Amy eut un sourire charmant puis ajouta :

— Tu es si charmant sous tes dehors d'homme d'affaires bourru. Comment se fait-il que tu sois toujours célibataire ?

Preston regarda aussitôt du côté du grand écran qui allait s'animer d'un instant à l'autre. Ce sujet-là n'était pas agréable à aborder, loin de là.

— J'ai été marié, mais nous avons divorcé voici dix ans.

— Désolée.

— Moi aussi.

Et ce n'était pas peu dire. En réalité, il détestait l'idée qu'ils s'étaient fait du mal, mutuellement déçus, déchirés, lui et son ex-femme. Pire que tout, il s'en voulait terriblement de ce qui était arrivé à leur enfant. Il sentit alors sa gorge se serrer douloureusement.

— Il faut dire que nous nous sommes mariés trop jeunes. Nous avons fait des efforts, mais ça n'a pas suffi.

— Tu as des enfants ? demanda alors Amy.

Instantanément, Preston sentit son cœur se glacer.

— Je n'ai pas d'enfants.

— Tu n'aimes pas les enfants ? demanda-t-elle d'une voix hésitante.

— Si…

Il s'interrompit. Il devait être honnête avec elle, s'il voulait une chance de… quoi ? Rien.

— J'ai eu une fille. Elle est morte, dit-il dans un souffle.

— Oh ! Preston ! C'est terrible, dit aussitôt Amy en posant une main sur la sienne. Est-ce que ça t'ennuie si je te demande ce qui lui est arrivé ?

Il se mordit la lèvre. Décidément, son agent de communication avait été brillant si les McNair n'avaient pas découvert les détails de ce drame au cours de l'enquête qu'ils avaient forcément menée sur lui avant de l'engager.

— C'était un accident.

Preston s'éclaircit la voix. Inutile de vouloir faire illusion. Il n'arriverait pas à en parler, ni de ça ni du reste. Allez, il fallait bien trouver quelque chose à dire, n'importe quoi.

— Amy, le film commence.

En effet, la version projetée n'ayant pas été restaurée, l'écran s'animait à grand renfort de craquements. Le titre, encadré d'un lasso, apparut avec le lettrage si particulier de l'époque. Ce ne serait pas la première fois qu'il se perdrait dans un lieu où Gary Cooper et Roy Rogers pouvaient encore donner un sens au monde.

Pourtant, Amy ne semblait pas résolue à interrompre leur conversation. Le temps de glisser un bras dans son dos, il l'attira contre lui pour mieux savourer ces instants avec elle.

Elle s'abandonna contre lui avec un soupir.

— Bien sûr. Je ne voulais pas te forcer à parler de quelque chose d'aussi douloureux.

— Ce n'est rien. Une autre fois, peut-être.

Preston esquissa malgré tout un sourire. Pour le moment, Amy était dans ses bras, et il sentait son chagrin s'apaiser comme jamais.

Un miracle qu'il lui tardait d'explorer dans le secret de leur suite.

- 6 -

Amy sentit la nervosité la gagner dès que les portes de l'ascenseur menant à la suite de leur hôtel de Manhattan se refermèrent sur eux. La soirée dans le parc avait été très agréable, romantique, drôle. Tout ce qu'un premier rendez-vous devait être. Et Preston s'était conduit en parfait gentleman, se contentant de glisser un bras autour de ses épaules, ne cherchant visiblement qu'à lui faire plaisir. Elle ne s'était pas sentie si détendue, ni si heureuse depuis... une éternité.

Mais s'agissait-il du vrai Preston ? Auraient-ils eu ce genre de relations s'ils n'avaient pas instantanément cédé à leur attirance ? Bon sang ! A présent, cette première soirée, deux mois plus tôt, lui paraissait irréelle. Alors qu'elle avait eu des conséquences on ne peut plus concrètes.

Elle s'adossa à la paroi tout en le dévorant du regard. Seigneur... Cet homme était si normal, si accessible. Elle vit ses beaux yeux noisette s'adoucir en se posant sur elle. Tout cela paraissait juste, naturel. Ne pourrait-elle en profiter encore un peu plus et voir où cela les mènerait ?

L'ascenseur les conduisit à leur étage en un temps record et les portes s'ouvrirent sur la partie ouest du gratte-ciel où se trouvait leur suite.

Ils n'avaient pas fait un pas que Roscoe se précipitait dans l'ascenseur, ce qui n'aurait pas dû arriver étant donné qu'elle l'avait enfermé dans la salle de bains. Cela ne lui disait rien de bon...

Amy serra le bras de Preston.

— Quelqu'un est entré dans la suite. J'avais enfermé Roscoe. Une femme de ménage, peut-être ?

Il lui barra le passage.

— Pas question de prendre le moindre risque après l'agression de Los Angeles. Redescends et préviens la sécurité. C'est incroyable, tout de même ! On entre dans ces immeubles comme dans un moulin.

En le voyant avancer dans la salle de séjour, Amy sentit son cœur se serrer d'appréhension. Elle devait penser au bébé, bien sûr. Mais en même temps, elle ne se sentait pas le cœur d'abandonner Preston. Maintenant que la porte de l'ascenseur était ouverte, elle sortit son portable.

Cependant, en jetant un coup d'œil dans la salle de séjour, elle aperçut sur le canapé une silhouette familière, en jean, bottes et T-shirt noir.

Alex, son jumeau.

— Salut frangine, fit-il en se levant et en passant une main dans ses cheveux bruns. J'étais dans le coin et j'ai eu envie de passer dire un petit bonjour.

Preston regarda la scène qui était en train de se jouer et sentit un doute l'assaillir. Le frère d'Amy ? Ici, à Manhattan ? Aurait-il deviné que sa sœur et lui devenaient de plus en plus intimes ?

La soirée à Central Park avait comblé ses attentes et il espérait aller plus loin ce soir. Hélas ! ses projets se trouvaient contrariés par un cow-boy imposant et soupçonneux. Il avança vers Alex McNair tandis qu'Amy se précipitait vers celui-ci.

— Qu'est-ce que tu fabriques à New York ? s'enquit-elle.

Alex ouvrit les bras. Amy s'y jeta et ils s'étreignirent tendrement. Quand ils se séparèrent, il laissa un bras protecteur sur les épaules de sa sœur.

— J'ai accompagné Nina et Cody qui vont voir un spectacle à Broadway, comme nous avec Gran et Gramps autrefois. Quand il a su qu'il y avait des animaux, Cody a été tout de suite d'accord. Et ma fiancée compte se laisser gâter avec séances de shopping et de remise en forme. Si tu veux te joindre à nous, Amy, tu es la bienvenue.

Amy jeta alors un regard accusateur à son frère.

— Et tu as choisi le jour de mon passage à New York pour le faire ? Le personnel de l'hôtel doit avoir d'excellents souvenirs de tes derniers séjours pour t'avoir communiqué le code de ma suite.

Alex haussa les épaules.

— J'imagine que, par le passé, les McNair ont produit une impression favorable sur la direction. J'ai passé presque tout un été ici quand j'ai décidé d'arrêter le rodéo. Quoi qu'il en soit, demain a lieu la présentation de Diamonds in the Rough. J'ai pensé que ce serait utile de manifester notre soutien aux affaires familiales.

— Où est Nina ?

— Dans la suite voisine. Elle défait les bagages et aide Cody à prendre ses marques avant de dormir.

Preston hocha la tête. Le fils de Nina était autiste et les changements dans ses habitudes déclenchaient parfois des crises.

— Je vais voir si elle a besoin d'aide, dit-elle en jetant un regard noir à son frère. Nous aurons une petite conversation plus tard.

Alex lui donna le code d'accès et Preston la regarda s'éloigner avec ce balancement de hanches si sexy. Quel dommage que la soirée ne se termine pas comme prévu !

Soudain, il sursauta en entendant Alex toussoter.

— Hé, c'est ma sœur que tu mates. Je préférerais que tu lèves la tête.

Mince, il avait été repéré.

Ne sachant trop quoi faire, Preston alla au bar et sortit

deux bières du réfrigérateur. Comme s'il avait besoin d'avoir ce frère paranoïaque sur le dos. Néanmoins, une question le turlupinait. Sa présence était-elle liée à l'appel de Mariah McNair, la veille ?

— Votre grand-mère t'aurait-elle envoyé superviser l'événement de demain ? demanda-t-il en passant une bière à son invité surprise.

— Il ne s'agit pas de ma grand-mère, mais de moi, riposta celui-ci. Je veille sur ma sœur. Vous êtes ensemble ? Si c'est le cas, ça ne me plaît pas trop, ajouta Alex en secouant la tête.

— Amy est adulte. Tu ferais mieux d'écouter ce qu'elle a à dire à ce sujet.

— J'en suis conscient. Mais mon instinct fraternel, beaucoup moins.

Alex but une longue gorgée de bière.

— Tu es un type froid et distant, reprit-il. Je ne veux pas que ma sœur souffre. Elle joue les dures, mais elle a été malmenée par mes parents trop longtemps.

— Tu connais bien mal ta sœur si tu crois qu'on peut la manipuler, fit remarquer Preston.

— Là, tu marques un point, concéda Alex. Seulement, tu ne la connais que depuis peu. Moi, je la connais depuis toujours.

Soudain, une voix d'enfant leur parvint de la suite voisine et Alex détourna la tête.

— Allons à côté. Je veux m'assurer que Cody supporte le changement.

Preston aurait aimé poursuivre la conversation, mais Alex se dirigeait déjà vers l'ascenseur qui desservait également l'autre suite. Il tapa le code. Les portes s'ouvrirent, révélant les deux jeunes femmes, accroupies autour d'une table basse, occupées à aider un petit garçon tout blond à faire un puzzle.

La suite était semblable à la leur, mis à part que le

bleu et l'argent dominaient au lieu du rouge et de l'or. S'il n'avait pas grandi dans ce luxe, Preston avait appris à l'apprécier. Néanmoins, tout en côtoyant les nantis et les célébrités de ce monde, il espérait garder la tête sur les épaules et respecter ses priorités comme la jeune mère ici présente avec son enfant. Il ne connaissait pas Nina depuis longtemps, mais son sens des réalités et son dévouement à son fils forçaient le respect.

Amy leva soudain les yeux et son regard s'éclaira en se posant sur lui avant qu'elle ne se replonge dans le puzzle. Au même moment, Nina se leva et attrapa les mains d'Alex. Celui-ci embrassa ses boucles rousses avant d'aller s'asseoir sur la banquette de fenêtre qui offrait une vue magnifique sur les gratte-ciel illuminés dans la nuit noire.

Preston le rejoignit. A vrai dire, il avait hâte de découvrir ce qui allait émerger de cette petite réunion et ce qu'il apprendrait peut-être au sujet d'Amy.

Celle-ci aidait toujours Cody à assembler les pièces du puzzle, un tableau de Monet plus complexe que ce qu'on propose généralement à un enfant de cet âge. Mais Mariah lui avait expliqué que Cody était un artiste et qu'Amy était douée pour aider les enfants à exprimer cette sensibilité. Elle entretenait d'excellents rapports avec eux, et cela touchait chez lui une corde sensible à laquelle il n'avait pas pensé depuis longtemps.

Alex posa alors sa bouteille sur le rebord de la fenêtre.

— Tu me poses des questions sur ma sœur, dit-il d'un ton feutré. C'est le patron qui parle ou tu as des raisons plus personnelles pour ça ?

Preston fit la moue. Mieux valait être honnête. De toute façon, il n'arriverait pas à dissimuler son intérêt pour Amy. Et avec un peu de chance, Alex apprécierait peut-être son franc-parler.

— Rien à voir avec le travail. J'aimerais la connaître mieux.

— D'accord.

Alex hocha lentement la tête, le regard posé sur sa fiancée, sa sœur et son futur beau-fils.

— T'a-t-elle parlé du jour où, Stone et moi, nous avons mis de la poudre colorée dans la pomme de la douche juste avant qu'elle participe à un concours ? Amy ne nous a jamais pardonné d'avoir teint ses cheveux en rose, sans parler de sa peau.

Preston fronça les sourcils. Où voulait en venir Alex avec cette histoire ?

— C'est vrai ?

— Maman n'a pas pu déterminer lequel de nous deux punir. C'est moi qui ai commis cette mauvaise blague, c'est vrai, mais elle était convaincue que Stone m'y avait poussé, dit Alex avec un sourire.

— Et la vérité ?

Instantanément, le sourire d'Alex s'évanouit.

— Je voulais l'aider à éviter de participer au concours, ce qu'elle détestait. Mais ce n'est pas tout. En plus d'être rebelle, Stone avait plus d'un tour dans sa manche. Il a laissé un bouquin de blagues ouvert à une page bien précise sur mon bureau.

Preston baissa la tête. Il imagina Amy sortant de sous la douche, couverte de colorant rose. Mais à la réflexion… Il valait mieux ne pas s'attarder sur cette image.

— Je parie qu'elle était furieuse.

— A vrai dire, Amy n'avait pas l'esprit de compétition aussi poussé que maman l'aurait aimé, avoua Alex. Et elle ne participait que pour retenir son attention.

— C'est moche.

— C'était pire quand elle était petite. En grandissant, elle a fini par se rebeller.

Alex fit alors rouler la bouteille de bière entre ses paumes avant de poursuivre.

— Une autre anecdote. Nous avions dix-sept ans et

Amy ne voulait surtout pas gagner le titre de Miss Honey Bee parce que la reine devait assister à une foire locale. Or, elle n'avait pas envie de parader devant ses amis. Seulement, étant donné le nombre de concours qu'elle avait remportés, elle risquait fort de gagner aussi celui-ci.

— Qu'avez-vous inventé, cette fois-ci ?

Au même moment, Preston s'imagina Amy, Alex et Stone en train de grandir ensemble, tout en se protégeant mutuellement de leurs parents à problèmes. Heureusement qu'ils avaient pu compter sur l'amour de leurs grands-parents.

— Rien de trop terrible. La veille du concours, Amy et moi, nous sommes allés faire du bateau et nous sommes restés sur l'eau, immobiles, le temps d'attraper de superbes coups de soleil. J'ai prétendu que le moteur avait calé. Amy ressemblait à un homard.

Le petit sourire d'Alex se crispa.

— Mais maman l'a quand même obligée à concourir en rajoutant du maquillage. Amy est arrivée deuxième.

— Sérieusement ? s'exclama Preston.

— Parole de scout ! J'avais proposé de lui couper les cheveux, mais elle a refusé. De toute façon, maman l'aurait affublée d'une perruque si je l'avais fait.

Preston ne put s'empêcher de se retourner pour poser les yeux sur la belle jeune femme assise par terre, occupée à assembler patiemment les pièces du puzzle avec Cody.

Amy était surprenante, par bien des aspects. Mais il comprenait mieux pourquoi son éducation l'avait rendue si peu sûre d'elle. Son frère avait-il raison de s'inquiéter ? Pour sa part, il commençait à se demander s'il lui restait assez à donner à Amy. Elle qui méritait, et réclamerait, tout de lui.

*
* *

Amy se recoiffa nerveusement. Toute la soirée, elle avait ressenti des frissons nerveux en voyant Preston et son frère parler ensemble dans leur coin. Que lui racontait Alex ? Que voulait savoir Preston ? Elle l'apprendrait dès que Cody dormirait. Justement, Nina le bordait dans son lit.

Preston était sorti sur la terrasse pour appeler un client à l'étranger. Par la porte restée entrouverte, on entendait le murmure grave de sa voix.

Elle se précipita vers son frère et s'agenouilla près de lui.

— Alex, dis-moi franchement. Gran t'a envoyé pour m'espionner ?

— Non, lui répondit-il franchement. Mais tu réponds à une grande question. L'épreuve de Gran, c'était donc de t'envoyer dans cette expédition avec Preston.

— Je n'ai pas dit ça ! riposta-t-elle en croisant les bras.

— Inutile.

Amy s'assit en enroula les bras autour de ses genoux. Mince, elle venait de tout révéler.

— D'accord. Tu m'as eue.

— Tu es tombée dans le panneau.

Alex s'assit près d'elle et tira gentiment sur sa queue-de-cheval.

— Je voulais juste m'assurer que tout allait bien pour toi. Preston est un requin. Il se passe clairement quelque chose entre vous et je ne veux pas que tu souffres.

Amy hocha tristement la tête. Bon, leur attirance se voyait comme le nez au milieu de la figure. Ce qui signifiait aussi qu'à l'évidence, elle plaisait à Preston. Par conséquent, même si voir Alex jouer au frère protecteur était agaçant, savoir que Preston s'intéressait à elle lui redonnait de l'espoir.

— Si tu penses autant de mal de Preston, pourquoi ne pas en avoir fait part à Gran ? Tu as de l'influence sur elle.

— C'est un homme d'affaires hors pair, il assurera le succès de la société. Ce qui est bon pour nous, répondit son frère. Ce n'est pas pour autant que je supporterais qu'il y ait quelque chose entre ma sœur et lui.

Amy sentit son cœur se serrer. Même si elle était touchée de voir Alex se préoccuper de son sort, savoir que personne ne l'imaginait capable de se prendre en charge l'horripilait. L'époque des concours de beauté avait beau être loin derrière elle, tout le monde était toujours prêt à prendre des décisions à sa place. A vrai dire, elle n'osait même pas imaginer comment son frère allait réagir en découvrant qu'elle était enceinte.

Mais on n'en était pas là. Une chose à la fois.

Au même instant, Preston réintégra la pièce en refermant la porte derrière lui. C'était peut-être un requin, mais, bon sang ! Le simple fait de le regarder la faisait fondre.

Et il fallait à tout prix qu'elle trouve un moyen de gérer cette faiblesse.

Une main sur la taille d'Amy, Preston la guida vers leur suite. Certes, son frère était dans les parages, mais qu'importe. Malgré tout, ce rituel de rendez-vous galant lui semblait totalement invraisemblable. Il avait quarante-six ans, tout de même ! Il n'avait plus l'âge de se laisser sagement cuisiner par papa.

Seulement, Amy entretenait des liens étroits avec sa famille. Impossible d'empêcher ses proches de s'inquiéter.

La porte de leur suite franchie, Amy pivota sur ses talons.

— Je meurs d'impatience de savoir ! De quoi parliez-vous, Alex et toi, pendant que je jouais avec Cody ?

— D'affaires.

Preston se sentit trembler. Des images d'Amy, les cheveux roses ou brûlée par le soleil, avaient envahi son esprit. Du coup, il la sentait encore plus proche de lui.

Et désirable, si désirable.

— C'est tout ? insista-t-elle, les mains sur les hanches.

J'ai un peu de mal à te croire. Mon frère est connu pour son caractère protecteur. Ce n'est certainement pas un hasard s'il est ici.

— Bien sûr que non. Il tient beaucoup à toi.

Preston l'entraîna alors vers la terrasse d'où on jouissait de la vue sur l'Hudson River. L'air lui manquait : il avait besoin de mettre ses idées au clair.

— Mais rassure-toi. Je peux assumer un frère inquiet.

— Je l'espère…

Amy s'accouda à la balustrade. Telles des étoiles, les lumières du paysage urbain scintillaient dans la nuit. En romantisme, le décor valait Central Park. La soirée n'était peut-être pas perdue…

— En ce moment, je n'ai pas besoin de conflits dans ma vie.

Soudain, Preston sentit une idée lui traverser l'esprit.

— Tu lui as parlé de ce qui s'est passé entre nous ?

— Bien sûr que non ! s'exclama-t-elle d'un air horrifié. Je ne partage pas ce genre d'information avec mon frère. Rien que d'y penser… J'en ai la chair de poule. Mais nous sommes jumeaux et nous devinons ce que l'autre ressent. Je suis certaine qu'il est venu voir comment j'allais. Alors je répète ma question. De quoi avez-vous parlé ?

— D'affaires. Et, oui, nous avons parlé de toi. Il m'a raconté des histoires de l'époque où tu participais à des concours de beauté et des tours que vous échafaudiez pour t'éviter le pensum.

Doucement, Amy se rapprocha de lui.

— A ton avis, pourquoi a-t-il fait ça ?

— Je suppose qu'il tenait à me faire savoir que tu n'es pas qu'un joli minois.

Joignant le geste à la parole, Preston posa la main sur sa nuque.

— Mais ça, je le savais déjà.

— Comment ?

Amy posa alors une main sur le torse de Preston.

Il ne put s'empêcher de frémir. Sur le plan physique, ils étaient de plus en plus à l'aise, elle et lui. Ça devenait tout naturel pour eux de se toucher.

— Je travaille avec toi, lui rappela-t-il. Tu es très intelligente, Amy.

Il lui tapota la tempe.

— Ce serait une erreur de te sous-estimer.

— Pourtant…

Amy se rapprocha de lui. Ses lèvres pulpeuses étaient à présent à quelques millimètres des siennes.

— Ce n'est pas ma brillante intelligence qui t'a entraîné dans ce vestiaire, puisque nous ne nous connaissions pas.

— Comme si je ne le savais pas…, dit-il.

Et il l'embrassa.

Amy sentit que le baiser de Preston avait un effet dévastateur sur ses sens déjà en éveil. Elle était lasse de lutter contre son attirance et il lui restait peu de temps pour profiter de lui avant de devoir lui annoncer sa grossesse. La soirée avait été magique, par bien des aspects. De la soirée dans le parc aux échanges entre Preston et son frère. Sans parler de Cody A sa façon, il s'intégrait au cadre familial. En tout cas, elle avait très envie de le croire.

Cependant, elle préféra se focaliser sur le présent et sur les délicieux frissons de plaisir que les lèvres de Preston lui procuraient. C'était bien réel, Preston l'embrassait vraiment. Ce n'était pas un de ces rêves qui la laissait douloureusement frustrée. Alors inutile de trop penser à l'avenir.

— Nous allons dans la chambre ? murmura-t-il.

— Tu as envie ?

— Comment peux-tu poser la question ?

— J'ai juste une suggestion à faire…

Amy noua les bras à son cou et recula en entraînant Preston vers la salle de bains.

— Commençons par la douche.

Le regard de Preston sembla soudain s'embraser.

— J'adore ton état d'esprit, tu sais.

Un instant plus tard, le temps d'ôter leurs vêtements, ils étaient la salle de bains toute en marbre florentin, avec une douche à jets et un système de diffusion de vapeur. Preston sortit un préservatif de sa trousse de toilette et le posa sur le porte-savon de la cabine de douche tout en réglant les jets jusqu'à ce que l'eau atteigne la température désirée.

— Tu es encore plus belle que dans mon souvenir, murmura-t-il.

Amy le laissa la prendre à bout de bras pour mieux l'admirer. Son regard de braise courait sur son corps nu et lui donnait la chair de poule, aussi sûrement que s'il l'avait touchée.

— Je devenais fou ces derniers mois en pensant à ce vestiaire obscur. En regrettant que nous n'ayons pas pris notre temps. En haïssant l'idée que nous ne nous accorderions pas d'autre chance.

Amy savourait les larges épaules de Preston, les muscles de son torse couvert de duvet brun. Impossible de ne pas regarder ses hanches étroites et, plus encore, son sexe magnifiquement dressé.

Elle lui caressa le torse, descendit lentement et sentit sous ses doigts les muscles de son ventre se crisper.

— Notre première rencontre me paraît complètement irréelle à présent.

D'un doigt, elle caressa son sexe qui tressaillit aussitôt. Les yeux brûlant de désir, Preston poussa un grognement étouffé.

— Elle a pourtant eu lieu, dit-il.

— Crois-moi, j'en suis consciente.

Aussitôt, elle referma les doigts sur son sexe.

— Je me souviens de chaque détail, de chaque instant.

Il prit alors ses seins dans ses paumes et les caressa. Que c'était bon…

— Cette fois, ce sera encore mieux. Je vais prendre mon temps.

Amy se cambra sous ses caresses.

— Promis ? dit-elle dans un souffle.

— Je suis un homme de parole.

Baissant la tête, Preston dévora à nouveau ses lèvres tout en la poussant vers les jets de la douche.

Finie la retenue. Elle allait profiter à fond de ces instants et se préoccuper plus tard des conséquences.

Preston poussa Amy contre le mur carrelé. Il avait ses seins entre ses mains, leurs pointes dures tout contre ses paumes. Il joua avec elles, les fit rouler entre le pouce et l'index, puis les prit dans sa bouche.

Le jet fouettait leurs corps nus. La vapeur emplissait l'espace, et, comme si elle formait une barrière entre eux et le monde extérieur, renforçait cette sensation d'osmose.

Il l'avait si longtemps désirée, il avait tant rêvé de lui faire l'amour à sa guise, de découvrir chaque courbe de ce corps qu'il n'avait pas eu le temps d'explorer. Amy l'avait tenu à l'écart trop longtemps. Même s'il ne comprenait pas son soudain revirement, il ne renoncerait pour rien au monde à la chance de la reconquérir.

Il s'empara d'un savon. La vapeur montait en volutes autour d'eux, brume chaude sur leur peau mouillée, pendant qu'il couvrait Amy de mousse parfumée à la lavande et s'appliquait à découvrir les endroits où elle préférait être touchée. Le temps de reposer le savon, il la prit par les épaules et la frotta partout.

Brûlant de désir, il regarda les yeux d'Amy chavirer puis se fermer. Il pouvait sentir ses muscles se détendre sous ses caresses. Il effleura ses cils d'un baiser et joua avec ses seins jusqu'à ce qu'il la voie fléchir. Il l'appuya alors de nouveau contre le mur.

Il crut que sa respiration se bloquait quand elle prit à son tour le savon et se mit à lui frotter le dos pendant qu'il passait son pouce sur un mamelon.

Amy poussa un cri de plaisir à son oreille, un cri

guttural qui s'accentua quand il prit la pointe durcie dans sa bouche.

Le savon tomba des mains d'Amy et atterrit à ses pieds sans qu'il songe à le ramasser. Impossible de lâcher Amy, ne serait-ce qu'un instant, alors que, cambrée en arrière, elle s'offrait à lui, son corps voluptueux répondant au moindre geste. Comme le premier soir, quand ils avaient dansé. Et ensuite, fait l'amour.

L'alchimie entre eux était indéniable.

Néanmoins, elle avait réclamé une douche. Et comme il tenait à la satisfaire, il chercha le flacon de shampooing.

La vapeur d'eau saturait l'air et transformait le brun sombre du marbre en ébène. Preston prit un peu de shampooing aux senteurs fruitées dans le creux de sa main et lui massa le cuir chevelu, ce qui la fit gémir de plaisir. Puis il laissa ses doigts se perdre dans les longues mèches de ses cheveux finit par l'attraper par les fesses pour la serrer tout contre lui. Peau contre peau.

— Je n'en peux plus d'attendre, dit alors Amy d'une voix rauque. Maintenant.

— Et plus tard dans le lit.

— Oui, murmura-t-elle en lui passant le préservatif.

Preston l'enfila en un rien de temps et, enfin, la pénétra. Que c'était bon ! La sensation de son sexe qui l'enveloppait était encore meilleure que dans son souvenir. La chaleur de son corps, l'ondulation de ses hanches étaient indescriptibles. Les lumières de la salle de bains éclairaient ses formes. Plus d'obscurité. Plus d'ombres. Il l'avait pour lui seul, tout entière.

Amy respirait de plus en plus vite. Il sentait ses seins se coller contre lui alors que son désir grandissait. Elle plaqua sa main sur la paroi vitrée quand elle se laissa glisser contre le mur luisant de condensation, la tête renversée en arrière.

Ça y était, elle était emportée par la jouissance. Alors

Preston se laissa aller à son tour, donna des coups de reins plus vigoureux, plus rapides, et lui arracha de nouveaux cris de volupté quand il atteignit le plaisir.

Pas de doute, il avait pris la bonne décision. Il la séduirait, ils feraient l'amour, vivraient une relation volcanique.

Ils avaient la vie devant eux.

Le temps passait si vite… Sachant qu'elle était prisonnière d'un rêve et incapable de s'en sortir seule, elle roulait sur le lit. La douceur des draps sur sa peau ressemblait aux caresses de Preston.

Un million de pensées tourbillonnaient dans son esprit. Le passé et le présent se mélangeaient, la soirée dans le vestiaire se confondait avec leur passage sous la douche. Ils portaient leurs tenues de soirée, trempées et plaquées sur leurs corps. Sa robe couleur pêche ressemblait à une seconde peau et de l'eau s'écoulait du bord du Stetson de Preston.

Elle respirait son odeur épicée. Une odeur masculine. Entêtante. Ses mains la réchauffaient partout où elles se posaient.

Il y avait entre eux comme de l'électricité pendant l'orage. La musique se mélangeait au bruit de percussion des jets d'eau frappant les murs, le sol. Elle respirait vite. Leurs corps s'accordaient sans effort, dans la danse comme dans l'amour. Elle se perdait, toujours plus loin, au fond de ses yeux noisette.

La lumière tamisée du vestiaire et de la douche jeta des ombres sur son visage quand il referma ses bras sur elle, la tenant serrée contre lui — mais pas trop fort, pour qu'elle puisse se libérer si elle en éprouvait le besoin.

Toutefois, elle n'en avait aucune envie, même si sa raison lui criait qu'elle ne pouvait pas voir son visage, qu'elle ignorait qui il était. Il fallait essuyer l'eau, laisser le soleil entrer et le voir. Le connaître.

Sauf que cette bouche charnue sur la sienne lui procurait un plaisir de plus en plus vif, de plus en plus impérieux, hors de tout contrôle. Elle se collait contre son corps musclé, perdue dans ce baiser, dans cette sensation que lui offrait ce rêve torride qui la poussait à serrer les jambes l'une contre l'autre.

Ses seins la picotaient et les pointes formaient de petites perles dures ; ses mains s'agitaient sous les couvertures, elles le cherchaient… Mais ils étaient toujours dans la douche et dans le vestiaire. Elle sentait son sexe en érection, pressé contre son ventre, qui la brûlait à travers sa robe de soie.

Elle le voulait. Lui. Tout de suite.

Il commença à reculer mais elle l'arrêta en attrapant les revers de sa veste. Glissant une main dessous, elle caressa avec délice son torse chaud et musclé. L'eau continuait de les éclabousser. C'était un homme exceptionnel, terriblement puissant.

Ses mains, de nouveau sur elle, vagabondaient, entretenaient la flamme et…

Amy s'éveilla brusquement, le cœur battant. Le temps de cligner des yeux, elle vit son chat qui la regardait, perché sur sa poitrine.

— Roscoe ?

Elle toucha le drap près d'elle. Preston dormait. Son souffle était profond et régulier. Elle caressa doucement son bras. Impossible de calmer son esprit en ébullition !

Le regard vague, elle consulta le radioréveil. 1 h 30. Elle laissa échapper un soupir. Il fallait qu'elle bouge, qu'elle réfléchisse. Qu'elle retrouve sa lucidité plutôt que de se perdre dans des rêves dont elle ne comprenait pas le sens.

Après avoir posé Roscoe à terre, Amy se glissa précautionneusement hors du lit. Preston ne bougea pas. Après la douche, ils s'étaient mis au lit, avaient dormi, refait l'amour, en prenant le temps de découvrir l'autre. Ensuite, ils s'étaient rendormis. Malgré tout, elle se sentait fébrile.

Elle ramassa le T-shirt de Preston et l'enfila. Il lui arrivait à mi-cuisses, comme les robes courtes de l'époque des concours de beauté. Mais il sentait l'eau de toilette épicée de Preston et cela la rassurait.

Sur la pointe des pieds, elle se dirigea vers un superbe fauteuil de velours vénitien. Une splendeur. Avec une admiration respectueuse, elle caressa le tissu avant de s'installer dans le fauteuil, un gros coussin de soie serré contre son ventre. Roscoe s'approcha, la queue en l'air, impatient de lui manifester son affection. Il se souleva sur ses pattes arrière jusqu'à ce qu'elle abaisse le coussin. Il sauta alors sur ses genoux, ronronnant et fermant à demi les paupières sur ses yeux bleus. Quel amour ! Roscoe devinait toujours quand elle avait besoin de réconfort.

Et de réconfort, elle en avait besoin plus que jamais.

Les lumières de la ville pénétrant par les fenêtres dont les stores n'étaient qu'à demi baissés permettaient à Amy d'apercevoir Preston couché dans le lit. C'était un homme merveilleux. Attentionné. Rassurant. Surtout, il semblait croire en elle, en ses créations — tout au moins celles dont il avait eu connaissance — et en sa capacité à prendre des décisions.

Une main sur le ventre, elle poussa un gros soupir. Il restait tant d'inconnues…

L'espace d'un instant, elle se prit à rêver. A quoi aurait ressemblé leur quotidien s'ils étaient sortis ensemble deux mois plus tôt ? L'aurait-il aidée à trouver la décoration pour la chambre de leur enfant ? Aurait-il proposé des prénoms ?

— Dis-moi, pourquoi la vie est-elle si compliquée, mon petit Roscoe ?

Le chat se contenta de la regarder tout en ronronnant et en lui massant le ventre de ses pattes avant.

— Nous nous sommes protégés. C'était la première fois que je m'enfermais avec un homme dans des vestiaires. Et pour couronner le tout, je n'ai aucun regret.

Amy gratta la tête du chat tout en se demandant à qui son bébé ressemblerait. Que serait sa vie avec son enfant ? Non, avec *leur* enfant. Un enfant aux yeux noisette, aux cheveux bruns et drus et aux belles joues rouges. Son cœur se serra en imaginant Preston souriant tendrement au bébé qu'il bercerait dans ses bras.

Avait-elle déjà gâché toute chance d'être heureuse ?

Brusquement, Roscoe sauta de ses genoux et courut au lit où il s'allongea contre Preston. Amy resta encore un moment dans le fauteuil avant de retourner se coucher. Ah ! elle avait tellement hâte de sentir la chaleur de Preston l'envelopper !

Il remua quand elle se nicha dans ses bras, la serra contre lui et l'embrassa dans le cou.

Que c'était bon ! Son souffle était chaud sur sa peau. Amy sourit mais sentit très vite son estomac se nouer. A un moment ou à un autre, elle allait devoir éclaircir la situation. Se bercer d'illusions ne servait à rien. Il fallait passer à l'action, et vite.

Après un somme, Amy se réveilla et se blottit plus étroitement contre Preston. Ils étaient si bien ensemble que c'en était presque inquiétant. Seulement, elle avait envie de savourer encore un peu son bonheur.

En se tournant, elle s'aperçut que Preston était également réveillé. Il lui caressa l'épaule tout en faisant bouger ses doigts de pieds sous le drap pour amuser Roscoe.

— Je suis déçu que ton frère me prenne pour un sale type, dit-il.

— Pas très étonnant. Tu as opéré des coupes drastiques dans le personnel, renvoyé des employés que nous connaissions bien et appréciions depuis des années…

— Et sauvé la société.

— Sauvé est un bien grand mot.

Amy caressa son torse musclé et sentit sous ses doigts les battements puissants et réguliers de son cœur.

— Disons que tu l'as consolidée.

C'était probablement la raison pour laquelle sa grand-mère avait préféré mettre Preston aux commandes plutôt qu'elle.

Elle se rembrunit.

— Nous avons perdu des gens talentueux et loyaux. Il me semble qu'ils méritaient mieux de notre part.

— Le fait que la compagnie commence à perdre de l'argent n'aurait pas aidé ces personnes. Et c'est ce qu'il faut considérer. Les employés ne prospèrent que si l'entreprise prospère, dit-il avec véhémence.

A l'aide de la télécommande, Preston ouvrit alors complètement les stores, leur offrant une vue superbe sur les lumières de la ville contre le ciel nocturne.

— Sais-tu le nombre de sociétés qui restructurent et laissent ensuite leurs employés attendre des mois qu'on statue sur leur sort ? Je trouve plus correct d'opérer des coupes aussi rapides et indolores que possibles.

— Un renvoi n'est jamais indolore.

A vrai dire, Amy comprenait son point de vue. Elle avait côtoyé des amis pris dans un rachat d'entreprise et attendant avec anxiété de savoir à quelle sauce ils seraient mangés. C'était tout sauf une situation agréable.

— C'est là qu'interviennent les indemnités de départ.

Preston haussa les épaules.

— Ne crois pas que je prenne à la légère les problèmes

personnels. Tout au contraire. Je suis persuadé que les employés sont la clé de voûte d'une société florissante, et je crois que c'est cette philosophie qui a séduit ta grand-mère lors de notre premier entretien.

— Possible...

Amy hocha la tête. Oh ! elle voyait très facilement ce qui avait plu chez lui à sa grand-mère ! Preston pouvait donner l'impression de ne s'intéresser qu'à la rentabilité, mais ce n'était pas un homme sans cœur.

— C'est juste que tu vois les choses sous un angle différent.

Par exemple, alors qu'elle admirait par la fenêtre les lumières et le clair de lune sur la rivière, il avait sans aucun doute une vision moins poétique du paysage.

— La différence n'est pas un mal. La plupart des artistes sont empathiques par nature. C'est ce qui leur permet de s'épanouir dans leur travail.

— Tu le penses vraiment ?

Amy sourit. Autant se rendre à l'évidence : elle n'arrivait jamais bien longtemps à l'accuser de suffisance. C'était un homme intelligent, qui avait visiblement réfléchi à ces sujets.

— Vraiment.

Ils demeurèrent quelques instants silencieux pendant qu'elle essayait d'assimiler cette nouvelle facette de la personnalité de Preston. Une facette qui, elle devait l'avouer, lui plaisait beaucoup.

— Tu sais, à cause du cancer de Gran, nous ne sommes pas au mieux de notre forme en ce moment, lança-t-elle. Alors, il se peut que certains membres de la famille ne t'estiment pas à ta juste valeur. Tu es un étranger, tu comprends. Il nous faut un peu de temps pour accorder notre confiance.

Preston joua avec une mèche de ses cheveux.

— Me fais-tu confiance ?

Amy se mordit la lèvre. Question épineuse. Elle remonta le drap sur ses seins en évitant son regard.

— Je ne doute pas de ton aptitude à diriger Diamonds in the Rough.

— Mais tu préférerais que la société reste entre les mains de la famille.

Sûrement… Sauf que, dans ces conditions, elle ne l'aurait pas rencontré et elle n'aurait pas attendu ce bébé qu'elle aimait chaque jour un peu plus. Alors autant donner à Preston une réponse franche. A propos de la société, du moins.

— C'est vrai. Je garde une profonde amertume de n'avoir même pas été envisagée pour la position de P-DG, ni consultée pour le choix du successeur de Stone. C'est moche.

— Je suis désolé de l'entendre.

Preston s'assit et posa sur elle son regard perspicace.

— Je sais que ton cousin ne voulait plus du poste. Mais toi, tu le voulais ?

— J'ai parfaitement conscience que mon domaine, c'est la création et non l'administration. Mais tout de même, j'aurais aimé qu'on tienne compte de mon avis.

Amy s'assit, remonta ses genoux et les serra contre sa poitrine.

— Qu'est-ce qui te fait croire qu'on n'en a pas tenu compte ?

Elle leva les yeux au ciel.

— Dans ma famille, on ne m'a jamais prise au sérieux. Ma réputation de reine de beauté sans cervelle me colle à la peau, vois-tu.

— Tu as pourtant prouvé tes talents de créatrice chez Diamonds in the Rough. Tes bijoux évoquent de façon saisissante la nature âpre et rude de cette contrée. Tu peux en être fière. Nous avons tous un rôle à jouer.

Amy songea à ses esquisses de bijoux beaucoup moins

rustiques. Celles qu'il n'avait pas demandé à voir de plus près. Le problème, c'était que Preston risquait de ne pas les apprécier. Après tout, elles ne correspondraient peut-être pas à l'esprit de Diamonds in the Rough.

— Je suppose que je ressens en permanence le besoin de prouver que je ne jouis pas de privilèges au sein de la société à cause de mes liens de parenté. Déjà que ma grand-mère a donné à mon père un bureau avec sa plaque sur la porte…

— La position de ton père est fictive, fit remarquer Preston, tout le monde est au courant. Pour toi, c'est différent. En créant des collections entières, tu participes activement à la notoriété de l'entreprise. J'ai comme l'impression que c'est toi qui ne te prends pas au sérieux.

Amy écarta nerveusement une mèche de cheveux. Voilà une remarque peut-être un peu trop perspicace à son goût.

— Tu as peut-être raison. Et peut-être pas…

A ces mots, elle se glissa hors du lit en entraînant le drap avec elle.

— Mais une chose est certaine, je meurs de faim.

Elle était toujours affamée depuis la disparition de ses nausées. Décidément, il était grand temps qu'elle parle à Preston de sa grossesse. Elle tenait de beaux discours sur la confiance et lui mentait sur un des sujets les plus délicats qui soient. Quelle honte !

Hier soir, ils avaient franchi un cap. Restait à espérer que ce lien résisterait à la nouvelle qu'elle avait à lui annoncer.

Preston s'adossa au bar, face aux baies qui offraient une des plus belles vues sur Manhattan. Néanmoins, son regard restait rivé à Amy, perchée sur un tabouret du bar, enroulée dans un drap et dégustant une pêche coupée en tranches, du fromage et des biscuits salés comme si elle n'avait pas mangé depuis des jours.

A vrai dire, il la sentait préoccupée. Mais par quoi ?

Elle repoussa son assiette vide, s'essuya soigneusement les lèvres avec sa serviette de lin. Puis elle la reposa et lissa le pli d'un doigt nerveux.

— Il faut que nous parlions, annonça-t-elle enfin.

Et voilà… Il fallait s'y attendre.

— S'il te plaît, épargne-moi le discours classique. Nous n'aurions pas dû nous conduire ainsi et ça ne se reproduira plus. A quoi sert de nier l'attirance entre nous ? A rien. Il me semble qu'il est temps de cesser de la combattre.

— Les choses ne sont pas aussi simples.

Amy passa de nouveau son doigt sur la pliure de la serviette. Et appuya, encore et encore.

— Elles peuvent l'être. Après cette nuit, tu ne peux plus nier ce qui existe entre nous.

Preston lui prit la main, enlaça ses doigts aux siens et ce simple geste embrasa l'air autour d'eux.

— C'est vrai.

Elle lui serra la main et il vit la tristesse envahir son visage. Bon sang, pourquoi se mettait-elle dans cet état ?

— Et dans un monde différent, les choses auraient pu prendre une autre tournure.

— Un monde différent ? Comment ça ? C'est à cause de mon statut de patron ? Mais enfin, je ne suis pas plus ton employeur que tu n'es le mien puisque la société appartient à ta famille ! Ça nous met sur un pied d'égalité.

Amy secoua la tête.

— C'est plus compliqué.

Sur ces mots, elle libéra sa main et repoussa nerveusement ses cheveux de son visage.

— J'attendais le bon moment pour t'en parler.

Preston haussa les sourcils. Lui parler de quoi ? De

son envie de l'envoyer au diable ? Lui expliquer qu'elle voyait quelqu'un d'autre ?

— Eh bien, parle.

Amy se redressa et posa les mains sur son ventre.

— Je suis enceinte. De toi.

- 8 -

— Tu es enceinte ?

Amy baissa la tête. Le ton mesuré de Preston, son air peu enthousiaste lui donnaient peu d'espoir pour la suite des événements. Elle serra le drap plus étroitement autour d'elle. Pourquoi avait-elle choisi ce moment pour lâcher sa petite bombe ?

Elle aurait dû attendre de se sentir moins fragile parce qu'elle avait fait l'amour avec lui, d'être habillée et de laisser Preston mettre davantage qu'un pantalon de survêtement tombant sur ses hanches sexy.

Allez, il fallait se préparer au pire, il n'y avait pas d'autre solution. Elle leva alors la tête, croisa son regard stupéfait et poursuivit :

— Apparemment le préservatif a failli à sa tâche. Bienvenue dans l'univers des deux pour cent d'échec. Et avant que tu ne poses la question, comme je n'ai pas eu de relations sexuelles avec quelqu'un d'autre depuis six mois, je suis certaine que l'enfant est de toi.

Preston hocha la tête et déglutit péniblement.

— Je n'avais pas l'intention de poser la question, parvint-il à articuler. Je fais confiance à ton honnêteté.

Il passa une main dans ses cheveux avant d'ajouter :

— Je suis juste… abasourdi.

Elle leva le menton en essayant d'étouffer sa déception qu'il n'ait pas… Qu'il n'ait pas quoi ? Manifesté plus d'enthousiasme ? Elle aurait voulu qu'il la prenne dans ses bras et lui demande comment elle se sentait ? Ou qu'il lui donne l'impression qu'un lien les unissait maintenant qu'ils avaient conçu un enfant ? Voyons, elle n'était pas assez bête pour s'attendre à ce genre de choses ! Il n'empêche : elle était triste quand même.

— Je n'attends rien de toi, précisa-t-elle. Je suis capable d'assumer seule. Bien sûr, pour l'enfant, j'aimerais que tu participes à sa vie, mais si tu ne le désires pas, je ne te forcerai pas à faire semblant.

— Un instant ! s'exclama Preston. Je n'ai pas dit que je me désintéressais de l'histoire.

Il se mit à arpenter la suite avec agitation, comme il le faisait quand il réfléchissait en salle de réunion.

— Comprends que j'ai eu moins d'une minute pour digérer. A quarante-six ans, je ne m'attendais pas à une pareille nouvelle. Ce stade de ma vie est derrière moi.

Amy se rappela son enfant disparu et s'adoucit. Evidemment que ce bébé allait raviver des émotions douloureuses chez lui. Elle le comprenait, le pauvre. Pourquoi ne s'était-il pas davantage confié à elle quand elle lui avait posé des questions ? Hélas ! il n'avait pas voulu de ce genre d'intimité entre eux.

C'était son choix. Et la situation n'était pas facile pour elle non plus. Ce bébé viendrait au monde quoi qu'il arrive.

— Dans ce cas…

Après avoir noué le drap sur sa poitrine, Amy glissa du tabouret.

— Je m'occuperai de mon bébé et tu pourras t'y consacrer plus tard dans ta vie.

Preston lui saisit le bras au passage.

— Ne sois pas sur la défensive, Amy. C'est mon bébé aussi. Et même si je ne suis pas aussi jeune que la plupart des pères, je ne suis pas non plus Mathusalem.

Il lui caressa tendrement le bras, mais son visage restait fermé.

— Tu peux compter sur moi. Je serai toujours là pour vous. Et je participerai à la vie de l'enfant.

Amy se dégagea. Elle n'en croyait pas ses oreilles.

— Bravo pour ton sens du devoir, dit-elle sèchement.

Preston soupira.

— Apparemment, je ne m'exprime pas bien.

— Très bien, au contraire. Et de toute façon, je vois à ton expression que la nouvelle ne te fait pas plaisir.

Elle sentit sa gorge se nouer. Ah non, ce n'était pas le moment. Pourquoi flanchait-elle, là, maintenant ?

— Et toi, es-tu heureuse ?

La question la prit de court. A force de s'interroger sur les réactions de Preston et de sa grand-mère, elle n'avait guère eu le temps d'analyser ses sentiments.

— Je suis nerveuse mais oui, quand j'imagine cet enfant, fille ou garçon, je suis heureuse.

— Ecoute, tu as eu le temps de t'habituer à l'idée. Donne-moi le temps de surmonter le choc et de commencer à me réjouir.

Elle se rapprocha. Seulement, elle n'était pas vraiment prête à se radoucir, loin de là. Cette réponse ne suffisait pas.

— Pardonne-moi si je reste sceptique.

Preston lui prit la main et, sans la quitter des yeux, l'attira vers le canapé. Il s'assit, la prit sur ses genoux et la serra contre lui. Malgré elle, Amy se laissa aller au plaisir de sentir les bras de Preston l'étreindre. Si seulement ils parvenaient à gérer la situation sans qu'aucun d'eux ne se sente blessé ou déçu !

Il lui massa doucement le dos.

— Bon sang ! s'exclama-t-il soudain. C'est pour ça que tu m'évitais ?

— Tu crois ? riposta-t-elle d'un ton ironique.

Amy pressa sa joue contre son torse.

— Et avant que tu ne découvres que tu étais enceinte, pourquoi te montrais-tu si glaciale ?

Elle haussa les sourcils. C'était à son tour d'être surprise. Preston n'avait vraiment aucune idée sur la question ?

— Tu ne t'en doutes pas ?

Il secoua la tête.

— Non. Eclaire-moi.

— Tu crois que virer nos employés à la vitesse de la lumière te rendait sympathique à mes yeux ?

Amy glissa de ses genoux pour s'asseoir près de lui. La tendresse qu'elle éprouvait un instant plus tôt avait été balayée par une immense indignation.

— L'ambiance était géniale. Ceux qui restaient regardaient quotidiennement partir leurs collègues.

— Tu contestes mes décisions ?

— Pas toutes, reconnut-elle.

— Pourtant, tu dois reconnaître que j'ai redressé la société, fit remarquer Preston. Les employés restés parmi nous ont des situations stables. Et si ça continue, nous pourrons de nouveau engager du personnel.

Amy ouvrit de grands yeux. Pouvait-elle croire ce qu'il disait ? Pouvait-elle lui accorder sa confiance ?

— Quand ?

— Les chiffres parleront.

— Ce ne sont pas les chiffres qui parlent, mais les gens.

— Voilà pourquoi tu es artiste et moi P-DG.

— Et maintenant, nous sommes tous deux futurs parents.

A ces mots, elle se leva. Allaient-ils trouver un terrain d'entente ? A ce stade, il était permis d'en douter...

— J'ai besoin de me reposer, dit-elle.

Avant d'éclater en sanglots et de se réfugier contre l'épaule de Preston, Amy courut à sa chambre et s'y enferma, seule avec son chat et ses émotions.

Un homme meilleur que lui l'aurait suivie.

Preston serra les poings. Il ne pouvait pas rester là sans

rien faire. Pas maintenant. Pas alors que la nouvelle de la grossesse d'Amy l'avait laissé abasourdi.

Il gagna alors sa chambre et passa un T-shirt, un short, des chaussettes et des tennis. Il devait s'en tenir à sa routine quotidienne pour éviter de tout démolir.

Amy enceinte. Sa fille morte en accouchant… Les deux événements se télescopaient. Ses idées se bousculaient dans sa tête. Il fallait qu'il bouge.

Il se précipita hors de la suite et, cinquante et un étages plus tard, se mit à courir sur la 57e Rue. Bien qu'on soit dans la ville qui ne dormait jamais, le petit matin n'attirait pas la même foule que le cœur de la nuit. Des taxis circulaient de feu en feu dans des rues presque désertes. Bars et clubs situés dans des endroits improbables inondaient les trottoirs de musique et de lumières et il devait parfois contourner les cordons de velours rose signalant les entrées.

Amy était enceinte.

Les poumons en feu, Preston atteignit Central Park avant de se rendre compte qu'il en avait pris la direction. Ce n'était peut-être pas l'endroit le plus sûr où courir, mais il plaignait celui qui aurait eu l'idée de lui chercher des noises. Pour se défouler, quoi de mieux qu'un bon coup de poing, voire plus ? Si cela pouvait chasser cette douleur dans sa poitrine.

Il avait perdu sa fille à cause d'une grossesse. Et à présent… *Amy était enceinte.*

Dans sa course folle, il trébucha sur une racine, fit un vol plané et faillit atterrir sur un SDF qui dormait sur un banc, le visage couvert d'une feuille de journal.

— Ça va, mec ? demanda le clochard, brusquement redressé.

Preston hocha la tête, reprit sa course. Plus lentement, cette fois.

Il repéra le lac devant lui et prit le sentier qui le contournait. De temps à autre, un taxi empruntait une des routes traversant le parc, ses phares l'éclaboussant de lumière. Des oiseaux nocturnes perchés sur les arbres bordant le lac poussaient des cris rauques. L'endroit ressemblait à un coin de campagne. Exactement ce dont il avait besoin.

De l'espace, de l'air, de la tranquillité.

Ralentissant encore, Preston fit le tour du lac. Si seulement cela lui permettait de se débarrasser de la peur dévastatrice qu'il éprouvait vis-à-vis d'Amy, et de cet enfant à naître ! Il avait tant aimé sa fille. Même durant les années où il la voyait peu, il éprouvait de la joie et de la fierté à l'idée qu'elle soit au monde. Un petit morceau de lui, le meilleur.

A quoi bon se voiler la face ? Il avait beaucoup souffert de la perte de Leslie. A la douleur de l'absence s'ajoutait le fait qu'elle était morte sans qu'il ait pu la tenir dans ses bras.

Après son décès tragique, Preston avait pris un congé, ce qu'il ne faisait jamais. Des semaines mornes, sans goût à rien, dont il ne gardait pratiquement aucun souvenir, s'étaient écoulées. Cependant, une crise au sein de l'entreprise l'avait sauvé en le forçant à se dévouer corps et âme pour la tirer d'affaire. Il y avait trouvé une amère satisfaction, et cela lui avait évité la folie.

Et désormais, tout recommençait.

— Tu es sûr que ça va, mec ?

L'espace d'un instant, Preston crut entendre une voix d'outre-tombe. Mais un journal s'agita et, à la lueur des spots éclairant les plantations, il reconnut le SDF sur lequel il avait failli précédemment atterrir. L'homme arborait une barbe grisonnante et des cheveux ébouriffés si longs qu'ils tombaient sur son T-shirt. Il leva les mains pour signaler qu'il ne lui voulait aucun mal.

— Ça va, merci. Je fais juste mon jogging.

Il n'y avait donc aucun endroit sur terre pour être seul avec ses pensées ?

— Désolé, mon vieux.

La voix éraillée résonna dans ce silence à peine troublé par les bruits des insectes nocturnes. Le vacarme des moteurs et les crissements de freins ne se faisaient pas encore entendre.

— C'est que, tu vois, j'ai un ami qui est venu ici pour… euh… en finir.

Le clochard se gratta la barbe.

— Et j'ai eu la même impression avec toi, ajouta-t-il.

— Pas de problème…

Preston s'interrompit. Sur la veste en piteux état de son interlocuteur, il avait remarqué des badges militaires.

— Je fuyais des fantômes, reprit-il. Mais ça va.

Inutile de se mentir : il était terrorisé à l'idée d'avoir un autre enfant, terrorisé à l'idée de tout rater avec lui comme avec Leslie… Mais il allait se reprendre.

— Il y a des jours comme ça, on n'arrive pas à s'en débarrasser, dit l'homme en hochant pensivement la tête.

Un rire les interrompit quand un jeune couple passa près d'eux, visiblement éméchés, leurs piercings étincelant à la lumière des lampadaires.

Preston prit une grande inspiration. Il fallait qu'il rentre à l'hôtel. Etre là pour Amy et pour son enfant.

Et pour y arriver, il devait élever un mur entre ses fantômes et lui et ne penser qu'à elle. Il était un homme d'honneur. Il la soutiendrait, elle, sa famille.

Il s'approcha du clochard et lui tendit la main.

— Merci, dit-il simplement.

L'homme à qui il parlait était sûrement un ancien combattant qui avait subi de terribles épreuves. Celui-ci lui offrit un sourire quelque peu édenté, mais ses yeux reflétaient la sagesse.

— De rien, mon gars, répondit-il en l'attrapant.

Etrangement, sa poigne était ferme.

— A propos, vous pouvez aussi essayer de surprendre ces fantômes. Au lieu de fuir, vous vous arrêtez et vous les affrontez. Des fois, ça marche.

— Je m'en souviendrai.

Sur un signe de tête, Preston s'élança vers le luxueux hôtel qui semblait à des années-lumière de ce banc.

A vrai dire, il n'était pas encore prêt à combattre ses fantômes, mais ce serait assurément une victoire s'il réussissait à parler de cet enfant à Amy sans avoir des sueurs froides. Dans un premier temps, il allait demander au gardien de trouver une solution d'urgence pour son ange vétéran.

Ensuite, il demanderait à Amy de l'épouser.

Le jour suivant passa dans un tourbillon. Amy se sentait perdue. Impossible de comprendre Preston. Il se montrait parfait gentleman, mais tout était… parfait. Trop parfait. Il s'était recroquevillé sur lui-même.

Oh ! elle ne pouvait guère lui adresser de reproches ! Ils avaient pris le petit déjeuner avec Alex, Nina et Cody dans la salle à manger de l'hôtel et assisté ensemble à un spectacle en matinée à Broadway. En réalité, ils avaient passé toute la journée ensemble, sans un seul moment en tête à tête avec Preston pour parler du bébé.

D'ici une demi-heure, ils se rendraient au gala de Diamonds in the Rough qui se tenait au Waldorf Astoria. Pour le moment, Preston et Cody jouaient sur la moquette avec des figurines. Ils surveillaient son futur neveu pendant qu'Alex et Nina s'habillaient. La baby-sitter devait bientôt arriver — une jeune femme qui travaillait au camp pour enfants handicapés du ranch et qu'ils avaient fait venir du Texas afin que Cody ait affaire à un visage connu.

En attendant, Preston paraissait tout heureux de se

traîner par terre en pantalon de smoking et chemise. Ses mains puissantes manipulaient habilement des lions miniatures, leur faisant grimper une montagne que Cody et lui avaient construite à l'aide de coussins.

Pas de doute, il était à l'aise avec les enfants. Amy retint un soupir. Elle n'avait pas oublié qu'il avait été père, et que sa fille était morte. Evidemment, la perspective de l'arrivée de ce bébé ravivait des souvenirs heureux et douloureux. Elle aurait dû y penser plus tôt. Quelle idiote !

Tout à coup, la porte de l'ascenseur s'ouvrit et Nina entra, vêtue d'une longue robe noire très sobre, mis à part un décolleté plongeant. Elle portait au cou un diamant monté en pendentif et avait attaché ses cheveux roux en chignon lâche.

Amy se leva et prit les mains de Nina.

— Tu es magnifique. Désolée qu'Alex t'ait traînée ici pour me surveiller.

— Je suis très contente de jouer à me déguiser. Et cette petite pause fait du bien.

Tout sourire, Nina tourna sur elle-même, sa robe de soie virevoltant sur ses superbes chaussures à talons Jimmy Choo.

— Et toi, ajouta-t-elle, tu as une classe folle.

— Dans cette guenille ? rétorqua Amy avec un clin d'œil.

Mais elle ne pouvait nier qu'elle avait également apporté le plus grand soin à sa tenue. C'était une sorte d'armure, un moyen de se rassurer. Elle portait une robe rouge, style Grèce antique, retenue sur une épaule, l'autre découverte, la jupe fendue sur une jambe.

Elle prit le bras de sa future belle-sœur et l'entraîna vers la banquette de fenêtre où elles pourraient parler sans que Cody entende.

En bas de l'hôtel, les voitures circulaient à une vitesse d'escargot, spécialité new-yorkaise.

— Comment Cody réagit-il à ta décision de vivre au ranch ? demanda Amy.

— De façon ambivalente.

Nina lissa sa robe sur ses genoux, son regard plein d'amour sur la tête blonde de son fils.

— Il adore vivre au milieu des chevaux et s'entend très bien avec Alex. Ton frère est formidable avec lui. Il arrive à le raisonner en cas de crise et tient à nous accompagner aux rendez-vous chez les thérapeutes car il désire en apprendre toujours davantage sur l'autisme. Seulement, tous ces changements sont arrivés si vite que Cody a du mal à s'adapter. La rupture avec sa routine quotidienne le perturbe.

Amy demeura quelques instants silencieuse.

— Ecoute, Nina, ne le prends pas en mauvaise part, mais pourquoi avoir décidé de venir à New York juste maintenant ?

— Alex s'inquiète à ton sujet, et comme Cody ne supportait pas qu'il parte, nous l'avons accompagné. Ton frère dit que ces derniers temps, tu n'étais pas toi-même. Je ne te connais pas assez pour voir la différence, mais tu me sembles… stressée.

Amy poussa un soupir. Se confier lui faisait du bien, sauf qu'elle ignorait jusqu'où elle pouvait aller avec la fiancée de son frère. Elle connaissait Nina depuis si peu de temps ! De toute façon, elle réservait la primeur de la nouvelle de sa grossesse à Gran. Et avant, elle devrait régler un certain nombre de détails avec Preston. Par conséquent, autant s'en tenir à une généralité, tout à fait vraie par ailleurs.

— La progression de la maladie de Gran nous bouleverse tous.

— Je comprends, évidemment, répondit Nina. Mais quand j'ai avancé cet argument à Alex, il a répondu que c'était différent. Il le sent à cause de votre lien privilégié.

Amy baissa les yeux sur ses mains ornées de deux bagues en or et topaze, choisies pour aller avec sa robe.

— C'est un peu difficile au travail.

Le regard de Nina alla de Preston à elle.

— Il est évident que vous vous plaisez, mais je comprends que ce soit compliqué. Tu sais, je suis là si tu as besoin de parler.

Amy serra les mains de Nina. Tiens, elles portaient toutes les deux une des dernières créations de Diamonds in the Rough : un soleil en or et une lune en argent qui se faisaient face.

— Merci de ton soutien, ça me touche beaucoup. Tu peux être sûre que je te parlerai bientôt.

— Mais pas aujourd'hui ?

Amy secoua la tête et sourit.

— Bientôt.

Au même moment, la porte de l'ascenseur se rouvrit et Alex fit son entrée dans la pièce. En le voyant, Cody bondit puis courut lui montrer un lion et lui raconter l'histoire qu'ils inventaient, Preston et lui.

Amy se leva, un peu trop rapidement sans doute. Sentant la pièce tourner autour d'elle, elle dut se rattraper au mur. Mais sa vision s'obscurcissait. Mince, elle allait s'évanouir...

Du fond de son malaise, elle se rendit tout de même compte que Preston se précipitait vers elle.

— Amy, que se passe-t-il ?

Il l'attrapa sous les bras pour la soutenir.

— C'est le bébé ?

— Quel bébé ? aboya Alex.

— Un bébé ? murmura Nina.

— Bébé, bébé, bébé, se mit à chantonner Cody.

Alors qu'elle combattait son étourdissement, Preston la souleva dans ses bras et l'installa sur le canapé.

— Amy ?

Peu à peu, celle-ci sentit son environnement se stabiliser. Ouf ! la crise était passée. Quel soulagement !

— Ça va mieux, parvint-elle à articuler. Je me suis levée trop vite, il faudrait peut-être que je mange un peu.

— Quel bébé ? répéta alors Alex d'un ton menaçant. Auriez-vous la bonté de m'expliquer ce qui se passe ?

Preston le fusilla du regard.

— Laisse Amy tranquille !

Mais Alex s'était approché.

— Ma sœur est enceinte ?

Nina lui prit le bras.

— Ecoute, Alex, je crois que ce n'est pas le moment. Quand Amy sera prête, nous aurons une discussion entre gens civilisés. En attendant, il vaut mieux que nous nous retirions.

Mais, comme s'il ne l'entendait pas, Alex se planta devant Preston.

— J'exige une réponse immédiate. Ma sœur est-elle enceinte de toi ?

Preston se leva et soutint le regard furieux de son frère.

— Oui. C'est mon enfant.

Amy sentit son cœur se serrer. Son jumeau avait beau être le plus posé de la famille, il avait un instinct protecteur développé. Elle ne fut donc pas vraiment surprise de le voir prendre son élan et décocher un direct dans la mâchoire de Preston.

9

Malgré son étourdissement, Amy se précipita sur son frère et le tira par le bras pour éviter que Preston reçoive un nouveau coup.

— Enfin, Alex ! Qu'est-ce qui te prend ?

Preston avait vacillé, mais était resté debout. Il posa un regard glacial sur son assaillant.

— Ecarte-toi, Amy. Et toi, McNair, je te conseille de garder ton sang-froid. Pense à quel point cette scène est traumatisante pour Nina et Cody.

Assis par terre, les yeux écarquillés, le petit garçon les regardait d'un air inquiet. Alex jura entre ses dents et alla s'agenouiller auprès de lui.

— Tout va bien, Cody. Je me suis juste énervé. Ça arrive de temps en temps aux adultes. Désolé, mon vieux. Tu veux bien retourner dans notre suite avec ta maman ?

Hochant la tête, Cody se leva et alla vers sa mère qui jeta un coup d'œil circonspect par-dessus son épaule avant de sortir avec son fils.

Alex prit alors une grande inspiration et dévisagea Preston d'un air mauvais.

— Tu as engrossé ma sœur !

Amy tressaillit et s'avança entre eux en écartant les bras. Pas question de rester plantée là sans intervenir !

— J'ai l'impression que vous oubliez que je suis adulte et capable de prendre des décisions. Et si j'attends un enfant, je n'ai pas été « engrossée », comme tu dis si joliment,

Alex ! J'apprécierai aussi que tu ne cries pas ma grossesse sur tous les toits. Ce sont mes affaires, vous n'avez pas à vous conduire en hommes des cavernes.

Alex écarquilla les yeux avant de s'exclamer :

— Sérieusement ? Il ne faut pas être un génie pour comprendre que le gosse a été conçu alors que vous vous connaissiez à peine…

— Attention à ce que tu dis ! gronda Preston. Je ne tiens pas compte de ce coup de poing, mais si tu me pousses à bout ou si tu adresses des reproches à Amy, je t'assomme !

— Je voudrais bien voir ça ! rétorqua Alex, mâchoires serrées.

Amy posa une main sur le torse de chacun des hommes. Il fallait que ce combat de coqs s'arrête, et tout de suite !

— Cessez, tous les deux ! Vous me stressez, et ce n'est pas bon pour le bébé.

Alex la dévisagea avant de grogner :

— Tu sais très bien que j'ai horreur du chantage !

Elle tapota le bras de son jumeau.

— Merci de t'inquiéter pour moi, mais je vais bien. Va vite rejoindre Nina et Cody avant de dire quelque chose que tu pourrais regretter. Ta famille t'attend.

Sur un bref hochement de tête, Alex la serra dans ses bras.

— Je t'aime, petite sœur.

Puis il échangea un regard avec Preston.

— Je te conseille d'être gentil avec elle si tu ne veux pas finir en chair à pâté, dit-il en quittant la pièce.

Les portes de l'ascenseur se refermèrent sur lui, la laissant seule avec Preston.

Amy se tourna vers lui et effleura délicatement la marque rouge qui ornait sa joue. Le pauvre ! Alex ne l'avait pas loupé.

— Tu as mal ?

— J'ai connu pire. C'est pour toi que je m'inquiète. Tu es sûre que ça va ?

Amy baissa la tête. Est-ce que ça allait ? Pas vraiment. Son cœur battait à tout rompre. Elle aurait tant aimé que la vie reprenne un cours normal. Malheureusement, elle savait que c'était impossible.

— Je vais bien. N'oublions pas la soirée.

Preston lui caressa la joue, repoussant une mèche de cheveux rebelle.

— Nous parlerons plus tard, promit-il.

Amy hocha la tête. Etait-ce un bon ou mauvais point ? Impossible à dire. L'expression de Preston restait figée, plutôt froide malgré la douceur de ses gestes. C'était inquiétant. La vie était tellement plus simple quand ils s'isolaient dans un vestiaire, ou sous la douche...

Cinq heures plus tard, Amy sortait un glaçon du freezer du réfrigérateur de la limousine. Du point de vue professionnel, le gala avait été un succès. Mais d'un point de vue personnel, la soirée était loin d'être aussi réussie. Nina et Alex avaient décidé de rester à l'hôtel avec Cody. Preston, distant mais parfaitement maître de lui, s'était révélé un gentleman accompli et un P-DG efficace, s'entretenant avec quelques responsables haut placés. Il avait même choisi de tourner en dérision les questions sur le bleu à son visage en prétendant avoir heurté un lampadaire en faisant son jogging.

Cependant, le tendre amoureux avec qui elle commençait à espérer entretenir une relation avait disparu. Depuis l'annonce de sa grossesse, il s'était replié sur lui-même. Or, pour son enfant et sa propre tranquillité d'esprit, elle devait franchir ce mur de politesse glacée élevé autour de lui.

Amy tourna la tête. Preston était assis sur la banquette

de la limousine, le col déboutonné, l'air légèrement débraillé. Le glaçon à la main, elle s'approcha de lui et le posa contre sa joue.

— Je suis vraiment désolée que mon frère t'ait frappé.

— Il t'aime, répliqua-t-il aussitôt. Et puis, j'en ai vu d'autres. Ne t'en fais donc pas pour moi. Tout va bien.

Amy lui jeta un regard abasourdi. Il évoquait avec détachement ce moment de violence. Décidément, c'était un vrai homme d'affaires, avec une machine à calculer dans la tête.

— Tout ne va pas bien. C'était affreux, dit-elle en frissonnant.

La limousine s'arrêtant à un feu, elle passa doucement le glaçon sur la meurtrissure de sa joue.

— Est-ce qu'on ne peut pas se parler amicalement ? demanda-t-elle. Si tu as décidé que, finalement, tu ne voulais pas de cet enfant, mieux vaut me le dire. Je ne peux pas vivre dans l'incertitude.

Elle attendit sa réponse, le cœur battant. Qu'allait-il dire ?

— Je t'ai déjà dit que je tiens à faire partie de sa vie.

Preston sourit, mais grimaça aussitôt. Le pauvre, sa mâchoire le faisait visiblement souffrir.

— Et de la tienne, ajouta-t-il.

— J'entends ce que tu dis. L'ennui, c'est que tes yeux ne tiennent pas le même langage.

De fait, il était toujours fermé. Il refusait même de la regarder en face.

— Tu es contrarié et tu ne veux pas me dire pourquoi, insista Amy. Je sais que tout va très vite, mais, avec un bébé en route, le temps presse, malheureusement.

Elle le vit alors lui prendre alors le glaçon des mains et le jeter avec irritation dans la poubelle.

— Je te donne tout ce que j'ai.

— Tu me *donnes* ? répéta-t-elle d'une voix blanche.

— Tout ce que j'ai. Oui, dit-il d'une voix heurtée. Voilà ce qu'il y a.

— Qu'est-ce que ça signifie ? insista-t-elle.

Amy observa alors la mâchoire de Preston se contracter et son regard devenir noir. Enfin, sa tête retomba sur le dossier de cuir et il soupira.

— Je t'ai raconté que j'avais eu une fille, et qu'elle est morte. La perspective d'un nouvel enfant me replonge dans des souvenirs douloureux.

A ces mots, elle sentit son cœur fondre de tendresse. Elle s'en doutait, bien sûr, mais le fait de l'entendre chassa son ressentiment.

Elle posa doucement une main sur son bras.

— Parle-moi, Preston. Je t'en prie. Explique-moi ce que tu ressens. Ta fille est la sœur de mon bébé. Je veux savoir. J'en ai besoin.

La voiture redémarra. Même si les vitres teintées atténuaient la lumière des phares et des lampadaires, elle vit néanmoins qu'il était en proie à des sentiments contradictoires.

— Leslie n'avait que dix-huit ans à son décès, finit-il par dire.

Amy lutta pour ne pas pleurer devant Preston. Sa fille était si jeune. Quelle tragédie ! Et, en même temps, elle se rendait compte qu'il avait vécu toute une vie avant de la rencontrer. Il lui avait dit à plusieurs reprises qu'il se considérait trop vieux pour elle. Ce n'était sûrement pas le cas, mais elle comprenait à présent pourquoi il avait cette impression.

De crainte qu'il ne se replie à nouveau sur lui-même, elle l'encouragea tout en continuant de lui caresser le bras.

— Tu as dit qu'elle avait eu un accident. J'ose à peine imaginer à quel point tu as dû souffrir.

Si seulement Preston acceptait de lui faire confiance. Elle serait si heureuse !

La voiture ralentit et s'arrêta de nouveau. Cette fois, la lumière des feux de freinage des autres véhicules projeta une lueur rouge dans l'habitacle.

Preston secoua la tête.

— On ne surmonte pas la perte d'un enfant. Et le fait que la mort de Leslie aurait pu être évitée me ronge chaque jour un peu plus.

Amy fronça les sourcils. Evitée ? Comment ça ? D'après lui, c'était un accident. Mais de toute évidence, il l'avait dit pour éloigner les indiscrets dont elle faisait partie. Mais ce soir, c'était différent. Ce soir, ils étaient vraiment liés l'un à l'autre.

— Qu'est-il arrivé ? demanda-t-il.

— C'est une longue histoire, compliquée aussi.

Preston lui jeta un regard noyé de chagrin.

— Je t'écoute, dit-elle en lui prenant la main.

— Sa mère et moi, nous nous sommes séparés quand Leslie avait une dizaine d'années. Elles m'ont haï de partir.

Amy vit les traits de Preston se contracter au souvenir de ces tristes événements. Le pauvre…

— Et Leslie haïssait sa mère d'être restée. Il n'y avait pas moyen de la raisonner. Elle devenait une adolescente incontrôlable. Ça aurait peut-être été la même chose sans notre séparation, mais il faut reconnaître que je travaillais trop et que je n'assurais pas toujours les visites prévues. Ce temps perdu, je ne le rattraperai jamais.

Les coudes sur les genoux, il se prit la tête dans les mains.

— Je suis sûre que tu as fait de ton mieux, dit Amy en lui caressant affectueusement le dos.

La limousine était immobilisée depuis un certain temps. Probablement un embouteillage. Mais, cette fois, elle n'avait pas l'intention de quitter la voiture.

— Comment peux-tu en être aussi certaine ?

— Tu es perfectionniste, et si tous les gens mettaient la barre aussi haut, peu en réchapperaient.

Preston eut un rire amer.

— Ça, c'est mon personnage professionnel. Quant à mes aptitudes à élever un enfant, elles sont proches de zéro. Je pensais qu'en offrant à Leslie de beaux cadeaux, tout ce que je n'avais pas eu enfant, j'étais un bon père. Crois-moi, aujourd'hui, je comprends à quel point je me suis trompé.

— Comment est-elle morte ?

— Elle a quitté la maison à dix-sept ans pour vivre avec un petit ami peu recommandable. Elle est tombée enceinte et n'a pas eu de suivi prénatal. Elle est entrée en travail prématurément et le temps qu'elle arrive aux urgences, il était trop tard. Elle est morte pendant l'accouchement et le bébé n'a pas survécu. Une anomalie de localisation du placenta, ont dit les médecins.

Amy sentit de grosses larmes lui monter aux yeux. C'était encore pire que ce qu'elle s'était imaginé. Si cruel. Si tragique. Voilà donc pourquoi il avait été si bouleversé par l'annonce de sa grossesse.

— Pas étonnant que l'idée de devenir père t'angoisse après un drame pareil, finit-elle par dire.

— J'ai du mal à ne pas m'inquiéter pour ta santé et pour celle de l'enfant. Par moments, je n'arrive pas à me débarrasser de ces pensées négatives.

Preston regardait droit devant lui. Il semblait perdu.

Une ambulance toute proche fit entendre sa sirène pour se frayer un passage dans la cohue, ses lumières clignotantes projetant leurs lueurs dans l'habitacle.

— Je compte me faire suivre très régulièrement, dit Amy, et j'ai toute confiance en mon obstétricien.

Prenant la main de Preston, elle la posa sur son ventre.

Il se figea à nouveau et, tête baissée, fixa sa main crispée sur son ventre avant de relever la tête. Son visage exprimait une tristesse dont elle ne comprenait pas bien la cause.

— Ce n'est pas ce qui m'effraie le plus, avoua-t-il.

— Quoi alors ?

— Je crains par-dessus tout d'aimer un autre enfant et de tout gâcher encore une fois, d'avoir le cœur déchiré si un malheur lui arrivait. Je ne veux pas revivre une telle souffrance. Mon cœur est mort avec ma fille, Amy. Je ne sais pas s'il me reste assez d'amour pour vous deux.

Preston ferma les yeux, sans qu'aucune larme ne coule. Il les gardait enfermées au plus profond de lui avec son chagrin et sa culpabilité mal placée.

— Preston ? Preston, répéta Amy jusqu'à ce qu'il la regarde. Tu sembles trop inquiet pour lâcher prise. Je le vois dans tes yeux.

— Tu vois ce que tu veux voir.

— Crois-moi, insista-t-elle en prenant son visage dans ses mains. J'ai beau être une artiste, j'ai aussi l'esprit rationnel.

A vrai dire, Amy possédait un sens pratique, contrairement à ce que les gens pensaient. Elle l'avait développé à force d'être épiée en permanence par une mère dominatrice et uniquement préoccupée par les apparences. Une mère qui ne lui servirait certainement pas de modèle.

A ce moment, le grelot indiquant que le chauffeur avait une communication à faire résonna.

— Je vous prie de m'excuser d'avoir choisi ce trajet, monsieur Armstrong. Un bus accidenté bloque la circulation, et je crains qu'il y en ait pour un certain temps.

— Pas de problème, répondit Preston par l'intermédiaire du micro. Et merci de nous avoir tenus informés.

La communication coupée, Preston regarda Amy dans la lumière tamisée du luxueux véhicule. Ses yeux brillaient d'une émotion qui... peu à peu... se métamorphosa en désir.

Avant même de s'en rendre compte, elle le vit se pencher sur elle pour l'embrasser. Et il promettait beaucoup, énormément.

Preston se sentait animé par la souffrance et la colère. Mais, cette fois, au lieu de les fuir, il avait les mains d'Amy sur lui, sa voix douce à son oreille et son corps élancé blotti contre lui sur la banquette de la limousine. C'était déjà difficile de lui résister un bon jour, mais un mauvais... Les dernières vingt-quatre heures l'avaient anéanti.

Et voilà que toutes ces émotions se muaient en un désir irrépressible.

Il l'embrassa passionnément, tout en prenant garde de refréner l'ardeur de ses mains sur son corps. Il la sentit frémir entre ses bras. Elle était si réactive. Il avait été stupide de n'avoir pas reconnu plus tôt les signes de la grossesse.

Heureusement, les vitres teintées de la limousine et le panneau de communication relevé leur garantissaient une parfaite intimité.

Sans cesser de l'embrasser, Preston l'allongea sur la banquette et s'étendit près d'elle. Ses lèvres descendirent vers les seins d'Amy, délicieusement mis en valeur par sa grossesse. Quand ils avaient couché ensemble, dernièrement, il s'était simplement dit que ses seins étaient plus rebondis que dans son souvenir.

Il ouvrit alors l'attache de sa robe grecque, la dénudant d'un geste. Un soutien-gorge de dentelle rouge apparut, que, d'un geste expert, il se hâta d'enlever.

Impatient de se perdre en elle, Preston passa sa langue tout autour d'un mamelon tout en glissant une main entre ses cuisses. Amy se cambra, soupira. Il écarta doucement la culotte de dentelle. Son excitation était palpable.

— Amy, murmura-t-il.

Il avait tant envie qu'elle ouvre les yeux, qu'elle le regarde pendant qu'il la caressait. C'était une belle femme, certes, mais tellement plus aussi. Il vit ses paupières s'entrouvrir quand il glissa un doigt en elle. Elle referma les yeux et ses cuisses se crispèrent sur sa main pour la retenir.

Comme s'il songeait à la retirer…

Il dévora à nouveau ses lèvres tandis que sa main, attentive à ses soupirs et ses gémissements, s'efforçait de lui donner du plaisir. La sentant proche de la jouissance, il voulut calmer le jeu, pour faire durer plus longtemps les préliminaires. Mais elle lui prit le poignet et maintint sa main sur son sexe brûlant.

— Tu aimes ? demanda-t-il en reprenant ses caresses.

Il vit alors Amy hocher la tête, sans un mot. Il se pencha pour prendre la pointe d'un sein entre ses lèvres, puis l'autre.

— Moi aussi, ajouta-t-il.

— Encore, implora Amy d'une voix plaintive.

Trop heureux de la satisfaire, il la mena où elle voulait aller. Les cris d'extase qu'elle poussait le rendaient fou.

Dans des circonstances différentes, il lui aurait sans doute laissé un peu de temps pour récupérer, mais il la désirait si fort !

Il la repoussa pour s'asseoir sur la banquette.

— Viens, trésor, chuchota-t-il en lui ôtant sa culotte.

Là-dessus, Preston souleva précautionneusement Amy et l'installa sur ses genoux, sa robe retroussée jusqu'à la taille. Elle dégrafa son pantalon et le libéra de son boxer. Il la trouvait sublime avec ses cheveux bruns qui tombaient sur ses épaules. Son élégante coiffure n'avait pas résisté à leur frénésie.

Amy le caressa de ses doigts agiles tout en le guidant vers le creux de ses cuisses. L'agrippant par les hanches, il la souleva, puis la fit descendre tout doucement sur son sexe.

Fantastique.

Instantanément, tout ce qu'il y avait autour d'eux s'effaça. Preston se sentit frémir. Il était en elle. Les mains posées sur son torse pour garder l'équilibre, Amy l'embrassa alors dans le cou et lui dit ce qu'elle voulait en des termes qui firent monter d'un cran son excitation.

A vrai dire, il avait bien son idée à lui, mais elle lui prit les poignets, les cloua au dossier du siège, de chaque côté de sa tête, comme pour le maintenir captif. Là, elle le dévisagea d'un air provocant.

Cependant, les choses se précipitèrent quand elle se mit à onduler du bassin dans une danse qui le mit sens dessus dessous. Se soulevant sur les genoux, elle trouva son rythme et l'emmena de plus en plus haut, de plus en plus vite. Il la laissait faire. Tant pis pour sa belle idée. Tout ce qu'il voulait, c'était prendre tout ce qu'elle lui donnait.

Quand il la sentit proche de la jouissance, Preston agrippa Amy par les hanches et, en quelques coups de reins, déclencha son orgasme. La sentir emportée par le plaisir l'emmena à son tour sur les cimes de la jouissance. C'était absolument… divin.

Epuisé, il la serra contre lui et embrassa son épaule nue pendant qu'une mèche brune lui chatouillait le nez. Et tout en s'efforçant de reprendre son souffle, il dessinait des cercles dans son dos.

Tout à coup, il s'aperçut qu'il nageait en plein paradoxe. Il ne supportait plus de ressasser le passé, mais penser au futur l'emplissait d'une terrible appréhension. Il ne pouvait que se perdre dans le présent, avec Amy.

— Je suis désolé d'avoir été distant aujourd'hui, finit-il par dire. J'avais juste besoin d'un peu de temps pour réfléchir.

— Je sais.

Amy descendit de ses genoux et s'assit près de lui, la tête sur son épaule, une main sur son cœur.

— J'ai eu plus de temps que toi pour m'habituer à l'idée et, malgré ça, j'ai l'impression d'être dépassée. Tout va si vite, à la fois pour l'enfant et pour ma grand-mère.

— Laisse-moi te soutenir. Vous avez le sens de la famille, et maintenant que nous sommes liés par cet enfant, permets-moi d'entrer dans le cercle.

Preston espérait que c'était le bon moment pour faire cette proposition. Le tournant le plus important de sa vie. Mais il devait en passer par là. Elle comptait trop pour lui.

— A quoi penses-tu ?

Au moment où elle levait la tête pour le regarder, la limousine redémarra.

Il prit les mains d'Amy dans les siennes tout en espérant que l'expression de son regard ne trahirait pas ses craintes. Le temps était venu d'abattre certains murs et de la laisser venir à lui s'il voulait leur donner une chance de construire un avenir commun.

— Marions-nous.

10

— Tu veux qu'on se marie ?

L'espace d'un instant, Amy pensa avoir mal compris. Elle recula pour regarder Preston dans les yeux. Elle s'attendait à ce qu'il entretienne une relation avec elle à cause du bébé, mais certainement pas à une demande en mariage. C'était trop convenu, trop soudain, trop… tout.

— Tu plaisantes, là, ajouta-t-elle.

— Je suis tout ce qu'il y a de plus sérieux.

Elle secoua la tête. Non, elle ne pouvait pas y croire.

— Nous nous connaissons tout juste depuis deux mois. C'est un cap énorme à franchir.

Pas de doute : si Preston lui demandait de l'épouser, c'était parce qu'il se sentait obligé vis-à-vis du bébé et peut-être aussi pour renforcer sa position au sein de la société. Même si un lien particulier les unissait, elle ne pouvait avoir aucune certitude. Si le temps n'avait pas joué contre eux, ils seraient peut-être parvenus à cette décision mais, vu la situation où elle se trouvait, elle ne savait plus où elle en était.

Preston riva son regard au sien. Son calme, sa fermeté rappelèrent à Amy son attitude en salle de réunion, quand il se concentrait sur le but à atteindre et utilisait tous les moyens à sa disposition pour y parvenir. C'est là que son appréhension grandit.

— Bien sûr, c'est rapide. Mais tu ne peux pas nier que quelque chose de fort nous unit. Cette attirance, je ne l'ai éprouvée pour personne. Et maintenant que tu ne me fais plus la tête, nous nous entendons plutôt bien, non ? Je suis certain que nous pouvons envisager un avenir pour cet enfant et nous.

Amy se mordit la lèvre. Une partie d'elle tressaillait de joie à l'idée d'épouser Preston. C'était un homme formidable. Protecteur, solide et séduisant en diable. Mais pas question de devenir un objectif à atteindre pour la seule raison qu'il se sentait coupable de quelque chose.

Depuis l'époque des concours de beauté, tout le monde se permettait de juger de ce qui était le mieux pour elle. De lui expliquer ce qu'il lui fallait, ce qu'elle désirait. Et pendant longtemps, elle s'était laissé imposer ses tenues et ses réponses aux questions des journalistes.

Preston agissait-il de la même façon en décrétant que le mariage était la seule issue logique à leur problème ? Elle ne pouvait se permettre de tout accepter par facilité et parce que l'homme en question était terriblement séduisant. Son enfant méritait mieux.

Amy voulait croire Preston, mais elle attendait davantage de sa part. Etait-ce si mal de désirer qu'il ait vraiment envie d'elle, indépendamment de leur enfant ou de leur situation professionnelle ?

— Nous ne sommes pas obligés de décider maintenant, dit-elle. Nous avons encore quelques mois pour réfléchir.

— Autrement dit, tu refuses, résuma Preston en desserrant l'étreinte de ses mains.

— Je veux juste que nous fassions le bon choix, pour nous et pour notre enfant. Avec la présentation d'Atlanta, il nous reste encore un peu de temps avant d'affronter la famille.

— La famille…, répéta-t-il.

Il lâcha ses mains et se laissa aller contre le dossier de la banquette. Puis, tout en passant une main dans ses cheveux, il soupira.

— Je n'avais pas pensé à eux.

— Il y a aussi tes parents. Tu as encore de la famille ?

Preston secoua la tête.

— Pas depuis la mort de Leslie.

— Tu entretiens toujours des relations avec ton ex-femme ?

Amy jeta un regard appuyé à Preston. Elle savait si peu de sa vie avant son arrivée à Diamonds in the Rough. Avant elle. Elle devait s'assurer qu'il ne prendrait pas de décisions hâtives, lui rappeler certains points importants qu'il pouvait négliger.

Il parut surpris mais répondit sans détour.

— Pas souvent, et pas régulièrement. Aux dernières nouvelles, elle et son mari se sont installés à Georgia et ont adopté deux orphelins.

— Tu es d'accord avec le fait qu'elle se remarie et ait des enfants ? osa-t-elle demander.

Elle sentait son cœur battre tandis qu'elle posait la question.

— Naturellement ! s'exclama-t-il. Je ne souhaite qu'une chose : qu'elle continue sa vie et regarde vers l'avenir.

Et pourtant, lui en était incapable. A moins que ce ne soit justement ce qu'il cherchait à faire, à cet instant. Difficile à dire alors qu'elle en savait si peu sur lui et sur son passé.

— Comment était ta fille quand elle était petite ?

— Un tempérament de feu. Indépendante.

Preston sourit en prononçant ces mots puis parut rentrer en lui-même. Elle sentit alors combien il avait dû l'aimer. On le devinait.

— Tout le portrait de son père, dit-elle en souriant.

Amy posa une main sur son genou. Il avait du mal à aborder le sujet, mais elle voulait être sûre qu'il ne lui cachait rien. Et qu'il comprenne une chose : elle ne demandait qu'à l'écouter.

Le beau sourire de Preston s'élargit et il répondit :

— C'était une enfant active. Elle a marché tôt, elle passait son temps à pédaler sur son tricycle. Je lui ai acheté une petite jument Chincoteague. Leslie collectionnait les livres sur cette race de poneys originaire d'îles de Virginie où ils vivent en semi-liberté. A cause de leur caractère un peu sauvage, ces animaux lui plaisaient beaucoup.

Preston baissa la tête.

— Mon ex disait que je lui faisais des cadeaux pour me faire pardonner mes absences.

— Possible, dit Amy, mais ils prouvaient aussi que tu connaissais ses centres d'intérêt. Et puis passer du temps avec ses enfants n'est pas forcément gage de bonnes relations. Mes parents me consacraient beaucoup de temps sans avoir jamais su ce que je pensais ou quels cadeaux m'auraient fait plaisir.

— Merci d'essayer de me rassurer, mais je sais que j'ai commis des erreurs et je dois vivre avec. Je vais faire de mon mieux pour ne pas les répéter avec cet enfant.

Preston paraissait si sincère. Elle avait tellement envie d'y croire !

— Mon bébé aura de la chance de t'avoir pour père.

— Notre bébé, rectifia-t-il doucement.

— Tu as raison. Je dois m'adapter, moi aussi.

Amy remit de l'ordre dans ses cheveux. Si seulement elle pouvait faire la même chose avec ses idées. Mais elle était tellement nerveuse !

— Tu sais, je souhaite être davantage que le père. Je veux être là, avec toi, avec l'enfant.

— Je te l'ai dit, j'ai besoin de temps pour réfléchir à ta proposition.

Amy se mordit la lèvre. Elle parlait sèchement alors que ce n'était pas son intention. Mais alors qu'elle commençait à avoir une image assez précise de Preston en père, son image d'époux restait floue. Elle ne céderait pas. Elle voulait être aimée pour elle-même.

Elle vit que Preston réfléchissait. Au bout d'une poignée de secondes, il finit par lui répondre :

— Dans ce cas, installons-nous ensemble. Et si nous décidons un jour de nous marier, nous n'aurons qu'à passer devant monsieur le maire. Laisse-moi au moins être près de toi pour te soutenir quotidiennement tout au long de ta grossesse.

— Tu oublies que j'habite une maison pleine de domestiques, lui fit-elle remarquer.

— Tant mieux. Parce que la lessive et moi, ça fait deux.

Il lui sourit.

— Alors, tu es d'accord pour que je vienne vivre avec toi ?

Elle le dévisagea en essayant de décrypter son expression. Si elle avait passé les deux derniers mois à apprendre à le connaître, elle serait sans doute capable d'évaluer sa sincérité.

— Ecoute, profitons des deux jours qui viennent et prenons une décision après la présentation d'Atlanta pour avoir quelque chose de concret à dire à nos familles.

Amy eut l'impression que Preston allait insister, mais il hocha la tête.

— Comme tu voudras.

Bon, il était d'accord pour ne pas s'emballer. Tant mieux.

C'est là qu'il posa une main sur sa nuque et lui murmura :

— En attendant, j'ai l'intention de profiter de chaque seconde pour te séduire.

Elle passa ses bras à son cou.

— Et si j'avais l'intention de te séduire d'abord ?

Preston poussa le chat de son smoking et en enleva quelques poils. La soirée qui s'annonçait était importante.

Et pas seulement à cause du gala. Il fallait convaincre Amy qu'ils avaient un avenir commun. Si elle n'avait pas totalement rejeté l'idée qu'ils s'installent ensemble, elle ne semblait toujours pas prête à se marier. Il devinait en permanence des doutes et questions dans son regard.

Si Amy acceptait, il se ferait fort de chasser ses craintes. Il était sincère quand il disait vouloir être là pour leur bébé, pour elle. Cette fois, il agirait correctement.

Allons, il devait bien exister un moyen de la persuader qu'il était sérieux, qu'il tenait à la choyer, à prendre soin d'elle et de l'enfant à venir.

Preston eut un sourire. Amy était une femme merveilleuse. Indépendante et bien plus intelligente qu'elle ne s'autorisait à le croire. Elle possédait un sens artistique très sûr. Dommage qu'elle ne voie pas l'atout qu'elle représentait pour Diamonds in the Rough. Et pour lui, en particulier.

Amy le provoquait, elle lui donnait envie de se dépasser. Il y avait quelque chose dans son comportement, dans son style éclectique, qui le fascinait.

Qui, à part elle, se soucierait d'emmener en voyage d'affaires un chat âgé et malade juste pour s'assurer qu'il serait convenablement soigné ? Elle possédait un si grand cœur. Il rêvait d'y avoir sa place.

Preston continua un instant à se creuser la cervelle. Comment lui prouver à quel point il tenait à elle ? A moins que…

Il s'immobilisa. L'important n'était peut-être pas tant de montrer à Amy qu'il *tenait à elle* que de lui prouver qu'il *croyait en elle*.

N'avait-elle pas affirmé qu'aucun membre de sa famille ne la prenait au sérieux ? Qu'on n'avait même pas envisagé qu'elle dirige la société ? Il devait donc lui montrer qu'il l'appréciait à sa juste valeur. Evidemment, elle serait peut-être tentée de croire que ses efforts n'étaient qu'une forme de manipulation. Pour être honnête, le plan qu'il commençait à concevoir sortait tout droit de ses réunions de travail. Cependant, pour une femme qui avait l'impression de n'avoir jamais été prise au sérieux dans son métier, cela pourrait l'aider à comprendre qu'il la voyait différemment. Qu'il voyait au-delà de sa beauté ou de sa fortune. Qu'il la respectait.

Il prit alors son téléphone et donna des instructions à son assistante personnelle.

Un peu plus tard, il fut interrompu dans son travail par des coups frappés à sa porte. Amy entra dans la pièce.

Elle était belle, certes, mais il y avait surtout cette lumière qui émanait d'elle, à chaque instant.

D'une manière ou d'une autre, il la convaincrait de l'épouser. Il le fallait.

Pour aller travailler au siège de Diamonds in the Rough, Amy ne se fatiguait généralement pas trop pour choisir ses tenues. Cependant, au cours de ce voyage d'affaires, ces multiples événements mondains l'avaient obligée à plus de rigueur, ce qui lui rappelait l'époque des concours de beauté. A ceci près qu'elle était à présent libre de ses choix. En un sens, c'était un joli progrès.

Terminés les oripeaux de scène que sa mère tenait à lui faire porter en qualité de « manager ». Désormais, elle pouvait assumer sa créativité. Et prendre plaisir à voir s'allumer la flamme du désir dans les yeux de Preston chaque fois qu'elle entrait dans une pièce.

Etant donné qu'elle avait déjà fait preuve d'inventivité pour bousculer les traditions, ce soir, elle s'était orientée vers un look plus classique avec une robe de dentelle or moulante qui s'évasait au niveau des chevilles. Ses cheveux étaient noués en un strict chignon. Un simple trait d'eye-liner aux yeux et pas de rouge à lèvres. Elle avait tout de

503

même accroché à ses oreilles des pendentifs en or, et des bracelets sur lesquels étaient gravées des citations de ses poètes préférés tintaient à ses poignets. Ces merveilleuses paroles lui donnaient le courage de continuer.

Amy descendit le grand escalier du Saint Regis Hotel où ils séjournaient et où devait avoir lieu la présentation. Le vol avait été trop bref pour qu'ils puissent avoir une vraie conversation, mais la demande en mariage de Preston était toujours là, entre eux.

Pouvait-elle vraiment s'installer avec lui et voir comment leur relation évoluerait au cours des prochains mois ? Elle aurait préféré connaître la réponse ou, du moins, avoir un indice. Elle se sentait à la dérive, sans personne vers qui se tourner. Sa mère ne lui serait d'aucune utilité. Alex avait clairement manifesté sa désapprobation, et il n'était pas question de créer d'autres soucis à Gran.

Quand ils atteignirent les dernières marches de l'escalier, Amy crispa sa main sur le bras de Preston. Le brouhaha de la foule résonnait dans le hall, mêlé aux accords de musique d'un quatuor à cordes.

Preston la regarda.

— Tu te sens bien ? Tu n'es pas fatiguée ou nauséeuse ?

— Je vais bien, répondit-elle très vite.

Naturellement, il pensait au bébé.

— Je prends religieusement mes vitamines prénatales tous les matins. Tu peux être tranquille.

— Je veux juste m'assurer que tu ne te surmènes pas. La semaine a été mouvementée.

Il lui tapota le bras.

— Allons chercher quelque chose à grignoter.

Encore une préoccupation liée à son état. C'était tout de même gentil et, à vrai dire, elle mourait de faim.

Amy repéra un serveur qui se dirigeait vers la salle de réception avec, à la main, un plateau d'argent sur lequel étaient disposés des toasts tomate mozzarella additionnés de tranches de kaki. Un autre avec ce qui ressemblait à du fromage de chèvre à la mousse de betterave. Tout cela avait l'air appétissant !

— J'ai faim, dit-elle d'un ton plaintif.

Preston lui sourit avec une telle tendresse dans le regard qu'elle sentit l'espoir revenir. Peut-être parviendraient-ils à être heureux sur la base d'une excellente entente sexuelle et de la volonté de construire un avenir commun. Ils étaient tous les deux des gens motivés. S'ils se mettaient en tête de réussir…

Il l'embrassa légèrement sur les lèvres avant de la guider vers la salle de réception où des modèles portant leurs bijoux se tenaient sur des estrades dont la décoration était inspirée de l'Ouest américain. Entre chaque morceau, elles changeaient de parure. Plus qu'une classique présentation de bijoux, ils avaient créé un véritable spectacle qui se déroulerait tout au long de la soirée. Amy sourit. C'était elle qui avait eu cette idée et, sans être prétentieuse, elle n'en était pas peu fière !

Le temps de subtiliser un toast au fromage à la ciboulette à un serveur qui passait, elle observa les lieux à la recherche de personnes avec qui il aurait été bon de discuter.

Soudain, Preston s'arrêta net.

— Qu'y a-t-il ? demanda-t-elle aussitôt.

Elle suivit son regard et s'aperçut que son attention se portait sur une jolie blonde en robe bleu pâle qui se dirigeait vers eux au bras d'un homme à l'allure distinguée.

— Preston ?

— Amy…

Preston s'interrompit, le front barré d'un pli.

— J'ignore par quel mystère elle est ici, mais…

Amy se tourna. La femme s'était arrêtée devant eux.

— Bonsoir, Preston. Ça fait un bail. Mais je constate que tu es toujours à ton avantage.

Là-dessus, Amy vit l'inconnue se tourner vers elle et tendre la main.

— Je suis Dara West. J'ai été mariée à Preston.

Le temps des présentations étant heureusement terminé, Preston entraîna son ex-femme du côté de la fontaine à chocolat garnie de fruits et de friandises. Le faible de Dara pour les sucreries lui avait bien souvent épargné des ennuis. D'ailleurs, il avait compris que tout espoir de sauver leur couple était ruiné quand elle lui avait jeté une boîte de ses chocolats préférés à la tête parce qu'il avait manqué le récital de danse de Leslie, à l'école primaire. Mais là n'était pas la question. Que faisait-elle à Atlanta ?

— Dara. Peux-tu m'expliquer ce que tu fabriques ici ?

— Je m'informe de ce que tu deviens par Internet. Et j'ai vu des photos d'Amy et toi dans les rubriques mondaines. Je te connais, je sens qu'il y a quelque chose entre vous. Et ça a attisé ma curiosité.

Elle prit une coupe de champagne sur le plateau d'un serveur qui passait.

— Ton intérêt ne dérange pas ton mari ? répliqua Preston.

— Bradley et moi, nous sommes trop unis pour être jaloux. De plus, ce petit voyage nous a fourni un prétexte pour partir en week-end ensemble. Mes parents sont ravis de s'occuper des enfants.

— Tes enfants sont…

Preston déglutit en repensant aux photographies qu'elle lui avait envoyées. Ils formaient une famille, une vraie, avec papa, maman et les enfants.

— Beaux, termina-t-il. Merci pour ta carte de Noël.

— Je suis heureuse, Preston…

La voix de Dara s'éteignit et elle secoua la tête.

— Je n'aurais jamais imaginé prononcer un jour ces

mots. Mais j'aime Bradley et je m'efforce de retrouver le bonheur après l'épreuve que nous avons traversée. Et j'espère qu'il en est de même pour toi.

Preston hocha la tête. La disparition de Leslie avait anéanti Dara tout autant que lui. Il le savait.

— Ainsi, tu es venue tester mon bonheur, dit-il en croisant les bras.

— Je suis venue m'assurer qu'Amy McNair est digne de toi.

Avec sa coupe, Dara désigna Amy qui, non loin de là, bavardait avec un client potentiel.

Il éclata de rire.

— Tu es incroyable, Dara ! Merci, mais je me débrouille très bien tout seul. Pour tout te dire, Amy est même trop bien pour moi.

— Je reconnais bien là le parfait gentleman que tu es.

— Pas si parfait que ça, répliqua-t-il d'un ton sombre.

Et pour cause. Il avait passé des années à essayer d'enterrer son passé. Son ex, sa fille morte et son petit-fils prématuré. Or, ces derniers jours avaient ravivé les souvenirs douloureux. Et c'était tout sauf évident.

— Je m'en veux tellement de n'avoir pas été à la hauteur avec Leslie et toi, murmura-t-elle. Tu n'imagines pas combien.

— Il faut se souvenir d'elle au lieu de culpabiliser. Je veux me souvenir d'elle vivante, et sourire.

— Comment as-tu fait ? demanda-t-il.

— Fait quoi ?

Sous le regard interrogateur de Dara, il haussa les épaules.

— Où as-tu trouvé le courage d'avoir d'autres enfants ?

Elle hocha la tête.

— C'est très simple. J'avais de l'amour maternel à revendre, et j'ai songé à ces enfants qui en sont privés.

— Tu es formidable, Dara. J'ai été stupide de te laisser partir.

— Tu ne vas tout de même pas me draguer ?

— Nos chances étaient déjà réduites à zéro avant la mort de Leslie.

Le poids du passé menaçant de l'engloutir, Preston tenta d'alléger l'atmosphère. C'était peut-être le mieux à faire.

— Et puis je ne tiens pas à me faire casser la figure par ton mari !

— Il essaierait peut-être, mais je sais bien que tu aurais le dessus, répliqua-t-elle en lui adressant un clin d'œil.

— Tu me flattes, maintenant ? Je suis surpris, dit-il en riant.

Preston secoua la tête. Eh bien… La conversation était infiniment plus aisée que prévu. Il ne méritait pas tant !

— Tu sais, finit par répondre Dara, je me suis rendu compte que tu n'étais pas entièrement responsable de notre rupture. J'ai ma part dans cet échec.

— C'est gentil à toi de le dire, mais je sais…

— Arrête. J'assume la responsabilité de mes actes. C'est ce qui m'a permis d'avancer et d'envisager un avenir.

Preston regarda Dara qui lui souriait.

Si elle réussissait à aller de l'avant, pourquoi pas lui ?

Soudain, sans qu'il comprenne vraiment pourquoi, il lâcha :

— Amy est enceinte. De moi.

La surprise dans le regard de Dara se métamorphosa immédiatement en joie.

— C'est merveilleux, Preston ! Mes félicitations.

— Merci, dit-il en baissant la tête.

— Pourquoi cet air triste ?

Il se passa la main dans les cheveux. Pouvait-il tout dire à son ex ? Pourquoi pas, après tout ? Elle le connaissait si bien !

— Amy refuse de m'épouser. C'est déjà toute une histoire pour qu'elle accepte de vivre avec moi.

— Elle ne t'aime pas ?

Il se gratta la tête.

— C'est que… Nous n'avons jamais parlé d'amour.

Dara leva les yeux au ciel.

— Incroyable ! Elle refuse d'épouser un homme qui ne l'aime pas et qui veut juste faire les choses dans les règles parce qu'elle est enceinte. Franchement…

Elle se tapota le menton d'un air moqueur.

— Je me demande ce qu'elle a dans la tête. Cette demande est si romantique !

Preston hocha la tête. Message reçu. Parfois, il avait besoin qu'on lui explique clairement les choses.

Bon sang ! Comment pouvait-il connaître un tel succès en affaires et être si nul en matière de relations personnelles ? Bien sûr qu'Amy attendait davantage de lui. Comment cela avait-il pu lui échapper ?

— D'accord, je vois où tu veux en venir. Et tu sais, je te trouve bien plus drôle qu'avant.

— J'espère qu'il te reste quelques notions de romantisme. Dans ce domaine, tu n'étais pas si mauvais, autrefois. Tu l'aimes, n'est-ce pas ?

— Je n'imaginais pas que notre conversation prendrait ce tour, avoua Preston.

Dara leva un sourcil inquisiteur.

— Mais tu ne nies pas ?

— Parce que je ne peux pas.

Preston vit alors Dara lever son verre en direction d'Amy.

— C'est à elle qu'il faut le dire. Pas à moi.

11

Durant le vol de retour, Amy garda son chat sur ses genoux. Elle avait besoin du réconfort de sa présence. Le ronronnement de Roscoe était la seule chose qui l'ancrait à la réalité. La semaine passée l'avait épuisée, émotionnellement parlant. Et fragilisée.

A vrai dire, elle n'avait pas l'impression qu'une poignée de jours s'étaient écoulés depuis que sa grand-mère lui avait ordonné d'accompagner Preston en voyage d'affaires et de faire la paix avec lui pour l'avenir de la société…

A quoi bon nier l'évidence ? Elle se sentait tout sauf en paix après avoir vu la façon dont Preston avait accueilli son ex-femme. Le fait Dara ait fondé une nouvelle famille n'avait pas d'importance. Visiblement, il éprouvait encore des sentiments pour elle. Amy n'avait pas réussi à détacher son regard de Preston pendant qu'il s'adressait à son ex-épouse. C'était comme si elle avait été fascinée par les émotions qu'elle avait vu jouer dans ses yeux noisette.

Et qu'elle n'avait jamais vues dans son regard quand il lui parlait.

La nuit suivante, elle avait très peu dormi. Autant voir la réalité en face : Preston ne tenait pas vraiment à elle. Elle n'avait qu'une toute petite place dans son cœur. S'il l'avait demandée en mariage, c'était par devoir, et non par amour.

Au même moment, Roscoe se leva et se frotta contre elle. Amy le gratta derrière l'oreille en faisant de son mieux pour retenir ses larmes. Comment allait-elle supporter la tourmente qu'allait déclencher la révélation de sa grossesse ? Surtout avec le souvenir de la réaction d'Alex ?

Bien qu'elle éprouvât le besoin de réfléchir, il fallait vraiment qu'elle parle à Preston avant. Tout en caressant le siamois, elle espéra que le moment n'était pas trop mal choisi pour aborder le sujet.

— Maintenant qu'Alex et Nina sont au courant, la nouvelle de ma grossesse va se répandre très vite, finit-elle par dire.

Preston étira ses longues jambes. A présent que c'en était fini des galas, il avait repris sa tenue habituelle : jean, veste et bottes.

— Tu crois qu'ils parleront même si tu leur demandes de tenir encore un peu leur langue ? C'est à toi d'annoncer la nouvelle, il me semble.

— Je le leur ai déjà demandé avant leur départ. Nina ne parlera pas, mais Alex ? Même s'il se tait, il ne pourra pas passer ses émotions sous silence. Il est furieux, ce qui est vraiment idiot étant donné que je suis une adulte en pleine possession de ses moyens. J'en ai vraiment assez de cette famille qui me traite comme une écervelée. Je vais leur parler, et vite.

— C'est ta famille, souligna Preston. Je te soutiendrai quoi que tu décides. J'aimerais être avec toi quand tu leur annonceras.

Amy hocha la tête. C'était bon de pouvoir compter sur son soutien. Cette annonce serait certainement difficile.

— D'accord. Nous leur dirons après l'événement final de Fort Worth. Nous pouvons expliquer que nous avons encore des détails à régler entre nous, mais que nous sommes déterminés à faire au mieux pour le bien de notre enfant.

— J'ai dit que je te soutiendrai et que je ne reviendrai

pas sur ma promesse, mais je ne suis pas d'accord. Je veux t'épouser et j'aimerais qu'ils le sachent.

— Non, dit Amy en secouant énergiquement la tête.

Elle ne se rappelait que trop comment il regardait son ex-femme. L'éclat dans son regard, la chaude tendresse qu'on y devinait. Ce spectacle l'avait confortée dans sa décision.

— Si tu leur fais part de ton intention, ils me harcè-leront pour que je cède.

Preston fronça les sourcils.

— Ils sont si terribles ?

Amy le regarda. Devinait-il qu'elle avait de plus sérieuses réserves ?

— Qu'ils osent s'attaquer à toi ! reprit-il. Evidemment, l'idée qu'ils se jettent tous sur moi ne m'enchante guère, mais je gérerai.

La perspective d'une nouvelle bagarre la fit frissonner. Puis une autre idée lui traversa l'esprit.

— C'est à cause d'eux que tu veux m'épouser ? Parce que tu attaches de l'importance à ce qu'ils pensent ?

— Mais non ! Et franchement, ça me blesse que tu puisses penser ça de moi.

Preston soutint son regard avec une intensité sans faille.

— Je t'ai demandé de m'épouser parce que j'ai envie que nous formions une famille et que nous élevions ensemble notre enfant.

Amy hocha la tête. Evidemment, elle le désirait aussi. Mais était-ce une base suffisante pour un mariage ?

— Et si ça ne marche pas entre nous et que nos rela-tions s'enveniment ?

— Ça marchera. Je tiens à toi, Amy. Cette fois, je n'échouerai pas.

Elle se sentit frissonner. Il avait parlé d'un ton si passionné qu'elle avait envie de croire aux contes de fées. Seulement, en fait de conte de fées, il évoquait leur possible union en termes de projet professionnel. Et c'était très difficile à entendre. Bien sûr, on ne pouvait pas remettre en question son sens du devoir et son affection pour elle. Mais elle voulait davantage. Elle voulait…

Soudain, Amy sentit son cœur se décrocher comme si l'avion avait brusquement perdu de l'altitude.

Autant se rendre à l'évidence. Elle l'aimait. Elle aimait Preston Armstrong. Et elle voulait qu'il l'épouse par amour.

Preston avait perdu le contrôle de la situation. Au cours de la discussion, quelque chose avait perturbé Amy. Elle était passée par différentes émotions, mais pourquoi cette soudaine distance entre eux ?

Même quand elle se réfugiait dans une attitude glaciale, il sentait le feu couver en dessous. Mais cette fois, elle lui paraissait totalement inaccessible.

Elle avait quitté l'avion aussi vite que possible, abandonnant tous ses bagages sauf, évidemment, le sac de transport du chat.

Qu'avait-il pu faire pour déclencher un aussi radical changement d'humeur ? A vrai dire, il n'en savait rien. Bon sang ! Il lui avait juste demandé sa main. Pas de quoi en faire un drame. Suivant le conseil de Dara, il lui avait même dit qu'il tenait à elle. Un aveu qui n'avait rien arrangé, bien au contraire. Et il ne savait plus quoi faire.

Amy étant partie avec la limousine qui les attendait, il avait profité du trajet d'une équipe voyageant par avion pour la rejoindre au ranch.

Entre les vacanciers qui prenaient des leçons d'équitation et les activités du camp pour enfants, celui-ci bourdonnait comme une ruche. L'aile de la grande maison attribuée aux clients était également très animée, mais le calme semblait régner dans celle réservée à la famille.

Voyant que la limousine s'apprêtait à faire demi-tour, Preston courut jusqu'à elle et frappa à la vitre du chauffeur.

— Oui, monsieur Armstrong ? Je retournais vous chercher. Mlle McNair était pressée.

— Je me suis débrouillé, merci. Dans quelle direction est-elle partie ?

— Elle a tendu le sac du chat à un membre du personnel et s'est dirigée vers les écuries en disant que monter Crystal chasserait ses idées noires.

Preston se sentit frémir. Amy voulait monter à cheval alors qu'elle était enceinte ? Quelle imprudence !

— Merci pour l'info, dit-il en s'élançant vers l'écurie.

Ni une ni deux, il sortit de son box Chance, son *quarter horse* alezan, et le prépara seul. En un rien de temps, il sautait en selle.

— De quel côté Amy est-elle partie ? demanda-t-il à un des employés.

Celui-ci indiqua la direction d'une forêt peu fréquentée par les cavaliers du ranch.

Preston lança Chance au grand galop. Comme s'il devinait son anxiété, son cheval labourait le sol avec une impatience qui faisait écho à la sienne. Il ignorait ce qu'il dirait à Amy quand il la retrouverait, mais il ne pouvait pas la laisser agir aussi inconsidérément.

Il galopait désormais à bride abattue et le vent de la course sifflait à ses oreilles. Il fallait qu'il trouve Amy, et vite. Il n'osait penser au danger qu'elle courait sur ce terrain accidenté. Il avait peur, pour leur enfant, et pour elle.

Enfin — Dieu soit loué ! —, il l'aperçut au loin qui galopait sur sa jument arabe blanche, ses cheveux bruns flottant derrière elle. Sa jupe qui claquait au vent découvrait par instants ses jambes nues.

Une mystérieuse apparition. Belle, indomptable, exaspérante.

Irrésistible.

Il l'appela.

— Amy ! Ralentis. Il faut qu'on parle.

— Galopons plutôt ! cria-t-elle en retour, ses cheveux fouettant son visage.

Crystal accéléra et l'espace qui les séparait doubla, puis tripla. Miracle d'élégance, Amy continuait de galoper, souple sur sa selle, ses mouvements en accord parfait avec ceux de la jument.

Preston aurait aimé la prendre au mot et se laisser griser par la vitesse. Mais il devait rester prudent, pour la sécurité d'Amy. Il poussa Chance à accélérer l'allure, juste assez pour avoir la possibilité d'être entendu.

— Tu es sûre de ne pas prendre des risques pour toi ou pour le bébé ?

A ces mots, elle ralentit, passa au trot et se tourna vers lui. Bon sang, elle était d'une beauté à couper le souffle.

— Tu sais, de nos jours, les femmes enceintes montent à cheval, conduisent des voitures, nagent. Une vraie révolution !

— Tu ne me fais pas rire.

Preston vint placer son cheval à côté de la jument et saisit les rênes d'Amy, ce qui déclencha sa fureur.

— Un tel coup de force ne me surprend pas de ta part ! s'exclama-t-elle.

— S'il te plaît, descends de ce cheval.

— Qu'est-ce que tu crois ? Que je risquerais la vie de mon enfant ?

— De *notre* enfant, riposta-t-il en arrêtant Chance.

— Descendre un escalier est plus dangereux que monter cette jument !

Malgré tout, Amy se laissa glisser à terre. Peut-être allait-il avoir une chance de la raisonner, enfin !

— Dans ce cas, j'espère que tu prendras l'ascenseur.

— Tu es consternant, dit-elle en levant le menton d'un air de défi et en lui arrachant les rênes des mains.

Elle caressa l'encolure de l'animal et lui adressa de petits claquements de langue. Crystal inclina les oreilles en signe d'attention tandis qu'Amy la faisait marcher autour de lui.

Preston lui jeta un regard appuyé avant de dire :

— Je suis prudent. Cette qualité m'a permis de devenir un brillant homme d'affaires. Et je ne vois pas pourquoi je serais plus négligent dans ma vie privée que dans mon travail.

— D'accord, d'accord, fit-elle en soupirant. Si ça peut te rassurer, je ne monterai plus une fois que j'aurai ramené la jument à l'écurie.

Instantanément, il la sentit se refermer à nouveau. Mais enfin, que lui était-il arrivé depuis cette soirée à Atlanta ?

— Qu'est-ce qui ne va pas ?

Preston laissa tomber les rênes de son cheval, ce qui suffisait à immobiliser une monture aussi bien dressée que Chance.

— Rien.

— Bon sang, Amy ! s'exclama-t-il. Je vois bien que quelque chose te contrarie !

— Tu ne me connais pas assez pour me comprendre, se contenta-t-elle de répondre.

— Faut-il vraiment remettre ça sur le tapis ? C'est bon, je n'insisterai plus pour le mariage. Reprenons comme avant.

Amy lâcha brusquement les rênes de Crystal avant de revenir vers lui.

— Je ne suis pas non plus une écervelée, incapable de survivre sans protecteur ! Pourquoi ne peux-tu pas me traiter en égale ?

Preston écarquilla les yeux. Il ne comprenait rien à ses propos. Bon sang, qu'est-ce qui la mettait dans un tel état de rage ? Une chose était sûre : l'attitude d'Amy prouvait qu'il ne lui était pas indifférent.

— Tu voudrais que je te traite en égale, répéta-t-il en tâchant de rester calme. Mais c'est ce que je fais. Rappelle-toi nos jeux.

Amy fronça les sourcils. Preston se pencha vers elle mais elle fut la plus rapide. Une fois pendue à son cou, elle l'embrassa à lui faire perdre la tête. L'espace d'un millième de seconde, il voulut lui faire remarquer qu'ils devaient parler. Avant de s'abandonner à l'ivresse du baiser.

Il avait tellement envie d'elle.

Il la souleva de terre et l'adossa au tronc d'un énorme cyprès. Au moins, personne ne les verrait. De plus, ils étaient à l'écart des circuits de randonnée habituels.

Les mains d'Amy s'activaient déjà sur les boutons de sa chemise, et elle embrassait les bouts de peau nue qu'elle découvrait. Il glissa une main sous sa robe pour la soutenir, et elle renversa la tête en arrière, les yeux clos, les lèvres entrouvertes. Elle était si réactive, si sensuelle, totalement prête pour lui. Malgré tout ce qui les séparait par ailleurs, leur osmose sexuelle était unique. Le courant brûlant qui passait entre eux leur faisait oublier tout le reste.

Preston souleva une jambe d'Amy puis glissa son autre main sous sa culotte et la caressa jusqu'à ce que, le souffle court, elle plante ses ongles dans son dos.

Elle l'excitait terriblement. Après avoir dégrafé son pantalon, il écarta sa culotte pour s'enfoncer en elle.

Le sourd grognement qu'il poussa se mêla aux gémissements de plaisir d'Amy. Il glissa une main dans son dos pour s'assurer de ne pas la blesser contre l'écorce, mais elle caressait fiévreusement ses cheveux, son cou et ses épaules malgré tout.

Preston leva les yeux un instant. La sensualité, la tendresse d'Amy, le rendaient fou. Une brise s'éleva, éparpillant les feuilles mortes à ses pieds et plaquant sa chemise contre son dos. Les cheveux d'Amy voletèrent autour de lui, et elle releva la tête, offrant son beau visage au vent.

Puis elle ouvrit brusquement les yeux, son regard bleu plongea dans le sien, et elle eut un sourire qui lui donna des envies d'éternité.

Il lui fit l'amour, encore et encore. C'était si bon…

Amy cria son prénom juste avant de se perdre dans la jouissance, le corps secoué de spasmes, et il sombra un instant plus tard dans un plaisir violent qui le laissa anéanti, le cœur battant.

Quand elle se calma, Preston sentit de façon presque tangible la tension reprendre possession de son corps, comme la première fois qu'ils avaient fait l'amour, lorsqu'elle l'avait poussé très loin d'elle.

Il la reposa doucement par terre.

— Tu m'anéantis, dit-il, la tête dans le creux de son cou.

Il se rappela ce moment où le vent avait caressé le visage d'Amy. Il avait ressenti un lien très fort entre eux, mais il s'était trompé.

Désormais, elle lui caressait les cheveux, mais son regard restait distant.

— Je suis désolée, Preston. Vraiment désolée.

Elle poussa un gros soupir.

— C'est juste que ça va beaucoup trop vite pour moi. Nous devrions prendre nos distances, le temps de comprendre ce qui nous arrive. C'est le seul moyen de rester objectifs.

Preston sentit tout son corps se glacer. Non, elle ne pouvait pas faire ça…

— Tu me jettes ? parvint-il à articuler.

Amy remit sa robe d'aplomb tout en évitant son regard.

— Je nous épargne de gros chagrins, à nous ainsi qu'à notre enfant.

Il lui lança un regard abasourdi. Que répondre à ça ? Abattu, il ne put que la regarder se diriger vers Crystal et lui parler doucement tout en lui caressant les naseaux.

Elle se remit en selle et partit au petit trot, ce qui lui

permit de l'accompagner. Mais elle fit le trajet sans lui jeter un regard. A l'écurie, elle tendit les rênes à un employé et s'éloigna, toujours sans un mot, mais d'un pas raide, qui en disait long.

Preston déclina l'offre du palefrenier qui voulait s'occuper de Chance. S'activer dans l'écurie l'aiderait à réfléchir mieux que de s'enfermer dans une pièce.

Tout en respirant la bonne odeur de foin et de cuir, il attacha son cheval à un anneau, le désangla et, après avoir tapoté Chance sur l'épaule, lui retira sa selle. Le corps de l'alezan fut alors parcouru de frémissements du garrot à la naissance de la queue.

Il le brossa méticuleusement et lui doucha ensuite les membres. Une fois encore, il fuyait ses fantômes en se réfugiant dans la routine.

C'était fini. Il avait perdu Amy. A moins qu'il ne trouve très vite un moyen de lui montrer, au-delà de ses doutes et de ses incertitudes, combien il tenait à elle.

Il *tenait* à elle ?

Non, le mot était beaucoup trop faible pour décrire ses sentiments. Avoir été rejeté par Amy après une des plus fabuleuses expériences sexuelles de sa vie, après une semaine passée avec elle, l'avait atteint en plein cœur.

Prétendre qu'il tenait à Amy était un faux-fuyant d'homme effrayé d'affronter ses fantômes. Mais il était prêt à se battre, désormais. Parce qu'il ressentait beaucoup plus qu'un simple attachement pour Amy, c'était une certitude.

Il l'aimait. De tout son cœur. De toute son âme.

12

Amy était moins que jamais d'humeur à assister à une fête.

Cependant, celle-ci était nécessaire pour en finir avec l'épreuve imposée par sa grand-mère. Autant que Gran soit satisfaite, et rassurée.

Ce serait sans doute la dernière soirée à laquelle assisterait son aïeule. Impossible d'y songer sans une profonde tristesse.

L'attitude surprotectrice de Preston, sa colère, puis sa tendresse quand ils avaient fait l'amour, tout cela l'avait bouleversée. Pourquoi l'amour devait-il être si compliqué ?

Elle entra dans le vaste espace de la grange qu'on utilisait pour les réjouissances. C'était là que son cousin avait fêté son mariage la semaine précédente. L'endroit était aménagé avec une rustique élégance. La signature de Diamonds in the Rough.

Des bottes de foin et des selles de cuir formaient un décor original pour des créations haut de gamme, destinées aux dames, certes, mais également aux messieurs grâce à tout un choix de boucles de ceinturon et de bottes incrustées de pierreries. Les lustres qui jetaient leurs lumières sur les bijoux faisaient scintiller la salle de mille feux.

La soirée s'annonçait réussie, même si elle savait qu'elle n'en profiterait pas.

Comme elle n'avait pas eu le cœur à faire des efforts vestimentaires, elle avait pêché au hasard dans sa penderie une robe noire sans bretelles, vaporeuse et incrustée de minuscules diamants et de paillettes d'argent. Dans cette tenue, elle avait l'impression d'être une méchante princesse de Disney. Mais elle risquait fort de ne pas passer inaperçue. D'autant que les gens allaient peut-être commencer à remarquer ses formes arrondies…

Il ne lui restait plus qu'à éviter de fondre en larmes au cours de la soirée en songeant qu'elle avait gâché ses relations avec Preston.

Soudain, elle l'aperçut à l'autre bout de la salle, séduisant, l'air sombre, en smoking, cravate western, Stetson et bottes luisantes.

Elle se mordit la lèvre. Comment pouvait-elle l'aimer autant et entretenir autant de doutes à son sujet ?

Elle sentit son estomac gronder. Mince, elle était si bouleversée qu'elle en avait oublié de manger. Elle se dirigea vers le buffet mais se ravisa en apercevant ses parents qui rôdaient autour. Leur fréquentation était déjà pesante dans les bons jours, alors aujourd'hui… Ils risquaient de lui faire perdre le peu d'assurance qui lui restait. Vite, en arrière toute !

Comme Alex, Amy trouvait que les lèvres gonflées au collagène de leur mère l'avaient presque rendue méconnaissable. Pourquoi s'infliger des choses pareilles, franchement ? De son côté, son père soignait son look d'homme d'affaires performant. Ce qui était plutôt comique si on considérait que Garnet McNair occupait un poste de complaisance au sein de la société. La plaque sur la porte de son bureau laissait penser qu'il s'occupait des relations avec la clientèle étrangère. Une façade idéale qui lui permettait de voyager à travers le monde en faisant semblant de travailler.

En tout cas, ses parents étaient maîtres dans l'art d'extorquer de l'argent à Gran. Mais bientôt, ils devraient se contenter de vivre sur leurs fonds propres.

Cette idée lui fit monter les larmes aux yeux, et elle chercha sa grand-mère du regard. Où était Gran ? Ah, là-bas ! Elle s'était réfugiée au fond de la salle, à l'écart du bruit, et tenait salon, installée dans son fauteuil roulant.

Amy traversa la foule, en souriant et en saluant les têtes connues. Sa robe frôlait des tables, des chaises et des gens sur son passage. En la voyant approcher, sa grand-mère mit fin à une conversation avec deux jeunes hommes d'affaires et tapota la chaise voisine de son fauteuil.

— Il semble que votre voyage d'affaires soit une réussite, lança Gran.

Très directe comme à son habitude.

— Nous avons fait de notre mieux, répondit Amy en s'asseyant dans un nuage de tulle noir.

— Tu crois donc que vous pouvez travailler ensemble, Preston et toi ? Tu l'acceptes comme P-DG de Diamonds in the Rough ?

Ce serait si simple d'acquiescer. Au lieu de ça, Amy s'entendit demander :

— Gran, pourquoi n'as-tu même pas pris la peine de me demander si j'envisageais le poste ?

— Tu le voulais ?

— Sûrement pas ! s'exclama-t-elle.

Amy demeura quelques instants abasourdie par sa réponse. Pourquoi avait-elle dit ça ? Le temps de revenir de sa surprise, elle finit par dire :

— Je croyais être capable d'assumer la direction de la société, mais je suis comme Gramps, une artiste. Quoi qu'il en soit, j'aurais aimé qu'on me demande mon avis.

Gran prit alors sa main et la serra. Tiens, sa poigne était étonnamment ferme au vu de sa fragilité.

— Je sais que tu aurais assumé cette charge, mais je sais aussi que ce n'est pas le rôle qui te convient. Je pensais que tu le comprenais. Tu es ma petite-fille chérie, et tu possèdes toutes les qualités requises pour me succéder à la tête de la famille. La *famille*. Tu sais que c'est bien plus important que la société, n'est-ce pas ? Tu seras le ciment des McNair, celle qui veillera à la cohésion de l'empire.

Amy resta un instant sans mot dire. Les paroles de sa grand-mère étaient surprenantes et touchantes. C'était assez incroyable.

— Tu le penses sincèrement ?

— Mais oui.

Son aïeule hocha la tête d'un air confiant avant d'ajouter :

— Et si tu sens s'épuiser ta veine artistique et que tu as besoin de changement, je te vois très bien au conseil d'administration, et même, un jour, dans le fauteuil de la direction. Tu es une force avec laquelle il faut compter, mon enfant.

Amy sentit aussitôt des larmes lui monter aux yeux. Des larmes qui marquaient le lien qui l'unissait à sa grand-mère, la véritable figure maternelle de son existence.

Elle serra son aïeule dans ses bras.

— Je t'aime, Gran.

Sa grand-mère l'étreignit en retour. Amy respira à pleins poumons son parfum de gardénia. C'était toute son enfance…

— Je t'aime aussi, Amy chérie.

— Tu vas tellement, tellement, me manquer, dit-elle d'une voix entrecoupée de sanglots.

— Je sais, ma chérie.

Là-dessus, Gran recula et essuya deux grosses larmes qui avaient roulé sur les joues d'Amy.

— Et je suis désolée que nous n'ayons pas plus de temps à passer ensemble. Mais je pars tranquillisée à ton sujet. L'héritage de ton grand-père et moi est en de bonnes mains. Il me manque, tu sais, et j'ai hâte de le retrouver.

Amy lui adressa un sourire tremblant. Si Gran était heureuse, c'était tout ce qui comptait…

— Embrasse-le pour moi.

— Je n'y manquerai pas.

Gran posa alors une main légère sur son ventre.

— Si c'est une fille, j'aimerais qu'elle porte mon prénom.

Amy battit des paupières. Non, impossible. Elle avait dû mal comprendre. Sa grand-mère n'avait tout de même pas…

— Tu sais ? parvint-elle à bredouiller.

— Je m'en doutais, oui. Et je suppose que Preston est le père. J'avais remarqué que vous vous étiez éclipsés de la salle, le soir de votre rencontre.

Incroyable ! Mais, à vrai dire, sa grand-mère n'avait-elle pas la réputation d'avoir les yeux partout ?

Elle hocha la tête, son regard allant de Preston à Gran.

— C'est pour cette raison que tu m'as priée de l'accompagner pour ce voyage ?

— En réalité, à ce moment-là, je savais juste qu'il y avait quelque chose entre Preston et toi. Pour le bébé, j'ai deviné à ton retour.

— Comment ?

Amy trépignait d'impatience. Qu'est-ce qui avait bien pu les trahir ? Elle voulait à tout prix savoir !

— Il te couvait, comme si tu étais en sucre.

Elle grimaça. C'était un sujet particulièrement sensible.

— Je ne veux pas qu'il se croie obligé de veiller sur moi à cause de l'enfant ou de la société.

— Mais enfin, ma chérie, tu as vu son regard quand il se pose sur toi ? Il est amoureux depuis le premier jour.

Amy secoua la tête. Elle voulait tellement le croire mais avait encore peur d'espérer.

— Tu ne vois que ce que tu veux voir.

Sa grand-mère prit alors son visage dans ses mains froides.

— Tu as peur de regarder la réalité en face, voilà la vérité. Mais dans la vie, il faut prendre des risques. Et tu verras que c'est pour le mieux.

Amy ne put répondre — qu'aurait-elle dit, de toute façon ? — car, à cet instant, la lumière des lustres déclina. Un spot illumina l'estrade où l'orchestre jouait ses derniers accords et Preston vint prendre le micro.

A sa vue, elle se sentit submergée par l'émotion.

— Merci à vous tous d'être ici ce soir, commença-t-il.

L'espace d'un instant, elle sentit ses jambes trembler. Seigneur, sa voix produisait toujours le même effet sur elle.

— Pour ceux d'entre vous qui ne connaîtraient pas mon visage, je suis Preston Armstrong, le P-DG de Diamonds in the Rough, alias l'intrus venu s'immiscer dans l'entreprise d'une famille très unie.

Il marqua une pause tandis que des rires résonnaient dans la grange. Le silence revenu, il reprit :

— Tout en étant un homme d'affaires, j'apprécie de toute mon âme la beauté que je suis incapable de créer. Et je suis fier de mettre à profit mon expérience pour faire entrer cette beauté dans la vie des gens.

Amy se surprit à hocher la tête en s'apercevant qu'elle approuvait totalement la philosophie de Preston. Elle avait été si occupée à l'éviter qu'elle avait refusé de voir ce qu'il apportait à cette entreprise. Qui était aussi la sienne.

— Néanmoins, poursuivit-il en désignant un écran qui s'illumina instantanément, l'art parle beaucoup mieux que je saurais le faire. Je vais donc vous laisser prendre connaissance des lignes les plus populaires de Diamonds in the Rough. Mais je souhaite aussi profiter de l'occasion pour vous livrer un aperçu de la collection originale conçue par notre célèbre créatrice, Amy McNair. Nous espérons que cette nouvelle orientation nous permettra de créer de nouveaux emplois.

Amy sentit alors que Preston la cherchait du regard. Quand il la trouva, elle lut une infinie tendresse dans ses yeux.

— Et maintenant, si vous voulez bien vous tourner vers l'écran, je vous offre… l'âme de Diamonds in the Rough.

A ces mots, Amy glissa sa main dans celle de sa grand-mère. C'était trop d'émotion !

A vrai dire, la présentation comportait beaucoup de ses modèles. Elle n'avait pourtant pas pris conscience jusqu'à présent de l'importance de son empreinte stylistique dans la société. Des cris d'admiration jaillirent du public tandis que les bijoux défilaient sur l'écran.

Tout à coup, des images extraites de son carnet de croquis, avec leurs délicats entrelacs, apparurent.

C'était donc ça, la nouvelle collection que Preston avait évoquée. Le nouveau secteur susceptible de créer des emplois et peut-être de ramener d'anciens collaborateurs.

Amy sentit son cœur se gonfler d'amour. Preston la connaissait si bien, il l'avait écoutée avec tant d'attention… En évitant de l'enfermer dans une case, en tenant compte sincèrement de ses désirs, de ses choix, et même de son style, il lui permettait d'être… elle-même, comme elle ne l'avait jamais été.

Preston l'acceptait, avec ses défauts, tout entière. Et elle faisait la même chose avec lui. Il ne lui restait plus qu'à suivre les conseils de sa grand-mère et se montrer courageuse en accueillant l'avenir radieux qui s'offrait à elle.

Assis sur une botte de foin dans la grange qui avait désormais retrouvé son calme, Preston avait le sourire. Les retours unanimement positifs du conseil d'administration lui avaient fait très plaisir.

Il restait cependant une personne dont l'avis comptait beaucoup.

Au même moment, il leva la tête et n'en crut pas ses yeux. Amy venait de pénétrer dans la grange comme par magie et s'était faufilée entre tables et chaises qu'on rangerait le matin venu. Elle était absolument délicieuse dans sa petite robe noire toute simple. Du pur Amy. Elle était unique en son genre et il ne l'aurait pas voulue différente. A présent, il devait lui dire qu'il l'aimait. Finies les dérobades, adieu les fantômes. Elle méritait qu'on prenne tous les risques de la terre pour elle.

— Merci, lança-t-elle en approchant dans le frou-frou de satin de sa robe.

Preston écarquilla les yeux. Comment ça, merci ?

— De quoi veux-tu me remercier ?

Elle s'arrêta devant lui. Ses yeux bleus brillaient comme des saphirs.

— Pour la présentation, pour ta foi en mon travail. Et pour ton amour.

Il resta comme pétrifié par ces derniers mots. Comment avait-elle… Peu importe, il devait se lancer. Allez !

— Tu sais ? dit-il en se levant. J'allais te le dire, et tu m'as pris de vitesse. Mais tu es certaine de mon amour, n'est-ce pas ? Je t'ai aimée au premier regard. Je ne me l'explique pas, mais c'est comme ça.

Preston la prit alors dans ses bras et la serra de toutes ses forces. Il avait tellement eu peur de ne plus jamais le faire.

Amy se blottit contre son torse.

— Ça aurait simplifié les choses, si tu me l'avais avoué plus tôt.

— C'est aussi l'avis de mon ex-femme, marmonna-t-il entre ses dents.

Il la vit alors lever ses beaux yeux vers lui.

— Tu as parlé de moi avec ton ex ?

La seconde d'après, elle balaya la question d'un geste.

— Oublie ce que j'ai dit. Pourquoi ne l'as-tu pas écoutée ?

— Je suppose que je suis du genre têtu.

— Mais pas obtus. Après tout, les McNair aussi sont

obstinés. Nous sommes parfois pénibles, mais nous en valons la peine.

Preston se sentit fondre. Le sourire d'Amy était plus brillant que l'éclat du diamant.

Il la souleva et l'assit sur une botte de foin.

— Amy, je veux que tu m'épouses. Il s'agit de toi. De rien ni de personne d'autre. Tu as bouleversé mon univers dès notre première rencontre, et je n'ai jamais plus cessé de penser à toi et de te vouloir. Pourtant, si tu es terriblement désirable, j'apprécie encore plus ton intelligence, ta force, ta loyauté et ta générosité. J'ai besoin de toi. S'il te plaît, fais de moi le plus heureux des hommes en acceptant de m'épouser.

Amy l'attira jusqu'à ce qu'ils soient face à face, leurs lèvres toutes proches.

— C'est mon vœu le plus cher ! Je suis tombée follement, irrémédiablement amoureuse de toi. Malgré tous mes efforts pour résister.

Preston l'écoutait mais il n'en croyait pas ses oreilles. Ce qui lui arrivait était tellement inespéré…

— Pareil pour moi.

Il caressa sa joue, ses lèvres.

— Dans les salles de réunion, j'ai la réputation d'être un monstre de sang-froid. Et pourtant, il t'a suffi de paraître pour pulvériser cette image.

A ces mots, Preston prit Amy dans ses bras, caressa ses épaules nues et glissa les doigts dans sa magnifique chevelure. Il respira son parfum aussi enivrant que la sensation de son corps contre le sien.

La voyant alors entrouvrir les lèvres, tout alanguie contre lui, il l'embrassa, l'embrassa encore. Le monde extérieur n'avait aucune importance. Même s'ils avaient l'éternité devant eux, il voulait savourer chaque instant.

Tout son univers se trouvait dans les bras d'Amy. Il était l'homme le plus chanceux de la terre.

Preston prit tendrement Amy par la taille et lui demanda :

— Peux-tu m'expliquer pourquoi tu refusais un tel bonheur ? demanda-t-il doucement.

— Tu le sais bien. Il n'y a pas de peur pire que celle de perdre l'amour.

Il hocha la tête. Bien sûr. La réponse était simple et complexe à la fois. Lui-même avait lutté contre une crainte semblable.

— Si je ne peux pas te promettre un avenir de rêve, en revanche, je veux que tu saches que tu n'auras jamais à douter de moi, ni de mon amour.

— Tu es un homme de parole, lança Amy avec un petit sourire.

— C'est exact. Et j'attends avec impatience de te le prouver chaque jour de notre vie.

Epilogue

Neuf mois plus tard

Amy sourit avec fierté pendant que son mari remerciait les invités qui assistaient au baptême organisé dans leur domaine du Hidden Gem Ranch où, sur quelques hectares, s'élevait une maison bien à eux, à l'écart de l'animation du ranch.

Dans le jardin regorgeant de fleurs aux vives couleurs, Preston et elle se tenaient sous une tonnelle croulant sous les roses, leurs jumeaux dans les bras.

A quoi bon le nier ? Elle était heureuse, pleinement heureuse.

— Nous ne vous remercierons jamais assez, Amy et moi, de célébrer avec nous la venue de nos deux précieux — et bruyants — rayons de soleil, Mariah et Mike Armstrong.

Preston marqua une pause avant de reprendre le discours qu'il avait mis plus de temps à peaufiner que ses présentations devant le conseil d'administration. Il était surexcité. Et très fier. Quant à elle, elle ne se serait jamais doutée qu'on puisse être à la fois si fatiguée et si heureuse.

Amy prit des bras de son mari son fils qui hurlait et se mit à le bercer. Preston continua de s'adresser à leurs deux familles réunies. M. et Mme Armstrong venaient désormais régulièrement leur rendre visite. C'était un bonheur de les connaître.

Elle caressa la joue si douce de son enfant et secoua la tête. Etant donné qu'elle était elle-même jumelle, elle aurait pu s'attendre à porter des jumeaux. Pourtant, elle avait été sidérée quand le gynécologue avait déclaré entendre deux battements de cœur. De fait, l'échographie avait révélé deux fœtus. Et sa grossesse s'était merveilleusement passée. Après trente-huit semaines de patience, elle avait donné naissance à une fille de trois kilos et demi et un garçon de trois kilos.

Alex l'avait taquinée en prétendant qu'il fallait toujours qu'elle fasse mieux que tout le monde. Preston s'était contenté de sourire, déclarant qu'elle et les enfants étaient parfaits.

Autant l'avouer tout net. Même si sa grand-mère lui manquait beaucoup, Amy sentait sa présence souriante imprégner le lieu. Mariah McNair était là, avec eux, pour célébrer la naissance de ses arrière-petits-enfants. Avec le soleil illuminant leur havre de paix, avec les membres de leurs familles et leurs amis proches qui partageaient leur joie, Amy se sentait bénie des dieux. Quoi de plus beau qu'une famille ?

Elle sourit à Preston qui parlait de sa joie d'avoir reçu de la vie une seconde chance. Il exprimait sa gratitude d'être admis au sein de leur famille. Amy serra son petit contre elle, le cœur débordant d'amour pour ses enfants. *Leurs* enfants.

Six mois auparavant, Johanna et Stone avait adopté une petite fille qui, en voyant les bébés, avait réclamé des frères et sœurs.

Alex et Nina s'étaient mariés le mois précédent, et Cody l'appelait déjà « tante Amy ». Il prenait très au sérieux la responsabilité qu'elle lui avait confiée puisqu'il veillait désormais sur Roscoe. Et en voyant le chat se frotter contre les jambes du petit garçon qui jouait dans le jardin, Amy était pratiquement certaine que Roscoe prenait également très au sérieux sa mission : veiller sur Cody.

Comble de bonheur, leur maison avait été prête à temps pour le baptême. C'était une belle maison à deux étages, dotée de vérandas lumineuses et de vastes pièces avec beaucoup de place pour les jeux des enfants que Preston et elle observaient, émerveillés.

Amy travaillait à ses bijoux chez elle, trois jours par semaine. Preston, lui, s'était aménagé un bureau afin, disait-il, de passer plus de temps avec les siens.

Ils arrivaient ainsi à concilier vie de famille et carrières. Et même si elle n'était pas certaine d'endosser un jour le rôle de matriarche, elle était heureuse d'accueillir les membres de leurs deux familles sous son toit. Le costume risquait d'être un peu grand pour elle, mais elle essaierait volontiers de le remplir.

Ses parents ne lui avaient peut-être pas donné l'éducation qu'elle aurait souhaitée, mais ils semblaient embrasser sans trop de déplaisir le rôle de grands-parents du beau-fils d'Alex et maintenant des jumeaux. Cette fête leur avait même donné l'occasion de se montrer sociables. Qui sait ? La perte de Gran leur avait peut-être fait sentir l'importance de la famille.

Son discours terminé, Preston pria les invités de se rendre au buffet dressé près de la piscine. Après quoi, au milieu de l'effervescence générale, il passa près d'Amy pour l'embrasser et alla bavarder avec ses parents.

C'est alors qu'elle sentit Alex s'approcher et glisser un bras fraternel autour de ses épaules.

— Gran adorerait voir tous ces enfants jouer sur la pelouse, murmura-t-il.

Amy hocha la tête. Elle aurait juré sentir, porté par la brise, le parfum de gardénia de sa grand-mère.

— C'est certain, dit-elle.

Leur cousin Stone les rejoignit. Elle eut un sourire ému.

Ayant tous trois été élevés par Mariah, ils se considéraient comme frères et sœur.

— Nos parents semblent mieux se débrouiller dans leur rôle de grands-parents que dans celui de parents, fit-il remarquer. Ce dont je ne me plains pas.

— Moi non plus, dit-elle. Et Gran s'en réjouirait.

Amy leva alors les yeux vers Stone qui désigna son mari de la tête.

— Finalement, Preston est un chef dans tous les domaines.

Amy éclata de rire. Venant de l'ex-P-DG de Diamonds in the Rough, c'était un sacré compliment.

— Tu sembles heureuse et la compagnie est en de bonnes mains, ajouta-t-il.

A ces mots, Alex secoua la tête d'un air désabusé.

— C'est vrai que tout marche comme sur des roulettes. Je dois même avouer que j'aime bien ce type.

Amy sourit à son cousin et à son frère.

— Merci à vous !

Aussitôt, les deux garçons tirèrent sa queue-de-cheval.

— Je t'aime, diva, dit Alex.

— Je t'aime, morveuse, jeta Stone.

Amy leva les yeux au ciel. Au lieu de l'agacer, la plaisanterie la fit rire, car elle sentait l'affection sincère qu'ils lui portaient, tous les deux. Ils partirent très vite rejoindre leurs épouses et, quelques minutes plus tard, Preston lui ramenait Mariah. Un minuscule pied dépassait de la légère couverture rose.

— Tout va bien ? s'enquit-il.

— Très bien.

Elle s'appuya contre son épaule et embrassa le pied de sa fille avant de rabattre la couverture. Sentant sur elle le poids du regard de Preston, elle leva la tête et s'étonna de sa gravité.

— Qu'y a-t-il ?

— Tu me rends immensément heureux. J'espère que tu le sais.

— Mais oui ! s'exclama Amy. Et la réciproque est vraie. Pourrions-nous nous retrouver pour un rendez-vous nocturne quand les enfants dormiront sous la surveillance de la nurse ?

— Il en sera fait selon vos désirs, madame.

Joignant le geste à la parole, Preston effleura ses lèvres d'un baiser.

— J'ai justement une surprise pour toi. En rapport avec un pique-nique de nuit dans le jardin et un western à regarder sur un écran extérieur. Je me suis peut-être même arrangé pour faire livrer la pizza préférée d'une certaine personne…

Elle ne put s'empêcher d'éclater de rire. Voilà qui lui rappelait leur premier rendez-vous à Central Park. Un merveilleux souvenir !

— Tu ne serais tout de même pas si extravagant, s'offusqua-t-elle.

— Peut-être que si. Juste pour cette fois, répondit-il en l'embrassant. Tu comprends, j'ai encore l'impression d'être en pleine lune de miel. Il faut excuser mon envie de profiter des douceurs de la vie.

Amy porta une main à sa poitrine. L'idée qu'il cherche toujours à lui faire plaisir l'émouvait profondément. Ils oublièrent un instant leur famille, leurs enfants et le vieux chat qui se frottait à leurs jambes.

— Je pense pouvoir m'en accommoder par amour pour toi, murmura-t-elle en fixant ses yeux noisette qui la séduisaient, la fascinaient, l'aimaient. Je me demande combien de temps peut durer cette phase.

— Ne cherche pas. Si nous sommes attentifs, elle durera toute la vie.

Preston sema des baisers sur sa joue, son nez, tout son visage.

— Vraiment ? lança alors Amy. Je me demande qui t'a raconté ça.

— Eh bien, ces paroles pleines de sagesse viennent de Mariah McNair en personne… L'une des deux femmes les plus intelligentes que la terre ait portées.

Amy sentit des larmes lui monter aux yeux. Des larmes de tristesse, des larmes de joie. Pour dissimuler son émotion, elle posa un baiser sur la tête du petit. Puis, au lieu de s'arrêter en si bon chemin, elle embrassa aussi Preston.

Parfois, les mots n'étaient pas nécessaires.

Retrouvez en septembre,
dans votre collection

Passions

Tentée par un cow-boy, de Sarah M. Anderson - N°615

SÉRIE L'EMPIRE DES BEAUMONT TOME 2

Pour Jo Spears, avoir décroché un emploi dans le prestigieux ranch des Beaumon
représente une consécration. Et travailler à la rééducation du fougueux étalon Sun
mascotte et futur champion, est un véritable défi professionnel qu'elle est impatiente de
relever. Hélas, un fâcheux détail vient bientôt noircir ce tableau idyllique : la présence
constante à ses côtés de Phillip Beaumont, le propriétaire du ranch, un homme plu
sauvage que tous les chevaux qu'elle ait jamais domptés. Face à cet irrésistible play-boy
qui lui évoque autant de souvenirs douloureux que de pensées sensuelles, Jo doit reste
concentrée. Car elle a une mission à mener à bien, et il est hors de question qu'elle
échoue...

Au hasard d'une rencontre, de Teresa Southwick

Depuis le temps qu'elle l'observait de loin et qu'il semblait insensible à ses charmes
Alors qu'elle désespérait d'attirer l'attention de l'inspecteur Russ Campbell, Lani a trouv
l'astuce idéale pour parvenir à ses fins : un coup d'éclat au mariage le plus attendu d
Rust Creek Falls, suivi d'un rapide passage derrière les barreaux ! La voilà maintena
récompensée de ses efforts, car le baiser que Russ a fini par lui donner valait tous le
sacrifices du monde... Pourtant, Lani le sait, il est impensable d'étudier plus avant cet
attirance irrésistible qui crépite entre eux, car une dangereuse menace pèse sur Ru
Creek Falls et, pour Russ, le travail passe avant tout...

SÉRIE LE SERMENT DE BLACK CASTLE TOMES 1 ET 2

Sensuelle ennemie, d'Olivia Gates - N°616

Lorsqu'il aperçoit Eliana parmi la foule qui se presse dans sa propriété de Rio, Rafo
Salazar a l'impression d'être emporté par un ouragan de désir. Aussitôt, il prend
décision : la délicieuse inconnue sera sienne. D'autant qu'Eliana semble éprouver po
lui la même attirance magnétique... Pourtant, les instants magiques où leurs cœurs c
battu à l'unisson sont balayés en une fraction de seconde, quand Eliana lui fait u
terrible révélation : elle est la fille de son ennemi. Très vite, Rafael comprend que
plan de vengeance qu'il a élaboré depuis des années va en être irrémédiablem
bouleversé... tout comme ses projets fous avec la douce Eliana.

Le désir défendu, d'Olivia Gates

Hannah McPherson... Comment Raiden aurait-il pu oublier la plus grande menteuse qu'il ait jam
rencontrée, une femme capable d'aller jusqu'à se forger une fausse identité pour l'approcher e
faire chanter ? Alors, quand il la voit s'avancer vers lui, le jour de ses propres fiançailles, il sen
rage le gagner. La rage, mais aussi un autre sentiment bien plus perturbant... qu'il identifie bie
comme étant du désir. Car, malgré l'insupportable trahison de Hannah, les étreintes brûlantes q
a partagées avec elle sont restées gravées dans son esprit. Il revoit encore ses yeux couleur sa
étincelants de plaisir... Un plaisir qu'il donnerait cher pour lui offrir de nouveau.

 HARLEQUIN

 *Passions*

Neuf mois pour t'accueillir, de Tracy Madison - N°617

Elle va être… maman ? Si Anna est bouleversée par cette nouvelle, Logan Daugherty, le futur papa qu'elle connaît à peine, l'est visiblement tout autant. Pourtant, très vite, il lui propose de l'épouser. Oh, ce ne serait rien de plus qu'un mariage temporaire pour lui permettre de créer des liens avec elle et son bébé. Malgré sa surprise, Anna est émue par l'affection que Logan semble déjà porter à leur futur enfant. Même si elle sait qu'elle ne doit surtout pas se laisser attendrir. Ni confondre ce froid arrangement avec une véritable histoire d'amour.

Un secret à découvrir, d'Allison Leigh

Que fait Seth Banyon dans la petite ville de Weaver ? Cet inconnu intrigue Hayley au plus haut point. Pas seulement parce que son corps athlétique et ses yeux bleus perçants hantent ses rêves depuis qu'il s'est installé non loin de chez elle, mais aussi parce qu'il semble cacher un secret. Un terrible secret, qui lui pèse comme un fardeau. En tant que psychologue, Hayley est rompue à repérer ce genre de comportement. Alors tant pis : même s'il est le premier homme depuis des années à éveiller ainsi sa sensualité, elle se tiendra à distance de ce mystérieux séducteur.

Prisonniers de la tempête, d'Andrea Laurence - N°618

SÉRIE LES MARIÉES DE NASHVILLE TOME 1

La règle d'or des associées de From this Moment, agence de *wedding planner*, est simple : rester professionnelles en toute circonstance. Que la mariée renverse du vin sur sa robe, qu'un invité se comporte mal… ou que le futur époux soit votre ex-petit-ami. Briana connaît bien cette règle, mais il n'en demeure pas moins qu'organiser le mariage d'Ian Lawson lui brise le cœur. Surtout que, en tant que photographe de l'agence, elle aura l'honneur de s'occuper de la séance photo des fiancés, dans un chalet perdu dans la montagne ! Hélas, aucun guide n'indique la conduite à tenir lorsque l'on se retrouve piégée par la neige avec pour seule compagnie l'homme qu'on a toujours aimé…

Petites filles recherchent maman, de Helen Lacey

« Je suis de retour pour de bon. » Ce n'était pas du tout ce que Grady avait envie d'entendre, ni maintenant ni jamais. Pourquoi faut-il que Marissa Ellis soit revenue vivre à Cedar River, a fortiori dans le ranch voisin du sien ? La meilleure amie de sa défunte épouse le trouble depuis si longtemps ! Le plus simple serait encore de refuser de la fréquenter, mais, pour Grady, c'est impensable : ses trois adorables petites filles ont besoin d'une présence féminine, et leur attachement à Marissa est particulièrement fort. Il n'a pas d'autre choix que de lui faire une place dans sa vie… tout en lui cachant celle qu'elle occupe réellement dans son cœur.

Le bébé du réveillon, de Brenda Harlen - N°619

Après trois ans de collaboration, Avery Wallace a été stupéfaite de découvrir qu'elle n'était toujours pas immunisée contre le charme de Justin Garrett, le séduisant directeur des urgences du Mercy Hospital. Mais il faut bien l'admettre : l'étreinte qu'ils ont partagée, le soir du réveillon, l'a ébranlée au plus profond d'elle-même. Depuis qu'ils ont vécu cet instant d'intimité, elle ne pense plus qu'à lui, quels que soient les signaux contraires qu'elle essaie de lui envoyer. Hélas, elle ne pourra pas éternellement le maintenir à distance et le rejeter. Pour la simple et bonne raison qu'Avery vient d'apprendre qu'elle attendait un enfant de lui...

Une délicieuse trahison, de Tracy Wolff

Une menteuse, une voleuse... Marc Durand sait exactement à quoi s'en tenir au sujet d'Isabella Moreno. Il faut dire qu'ils ont été fiancés et qu'il a payé le prix fort en découvrant sa véritable nature. Alors, pourquoi sa première idée en la revoyant, après six ans de séparation, a-t-elle été de l'embrasser ? Cherche-t-il à se venger ? Ou est-il simplement incapable de résister au charme de la brillante jeune femme ? Marc n'en a pas la moindre idée. Il lui serait de toute façon impossible de réfléchir, quand son esprit – et son corps – ne fait que réclamer Isabella.

OFFRE DE BIENVENUE

Vous êtes fan de la collection Passions ?
Pour prolonger le plaisir, recevez gratuitement

◆ 1 livre Passions gratuit ◆
et 2 cadeaux surprise !

Une fois votre colis de bienvenue reçu, si vous souhaitez continuer à recevoir nos romans Passions, cela se fera automatiquement. Vous recevrez alors chaque mois 3 volumes doubles inédits de cette collection au tarif unitaire de 7,40€ (Frais de port France : 1,99€ - Frais de port Belgique : 3,99€).

➡ LES BONNES RAISONS DE S'ABONNER :

➡ ET AUSSI DES AVANTAGES EXCLUSIFS :

<u>Aucun engagement de durée ni de minimum d'achat.</u>

◆

Aucune adhésion à un club.

◆

Vos romans en avant-première.

◆

La livraison à domicile.

Des cadeaux tout au long de l'année.

◆

Des réductions sur vos romans par le biais de nombreuses promotions.

◆

Des romans exclusivement réédités notamment des sagas à succès.

◆

L'abonnement systématique et gratuit à notre magazine d'actu ROMANCE.

◆

Des points fidélité échangeables contre des livres ou des cadeaux.

REJOIGNEZ-NOUS VITE EN COMPLÉTANT ET EN NOUS RENVOYANT LE BULLETIN !

✂

N° d'abonnée (si vous en avez un) ⊔⊔⊔⊔⊔⊔⊔⊔⊔⊔

```
RZ6F09
RZ6FB1
```

Mme ☐ Mlle ☐ Nom : .... Prénom : ....

Adresse : ....

CP : ⊔⊔⊔⊔⊔ Ville : ....

Pays : .... Téléphone : ⊔⊔⊔⊔⊔⊔⊔⊔⊔⊔

E-mail : ....

Date de naissance : ⊔⊔ ⊔⊔ ⊔⊔⊔⊔

☐ Oui, je souhaite être tenue informée par e-mail de l'actualité d'Harlequin.

☐ Oui, je souhaite bénéficier par e-mail des offres promotionnelles des partenaires d'Harlequin.

<u>Renvoyez cette page à : Service Lectrices Harlequin – BP 20008 – 59718 Lille Cedex 9 - France</u>

Vous n'avez pas le temps de lire tous les
romans Harlequin ce mois-ci ?
**Découvrez les 4 meilleurs
avec notre sélection :**

[COUP DE COEUR]

HARLEQUIN

La romance sur tous les tons

Toutes nos actualités et exclusivités
sont sur notre site internet.

E-books, promotions, avis des lectrices,
lecture en ligne gratuite, infos sur
les auteurs, jeux-concours… et bien
d'autres surprises !

Rendez-vous sur
www.harlequin.fr

OFFRE DÉCOUVERTE !

Vous souhaitez découvrir nos collections ? Recevez **votre 1er colis gratuit** avec **2 cadeaux surprise !** Une fois votre colis de bienvenue reçu, si vous souhaitez continuer à recevoir nos livres, cela se fera automatiquement. Vous recevrez alors chaque mois vos livres inédits en avant première.

Vous n'avez aucune obligation d'achat et cette offre est sans engagement de durée !

*1 livre offert + 2 cadeaux / 2 livres offerts pour la collection Azur + 2 cadeaux.

☛ **COCHEZ la collection choisie et renvoyez cette page au**
Service Lectrices Harlequin – BP 20008 – 59718 Lille Cedex 9 – France

Collections	Références	Prix colis France* / Belgique*
❏ **AZUR**	ZZ6F56/ZZ6FB2	......6 livres par mois 27,59€ / 29,59€
❏ **BLANCHE**	BZ6F53/BZ6FB2	......3 livres par mois 22,90€ / 24,90€
❏ **LES HISTORIQUES**	HZ6F52/HZ6FB2	.......2 livres par mois 16,29€ / 18,29€
❏ **ISPAHAN***	YZ6F53/YZ6FB2	......3 livres tous les deux mois 22,96€ / 24,97€
❏ **HORS-SÉRIE**	CZ6F54/CZ6FB2	......4 livres tous les deux mois 32,35€ / 34,35€
❏ **PASSIONS**	RZ6F53/RZ6FB2	......3 livres par mois 24,19€ / 26,19€
❏ **NOCTURNE**	TZ6F52/TZ6FB2	......2 livres tous les deux mois 16,29€ / 18,29€
❏ **BLACK ROSE**	IZ6F53/IZ6FB2	.......3 livres par mois 24,34€ / 26,34€
❏ **SAGAS**	NZ6F54/NZ6FB2	......4 livres tous les deux mois 30,85€ / 32,85€
❏ **VICTORIA****	VZ6F53/VZ6FB2	......3 livres tous les deux mois 25,95€ / 27,95€

*Frais d'envoi inclus, pour ISPAHAN : 1er colis payant à 22,96€ + 1 cadeau surprise. (24,97€ pour la Belgique)
**Pour Victoria : 1er colis payant à 25,95€ + 1 cadeau surprise. (27,95€ pour la Belgique)

N° d'abonnée Harlequin (si vous en avez un) ⎵⎵⎵⎵⎵⎵⎵⎵

Mme ❏ Mlle ❏   Nom : _____

Prénom : _____   Adresse : _____

Code Postal : ⎵⎵⎵⎵⎵   Ville : _____

Pays : _____   Tél. : ⎵⎵⎵⎵⎵⎵⎵⎵⎵⎵

E-mail : _____

Date de naissance : _____

❏ Oui, je souhaite recevoir par e-mail les offres promotionnelles des éditions Harlequin.
❏ Oui, je souhaite recevoir par e-mail les offres promotionnelles des partenaires des éditions Harlequin.

Date limite : 31 décembre 2016. Vous recevrez votre colis environ 20 jours après réception de ce bon. Offre soumise à acceptation et réservée aux personnes majeures, résidant en France métropolitaine et Belgique, dans la limite des stocks disponibles. Prix susceptibles de modification en cours d'année. Conformément à la loi Informatique et libertés du 6 janvier 1978, vous disposez d'un droit d'accès et de rectification aux données personnelles vous concernant. Par notre intermédiaire, vous pouvez être amenée à recevoir des propositions d'autres entreprises. Si vous ne le souhaitez pas, il vous suffit de nous écrire en nous indiquant vos nom, prénom et adresse à : Service Lectrices Harlequin BP 20008 59718 LILLE Cedex 9. Service Lectrices disponible du lundi au vendredi de 8h à 17h : 01 45 82 47 47 ou 33 1 45 82 47 47 pour la Belgique.

Composé et édité par HARLEQUIN

Achevé d'imprimer en juillet 2016

La Flèche
Dépôt légal : août 2016

Pour l'éditeur, le principe est d'utiliser des papiers
composés de fibres naturelles, renouvelables, recyclables,
et fabriquées à partir de bois issus de forêts gérées selon
un système d'aménagement durable. En outre, l'éditeur attend
de ses fournisseurs de papier qu'ils s'inscrivent dans
une démarche de certification environnementale reconnue.

Imprimé en France